HEYNE <

W0205579

Das Buch

Harry Keogh ist zehn Jahre alt und unterscheidet sich auf den ersten Blick nicht von anderen Jungen in seinem Alter. Doch als er im Unterricht ein kompliziertes mathematisches Problem löst, wird sein Lehrer aufmerksam: Ganz offensichtlich verfügt Harry über die paranormale Begabung, mit den Toten sprechen und ihre Fähigkeiten auf sich übertragen zu können – denn er hat sich auf dem Friedhof Hilfe von einem berühmten toten Mathematiker geholt. Harry ist jedoch nicht der Einzige, der die Kunst der Nekromantie beherrscht: Auch Boris Dragosani kann den Toten ihre Geheimnisse entreißen, er muss ihre Körper dabei allerdings gewaltsam zerstören. Dragosanis zweites dunkles Geheimnis liegt unter der Erde eines abgeschiedenen Waldstücks in seiner Heimat, dem fernen Rumänien, und ist nicht wirklich tot …

Der spannendste Kampf zwischen Leben und Tod, den es je gab – mit der internationalen Bestseller-Serie NECROSCOPE hat Brian Lumley den Vampirmythos neu erfunden!

Die Necroscope-Serie – Das Original bei Heyne

Erster Band: Auferstehung
Zweiter Band: Vampirbrut
Dritter Band: Blutmesse
Vierter Band: Entseelt

Der Autor

Brian Lumley wurde 1937 im Nordosten Englands geboren, wo er nach zahlreichen Auslandsaufenthalten heute wieder lebt. 1981 beendete er seine Militärkarriere, um sich ganz dem Schreiben zu widmen. Er veröffentlichte Kurzgeschichten und Novellen, die ganz unter dem Einfluss H. P. Lovecrafts standen. Den Durchbruch schaffte er schließlich mit der NECROSCOPE-Reihe: Mit den Abenteuern um Harry Keogh, dem Totenhorcher, schuf er eine der erfolgreichsten Mystery-Serien der Welt.

Brian Lumley

NECROSCOPE™

Auferstehung

WILHELM HEYNE VERLAG
MÜNCHEN

Titel der englischen Originalausgabe

NECROSCOPE

Deutsche Übersetzung von
Andreas Diesel und Rainer Marquardt

FSC
Mix
Produktgruppe aus vorbildlich
bewirtschafteten Wäldern und
anderen kontrollierten Herkünften

Zert.-Nr. SGS-COC-1940
www.fsc.org
© 1996 Forest Stewardship Council

Verlagsgruppe Random House FSC-DEU-0100
Das für dieses Buch verwendete
FSC-zertifizierte Papier *Holmen Book Cream*
liefert Holmen Paper, Hallstavik, Schweden.

Vollständige Taschenbuchausgabe 5/09
Redaktion: Marcel Häußler
Copyright © 1986 by Brian Lumley
Necroscope(R) is a Registered Trademark of Brian Lumley
Copyright © 2009 dieser Ausgabe
by Wilhelm Heyne Verlag, München,
in der Verlagsgruppe Random House GmbH
Printed in Germany 2009
Umschlagbild: shutterstock / José
Umschlaggestaltung: Nele Schütz Design, München
Satz: C. Schaber Datentechnik, Wels
Druck und Bindung: GGP Media GmbH, Pößneck

ISBN: 978-3-453-53307-3

www.heyne.de
www.heyne-magische-bestseller.de

Das Hotel war groß und außerordentlich berühmt, prunkvoll, wenn nicht gar pompös. Es befand sich nur wenige Schritte von Whitehall entfernt und – war nicht ganz das, was es zu sein schien.

Eine Gruppe internationaler Unternehmer hatte das gesamte oberste Stockwerk übernommen, und das war auch schon alles, was der Leiter des Hotels darüber wusste. Die Bewohner jener unbekannten oberen Regionen verfügten über ihren eigenen Aufzug an der Rückseite des Gebäudes, über eine eigene Treppe, die sie völlig vom Hotel abschottete, und sogar über eine eigene Feuerleiter. Tatsächlich hatten sie – ›sie‹ war unter solchen Umständen die einzig mögliche Bezeichnung – sich das Obergeschoss vollständig angeeignet und ganz der Kontrolle und dem Betrieb des Hotels entzogen. Von denjenigen, die von außen hereinblickten, argwöhnten nur wenige, dass der Bau in seiner Gesamtheit etwas anderes war, als er vorgab, und genau das lag in ›ihrem‹ Interesse.

Was auch immer die Bezeichnung ›internationale Unternehmer‹ bedeuten mochte – ›sie‹ waren jedenfalls nichts dergleichen. Genau genommen waren sie ein Regierungsdezernat oder noch genauer: eine untergeordnete Behörde. Die Regierung unterstützte sie, wie ein Baum eine kleine Schlingpflanze unterstützt, doch ihre Wurzeln waren gänzlich voneinander getrennt. Und weil sie nur ein winziger Parasit war, hatte der gewaltige Rest des Baumes von ihrer Gegenwart keine Ahnung. Wie das bei vielen experimentellen Projekten der Fall ist, die ihre Nützlichkeit noch nicht unter Beweis gestellt hatten, wurde ihrer Finanzierung wenig Bedeutung beigemessen, und der Etat war gering. Der Unterhalt der Büros stand deshalb bei Weitem an der Spitze der Liste der Kosten, doch das ließ sich nicht vermeiden.

Im Unterschied zu anderen Projekten entsprach es dem Wesen dieses Unternehmens, lieber nicht wahrgenommen zu werden. Seine Aufdeckung wäre eine echte Blamage gewesen, und man hätte es mit Argwohn und Zorn betrachtet, wahrscheinlich sogar mit Unglauben und ausgesprochener Feindseligkeit. Man hätte seine Finanzierung als überflüssig betrachtet, eine unnötige Last auf den Schultern der Steuerzahler und eklatante Verschwendung öffentlicher Gelder.

Eine Rechtfertigung für dieses Unternehmen bestand auch noch nicht; man mutmaßte nur, dass es Früchte tragen würde, und schon der geringste ›Frost‹ konnte ihnen den Garaus machen. Folgende Prinzipien treffen auf alle solchen Organisationen oder Dienste zu: Man muss a) sichtbaren Erfolg vorweisen und gleichzeitig paradoxerweise b) Unsichtbarkeit und Anonymität bewahren. Das heißt: Eine solche Organisation zu entlarven, bedeutet ihren Tod. Eine andere Weise, mit dieser Art von Zwitter fertig zu werden, bestünde einfach darin, seine Wurzeln auszureißen und seine Existenz zu verleugnen. Oder darauf zu warten, dass eine andere Behörde diese Wurzeln zerstört, und dann keine neuen mehr zu pflanzen.

Vor drei Tagen war es zu einer solchen Entwurzelung gekommen. Eine der wichtigsten Ranken, deren Hauptaufgabe es gewesen war, die Schlingpflanze mit ihrem Wirt zu verbinden und Stabilität zu gewähren, war abgebrochen worden. Kurz gesagt, der Leiter des Dezernats hatte einen Herzanfall gehabt und war auf dem Heimweg verstorben. Schon seit Jahren hatte er an einem schwachen Herzen gelitten, also war das keine große Überraschung – doch dann war etwas geschehen, das ein gänzlich anderes Licht auf die Angelegenheit warf; etwas, worüber Alec Kyle im Augenblick nicht nachdenken wollte.

Denn zu diesem Zeitpunkt, an einem besonders kalten Montagmorgen im Januar, musste Kyle, der Nächste in der Rangfolge, den Schaden abschätzen und ausloten, wie er behoben werden konnte. Wenn es überhaupt möglich war, dann musste er seine ersten tastenden Versuche starten, die ganze Sache wieder hinzubiegen. Das Projekt hatte immer schon auf wackligen Beinen gestanden, doch nun, in Ermangelung einer guten Führung, könnte alles in kurzer Zeit auseinanderfallen. Wie eine Sandburg bei Auflaufen der Flut.

Das waren Kyles Gedanken, als er von dem matschigen Gehsteig durch die gläsernen Schwingtüren ein winziges Foyer betrat. Er strich Schnee vom Mantel und legte den Kragen wieder um. Er persönlich hegte keineswegs Zweifel am Wert des Unternehmens – ganz im Gegenteil: Kyle glaubte an die allumfassende Bedeutung des Dezernats –, doch wie konnte er seine Haltung angesichts der Skepsis seiner Vorgesetzten verteidigen? Der alte Gormley war dank seiner einflussreichen Freunde, seines makellosen Rufs, seiner Autorität und seines Enthusiasmus fähig gewesen, ihr entgegenzuwirken, doch es gab nicht viele Männer wie Keenan Gormley. Und jetzt noch einen weniger.

Heute Nachmittag um vier Uhr würde man Kyle dazu auffordern, seine Position und den Wert des Dezernats und dessen Existenz zu verteidigen. Oh, sie hatten sich sehr beeilt, und

Kyle glaubte, den Grund zu kennen: Nach fünfjähriger Arbeit hatte das Projekt keine Ergebnisse vorzuweisen und sollte deshalb beendet werden.

Egal, welche Argumente er vorbrächte, sie würden ihn niederbrüllen. Der alte Gormley war in der Lage gewesen, lauter zu brüllen als sie alle zusammen; er hatte Durchsetzungsvermögen und Rückhalt besessen, doch Alec Kyle – wer war er denn schon?

Vor seinem geistigen Auge konnte er sich die nachmittägliche Inquisition bereits vorstellen: »Ja, Herr Minister, ich bin Alec Kyle. Meine Aufgabe im Dezernat? Also, abgesehen davon, dass ich nach Sir Keenan die höchste Befehlsgewalt innehatte, war ich … ich meine, bin ich … ähm … ich erstelle sozusagen Prognosen … wie bitte? Ach, das heißt, dass ich in die Zukunft blicke, Sir. Ähm, nein, ich muss zugeben, dass ich Ihnen vermutlich nicht den Gewinner des morgigen Rennens in Goodwood verraten kann. Mein Gespür ist im Allgemeinen nicht so spezifisch. Aber …«

Ach, es war hoffnungslos!

Vor hundert Jahren glaubte noch niemand an Hypnose. Noch vor fünfzehn Jahren lachte man über Akupunktur. Wie also konnte Kyle hoffen, sie von der Bedeutung des Dezernats und seiner Arbeit zu überzeugen?

Und doch verbarg sich unter all der Verzagtheit und persönlichen Trauer noch etwas anderes. Kyle wusste, was es war: seine ›Gabe‹, die ihm sagte, dass noch nicht alles verloren war, dass er sie irgendwie überzeugen und es mit dem Dezernat weitergehen würde. Deshalb war er hier: um Keenan Gormleys Habseligkeiten durchzugehen, die Verteidigung des Dezernats vorzubereiten und weiter für die Sache zu kämpfen. Und einmal mehr war Kyle erstaunt über sein sonderbares Talent, seine Fähigkeit, in die Zukunft zu blicken.

Denn in der Tat hatte er letzte Nacht geträumt, die Antwort hier zu finden, in diesem Gebäude, unter Gormleys Unterlagen.

Vielleicht war ›geträumt‹ das falsche Wort dafür: Kyles Offenbarungen – sein Blick auf zukünftige Ereignisse – kamen stets in jenen trüben Momenten zwischen Tiefschlaf und Erwachen, unmittelbar vor dem vollen Bewusstwerden. Der Lärm seines Weckers konnte das auslösen oder auch der erste Strahl des Tageslichtes durchs Fenster. So war es an diesem Morgen gewesen: Das graue Licht eines grauen Tages drang ins Zimmer und durch seine Augenlider, um seinem umherschweifenden Geist die Geburt eines neuen Tages anzukündigen. Und mit ihm war eine Vision geboren worden.

›Flüchtiger Blick‹ ist vielleicht das bessere Wort dafür, denn das war alles, was Kyles Gabe je zugelassen hatte: kurze, flüchtige Blicke. Er wusste das – und er wusste, dass die Vision nur einmal auftauchte und dann für immer verschwand. Also hatte er sich daran geklammert, sie in sich aufgenommen. Er wagte es nicht, sich etwas entgehen zu lassen. Alles, was er je auf diese Weise ›gesehen‹ hatte, erwies sich als lebenswichtig.

Und dieses Mal hatte er sich selbst an Keenan Gormleys Schreibtisch gesehen, wie er alle Unterlagen durchging. Die oberste Schublade zur Rechten war offen, die Unterlagen und Ordner, die vor ihm lagen, stammten aus dieser Schublade. Gormleys schwerer Sekretär stand noch unberührt an der Wand des Büros, die drei Schlüssel dazu lagen auf dem Schreibtisch, wo Kyle sie hingeworfen hatte. Jeder Schlüssel öffnete eine winzige Schublade des Sekretärs, und jede Schublade hatte ihr eigenes Kombinationsschloss. Kyle kannte diese Kombinationen, hatte sich jedoch nicht die Mühe gemacht, den Sekretär zu öffnen. Nein, denn das, wonach er suchte, war genau hier, unter jenen Dokumenten aus der Schublade.

Als hätte diese Erkenntnis die Vision seiner selbst in Gormleys Stuhl angestachelt, hatte Kyle sich gesehen, wie er abrupt innehielt, als er auf eine bestimmte Akte stieß. Es war eine gelbe Akte, was bedeutete, dass sie ein potenzielles Mitglied der

Organisation betraf. Jemand, der auf der Liste der Zukünftigen stand. Jemand, auf den Gormley sein Augenmerk gerichtet hatte. Vielleicht jemand mit einer wahren Gabe.

Als ihm dieser Gedanke dämmerte, war Kyle einen Schritt auf sich selbst zugegangen, wie er dort saß. Dann hatte sein Widerpart am Schreibtisch – wie stets äußerst dramatisch – zu ihm aufgesehen und die Akte so gehalten, dass er den Namen darauf lesen konnte. Dieser Name lautete ›Harry Keogh‹.

Das war alles. An diesem Punkt war Kyle wach geworden. Was das alles bedeuten mochte, auf welche Spur ihn das bringen sollte – wer konnte das wissen? Kyle hatte es schon lange aufgegeben, die Bedeutung dieser flüchtigen Ausblicke vorhersagen zu wollen. Wenn ihn jedenfalls etwas heute hierhergebracht hatte, dann war das jener kurze und bislang unerklärliche ›Traum‹ vor dem Erwachen.

Es war noch sehr früh am Morgen. Kyle war dem ersten Berufsverkehr in den Straßen Londons nur um wenige Minuten entgangen. Während der nächsten Stunde oder länger würde dort draußen das Chaos herrschen, doch hier drinnen war es so ruhig wie im sprichwörtlichen Grab. Der Rest des Verwaltungspersonals (drei Personen einschließlich der Schreibkraft!) hatte heute und morgen angesichts des Todesfalles frei, also waren die Büros im Obergeschoss völlig leer.

In dem winzigen Foyer hatte Kyle den Knopf für den Aufzug gedrückt, der nun ankam und seine Türen öffnete. Er trat ein, und während die Türen sich hinter ihm schlossen, nahm er seine Karte heraus und ließ sie rasch durch den Sensor gleiten. Der Aufzug ruckte, bewegte sich jedoch nicht nach oben. Die Türen öffneten sich, warteten einen langen Augenblick und schlossen sich wieder.

Kyle runzelte die Stirn, warf einen Blick auf seine Karte und fluchte leise. Sie war gestern abgelaufen. Üblicherweise hätte Gormley ihre Gültigkeit auf dem Dezernatscomputer erneuert;

jetzt musste Kyle das selbst erledigen. Glücklicherweise hatte er Gormleys Karte bei sich, zusammen mit dem Rest seiner Bürohabseligkeiten. Mit der Karte des ehemaligen Leiters des Dezernats brachte er den Aufzug dazu, ihn ins obere Stockwerk zu befördern. Eine ähnliche Prozedur verschaffte ihm Zugang zu den Haupträumen der Büros.

Die Stille im Innern war fast betäubend. Hoch über den Straßen gelegen, mit isolierten Böden, um den Hotellärm darunter abzuhalten, und dunklen Doppelglasfenstern für zusätzliche Geheimhaltung, schien sich der Ort in einer Art Vakuum zu befinden. Es konnte einen das Gefühl beschleichen, dass das Atmen schwer fiele, wenn man dieser Stille zu lange lauschte. Ganz besonders in Gormleys Zimmer, wo jemand so rücksichtsvoll gewesen war, die Jalousien am Fenster zu schließen. Doch diese hatten sich auf halbem Wege verklemmt, so dass nun grünliche Lichtstrahlen durch das Fenster drangen und das gesamte Büro in ein unterseeisches Licht tauchten. Der einst vertraute Raum schien sonderbar fremd, und es war mit einem Mal sehr merkwürdig, den Alten nicht hier anzutreffen …

Kyle blieb in der Tür stehen und starrte lange in das Büro, bevor er es betrat. Dann schloss er die Tür hinter sich und schritt in die Mitte des Raumes.

Mehrere versteckte Scanner hatten ihn bereits erfasst und erkannt, in den äußeren Büros wie auch hier, doch ein Bildschirm an der Wand nahe bei Gormleys Schreibtisch war nicht zufrieden. Er piepte und schrieb: SIR KEENAN IST IM MOMENT NICHT ZU SPRECHEN. DIES IST EINE SICHERHEITSZONE. BITTE IDENTIFIZIEREN SIE SICH IN GEWOHNTER LAUTSTÄRKE ODER VERLASSEN SIE SOFORT DEN RAUM. SOLLTEN SIE DEN RAUM NICHT VERLASSEN ODER SICH NICHT AUSWEISEN KÖNNEN, WERDEN SICH NACH ZEHN SEKUNDEN DIE TÜR UND DIE FENSTER AUTOMATISCH SCHLIESSEN … ICH WIEDERHOLE: DIES IST EINE SICHERHEITSZONE.

Er fühlte eine irrationale Aggression gegenüber der kalten, gedankenlosen Maschine, sowie eine perverse Freude dabei, nichts zu sagen und zu warten. Nach drei Sekunden zeigte der Bildschirm: DIE ZEHNSEKÜNDIGE WARNZEIT BEGINNT JETZT ... ZEHN ... NEUN ... ACHT ... SIEBEN ... SECHS ...

»Alec Kyle«, sagte Kyle mürrisch, da er nicht den Wunsch verspürte, eingesperrt zu werden.

Die Maschine erkannte seine Stimme, unterbrach den Countdown und schrieb einen neuen Standardsatz: GUTEN MORGEN, MR KYLE, SIR KEENAN IST NICHT ...

»Ich weiß«, sagte Kyle. »Er ist tot.«

Er trat an die Tastatur auf dem Schreibtisch und gab den aktuellen Sicherheitscode ein. Die Maschine entgegnete: VERGESSEN SIE NICHT, DIE ALARMANLAGE WIEDER IN BETRIEB ZU NEHMEN, BEVOR SIE GEHEN *– und schaltete sich ab.*

Kyle setzte sich an den Schreibtisch. Seltsame Welt, *dachte er. Und:* Verdammt sonderbare Abteilung! Roboter und Romantiker. Modernste Wissenschaft und Übernatürliches. Telemetrie und Telepathie. Computerberechnete Wahrscheinlichkeitsmuster und seherische Kräfte. Apparate und Geister!

Er kramte Zigaretten und Feuerzeug und die Schlüssel zu Gormleys gesichertem Sekretär aus seiner Tasche hervor. Ohne darüber nachzudenken, warf er die Schlüssel auf den Schreibtisch. Dann hielt er inne und starrte sie an, wie sie dort lagen und ein Muster bildeten – das Muster des morgendlichen Blickes in die Zukunft. Na gut, fangen wir an.

Er versuchte es mit den Schubladen des Schreibtischs. Verschlossen. Er nahm Gormleys Notizbuch aus der Innentasche seines Mantels und suchte den Code heraus. Er lautete: SESAM ÖFFNE DICH.

Kyle konnte ein Kichern nicht unterdrücken, als er SESAM ÖFFNE DICH *in die Tastatur eingab und es erneut versuchte.*

Die rechte oberste Schublade glitt auf, als er sie berührte. Drinnen lagen Papiere, Dokumente, Akten ...

Und jetzt kommt der komische Teil, *dachte er.*

Er nahm die Unterlagen heraus und legte sie vor sich auf den Schreibtisch. Er ließ die Schublade offen (gemäß seinem ›Blick‹), fing an, die Dokumente durchzugehen, und legte sie eins nach dem anderen wieder in die Schublade zurück. Er wusste, dass ihn seine Gabe mittlerweile eigentlich nicht mehr überraschen sollte, doch es geschah jedes Mal aufs Neue – und so stieß er einen kleinen, unfreiwilligen Ausruf des Erstaunens aus, als er auf die gelbe Akte stieß. Der Name auf dem Deckel lautete natürlich Harry Keogh.

Harry Keogh. Außer in Kyles Traum war dieser Name bislang erst einmal aufgetaucht: in einem Psi-Spiel, das er des Öfteren mit Keenan Gormley gespielt hatte. Was diese Akte betraf: Er hatte sie noch nie im Leben gesehen (zumindest nicht in seinem bewussten Leben), und doch saß er nun da und starrte sie an, genau wie in seinem Traum. Es war ein sehr unheimliches Gefühl. Und ...

Im Traum hatte er sich selbst die Akte entgegengehalten. Nun löste der Gedanke die Bewegung aus. Er fühlte sich dämlich dabei – er verstand nicht, warum er das tat, doch spürte er gleichzeitig, wie sein Körper von einer fremden Kraft beherrscht wurde –, aber er hielt die Akte hoch in den leeren Raum, als wollte er sie einem Gespenst seiner jüngsten Vergangenheit zeigen. Und ebenso wie ein Gedanke die Tat ausgelöst hatte, löste die Tat jetzt etwas anderes aus – etwas, das alle bisherigen Erfahrungen und Erkenntnisse Alec Kyles überstieg.

Guter Gott! Apparate und Geister!

Der Raum war vor einer Sekunde noch behaglich warm gewesen. Dank der Zentralheizung war es in den Büros niemals kalt. Zumindest sollte es das nicht sein. Doch nun war innerhalb weniger Augenblicke die Temperatur gefallen. Kyle wusste es, konnte es spüren, bewahrte aber gleichzeitig genug Geistes-

gegenwart, um sich zu fragen, ob nicht vielleicht seine eigene Körpertemperatur ebenfalls gefallen sei. Wenn dem so war, dann wäre das unschwer zu erklären. So fühlte sich wohl ein Schock an. Kein Wunder, dass die Leute dabei zitterten!

»Allmächtiger!«, *flüsterte er, wobei sein Atem in der plötzlich eiskalten Luft sichtbar wurde. Die Akte fiel aus seinen zuckenden Fingern und klatschte auf den Schreibtisch. Der Klang des Aufpralls – und das, was er sah – löste bei Kyle eine fast spastische körperliche Reaktion aus. Er warf sich zurück in den Sessel und ließ diesen über den dicken Teppich gleiten, bis er gegen die Fensterbank hinter sich prallte.*

Die Erscheinung – das Ding *hatte sich nicht von seinem Platz auf halbem Weg zwischen Tür und Schreibtisch fortbewegt. Zuerst hatte Kyle gedacht (und diesen Gedanken gefürchtet), dass es nur er selbst sein konnte, den er da sah, eine Projektion aus seinem Traum. Doch nun erkannte er, dass es jemand –* etwas *– anderes war. Kein einziges Mal stellte er die Wirklichkeit dessen, was er da sah, in Frage, und keinen Augenblick lang zweifelte er daran, dass es etwas Übernatürliches war. Was sollte es auch anderes sein? Die Sensoren, die ständig den Raum und sämtliche Büros abtasteten, hatten nichts bemerkt. Wenn sie auch nur das Geringste wahrgenommen hätten, wären sofort Sirenen losgegangen, die jede Minute lauter heulten, bis jemand darauf aufmerksam wurde.*

Doch der Alarm blieb stumm. Also gab es nichts zu erfassen – und doch sah Kyle etwas. Es, er, war ein Mann – eher ein Jüngling –, nackt wie ein Baby. Er stand da und blickte Kyle ins Gesicht, direkt in die Augen. Seine Füße berührten kaum den Teppichboden, und die grünen Lichtstrahlen aus den Fenstern drangen durch sein Fleisch, als hätte es überhaupt keine Substanz!

Das Ding starrte ihn an, und Kyle wusste, dass es ihn sah. Und im Hinterkopf stellte er sich die Frage: Ist es mir wohlgesinnt, oder …?

Er rückte zentimeterweise wieder mit dem Sessel vor und entdeckte etwas hinten in der offenen Schublade. Eine Browning-9mm-Automatik. Er wusste, dass Gormley eine Waffe getragen hatte, doch von dieser hier hatte er keine Ahnung gehabt. War diese Pistole geladen, und wenn ja, würde sie überhaupt gegen jene Erscheinung etwas nützen?

»Nein«, sagte die nackte Gestalt mit einem langsamen, kaum wahrnehmbaren Kopfschütteln. »Nein, das würde sie nicht.« Da die Lippen sich nicht den Bruchteil eines Zentimeters bewegten, war es umso überraschender, diese Stimme zu hören.

»Allmächtiger!«, keuchte Kyle wieder. Dieses Mal sprach er es laut aus und wich einmal mehr unfreiwillig vom Schreibtisch zurück. Als er sich wieder unter Kontrolle hatte, sagte er zu sich selbst: Du … du liest meine Gedanken!

Die Erscheinung zeigte ein dünnes Lächeln. »Wir haben alle unsere Fähigkeiten, Alec. Du die deinen und ich die meinen.«

Kyles Mund, der ohnehin schon offen stand, klappte jetzt noch weiter auf. Er fragte sich, was einfacher wäre: nur in Gedanken oder wirklich mit dem Ding zu reden.

»Sprechen Sie einfach laut mit mir«, sagte der andere. »Ich glaube, das ist einfacher für uns beide.«

Kyle schluckte, versuchte, etwas zu sagen, schluckte nochmals und brachte schließlich hervor: »Aber wer … was … was zum Teufel bist du?«

»Es spielt keine Rolle, wer ich bin. Es kommt darauf an, was ich war und was ich sein werde. Hören Sie zu, ich habe Ihnen viel zu sagen, und es ist ziemlich wichtig. Es wird seine Zeit dauern, vielleicht Stunden. Brauchen Sie irgendetwas, bevor ich anfange?«

Kyle starrte das … was immer es auch war, lange an. Er starrte es an, wandte den Blick ab, beobachtete es aus den Augenwinkeln. Es war noch immer da. Er gab sich ganz seinem Instinkt hin, der zumindest von zwei seiner fünf Sinne unter-

stützt wurde: Augen und Ohren. Es schien vernünftig zu sein: Es existierte, und es wollte mit ihm sprechen. Warum mit ihm und warum jetzt? Das würde er zweifelsohne bald erfahren. Aber – gottverdammt! – auch er wollte mit ihm sprechen. Er hatte ein echtes lebendiges Gespenst vor sich, oder ein echtes totes!

»Ob ich etwas brauche?«, wiederholte er zitternd die Frage seines Gegenübers.

»Sie wollten sich gerade eine Zigarette anzünden«, erinnerte die Erscheinung. »Vielleicht möchten Sie auch Ihren Mantel ausziehen und sich einen Kaffee holen.« Es zuckte mit den Schultern. »Wenn Sie diese Dinge erledigt haben, können wir anfangen.«

Die Zentralheizung war wieder in Betrieb und schaltete sich auf die höchste Stufe, um den plötzlichen Temperaturrückgang auszugleichen. Kyle stand vorsichtig auf, zog seinen Mantel aus und legte ihn über die Rückenlehne des Sessels. »Kaffee«, sagte er. »Ja … äh … ich bin gleich wieder zurück.«

Er ging um den Schreibtisch herum und an seinem Besucher vorbei. Die Gestalt wandte sich um und beobachtete ihn beim Verlassen des Raumes. Der blasse Schatten von etwas, das dünn und unwirklich im Raum hing wie eine Schneeflocke oder eine Rauchwolke. Und doch – oh ja, es war mächtig, und Kyle war froh, dass es ihm nicht folgte …

Mit zittrigen Fingern steckte er zwei Münzen in den Kaffeeautomaten im Hauptbüro und eilte in Richtung Herrentoilette, bevor die Maschine fertig war. Er erleichterte sich rasch, nahm den Pappbecher mit heißem Kaffee und ging zurück in Gormleys Büro. Das Ding war noch da und wartete auf ihn. Er ging langsam daran vorbei und ließ sich wieder hinter dem Schreibtisch nieder. Während er sich eine Zigarette anzündete, betrachtete er seinen Besucher etwas eingehender. Er musste sich diesen Anblick einprägen.

Wenn man die Tatsache berücksichtigte, dass seine Füße nicht ganz den Boden berührten, dann maß das Ding wohl einen Meter fünfundsiebzig. Wäre sein Fleisch wirklich und nicht nur aus Nebel gewesen, dann hätte es – oder er – wohl knapp sechzig Kilo gewogen. Alles an ihm leuchtete schwach, als wäre er von einem inneren Licht erfüllt. Deshalb konnte sich Kyle über die Hautfarbe nicht sicher sein. Die Haare, ein unordentlicher Schopf, schienen sandfarben. Die schwachen und unregelmäßigen Flecken auf Wangen und Stirn mochten Sommersprossen sein. Er war vielleicht fünfundzwanzig Jahre alt; anfangs hatte er jünger ausgesehen, doch dieser Eindruck verlor sich nun.

Seine Augen waren interessant. Sie sahen Kyle an und schienen doch geradewegs durch ihn hindurchzublicken, als wäre er der Geist und nicht umgekehrt. Sie waren blau, diese Augen – dieses verwirrende, farblose Blau, das stets so unnatürlich wirkt, dass man glaubt, der Besitzer trüge Kontaktlinsen. Darüber hinaus lag in diesen Augen etwas, das besagte, dass sie mehr wussten, als ein Fünfundzwanzigjähriger wissen konnte. Die Weisheit ganzer Epochen schien darin verborgen, das Wissen von Jahrhunderten lag unmittelbar unter dem dünnen blauen Film, der sie bedeckte.

Davon abgesehen wirkten seine Gesichtszüge edel wie Porzellan und ebenso zerbrechlich; seine Hände waren schmal und spitz; seine Schultern hingen ein wenig nach vorn. Seine Haut war mit Ausnahme der Sommersprossen blass und makellos. Doch wenn er nicht diese Augen gehabt hätte, würde man ihn auf der Straße keines zweiten Blickes würdigen. Er war einfach nur – ein junger Mann. Oder ein junges Gespenst. Oder vielleicht ein sehr altes.

»Nein«, sagte das Objekt von Kyles prüfendem Blick mit bewegungslosen Lippen, »ich bin überhaupt *kein Gespenst. Jedenfalls nicht im klassischen Sinne des Wortes. Da Sie mich immerhin als gegeben betrachten, können wir anfangen?«*

»Anfangen? Äh, natürlich!« Kyle hatte plötzlich den Drang, wie ein hysterisches Schulmädchen zu lachen. Er beherrschte sich mit einiger Anstrengung.

»Sind Sie sicher, dass Sie bereit sind?«

»Ja, ja. Fang nur an. Aber … ähm … kann ich das mitschneiden? Für die Nachwelt oder so? Ich habe hier ein Aufnahmegerät, und ich …«

»Die Maschine wird mich nicht hören«, sagte der andere und schüttelte wieder den Kopf. »Es tut mir leid, aber ich spreche nur mit Ihnen … auf direktem Wege. Ich dachte, Sie hätten das verstanden? Aber … machen Sie sich Notizen, wenn Sie möchten.«

»Notizen, ja …« Kyle kramte in den Schubladen des Schreibtisches und fand Stift und Papier. »Gut, ich bin bereit.«

Die Gestalt nickte langsam. »Die Geschichte, die ich Ihnen erzählen werde, ist … merkwürdig. Doch da Sie in einer Organisation wie dieser arbeiten, sollte sie Ihnen nicht allzu unglaubwürdig erscheinen. Und falls doch – es wird nachher viel für Sie zu tun geben, und spätestens dann wird sich die Wahrheit der Dinge, die ich Ihnen erzählen werde, erweisen. Was die Zweifel an der Zukunft Ihres Dezernats betrifft – legen Sie sie beiseite. Sie werden Ihre Arbeit fortsetzen und dabei an Einfluss gewinnen. Gormley war der Leiter, doch er ist tot. Nun werden Sie die Leitung übernehmen – für eine Weile. Sie werden dem gewachsen sein, glauben Sie mir. Jedenfalls ist nichts von dem verloren, was Gormley wusste; tatsächlich ist viel gewonnen worden. Was die Gegenseite betrifft – sie haben Verluste erlitten, von denen sie sich vielleicht nie wieder erholen. Zumindest werden sie die bald erleiden.«

Während die Erscheinung sprach, wurden Kyles Augen noch größer, und er setzte sich immer weiter auf. Es (er, verdammt noch mal!) wusste über das Dezernat Bescheid. Über Gormley. Über ›die Gegenseite‹, was die Dezernatsbezeichnung für ihr rus-

sisches Gegenstück war. Und wie war das mit den Verlusten, die sie erleiden würden? Kyle wusste nichts davon! Woher bezog dieses Wesen seine Informationen? Und wie viel wusste es überhaupt?

»Ich weiß mehr, als Sie sich vorstellen können«, sagte der andere und lächelte schwach. »Und was ich nicht weiß, kann ich in Erfahrung bringen – fast alles.«

»Hör mal«, sagte Kyle verteidigend, »es ist nicht so, dass ich irgendwas davon anzweifle – nicht mal meinen eigenen Verstand, was das betrifft –, ich versuche nur, damit klarzukommen und …«

»Ich verstehe«, fiel ihm der andere ins Wort. »Tun Sie das aber bitte während meiner Erzählung, wenn möglich. In meinem Bericht können sich die Zeitzonen etwas überlappen, also sollten Sie sich auch daran gewöhnen. Aber ich versuche, so chronologisch wie möglich vorzugehen. Am wichtigsten sind die Informationen selbst. Und ihre Auswirkungen.«

»Ich bin mir nicht ganz sicher, ob ich ver…«

»Ich weiß, ich weiß. Hören Sie mir einfach nur zu, vielleicht werden Sie dann verstehen.«

I

Moskau, Mai 1971

Unweit der Stadt, in einem dichten Waldstück – wo die Serpuchovstraße zwischen niedrigen Hügeln verlief und die eng beieinanderstehenden Kiefern für einen Moment den Blick in Richtung Podolsk freigaben, das nur als nebliger Fleck am südlichen Horizont sichtbar war, hier und da hell von den ersten Lichtern des Abends punktiert –, stand ein Landhaus. Verschiedene Architekturstile mischten sich in dem Gebäude. Mehrere Flügel bestanden aus modernen Backsteinen und waren auf alten Steinfundamenten errichtet worden, andere aus billigen Leichtbausteinen, die man schludrig grün und grau übermalt hatte, als wollte man ihre schlecht zueinander passende Bauweise verbergen. Zwischen steilen Giebelmauern ragten zwei Türme oder Minarette auf, morsch wie faule Zähne und schmucklos wie Wachtürme. Ihre abfallenden Stützpfeiler und Brüstungen und abbröckelnden

Spiralmuster steigerten noch den Eindruck der Vernachlässigung. Die Kuppeln der Zwiebeltürme erhoben sich über die höchsten Bäume hinaus, und ihre mit Brettern verschlagenen Fenster wirkten finster wie geschlossene Augen.

Die Form der äußeren Gebäude, von denen viele erst kürzlich ein neues Dach aus roten Ziegeln erhalten hatten, ließ an einen Hof oder eine Kolchose denken, wenn auch nirgends Getreide, Tiere oder Maschinen zu sehen waren.

Die hohe, alles umfassende Mauer, die aufgrund ihrer massiven Bauweise, den verstärkten Strebepfeilern und den breiten Brüstungen wie ein Überbleibsel aus feudalen Zeiten wirkte, zeigte ebenfalls Spuren einer kürzlich erfolgten Restaurierung; schwere, graue Betonklötze ersetzten stellenweise den bröckelnden Stein und die uralten Ziegel.

Im Osten und Westen, wo Wasserläufe tief und gluckernd zwischen Steilufern über schwarzes Geröll flossen und einen natürlichen Burggraben bildeten, bohrten sich alte Steinbrücken mit bleiernen Dächern, moosgrün vor Alter, durch die Mauer, ihre dunklen Münder geknebelt von stählernen Toren. Alles war finster und Unheil kündend.

Als reichte der Anblick des Gebäudes nicht schon als Warnung, erklärte ein Schild an der Kreuzung, von der aus der gepflasterte Weg von der Straße in den Wald abzweigte, das gesamte Gebiet zu ›Staatlichem Eigentum‹ und untersagte jegliches unbefugtes Betreten. Autofahrern war es unter keinen Umständen erlaubt, hier anzuhalten; das Betreten des Waldes, Jagen und Angeln waren verboten, und Verstöße würden ausnahmslos schwer bestraft.

Obwohl der Ort trostlos und verlassen wirkte, wenn der Abend zur Nacht wurde und Nebel sich über den Wasserläufen erhob, flackerten Lichter hinter den Vorhängen der Fenster im Erdgeschoss auf und erzählten eine andere Geschichte. Im Wald, auf den Zugangsstraßen zu den überdachten Brücken, versperrten große, schwarze Limousinen den Weg. Nur das gelegentliche Aufglühen einer Zigarette oder Rauch, der aus einem halbgeöffneten Fenster stieg, ließ auf die Anwesenheit von Menschen schließen. Auf dem Gelände selbst war es das Gleiche: Stumme Umrisse, kaum als menschliche Gestalten erkennbar, standen an finsteren Orten. Ihre grauen Wintermäntel wirkten wie Uniformen, die Gesichter waren unter den Krempen ihrer Hüte verborgen, und die Schultern rechtwinklig wie die von Robotern …

In einem Innenhof des Hauptgebäudes stand ein Krankenwagen – oder vielleicht ein Leichenwagen – mit geöffneter Heckklappe. Wärter in weißen Arbeitsanzügen warteten, und der Fahrer saß unbehaglich hinter dem hohen Lenkrad.

In der Nähe, in einem offenen Scheunengebäude mit einem durchhängenden Dach, verschwammen die trüben Farben und die viereckigen Fenster eines Hubschraubers in der Dunkelheit. Das Abzeichen des Obersten Sowjet befand sich auf dem Rumpf. Oben auf einem der Türme lehnte sich eine Gestalt vorsichtig gegen die niedrige Brüstung und suchte mit einem Feldstecher die Umgebung ab, besonders das offene Gelände zwischen der Mauer und dem Wald. Über seiner Schulter zeichnete sich undeutlich die hässliche blaue Metallmündung einer schweren Kalaschnikow vor dem stetig dunkler werdenden Horizont ab.

Im Innern des Hauptgebäudes wurde das, was einst ein gewaltiger Saal gewesen war, nun von modernen, schalldämpfenden Zwischenwänden unterteilt. Ein Hauptkorridor, der von Neonröhren an der hohen Decke erleuchtet wurde, verband die Räume. Jeder Raum hatte eine Tür mit Vorhängeschloss und ein winziges Fenster mit einer Schiebetür auf der Innenseite. Über jeder Tür befanden sich kleine rote Lichter, die, wenn sie blinkten, ›Kein Zutritt – Bitte nicht stören‹ anzeigten.

Eines dieser Lichter, auf der linken Seite des Gangs, leuchtete gerade. Neben der Tür lehnte ein großer KGB-Beamter mit harten Gesichtszügen an der Wand und hielt eine Maschinenpistole im Arm. Auch wenn er im Moment einen entspannten Eindruck machte, so war er doch bereit, innerhalb einer Sekunde zur Tat zu schreiten. Beim kleinsten Anzeichen, dass die Tür sich öffnen würde, und dem plötzlichen Erlöschen des roten Lämpchens würde er aufrechter strammstehen als ein Laternenmast. War auch keiner der Männer in diesem Raum sein direkter Vorgesetzter, so war doch einer von ihnen ebenso mächtig wie die Beamten in den höchsten Rängen des KGB und zählte vielleicht zu den zehn mächtigsten Männern Russlands.

Es befanden sich noch andere Männer in dem Raum hinter der Tür, der sich eigentlich aus zwei Räumen zusammensetzte, die mit einer Tür verbunden waren. Im kleineren Raum saßen drei Männer rauchend in Sesseln und richteten ihre Augen auf die Trennwand, die in der Mitte, vom Boden bis zur Decke, aus einer nur von dieser Seite aus durchsichtigen Glasscheibe bestand. Der Boden war mit Teppich ausgelegt; in Griffweite stand ein Rolltisch mit Aschenbecher, Gläsern und einer Flasche erstklassigem Slibowitz. Außer dem Atmen der drei Männer und dem schwachen elektrischen Summen der Klimaanlage war nichts zu hören. Gedämpfte Beleuchtung, die in der abgehängten Decke versenkt war, umschmeichelte ihre Augen.

Der Mann in der Mitte war über sechzig, die zu seiner Rechten und Linken vielleicht fünfzehn Jahre jünger. Sie waren seine Schützlinge und rivalisierten miteinander. Das wusste auch der Mann in der Mitte. Er hatte es so geplant. Man nannte dies das Überleben des Stärkeren: Nur einer von beiden würde übrig bleiben, um seinen Platz zu übernehmen, wenn dieser Tag schließlich kam. Dann würde der andere schon von der Bildfläche verschwunden sein – in politischer Hinsicht, wahrscheinlich aber auch auf eine andere, unschönere Art und Weise. In den Jahren dazwischen hatten sie die Möglichkeit, sich zu beweisen. Ja, das Recht des Stärkeren.

Die Schläfen des Älteren waren völlig grau, wozu ein breiter Streifen pechschwarzen Haars, das aus seiner hohen und faltigen Stirn zurückgekämmt war, einen Kontrast bildete. Er nippte an seinem Schnaps und vollführte eine Geste mit seiner Zigarette. Der Mann zu seiner Linken reichte ihm den Aschenbecher, aber nur die Hälfte der heißen Asche fand ihr Ziel, der Rest fiel zu Boden. Ein oder zwei Sekunden später begann der Teppich zu schwelen, und eine kleine Rauchwolke stieg auf. Die jüngeren Männer saßen still da und ignorierten den Brand geflissentlich. Sie wussten, dass der Alte es hasste, wenn um ihn herum Unruhe herrschte. Doch endlich schnupperte ihr Chef, blickte unter seinen buschigen, schwarzen Augenbrauen zu Boden und trat den glimmenden Fleck aus.

Jenseits der Glaswand wurden Vorbereitungen getroffen. In der westlichen Welt hätte man wohl gesagt, dass ein Mann sich »mental auf etwas vorbereitete«. Seine Vorgehensweise war sehr einfach – erschütternd einfach angesichts dessen, was nun geschehen sollte: Er hatte sich gereinigt. Er hatte sich ausgezogen und gebadet, peinlich genau jeden Zentimeter seines Körpers eingeseift und abgerieben. Er hatte sich rasiert und die gesamte Körperbehaarung mit Ausnahme seines kurz geschorenen Kopfhaares entfernt. Er hatte vor und nach dem Bad seinen Darm entleert, wobei er nach dem zweiten Mal seine Reinheit gewissenhaft sicherstellte, indem er seinen Unterleib noch einmal mit heißem Wasser wusch und abtrocknete. Und dann hatte er sich, immer noch völlig nackt, ausgeruht.

Seine Methode der Ruhe wäre jedem Uneingeweihten äußerst makaber erschienen, doch das gehörte alles zu den Vorkehrungen. Er hatte sich neben den zweiten Mann gesetzt, der auf einem nicht ganz waagerechten Tisch mit einer durchlöcherten Aluminiumoberfläche lag, und seinen Kopf auf die Arme gelegt, die er über dem Bauch des anderen verschränkt hatte. Dann hatte er die Augen geschlossen und eine Viertelstunde lang anscheinend geschlafen. Es hatte nichts Erotisches, hatte nicht entfernt mit Homosexualität zu tun.

Der Mann auf dem Tisch war ebenfalls nackt und viel älter als der Erste, schlaff, runzlig und kahl, wenn man von einem Rest grauer Haare an den Schläfen absah. Zudem war er ganz und gar tot, doch trotzdem wirkten sein blasses, dickliches Gesicht, der dünne Mund und die grauen, zusammengewachsenen Augenbrauen immer noch brutal.

Die drei Männer auf der anderen Seite des Spiegels hatten beobachtet, wie all dies mit einer Art klinischer Objektivität durchgeführt worden war. Der – Akteur – schien ihre Anwesenheit nicht zu bemerken. Er hatte ihre Gegenwart einfach ›vergessen‹; seine Arbeit nahm ihn zu sehr in Anspruch und war zu wichtig, um sich ablenken zu lassen.

Doch nun regte er sich, hob den Kopf, blinzelte zweimal mit den Augen und stand auf. Alles war nun in bester Ordnung, die Befragung konnte beginnen.

Die drei Beobachter beugten sich in ihren Sesseln ein wenig vor, hielten automatisch den Atem an und richteten ihre ganze Aufmerksamkeit auf den nackten Mann. Es war, als fürchteten sie zu stören, und das, obwohl ihre Beobachtungskammer völlig isoliert war, schalldicht wie ein Vakuum.

Nun drehte der Nackte den Tisch mit dem Leichnam um, so dass man die eiskalten Füße sehen konnte, die ein wenig über den Tisch ragten und ein ›V‹ bildeten. Er zog einen weiteren, eher gewöhnlichen Rolltisch heran, öffnete die Ledertasche, die darauf lag, und entnahm ihr Skalpelle, Scheren und Sägen – ein ganzes Sortiment rasiermesserscharfer chirurgischer Instrumente.

In der Beobachtungskammer erlaubte sich der Mann in der Mitte ein grimmiges Lächeln, das seinen Untergebenen entging, die sich gerade wieder in ihren Sesseln zurücklehnten, weil sie nun nichts weiter erwarteten als eine ziemlich bizarre Autopsie. Ihr Chef konnte kaum das Kichern, das sich in seiner Brust breitmachte, und das boshafte Beben in seinem stämmigen Körper unterdrücken, als er den Schock erahnte, der auf sie zukam. Er hatte das alles schon einmal gesehen, sie hingegen nicht. Und auch das würde als eine Art Prüfung dienen.

Der nackte Mann nahm einen langen, verchromten Stab, an einem Ende nadelspitz und mit einem hölzernen Griff am anderen versehen, beugte sich ohne Zögern über die Leiche, platzierte die Nadelspitze in dem Krater, den der Nabel in dem geschwollenen Bauch bildete, und verlagerte sein ganzes Gewicht auf den Griff. Die Klinge glitt in das tote Fleisch, und der aufgeblähte Darm ließ die

Gase entweichen, die sich in den vier Tagen seit Eintritt des Todes angesammelt hatten. Sie zischten in das Gesicht des Nackten.

»Ton!«, keifte der Beobachter in der Mitte, worauf die Männer zu seinen Seiten zusammenzuckten. Seine schroffe Stimme war derart tief, dass wenig mehr als ein kehliges Gurgeln zu hören war, als er fortfuhr: »Schnell, ich möchte zuhören!« Und er wies mit einem kurzen, dicken Finger auf einen Lautsprecher an der Wand.

Mit einem lauten Schlucken stand der Mann zu seiner Rechten auf, ging zum Lautsprecher und drückte auf einen Knopf mit der Aufschrift ›Empfang‹. Einen Augenblick lang hörte man ein Rauschen, dann ein deutliches Zischen, als der Bauch der Leiche im Nebenraum sich langsam in Speckfalten legte. Während das Gas stetig entwich, neigte der nackte Mann sein Gesicht, anstatt es abzuwenden. Er schloss die Augen und atmete tief ein, füllte seine Lungen!

Da er den Blick nicht von der Glaswand reißen konnte, stolperte der Beamte unbeholfen zu seinem Sessel zurück und ließ sich schwer hineinfallen. Sein Mund stand wie der seines Rivalen weit offen. Beide Männer setzten sich stocksteif auf den vorderen Rand ihres Sessels und krallten die Hände in die hölzernen Armlehnen. Eine vergessene Zigarette kippte in den Aschenbecher und erfüllte die Luft mit Rauch. Nur der Beobachter in der Mitte schien ungerührt. Er war ebenso an dem Gesichtsausdruck seiner Untergebenen interessiert wie an dem sonderbaren Ritual, das sich jenseits des Wandschirms abspielte.

Der Nackte hatte sich aufgerichtet und stand wieder stocksteif über dem Leichnam. Eine Hand legte er auf den Schenkel des Toten, die andere auf die Brust. Seine Augen waren wieder offen und rund wie Untertassen, doch seine Hautfarbe hatte sich merklich verändert. Das normale, gesunde Rosa eines jungen, frisch geschrubbten Leibes war gänzlich verschwunden; sein Körper war grau und glich dem des toten Fleisches, das er berührte. Er war buchstäblich so grau wie der Tod. Er hielt den Atem an und schien den Geschmack des Todes zu kosten. Seine Wangen schienen langsam einzufallen. Dann ...

Er riss die Hände von dem Leichnam zurück, stieß zischend fauliges Gas aus und schwankte rückwärts. Einen Augenblick lang schien es, als würde er nach hinten fallen, doch dann taumelte er wieder nach vorn. Und erneut legte er behutsam die Hände auf die Leiche. Er war hager und grau wie Stein, als er das Fleisch streichelte, und seine Finger bebten, während sie sich mit der Leichtigkeit eines Schmetterlings vom Kopf bis zu den Füßen und wieder zurück bewegten. Es lag wirklich nichts Erotisches darin, doch der Linke der drei Zuschauer flüsterte erschüttert: »Ist er ein Leichenschänder? Was bedeutet das, Genosse General?«

»Seien Sie still und lernen Sie«, knurrte der Mann in der Mitte. »Sie wissen doch, wo Sie hier sind. Nichts sollte Sie hier überraschen. Und was das bedeutet und was er ist, das werden Sie früh genug erfahren. So viel sei verraten: Meines Wissens gibt es nur drei Männer wie ihn in der ganzen UdSSR. Einer ist ein Mongole aus der Altairegion, ein Hexendoktor seines Stammes, der gerade an der Syphilis stirbt und für uns nutzlos ist. Der andere ist hoffnungslos verrückt und steht kurz vor einer Gehirnoperation, nach welcher auch er ... sich unserem Zugriff entzogen haben wird. Somit bleibt nur dieser hier, und seine Kunst ist eher instinktiver Natur und lässt sich nur schwer vermitteln. Daher ist er *sui generis*. Das ist Latein, eine tote Sprache.

Äußerst angemessen. Und jetzt seien Sie still! Sie beobachten einen Mann mit einzigartigen Fähigkeiten.«

Hinter dem Wandschirm begann der ›Mann mit den einzigartigen Fähigkeiten‹ wie elektrisiert zu zucken. Als hinge er an den unsichtbaren Fäden eines irrsinnigen Puppenspielers, bewegte er sich plötzlich unberechenbar und fast schon spastisch. Sein rechter Arm wirbelte in Richtung der Tasche mit den Instrumenten und warf sie fast vom Tisch. Seine Hand, die sich zu einer grauen Kralle gekrümmt hatte, vollführte einen weiten Bogen, als dirigierte sie ein ungewöhnliches Konzert – doch statt eines Taktstocks befand sich in der Hand ein glänzendes, sichelförmiges Skalpell.

Alle drei Zuschauer neigten sich nun nach vorn, Augen und Münder weit aufgerissen; doch während die Gesichter der beiden Jüngeren von einem unfreiwilligen Grinsen des Unglaubens verzerrt wurden und sie jeden Augenblick zusammenfahren oder gar aufschreien würden, wenn gleich das geschah, was sie vermuteten, war das Gesicht ihres Vorgesetzten nur von Wissen und morbider Erwartung erfüllt.

Mit einer Genauigkeit, die den scheinbar willkürlichen Bewegungen seiner anderen Glieder – die jetzt zuckten wie die eines toten Frosches, denen die Elektrizität ein Scheinleben aufzwingt – zu spotten schien, glitt der Arm des nackten Mannes herab. Der Leichnam wurde von oberhalb des Brustkorbes über den Nabel bis hinab zum drahtigen Büschel seines grauen Schamhaares aufgeschnitten. Zwei weitere scheinbar ziellose, doch vollkommen *exakte* Schnitte, die so bald folgten, dass sie noch Teil der ersten Bewegung zu sein schienen, und der Leib des Kadavers war mit einem großen ›I‹ mit weitläufigen Balken oben und unten versehen.

Ohne Pause warf nun der mit grausigem Automatismus vorgehende Urheber dieser schrecklichen Chirurgie seine Klinge durch den Raum, vergrub die Hände bis zu den Gelenken im mittleren Einschnitt und öffnete die Bauchlappen des Toten wie die Türen eines Schranks. Die erkalteten Gedärme dampften nicht, als sie bloßgelegt wurden, kein Blut floss aus der Öffnung, doch als der nackte Mann die Hände wieder hervorzog, glänzten sie tiefrot, als hätte er sie in frische Farbe getaucht.

Diese Öffnung des Körpers hatte einer fast herkulischen Kraftanstrengung bedurft – man konnte sehen, wie die Muskeln des Mannes an den Oberarmen und seitlich des Brustkorbes anschwollen –, denn das ganze Gewebe, das die schützenden Außenschichten des Magens zusammenhält, musste mit einem Mal zerrissen worden sein. Das war mit einem wilden Knurren geschehen, das über den Lautsprecher deutlich hörbar gewesen war. Seine Lippen hatten sich von den zusammengebissenen Zähnen zurückzogen und die Sehnen seines Halses waren deutlich sichtbar hervorgetreten.

Doch nun, da die Eingeweide seines Opfers gänzlich entblößt waren, überkam ihn wieder eine sonderbare Ruhe. Möglicherweise war seine Haut noch grauer als zuvor, als er sich wieder aufrichtete und die roten Hände herabhängen ließ. Er beugte sich wieder nach vorne, richtete seine klaren blauen Augen nach unten und widmete sich einer langsamen und sorgfältigen Untersuchung des Innern der Leiche.

Im Nebenraum würgte der Mann zur Linken unablässig. Seine Hände gruben sich in die Armlehnen des Sessels, und sein Gesicht glänzte vor Schweiß. Der andere Untergebene hatte die Farbe von Schiefer angenommen, zitterte am ganzen Leib und keuchte hektisch, um seinem rasenden Herzen Luft zu verschaffen. In ihrer Mitte war der ehemalige Armeegeneral Gregor Borowitz, inzwischen Leiter der streng geheimen Dienststelle für die Entwicklung paranormaler Spionagetechniken, völlig ins Geschehen vertieft. Sein Gesicht mit den hängenden Wangen war voller Erstaunen, während er jede Einzelheit der Darbietung in sich aufnahm und er das Unbehagen seiner Untergebenen zu ignorieren versuchte, so gut er konnte.

Am Rande seines Bewusstseins formte sich ein Gedanke: Er fragte sich, ob den anderen übel würde, und welcher sich zuerst übergeben würde. Und *wo* er sich übergeben würde.

Unter dem Tisch stand ein Abfallkorb aus Metall, in dem sich einige zerknüllte Papiere und Zigarettenkippen befanden. Ohne den Blick vom Bildschirm abzuwenden, hob Borowitz den Eimer auf und stellte ihn mitten auf den Tisch vor sich. Er dachte: *Sollen sie es ruhig unter sich ausmachen.*

Als hätte er seine Gedanken gelesen, keuchte der Mann zur Rechten: »Genosse General, ich glaube nicht, dass ich ...«

»Seien Sie still!« Borowitz trat mit dem Fuß gegen den Knöchel des anderen. »Sehen Sie zu, wenn Sie können. Falls nicht, dann seien Sie wenigstens ruhig und stören mich nicht!«

Der nackte Mann hatte sich vornüber gebeugt, so dass nur noch wenige Zentimeter sein Gesicht von den entblößten Eingeweiden des Leichnams trennten. Seine Augen zuckten von rechts nach links, von oben nach unten, als suchten sie nach etwas, das sich dort verbarg. Seine Nasenflügel blähten sich und schnupperten argwöhnisch. Seine Stirn, bislang glatt, hatte sich in unglaubliche Falten gelegt. Er glich jetzt einem großen, nackten Bluthund, der die Fährte seiner Beute wittert.

Dann spielte ein dünnes Lächeln um seine grauen Lippen – der Schimmer einer Offenbarung, eines enthüllten Geheimnisses, spiegelte sich in seinen Augen. Als wollte er sagen: »*Ja, etwas ist hier drin, es versucht sich zu verstecken!*«

Und dann warf er den Kopf zurück und lachte – sehr laut, wenn auch nur kurz –, bevor er die intensive Untersuchung fortsetzte. Doch nein, es war noch nicht genug, das verborgene Ding kam nicht hervor. Es entfloh seinem Blick, und augenblicklich verwandelte sich seine Fröhlichkeit in Zorn!

Er keuchte vor Wut, und sein graues Gesicht zitterte im Griff unvorstellbarer Gefühle. Der Nackte ergriff ein schmales Gerät, dessen Schärfe sich im Licht widerspiegelte. Erst schien er einem Plan zu folgen, als er die verschiedenen Organe, die Luftröhre und die Blase entfernte, doch je weiter seine Arbeit voranschritt, desto grauenhafter und wahlloser wurde sie, bis die Gedärme in grotesken Fetzen und Lappen aus der Leiche über den Rand des Metalltisches hingen.

Und noch immer war es nicht genug, noch immer konnte er seine Beute nicht erwischen.

Er gab einen Schrei von sich, der durch den Lautsprecher im Nebenraum wie das Quietschen von Kreide auf einer Tafel klang, wie eine Schaufel, die in alter Asche kratzt. Er schnitt fürchterliche Grimassen, als er anfing, die baumelnden Fetzen abzuhacken und um sich zu werfen. Er schmierte sie über seinen Leib, hielt sie an sein Ohr und ›lauschte‹ ihnen. Er schleuderte sie weit von sich, warf sie über seine gebeugte Schulter in eine Wanne und das Waschbecken. Überall klebte geronnenes Blut. Und wieder zerriss sein Schrei der Enttäuschung, der unheimlichen Wut, fast den Lautsprecher: »Nichts! *Nichts!*«

Im Nebenraum hatte sich das Keuchen des Mannes zur Rechten in ein erbärmliches Röcheln verwandelt. Plötzlich schnappte er sich den Abfalleimer auf dem Tisch, erhob sich schwankend von seinem Sessel und taumelte in eine Ecke des Raumes. Borowitz hielt ihm unwillig zugute, dass all das verhältnismäßig ruhig vor sich ging.

»Mein Gott, mein Gott!«, stieß der Mann zur Linken wieder und wieder hervor, mit jedem Mal lauter als zuvor. Und: »Grauenhaft, *grauenhaft!* Er ist abartig, wahnsinnig, ein Monster!«

»Er ist brillant!«, knurrte Borowitz. »Sehen Sie? Sehen Sie? Jetzt geht er der Sache auf den Grund ...«

Jenseits der Glaswand hatte der nackte Mann nach einer chirurgischen Säge gegriffen. Arm, Hand und das Instrument selbst verschwammen tiefrot, grau und silbern, als er am Brustbein sägte. Schweiß strömte über seine blutverklebte Haut und tropfte wie heißer Regen herab, während er an der Brust des Toten arbeitete. Sie gab nicht nach; das Blatt der silbernen Säge brach ab, er warf sie zu Boden. Er heulte wie ein Tier und bewegte sich wie ein Wahnsinniger, als er den Kopf hob und sich suchend im Raum umschaute. Seine Augen ruhten kurz auf einem Metallstuhl und weiteten sich in einer Eingebung. Einen Augenblick später hatte er den Stuhl ergriffen und benutzte zwei der Beine als Hebel in dem frisch aufgeschnittenen Kanal.

Knochen krachten und Fleisch zerriss, als die linke Brusthälfte des Leichnams sich hob, nach hinten gedrückt wurde und eine Falltür im Oberkörper bildete. Die Hände des Nackten fuhren hinab. Ein schrecklicher Ruck, und sie kamen wieder hervor und hielten die Beute hoch. Doch nur für einen Augenblick, dann ...

Die Hände mit dem Herz weit von sich gestreckt, tanzte der nackte Mann durch den Raum, wirbelte immer wieder im Kreis herum. Er umarmte es, hielt es an seine Augen und Ohren. Er drückte es an die eigene Brust, liebkoste es, seufzte wie ein Kleinkind. Er ächzte vor Erleichterung, und heiße Tränen strömten über seine grauen Wangen. Und im nächsten Moment schien ihn alle Kraft schon wieder verlassen zu haben.

Seine Beine zitterten. Mit dem Herzen in seinen Armen fiel er zu Boden und kauerte sich fast wie ein Fötus zusammen. Das Herz wurde von seinem Körper verborgen. Er blieb still liegen.

»Geschafft«, sagte Borowitz, »vielleicht!«

Er stand auf, ging zum Lautsprecher und drückte einen zweiten Knopf, auf dem ›Sprechanlage‹ stand. Doch bevor er sprach, warf er aus den Augenwinkeln einen Blick auf seine Untergebenen. Der eine hatte sich nicht aus seiner Ecke gerührt, wo er mit hängendem Kopf und dem Eimer zwischen den Beinen saß. In einer anderen Ecke beugte der zweite Mann sich vor und zurück, mit den Händen auf den Hüften. Er atmete aus, wenn er sich vorbeugte, und atmete ein, wenn er sich wieder aufrichtete. Die Gesichter der beiden Männer waren schweißnass.

»Ha!«, grunzte Borowitz und wandte sich dann dem Lautsprecher zu: »Boris? Boris Dragosani? Können Sie mich hören? Ist alles in Ordnung?«

Im Nebenraum rührte sich der Mann auf dem Boden, streckte sich, hob den Kopf und sah sich um. Dann schauderte er und stand rasch auf. Er glich jetzt wieder eher einem Menschen als einem abartigen Roboter, auch wenn er noch immer grau wie Blei war. Seine nackten Füße glitten auf dem schleimigen Boden aus, so dass er leicht taumelte, doch er hatte sein Gleichgewicht schnell wieder gefunden. Dann blickte er auf das Herz in seinen Händen, schauderte ein zweites Mal, schleuderte es weg und wischte die Hände an den Schenkeln ab.

Borowitz dachte, dass er aussähe wie jemand, der gerade aus dem Getümmel eines Alptraumes erwacht war – aber er durfte nicht zu rasch erwachen. Es gab etwas, das Borowitz wissen musste. Und er musste es jetzt wissen, solange Dragosani sich noch daran erinnern konnte.

»Dragosani«, fragte er wieder mit möglichst sanfter Stimme, »können Sie mich hören?«

Als Borowitz' Gefährten sich endlich wieder gefangen hatten und sich zu ihm an die Glaswand stellten, blickte der Nackte in ihre Richtung. Zum ersten Mal bemerkte Boris Dragosani den Wandschirm, der auf seiner Seite lediglich aus einem Milchglasspiegel aus vielen kleinen Scheiben bestand. Er blickte sie geradewegs an, als könnte er sie tatsächlich sehen, so wie ein Blinder manchmal schaut, und antwortete: »Ja, ich höre Sie, Genosse General. Und Sie hatten Recht: Er hatte geplant, Sie zu ermorden.«

»Ha! Gut!« Borowitz ballte eine fleischige Faust und hieb damit in die Fläche seiner Linken. »Wie viele haben mit ihm zusammengearbeitet?«

Dragosani sah erschöpft aus. Die graue Farbe wich von ihm, und Hände, Beine und Unterkörper hatten bereits wieder annähernd Hautfarbe angenommen. Nun, da er wieder bei sich war, schien er kurz vor dem Zusammenbruch zu stehen. Es bedurfte nur einer kleinen Anstrengung, den Metallstuhl wieder aufzurichten und sich hinzusetzen, doch das schien seinen letzten Kraftvorrat aufzubrauchen. Er stützte die Ellbogen auf die Knie, legte den Kopf in die Hände und starrte auf den Boden zwischen seinen Füßen.

»Also?«, fragte Borowitz durch die Sprechanlage.

»Ein Einziger«, antwortete Dragosani endlich, ohne aufzusehen. »Jemand, der Ihnen nahe steht. Ich konnte seinen Namen nicht erkennen.«

Borowitz war enttäuscht. »Ist das alles?«

»Ja, Genosse General.« Dragosani hob den Kopf und sah wieder zur Trennwand. In seinen wasserblauen Augen lag etwas fast Flehentliches. Mit einer Vertrautheit, die Borowitz' Untergebene kaum fassen konnten, sagte er dann: »Gregor, bitte verlangen Sie *das* nicht.«

Borowitz schwieg.

»Gregor«, wiederholte Dragosani, »Sie haben mir versprochen …«

»Vieles habe ich Ihnen versprochen«, fiel Borowitz ihm rasch ins Wort. »Ja, und Sie werden alles bekommen. *Alles!* Für das Wenige, das Sie mir geben, werde ich Sie hundertfach entlohnen. Für Ihre kleinen Dienste wird die UdSSR Sie mit Dankbarkeit überhäufen – auch wenn die Anerkennung manchmal auf sich warten lässt. Sie haben einen Raum erforscht, der so tief ist wie das Weltall, Boris Dragosani, und ich weiß, dass Ihr Mut größer ist als der jedes Kosmonauten. Auch wenn die Science-Fiction etwas anderes behauptet, gibt es dort oben keine Ungeheuer. Doch die Grenzen, die Sie überschreiten, führen in die Schlupfwinkel des Schreckens! Ich *weiß* das …«

Der Mann im Nebenraum setzte sich auf und zitterte eine Weile heftig. Die graue Farbe kroch wieder in seine Glieder, seinen Leib.

»Ja, Gregor«, sagte er.

Obwohl Dragosani ihn nicht sehen konnte, nickte Borowitz und sagte: »Dann verstehen Sie mich also?«

Der Nackte seufzte, ließ den Kopf wieder hängen und fragte: »Was möchten Sie wissen?«

Borowitz leckte sich über die Lippen, näherte sich der Trennwand und sagte: »Zwei Dinge. Den Namen des Mannes, der mit diesem ausgeweideten Schwein da drin unter einer Decke steckt, und einen Beweis dafür, den ich dem Präsidium vorlegen kann. Ohne dieses Wissen droht nicht nur mir Gefahr, sondern auch Ihnen. Ja, und dem gesamten Dezernat. Denken Sie daran, Boris Dragosani, es gibt Leute im KGB, die *uns* ausweiden würden, hätten sie nur die Möglichkeit dazu!«

Dragosani sagte nichts, sondern kehrte zu dem Tisch mit den Überresten des Leichnams zurück. Er stand über der Schweinerei, und in seinem Gesicht konnte man seine Absicht lesen: die ultimative Schändung. Er atmete tief ein, blähte seine Lungen und ließ die Luft langsam wieder heraus. Dann wiederholte er die Prozedur. Jedes Mal schien seine Brust etwas mehr anzuschwellen, während seine Haut rasch und deutlich sichtbar wieder ihre schiefergraue Farbe annahm. Nach einigen Minuten richtete er den Blick auf die chirurgischen Instrumente in der Tasche.

Mittlerweile wirkte sogar Borowitz verstört und erschüttert. Er ließ sich auf seinem Sessel in der Mitte nieder und schien etwas kleiner zu werden.

»Meine Herren«, grummelte er seinen Untergebenen zu, »geht es Ihnen gut? Michail, haben Sie noch etwas im Magen? Dann halten Sie bitte Abstand.« Der Mann zu seiner Linken hatte feuchte Nasenflügel und seine Augen waren aufgerissen, pechschwarze Löcher in einem kreideweißen Gesicht. »Und Sie, Andrej – sind Sie fertig mit Ihrem Hyperventilieren?«

Der Angesprochene öffnete den Mund, sagte aber nichts. Seine feuchten Augen blieben fest auf die Glaswand gerichtet, und sein Adamsapfel hüpfte auf und ab. Michael sagte: »Lassen Sie mich wenigstens den Anfang sehen. Es wäre mir allerdings lieber, mich nicht wieder übergeben zu müssen. Außerdem wäre ich, wenn alles vorbei ist, für eine Erklärung dankbar. Sie können über das da drin sagen, was Sie wollen, Genosse General, aber ich bin der Meinung, man sollte ihn zum Schweigen bringen!«

Borowitz nickte. »Sie werden Ihre Erklärung erhalten, wenn es an der Zeit ist«, grollte er. »Unterdessen bin ich mit Ihnen einer Meinung – auch ich würde mich nur ungern übergeben.«

Dragosani hatte etwas in die Hand genommen, das wie ein silberner Meißel aussah. Mit der anderen Hand ergriff er einen kleinen kupferumhüllten Hammer. Er platzierte den Meißel mitten auf der Stirn der Leiche und schlug mit dem Hammer heftig darauf. Als der Hammer vom Aufprall zurückstieß, ergoss sich ein wenig Hirnflüssigkeit durch den Hohlraum des Meißels. Das war genug für Michail: Er würgte einmal, dann kehrte er in seine Ecke zurück und blieb dort zitternd mit abgewandtem Gesicht stehen.

Der Mann namens Andrej blieb, wo er war, als wäre er zu Stein erstarrt, doch Borowitz bemerkte, wie er seine Fäuste ballte und wieder öffnete.

Nun trat Dragosani einen Schritt zurück, kauerte sich hin und starrte den Meißel an, der aus dem gespaltenen Schädel ragte. Er nickte langsam, sprang dann wieder auf und brachte die Tasche mit den Instrumenten an den Tisch. Er ließ den Hammer auf die harten Kacheln des Bodens fallen, nahm ein dünnes Metallrohr und versenkte es fachmännisch, ohne richtig hinzusehen, in der Höhlung des Meißels. Das Röhrchen sank langsam herab, bis nur noch das Mundstück hervorstand.

»Ein Mundstück!«, krächzte Andrej plötzlich und wandte sich ab, um blind durch den Raum zu taumeln. »Mein Gott, mein Gott – *ein Mundstück!*«

Borowitz schloss die Augen. So stark er auch war, er konnte nicht hinsehen. Er hatte das schon einmal beobachtet und erinnerte sich nur zu gut daran.

Augenblicke verstrichen. Michail zitterte in seiner Ecke, Andrej stand am anderen Ende des Raumes und wandte der Glaswand den Rücken zu, und ihr Vorgesetzter schloss die Augen fest und quetschte sich in den Sessel. Dann …

Der Schrei, der aus dem Lautsprecher drang, hätte die stärksten Nerven zerrüttet, vielleicht sogar die Toten geweckt. Er war erfüllt von Schrecken, von ungeheuerlichem Wissen, von – Zorn? Ja, Zorn – der Schrei eines verletzten Menschenfressers, eines rachsüchtigen Tieres. Und kurz danach brach das Chaos aus!

Als der Schrei verklang, riss Borowitz die Augen auf, und die wulstigen Brauen bildeten ein Spitzdach über ihnen. Für einen Moment glich er einer verwirrten Eule, mit flatternden Nerven und Fingern, die sich in die Lehnen des Sessels eingruben. Dann stieß er einen rauen Schrei aus, hob einen Arm vors Gesicht und warf seinen schweren Körper nach hinten. Der Sessel fiel um. Borowitz rollte sich nach links und nutzte ihn als Deckung, als sich ein Regen aus Glas und kleinen Streifen aus Blei in den Raum ergoss. Ein großes Loch gähnte nun in der Mitte der Trennwand und die Beine des Metallstuhls ragten zur Hälfte hindurch. Der Stuhl wurde herausgerissen und erneut durch die Luft geschleudert, um den Rest der Scheibe zu zerschlagen. Wieder flogen Glassplitter durch den Raum.

»Schwein!« Dragosanis Schrei drang sowohl aus dem Lautsprecher als auch durch die zerschmetterte Scheibe. »Borowitz, du Schwein! Du hast ihn vergiftet, um sein Hirn verrotten zu lassen – *und jetzt habe ich das gleiche Gift getrunken, du Hurensohn!*«

Dieser zornigen, hasserfüllten Stimme folgte der Körper von Dragosani selbst. Er stand einen Moment von gläsernen Zacken umrahmt da, bevor er über den Tisch und die umgeworfenen Stühle sprang und vor Borowitz stehen blieb, der auf dem Boden kroch. In seiner Hand glitzerte etwas, das sich silbrig vom Grau seines Fleisches abhob.

»Nein!«, brüllte Borowitz, und seine tiefe Stimme erfüllte den kleinen Raum mit Schrecken. »Nein, Boris, Sie täuschen sich. Sie sind nicht vergiftet, Mann!«

»*Lügner!* Ich habe es in seinem toten Hirn gelesen. Ich konnte die Qualen fühlen, unter denen er starb. Und nun ist das Zeug in mir!«

Dragosani beugte sich vor, um Borowitz niederzudrücken, der darum kämpfte, wieder auf die Beine zu kommen. Er holte mit der silbernen Sichel in seiner Faust aus.

Michail hatte im Hintergrund wie eine Vogelscheuche im Wind gezittert. Doch nun stürzte er vor und griff mit der Hand in seinen Mantel. Er schnappte sich Dragosanis Handgelenk, als es gerade herabstoßen wollte. Michail war ein Fachmann im Umgang mit dem Knüppel und wendete ihn genau an der richtigen Stelle an, gerade fest genug, um Boris bewusstlos zu schlagen.

Der schimmernde Stahl fiel aus Dragosanis gefühllosen Fingern, und er sank mit dem Gesicht nach unten auf Borowitz, der sich noch halbwegs zur Seite wälzen konnte.

Dann half Michail dem älteren Mann auf, während Borowitz fluchte und ein- oder zweimal nach dem nackten Mann trat, der stöhnend auf dem Boden lag. Als er wieder auf den Beinen war, stieß er seinen Untergebenen von sich und begann, seine Kleidung zu richten – doch dann sah er den Knüppel in Michails Hand und begriff, was geschehen war. Seine Augen weiteten sich vor Bestürzung und Angst.

»Was?«, fragte er mit weit offenem Mund. »Sie haben ihn niedergeschlagen? Sie haben *das* gegen ihn eingesetzt? Narr!«

»Aber Genosse Borowitz, General, er …«

Borowitz schnitt ihm knurrend das Wort ab und stieß ihn mit beiden Händen von sich. »Tölpel! Idiot! Beten Sie, dass er unverletzt ist. Wenn es einen Gott gibt, an den Sie glauben, dann beten Sie, dass Sie diesem Mann keinen dauerhaften Schaden zugefügt haben. Habe ich Ihnen nicht gesagt, dass er einzigartig ist?« Er ging in die Knie und grunzte, als er den ohnmächtigen Mann auf den Rücken drehte. Die Farbe kehrte in Dragosanis Gesicht zurück, die normale Farbe eines Menschen, doch an seinem Hinterkopf wuchs eine gewaltige Beule. Seine Lider flatterten, als Borowitz besorgt sein Gesicht erforschte.

»Licht!«, polterte der alte General dann. »Schalten Sie alles an. Andrej, stehen Sie nicht nur da wie …« Er hielt inne und suchte den Raum ab, während Michail das Licht anschaltete. Andrej war nirgends zu sehen, und die Tür des Raumes stand weit offen.

»Feiger Hund!«, knurrte Borowitz.

»Vielleicht ruft er nach Hilfe«, stotterte Michail. Und setzte hinzu: »Genosse General, wenn ich Dragosani nicht niedergeschlagen hätte, dann hätte er …«

»Ich weiß, ich weiß«, grollte Borowitz ungeduldig. »Das ist jetzt gleichgültig. Helfen Sie mir, ihn auf einen Sessel zu setzen.«

Als sie Dragosani hochhoben und auf den Sessel setzten, schüttelte dieser den Kopf, stöhnte laut und öffnete die Augen. Er richtete sie auf Borowitz' Gesicht und verengte sie zu anklagenden Schlitzen. »Du!«, zischte er, versuchte sich aufzurichten, schaffte es jedoch nicht.

»Beruhigen Sie sich«, sagte Borowitz, »und seien Sie kein Narr. Sie sind nicht vergiftet, Mann. Glauben Sie wirklich, ich würde mich so leicht von meinem wertvollsten Gut trennen?«

»Aber er *wurde* vergiftet!«, krächzte Dragosani. »Vor nur vier Tagen. Es hat sein Hirn verbrannt, und er starb unter Todesqualen. Er dachte, sein Kopf würde schmelzen. Und nun habe ich das gleiche Zeug in mir! Ich muss mich übergeben, schnell! Ich muss mich übergeben!« Er versuchte verzweifelt, aufzustehen.

Borowitz nickte, hielt ihn mit starker Hand zurück und grinste wie ein sibirischer Wolf. Er strich seinen Streifen pechschwarzen Haars zurück und sagte: »Ja, *er* ist so gestorben – aber Sie werden das nicht, Boris, Sie nicht. Das Gift war etwas Besonderes, ein bulgarisches Gebräu. Es wirkt rasch – und verschwindet schnell wieder. Es löst sich in wenigen Stunden auf und ist nicht nachweisbar. Wie ein Dolch aus Eis vollführt es den Todesstoß und schmilzt dann.«

Michail glotzte mit offenem Mund wie ein Mann, der etwas hört, das er nicht glauben kann.

»Was *ist* das?«, fragte er. »Wie kann er wissen, dass wir den zweiten Befehlshaber der …«

»Seien Sie *still*!«, fuhr Borowitz ihn wieder an. »Sie werden eines Tages noch an Ihrer losen Zunge ersticken, Michail Gerkhov!«

»Aber …«

»Mann, sind Sie blind? Haben Sie gar nichts verstanden?«

Der andere zuckte die Schultern. Das alles war ihm über den Kopf gewachsen.

Er hatte schon viel Merkwürdiges gesehen, seit er vor drei Jahren ins Dezernat versetzt worden war, hatte Dinge gesehen und gehört, die er nie für möglich gehalten hätte, doch dies hier übertraf alles, was er bislang erlebt hatte. Es widersprach aller Vernunft.

Borowitz hatte sich wieder Dragosani zugewandt und packte ihn beim Nacken. Der nackte Mann war jetzt sehr blass, weder stahlgrau noch hautfarben, einfach nur blass. Er zitterte, als Borowitz ihn fragte: »Boris, haben Sie seinen Namen erfahren? Denken Sie nach, es ist äußerst wichtig.«

»Sein Name?« Dragosani blickte auf. Er wirkte krank.

»Sie haben gesagt, er würde mir nahestehen, der Mann, der mit diesem ausgeweideten Hund da drinnen unter einer Decke steckte. Wer ist er, Boris? Wer?«

Dragosani nickte und verengte seine Augen, als er sagte: »Er steht Ihnen nahe, ja. Sein Name ist – Ustinov!«

»Was …?« Borowitz richtete sich auf, als er verstand.

»Ustinov?«, keuchte Michail Gerkhov. »Andrej Ustinov? Ist das denn möglich?«

»Sogar gut möglich«, sagte eine vertraute Stimme an der Tür.

Ustinov trat mit entschlossenem Gesicht und einer Maschinenpistole in der Armbeuge ein. Er zielte auf die drei Männer vor ihm. »Sehr gut möglich.«

»Aber warum?«, fragte Borowitz.

»Ist das denn nicht offensichtlich, ›Genosse General‹? Würde nicht jeder, der so viel Zeit mit Ihnen verbracht hat wie ich, Ihnen den Tod wünschen? Zu lange schon, Gregor, habe ich unter Ihren cholerischen Anfällen gelitten, unter Ihren kleinlichen Intrigen und dümmlichen Schikanen. Ja, und ich habe Ihnen treu gedient – bis jetzt. Doch Sie haben mich nie gemocht, haben mir nie etwas zugetraut. Was war ich schon – was *bin* ich schon für Sie? Eine Null, ein überflüssiges Anhängsel? Sie werden zufrieden sein, dass ich zumindest ein guter Schüler gewesen bin. Aber Ihr Stellvertreter? Nein, das war ich nie. Und ich sollte Platz machen für diesen Emporkömmling?« Er nickte spöttisch in Gerkhovs Richtung.

Borowitz' Gesicht verriet deutlich seine Abscheu. »Und Sie hatte ich auswählen wollen!«, schnaufte er. »Ha! Ich alter Narr …«

Dragosani stöhnte und griff sich mit einer Hand an den Kopf. Er versuchte aufzustehen, fiel aus dem Sessel auf die Knie und stürzte mit dem Gesicht nach unten auf den mit Glas bedeckten Boden. Borowitz wollte sich neben ihn knien.

»Bleiben Sie, wo Sie sind!«, schnauzte Ustinov ihn an. »Sie können ihm nicht mehr helfen. Er ist ein toter Mann. Sie alle sind tot.«

»Damit werden Sie niemals durchkommen«, sagte Borowitz, doch alle Farbe wich ihm aus dem Gesicht. Seine Stimme war nur noch ein trockenes Rasseln.

»Natürlich werde ich das«, höhnte Ustinov. »Bei all diesem Chaos, diesem Wahnsinn? Ich werde eine gute Geschichte zu erzählen wissen, da können Sie sich sicher sein – über Sie, diesen rasenden Irren, und die völlig verrückten Leute, über die Sie befehlen – und wer könnte mir schon das Gegenteil beweisen?«

Er trat vor, und die Waffe in seinen Händen gab ein schroffes Geräusch von sich, als er sie entsicherte. Boris Dragosani, der zu seinen Füßen am Boden lag, war nicht ohnmächtig. Sein Zusammenbruch war nichts als eine Finte gewesen, um in Reichweite einer Waffe zu gelangen. Nun schlossen sich seine Finger um den beinernen Griff des kleinen, sichelförmigen Chirurgenmessers, das er fallen gelassen hatte. Ustinov kam näher und grinste, als er schnell mit dem Griff seiner Waffe auf Borowitz' argloses Gesicht einschlug. Während der Leiter des Psi-Dezernats nach hinten flog, sein zerschlagener Mund blutverschmiert, drehte Ustinov seine Waffe um und betätigte den Abzug.

Die erste Garbe traf Borowitz an der rechten Schulter, schleuderte ihn herum und warf ihn zu Boden. Ebenso riss sie Gerkhov von den Füßen, wirbelte ihn durch den Raum und knallte ihn an die Wand. Er hing dort einen Augenblick lang wie ein Gekreuzigter, tat dann einen einzigen Schritt nach vorn, spie einen Schwall Blut aus und fiel mit dem Gesicht nach unten zu Boden. Wo sein Rücken die Wand berührt hatte, war sie scharlachrot.

Borowitz kroch rückwärts über den Boden und zog den rechten Arm nach, bis er mit den Schultern gegen die Wand stieß. Er hatte keine Chance, zu entkommen, und so setzte er sich dort mühevoll auf und wartete auf den Tod.

Ustinov entblößte die Zähne wie ein Hai vor dem Angriff. Er zielte auf Borowitz' Bauch und schloss die Finger um den Abzug.

In diesem Augenblick stieß Dragosani mit dem Messer nach oben und durchtrennte die Sehnen hinter Ustinovs linkem Knie. Als mehrere Kugeln die Wand genau über seinem Kopf durchsiebten, schrien Ustinov und Borowitz gleichzeitig auf.

Dragosani zog sich an Ustinovs Mantel auf die Knie hoch und stach ein zweites Mal blind zu. Die Sichelklinge drang durch Mantel, Jackett, Hemd und Fleisch. Sie durchschnitt Ustinovs rechten Oberarm bis auf den Knochen, und die nutzlosen Finger ließen die Waffe fallen. Fast im Reflex stieß er sein Knie in Dragosanis Gesicht.

Andrej Ustinov schrie vor Schmerz und Schreck. Der Verräter wusste, dass er schwer verletzt war, humpelte aus der Tür und warf sie hinter sich zu. Im nächsten Moment ließ er den winzigen Vorraum hinter sich und verschwand in den Korridor. Dort schloss er die schalldichte Tür etwas leiser und schritt über die Leiche des KGB-Mannes, der dort mit heraushängender Zunge und eingeschlagenem Schädel lag. Sein Tod war eine unglückliche Notwendigkeit gewesen. Ustinov fluchte vor Schmerz, als er den Gang entlanghinkte und eine Blutspur hinterließ. Er hatte fast die Tür zum Innenhof erreicht, als er ein Geräusch hinter sich hörte, das ihn erstarren ließ. Er drehte sich um, zog eine Splittergranate aus seiner Tasche und entsicherte sie. Er sah Dragosani den Gang betreten, über die Leiche stolpern und in die Knie gehen. Dann, als ihre Blicke sich trafen, warf Ustinov die Granate.

Danach blieb nichts mehr zu tun, als schnellstens dort herauszukommen. Er hörte noch den Aufprall der Granate und Dragosanis keuchenden Atem, als er die Stahltür zum Hof öffnete, hinaustrat und die Tür fest hinter sich schloss.

Draußen in der Nacht zählte Ustinov die Sekunden, während er auf die zwei weiß gekleideten Helfer am Heck des Krankenwagens zuhumpelte.

»Hilfe!«, krächzte er. »Ich bin schwer verletzt! Es war Dragosani, einer unserer Sonderagenten. Er ist verrückt geworden, hat Borowitz, Gerkhov und einen Mann vom KGB getötet.«

Hinter ihm ertönte, wie um seinen Worten Nachdruck zu verleihen, eine gedämpfte Detonation. Die Stahltür schepperte, als hätte jemand mit einem Vorschlaghammer dagegengeschlagen. Sie bog sich leicht nach außen, und ein Scharnier zerbrach, bevor sie nach innen gesaugt und aus den Angeln gerissen wurde. Rauch, Hitze und eine rote Stichflamme wogten heraus und der schwere Gestank von Sprengstoff lag in der Luft.

»Schnell!«, rief Ustinov über die panischen Fragen der Wärter und das Gebrüll der Sicherheitsleute hinweg, als diese über die Pflastersteine gelaufen kamen. »Fahrer, bringen Sie uns von hier fort, bevor das ganze Haus in die Luft geht!« Es stand nicht zu befürchten, dass das wirklich geschehen würde, doch so konnte Ustinov sie wenigstens zum Handeln bewegen. Und er war aus der Schusslinie – zumindest für den Augenblick.

Das Schlimmste war, dass er sich nicht sicher sein konnte, ob Borowitz und seine Männer wirklich tot waren. Wenn ja, hatte er genügend Zeit, sich eine Geschichte zurechtzulegen. Wenn nicht, dann war er dran. Das würde sich zeigen.

Er sprang hinten in den Krankenwagen, als der Motor aufheulte, gefolgt von den Helfern, die sofort anfingen, seine Oberbekleidung zu entfernen. Die Türen schlugen zu, und das Gefährt raste über den Hof, fuhr durch einen hohen Steinbogen und näherte sich der Außenmauer.

»Machen Sie schon!«, brüllte Ustinov. »Bringen Sie uns hier raus!« Der Fahrer beugte sich übers Lenkrad und drückte das Gaspedal durch. Auf dem Hof liefen die Sicherheitsmänner und der Pilot des Hubschraubers wie kopflose Hühner herum und husteten wegen des beißenden Qualms, der aus der Tür drang. Das kleine Feuer war am Rauch erstickt. Und nun schwankte aus dieser dichten Mauer aus Qualm eine Gestalt wie aus einem Alptraum: Dragosani, noch immer nackt, das graue Fleisch rußgeschwärzt und blutrot gestreift. Über den Schultern trug er wie ein Feuerwehrmann den brüllenden Gregor Borowitz.

»Was?«, schrie der General, wenn er nicht gerade hustete und spie. »*Was?* Wo ist Ustinov, dieser Hund von einem Verräter? Habt ihr ihn entwischen lassen? Wo ist der Krankenwagen? Was tut ihr verdammten Narren da?«

Als die Sicherheitsmänner Borowitz von Dragosanis gebeugtem Rücken hoben, antwortete ihm einer atemlos: »Genosse Ustinov wurde verwundet, Herr General. Er wurde im Krankenwagen fortgebracht.«

»Genosse? *Genosse?*«, heulte Borowitz. »Das ist kein Genosse! Verwundet, sagen Sie? Verwundet, Sie Arschloch? *Ich will ihn tot sehen!*«

Er wandte sein Wolfsgesicht hoch zum Turm und brüllte: »Ihr da oben – könnt ihr den Krankenwagen sehen?«

»Ja, Genosse General. Er nähert sich der Außenmauer.«

»Haltet ihn auf!«, schrie Borowitz und griff an seine zerschmetterte Schulter.

»Aber …«

»Jagt ihn in die Luft!«, wütete der General.

Der Schütze auf dem Turm befestigte sein Nachtsichtgerät an der Kalaschnikow und lud einen gemischten Ladestreifen mit Leuchtspurmunition und Explosivgeschossen. Er kniete sich hin, bekam das Gefährt ins Fadenkreuz und zielte auf die Motorhaube. Der Krankenwagen fuhr langsamer, als er sich einem der Tore der Außenmauer näherte, und der Schütze wusste, dass er dort nie ankommen würde. Er klemmte die Waffe zwischen Schulter und Brüstung, betätigte den Abzug und ließ ihn nicht mehr los. Die Feuersalve aus dem Turm verfehlte das Gefährt um wenige Meter, dann korrigierte der Schütze und sie traf ihr Ziel.

Die Vorderfront des Krankenwagens ging in weißen Flammen auf, explodierte und schleuderte brennendes Benzin in alle Richtungen. Das Vehikel kam von seinem

Weg ab und blieb in ausgehobenem Torf stecken. Jemand in Weiß kroch auf allen vieren von dem brennenden Wagen weg; ein anderer in einem offenen Hemd und mit einem dunklen Mantel über der Schulter wich vor den Flammen zurück und hinkte in Richtung Ausfahrt.

Da er auf die Sicherheitsleute gestützt im Hof stand und die Lage nicht überblicken konnte, rief Borowitz ungeduldig zum Turm hinauf: »Haben Sie ihn erwischt?«

»Ja, Genosse. Mindestens zwei Männer haben überlebt. Einer gehört zur Mannschaft des Krankenwagens und der andere ist vermutlich ...«

»Ich weiß, wer der andere ist«, schrie Borowitz. »Er ist ein Verräter! Er hat mich, das Dezernat und Russland verraten. Machen Sie ihm den Garaus!«

Der Schütze schluckte schwer, legte an und feuerte. Leuchtfeuer und Kugeln fraßen sich in die Erde vor Ustinovs Füßen, kletterten höher, Phosphor und Stahl rissen ihn in Stücke.

Es war das erste Mal, dass der Mann auf dem Turm jemanden getötet hatte. Er legte seine Waffe nieder, lehnte sich zitternd über die Brüstung und rief hinab: »Erledigt, Genosse General!« In der Stille klang seine Stimme sehr leise.

»Sehr gut«, rief Borowitz zurück. »Bleiben Sie erst einmal, wo Sie sind, und halten Sie die Augen offen.« Er stöhnte und griff sich wieder an die Schulter, wo das Blut den Stoff seines Mantels durchtränkte.

Einer der Sicherheitsleute sagte: »Sie sind ja verletzt!«

»Natürlich, Idiot! Das kann warten. Jetzt sollen erst einmal alle hereinkommen. Ich will Ihnen etwas mitteilen. Und bis auf Weiteres darf nichts davon außerhalb dieser Mauern bekannt werden. Wie viele verdammte KGB-Männer befinden sich hier?«

»Zwei, Herr General«, sagte der Sicherheitsmann. »Einer drinnen …«

»Der ist tot«, knurrte Borowitz gleichgültig.

»Dann ist nur noch der im Wald übrig. Der Rest sind alles Angestellte des Dezernats.«

»Gut! Aber … hat der Typ im Wald ein Funkgerät?«

»Nein, Genosse General.«

»Noch besser. Also, bringen Sie ihn her und sperren Sie ihn fürs Erste ein.«

»Sehr wohl, Genosse General.«

»Und niemand soll sich Sorgen machen«, setzte Borowitz hinzu. »Die Verantwortung für all das ruht auf meinen Schultern – und die sind sehr breit, wie Sie wohl wissen. Nichts wird vertuscht werden, doch ich werde das auf meine Weise regeln. Dies könnte unsere Chance sein, den KGB ein für alle Mal loszuwerden.«

Er wandte sich an den Piloten des Hubschraubers: »Sie machen sich zum Start bereit. Ich brauche einen Arzt – den vom Dezernat. Fliegen Sie ihn sofort ein.«

»Ja, Genosse General. Sofort.« Der Pilot lief zum Hubschrauber und die Sicherheitsmänner zu ihrem Wagen, der außerhalb des Hofes stand.

Borowitz sah zu, wie sie gingen, hängte sich bei Dragosani ein und fragte: »Boris, sind Sie noch für etwas anderes zu gebrauchen?«

»Mir geht es so weit ganz gut, wenn Sie das meinen« erwiderte Dragosani. »Ich hatte gerade noch genug Zeit, im Vorraum Schutz zu suchen, bevor die Granate hochging.«

Borowitz zeigte trotz des brennenden Schmerzes in seiner Schulter ein wölfisches Grinsen. »Gut!«, sagte er. »Dann gehen Sie wieder da hinein und suchen Sie einen Feuerlöscher. Kümmern Sie sich um alles, was noch brennen sollte. Danach kommen Sie zu mir in den Vortragsraum.«

Er löste sich von dem Arm des Nackten, schwankte einen Augenblick und stand dann aufrecht. »Worauf warten Sie?«

Als Dragosani durch die zerstörte Tür zurück in den Gang kroch, wo sich der Rauch mittlerweile fast völlig verzogen hatte, rief Borowitz ihm nach: »Und Genosse – suchen Sie sich Kleider, oder zumindest ein Tuch. Ihre Arbeit ist getan für heute Nacht. Es ist wohl kaum angemessen für Boris Dragosani, den Nekromanten des Kremls – eines Tages zumindest –, so herumzulaufen, wie Gott ihn schuf, oder?«

Eine Woche später verteidigte Gregor Borowitz bei einer geheimen Anhörung die Maßnahmen, die er in der fraglichen Nacht im umgebauten Schloss Bronnitsy getroffen hatte. Bei der Anhörung verfolgte Borowitz zwei Ziele. Erstens: Es musste aussehen, als hätte Borowitz »einen ernsthaften Zwischenfall im ›experimentellen Dezernat‹ unter Kontrolle gebracht«. Zweitens: Man sollte ihm nun völlige Unabhängigkeit von den anderen Geheimdiensten der UdSSR bewilligen, besonders vom KGB. Er wollte nicht weniger erreichen als vollständige Autonomie.

Der fünfköpfige Ausschuss der Richter – oder besser Befrager – bestand aus Georg Krisich vom Zentralkomitee der Partei, Oliver Bellekhoyza und Karl Djannov, Mitglieder des Ministerrats, Juri Andropow, Leiter der Komitet Gossudarstwennoy Besopasnosti, des KGB, und einem weiteren Mann, der nicht nur ein ›unabhängiger Beobachter‹ war, sondern in Wirklichkeit der persönliche Stellvertreter von Leonid Breschnew. Da der Generalsekretär in jedem Fall das letzte Wort haben würde, war sein ›namenloser‹, aber äußerst wichtiger Vertreter der Mann, den Borowitz beeindrucken musste. Er war dank seiner Anonymität auch derjenige, der am wenigsten zu sagen hatte …

Die Anhörung fand in einem großen Raum im zweiten Stock eines Gebäudes am Kurtsuzov-Prospekt statt, was die Teilnahme von Andropow und Breschnews Mann erleichterte, da beide ihre Büros in diesem Gebäude hatten. Niemand machte größere Schwierigkeiten. Bei allen experimentellen Projekten rechnet man mit Risiken, wenn man auch, wie Andropow leise anmerkte, wünschte, dass man diese Risiken manchmal ›vorhersehen‹ sollte. Daraufhin lächelte Borowitz und nickte fügsam, während er sich schwor, dass dieser Hurensohn eines Tages für diese kalte und spöttische Unterstellung von Unfähigkeit bezahlen würde. Und auch für sein selbstgefälliges Auftreten und völlig unangebrachtes Gebaren der Überlegenheit.

Während der Anhörung stellte sich heraus (so schilderte es Borowitz), dass einer von Borowitz' Untergebenen, Andrej Ustinov, unter den Belastungen seiner Arbeit zusammengebrochen und Amok gelaufen war. Er habe den KGB-Agenten Hadj Gartezov getötet und versucht, das Schloss mit Sprengkörpern in die Luft zu jagen. Er habe sogar Borowitz selbst verwundet, bevor man ihn aufhalten konnte. Unglücklicherweise seien dabei zwei weitere Personen ums Leben gekommen und ein Dritter verletzt worden, jedoch sei niemand davon ein Bürger von großer Bedeutung gewesen. Der Staat werde für ihre Familien tun, was in seiner Macht stand.

Nach dem ›Zwischenfall‹ und bis er vollständig aufgeklärt werden konnte, war es leider notwendig gewesen, ein zweites Mitglied von Andropows KGB auf dem Schloss festzuhalten. Dies sei unvermeidlich gewesen; mit Ausnahme eines Hubschrauberpiloten habe Borowitz niemandem gestattet, das Gelände zu verlassen. Selbst der Pilot hätte bleiben müssen, wäre nicht die Anwesenheit eines Arztes dringend erforderlich gewesen. Was die Verwahrung des Agenten in einer Zelle betraf, so geschah das zu dessen eigener Sicherheit. Bis sich herausgestellt habe, dass nicht der KGB selbst Ustinovs Hauptziel war – dass es überhaupt kein ›Ziel‹ als solches gegeben habe, sondern einfach nur ein Mann verrückt geworden und Amok gelaufen war –, habe Borowitz es als seine Pflicht betrachtet, für die Sicherheit des Agenten zu sorgen. Schließlich war ein toter KGB-Mann schon einer zu viel; eine Ansicht, der Andropow doch sicher beipflichte.

Kurzum, die gesamte Anhörung war kaum mehr als eine Wiederholung von Borowitz' ursprünglicher Erklärung und seinem Bericht. Die Exhumierung, Ausweidung und nekromantische Untersuchung eines gewissen ehemaligen MWD-Beamten wurde mit keinem Wort erwähnt. Hätte Andropow *davon* gewusst, so hätte es ein Problem gegeben, doch er wusste nichts. Die Sachlage hätte sich sicherlich auch dadurch nicht verbessert, dass er selbst vor nur acht Tagen einen Kranz auf das frische Grab des Unglücklichen gelegt hatte – oder dadurch, dass die ausgeweidete Leiche im Augenblick in einem anderen, unbezeichneten Grab irgendwo auf dem Gelände von Schloss Bronnitsy lag …

Was den Rest anging: Minister Djannov stellte einige unfeine Fragen über die Arbeit oder den Zweck von Borowitz' Dezernat, woraufhin Borowitz erstaunt, wenn nicht erbost dreinblickte.

Breschnews Vertreter hatte gehustet und die Frage beiseitegeschoben. Was sei schließlich der Nutzen einer geheimen Organisation, die all ihre Geheimnisse enthülle? Tatsächlich hatte Leonid Breschnew bereits im Vorfeld alle direkten Fragen bezüglich des Psi-Dezernats und seinen Aktivitäten untersagt. Schließlich sei Borowitz von jeher ein starker Kämpfer für die Sache der Partei sowie ein treuer und mächtiger Unterstützer des Generalsekretärs gewesen.

Die ganze Zeit über war es offensichtlich, dass Andropow schlechte Laune hatte. Liebend gerne hätte er eine Anklage vorgebracht, zumindest aber eine gründliche Untersuchung durch den KGB erzwungen, doch das war bereits untersagt worden – oder anders formuliert: Man hatte ihn davon ›überzeugt‹, diesen Weg nicht zu beschreiten.

Als alles erledigt war und die anderen gegangen waren, wurde Borowitz von dem KGB-Chef gebeten, noch eine Weile zu bleiben und mit ihm zu reden. »Gregor«, begann er, als sie allein waren, »Sie wissen natürlich, dass nichts Wichtiges – und damit meine ich wirklich *nichts* – mir je verborgen bleibt? Wenn etwas bislang unentdeckt ist, heißt das nicht, dass es für immer ein Geheimnis bleibt. Früher oder später erfahre ich doch alles. Darüber sind Sie sich doch im Klaren?«

»Ach, die Allwissenheit!« Borowitz zeigte sein Wolfsgrinsen. »Eine schwere Bürde auf den Schultern jedes Mannes. Genosse, mein Beileid.«

Yuri Andropow lächelte dünn, und seine Augen täuschten hinter den Gläsern seiner Brille Abwesenheit und Leere vor. Doch er gab sich keine Mühe, die Drohung in seiner Stimme zu verbergen, als er sagte: »Gregor, wir alle müssen über unsere Zukunft nachdenken. Gerade Sie sollten das im Hinterkopf behalten. Sie sind kein junger Mann mehr. Wenn Ihr niedliches kleines Dezernat den Bach runtergeht, was dann? Sind Sie bereit für einen vorzeitigen Ruhestand, den Verlust all Ihrer kleinen Privilegien?«

»Komischerweise«, entgegnete Borowitz, »gehört zu meiner Arbeit etwas, das meine Zukunft gesichert hat – zumindest meine vorhersehbare Zukunft. Und zufälligerweise auch die Ihre.«

Andropow hob die Augenbrauen. »Ach?« Wieder dieses dünne Lächeln. »Und was haben Ihre Astrologen in meinen Sternen gelesen, Gregor?«

Nun, zumindest davon weiß er!, dachte Borowitz, doch das war keine große Überraschung. Jeder Chef einer Geheimpolizei, der etwas taugte, konnte so viel in Erfahrung bringen. Also gab es keinen Grund, es zu leugnen. »Aufstieg ins Politbüro innerhalb von zwei Jahren«, sagte er, ohne seinen Gesichtsausdruck auch nur im Geringsten zu ändern. »Und acht oder neun Jahre später möglicherweise die Parteiführung.«

»Wirklich?« Andropows Lächeln war halb neugierig und halb zynisch.

»Ja, wirklich.« Noch immer hatte sich Borowitz' Gesichtsausdruck nicht verändert. »Und das erzähle ich Ihnen, ohne zu befürchten, dass Sie es Leonid berichten.«

»Tatsächlich?«, antwortete der gefährlichste aller Männer. »Und gibt es einen besonderen Grund, warum ich das nicht tun sollte?«

»Oh ja. Man könnte es wohl das Herodes-Prinzip nennen. Wir als gute Mitglieder der Partei lesen natürlich nicht in der sogenannten ›Heiligen Schrift‹, doch da Sie ein intelligenter Mann sind, verstehen Sie gewiss, was ich meine. Herodes wurde, wie Sie wissen, lieber zum Massenmörder, als dass er mit der Drohung eines Anwärters auf seinen Thron leben wollte – selbst wenn dieser Anwärter noch ein neugeborenes Kind war. Natürlich sind Sie keinesfalls ein unschuldiges Kleinkind, Yuri. Und selbstverständlich ist Leonid auch kein zweitklassiger Herodes.

Trotzdem glaube ich nicht, dass Sie ihm meine Vorhersage mitteilen …«

Nachdem er kurz nachgedacht hatte, zuckte Andropow mit den Schultern. »Vielleicht haben Sie Recht.« Er lächelte nicht länger.

»Andererseits«, sagte Borowitz, als er sich umwandte und den Raum verließ, »würde *ich* es vielleicht tun – wenn es eine Sache nicht gäbe.«

»Und die ist?«

»Nun, dass wir alle über unsere Zukunft nachdenken müssen, natürlich! Und außerdem halte ich mich für beträchtlich klüger als diese närrischen drei ›Weisen‹ aus dem Morgenland …«

Und während er auf das Treppenhaus zuging, kehrte Borowitz' Wolfsgrinsen plötzlich zurück, als er sich an etwas erinnerte, was ihm sein Seher noch über Yuri Andropow erzählt hatte: dass er kurz nach seiner Berufung zum Parteivorsitzenden erkranken und sterben würde. Ja, innerhalb von zwei oder höchstens drei Jahren. Borowitz konnte nur hoffen, dass es so geschehen würde – oder er musste seiner Hoffnung etwas auf die Sprünge helfen. Vielleicht sollte er seine eigenen Vorkehrungen treffen und sofort damit beginnen. Vielleicht musste er sich mit einem gewissen befreundeten Chemiker in Bulgarien unterhalten. Ein langsames Gift … nicht nachweisbar … schmerzlos … das eine rasche Erkrankung lebenswichtiger Organe herbeiführt … Gewiss war das einen Gedanken wert.

Am folgenden Mittwochabend fuhr Boris Dragosani mit seiner kleinen russischen Schrottlaube zu Gregor Borowitz' geräumiger, aber rustikaler Datscha in Zhukovka. Sie stand etwa dreißig Kilometer von der Stadt entfernt, lag herrlich auf einem kleinen, mit Tannen bewachsenen Hügel über dem träge dahinfließenden Fluss und war sicher vor ungebetenen Augen und Ohren – vor allem denen der elektronischen Art. Borowitz hatte nichts aus Metall in seinem Haus, mit Ausnahme eines Metalldetektors. Den verwendete er angeblich dazu, um alte Münzen am Flussufer zu suchen, vor allem im Gebiet der alten Furt, doch in Wirklichkeit diente er nur seiner eigenen Sicherheit und seinem Seelenfrieden. Er kannte jeden einzelnen Nagel in jedem einzelnen Holzbalken seiner Datscha. Die einzigen Wanzen, die sich dem Haus nähern konnten, waren diejenigen, die auf dem fruchtbaren Boden in Borowitz' wucherndem Garten herumkrochen.

Trotz alledem ging der alte General mit Dragosani spazieren, um mit ihm zu reden, da er die freie Natur der stets zweifelhaften Abgeschiedenheit seiner vier Wände vorzog, wie oft er diese auch überprüft haben mochte. Denn selbst hier in Zhukovka war der KGB vertreten, sehr zahlreich sogar. Viele ranghohe KGB-Beamte – unter ihnen einige Generäle – hatten hier eine Datscha. Außerdem gab es hier eine Schar verdienter Agenten im Ruhestand. Niemand darunter war Borowitz freundlich gesinnt; alle würden mit Freude Yuri Andropow jedwede Information zuspielen, die sie ausgraben konnten.

»Aber wenigstens ist das Dezernat selbst sie nun los«, vertraute Borowitz seinem Gast an, der ihn auf einem Weg am Flussufer entlang begleitete. Er führte Dragosani zu einer Ansammlung flacher Steine, auf denen sie sitzen und den Sonnenuntergang beobachten konnten, der den Fluss in einen dunkelgrünen Spiegel verwandelte.

Sie gaben ein merkwürdiges Paar ab: der untersetzte alte Soldat, verknöchert und ein typischer Russe, mit vergilbten Nägeln und Zähnen und verwitterter Haut, und der hübsche junge Mann. Er wirkte im Vergleich fast schwächlich, mit feinen Zügen (wenn sie nicht gerade von der Anspannung seiner Arbeit verzerrt waren) und langen Fingern wie denen eines Konzertpianisten, schlank, aber von verborgener Kraft, und mit Schultern so breit, wie sein Lächeln schmal war. Abgesehen von einer gegenseitigen Achtung schienen sie sehr wenig gemeinsam zu haben.

Borowitz achtete Dragosani seiner Gabe wegen; er hatte keinen Zweifel daran, dass man mit seiner Hilfe Russland wieder zu wahrer Größe verhelfen konnte. Nicht einfach nur zur Größe einer Supermacht, sondern für alle Invasoren unzugänglich, unzerstörbar für jedes Waffensystem, unaufhaltsam in seinem Streben nach weltweiter Expansion. An Letzterem wurde bereits gearbeitet, doch Dragosani konnte diesen Vorgang noch beträchtlich beschleunigen. *Falls* Borowitz' Hoffnungen für das Dezernat begründet waren. Es war noch immer Spionage, ja – doch es war die Kehrseite der Medaille, wenn Andropows Geheimpolizei die eine Seite darstellte. Oder eher noch: der Rand der Medaille. Darum mochte Borowitz auch den unbeliebten Dragosani: Er konnte sich ihn niemals in einem dunkelblauen Mantel und Fedora vorstellen, doch gleichermaßen konnte kein KGB-Mann jemals die Tiefen der geheimnisvollen Quellen ermessen, zu denen Dragosani Zugang hatte. Und natürlich hatte Borowitz selbst den Nekromanten ›entdeckt‹ und ins Spiel gebracht. Das war ein weiterer Grund, warum er ihn mochte: Er war sein größter Fund.

Was den blassen jungen Mann betraf – auch er hatte seine Ziele und Bestrebungen. Doch die behielt er für sich – verschlossen in seinem makabren Geist –, und sie hatten ganz sicher nichts mit Borowitz' Vision der russischen Weltherrschaft und einem allumfassenden Reich zu tun, einem Mütterchen Russland, dessen Söhne niemals mehr von irgendeiner Nation bedroht würden, wie stark diese auch sein mochte.

Zum einen verstand sich Dragosani nicht als Russe. Sein Erbe war älter als die Unterdrückung durch den Kommunismus und die stumpfen Horden, die Hammer und Sichel nicht nur als Werkzeug, sondern auch als Banner und Waffe gebrauchten. Und vielleicht war das auch einer der Gründe, warum er den ebenso unbeliebten Borowitz mochte, weil dessen Politik so unpolitisch war.

Er brachte dem alten Krieger eine Menge Achtung entgegen, doch nicht wegen dessen weit zurückliegender Heldentaten auf dem Schlachtfeld oder der geübten Leichtigkeit, mit der Borowitz das Blaue vom Himmel lügen konnte. Dragosani respektierte seinen Chef so, wie ein Arbeiter in großer Höhe die oberen Sprossen seiner Leiter respektiert. Und ganz wie ein solcher wusste auch er, dass er es sich nie würde leisten können, zurückzutreten und sein Werk zu bewundern. Doch warum sollte er das auch, wo doch eines Tages der Turm fertig sein und er auf dessen unangreifbarem Gipfel den Sieg genießen würde? In der Zwischenzeit konnte Borowitz ihm Anweisungen geben, seine Füße auf den Sprossen lenken, und Dragosani würde klettern – so schnell und hoch, wie die Leiter ihn tragen mochte. Vielleicht achtete er ihn, wie ein Seiltänzer sein Seil achtet. Und wie sehr musste er dann auf seine Schritte achten?

Die Reibungspunkte zwischen den beiden entsprangen hauptsächlich den unterschiedlichen Ursprüngen, ihrer Erziehung, ihren Ansichten und Lebensweisen. Borowitz war durch und durch Moskauer, wurde im Alter von vier Jahren Waise, schnitt mit sieben Feuerholz, um zu überleben, und war seit dem sechzehnten Lebensjahr Soldat. Dragosani war nach seinem Geburtsort am Oltulfluss benannt worden, wo dieser das karpatische Gebirge hinabfließt, der Donau und der bulgarischen Grenze entgegen. In der alten Zeit hieß dieses Land Walachei, mit Ungarn im Norden und Serbien und Bosnien im Westen.

Und so sah er auch sich selbst: als Walachen oder zumindest als Rumänen. Und als Historiker und Patriot (auch wenn seine Vaterlandsliebe einem Land galt, das schon lange von den Landkarten verschwunden war) wusste er, dass seine Heimat auf eine sehr lange und sehr blutige Geschichte zurückblickte.

Was erfährt man, wenn man sich mit der Geschichte der Walachei beschäftigt? Dass sie verschachert, annektiert, gestohlen, wiedererobert und zurückgestohlen worden war, zerstört, verheert und verwüstet – doch trotzdem hatte sie sich immer wieder behauptet. Dieses Land glich dem Vogel Phönix! Sein Grund und Boden war lebendig, dunkel von Blut, gestärkt durch Blut. Ja, die Stärke des Volkes lag in der Stärke des Landes, und die des Landes lag in seinem Volk. Es war ein Land, für das sie kämpfen konnten, das durch seine Natur fast für sich selbst kämpfte. Jede historische Landkarte bewies das: In jenen alten Tagen, vor der Erfindung von Flugzeug und Panzer, war das Gebiet abgeschieden wie eine Insel und sicher wie eine Festung gewesen. Gebirge und Sümpfe umringten es, im Osten grenzte es an das Schwarze Meer, im Westen an Moorland, im Süden an die Donau.

Und so war Dragosani dank seines Erbes zuerst ein Walache (und vielleicht der einzig überlebende Walache der Welt), dann ein Rumäne, doch wohl kaum ein Russe. Was waren sie denn schon, dieses Volk, zu dem auch Gregor Borowitz zählte? Nur der Bodensatz zahlloser Wellen von Eroberern, die Söhne von Hunnen und Goten, Slawen und Franken, Mongolen und Türken. Natürlich floss das

Blut dieser Hunde auch in Boris Dragosanis Adern, doch in erster Linie war er ein Walache! Nur in einer Hinsicht glich er dem alten Mann: Sie beide waren Waisenkinder gewesen, wenn auch unter gänzlich anderen Umständen. Borowitz hatte wenigstens eigene Eltern *gehabt*, hatte sie als Kleinkind gekannt, auch wenn sie jetzt lange vergessen waren. Doch Dragosani war ein Findelkind. Man hatte ihn vor der Tür einer Hütte in einem rumänischen Dorf gefunden, kaum älter als einen Tag, und er war von einem reichen Bauern aufgezogen worden, das war sein Los gewesen. Und wahrlich kein schlechtes.

»Also, Boris«, sagte Borowitz und riss seinen Schützling aus den Gedanken, »was denken Sie darüber?«

»Worüber?«

»Ha!«, schnaubte der ältere Mann. »Sehen Sie, ich weiß, dass dieser Ort sehr entspannend ist und ich bestenfalls ein langweiliger alter Furz bin, aber tun Sie mir den Gefallen und schlafen Sie nicht ein! Was denken Sie darüber, dass das Dezernat endlich frei vom KGB ist?«

»Ist das wirklich so?«

»Ja, wirklich!« Borowitz rieb sich zufrieden die plumpen Hände, bis sie fast raschelten. »Man könnte sagen, wir sind gereinigt. Zu Anfang mussten wir sie ertragen, weil Andropow gern seine Nase in jeden Topf steckt. Aber dieser Topf entspricht nicht mehr seinem Geschmack. Es hat sich alles wunderbar entwickelt.«

»Wie haben Sie das geschafft?« Dragosani wusste, dass der andere fast platzte, es ihm zu erzählen.

Borowitz zuckte mit den Schultern, als wollte er seine eigene Rolle in der ganzen Angelegenheit herunterspielen.

Dragosani wusste, dass das genaue Gegenteil der Wahrheit entsprach. »Ach, ein bisschen hier, ein bisschen da.

Soll ich sagen, dass ich meine Arbeit aufs Spiel gesetzt habe? Oder gar das ganze Dezernat? Ich habe gepokert, wenn man so will – und ich wusste, dass ich nicht verlieren kann.«

»Dann war es auch kein Pokern«, sagte Dragosani. »Was *genau* haben Sie getan?«

Borowitz kicherte. »Boris, Sie wissen, wie sehr ich es hasse, mich in Einzelheiten zu ergehen. Doch ja, ich werde es Ihnen sagen. Ich bin *vor* der Anhörung zu Breschnew gegangen – und ich habe ihm erzählt, wie die Dinge laufen werden.«

»Ha!« Diesmal war es Dragosani, der schnaubte. »*Sie* haben es *ihm* erzählt? Sie haben Leonid Breschnew erzählt, wie die Dinge laufen werden? Welche Dinge?«

Borowitz lächelte sein Wolfslächeln. »Die Zukunft!«, sagte er. »Die Dinge, die kommen werden! Ich habe ihm gesagt, dass sein politisches Balzen mit Nixon ihn immer mächtiger machen wird – aber er muss auf Nixons Sturz in drei Jahren gefasst sein, wenn die ganze Welt wissen wird, wie korrupt er ist. Ich sagte ihm, dass er danach in einer vorteilhaften Lage sein wird, weil er es dann im Weißen Haus mit einer Schlafmütze zu tun hat. Ich habe ihm verkündet, dass er nächstes Jahr zur Vorkehr gegen künftige amerikanische Hardliner ein Abkommen unterzeichnen wird, das es den Sputniks erlaubt, Raketenstationen in den Vereinigten Staaten zu fotografieren und umgekehrt – und dass er das tun sollte, so lange es noch die Möglichkeit dazu gibt und Amerika im Weltall die Nase vorn hat. Entspannung, wissen Sie. Darauf ist er aus. Ebenso ist er darauf aus, dass der Vorsprung des Westens dabei nicht allzu groß wird, also habe ich ihm ein gemeinsames Unternehmen im All im Jahre 1975 versprochen. Was die Juden und Dissidenten angeht, die ihm Probleme bereiten, so habe ich ihm erzählt, dass wir viele von ihnen – möglicherweise an die 125.000 – innerhalb der nächsten drei oder vier Jahre loswerden!

Ach, sehen Sie mich nicht so bestürzt oder angewidert an, was immer dieser Gesichtsausdruck auch bedeuten soll. Wir sind keine Barbaren, mein junger Freund. Ich rede hier nicht von Ausrottung oder Sibirien oder Gehirnwäsche, sondern von Ausweisung und Auswanderung. Wir werden ihnen erlauben, sich zu verpissen, oder wir treten ihnen in den Arsch! Oh ja!

All das habe ich ihm erzählt, und vieles mehr. Und ich habe ihm unter dem Siegel der Verschwiegenheit garantiert, dass all das geschehen wird, wenn er mir nur den KGB vom Hals schafft und mich meine Arbeit tun lässt.

Was sind diese Betonköpfe denn schon anderes als Schnüffler für ihren Chef? Und warum sollten sie dann mir hinterherspionieren, einem loyalen und weitsichtigen Mann? Aber was noch viel wichtiger ist, wie könnte ich Geheimhaltung bewahren – bei einer Organisation wie der unseren eine Notwendigkeit –, wenn die Mitglieder eines anderen Dezernats mir über die Schulter sehen und ihrem Chef alles mitteilen, was ich tue, wo der doch *überhaupt* nichts davon versteht? Sie würden nur darüber spotten, weil sie es nicht mal ansatzweise begreifen können, und jegliche Geheimhaltung wäre dahin! Und wieder würden unsere ausländischen Gegenspieler die Führung übernehmen, denn täuschen Sie sich nicht, Boris, auch die Amerikaner und die Briten – ja, und ebenso die Franzosen und Chinesen – haben ihre eigenen Gedankenspione!

›Geben Sie mir nur vier Jahre, Leonid‹, habe ich gesagt, ›vier Jahre ohne Andropows Gorillas, und ich werde Ihnen den fruchtbaren Keim eines Psi-Netzwerkes übergeben, dessen unglaubliches Potenzial Sie sich nicht einmal vorstellen können!‹«

»Harter Tobak!« Dragosani war entsprechend beeindruckt. »Und seine Antwort?«

»Er sagte: ›Gregor, alter Freund, alter Kämpfer, alter Genosse – in Ordnung, Sie sollen Ihre vier Jahre haben. Und ich werde abwarten und dafür sorgen, dass Ihre Rechnungen bezahlt werden, damit Sie und die Leute Ihres Dezernats ihre Wolgas fahren und Wodka trinken können, und wenn all die Dinge, die Sie prophezeit haben, eintreten, dann werde ich Ihnen sehr dankbar sein. Wenn in vier Jahren nichts dergleichen geschehen sein sollte – dann lasse ich Ihnen die Eier abschneiden!‹«

»Also haben Sie Ihr Schicksal von Vladys Prophezeiungen abhängig gemacht«, sagte Dragosani und nickte. »Sind Sie sich tatsächlich so sicher, dass unser Seher unfehlbar ist?«

»Oh ja!«, antwortete Borowitz. »Er ist fast so gut darin, die Zukunft vorherzusagen, wie Sie darin, die Geheimnisse der Toten zu erschnüffeln.«

»Ha!« Dieses Mal war Dragosani nicht beeindruckt. »Und warum hat er dann nicht dieses Chaos auf dem Schloss vorhergesehen? Eine Katastrophe dieses Ausmaßes hätte er doch erkennen müssen?«

»Aber er hat sie vorhergesehen«, entgegnete Borowitz, »zumindest indirekt. Vor zwei Wochen hat er mir gesagt, dass ich binnen Kurzem meine beiden Stellvertreter verlieren würde. Und das habe ich. Er hat auch gesagt, dass ich andere ernennen würde – doch dieses Mal aus der Mannschaft selbst.«

Dragosani konnte sein Interesse nicht verbergen. »Schwebt Ihnen da jemand Bestimmtes vor?«

Borowitz nickte. »Sie«, antwortete er, »und vielleicht noch Igor Vlady selbst.«

»Ich will keinen Rivalen«, sagte Dragosani sofort.

»Rivalität hat damit nichts zu tun. Ihre Gaben sind zu unterschiedlich. Er behauptet nicht, ein Nekromant zu sein, und Sie können nicht in die Zukunft sehen. Es muss zwei Stellvertreter geben, damit die Kontinuität gewährleistet ist, wenn einem etwas zustoßen sollte.«

»Ja, und wir hatten zwei Vorgänger«, murmelte Dragosani leise. »Was waren deren Gaben – und haben auch sie ohne Rivalität angefangen?«

Borowitz seufzte. »Am Anfang«, erklärte er geduldig, »als ich das Dezernat zusammenstellte, mangelte es mir an richtigen Talenten im Team; meine ersten übersinnlichen Agenten waren noch ungeübt. Die echten Talente – wie Vlady, den ich von Anfang an bei mir hatte und der ständig besser wird, und wie Sie seit Kurzem – waren zu wichtig, um sich mit gewöhnlicher Verwaltungsarbeit aufzuhalten. Ustinov, der auch von Anfang an dabei war, wenn auch nur als Verwalter, und später Gerkhov füllten diese Positionen wunderbar aus. Sie hatten beide keine Gabe, waren aber aufgeschlossen – heutzutage in Russland eine seltene Tugend, wenn sie mit der richtigen politischen Einstellung einhergehen soll –, und ich habe gehofft, dass zumindest einer von beiden ein ebenso großes Interesse und Engagement für unsere Arbeit entwickeln würde wie ich. Als Eifersucht aufkam und sie zu Rivalen wurden, beschloss ich, sie das untereinander austragen zu lassen. Natürliche Auslese, wenn man so will. Aber Sie und Vlady sind eine völlig andere Nummer. Ich werde keine Rivalität zwischen Ihnen beiden zulassen. Vergessen Sie das.«

»Trotzdem«, beharrte Dragosani, »kann nur einer das Ruder übernehmen, wenn Sie nicht mehr da sind.«

»Ich habe nicht die Absicht zu gehen«, sagte Borowitz, »jedenfalls nicht so schnell. Wenn es so weit ist ... dann sehen wir schon.« Er verfiel in nachdenkliches Schweigen, stützte sein Kinn auf die Hand und beobachtete den langsamen Lauf des Flusses.

»Warum hat Ustinov sich gegen Sie gewendet?«, fragte der jüngere Mann schließlich. »Warum hat er nicht einfach versucht, Gerkhov loszuwerden? Das wäre doch viel einfacher und weniger riskant gewesen.«

»Es gab zwei Gründe, warum er seinen Rivalen nicht einfach loswerden konnte«, sagte Borowitz. »Erstens war er von einem alten Feind von mir angestiftet worden – dem Mann, den Sie ›untersucht‹ haben. Ich hatte ihn schon lange in Verdacht, mich beseitigen zu wollen. Wir haben uns gegenseitig gehasst, ich und dieser alte MWD-Folterknecht! Es war unvermeidlich: Er würde mich töten oder ich ihn. Deswegen ließ ich ihn von Vlady beobachten und durchleuchten. In seiner unmittelbaren Zukunft las er Verrat und Tod. Der Verrat würde sich gegen mich richten, der Tod konnte meiner oder der seine sein. Eine Schande, dass Igor nicht genauer ist. Jedenfalls habe ich dafür gesorgt, dass es auf seinen Tod hinauslief.

Zweitens hätte Ustinov mit der Ermordung Gerkhovs das Problem nicht an der Wurzel gepackt, auch wenn er seine Verstrickung darin hätte vertuschen können. Es wäre dem Schneiden von Unkraut gleichgekommen; nach kurzer Zeit wäre es nur wieder nachgewachsen. Zweifellos hätte ich einen anderen Stellvertreter ernannt, vermutlich einen mit Psi-Begabung, und welche Hoffnung hätte es dann noch für den armen Ustinov gegeben? Das war sein einzig wirkliches Problem – sein Ehrgeiz.

Wie auch immer, ich habe überlebt, wie Sie sehen. Vlady hat für mich vorhergesehen, was dieses alte Schwein von einem Bolschewisten-Arsch sich ausgedacht hatte, und dann habe ich ihn mir gekrallt, bevor er mich schnappen konnte. Und Sie haben für mich in seinen Gedärmen gelesen, wer sonst noch darin verwickelt war. Leider war es Andrej Ustinov. Ich hätte eher Andropow und den KGB vermutet. Sie mögen mich so sehr wie ich sie. Aber sie hatten nichts damit zu tun. Darüber bin ich froh, denn die geben nicht so schnell auf. Doch in was für einer Zeit leben wir eigentlich, Boris? Überall kleinliche Fehden und Racheaktionen. Es ist erst zwei Jahre her, dass jemand vor den Toren des Kremls auf Leonid Breschnew selbst geschossen hat!«

Dragosani sah nachdenklich aus. »Erklären Sie mir Folgendes«, sagte er schließlich, »als alles vorüber war in jener Nacht auf dem Schloss, haben Sie mich gefragt, ob es möglich sei, in Ustinovs Leiche zu lesen, beziehungsweise in der Schweinerei, die noch von ihm übrig war. War der Grund dafür, dass Sie dachten, er wäre nicht nur mit Ihrem alten Kumpel vom MWD im Bunde, sondern auch mit dem KGB?«

»So ungefähr.« Borowitz zuckte mit den Schultern. »Aber das zählt jetzt nicht mehr. Wenn sie gemeinsame Sache gemacht hätten, dann wäre das bei der Anhörung deutlich geworden. Unser Freund Yuri Andropow hätte sich weit unbehaglicher gefühlt. Ich hätte es ihm angesehen. So war er nur etwas grantig, dass Leonid ihm einen Riegel vorgeschoben hat.«

»Was heißt, dass er von nun an hinter Ihnen her sein wird!«

»Nein, das glaube ich nicht. Jedenfalls nicht die nächsten vier Jahre. Und wenn sich herausstellt, dass ich Recht hatte – wenn Breschnew also Vladys Prophezeiungen anerkennt und den Wert des Dezernats begreift –, dann auch später nicht! Mit etwas Glück sind wir dieses Pack also für immer los.«

»Hmm, das wollen wir hoffen. Sie scheinen sehr klug gehandelt zu haben, General. Aber das hätte ich mir denken können. Und nun sagen Sie mir, aus welchem Grund Sie mich noch hierherbestellt haben?«

»Ich habe Ihnen noch mehr über meine Pläne zu erzählen. Aber das können wir auch bei Tisch tun. Natascha bereitet frischen Fisch aus dem Fluss. Forelle. Streng verboten. Umso besser schmecken sie!« Er stand auf und führte seinen Gast über den Weg am Flussufer zurück. »Außerdem wollte ich Ihnen raten, diesen Schrott auf Rädern zu verkaufen und sich einen anständigen Wagen zuzulegen. Einen gebrauchten Wolga, denke ich. Jedenfalls nichts Neueres als meinen Wagen. Das gehört zu Ihrer Beförderung. Sie können ihn ausprobieren, wenn Sie in Urlaub fahren.«

»Urlaub?« Jetzt kam alles Schlag auf Schlag.

»Ach ja, habe ich Ihnen das nicht gesagt? Mindestens drei Wochen, vom Staat bezahlt. Ich baue das Schloss zur Festung aus, während dieser Zeit ist sowieso keine Arbeit im Dezernat möglich.«

»Sie tun was? Haben Sie tatsächlich gesagt, dass Sie …«

»Das Schloss zur Festung ausbauen, ja.« Borowitz brachte das sehr sachlich vor. »Geschützstände für Maschinengewehre, elektrischer Stacheldraht, so in der Art. Wie in Baikonur in Kasachstan, wo die Raumschiffe starten – ist unsere Arbeit etwa weniger wichtig? Jedenfalls wird am Freitag mit dem Umbau begonnen. Wir sind jetzt unsere eigenen Herren, verstehen Sie, innerhalb gewisser Grenzen … jedenfalls im Schloss. Wenn ich fertig bin, wird es für alle Zugangskarten geben, und ohne die kommt keiner rein! Doch dazu später. In der Zwischenzeit gibt es viel zu tun, und ich werde einen Großteil der Arbeit persönlich überwachen. Ich will, dass das Gebäude größer und geräumiger wird. Mehr Raum für Experimentierzellen. Ich habe vier Jahre Zeit, doch die wird sehr schnell vergehen. Die erste Stufe des Ausbaus wird den Großteil dieses Monats in Anspruch nehmen, also ...«

»Während all das geschieht, erhalte ich Urlaub?« Dragosani schien sehr an einer Antwort gelegen.

»Genau. Sie und ein, zwei andere. Für Sie ist es eine Belohnung. Sie waren sehr gut in jener Nacht. Bis auf dieses Loch in meiner Schulter verlief alles sehr erfolgreich – vom Verlust des armen Gerkhov einmal abgesehen. Ich bedauere nur, dass ich Sie zwingen musste, so weit zu gehen. Ich weiß, wie entsetzlich das für Sie gewesen sein muss ...«

»Macht es Ihnen etwas aus, dieses Thema zu meiden?« Dragosani fand Borowitz' plötzliche Sorge um seine Befindlichkeit etwas sonderbar – um nicht zu sagen, seinem Wesen völlig unangemessen.

»In Ordnung, wir werden nicht mehr darüber sprechen«, sagte der andere. Doch halb umgewandt und mit einem entsetzlichen Grinsen fügte er hinzu: »Fisch schmeckt sowieso besser!«

Das passte schon eher zu ihm. »Sadistischer alter Bastard!«

Borowitz lachte laut auf. »Das mag ich so an Ihnen, Boris. Sie sind wie ich: kein Respekt vor den Vorgesetzten.« Er wechselte das Thema. »Wie dem auch sei, wo werden Sie Ihren Urlaub verbringen?«

»Daheim«, sagte der andere ohne Zögern.

»Rumänien?«

»Natürlich. Zurück nach Dragosani, wo ich geboren wurde.«

»Fahren Sie nie an einen anderen Ort?«

»Warum sollte ich? Ich kenne den Ort und liebe die Menschen – soweit es mir möglich ist, etwas zu lieben. Dragosani ist jetzt eine Stadt, aber ich werde ein Fleckchen etwas außerhalb finden – irgendwo in den Dörfern auf den Hügeln.«

»Es muss sehr schön dort sein«, nickte Borowitz. »Haben Sie da eine Geliebte?«

»Nein.«

»Was dann?«

Dragosani zuckte mit den Schultern, doch seine Augen verengten sich zu Schlitzen. Da er vor seinem Chef herging, konnte dieser seinen Gesichtsausdruck nicht sehen, als er antwortete: »Ich weiß nicht. Es muss wohl am Boden liegen, vermute ich.«

II

Harry Keogh spürte, wie die Sonne durch das offene Fenster des Klassenzimmers schien und sein Gesicht wärmte. Seine Schenkel ruhten auf der harten, unnachgiebigen Schulbank, deren Oberfläche von zehntausend Hinterteilen poliert worden war. Er bemerkte das aggressive Summen einer winzigen Wespe, die Tintenfass, Lineal, Bleistifte und die Dahlien in einer Vase auf der Fensterbank untersuchte.

All diese Dinge geschahen jedoch nur am Rand seines Bewusstseins und waren wenig mehr als Hintergrunduntermalung. Er war sich dieser Dinge kaum bewusst, ebenso wenig wie des hämmernden Herzens in seiner Brust – es schlug zu schnell und zu laut für den Mathematikunterricht an einem sonnigen Dienstagnachmittag im August. Die wirkliche Welt war da, keine Frage, so real wie der gelegentliche Windhauch, der durch das Fenster wehte und seine Wange streifte, und doch rang Harry nach Luft wie ein Mann, der am Ertrinken ist. Oder eine Frau.

Und die Sonne konnte ihn dort unter dem Eis nicht wärmen, und das Summen der Wespe ging fast völlig unter im Gurgeln und Schwappen des Eiswassers und im Strom von Luftblasen, die aus seiner Nase und dem in stummem Schrei verzerrten Mund drangen!

Unter ihm war die Finsternis, gefrorener Schlamm und Algen; und darüber …

Eine Decke aus Eis, mehrere Zentimeter dick, und irgendwo ein Loch, durch das er (sie?) gefallen war, aber wo? Kämpfe gegen die Strömung des Flusses! Schwimm, schwimm! Denk an Harry, den kleinen Harry. Für ihn musst du leben. Um seinetwillen. Für Harry …

Dort! Dort! Das Loch, Gott sei Dank – oh, Gott sei Dank! Die eisigen Ränder des Loches waren scharf wie Glas. Wie vom Himmel gesandt, kamen Hände ins Wasser, die sich äußerst langsam bewegten – fast schon in Zeitlupe – fürchterlich träge! Starke, behaarte Hände.

Ein Ring am Mittelfinger der rechten Hand. Ein Katzenauge in dickem Gold. Ein Männerring.

Da oben war sein Gesicht zu sehen, ganz verschwommen hinter der welligen Wasseroberfläche. Und durch das Eis konnte er den Umriss der am Rand des Lochs knienden Gestalt erkennen. Greif nach seinen Händen, den starken Händen, und er wird dich wie ein Baby hochziehen. Er wird dich schütteln, bis du trocken bist, weil du ihm einen solchen Schrecken eingejagt hast.

Kämpfe gegen die Strömung – greif nach den Händen – schwimm gegen den reißenden Fluss. Kämpfe, kämpfe! Kämpfe für Harry …

Jetzt! Du hast die Hände erwischt! Halt dich fest!

Versuch deinen Kopf aus dem Loch zu stecken und atme, atme! Aber … die Hände drücken dich nach unten!

Durchs Wasser siehst du das Gesicht, wie es sich ständig verändert. Die zittrigen Lippen verziehen sich zu einem Lächeln – oder einer Grimasse! Du kämpfst weiter. Du schreist – und das Wasser strömt in deine Lungen, um die entfliehende Luft zu ersetzen.

Halt dich am Eis fest. Vergiss die Hände, die grausamen Hände, die dich noch immer niederdrücken. Greif nach dem Rand und streck deinen Kopf heraus. Doch die Hände sind da und lösen deinen Griff. Sie stoßen dich weg, unters Eis. Sie ermorden *dich!*

Du kannst nicht gegen die Kälte und den Fluss und die Hände ankämpfen. Schwärze rast auf dich zu. In deine Lungen, in deinen Kopf, in deine Augen. Kratz mit deinen langen Fingernägeln an diesen Händen, reiß ihnen das Fleisch von den Knochen.

Der Goldring löst sich, schwebt in einer Spirale hinab in den Schlamm. Blut färbt das Wasser rot – ein roter Hintergrund für das endgültige Schwarz deines Todes –, Blut von den grausamen, grausamen Händen.

Der Kampf ist vorbei.

Mit Wasser vollgesogen sinkst du hinab. Die Strömung zieht dich zu Boden, lässt dich taumeln. Doch es ist dir jetzt gleich. Alles ist dir gleich, außer … Harry. Armer, kleiner Harry! Wer kümmert sich nun um ihn? Wer wird nach Harry sehen … Harry … Harry …?

»Harry? Harry Keogh? Meine Güte, Junge – bist du überhaupt anwesend?«

Harry spürte, wie der Ellbogen seines Kumpels Jimmy Collins sich unauffällig, aber fest in seine Rippen grub. Erschrocken schnappte er nach Luft. Er hörte, wie die krächzende Stimme Mr Hannants sich über das zurückweichende Getöse des Wassers erhob. Er richtete sich ruckartig auf seinem Stuhl auf, schnappte noch einmal nach Luft und hob dummerweise die Hand, als wollte er auf irgendeine Frage antworten. Das war eine ganz automatische Reaktion: War man nur schnell genug, erkannte der Lehrer, dass man die Antwort wusste und fragte einen anderen. Nur funktionierte das nicht immer, die Lehrer fielen nicht jedes Mal darauf herein. Und Hannant, der Mathelehrer, ließ sich von niemandem zum Narren halten.

Jetzt waren das Gefühl des Ertrinkens und die bittere Kälte des Wassers fort. Die gnadenlosen, unmenschlichen Hände quälten ihn nicht länger – der Alptraum, oder genauer gesagt, der Tagtraum, war vorbei.

Im Vergleich dazu war die neue Situation bloß eine Bagatelle. Oder etwa nicht?

Harry wurde sich plötzlich bewusst, dass die Augen der ganzen Klasse auf ihn gerichtet waren, dass alle ihn anstarrten. Und Mr Hannants violettes, zorniges Gesicht warf ihm von vorne wütende Blicke zu. Womit hatten sie sich gerade befasst?

Er sah an die Tafel. Ach ja! Formeln – Flächen und Eigenschaften von Kreisen –, irgendwelche Konstanten – Durchmesser, Radius und Pi. Lachhaft angesichts seines verzweifelten Kampfes.

Doch wie lautete Hannants Frage? Hatte er überhaupt eine gestellt?

Kreidebleich blickte Harry sich im Klassenzimmer um. Seine Hand war die einzige, die erhoben war. Langsam nahm er sie herunter. Neben ihm hustete Jimmy Collins, um sein Kichern zu verbergen. Üblicherweise langte das, um auch Harry anzustecken, doch die lebhafte Erinnerung an seinen Alptraum am helllichten Tage sorgte dafür, dass er nicht mit einfiel.

»Nun?«, fragte Hannant ungeduldig.

»Sir?«, fing Harry an. »… äh … könnten Sie die Frage wiederholen?«

Hannant seufzte, schloss die Augen und stützte seinen gedrungenen Körper, indem er die Knöchel seiner großen Fäuste auf das Pult stemmte. Er zählte flüsternd bis zehn, jedoch laut genug, dass die Klasse ihn hören konnte. Ohne die Augen zu öffnen, sagte er schließlich: »Die Frage lautete: Bist du überhaupt anwesend?«

»Ich, Sir?«

»Gott, ja, Harry Keogh! Ja, du!«

»Aber sicher, Sir!« Harry versuchte, nicht allzu unschuldig zu wirken. Vielleicht würde er damit durchkommen. »Aber da war diese Wespe, Sir, und …«

»Meine *andere* Frage«, unterbrach Hannant ihn, »meine *erste* Frage, die mir den Eindruck vermittelte, du wärst vielleicht nicht ganz bei uns, lautete wie folgt: Was ist die Beziehung zwischen dem Durchmesser eines Kreises und Pi? Ich nehme an, auf diese Frage hast du dich gemeldet? Oder wolltest du nach einer Fliege schlagen?«

Harry spürte, wie sein Kopf errötete. Pi? Durchmesser? Kreis?

Die Klasse wurde unruhig, und jemand zog genervt die Nase hoch, vermutlich der Rüpel Stanley Green – dieser penetrante, fettleibige Blödmann! Das Problem mit Stanley war, dass er schlau *und* groß war … Wie war noch mal die Frage? Aber was macht das schon für einen Unterschied, wenn man die Antwort nicht weiß?

Jimmy Collins blickte zum Schein auf sein Arbeitsbuch hinab und flüsterte aus dem Mundwinkel: *»Dreimal!«*

Dreimal? Was sollte denn *das* heißen?

»Nun?« Hannant wusste, dass er ihn erwischt hatte.

»Äh, dreimal!«, plapperte Harry nach und hoffte, dass Jimmy sich keinen Spaß mit ihm erlaubte. »… Sir.«

Der Mathelehrer atmete tief ein und richtete sich auf. Er schnaubte, runzelte die Stirn und schien leicht verwirrt.

Doch dann sagte er: »Nein … aber das war zumindest ein guter Versuch. Nicht dreimal, sondern drei Komma eins vier eins fünf neun mal. Ach, aber mal *was*?«

»Der Durchmesser«, flüsterte Jimmy. *»Ergibt den Umfang …«*

»D-Durchmesser!«, stotterte Harry. »Ergibt, äh, den Umfang.«

George Hannant sah Harry lange an. Er sah einen dreizehnjährigen Jungen mit sandfarbenem Haar und Sommersprossen in einer verknitterten Uniform. Das Hemd war unordentlich, die Schulkrawatte sah aus wie gegessen und wieder ausgespuckt. Ein Kassengestell balancierte auf einer Stupsnase, und dahinter blickten die blauen Augen eines Träumers. Mitleiderregend? Nein, das nicht; Harry Keogh konnte sehr ungemütlich werden, wenn man ihn auf die Palme brachte. Aber man kam schwer an ihn heran. Hannant hatte den Eindruck, dass sich hinter diesem rastlosen Gesicht ein scharfer Verstand verbarg. Könnte man den doch nur zum Vorschein bringen! Vielleicht musste man ihn aus der Reserve locken? Ein kurzer, scharfer Schock? Wenn man ihm etwas aus *dieser* Welt gäbe, über das er nachdenken konnte, anstatt immer wieder an jenen anderen Ort zu entgleiten? Vielleicht.

»Harry Keogh, ich bin mir nicht sicher, dass diese Antwort wirklich von dir kam. Collins sitzt zu nahe bei dir und sieht ein bisschen zu desinteressiert aus für meinen Geschmack. Also … am Ende dieses Kapitels in deinem Buch findest du zehn Fragen. Drei davon befassen sich mit der Fläche von Kreisen und Zylindern. Ich will die Antworten auf diese Fragen morgen früh als Erstes auf meinem Pult sehen, verstanden?«

Harry ließ den Kopf hängen und biss sich auf die Lippe. »Ja, Sir.«

»Schau mich bitte an. Sieh mich an, Junge!«

Harry sah auf. Und nun sah er mitleiderregend aus. Aber das änderte jetzt auch nichts mehr.

»Harry«, stöhnte Hannant, »du bist ein Chaot! Ich habe mit den anderen Lehrern gesprochen, und es ist nicht nur in Mathematik so, sondern überall. Wenn du nicht bald aufwachst, wirst du die Schule ohne Abschluss verlassen. Oh, es ist noch Zeit, wenn du das denkst, einige Jahre noch. Aber nur, wenn du jetzt richtig loslegst. Die Hausaufgabe ist keine Bestrafung, Harry, ich versuche nur, dir damit den richtigen Weg zu weisen.«

Er blickte in den hinteren Teil der Klasse, wo Stanley Green noch immer kicherte und sein Gesicht hinter der Hand verbarg, mit der er sich an der Stirn kratzte. »Was dich angeht, Green – für dich *ist* es eine Bestrafung, du widerborstiges Ekel! Du kannst die restlichen sieben machen!«

Der Rest der Klasse versuchte angestrengt, seine Zustimmung zu verbergen, denn der große Stanley würde ihnen das sicher heimzahlen, doch Hannant sah es trotzdem. Das war gut. Es war ihm egal, dass man ihn für gemein hielt, immerhin hatte er damit Gerechtigkeitssinn bewiesen.

»Aber Sir …!« Green stand auf, und seine Stimme erhob sich protestierend.

»Sei still!«, herrschte Hannant ihn an. »Und setz dich hin!«

Und dann, als der Rüpel lautstark wieder Platz genommen hatte: »So, was haben wir jetzt?« Er warf einen Blick auf den Stundenplan unter der Glasplatte seines Pults. »Ach ja – Steine sammeln am Strand. Gut! Etwas frische Luft wird euch aufwecken. Also gut, packt zusammen. Dann könnt ihr gehen – aber in Reih und Glied!« Er wusste natürlich, dass sie sich nicht daran halten würden.

Doch bevor sie sich in eine mit Stiften klappernde, Stühle rückende Horde verwandelten, sagte er: »*Wartet!* Ihr könnt eure Sachen auch hier lassen. Der Klassensprecher nimmt die Schlüssel und lässt euch wieder hinein, wenn ihr eure Steine vom Strand herbringt. Wenn ihr eure Sachen geholt habt, sperrt er wieder ab. Wer ist diese Woche Klassensprecher?«

»Sir!« Jimmy Collins hob die Hand.

»Ach?«, sagte Hannant und hob seine dicken Augenbrauen, auch wenn er in Wirklichkeit nicht überrascht war. »Wir machen Karriere, nicht wahr, Jimmy Collins?«

»Ich habe am Samstag das entscheidende Tor gegen Blackhills geschossen, Sir«, sagte Jimmy voll Stolz.

Hannant lächelte in sich hinein. Oh ja, das genügte schon, denn Jamieson, der Schulleiter, war ganz verrückt nach Fußball – eigentlich nach allen Sportarten. *Ein gesunder Geist in einem gesunden Leib* ... Trotzdem war er ein guter Rektor.

Die Jungs verließen nun den Raum. Green bahnte sich mit Hilfe seiner Ellbogen den Weg und sah noch mürrischer aus als sonst. Keogh und Collins gingen am Schluss; die beiden waren trotz ihrer Gegensätzlichkeit so unzertrennlich wie siamesische Zwillinge. Und wie er es erwartet hatte, blieben sie wartend an der Tür stehen.

»Nun?«, fragte Hannant.

»Wir warten auf Sie, Sir«, sagte Collins, »damit ich absperren kann.«

»Ach, tatsächlich?« Hannant äffte die Unbekümmertheit des Jungen nach. »Und wir lassen hier alle Fenster offen stehen, richtig?«

Als die beiden zurück in den Raum trotteten, grinste er, packte seine Tasche, knöpfte den oberen Hemdknopf zu und richtete seine Krawatte – und war trotzdem früher auf dem Gang als sie. Dann drehte Collins den Schlüssel um, und sie eilten an ihm vorbei, wobei sie darauf achteten, ihn nicht zu berühren, als hätten sie Angst, sich mit irgendetwas anzustecken. Mit fliegenden Füßen rannten sie den anderen hinterher.

Mathe?, dachte Hannant, als sie im durch die Fenster eingetrübten Sonnenlicht davonliefen und seiner Sicht entschwanden. *Was zum Teufel ist schon Mathe?* Raumschiff Enterprise *im Fernsehen und ein Stapel brandneuer* Marvel-Comics *am Kiosk – und ich erwarte von ihnen, dass sie den Umgang mit Zahlen lernen! Lieber Gott! Noch ein Jahr, und sie werden diese komischen Beulen an den Mädchen bemerken – wenn sie das nicht schon längst getan haben! Und wieder: Mathe? Hoffnungslos!*

Er grinste, wenn auch wehmütig. Himmel, wie er sie beneidete!

Die Harden Modern Boys' war eine weiterführende Schule für Knaben an der Nordostküste Englands und eingerichtet worden, um den Verstand der Söhne von Bergmännern zu entwickeln. Das hatte nicht viel zu bedeuten, denn die meisten der Jungs würden sowieso Bergarbeiter oder Angestellte des Bergwerks werden, wie ihre Väter und älteren Brüder vor ihnen. Doch ein kleiner Prozentsatz strebte nach dem Examen und einer Ausbildung an einer Universität oder einer technischen Fachhochschule in benachbarten Städten.

Ursprünglich war die Schule eine Ansammlung von zweigeschossigen Verwaltungsgebäuden des Bergwerks gewesen, doch vor ungefähr dreißig Jahren, als die Bevölkerung des Dorfes schnell angewachsen war, hatte man sie gründlich renoviert. Nun verliehen die alten Ziegel und quadratischen Fenster des Gebäudes, das hinter niedrigen

Mauern eine Meile von der Küste und eine halbe Meile von der Mine im Norden entfernt lag, dem Gelände mit den blühenden Selbstversorger-Gärten eine Aura kalter Strenge, die so gar nicht zum Lehrerkollegium passen wollte. Nein, alles in allem waren sie ein guter, hart arbeitender Haufen. Und Rektor Howard Jamieson, ein treuer Vertreter der »alten Schule«, achtete darauf, dass es dabei blieb.

Der wöchentliche Ausflug zum Steinesammeln diente drei Zwecken. Erstens kamen so alle Kinder an die frische Luft, und die Lehrer, die gerne in der Natur wanderten, konnten die seltene Gelegenheit wahrnehmen, das Augenmerk ihrer Schützlinge auf die Wunder der Tier- und Pflanzenwelt zu richten. Zweitens kam man kostenlos an Rohstoff für die Gartenmauern beim Schulgebäude heran, die nach und nach die alten Zäune und Gatter ersetzen sollten – ein Vorhaben, das vom Schulleiter natürlich freudig abgesegnet worden war. Drittens konnten so einmal pro Woche drei Viertel der Lehrer die Schule früher verlassen und ihre Schützlinge der Obhut der enthusiastischen Wandersmänner anvertrauen.

Und der Ausflug lief folgendermaßen ab: Alle Schüler nutzten die letzte Stunde am Dienstag dazu, über eine Meile laubbedeckter Waldwege zum Strand zu gehen, dort große, flache und runde Steine zu sammeln und diese zurück zur Schule zu bringen, wobei je ein Schüler einen Stein trug. Und wie gesagt, priesen auf dem Weg ein Lehrer (für gewöhnlich der Sportlehrer, der früher Ausbilder bei der Armee gewesen war) und zwei jüngere, ledige Lehrerinnen die Schönheit der Hecken, die Wunder der Wildblumen und die Landschaft im Allgemeinen. Harry Keogh interessierte das alles nicht besonders, doch er mochte den Strand, und alles war besser als ein Klassenzimmer an einem heißen, drückenden Nachmittag.

»Hör mal«, sagte Jimmy Collins zu Harry, als sie Seite an Seite innerhalb einer langen Reihe von Kindern über die gewundenen Dünenpfade zum Meer hinabgingen, »du solltest beim alten Hannant wirklich aufpassen. Ich meine, nicht wegen diesem Abschluss-Zeugs, das ist deine Sache. Sondern allgemein im Unterricht. Der alte George ist kein schlechter Kerl, aber er könnte einer werden, wenn er glaubt, dass du ihn verarschst.«

Harry zuckte niedergeschlagen mit den Schultern. »Ich hab geträumt«, sagte er. »Es ist wirklich komisch. Verstehst du, wenn so etwas geschieht, kann ich es nicht aufhalten. Nur Hannant mit seinem Gebrüll und du mit deinem Ellbogen haben mich da rausgezogen.«

Rausgezogen ... die starken Hände, die ins Wasser reichen ... um mich rauszuziehen oder mich unterzutauchen?

Jimmy nickte. »Ich habe das schon oft bei dir gesehen. Dein Gesicht sieht dann irgendwie seltsam aus ...« Einen Moment lang war er ernst, dann kicherte er und klopfte Harry auf die Schulter. »Nicht, dass das einen großen Unterschied macht – dein Gesicht sieht eigentlich *immer* seltsam aus!«

Harry rümpfte die Nase. »Das sagt gerade der Richtige! Ich und ein komisches Gesicht? Du siehst doch aus wie Mr Spock! Aber was meinst du eigentlich? Auf welche Art sehe ich, du weißt schon, seltsam aus?«

»Na, du sitzt ganz still mit starrem Blick da und scheinst Angst zu haben. Aber nicht immer. Manchmal siehst du auch aus, als würdest du träumen. Wie der alte George gesagt hat: als wärst du überhaupt nicht anwesend. Jedenfalls bist du schon sonderbar! Das stimmt doch, oder? Wie viele Freunde hast du schon?«

»Ich hab dich«, protestierte Harry schwach. Er wusste, was Jimmy meinte: Er war zu verschlossen, zu ruhig. Aber ein Strebertyp war er nicht.

Wäre er im Unterricht gut, dann hätte das eine Erklärung sein können, aber er war nicht gut. Er selbst hatte zwar den Eindruck, ziemlich klug zu sein, aber es war sehr schwer für ihn, sich zu konzentrieren. Manchmal hatte er das Gefühl, seine Gedanken seien nicht seine eigenen. Verwickelte Gedanken und Tagträume, Grillen und Hirngespinste. Sein Verstand erfand Geschichten für ihn, ob er es wollte oder nicht, doch waren diese Geschichten so vertraut wie Erinnerungen. Die Erinnerungen anderer Leute. Von Menschen, die nicht mehr hier waren. Als wäre sein Kopf eine Zuflucht für Seelen, die ... ihren Körper verlassen hatten?

»Ja, ich bin dein Freund«, unterbrach Jimmy seine Gedanken. »Und wer noch?«

Harry zuckte mit den Schultern und ging in die Defensive. »Brenda zum Beispiel«, sagte er, »und ... und überhaupt, wer braucht schon 'ne Menge Freunde? Ich nicht. Wenn die Leute freundlich sein wollen, dann sind sie es. Wenn nicht, Pech.«

Jimmy ignorierte die Erwähnung von Brenda Cowell, Harrys großer Leidenschaft, die in der gleichen Straße wohnte. Jimmy interessierte sich für Sport, nicht für Mädchen. Eher würde er sich an einem Torpfosten aufhängen, als im Kino den Arm um ein Mädchen zu legen, wenn das Licht ausging. »Du hast *mich*!«, sagte er. »Und das war's. Und warum ich dich mag, weiß ich auch nicht.«

»Weil wir keine Konkurrenten sind«, sagte Harry mit einer für sein Alter ungewöhnlichen Einsicht. »Ich kapiere beim Sport nichts, und du erklärst es mir gern – weil du weißt, dass ich dir nicht widerspreche. Und du verstehst nicht, warum ich so, also, so ruhig bin ...«

»Und sonderbar«, unterbrach Jimmy.

»... und deshalb kommen wir gut miteinander aus.«

»Aber hättest du nicht gern mehr Freunde?«

Harry seufzte. »Also, es ist, als *hätte* ich Freunde. In meinem Kopf.«

»Eingebildete Freunde!«, sagte Jimmy mit einem Anflug von Hohn.

»Nein, sie sind mehr als das«, entgegnete Harry, »und sie sind gute Freunde. Natürlich, denn ich bin der einzige Freund, den sie haben!«

»Aha!«, prustete Jimmy. »Ich sag's ja, du bist sonderbar!«

An der Spitze der Kolonne ließ ›Sergeant‹ Graham Lane den Wald hinter sich, trat ins helle Sonnenlicht und hielt inne, um die Doppelreihe der Jungs hinter sich zur Eile anzutreiben. Dort wo der Pfad den Strand erreichte, mündete ein Fluss, der sich seinen Weg durch die Felsen gebahnt hatte. Im Norden und Süden erhoben sich Klippen, die hauptsächlich aus Sandstein bestanden, doch mit Schiefer und grobem Kies bedeckt und von Rundsteinen umgeben waren. Eine alte, wacklige Holzbrücke spannte sich über den Fluss. Jenseits davon lag ein Tümpel aus algenverseuchtem Brackwasser, der nur von sehr hohen Fluten oder heftigen Regenfällen wieder aufgefüllt wurde. Ein Pfad umsäumte das Sumpfgebiet, und dahinter lag die graue Nordsee, die jeden Tag grauer wurde von dem Schutt aus den Gruben. Doch heute glänzte sie blau im strahlenden Sonnenlicht, hie und da weiß gesprenkelt von den Möwen, die dort fischten.

»Gut so!«, rief Lane laut, der, die Arme in die Seiten gestemmt, in Trainingshosen und T-Shirt neben der Brücke stand. »Auf geht's, über die Brücke, um den See und zum Strand. Sucht eure Steine und bringt sie mir – äh, nein, Miss Gower – zum Benoten. Wir haben eine gute halbe Stunde Zeit, also kann jeder, der Lust hat, schnell 'ne Runde schwimmen gehen, sobald er seinen Stein gefunden hat –

wenn er eine Badehose dabeihat. Bitte kein Nacktbaden, denkt daran, dass auch noch andere Leute am Strand sind. Und bleibt bitte in den Buchten. Ihr wisst, wie hier die Strömung ist, ihr Knilche!«

Das wussten sie wirklich: Die Strömung war tückisch, besonders bei Ebbe. Überall an der Küste waren dieses Jahr Menschen ertrunken, sogar gute Schwimmer.

Miss Gower – Religion und Erdkunde – hatte auf ihrem Platz in der Mitte der Kolonne Lanes militärische Anweisungen gehört und das Gesicht verzogen. Sie wusste nur zu gut, warum sie die Steine beurteilen sollte: damit Lane und Dorothy Hartley genug Zeit hatten für eine kleine ›Wanderung‹ in den Klippen, um sich eine ruhige Stelle für ein schnelles Schäferstündchen zu suchen! Das alles war natürlich rein körperlicher Natur, denn auf geistiger Ebene passten sie überhaupt nicht zusammen.

Miss Gower hob die Nase und schniefte laut, und als die Jungs am vorderen Ende schneller zu laufen begannen, rief sie ihnen nach: »In Ordnung, Jungs, legt einen Zahn zu. Und vergesst nicht: Wir brauchen ein paar gute Muschelschalen für den Biologiesaal. Ganze Muscheln, die noch zusammenhängen, wenn ihr welche finden könnt. Aber nur leere, bitte schön! Wir wollen ja keine verfaulenden Weichtiere mitschleppen.«

Weiter hinten, noch auf dem Waldpfad, wo das Ende der Kolonne von Miss Hartley und den Klassensprechern ihrer Englisch- und Geschichtsklassen bewacht wurde, trottete Stanley Green mit den Händen in den Taschen einher. Sein kluges, aber boshaftes Hirn steckte voller gewalttätiger Gedanken. Er hatte Miss Gowers Ermahnung an die Jungs gehört: keine toten Schalentiere. Nein, aber dann wenigstens ein toter Harry Keogh! Na, vielleicht nicht tot, aber gut durchgeprügelt. Es war die Schuld dieses Blödmanns, dass er heute Abend diese Matheaufgaben lösen musste. Dieser dumme Scheißer, sitzt da wie ein Zombie und schläft mit offenen Augen! Tja, der große Stanley würde ihm die Augen schon öffnen, ganz sicher – oder schließen!

»Nimm die Hände aus den Taschen, Stanley«, rief die hübsche Miss Hartley ihm von hinten zu. »Es ist erst in fünf Monaten Weihnachten und noch nicht kalt genug für Schnee. Und warum lässt du die Schultern so hängen? Bedrückt dich etwas?«

»Nein, Miss«, murmelte er mit gesenktem Kopf.

»Dann sei ein bisschen fröhlicher«, riet sie ihm ein wenig spöttisch. »Du bist noch so jung, aber wenn du weiterhin die ganze Welt mit Verachtung strafst, wirst du sehr schnell altern.« Und im Stillen fügte sie hinzu: *Wie diese frustrierte Ziege Gertrude Gower …!*

Harry Keogh war von Natur aus kein Spanner, nur ein neugieriger Junge. Letzten Dienstag hatte er hier am Strand etwas beobachtet, und das hoffte er heute wiederholen zu können. Das war auch der Grund, warum er, nachdem er bei Miss Gower seinen Stein abgegeben hatte, in einem unbeobachteten Moment über die Dünen zur anderen Seite des schilfigen Moors gelaufen war. Es waren nur wenig mehr als hundert Meter, doch auf halbem Wege hatte er bereits frische Spuren im Sand gefunden. Die Fußspuren eines Mannes und einer Frau. Natürlich hatte er gesehen, wie der ›Sergeant‹ und Miss Hartley diesen Weg genommen hatten, ganz wie er es erwartet hatte.

Zuvor hatte Harry ganz zufällig seine Badehose vergessen, um seinen eigenen Interessen nachzugehen, während Jimmy mit dem Rest der Jungs schwimmen ging. Harry wollte etwas mehr erfahren. Wenn er im Kino neben Brenda saß und sein Knie gegen ihres drückte (oder sie sich an ihn lehnte und ihren Oberarm anwinkelte, so dass die Knöchel seiner Finger ihre kleinen Brüste unter ihrem Mantel und Pullover berührten), so war das zwar aufregend, doch sehr zahm im Vergleich zu den Spielen, die Lane und Hartley miteinander spielten!

Als er schließlich über eine Düne kletterte und in die Hocke ging, konnte er sie sehen, wie sie auf einem Flecken Sand in einem Halbkreis aus Schilf saßen – an der gleichen Stelle wie letzte Woche. Harry zog sich zurück und suchte sich rasch einen Platz auf einer anderen Düne, wo er sich hinlegen und durch ein Büschel Sumpfgras spähen konnte.

Letzte Woche hatte Miss Hartley mit dem Ding des ›Sergeants‹ gespielt, das Harry außerordentlich groß erschienen war. Ihr Pullover war hochgezogen gewesen, und der ›Sergeant‹ hatte eine Hand unter ihrem Rock gehabt, während die andere ihre festen Brüste mit den großen Warzen gestreichelt und gedrückt hatte. Als er gekommen war, hatte sie ein Taschentuch genommen und mit gezierten Bewegungen den schimmernden Samen von seinem Bauch und seiner Brust gewischt. Dann hatte sie ihn auf die Spitze seines Dings geküsst – hatte ihn tatsächlich *dort* geküsst – und ihre Kleider wieder geordnet, während er dalag wie ein Toter.

Harry hatte versucht, sich vorzustellen, wie Brenda so etwas mit ihm tat, aber das Bild wollte einfach nicht vor seinem geistigen Auge erscheinen. Es war zu fremdartig.

Dieses Mal war es ganz anders. Dieses Mal würde das geschehen, was Harry wirklich sehen wollte. Als er sich gerade auf den Bauch legte, hatte der ›Sergeant‹ seine Trainingshose bereits ausgezogen und Miss Hartleys kurzen weißen Tennisrock über ihre Hüfte hochgeschoben. Er versuchte, ihren Schlüpfer beiseitezuschieben, und sein

Ding – größer noch als letzte Woche, wenn das überhaupt möglich war – zuckte wie eine Marionette an einem unsichtbaren Faden.

Jenseits der Dünen, vom weit entfernten Strand, hörte Harry das Rufen und Lachen der Jungs, die dort in einem großen, von den Gezeiten geformten Becken schwammen und planschten. Die Sonne verbrannte ihm den Nacken und die Ohren, als er so vollkommen still mit dem Kinn auf den Händen dalag. Sandflöhe sprangen nur wenige Zentimeter vor seinem Gesicht umher. Doch er ließ sich von nichts ablenken; seine Augen blieben fest auf das Paar in seiner Schilflaube gerichtet.

Zuerst schien sie sich gegen den ›Sergeant‹ zu wehren und versuchte, seine Hände wegzuschieben. Doch gleichzeitig knöpfte sie ihre Bluse auf, so dass ihre Brüste nackt ins Sonnenlicht ragten. Ihre spitzen Warzen waren unglaublich braun. Harry nahm eine gewisse Unruhe an ihr wahr, die sich in seinem eigenen pochenden Puls widerspiegelte. Es schien, als wäre sie hypnotisiert und der Penis des ›Sergeants‹ eine Schlange, die über ihrem Unterleib schwankte und ihr befahl, ihren Hintern zu heben, so dass ihr Liebhaber das Höschen herunterziehen und ihre Beine öffnen konnte. Dort war sie dunkel wie die Nacht – als würde sie ein kleineres schwarzes Höschen unter dem weißen Schlüpfer tragen. Schwarz, ja, und dann rosa, als sie die Hände unter ihre Schenkel legte, um sich dem ›Sergeant‹ zu öffnen.

Harry erhaschte einen Blick auf sie, rosa, weiß, geschwungen, dunkel, braun, aber das war alles. Der ›Sergeant‹, der gerade zwischen ihre Beine stieg und seinen unglaublichen Penis in ihr verschwinden ließ, erlaubte keine weiteren Einblicke. Es blieben nur Füße und Beine und der feste Hintern des Sportlehrers, der sich hob und senkte und die

Sicht versperrte. Harry hielt die Luft an und fühlte die Erektion in seiner Hose, rollte sich zur Seite, um seine pochenden Genitalien zu befreien – und sah Stanley Green über die Dünen kommen. Seine giftigen Schweinsaugen blickten finster drein.

Auf der Suche nach dem Liebespaar hatte Harry eine perfekte Muschelschale gefunden, deren beide Hälften noch heil waren und zusammenhingen. Nun scharrte er eilends im Sand, tat, als fände er die Schale gerade, und glitt die Düne hinab, wobei er die Muschel behutsam in der Hand hielt. Da er wusste, dass er ziemlich rot war, wandte er sein Gesicht von Green ab und gab vor, ihn nicht zu sehen, bis der Junge fast direkt vor ihm stand. Aber dann gab es kein Entrinnen mehr; es musste zum Kampf kommen.

»Hallo, Kleiner«, knurrte der Schläger und näherte sich geduckt und mit ausgebreiteten Armen, so dass Harry nicht fortlaufen konnte. »Schön, dich hier zu finden, und das ohne deinen Kumpel, den großen Fußballstar. Was machen wir denn hier, Kleiner? Haben wir eine hübsche Schale für Miss Gower gefunden, na?«

»Was geht dich das an?«, murmelte Harry und versuchte, an ihm vorbeizukommen.

Green kam näher und riss Harry die Muschel aus der Hand. Sie war von glänzend olivgrüner Farbe, alt und so spröde wie eine Oblate. Er zermalmte sie in seiner Hand in winzige Stücke. »Bitte sehr«, sagte er mit einer Stimme voll widerwärtiger Zufriedenheit. »Wirst du mich jetzt verpetzen, Kleiner?«

»Nein«, antwortete Harry atemlos und versuchte zu entkommen, wobei er vor seinem geistigen Auge den Hintern des ›Sergeants‹ sah, wie er in der Schilflaube keine fünfzehn Meter entfernt auf und nieder ging. »Ich verrate niemanden. Und ich tyrannisiere auch keine Leute.«

»Tyrannisieren? Du?« Green fand das lustig. »Du könntest noch nicht mal einen Frosch tyrannisieren! Alles, was du kannst, ist im Unterricht einschlafen und dich wie ein Arsch benehmen! Und andere Leute in Schwierigkeiten bringen!«

»Du hast dich selbst in Schwierigkeiten gebracht!«, protestierte Harry. »Weil du so gekichert hast.«

»Gekichert?« Der große Stanley packte Harrys Arm und zog ihn an sich heran. »*Gekichert?* Mädchen kichern, Kleiner. Willst du damit etwa sagen, dass ich ein Mädchen bin?«

Harry riss sich los und hob die Fäuste. Er zitterte am ganzen Leib, als er sagte: »Verpiss dich!«

Greens Mund öffnete sich. »Das war unhöflich, weißt du?«

Dann zuckte er mit den Schultern, wandte sich halb um, als wollte er gehen, und gerade als Harry seine Deckung aufgab, drehte er sich wieder um und verpasste ihm einen Kinnhaken.

»Au!«, rief Harry, als Blut aus seiner aufgeplatzten Lippe tropfte. Er geriet aus dem Gleichgewicht, stolperte und fiel hin. Green wollte ihn gerade treten, als ›Sergeant‹ Lane über die Düne gelaufen kam. Er stopfte sich das T-Shirt in die Hose. Er war dunkelrot vor Wut und Frustration.

»Was zum Teufel …?«, brüllte er. Er griff sich den erstaunten Green im Nacken, riss ihn herum, zielte mit seinem Plattfuß genau auf den Hintern des Schlägers und trat zu. Green schrie laut auf, als er kopfüber in den Sand stürzte.

»Mal wieder bei deiner Lieblingsbeschäftigung, was, Stanley?«, rief der ›Sergeant‹. »Und wer ist diesmal dein Opfer? *Was?* Der kleine Harry Keogh? Lieber Gott, als Nächstes erwürgst du Kleinkinder!«

Als Green aufstand und Sand ausspuckte, schlug ihm der Sportlehrer auf die Brust, so dass er wieder umfiel. »Siehst du, Stanley, es ist nicht so angenehm, wenn man von jemandem angegriffen wird, der größer ist. Und jetzt weißt du auch, wie Harry sich dabei fühlt. Stimmt's, Keogh?«

Harry hielt sich noch immer das Kinn und sagte: »Ich kann auf mich selbst aufpassen.«

Der große Stanley, obwohl er ein Jahr älter war als Harry und noch älter aussah, brach fast in Tränen aus. »Das sag ich meinem Papa!«, winselte er, als er wegkroch.

»Was?« Der ›Sergeant‹ lachte und stemmte die Hände in die Hüften, als der Schläger sich verzog. »Dein Papa? Dieser fette Bierbauch, der für ein Bier mit seinen Kumpels im *Black Bull* Armdrücken macht? Wenn du das tust, dann frag ihn mal, wer ihn gestern Nacht besiegt und ihm fast den Arm gebrochen hat!« Aber Stanley war schon auf und davon.

»Bist du in Ordnung, Keogh?« Lane half ihm auf die Beine.

»Ja, Sir. Ich blute etwas am Mund, das ist alles.«

»Mein Junge, halte dich bloß fern von dem«, sagte der Lehrer. »Das ist ein übler Kerl, und er ist viel zu groß für dich. Als ich dich ›Kleiner‹ genannt habe, war das nicht so gemeint; ich wollte nur den Unterschied in eurer Größe unterstreichen. Stanley wird das so schnell nicht vergessen, also pass auf dich auf.«

»Ja, Sir«, wiederholte Harry.

»Na gut dann. Du kannst gehen.« Lane machte Anstalten, zurück über die Düne zu wandern, doch da erschien schon Miss Hartley, wieder ganz formell und ordentlich. »*Scheiße!*«, hörte Harry den ›Sergeant‹ im Flüsterton sagen.

Harry unterdrückte ein Grinsen, damit seine Lippe nicht noch weiter aufriss. Er wandte sich ab und stieß zum Rest der Jungs, die sich um Miss Gower versammelten, um den Rückweg anzutreten.

Es war Dienstagabend in der zweiten Augustwoche, und es war sehr warm. *Seltsam,* dachte George Hannant, als er seine Stirn mit einem Taschentuch abwischte, *wie heiß es an einem solchen Abend werden kann.* Man erwartete Abkühlung, doch stattdessen wurde es noch heißer. Tagsüber hatte immerhin eine schwache Brise geweht; nun war es völlig windstill, die Landschaft draußen lag unbewegt wie ein Gemälde da. Die ganze Hitze des Tages, die von der Erde aufgesogen worden war, kroch jetzt wieder hervor und näherte sich von allen Seiten. Hannant wischte sich wieder über Stirn und Nacken und nippte an einer eiskalten Limonade, die er wohl auch bald wieder ausschwitzen würde. Kein Wunder, bei diesem Wetter.

Er lebte allein, nicht weit von der Schule entfernt, doch nicht in der Nähe des Bergwerks, denn das wäre zu deprimierend, zu bedrückend gewesen. Heute Abend musste er Arbeiten korrigieren und den Unterricht vorbereiten. Er hatte keine Lust darauf – oder auf überhaupt irgendetwas. Er konnte einen Drink gebrauchen, aber … die Kneipen waren voller hemdsärmliger Bergleute mit Mützen und rauen, tiefen Stimmen. Im *Ritz* zeigten sie einen anständigen Film, aber die Lautstärke war in den vorderen Rängen betäubend und die Liebespaare in den hinteren Reihen lästig, weil ihr verschwitztes Gefummel ihn vom Film ablenkte. Außerdem musste er sich sowieso um die Korrektur kümmern.

Hannants Heim, ein frei stehender Bungalow auf einem Privatgrundstück, das die Dünen und das Tal überblickte, war von der Schule durch eine alte Kirche mit Friedhof und hoher Mauer getrennt. Über dieses Gelände ging Hannant morgens zur Schule und abends wieder nach Hause. Unter den gewaltigen Rosskastanien, deren Blätter sich stellenweise schon verfärbten, standen Bänke. Dort könnte er mit seinen Büchern und Papieren hingehen.

Das war eigentlich gar keine schlechte Idee. Gelegentlich saß dort ein alter Mann, ein pensionierter Überlebender des Bergwerks, mit Stock und Hund, kaute Tabak oder zog an einer alten Pfeife – und spuckte natürlich. Verrottete Lungen waren ein Erbe der Grube, verrottete Lungen und Wirbelsäulen, so zerbrechlich wie Eierschalen. Doch abgesehen davon, war es dort immer sehr ruhig, so weit entfernt vom Stadtzentrum mit der Hauptstraße, den Kneipen und dem Kino. Außer wenn die Kastanien fielen, dann trieben sich natürlich genug Kinder herum; was ist schon eine Kastanie ohne Kinder? Das war ein hübscher Gedanke, und Hannant lächelte darüber. Jemand hatte einmal gesagt, dass aus der Sicht eines Hundes der Mensch etwas sei, das dazu da ist, um Stöcke zu werfen. Warum also sollte eine Rosskastanie keine Sicht der Dinge haben? Und die würde sicherlich besagen, dass Jungs nur dazu da waren, um Kastanien durch die Gegend zu werfen und ihre Schalen zu öffnen. Eines jedoch war sicher: Sie waren nicht dazu da, um Mathe zu lernen!

Hannant duschte, trocknete sich langsam und methodisch ab (Eile würde nur neuen Schweiß erzeugen), zog eine weite Flanellhose und ein Hemd an, nahm seine Tasche und verließ das Haus. Er durchmaß den Friedhof auf dem breiten Kiesweg, der mitten durch ihn hindurchführte. Eichhörnchen spielten auf den hohen Ästen der Bäume, die die Form von Brandygläsern hatten, und hie und da fiel ein Blatt zu Boden. Die Sonnenstrahlen kamen schräg von den niedrigen Hügeln im Westen, wo dieser gewaltige Bronzeball ewig zu verharren schien, als wollte er den Tag nie der Nacht preisgeben. Der Tag war schön gewesen, und auch der Abend war trotz der Hitze unglaublich schön; und beides war verschwendet oder zumindest nutzlos verbracht – wenn es da einen Unterschied gab. Er wog die schwere Tasche in seiner Hand und schnaufte freudlos, als er sich den jungen Johnnie Miller in ein paar Jahren unter Tage vorstellte, wie er dort Kohle abbaute und die Langeweile seiner Schicht mit der Berechnung der Fläche von Kreisen bekämpfte. Wo zum Teufel lag da der Sinn?

Und was Jungs wie Harry Keogh anging – armer Kerl! –, der hatte weder die Muskeln fürs Bergwerk noch den Verstand für etwas anderes. Na, vielleicht hatte er Verstand, aber dann glich dieser einem Eisberg, von dem man nur die Spitze sah. Wie viel davon unter der Oberfläche verborgen lag – wer konnte das schon wissen? Hannant hatte nur den Wunsch, den Knilch so bald wie möglich auf den Weg zu bringen, solange noch Zeit dafür war ... Er hatte ein eigenartiges Gefühl, was Keogh betraf: dass sich das, was er tun oder sein würde, jetzt zeigen würde. Als beobachtete man eine seltsame Saat, die gerade sprießt und deren Blüte man bald sehen würde.

Wenn man vom Teufel spricht ... war das nicht Keogh, der dort hinten auf einem Stein im Schatten eines Baumes saß, mit dem Rücken gegen einen moosüberwachsenen Grabstein gelehnt? Ja, das war Keogh; die Sonne, die auf seinen Sommersprossen schimmerte, wo sie durchs Laub drang, hatte ihn verraten. Er saß da mit einem offenen Buch auf dem Schoß und kaute am Ende eines Bleistifts, lehnte den Kopf zurück und hing seinen Gedanken nach. Und nirgends war Jimmy Collins zu sehen; der war vermutlich beim Fußballtraining mit dem Rest der Mannschaft auf dem Sportplatz. Aber Keogh gehörte keiner Mannschaft an.

Plötzlich verspürte Hannant Mitleid mit ihm. Oder fühlte er sich etwa schuldig? Teufel, nein! Keogh war lange genug damit durchgekommen. Irgendwann wäre er wieder so abgedriftet und nie wieder zurückgekehrt! Und doch …

Hannant seufzte, stand auf und wanderte über die schlechten Wege zwischen den Grabsteinen hindurch, dorthin, wo der Junge saß. Und als er näher kam, konnte er sehen, dass Harry sich einmal mehr in seinen eigenen Gedanken verloren hatte und sich im kühlen Schatten des Baumes Tagträumen hingab. Aus irgendeinem vermutlich irrationalen Grund machte das Hannant wütend – bis er sah, dass das Buch auf Keoghs Schoß das Matheaufgabenbuch war. Anscheinend versuchte er zumindest, seine Strafarbeit zu machen. »Keogh? Wie klappt's denn?«, fragte Hannant, als er sich neben ihn auf die Steinplatte setzte. Diese Ecke des Friedhofes war dem Mathelehrer nicht unbekannt; er war schon oft hier spazieren gegangen, hatte schon häufig hier gesessen. Tatsächlich war nicht er hier der Eindringling, Keogh war der Fremdkörper. Doch er bezweifelte, dass der Junge das wusste oder gar verstehen konnte.

Harry nahm den Stift aus dem Mund, sah zu Hannant auf und lächelte überraschenderweise. »Hallo, Sir … äh … wie bitte?«

Äh, wie bitte! Hannant hatte Recht gehabt, der Junge war nicht bei sich gewesen. Der König der Tagträumer. Das geheime Leben des Harry Keogh!

»Ich habe dich gefragt, wie es klappt.« Hannant versuchte freundlich zu bleiben.

»Oh, geht schon, Sir!«

»Spar dir den ›Sir‹ fürs Klassenzimmer, Harry. Das erschwert hier draußen nur die Unterhaltung. Was ist mit den Aufgaben, die ich dir gegeben habe? Die habe ich eigentlich gemeint.«

»Die Hausaufgaben? Die habe ich gemacht.«

»Was, hier?« Hannant war überrascht; doch als er näher darüber nachdachte, schien das völlig angemessen.

»Hier ist es ruhig«, antwortete Harry.

»Möchtest du sie mir zeigen?«

Harry zuckte mit den Schultern. »Wenn Sie möchten.« Er gab ihm das Aufgabenbuch.

Hannant überprüfte es und war erneut überrascht. Die Lösung war sauber geschrieben, fast schon makellos. Harry hatte zwei Aufgaben bearbeitet und beide richtig gelöst. Natürlich war der Lösungsweg gleichermaßen wichtig, doch den überprüfte er jetzt nicht.

»Wo ist die dritte Aufgabe?«

Harry runzelte die Stirn. »Ist das die mit der Fettpresse, wo …?«

Hannant fiel ihm ungeduldig ins Wort: »Red nicht drum herum, Harry Keogh. Nur drei Aufgaben von zehn passen ins Schema. Die übrigen drehen sich um Quader, nicht um Kreise oder Zylinder. Oder täusche ich mich da? Dieses Buch ist auch für mich neu. Gib mal her.«

Harry neigte den Kopf, kaute auf seiner Unterlippe und überreichte ihm das Buch. Hannant blätterte um. »Die Fettpresse«, sagte er. »Ja, genau die«, und er stach mit dem Finger auf die Seite mit dem Diagramm. Die Maßangaben betrafen den Innendurchmesser, Trommel und Stutzen waren zylindrisch und voller Fett. Wenn man dieses ganz durch die Öffnung im Stutzen herauspresste, wie lang wäre dann die Fettspur?

Harry sah darauf. »Ich habe gedacht, sie passt nicht ins Schema«, sagte er.

Hannant wurde wütend. Zwei von drei Lösungen war nicht gut genug. Drei *falsche* Antworten wären ihm fast lieber gewesen als dieser Mist. »Warum sagst du nicht einfach, dass es dir zu schwer war?« Er versuchte, ihn nicht anzuschnauzen. »Meinst du nicht, du hast heute schon genug geblufft? Warum gibst du nicht einfach zu, dass du es nicht kannst?«

Plötzlich sah der Junge krank aus. Sein Gesicht glänzte vor Schweiß, und seine Augen schienen leicht glasig hinter den Linsen seiner Brille. »Ich kann es«, antwortete er langsam, um dann schneller und mit ätzender Bestimmtheit hinzuzufügen: »Jeder Idiot könnte das! Ich war nur der Meinung, dass sie nicht dazugehört, das ist alles.«

Hannant glaubte, seinen Ohren nicht zu trauen; er musste den Jungen missverstanden haben. »Was ist mit der Formel?«, krächzte er.

»Die braucht man nicht«, sagte der Keogh.

»Verdammt, Harry! Pi mal den Radius zum Quadrat mal Länge gleich Inhalt. Mehr musst du gar nicht wissen. Sieh her …«

Und rasch kritzelte er ins Buch:

Inhalt der Trommel: Inhalt des Stutzens:

3,14159 x 0,75 x 0,75 x 4,5 + 3,14159 x 0,25 x 0,25 x 1,5

3,14159 x 0,25 x 0,25 3,14159 x 0,25 x 0,25

Er gab Harry den Stift zurück und sagte: »Hier. Danach löst sich alles praktisch von selbst. Der Divisor ist natürlich die Oberfläche des Querschnitts der Ölspur.«

»Zeitverschwendung«, sagte Harry auf eine Art und Weise, dass Hannant wusste, er wollte ihm nicht einfach nur widersprechen. Tatsächlich schien die Stimme kaum seine eigene zu sein. Es lag Autorität darin. Einen Augenblick lang fühlte Hannant sich fast bedrängt! Was ging hinter dieser Brille und in diesem Kopf nur vor? Was sollte der Blick in seinen nicht ganz wachen Augen bedeuten?

»Eine Erklärung bitte«, verlangte Hannant, »und zwar eine gute!«

Harry blickte auf das Diagramm, nicht auf den Lösungsvorschlag des Lehrers. »Die Antwortet lautet dreizehn Meter«, sagte er. Und wieder lag diese Autorität in seiner Stimme.

Wie Hannant bereits gesagt hatte, war ihm das Aufgabenbuch neu; er hatte es selbst noch nicht ganz durchgearbeitet. Doch nur auf Grund von Keoghs Blick hätte er wetten mögen, dass der Junge Recht hatte. Was nur eines bedeuten konnte.

»Du bist mit Collins nach dem Ausflug zum Strand wieder in den Klassensaal gegangen«, schuldigte er ihn an. »Ich habe ihm gesagt, er solle absperren, aber vorher hast du mein Pult geöffnet und die Antworten in meinem Lösungsbuch gesucht. Das hätte ich von dir nicht gedacht, Keogh, aber ...«

»Sie täuschen sich«, schnitt Harry ihm in demselben gefühllosen, *bestimmten* Ton das Wort ab. Nun war er es, der mit dem Finger auf das Diagramm einstach. »Sehen Sie doch selbst. Zur Lösung der ersten beiden Aufgaben benötigt man eine Formel, ja, aber für die hier nicht. Wenn man einen Durchmesser hat mit vier Dezimalstellen, wie groß ist dann die Oberfläche? Dafür braucht man eine Formel. Wenn man eine Oberfläche mit vier Dezimalstellen hat, wie groß ist dann der Umfang? *Dafür* braucht man fast die gleiche Formel, nur umgekehrt. Aber das hier? Hören Sie: Der Durchmesser der Trommel ist dreimal so groß wie der des Stutzens. Die *Fläche* des Kreises ist daher neunmal so groß. Die Länge der Trommel ist dreimal so groß. Drei mal neun ist siebenundzwanzig. Die Trommel enthält siebenundzwanzigmal mehr Öl als der Stutzen. Trommel und Stutzen zusammen enthalten daher achtundzwanzigmal den Inhalt des Stutzens. Der Stutzen ist fünfundvierzig Zentimeter lang. Achtundzwanzig mal fünfundvierzig ergibt eintausendzweihundertsechzig. Und eintausendzweihundertsechzig Zentimeter ergeben aufgerundet dreizehn Meter, Sir …«

Hannant starrte das ausdruckslose, fast leere Gesicht des Jungen an, dann das Diagramm im Buch.

Sein Verstand drehte sich, und es lief ihm eiskalt den Rücken runter. Was zum Teufel …? Um Himmels willen, *er* war doch der Mathematiklehrer, oder? Doch gegen Keoghs Logik kam er nicht an. Für diese Aufgabe benötigte man keine Formeln, noch nicht einmal Mathematik! Es war geistige Arithmetik – für jemanden, der Kreise verstand. Für jemanden, der vor lauter Bäumen den Wald noch sah. Und natürlich war seine Antwort richtig, sie musste es sein! Hätte Hannant seine Formeln beiseitegelassen, hätte auch er die Aufgabe lösen können – mit ein wenig Nachdenken. Aber Keogh hatte sie spontan gelöst, und sein Zorn war echt!

Und jetzt wusste Hannant, dass er den Jungen hier und jetzt verlieren würde, falls er nicht mit offenen Karten spielte. Zudem war ihm klar, dass er nicht der Einzige war, der etwas verlor, wenn das geschah. Dort drin *war* ein Verstand, und er hatte … zum Teufel, Potenzial!

Wie groß Hannants Verwirrung auch war, er musste seine Autorität wiederherstellen. Er zwang sich zu einem Grinsen und sagte: »Sehr gut! Nur wollte ich nicht deinen IQ prüfen, Harry Keogh. Ich wollte sehen, ob du die Formeln kannst oder nicht. Aber jetzt hast du mich wirklich verblüfft. Wenn du so klug bist, wieso sind dann deine Klassenarbeiten immer so mies?«

Harry stand auf. Seine Bewegungen waren steif, fast automatisch. »Kann ich jetzt gehen, Sir?«

Auch Hannant stand auf, zuckte mit den Schultern und trat beiseite. »Deine Freizeit gehört dir«, sagte er. »Aber wenn du fünf Minuten Zeit hast, könntest du noch deine Formeln pauken.«

Harry entfernte sich mit geraden Schultern und steifen Bewegungen. Einige Schritte weiter drehte er sich um und blickte zurück. Ein Sonnenstrahl fiel durch die Bäume, verfing sich in seiner Brille und verwandelte seine Augen in Sterne.

»Formeln?«, sagte er mit jener neuen, seltsamen Stimme. »Ich könnte Ihnen Formeln verraten, die Sie sich nicht einmal im Traum vorstellen können.«

Und als es ihm wieder kalt den Rücken herunterlief, war sich Hannant sicher, dass Keogh nicht nur prahlte.

Dann wollte der Mathelehrer den Jungen anschreien, sich ihn schnappen, ihn gar schlagen. Doch seine Füße schienen im Boden verwurzelt. Alle Kraft war von ihm gewichen. Er hatte diese Runde verloren – völlig. Zitternd setzte er sich wieder hin und lehnte sich gegen den Grabstein, während Harry Keogh davonging. Er blieb einen Moment so sitzen und sprang dann auf, weg von dem Grab. Er stolperte und fiel in das frisch gemähte Gras. Keogh verschwand zwischen den Grabsteinen.

Der Abend war warm, nein, verdammt heiß, selbst jetzt noch, doch George Hannant spürte die Kälte des Todes. Sie lag in der Luft, drang in sein Herz und ließ ihn frieren. Hier, gerade an diesem Ort. Und nun dämmerte ihm, wo und wann er jemanden wie Harry Keogh reden gehört hatte, mit dieser Autorität, dieser Bestimmtheit und Logik. Vor dreißig langen Jahren war Hannant selbst nicht viel mehr als ein kleiner Pimpf gewesen. Und der Mann war mehr als ein Lehrer, er war sein Held, sein Abgott gewesen.

Zitternd stand er auf, steckte Keoghs Bücher in seine Tasche und wich dann vorsichtig einige Schritte von dem Grab zurück.

Die Inschrift auf dem Grabstein, zum Teil von Flechten überwuchert, war einfach, und George kannte sie auswendig:

James Gordon Hannant

13. JUNI 1875 – 11. SEPTEMBER 1944
30 JAHRE LEHRER AN DER HARDEN BOYS' SCHOOL,
10 JAHRE REKTOR.
NUN ZÄHLT ER ZU DEN HIMMLISCHEN HEERSCHAREN.

Diese Inschrift entsprach dem Humor von James Gordon Hannant. Sein Hauptfach war wie das seines Sohnes Mathematik gewesen. Doch war er weit besser darin gewesen, als George es je sein würde.

III

Am nächsten Morgen stand als Erstes Mathematik auf dem Stundenplan, doch zuvor war George Hannant in sich gegangen und hatte nachgedacht. Als alle Jungs arbeiteten und der Raum bis auf das Kratzen der Stifte und das Rascheln des Papiers still war, war Hannant überzeugt, eine Erklärung für das gefunden zu haben, was ihm in der Nacht zuvor wie ein Wunder erschienen war. Keogh war offenbar einer jener besonderen Menschen, die zu den Wurzeln der Dinge vorstoßen, ein *Denker* und kein *Macher*. Ein Denker, der gegen den Strom schwamm und trotzdem die Wahrheit ergründete.

Wenn man ihn nur entsprechend für ein Thema interessieren könnte, würde er zweifellos Außergewöhnliches leisten. Er würde zwar weiterhin Fehler bei einer simplen Addition oder Subtraktion machen – zwei und zwei könnten gelegentlich fünf ergeben –, doch Lösungen, die anderen verborgen blieben, offenbarten sich ihm sofort. Das war auch der Grund, warum Hannant in ihm ein Abbild seines eigenen Vaters erkannt hatte; auch James G. Hannant hatte jene intuitive Geschicklichkeit besessen, war ein *geborener* Mathematiker gewesen. Und auch er hatte nur wenig für Formeln übrig gehabt.

Und es war offensichtlich für Hannant, dass er die Flamme in Keoghs Verstand zum Lodern gebracht hatte; mit Freude stellte er fest, dass der Junge recht hart arbeitete – zumindest während der ersten Viertelstunde. Danach gab er sich natürlich wieder seinen Tagträumen hin. Doch als Hannant ihm über die Schulter blickte – man sehe und staune! –, waren alle gestellten Aufgaben gelöst, und sogar richtig, wenn der Lösungsweg auch eher dürftig ausgearbeitet war. Wenn sie im Laufe dieser Woche mit grundlegender Trigonometrie anfingen, würde es interessant werden, was Keogh damit anstellen würde. Nun, da der Kreis keine Geheimnisse mehr für ihn bot, würde er sich vielleicht für Dreiecke interessieren.

Doch da gab es noch etwas, das George Hannant verwirrte, und um eine Antwort zu erhalten, musste er nun zu Jamieson, dem Rektor gehen. Er überließ die Jungen einige Minuten ihrer Arbeit – nicht ohne die übliche Warnung bezüglich ihres Verhaltens während seiner Abwesenheit – und ging ins Büro des Schulleiters. »Harry Keogh?« Howard Jamieson schien etwas verblüfft. »Ob er die Prüfung für die technische Oberschule bestanden hat?« Er nahm eine dünne Akte aus einer Schublade seines Schreibtischs, blätterte sie durch und sah dann auf. »Ich fürchte, er hat nicht daran teilgenommen«, sagte er. »Anscheinend war er an Heuschnupfen erkrankt oder so etwas. Ja, hier steht es: Heuschnupfen, vor drei Wochen; er fehlte zwei Tage. Leider fand die Prüfung in

Hartpool an Keoghs zweitem Fehltag statt. Aber warum fragen Sie, George? Glauben Sie, er hätte eine Chance gehabt?«

»Er hätte die Prüfung glänzend bestanden«, antwortete Hannant mit einer Offenheit, die fast schon schroff war.

Jamieson schien überrascht. »Dafür ist es jetzt etwas spät, nicht wahr?«

»Um sich darüber Gedanken zu machen? Vermutlich.«

»Nein, ich meine für dieses Interesse an Harry Keogh. Ich wusste nicht, dass Sie so große Stücke auf ihn halten. Warten Sie mal …«

Er holte sich eine zweite, umfangreichere Akte, dieses Mal aus einem Sekretär. »Die Zeugnisse des letzten Jahres«, sagte er und ging die Akte durch. Und diesmal war er ganz und gar nicht überrascht. »Habe ich mir doch gedacht. Keiner Ihrer Kollegen hat Keogh auch nur den Hauch einer Chance in irgendeinem Fach gegeben – und Sie machen da keine Ausnahme, George!«

»Ja.« Hannants Hals rötete sich leicht. »Aber das war letztes Jahr. Zudem zielen die Prüfungen an der technischen Oberschule eher auf die grundlegende Intelligenz und nicht auf akademisches Wissen. Wenn Sie mit unserem Harry Keogh einen Intelligenztest machen würden, wären Sie ziemlich überrascht. Jedenfalls, was Mathe angeht. Es ist alles Instinkt und Eingebung – aber es ist da, auf jeden Fall.«

Jamieson nickte. »Es will schon was heißen, wenn ein Lehrer mehr als ein beiläufiges Interesse an einem Jungen aus Harden zeigt«, sagte er. »Und damit will ich niemandem Unrecht tun, auch nicht den Jungs selbst – aber es gibt hier nun mal eine Unmenge von Hindernissen, was Erziehung und Umfeld betrifft. Wissen Sie übrigens, wie viele unserer Jungs die Prüfung bestanden haben? Drei!

Drei aus dieser Altersgruppe – das heißt, einer von fünfundsechzig!«

»Vier, wenn Harry Keogh daran teilgenommen hätte.«

»Ach?« Jamieson klang nicht überzeugt. Doch zumindest war er beeindruckt. »Na gut«, sagte er, »nehmen wir an, Sie haben Recht mit der mathematischen Seite. Und es stimmt auch, dass die Prüfung eher die grundlegende Intelligenz misst und nicht nur Wissen abfragt, das man wie ein Papagei nachplappern kann. Was ist also mit den anderen Fächern? Nach diesen Zeugnissen ist Harry Keogh ein völliger Versager in allen Fächern! In vielen davon ist er der Schlechteste der Klasse.«

Hannant seufzte, nickte und sagte: »Hören Sie, es tut mir leid, dass ich damit Ihre Zeit verschwende. Zumal sich die Frage gar nicht mehr stellt, da er an der Prüfung nicht teilgenommen hat. Ich finde das nur schade, das ist alles. Ich glaube, der Junge hat Potenzial.«

»Ich sage Ihnen was.« Jamieson kam hinter dem Schreibtisch hervor, brachte Hannant zur Tür und legte ihm die Hand auf die Schulter. »Schicken Sie ihn heute Nachmittag zu mir. Ich werde mich mit ihm unterhalten und mir eine eigene Meinung bilden. Nein, warten Sie – vielleicht kann ich etwas konstruktiver vorgehen. Er verfügt über eine intuitive mathematische Begabung, sagen Sie? Nun gut …«

Er kehrte zum Schreibtisch zurück, nahm einen Stift und kritzelte rasch etwas auf ein leeres DIN-A4-Blatt. »Bitte sehr«, sagte er. »Sehen Sie, was er damit anstellt. Lassen Sie ihn in der Mittagspause daran arbeiten. Wenn er eine Lösung findet, werde ich mit ihm sprechen, und alles weitere wird sich finden.«

Hannant nahm das Blatt, ging hinaus auf den Gang und schloss die Tür hinter sich. Er sah sich an, was der Rektor geschrieben hatte, und schüttelte enttäuscht den Kopf. Er faltete das Blatt und steckte es in die Tasche, nahm es dann wieder heraus, öffnete es und starrte es an. Andererseits war dies vielleicht genau die Art Aufgabe, mit der Keogh zurechtkommen könnte. Hannant war sich sogar sicher, dass er es konnte – mit ein wenig Nachdenken und einigen Fehlern –, und wenn dem so war, dann hätten sie etwas erreicht. Sein Einsatz für den Knaben hätte sich gelohnt. Sollte Keogh jedoch scheitern, würde Hannant sich einfach keine Gedanken mehr über ihn machen. Es gab andere Jungen, die gleichermaßen seine Aufmerksamkeit verdienten, dessen war er sich gewiss …

Um genau halb zwei nachmittags klopfte Hannant an Jamiesons Tür und trat ein, ehe der Rektor ihn dazu auffordern konnte. Jamieson selbst war gerade zurück vom Mittagessen und hatte sich eben erst an den Schreibtisch gesetzt. Er stand auf, als Hannant sein Büro durchquerte, die Falten des DIN-A4-Blattes glättete und es ihm überreichte.

»Ich habe getan, was Sie vorgeschlagen haben«, sagte Hannant atemlos. »Dies ist Keoghs Lösung.«

Der Rektor überflog eilends den hingekritzelten Text seiner ursprünglichen Aufgabe. *Magisches Quadrat:* Ein Quadrat ist unterteilt in 16 gleich große Quadrate. Jedes dieser kleineren Quadrate enthält eine Zahl, von 1 bis einschließlich 16. Ordne diese so an, dass die Summe jeder der vier waagerechten und senkrechten und der zwei diagonalen Reihen die gleiche Zahl ergibt.

Harry Keogh hatte einen Fehlversuch gemacht und dann die Lösung aufgezeichnet und mit seinem Namen unterschrieben.

Jamieson starrte lange und genau die Zeichnung an, öffnete den Mund, sagte aber nichts. Hannant konnte sehen, wie er rasch die Summen der waagerechten, senkrechten und diagonalen Reihen addierte – fast konnte er sein Hirn arbeiten hören. »Das ist … *sehr* gut«, sagte Jamieson schließlich.

»Es ist viel besser als das«, sagte Hannant, »es ist perfekt!«

Der Rektor zwinkerte ihm zu. »Perfekt, George? *Alle* magischen Quadrate sind das. Das macht ihren Reiz aus und ihren Zauber!«

»Ja«, stimmte Hannant zu, »aber perfekt ist nicht gleich perfekt. Sie haben verlangt, dass die Waagerechten, Senkrechten und Diagonalen alle die gleiche Summe ergeben sollen. Das hat er Ihnen gegeben, und weit mehr noch. Auch die Ecken führen zum gleichen Ergebnis. Die vier Quadrate in der Mitte ebenso. Sogar die sich gegenüberstehenden mittleren Zahlen an den Rändern haben das gleiche Ergebnis. Und wenn Sie es sich genauer anschauen, ist das noch nicht alles. Nein, es *ist* perfekt.«

Jamieson überprüfte das Quadrat noch einmal, runzelte einen Augenblick lang die Stirn und lächelte dann entzückt.

Schließlich fragte er: »Wo ist Keogh?«

»Draußen. Ich dachte mir, Sie möchten ihn vielleicht sprechen …«

Jamieson seufzte und setzte sich hinter den Schreibtisch. »Also gut, George, dann rufen Sie Ihren Wunderknaben mal herein.«

Hannant öffnete die Tür und rief Keogh herein.

Harry trat nervös ein und zappelte vor dem Schreibtisch des Rektors herum. »Keogh, mein Junge«, sagte der Schulleiter, »Mr Hannant hat mir erzählt, du hättest eine Vorliebe für Zahlen.«

Harry erwiderte nichts.

»Dieses magische Quadrat zum Beispiel. Ich schlage mich schon seit Urzeiten mit solchen Dingern herum – nur zu meinem eigenen Vergnügen, verstehst du –, seit ich so alt war wie du. Aber ich glaube nicht, dass mir je eine so gute Lösung wie diese hier eingefallen wäre. Das ist äußerst bemerkenswert. Hat dir jemand dabei geholfen?«

Harry sah auf und blickte Jamieson geradewegs in die Augen. Einen Augenblick schien er verängstigt zu sein, doch im nächsten Moment ging er schon zur Verteidigung über. »Nein, Sir. Niemand hat mir geholfen.«

Jamieson nickte. »Ich verstehe. Wo sind also deine Schmierzettel? Ich meine, man denkt sich doch nicht mir nichts, dir nichts etwas derart Schlaues aus, oder?«

»Nein, Sir«, sagte Harry. »Meine Vorarbeit ist dort, das durchgestrichene Quadrat.«

Jamieson sah auf das Blatt, kratzte sich an seinem fast gänzlich kahlen Kopf und warf Hannant einen Blick zu. Dann starrte er Keogh an. »Aber das ist einfach nur ein Kasten mit den Zahlen in ihrer numerischen Reihenfolge. Ich begreife nicht, wie …«

»Sir«, unterbrach Harry ihn, »mir schien das der logische Anfang zu sein. Als ich erst mal so weit war, konnte ich erkennen, was getan werden musste.«

Wieder tauschten der Rektor und der Mathelehrer Blicke aus.

»Nur weiter, Harry«, sagte der Schulleiter nickend.

»Sehen Sie, Sir, wenn man alle Zahlen einfach der Reihe nach hinschreibt, wie ich es getan habe, dann stehen die großen Zahlen immer rechts und unten. Also habe ich mich gefragt: Wie kann ich die eine Hälfte davon von rechts nach links und die andere Hälfte von unten nach oben bekommen? Und wie kann ich beides zur gleichen Zeit machen?«

»Das scheint … logisch.« Jamieson kratzte sich wieder am Kopf. »Was also hast du getan?«

»Wie bitte?«

»Ich sagte: Was-hast-du-*getan*, Junge!« Jamieson hasste es, sich vor Schülern wiederholen zu müssen. Sie sollten jedem seiner Worte aufmerksam lauschen.

Harry war plötzlich blass. Er sagte etwas, aber es war nur ein Krächzen zu hören. Er hustete, und seine Stimme fiel um ein oder zwei Oktaven. Als er wieder sprach, hörte er sich ganz und gar nicht mehr wie ein kleiner Junge an. »Das ist doch offensichtlich«, sagte er. »Können Sie es nicht selbst sehen?«

Jamiesons Augen traten hervor und sein Kiefer klappte herunter, doch bevor er in die Luft gehen konnte, fügte Harry hinzu: »Ich habe die Diagonalen umgedreht, das ist alles. Das ist die offensichtliche Lösung, die einzig logische Antwort. Ansonsten ist es nur ein Zufallsspiel, und so etwas ist nicht gut genug. Jedenfalls nicht für mich …«

Jamieson erhob sich, ließ sich wieder fallen und wies zornig mit dem Finger zur Tür. »Hannant, schaffen-Sie-diesen-Jungen-hier-*raus!* Und kommen Sie gleich wieder zurück, um mit mir zu sprechen.«

Hannant packte Keogh am Arm und zog ihn hinaus auf den Gang. Er hatte das Gefühl, der Junge wäre in Ohnmacht gefallen, wenn er ihn nicht gestützt hätte. Er lehnte ihn an die Wand, zischte: »*Warte hier!*«, und ließ ihn mit einem leichten Ausdruck der Verwirrung und Übelkeit zurück.

In Jamiesons Büro fand Hannant den Rektor, wie dieser sich mit einem großen Stück Löschpapier gerade Schweiß von der Stirn wischte. Er blickte starr auf Harrys Lösung und murmelte vor sich hin: »Einfach die Diagonalen umgedreht! Hmm! Und das hat er auch!«

Doch als Hannant die Tür hinter sich schloss, blickte Jamieson auf und grinste irgendwie dümmlich. Er hatte offenbar wieder die Kontrolle über sich gewonnen und wischte sich munter den Schweiß von Stirn und Hals. »Diese verdammte Hitze!«, sagte er, winkte schwach mit der Hand und bedeutete Hannant, Platz zu nehmen.

Hannant, dessen Hemd unter dem Jackett an seinem Rücken klebte, sagte: »Ich weiß. Mörderisch, nicht wahr? Die Schule ist wie ein Hochofen – und für die Jungs ist es noch schlimmer.«

Er blieb stehen. Jamieson verstand ihn nur zu gut und nickte. »Ja, das ist aber keine Entschuldigung für Unverschämtheit – oder Arroganz …«

Hannant wusste, dass er besser den Mund halten sollte, konnte es aber nicht.

»*Falls* er unverschämt war«, sagte er. »Ich glaube hingegen, dass er einfach nur eine Tatsache geäußert hat. Genauso war es, als ich ihm gestern über den Weg lief. Er scheint sich zu verteidigen, sobald er sich angegriffen fühlt. Der Kerl ist brillant – gibt aber vor, es nicht zu sein! Er tut sein Bestes, um es zu verbergen.«

»Aber warum? Das ist doch wohl nicht normal. Die meisten Jungs seines Alters ergreifen jede Gelegenheit, um sich hervorzutun. Liegt es nur daran, dass er schüchtern ist – oder hat das tiefere Gründe?«

Hannant schüttelte den Kopf. »Ich weiß nicht. Lassen Sie mich von gestern erzählen.«

Als er das getan hatte, sagte der Rektor: »Fast genau dasselbe, wie das, was wir hier gerade erlebt haben.«

»Ganz genau.«

Jamieson wurde nachdenklich. »Wenn er wirklich so schlau ist, wie Sie glauben – und er scheint gewiss eine intuitive Begabung für manches zu besitzen –, dann bin ich der Letzte, der ihm die Möglichkeit verweigert, etwas aus seinem Leben zu machen.« Er lehnte sich zurück. »Also gut, es ist beschlossene Sache. Keogh hat die Prüfung nicht aus eigener Schuld verpasst, also … werde ich mit Jack Harmon an der Technischen sprechen, ob man nicht eine Sonderprüfung ansetzen kann. Natürlich kann ich nichts versprechen, aber …«

»Es ist besser als nichts«, beendete Hannant den Satz für ihn. »Ich danke Ihnen, Howard.«

»Gut, gut. Ich werde Sie wissen lassen, was ich erreicht habe.«

Hannant nickte und trat auf den Gang, wo Keogh auf ihn wartete.

Während der nächsten zwei Tage versuchte Hannant vergeblich, Keogh aus seinen Gedanken zu verbannen. Mitten im Unterricht oder daheim an langen Abenden, manchmal gar in der Stille der Nacht erschien ihm das gleichzeitig junge und alte Gesicht des Jungen und schwebte am Rande seines Bewusstseins.

Freitagnacht erwachte der Lehrer um drei Uhr. Alle Fenster waren offen, um die schwache Brise hereinzulassen. Hannant lief im Schlafanzug durchs Haus. Er hatte vor dem Erwachen gesehen, wie Harry Keogh mit Jamiesons DIN-A4-Blatt in den Händen über den überfüllten Schulhof in Richtung des steinernen Tors gelaufen war. Dann hatte der Junge den vom Staub des Sommers bedeckten Weg zurückgelegt und die eisernen Pforten des Friedhofes durchschritten. Und Hannant glaubte zu wissen, wo Harry hinging.

Und plötzlich, obwohl es während der Nacht nicht spürbar kühler geworden war, hatte Hannant gefröstelt, wie es in letzter Zeit öfter vorkam. Es konnte nur eine psychische Ursache haben. Er hielt es für eine Vorahnung, dass etwas wirklich Schreckliches geschehen würde. Da *war* etwas Unheimliches an Keogh, zweifelsohne, doch es entzog sich jeder Beschreibung. George Hannant betete zu Gott, dass der Junge den Test bestand, den Howard Jamieson und Jack Harmon von der Technischen Oberschule ihm vorsetzen würden. Und er wollte nicht länger nur, dass der Junge einfach seine Fähigkeiten erkannte. Nein, es war weit grundlegender als das. Ehrlich gesagt, wollte er Keogh von hier fortbringen, weg von der Schule und den anderen Kindern. Jenen völlig gewöhnlichen, *normalen* Jungs an der Schule von Harden.

Ein schlechter Einfluss? Wohl kaum! Wen könnte er schon beeinflussen, und auf welche Art, wenn der Rest der Jungs ihn als Schwächling betrachtete? Eine Fäulnis vielleicht, ein Gift, das sich irgendwie verbreiten konnte – wie der sprichwörtliche faule Apfel am Boden des Korbes? Vielleicht. Denn es macht keinen Unterschied, dass ein Apfel sich seiner eigenen Verderbtheit nicht bewusst ist; die Fäulnis breitet sich trotzdem aus. Oder war das ein zu hartes Urteil? Wie konnte es überhaupt sein, dass irgendetwas an Harry Keogh nicht stimmte, etwas, das er nicht begreifen konnte? Wirklich, die ganze Sache wurde langsam lächerlich! Und doch … *was* an Keogh beunruhigte Hannant derart? Was war *in* ihm und suchte nach einem Ausweg? Und warum hatte Hannant das Gefühl, dass es etwas Schreckliches sein würde, wenn es erst einmal zum Vorschein kam?

In diesem Augenblick beschloss Hannant, sich Keoghs Vergangenheit anzusehen, so gut er nur konnte. Vielleicht lag dort die Wurzel allen Übels.

Allerdings konnte die ganze Sache auch einfach ein Produkt von Hannants reger Fantasie sein und nichts dabei herauskommen. Es mochte an der Hitze liegen, an seinem schlechten Schlaf oder der endlosen und undankbaren Routine an der Schule – oder an allem zusammen. Das *konnte* sein – aber warum bestand seine innere Stimme darauf, dass Keogh anders war? Und warum starrte Keogh ihn gelegentlich mit Augen an, die denen von Hannants totem Vater ähnelten …?

Zehn Tage später, am übernächsten Dienstag, kam es zu einer Tragödie. Es geschah, als die Jungs mit dem Sportlehrer Graham Lane und den Fräuleins Dorothy Hartley und Gertrude Gower am Ende des Unterrichts zum Strand wanderten, um Steine zu sammeln.

Der ›Sergeant‹, der angeblich einige Exemplare wilder Blumen sammeln, aber tatsächlich wohl seine Geliebte beeindrucken wollte, war auf die überhängenden Klippen geklettert. Als er über die Hälfte der trügerischen Strecke zurückgelegt hatte, gaben die Steine unter seinen Füßen nach, und er stürzte auf den von Geröll bedeckten Strand. Er hatte noch im Fall versucht, sich an der bröckelnden Felswand festzuhalten, und war mit dem Fuß auf einem Vorsprung aufgekommen, doch die dünne Felskante war abgebrochen. Er war durch die Luft gewirbelt und auf Gesicht und Brust gelandet.

Beides wurde zerschmettert – er war sofort tot.

Die Angelegenheit erschien besonders grauenhaft angesichts der Tatsache, dass der ›Sergeant‹ und Dorothy Hartley am Abend zuvor ihre Verlobung bekannt gegeben hatten. Die Hochzeit sollte im Frühjahr stattfinden. So jedoch wurde der ›Sergeant‹ am folgenden Freitag begraben. Es wäre besser für ihn gewesen, wenn er bei der Armee geblieben wäre und dort Karriere gemacht hätte, hatte Hannant gedacht, als er zusah, wie Lanes Sarg in ein frisch ausgehobenes Loch auf dem alten Friedhof herabgelassen wurde.

Danach hatte es Schnittchen, Kuchen und Kaffee im Lehrerzimmer der Schule gegeben, und auch stärkere Sachen für jene, die es brauchten. Sie versuchten Dorothy Hartley so gut wie möglich zu trösten. Und so war kein Lehrer da gewesen, um zu sehen, wie das Grab aufgefüllt wurde. Oder wie, nachdem die Arbeit des Totengräbers beendet war und die Kränze auf ihrem Platz lagen, der letzte einsame Trauergast auf einer Steinplatte in der Nähe saß, mit dem Kinn in den Händen und glanzlosen Augen hinter Brillengläsern, die voller Trauer – Neugier? Erwartung? – auf den Grabhügel gerichtet waren.

In der Zwischenzeit hatte Howard Jamieson nicht versäumt, für Harry Keogh eine Nachprüfung an der Hochschule in Hartlepool zu ergattern. Die Sonderprüfung – hauptsächlich ein Intelligenztest, der sich aus Fragen zusammensetzte, die sprachliche, numerische und räumliche Wahrnehmung und Begabung ermitteln sollten – würde an der Schule von Hartlepool unter der direkten Aufsicht von John (›Jack‹) Harmon, dem Rektor, stattfinden. Jedoch war die Gerüchteküche unter den Schülern von Harden übergekocht, und Harry war das Opfer diverser Sticheleien geworden.

Er hatte beispielsweise neue Spitznamen erhalten, wie etwa ›der Liebling‹. Der große Stanley hatte herumerzählt, dass Harry so etwas wie der Hätschelknabe der Lehrer und des Rektors war. Und mit Hilfe einer verworrenen Logik, die Stanley meisterlich beherrschte – ganz zu schweigen von der Bedrohlichkeit seiner fleischigen, aber harten Fäuste –, war es ihm bald gelungen, selbst die liberalsten Mitschüler davon zu überzeugen, dass etwas entschieden faul war an Keoghs überraschendem Aufstieg zu jemandem, der mehr als nur ›gewöhnlich‹ war.

Warum zum Beispiel sollte gerade er diese Sonderprüfung an der Technischen kriegen? Auch andere Jungs waren an dem Tag krank gewesen, oder etwa nicht? Und ließ man ihnen eine Spezialbehandlung zukommen? Nein!

Es lag nur daran, dass dieser geistesabwesende kleine Furz so gut mit den Lehrern zurechtkam, das war alles. Wer hatte denn dämliche, stinkende Muscheln für diese alte Ziege Miss Gower ausgebuddelt? Natürlich Keogh – und hatte er nicht immer unter dem Schutz des alten ›Sergeants‹ gestanden? Selbstverständlich! Und jetzt, weil er in Mathe einen auf schlau machte, hatte er sogar den blöden alten Hannant auf seiner Seite. Also war er ›der Liebling‹ – diese Brillenschlange, dieser kleine Furz! Aber nicht für den großen Stanley Green, wirklich nicht!

Das alles klang logisch für Keoghs Mitschüler; und dazu kamen noch die mürrischen Stimmen derer, die ohne eigenes Verschulden die Prüfung verpasst hatten, und bald hatte der Schläger eine ansehnliche Menge Gleichgesinnter gefunden. Selbst Jimmy Collins schien der Meinung zu sein, dass da irgendwas ›stank‹.

Dann kam der Dienstag, genau eine Woche nach dem Tod des Sportlehrers, als die Schüler wieder einmal runter zum Strand trotteten, um hoffentlich die letzten Steine des Schuljahres zu sammeln. Die Idee hatte zuerst den Reiz des Neuen besessen, doch nun hatten Schüler und Lehrer es gleichermaßen satt; Lanes Tod hatte es allen verdorben. Miss Gower war wie gewöhnlich mit von der Partie, und die Naturkundelehrerin Jean Tasker (etwas älter als Gower, aber weniger altmodisch als sie) nahm den Platz von Dorothy Hartley ein, der man bezahlten Urlaub gewährt hatte. Auch George Hannant war da und ersetzte Graham Lane.

Wie immer war es den Jungs erlaubt, eine Stunde lang zu tun, was sie wollten, nachdem die Steine gesammelt und aufgehäuft waren und bevor man sie zur Schule trug. ›Gee-gee‹ Gower (wie ihre Schüler sie manchmal bei ihren Initialen nannten) gab einer Gruppe sich sträubender Nichtschwimmer in einem Gezeitenbecken Schwimmstunden; George Hannant und Jean Tasker standen am Meeresstrand, sammelten Muscheln und Kieselsteine und unterhielten sich, um die Zeit totzuschlagen. Das war der Augenblick, als der große Stanley, der seine Rachsucht nicht länger zügeln konnte, beschloss, ›Keogh eine Lektion zu erteilen‹.

Harry lief allein mit gesenktem Kopf und hinter dem Rücken verschränkten Händen den Strand entlang; doch als er zum Steinhaufen zurückkehrte, sah er auf und erblickte Green und ein paar andere, die ihn erwarteten.

»Aha«, höhnte der Schläger, als er sich seinen Weg durch die Menge bahnte, »wenn das mal nicht unser kleiner Schleimer ist – der dürre Harry Keogh, mit einer Handvoll hübscher Muscheln für das dämliche alte Pferdegesicht Gee-gee! Na, wie steht's, Kleiner? Glaubst du, du bestehst diese ›Sonderprüfung‹, die sie für dich machen, hä?«

»Ich wette, du schaffst es, Kleiner!«, sagte eine andere, harte Stimme. »Sie werden dich schon durchbringen, nicht wahr?«

»Er ist ja auch ›der Liebling‹, oder?«, sagte ein Dritter. »Wie soll er da schon durchfallen?«

Jimmy Collins, der gerade den Strand hochkam und sich abtrocknete, erkannte sofort die Situation, sagte aber nichts. Stattdessen stieß er zum Ende der Gruppe, wickelte sich ein Handtuch um die Hüfte und zog sich langsam an.

»Na?« Green gab Harry einen Schubs. »Wie ist's, Brillenschlange? Werden die lieben Lehrer dich deine kleine Prüfung bestehen lassen, damit du endlich von uns bösen Schlägertypen wegkommst und in Hartlepool mit den anderen Schwuchteln zur Schule gehen kannst?«

Harry stolperte zurück und ließ die Muscheln, die er gesammelt hatte, fallen. Der große Stanley gab ein *Uups* von sich, sprang nach vorn und zertrat sie unter seinen Schuhen zu Staub. Harry schwankte und sah aus, als wäre ihm übel. Er wandte sich ab. Seine Augen waren auf einmal verschwommen hinter den Brillengläsern; sein Gesicht, das nicht wie die Gesichter der anderen gebräunt war, wurde noch bleicher.

»Du beschissener kleiner Feigling, du Schleimscheißer!«, krähte Green boshaft. »Der kleine Liebling vom alten Jamieson, was? Und jetzt weint er! Machen wir uns nass, hm? Du glotzäugiger kleiner ...«

»Halt dein Maul, du Arschloch!«, knurrte Harry, als er sich umwandte und den Schläger ansah. »Du bist so schon hässlich genug, da muss ich es nicht noch schlimmer machen!«

»Wa...?« Green glaubte, seinen Ohren nicht zu trauen. Was hatte Keogh da gesagt? Nein, das konnte nicht sein. Es hatte sich nicht mal angehört wie seine Stimme! Er musste einen Frosch im Hals haben oder an seiner Furcht fast ersticken.

»Warum lässt du ihn nicht in Ruhe?«, rief Jimmy Collins und drängte sich durch die Menge. Drei oder vier ergriffen ihn und hielten ihn fest.

»Halt dich da raus, Jimmy«, sagte Harry mit seiner neuen, forschen Stimme. »Alles bestens.«

»Alles bestens, was?«, schrie der große Stanley. »Das werden wir ja gleich sehen, mein Kleiner. Du-steckst-in-der-*Scheiße*!«

Mit den letzten Worten holte er aus, um dem kleineren Jungen einen Kinnhaken zu verpassen. Harry duckte sich rasch, trat einen Schritt vor und stieß Stanley mit ausgestreckten steifen Fingern in den Bauch. Der große Stanley knickte in der Mitte ein und näherte sich mit dem Gesicht Harrys Knie – das gerade nach oben schnellte!

Es knallte wie ein Pistolenschuss. Green flog mit weit ausgebreiteten Armen nach hinten und landete im Sand.

Harry kam näher. Sekunden verstrichen, doch Green blieb einfach liegen. Dann setzte er sich auf und schüttelte verwirrt den Kopf. Seine Nase hatte eine merkwürdige Form und blutete stark. Seine Augen verschwammen hinter Schmerzenstränen. »Du ... du ... *du!*« Er spie Blut. Harry beugte sich über ihn und hielt ihm eine weiße, geballte Faust unter die Nase. »Du *was*?«, knurrte er und fletschte die Zähne. »Mach schon, Dicker, sag was. Gib mir einen Grund, dir noch eine zu verpassen.«

Green sagte nichts und griff mit zitternder Hand an seine gebrochene Nase und die aufgeplatzten Lippen. Dann fing er richtig zu weinen an.

Doch Harry war noch nicht fertig mit ihm. Er wollte ihm einen Denkzettel verpassen. »Hör zu, du Arschloch«, sagte er, »solltest du mich je wieder ›Kleiner‹ oder ›Liebling‹ oder sonst irgendwie nennen – solltest du mich je wieder auch nur *ansprechen,* dann werde ich dir eine verpassen, dass du einen Monat lang deine eigenen Zähne scheißt! Hast du mich verstanden, du Arschloch?«

Der große Stanley drehte sich auf dem Sand um und weinte noch lauter.

Harry sah auf und funkelte den Rest der Meute an. Er nahm seine Brille ab und steckte sie mit finsterem Blick in die Tasche. Er blinzelte nicht und machte nicht den Anschein, als würde er die Brille überhaupt benötigen.

Seine Augen glänzten wie Marmor und schienen Funken zu sprühen.

»Was ich diesem Stück Scheiße gesagt habe, gilt auch für euch. Oder rechnet sich hier und jetzt jemand Chancen aus …?«

Jimmy Collins trat neben ihn. »Oder zwei von euch vielleicht?«, fragte er. Die Meute blieb stumm. Sie sperrten die Münder weit auf und die Augen noch weiter. Langsam wandten sie sich ab, begannen zu reden und nervös zu lachen, machten Witze, als wäre nichts geschehen. Es war vorbei – und seltsamerweise waren sie alle froh darüber.

»Harry«, sagte Jimmy leise aus dem Mundwinkel, »so etwas hab ich ja noch nie gesehen! Noch nie. Du hast wie – wie – wie ein Mann gekämpft! Wie ein Erwachsener! Wie der alte ›Sergeant‹ beim Schattenboxen in der Turnhalle. Waffenloser Kampf, so nannte er das.« Er stieß seinem Kumpel mit dem Ellbogen in die Rippen – jedoch sehr sachte. »He, weißt du was?«

»Was?«, fragte Harry, der am ganzen Leib zitterte, mit seiner eigenen Stimme.

»Du bist seltsam, Harry Keogh. Du bist wirklich seltsam!«

Zwei Wochen später saß Harry Keogh in der Prüfung.

Das Wetter hatte sich in der ersten Septemberwoche beständig zum Schlechteren gewandelt, bis der Regen nicht mehr aufzuhören schien. Es regnete auch am Tag der Prüfung, und der Niederschlag prasselte gegen die Scheiben des Büros des Schulleiters, wo Harry mit Stiften und Papier an einem riesigen Schreibtisch saß.

Jack Harmon selbst führte die Aufsicht und saß hinter seinem eigenen Schreibtisch. Er las die Berichte über die letzte Lehrerversammlung und fügte Kommentare und Anregungen hinzu. Doch während der Arbeit blickte er gelegentlich auf, um den Jungen anzusehen und sich über ihn zu wundern.

Tatsächlich wollte Harmon Harry Keogh nicht unbedingt an seiner Schule haben. Nicht aus persönlichen Gründen – nicht einmal, weil er sich halb zu dieser unerhörten Situation hatte drängen lassen, einen Jungen zu prüfen, der bereits seine Chance verpasst hatte. Doch vielleicht würde das einen unglücklichen Präzedenzfall schaffen. Die Zeit war auch ohne derartige Sonderprüfungen schon kostbar genug. Prüfung war Prüfung: sie fand alljährlich statt, und die Bergmannskinder, die sie bestanden, hatten die Möglichkeit, ihre Schulbildung hier zu vollenden, um danach vielleicht eine bessere Zukunft zu haben als ihre Väter vor ihnen. Das System war seit Langem bewährt. Aber diese neuartige Sache – wie Howard Jamieson den jungen Keogh derart förderte …

Andererseits war der Rektor der Schule von Harden ein verdienter Freund aus alten Tagen, und es stimmte auch, dass Harmon ihm den einen oder anderen Gefallen schuldete. Trotzdem war Harmon sehr kühl gewesen, als Jamieson ihm diesen Vorschlag unterbreitet hatte, doch der hatte sich als beharrlicher erwiesen.

Schließlich war Harmons Neugierde geweckt: Er wollte dieses Wunderkind mit eigenen Augen sehen. Um jedoch einen Präzedenzfall zu vermeiden, hatte er nach einem einfachen Ausweg gesucht und auch geglaubt, einen gefunden zu haben. Er selbst stellte die Aufgaben und suchte die schwierigsten aus den Prüfungen der letzten sechs Jahre aus. Kein Junge mit Keoghs Ausbildung konnte auch nur hoffen, diese Aufgaben zu lösen (jedenfalls nicht alle, und ganz gewiss nicht richtig), und während die Prüfung so zur Farce geriet, konnte Harmon sich immer noch ein Bild von Keoghs Leistung verschaffen und seine Neugier stillen. Auch Jamieson würde zufrieden sein; zumindest war dann seine Bitte um eine Sonderprüfung für den Jungen erfüllt worden.

Und so führte Jack Harmon die Aufsicht und behielt den Jungen im Auge, während er an seinen Unterlagen arbeitete. Für jedes Fach war eine Stunde angesetzt; zwischen den Fächern gab es zehnminütige Pausen; Tee und Kekse wurden hier im Büro des Rektors serviert, und eine Toilette befand sich direkt nebenan. Die erste Prüfung hatte in Englisch stattgefunden, und danach hatte Keogh still seinen Tee getrunken und bleich in den Regen vor dem Fenster gestarrt. Nun war er halbwegs mit der Matheprüfung durch – oder sollte es zumindest sein. Das war eine rein akademische Frage.

Harmon hatte ihn beobachtet. Der Stift des Jungen hatte kaum den Fragebogen berührt; oder nur dann, wenn der Rektor mit seiner eigenen Arbeit beschäftigt war. Der Junge hatte sich in der ersten Stunde wirklich ins Zeug gelegt: Die Englischprüfung hatte ihn anscheinend interessiert; er hatte häufig die Stirn gerunzelt und an seinem Stift gekaut, hatte geschrieben und wieder umgeschrieben – er war sogar noch damit beschäftigt gewesen, als Harmon das Ende der Stunde verkündet hatte –, doch der Mathetest schien ihn zu verblüffen. Er machte gelegentlich einen sporadischen Versuch, das musste Harmon ihm lassen (und jetzt kritzelte er auch schon wieder etwas hin), doch nach ein oder zwei Augenblicken lehnte er sich wieder zurück und starrte bleich und stumm aus dem Fenster, als wäre er erschöpft.

Dann schien er einen Geistesblitz zu haben, blickte auf die nächste Aufgabe und kritzelte in wahnwitzigem Tempo, als hätte er eine Eingebung, bevor er wieder erschöpft innehielt, und so weiter.

Harmon konnte die Anspannung oder Furcht des Jungen gut verstehen, denn die Aufgaben *waren* sehr schwer. Es gab sechs davon, und jede von ihnen würde normalerweise mindestens eine Viertelstunde in Anspruch nehmen – und das auch nur, wenn die Begabung des Jungen seinem Alter und dem Bildungsniveau an der Harden Modern School weit voraus war.

Harmon konnte nicht verstehen, warum er sich überhaupt die Mühe machte, sich das Papier wieder und wieder wütend vorzunehmen, nur um sich jedes Mal nach kurzer Zeit frustriert und müde zurückzulehnen. War ihm denn nicht klar, dass er nicht gewinnen konnte? Woran dachte er, wenn er aus dem Fenster blickte? Wo *war* er, wenn sein Gesicht diesen reglosen, fast leeren Ausdruck annahm?

Vielleicht sollte Harmon dem jetzt ein Ende machen. Ganz offensichtlich erreichte der Kerl doch nichts …

Die Matheprüfung dauerte nun schon (der Rektor warf einen Blick auf die Uhr) fünfunddreißig Minuten. Als der Junge sich wieder einmal aufsetzte, die Arme baumeln ließ und die Augen hinter seinen Brillengläsern halb schloss, stand Harmon leise auf und näherte sich ihm von hinten. Draußen rüttelte der Wind an den Fensterscheiben; im Zimmer tickte eine alte Uhr an der Wand und akzentuierte den Atem des Schulleiters. Er spähte über Keoghs Schulter und wusste nicht genau, was er erwartete.

Sein Blick erstarrte. Er blinzelte ein-, zweimal und riss die Augen auf. Seine Brauen zogen sich zusammen, als er den Hals reckte, um besser zu sehen.

Wenn Keogh sein erstauntes Luftholen gehört hatte, dann ließ er sich nichts anmerken. Er blieb sitzen und sah weiterhin einfältig den Regenströmen am Fenster zu.

Harmon trat von dem Jungen zurück, drehte sich um und setzte sich wieder hinter seinen Schreibtisch. Er öffnete eine Schublade, hielt den Atem an und entnahm ihr die Lösungen der Matheprüfung. Keogh hatte die Fragen nicht nur beantwortet, er hatte sie auch richtig gelöst! Alle! Dieser letzte Ausbruch von Arbeitswut hatte der sechsten und abschließenden Aufgabe gegolten. Zudem hatte er diese Leistung mit einem Minimum an Vorarbeit und ohne die Anwendung der bekannten Formeln erbracht.

Schließlich holte der Schulleiter tief Luft, glotzte noch einmal auf die gedruckten Lösungen in seiner Hand, die Unmengen von komplizierten Berechnungen erforderten, legte sie dann sorgsam in die Schublade zurück und schloss diese. Er konnte es kaum glauben. Hätte er nicht während der ganzen Prüfung hier gesessen, so hätte er geschworen, dass der Junge gespickt hatte. Doch das war eindeutig nicht der Fall. Was also hatte Harmon hier vor sich?

»Intuitiv«, so hatte Howard Jamieson den Jungen bezeichnet, »ein intuitiver Mathematiker.« Nun gut, Harmon würde sehen, wie gut diese Intuition dem Jungen beim nächsten Test helfen würde. In der Zwischenzeit …

Der Rektor rieb sich das Kinn und starrte nachdenklich auf den Hinterkopf des Jungen. Er würde sich länger mit Jamieson und dem jungen George Hannant (der offenbar Jamiesons Aufmerksamkeit auf den Jungen gelenkt hatte) unterhalten müssen. Es war noch sehr früh dafür, aber … Intuition? Für Harmon schien ein anderes Wort besser auf Keogh zu passen, eines, das die Lehrer in Harden einfach noch nicht in Betracht gezogen hatten. Harmon konnte das gut verstehen, denn noch zögerte auch er.

Das Wort, das Harmon durch den Kopf ging, war ›Genie‹, und falls das tatsächlich zutraf, gab es natürlich einen

Platz für Keogh an seiner Hochschule. Harmon würde bald wissen, ob er Recht hatte.

Und selbstverständlich hatte er das. Nur in seiner Beurteilung der Lage irrte er sich. Keoghs ›Genie‹ kam aus einer gänzlich anderen Richtung.

Jack Harmon war klein, fett, behaart und hatte etwas Affenähnliches an sich. Er wäre äußerst hässlich gewesen, hätte er nicht diese Freundlichkeit und eine Aura des Wohlwollens besessen, die seine wahre Natur zeigten: Er war ein geborener Gentleman. Zudem hatte er einen ziemlich brillanten Verstand. Als er jünger war, hatte er George Hannants Vater gekannt. Zu jener Zeit war J. G. Hannant Rektor in Harden gewesen und Harmon Mathe- und Physiklehrer an einer winzigen Schule in Morton, einem anderen Bergmannsdorf. Während der folgenden Jahre hatte er den jüngeren Hannant immer wieder mal getroffen und so seine Entwicklung beobachten können. Es war keine große Überraschung für ihn gewesen, dass auch George schließlich ›ins Geschäft‹ eingestiegen war – das Lehramt schien ebenso ein Teil von ihm zu sein, wie das bei seinem Vater der Fall gewesen war.

»Der junge Hannant«, so hatte Harmon ihn stets bezeichnet. Lächerlich – denn natürlich war George nun schon seit fast zwanzig Jahren Lehrer!

Harmon hatte den Mathelehrer nach Hartlepool bestellt, um mit ihm über Harry Keogh zu reden. Es war der Montag nach Keoghs Prüfung, und sie hatten sich an der Technischen verabredet. Harmon wohnte in der Nähe und hatte Hannant zu sich nach Hause zu einem Mittagessen aus kaltem Fleisch und Gewürzgurken eingeladen. Seine Frau wusste, dass es um die Arbeit ging, trug das Essen auf und ging dann einkaufen, während die beiden Männer aßen und sprachen.

Harmon fing mit einer Entschuldigung an.

»Ich hoffe, ich bereite Ihnen keine Unannehmlichkeiten, George, indem ich Sie so herbestelle? Ich weiß, dass Howard Sie dort oben ganz schön in Atem hält.«

Hannant nickte. »Überhaupt kein Problem. Er vertritt mich heute Nachmittag höchstpersönlich. Das macht er ab und zu sehr gerne. Er sagt, er vermisst das Klassenzimmer. Ich bin mir sicher, dass er jederzeit sein Büro und all den Verwaltungskram gegen ein Klassenzimmer voller Jungen eintauschen würde!«

»Bestimmt! Geht uns das nicht allen so?« Harmon grinste. »Aber das Geld, George, das Geld! Und ich vermute, dass auch das Ansehen eine gewisse Rolle dabei spielt. Sie werden verstehen, was ich meine, wenn Sie selbst einmal Rektor sind. Aber erzählen Sie mir nun von Keogh. Sie haben ihn entdeckt, nicht wahr?«

»Eigentlich hat er sich selbst entdeckt«, entgegnete Hannant. »Es ist, als hätte er erst vor Kurzem sein eigenes Potenzial erkannt. Ein Spätzünder sozusagen.«

»Aber einer, der alle anderen mit einem Schlag überholen wird, hm?«

»Ach!«, sagte Hannant. Da Harmon noch nichts über die Ergebnisse von Keoghs Prüfung hatte verlauten lassen, hatte er schon befürchtet, der Junge sei durchgefallen. Dass man ihn herbestellt hatte, beruhigte ihn ein wenig, und nun hatte Harmons Bemerkung ihm Gewissheit verschafft. »Er hat also bestanden?« Hannant lächelte.

»Nein.« Harmon schüttelte den Kopf. »Er hat elend versagt. Der Englischtest hat ihn den Kopf gekostet. Er hat es wirklich versucht, glaube ich, aber …« Hannants Lächeln erstarb. Er ließ ein wenig seine Schultern hängen.

»... aber ich nehme ihn trotzdem«, beendete Harmon seinen Satz und grinste, als Hannant ihn mit aufgerissenen Augen anblickte. »Aufgrund der Qualität seiner anderen Arbeiten.«

»Der Qualität seiner anderen Arbeiten?«

Harmon nickte. »Ich muss zugeben, dass ich ihm die schwierigsten Aufgaben gestellt habe, die ich finden konnte – und er hat Kleinholz aus ihnen gemacht! Wenn man ihm irgendetwas vorwerfen kann, dann ist das sein unorthodoxer Ansatz – *wenn* man das überhaupt als Fehler bezeichnen darf. Es scheint nur, als hätte er alle herkömmlichen Formeln über Bord geworfen.«

Hannant nickte, sagte nichts und dachte nur: *Ich weiß genau, was du meinst!* Und als er sah, dass Harmon wartete, sagte er laut: »Oh ja – das tut er.«

»Ich dachte, das wäre nur in Mathematik so«, sagte Harmon, »doch in dem anderen Test war es dasselbe. Man kann es einen Intelligenztest oder einen Test zur räumlichen Wahrnehmung nennen, jedenfalls soll er das *Potenzial* des Intellekts ergründen. Eine seiner Lösungen fand ich besonders interessant; nicht die Antwort selbst, verstehen Sie, die ohnehin völlig richtig war, sondern den Weg, auf dem er zu ihr gelangt war. Es drehte sich um ein Dreieck.«

»Ach ja?« *Aha, Trigonometrie,* dachte Hannant, während er ein Stück Huhn in den Mund stopfte. *Ich bin mal gespannt, wie er damit fertig geworden ist.*

»Natürlich hätte man es mit simpler Trigonometrie lösen können«, sagte Harmon, als hätte er seine Gedanken gelesen, »oder sogar nur vom Anschauen her – so einfach war das. In der Tat war es die einzige einfache Aufgabe. Hier, sehen Sie.«

Er schob seinen Teller zur Seite, nahm einen Stift und zeichnete die Skizze eines Dreiecks auf eine Papierserviette. »Wenn AD die Hälfte von AC und AE die Hälfte von AB beträgt, um wie viel größer ist dann das größere Dreieck als das kleinere?«

Hannant zeichnete Hilfslinien in das Diagramm ein.

Dann sagte er: »Viermal größer. Nur vom Anschauen her, wie Sie gesagt haben.«

»Richtig. Aber Keogh hat die Antwort einfach hingeschrieben. Keine gepunkteten Linien, einfach nur die Antwort. Ich habe ihn unterbrochen und gefragt: ›Wie hast du das gemacht?‹ Er hat mit den Schultern gezuckt und gesagt: ›Ein halb mal ein halb ist ein Viertel – die Fläche des kleineren Dreiecks ist ein Viertel so groß wie die des größeren.‹«

Hannant lächelte und zuckte mit den Achseln. »Das ist typisch für Keogh«, sagte er. »Das hat mich erst auf ihn aufmerksam gemacht. Er ignoriert die Formeln, überspringt den Großteil der normalen Berechnung und springt von Lösung zu Lösung.«

Harmons Gesichtsausdruck war nach wie vor ernst. »Welche Formeln?«, fragte er. »Hat er schon Trigonometrie gehabt?«

Hannants Lächeln verschwand. Er runzelte die Stirn und ließ die Gabel sinken. »Nein, wir wollten gerade damit anfangen.«

»Also hätte er die Formel ohnehin nicht gekannt?«

»Nein.« Die Falten auf Hannants Stirn vertieften sich.

»Aber er weiß sie jetzt – ebenso wie wir!«

»Bitte?« Hannant hatte den Faden des Gespräches irgendwo verloren.

Harmon fuhr fort: »Ich habe zu ihm gesagt: ›Keogh, das alles ist sehr gut, aber was, wenn das hier kein rechtwinkliges Dreieck wäre? Was, wenn es so aussähe?‹« Wieder zeichnete er eine Skizze.

»Dann sagte ich zu ihm«, setzte Harmon hinzu, »›Dieses Mal ist AD die Hälfte von AB, aber BE ist nur ein Viertel von BC.‹ Nun, Keogh hat sich das nur angeschaut und gesagt: ›Ein Achtel. Ein halb mal ein Viertel.‹ Und dann hat er das hier gezeichnet.«

»Was wollen Sie damit sagen?« Hannant war von der Anspannung des anderen ebenso fasziniert wie vom Thema des Gesprächs. Worauf wollte Harmon hinaus?

»Aber ist das nicht offensichtlich? Das *ist* eine Formel, und er hat sie selbst erdacht. Und das *während* der Prüfung!«

»Das alles ist vielleicht nicht so clever und unerklärlich, wie Sie denken.« Hannant schüttelte den Kopf. »Wie ich schon sagte, werden wir bald mit Trigonometrie anfangen. Keogh weiß das. Vielleicht hat er sich schon einige Sachen angelesen, und das ist alles.«

»Ach?«, sagte Harmon, grinste und versetzte dem anderen einen leichten Schlag auf die Schulter. »Dann tun Sie mir einen Gefallen, George, und schicken Sie mir ein Exemplar des Buches, aus dem er gelernt hat, ja? Das würde ich liebend gerne mal sehen. Wissen Sie, in all meinen Jahren als Lehrer bin ich nie auf eine derartige Formel gestoßen. Archimedes kannte sie vielleicht, oder Euklid oder Pythagoras, aber ich ganz sicher nicht!«

»Was?« Hannant starrte wieder das Diagramm an. »Aber ich kenne das doch, oder? Ich meine, ich begreife Keoghs Prinzip. Das habe ich doch sicher schon mal gesehen? Ich muss doch – zum Teufel, ich unterrichte seit zwanzig Jahren Trigonometrie!«

»Mein junger Freund«, sagte Harmon, »ich unterrichte das sogar schon viel länger. Hören Sie, ich weiß alles über

Sinus, Kosinus und Tangente, ich begreife die trigonometrischen Verhältnisse, und ich bin ebenso vertraut mit den bekannten mathematischen Formeln wie Sie. Vermutlich noch vertrauter. Aber ich habe noch nie erlebt, wie ein Theorem, so wunderbar logisch, so fachmännisch … *enthüllt* wurde! Enthüllt, ja, das trifft es. Man kann nicht sagen, dass Keogh es erfunden hätte – ebenso wenig wie Newton die Schwerkraft erfunden hat –, noch nicht einmal ›entdeckt‹, wie es so schön heißt. Nein, denn es ist eine Konstante wie etwa Pi. Es war schon immer da. Aber erst Keogh hat uns diese Existenz gezeigt!« Er zuckte ratlos mit den Schultern. »Wie soll ich erklären, was ich meine?«

»Ich verstehe Sie schon«, sagte Hannant. »Sie müssen nichts mehr erklären. Das ist genau das, was ich Jamieson gesagt habe: Keogh sieht den Wald trotz der Bäume! Aber eine Formel …?« Und plötzlich tauchte etwas in seinem Hinterkopf auf: *Formeln? Ich könnte Ihnen Formeln geben, die Sie sich nicht einmal im Traum vorstellen können …*

»… aber das hier ist eine!«, beharrte Harmon und unterbrach Hannants abschweifende Gedanken. »Für eine ganz spezifische Aufgabe natürlich, aber trotzdem eine Formel. Und ich stelle mir die Frage, was sollen wir mit ihm anfangen? Stecken da noch weitere grundlegende Prinzipien in ihm – Prinzipien, auf die wir einfach noch nicht gestoßen sind –, die nur darauf warten, enthüllt zu werden? Das ist der Grund, warum ich ihn hier an der Technischen haben will. Damit ich das herausfinden kann.«

»Ich bin wirklich froh, dass Sie ihn nehmen«, sagte Hannant nach einer Weile. Er stand kurz davor, sein Unbehagen Keogh betreffend zu erwähnen, überlegte es sich dann aber anders und log hemmungslos: »Ich … glaube nicht, dass er in Harden sein Potenzial voll ausschöpfen kann.«

»Ja, das verstehe ich«, antwortete Harmon stirnrunzelnd. Und dann fügte er etwas ungeduldig hinzu: »Aber das haben wir natürlich schon klargestellt. Sie können sich jedenfalls sicher sein, dass ich mein Äußerstes tun werde, um hier seinem Potenzial gerecht zu werden. Aber erzählen Sie mir nun von dem Jungen selbst. Was wissen Sie über seinen Hintergrund?«

Auf dem Weg zurück nach Harden, hinter dem Lenkrad seines '67er Ford Cortina, dachte Hannant über das nach, was er Harmon über Herkunft und Erziehung des Jungen erzählt hatte. Das meiste davon hatte er von Keoghs Onkel und Tante erfahren, bei denen er in Harden wohnte. Sein Onkel hatte einen Lebensmittelladen an der Hauptstraße; seine Tante war Hausfrau, half aber zwei oder drei Tage die Woche im Laden aus.

Keoghs Großvater war ein Ire gewesen, der nach dem Krieg 1918 von Dublin nach Schottland gezogen war, um in Glasgow als Baumeister zu arbeiten. Harrys Großmutter war eine russische Dame guter Herkunft, die 1920 vor der Revolution geflohen war und sich in Edinburgh in einem Haus in der Nähe des Meeres niedergelassen hatte. Dort hatte Sean Keogh sie kennengelernt, und seit 1926 waren sie miteinander verheiratet. Drei Jahre später kam Harrys Onkel Michael zur Welt, und 1931 folgte seine Mutter Mary. Sean Keogh war seinem Sohn ein strenger Vater gewesen und wollte Michael gegen seinen Willen ins Baugeschäft bringen, deshalb ließ er ihn von seinem vierzehnten Lebensjahr an hart arbeiten. In seine Tochter hingegen war er vernarrt, und nichts war je gut genug für sie. Das hatte einigen Neid zwischen Bruder und Schwester zur

Folge, und schließlich lief Michael im Alter von neunzehn in Richtung Süden davon, um ein eigenes Geschäft aufzubauen. Michael war der Onkel, bei dem Harry nun lebte.

Als Mary Keogh einundzwanzig wurde, war die Zuneigung ihres Vaters einer wilden Besessenheit gewichen, die sie völlig vom gesellschaftlichen Leben abschnitt. Sie blieb meistens daheim und half bei der Hausarbeit oder ging ihrer russischen Aristokratenmutter in deren spiritistischem Zirkel zur Hand. Regelmäßig nahm sie an den Séancen teil, die Natascha Keogh zu einer lokalen Berühmtheit gemacht hatten.

Dann war Sean Keogh im Sommer des Jahres 1953 umgekommen. Eine baufällige Mauer, an der er gearbeitet hatte, war über ihm zusammengefallen. Seine Frau, die trotz der Tatsache, dass sie noch nicht mal fünfzig war, schon sehr zur Kränklichkeit neigte, verkaufte das Geschäft und zog sich zurück. Gelegentlich hielt sie eine ihrer Séancen, um ihren Lebensunterhalt aufzubessern, der jetzt hauptsächlich auf den Zinsen des angelegten Geldes beruhte. Für Mary jedoch bedeutete der Tod ihres Vaters eine bislang ungekannte Freiheit, buchstäblich eine offene Tür.

Die nächsten zwei Jahre war Marys gesellschaftliches Leben nur durch ihre äußerst kargen Finanzen eingeschränkt, bis sie im Winter 1955 einen Mann aus Edinburgh, der fünfundzwanzig Jahre älter war als sie und in einer Bank arbeitete, kennenlernte und heiratete. Sein Name war Gerald Snaith, und Mary und er lebten trotz des Altersunterschieds sehr glücklich in einem großen Haus auf einem Privatgrundstück unweit Bonnyriggs. Jedoch wurde zu dieser Zeit Marys Mutter sehr krank; ihre Ärzte hatten Krebs festgestellt. So lebte Mary die halbe Zeit in Bonnyrigg und den Rest im Haus an der Küste von Edinburgh, wo sie sich um ihre Mutter kümmerte.

Harry Keogh wurde also als Harry Snaith geboren, neun Monate nach dem Tod seiner Großmutter im Jahre 1957 – und nur ein Jahr vor dem Tod seines Vaters, des Bankiers, der in seinem Büro einem Schlaganfall erlag.

Mary Keogh war ein starkes Mädchen und noch sehr jung. Sie hatte das alte Familienhaus am Meer bereits verkauft und war Alleinerbin des nicht unbeträchtlichen Vermögens ihres Gatten. Da sie eine Weile aus Edinburgh fort wollte, kam sie im Frühjahr 1959 nach Harden und mietete ein Haus bis Ende Juli. Sie brachte viel Zeit damit zu, sich mit ihrem Bruder zu versöhnen und seine neue Frau kennenzulernen. Während dieser Zeit bekam sie mit, wie sein Geschäft starke Einbußen erlitt, und half ihm mit ausreichend Bargeld über die Runden.

Damals verspürte Michael auch eine Aura der Trauer oder Hoffnungslosigkeit um seine Schwester. Als er sie fragte, was sie bedrücke (abgesehen natürlich vom Tod ihres Gatten, der noch immer schwer auf ihr lastete), erinnerte sie ihn an den ›sechsten Sinn‹ ihrer Mutter, ihre Empfänglichkeit für Übersinnliches. Sie glaubte, etwas davon geerbt zu haben, und diese Eingebung ›sagte‹ ihr, dass sie nicht lange leben werde. Das machte ihr keine Sorgen – wenn es so sein sollte, dann sollte es eben sein –, aber sie sorgte sich um den kleinen Harry. Was würde aus ihm werden, wenn ihr etwas zustieß, solange er noch ein Kind war?

Es war unwahrscheinlich, dass Michael Keogh und seine Frau Jenny je eigene Kinder haben würden. Sie hatten das beide vor der Hochzeit gewusst, waren sich aber einig darin, dieser Angelegenheit keine allzu große Bedeutung beizumessen; ihre Gefühle zueinander kamen an erster Stelle. Später, wenn ihr kleines Geschäft gut liefe, wäre noch Zeit genug, über eine Adoption nachzudenken. Unter diesen Umständen allerdings, und *falls* Mary etwas zustoßen sollte – eine Prophezeiung, der ihr Bruder im Gegensatz zu Mary wenig Glauben schenkte –, dann müsste sie sich um ihren Sohn keine Gedanken machen. Natürlich würden ihr Bruder und seine Frau den kleinen Harry wie ihr eigenes Kind großziehen. Dieses Versprechen war in erster Linie zu Marys Beruhigung gedacht.

Als Harry zwei Jahre alt war, lernte seine Mutter einen Mann kennen, der nur zwei oder drei Jahre älter als sie war, und verfiel ihm sofort. Sein Name war Viktor Shukshin, vermutlich ein Dissident, der auf der Suche nach politischer Freiheit in den Westen geflohen war, ebenso wie Mary Keoghs Mutter im Jahre 1920. Vielleicht lag Marys Faszination für Shukshin in dieser Verbindung mit Russland begründet, jedenfalls heiratete sie ihn Ende des Jahres 1960, und sie lebten im Haus in der Nähe von Bonnyrigg. Harrys neuer Stiefvater war Linguist und hatte in den letzten zwei Jahren in Edinburgh Privatunterricht in Russisch und Deutsch erteilt; doch nun, da alle finanziellen Probleme ausgeräumt waren, gaben seine Frau und er sich einem Leben des Müßiggangs und der persönlichen Interessen hin. Auch er war sehr am Übernatürlichen interessiert und bestärkte seine Frau in ihrem Glauben an ihre hellseherische Veranlagung.

Michael Keogh hatte Shukshin bei der Heirat seiner Schwester kennengelernt und kurz bei einer Rundreise durch Schottland getroffen, ihn danach aber erst bei der gerichtlichen Untersuchung wieder gesehen. Denn im Winter 1963 starb Mary Keogh, wie sie es vorhergesagt hatte, im Alter von nur zweiunddreißig Jahren. Von Shukshin wusste Hannant nur, dass die Keoghs den Mann nicht gemocht hatten. Es sei etwas an ihm gewesen, was sie befremdet habe; vermutlich das Gleiche, was Michaels Schwester so angezogen hatte.

Was Marys Tod betrifft: Sie war für ihr Leben gern Schlittschuh gelaufen. Ein Fluss in Sichtweite ihres Hauses bei Bonnyrigg war ihr zum Verhängnis geworden, als sie offenbar durch die dünne Eisschicht gebrochen und abgetrieben worden war. Viktor war bei ihr gewesen, war jedoch nicht in der Lage gewesen, etwas zu tun. Außer sich vor Schreck hatte er nach Hilfe gesucht, aber …

Zur Zeit des Unfalls war der Fluss unter dem Eis reißend gewesen. Am Unterlauf gab es viele Seitenarme, wo Marys Leiche bis zum Einsetzen des Tauwetters unter dem Eis verborgen bleiben konnte. Zudem war viel Schlamm von den Hügeln gespült worden, der sie zweifellos bedeckt hatte. Wie dem auch war, ihre Leiche wurde nie gefunden.

Innerhalb von sechs Monaten hatte Michael sein Versprechen erfüllt; Harry Keogh lebte nun bei Onkel und Tante in Harden.

Das passte Shukshin sehr gut; Harry war nicht sein eigenes Kind, und er hatte ohnehin nicht viel für Kinder übrig, deshalb hatte er auch nicht vor, den Jungen selbst großzuziehen. Marys Testament bedachte Harry großzügig; das Haus und der Rest ihres Besitzes gingen an den Russen. Soweit Michael Keogh wusste, lebte er dort noch heute; er hatte nicht wieder geheiratet, sondern gab wieder Privatunterricht in Deutsch und Russisch. Er lebte offenbar allein in dem Haus bei Bonnyrigg. Kein einziges Mal hatte er Harry seitdem sehen wollen, hatte noch nicht einmal nach ihm gefragt.

So dramatisch seine Familiengeschichte auch sein mochte, es war doch nichts besonders Bemerkenswertes an Harry Keoghs Herkunft. Das Einzige, was nachhaltigen Eindruck auf Hannant gemacht hatte, war die Neigung von Keoghs Mutter und Großmutter zum Übersinnlichen, aber selbst das war nicht so außergewöhnlich. Mary Shukshin schien jedenfalls überzeugt davon zu sein, dass Nataschas ›Kräfte‹ an sie vererbt worden waren.

Und was, wenn sie diese an Harry weitergegeben hatte? *Das* bot Stoff zum Nachdenken! Zumindest, wenn Hannant an solche Dinge geglaubt hätte.

Doch das war nicht der Fall.

An einem Abend drei Wochen später, vier oder fünf Tage nachdem Keogh die Harden Modern Boys' verlassen hatte, stolperte Hannant über eine letzte Merkwürdigkeit im Zusammenhang mit dem Jungen.

Oben auf dem Speicher hatte er eine alte Truhe seines Vaters gefunden, in der ein oder zwei Bücher, Bündel alter Unterlagen, staubige Nippsachen und verschiedene Erinnerungsstücke an die Jahre, die der alte Mann als Lehrer gearbeitet hatte, aufbewahrt wurden. Als Hannant auf den Speicher gegangen war, um einen Dachziegel zu befestigen, der sich in einem kurzen Sturm von der Nordsee her gelockert hatte, hatte er die Truhe entdeckt und sich sofort darin verliebt. Sie war massiv gebaut, und das dunkle Holz, die Messinggriffe und -scharniere schienen uralt zu sein. Sie würde neben den Bücherregalen in Hannants Wohnzimmer sehr hübsch aussehen.

Nachdem er die Truhe nach unten gewuchtet hatte, leerte er sie aus und stöberte in den alten Fotografien, die seit vielen Jahren niemand mehr gesehen hatte. Er legte einige Dinge zur Seite, die in der Schule vielleicht von Nutzen sein mochten (mehrere alte Lehrbücher beispielsweise), bis er auf ein großes, in Leder gebundenes Notizbuch stieß, das voller Aufzeichnungen in der Handschrift seines Vaters war. Etwas an der Schrift und Gestaltung dieser Aufzeichnungen hielt für einen Moment seine Aufmerksamkeit gefangen … bis ihm dämmerte, was genau der Grund dafür war.

Im nächsten Augenblick verspürte er wieder jenen schrecklichen, unerklärlichen Schauder, und er saß zitternd da, mit dem Buch auf dem Schoß. Dann schlug er das Buch zu und brachte es ins Wohnzimmer, wo ein Kohlenfeuer im breiten Kamin loderte. Ohne es noch eines Blickes zu würdigen, warf er das Buch in die Flammen.

Am gleichen Tag hatte Hannant Keoghs alte Mathehefte von der Schule mitgenommen, um sie an Harmon weiterzureichen. Jetzt nahm er das Neueste dieser Hefte, warf einen Blick hinein und schloss es mit einem Schaudern, um es zu dem alten Buch seines Vaters in den Kamin zu werfen.

Vor Keoghs – *Erwachen?* – war seine Arbeit schmuddelig, unordentlich und keinesfalls präzise gewesen. Danach jedoch, während der letzten sechs oder sieben Wochen …

Nun, die Hefte waren fort, verzehrt von den Flammen, verloren im Rauch und in der Nacht.

Man konnte sie jetzt nicht mehr miteinander vergleichen, und das war vermutlich auch gut so. Eine Ähnlichkeit auch nur in Betracht zu ziehen, wäre schon mehr als grotesk. Jetzt konnte Hannant die ganze Sache für immer aus seinem Kopf verbannen. Derartige Gedanken sollten einen vernünftigen Menschen ohnehin nicht beschäftigen.

IV

Es war der Sommer des Jahres 1972, und Dragosani war nach Rumänien zurückgekehrt. Er sah sehr modisch aus in seinem verwaschenen blauen Hemd, den grauen Schlaghosen in westlichem Schnitt, glänzenden schwarzen Schuhen, die spitz zuliefen (im Gegensatz zu dem fast quadratischen russischen Schuhwerk, das man hier in den Läden fand), und der karierten Jacke mit großen aufgenähten Taschen. An diesem heißen Nachmittag auf einem rumänischen Bauernhof am Rande eines winzigen Dorfes abseits der Corabia-Calinesti-Straße stach er sofort ins Auge. Wie er sich da an seinen Wagen lehnte und die verwinkelten Dächer des Dorfes betrachtete, das sich jenseits der Felder im Süden erstreckte, konnte er nur ein reicher Tourist aus dem Westen, aus der Türkei oder aus Griechenland sein.

Doch andererseits fuhr er einen Wolga, der so schwarz war wie seine Schuhe, und das wies in eine andere Richtung, zumal er nicht den argwöhnischen oder naiven Blick der Touristen an den Tag legte, sondern den Eindruck erweckte, als kenne er sich hier aus, als gehöre er hierher. Als Hzak Kinkovsi, der Eigentümer, der gerade hinterm Haus die Hühner gefüttert hatte, auf ihn zukam, konnte er sich nicht entscheiden. Er erwartete Touristen gegen Ende der Woche, doch dieser Mann verwirrte ihn. Er schien ihm verdächtig. Ein Beamter, vielleicht vom Landwirtschaftsministerium? Ein Lakai der graugesichtigen Industriebolschewisten von jenseits der Grenze? Er musste auf der Hut sein. So lange zumindest, bis er wusste, wer oder was der Ankömmling war.

»Kinkovsi?«, fragte der junge Mann und musterte ihn von oben bis unten. »Hzak Kinkovsi? In Ionestasi hat man mir gesagt, dass Sie Zimmer vermieten. Ich nehme an, dass dieses Gebäude«, er nickte in Richtung des wackligen dreistöckigen Steinhauses am Rande der gepflasterten Dorfstraße, »Ihr Gästehaus ist?«

Kinkovsi starrte Dragosani verständnislos an und runzelte die Stirn. Er versteuerte nicht immer seine Einkünfte aus dem Fremdenverkehr – jedenfalls nicht vollständig. Schließlich sagte er: »Ich heiße Kinkovsi, ja, und ich habe Zimmer. Aber …«

»Kann ich dann nun hier bleiben oder nicht?«

Der Mann schien jetzt müde und ungeduldig. Kinkovsi bemerkte, dass seine Kleidung, die auf den ersten Blick so schick und modern gewirkt hatte, tatsächlich verknautscht und lange Zeit getragen war.

»Ich bin einen Monat zu früh dran, ich weiß, aber so viele Gäste können Sie doch gar nicht haben?«

Einen Monat zu früh! Jetzt erinnerte Kinkovsi sich. »Ach, Sie sind sicher der Herr aus Moskau? Der im April reserviert hat, aber kein Geld im Voraus schicken wollte!

Dann sind Sie also Herr Dragosani, der den Namen des Städtchens am Ende der Straße trägt? Sie sind tatsächlich früh dran – aber natürlich sind Sie trotzdem willkommen! Ich muss erst ein Zimmer für Sie richten. Vielleicht können Sie aber auch mit dem Englischen Zimmer vorliebnehmen, zumindest für ein oder zwei Nächte. Wie lange werden Sie bleiben?«

»Mindestens zehn Tage«, antwortete Dragosani, »wenn die Laken sauber und die Mahlzeiten genießbar sind – und wenn Ihr rumänisches Bier nicht zu bitter ist!« Seine Miene war übertrieben ernst, was Kinkovsi in die Defensive trieb.

»Mein Herr«, begann er murrend, »meine Zimmer sind so sauber, dass Sie vom Boden essen können. Meine Frau ist eine *ausgezeichnete* Köchin. Mein Bier ist das beste in den Karpaten! Und wir haben hier auch sehr gute Manieren – was man von euch Moskowitern nicht gerade behaupten kann! Wollen Sie jetzt ein Zimmer oder nicht?«

Dragosani grinste und streckte die Hand aus. »Ich habe mir nur einen Scherz mit Ihnen erlaubt«, sagte er. »Ich stelle die Leute gern auf die Probe. Und ich mag streitbare Geister! Sie sind typisch für diese Gegend, Hzak Kinkovsi: Sie tragen die Tracht eines Bauern, sind im Herzen aber ein Krieger. Aber ich soll ein Moskowit sein? Mit meinem Namen? Es gibt sicher manche, die *Sie* hier als den Fremden bezeichnen würden, Hzak Kinkovsi! Wegen Ihres Namens und auch Ihres Akzents. Und was soll dieses ›Mein Herr‹? Sie sind Ungar, richtig?«

Kinkovsi betrachtete kurz das Gesicht des anderen, musterte ihn sorgfältig und beschloss, ihn zu mögen. Der Mann hatte Sinn für Humor, was eine willkommene Abwechslung war.

»Der Großvater meines Großvaters stammte aus Ungarn«, sagte er, als er Dragosanis Hand nahm und fest drückte. »Aber die Großmutter meiner Großmutter war eine Walachin. Was den Akzent angeht, der gehört zur Gegend. Im Laufe der Jahrhunderte haben wir viele Ungarn aufgenommen, die sich hier angesiedelt haben. Ich bin also ein richtiger Rumäne, ebenso wie Sie. Ich bin nur nicht so reich wie Sie!« Er lachte und zeigte die gelben, schadhaften Zähne in seinem ledrigen Gesicht. »Sie würden mich wohl als Bauern bezeichnen. Und das bin ich auch. Was das ›Mein Herr‹ angeht – würden Sie ›Genosse‹ vorziehen?«

»Um Himmels willen, nein! Nur das nicht!«, entgegnete Dragosani sofort. »›Mein Herr‹ geht völlig in Ordnung, vielen Dank.« Auch er lachte. »Na, dann zeigen Sie mir mal Ihr Englisches Zimmer …«

Kinkovsi führte ihn von dem großen Wolga zu dem hohen Gasthaus mit Spitzdach. »Zimmer?«, murrte er. »Ich habe viele Zimmer! Vier auf jedem Stockwerk. Sie können eine ganze Suite haben, wenn Sie möchten.«

»Eins reicht völlig«, antwortete Dragosani, »solange es ein eigenes Bad und eine Toilette hat.«

»Ah ja – *en suite* heißt das, nicht wahr? Also, dann rauf zum obersten Stock. Ein Dachzimmer mit eigenem Klo und Bad. Sehr modern.«

»Das glaube ich Ihnen gern«, sagte Dragosani freundlich.

Er sah, dass die Mauern des Hauses auf einem Fundament aus sandfarbenem Zement ruhten. Wegen der Feuchtigkeit vermutlich. Doch die oberen Geschosse bestanden noch aus den ursprünglichen Steinmauern. Das Haus musste mindestens dreihundert Jahre alt sein. Wie angemessen. Es führte ihn drei Jahrhunderte zurück – zu seinen Wurzeln und darüber hinaus.

»Wie lange waren Sie fort?«, fragte Kinkovsi, als er ihn hineinließ und ihm ein Zimmer im Erdgeschoss zeigte. »Fürs Erste müssen Sie hier bleiben«, erklärte er, »bis ich das Dachgeschoss gerichtet habe. Ein oder zwei Stunden, das ist alles.«

Dragosani streifte die Schuhe von den Füßen, hängte seine Jacke über einen Holzstuhl und ließ sich auf das Bett fallen, das durch ein ovales Fenster von der Sonne beschienen wurde. »Ich war mein halbes Leben lang fort«, sagte er. »Aber es ist immer wieder schön, nach Hause zu kommen. Ich war die letzten vier Sommer hier, und vier stehen noch aus.«

»Ach? Haben Sie Ihre Zukunft schon so verplant? Vier stehen noch aus? Das hört sich so endgültig an. Was meinen Sie damit?«

Dragosani legte sich hin, verschränkte die Arme hinter dem Kopf und sah sein Gegenüber an, wobei seine Augen sich im Sonnenlicht zu Schlitzen verengten. »Nachforschungen«, sagte er schließlich. »Lokalgeschichte. Bei nur zwei Wochen im Jahr dürfte ich noch weitere vier Jahre brauchen.«

»Geschichte? Dieses Land ist voll davon! Aber das ist doch nicht Ihre Arbeit, oder? Ich meine, Sie verdienen damit nicht Ihre Brötchen?«

»Nein.« Dragosani schüttelte den Kopf. »In Moskau arbeite ich als … Leichenbeschauer.« Was noch nicht mal eine Lüge war.

»Hmm!«, grunzte Kinkovsi. »Jedem das seine. So, ich werde nun Ihr Zimmer vorbereiten gehen. Und die Vorkehrungen fürs Essen treffen. Wenn Sie aufs Klo müssen, das ist draußen auf dem Gang. Ruhen Sie sich erst mal aus …«

Als keine Antwort kam, warf er einen Blick auf Dragosani und sah, dass dessen Augen geschlossen waren – der warme Sonnenschein und die Stille des Zimmers hatten ihre Wirkung hinterlassen. Kinkovsi nahm die Autoschlüssel seines Gastes, die dieser vor dem Bett hatte fallen lassen, verließ leise das Zimmer und schloss sanft die Tür. Ein letzter Blick, bevor er ging: Das Heben und Senken von Dragosanis Brust hatte den langsamen Rhythmus des Schlafes angenommen. Das war gut. Kinkovsi nickte vor sich hin und lächelte. Offenbar fühlte sein Gast sich hier zu Hause.

Dragosani wählte jedes Mal, wenn er hierherkam, eine andere Unterkunft. Stets im Umkreis des Städtchens, das er seine Heimat nannte, doch nicht in allzu großer Nähe seines letztjährigen Aufenthaltsortes. Er hatte daran gedacht, einen Decknamen zu benutzen, diese Idee aber wieder verworfen. Er war stolz auf seinen Namen und dessen Herkunft. Nicht wegen Dragosani, dem Dorf, seiner geographischen Herkunft, sondern weil er dort *gefunden* worden war. Was seine Eltern betraf: Sein Vater war der fast unbezwingbare Bergkamm hoch oben im Norden, die Siebenbürger Alpen, und seine Mutter war die fruchtbare, dunkle Erde selbst.

Dragosani hatte eine Theorie über seine leiblichen Eltern, und was sie getan hatten, war vermutlich das Beste gewesen. Er stellte sie sich als Roma vor; junge Liebende aus sich bekämpfenden Stämmen, deren Liebe nicht die Macht gehabt hatte, die alten Streitigkeiten zu schlichten. Doch sie hatten sich geliebt, und Dragosani war geboren und ausgesetzt worden. Vor drei Jahren hatte er sogar vorgehabt, diese unbekannten Eltern zu suchen, und genau das war der Grund für ihn gewesen, hierherzukommen. Doch hatte sich das als völlig aussichtslos erwiesen. Ein gewaltiges, ein unmögliches Unterfangen. In Rumänien gab es heute noch ebenso viele Roma wie damals. Trotz ihres Schicksals als Spielbälle der Geschichte hatten die alten Länder Walachei, Moldawien, Siebenbürgen und die restlichen Gegenden sich einen Teil ihrer Autonomie bewahrt. Die Roma hatten ebenso ein Recht, hier zu sein, wie die Berge selbst.

Dies waren Dragosanis Gedanken gewesen, als er einschlief, doch träumte er dann nicht von seinen Eltern, sondern von Szenen seiner Kindheit, bevor man ihn aus Rumänien fortgeschickt hatte, um seine Ausbildung zu vollenden. Er war damals schon ein Einzelgänger gewesen, und manchmal wanderte er zu Orten, die andere fürchteten. Oder die ihnen verboten waren …

Der Wald war tief und dunkel, und der Pfad war so verschlungen wie eine Achterbahn auf dem Jahrmarkt. Boris hatte erst ein Mal eine Achterbahn gesehen, vor drei Tagen an seinem siebten Geburtstag (dem siebten Jahrestag seines ›Fundes‹, wie sein Pflegevater es ausdrückte), als er nach Dragosani in das kleine Kino eingeladen worden war. Der russische Kurzfilm bestand nur aus Aufnahmen von Karussellen auf Jahrmärkten, und die Achterbahn wirkte so echt, dass Boris vor Schwindel fast vom Stuhl gefallen wäre. Er fand es gleichzeitig ängstigend und aufregend; so sehr, dass er ein Spiel erfand, um den Nervenkitzel der Achterbahn nachzuahmen. Natürlich war es nicht so gut und setzte auch schwere Arbeit voraus, aber es war besser als nichts. Und man konnte es genau hier tun, auf den Hängen der Waldhügel, keine zwei Kilometer vom Hof entfernt.

Dies war ein Ort, den niemand je betrat, ein völlig einsamer Ort, weshalb Boris ihn auch so sehr mochte. Hier war seit fast fünfhundert Jahren kein Baum mehr gefällt worden, und kein Wildhüter hatte je die mit Kiefern bewachsenen Hügel betreten. Nur selten gelangte ein Sonnenstrahl dorthin, um die staubige Finsternis zu beleuchten. Nur das gedämpfte Gurren und gelegentliche Flattern von Wildtauben und das Rascheln von kleinen, kriechenden Kreaturen störten die tiefe Stille. Dies war ein Ort tanzender Staubflocken, von Tannenzapfen und Nadeln, von Pilzen und einigen flinken, merkwürdig lautlosen Eichhörnchen.

Die Hügel befanden sich am Rand der alten walachischen Ebene und erstreckten sich bis zu den Füßen der Alpen, die zweiundsiebzig Kilometer entfernt waren. Sie formten ein Kruzifix, dessen Senkrechte sich fast drei Kilometer von Nord nach Süd und dessen Waagerechte sich fast einen Kilometer von Ost nach West erstreckte. Die umliegenden Felder wurden von Mauern unterteilt, von Hecken und Zäunen und gelegentlich von engen Alleen. Doch die Felder, die sich in unmittelbarer Nähe des Hügelkreuzes befanden, waren unbestellt, und dort wuchsen nur wilde Gräser und hohe, grüne Disteln. Ab und an ließ Boris' Pflegevater seine Pferde oder Rinder dort grasen, doch nicht sehr oft. Selbst die Tiere mieden den Ort; sie scheuten häufig grundlos und brachen manchmal durch Zäune oder sprangen über Hecken, um von jenen wilden, allzu stillen Feldern fortzukommen.

Doch für den kleinen Boris Dragosani war dieser Ort etwas völlig anderes. Er konnte hier auf Großwildjagd gehen, in das unerforschte Innere des Amazonasgebietes vordringen, nach den verlorenen Städten der Inka suchen. Er konnte all das tun und mehr noch – vorausgesetzt, dass er seinen Pflegeeltern nie sagte, was er spielte. Oder besser: wo er spielte. Denn trotz des Verbotes faszinierte ihn der Wald. Etwas war darin verborgen, das ihn anzog wie ein Magnet.

So auch jetzt, als er auf den steilen Abhang im Zentrum des Kreuzes kletterte. Er hangelte sich von Baum zu Baum und zog hinter sich die große Pappkiste her, die er als Wagen benutzte, seine Achterbahn ohne Räder. Es war ein langer Weg, ja, aber er war es wert. Einmal noch würde er fahren, diesmal vom Gipfel selbst herab, bevor er sich auf den Heimweg machte. Die Sonne hing tief am Himmel, und er würde sowieso zu spät kommen, also konnte eine letzte Fahrt auch nicht mehr schaden.

Am Gipfel machte er Pause und schöpfte Atem, setzte sich einen Augenblick lang hin und schlug Fliegen tot, die in den blassen Sonnenstrahlen tanzten. Dann zog er die Kiste an eine Stelle, wo eine Bahn deutlich bis nach unten verlief. Vor vielen Jahren war hier eine Feuerschneise gefällt worden, bevor die Feuerwehrmänner über diesen Ort Bescheid gewusst hatten. Die frischen Schösslinge hatten diese Narbe noch nicht wieder bedecken können. Nun sollte die Schneise als Bahn für Boris' waghalsige Fahrt dienen.

Er brachte seinen ›Wagen‹ in Position, stieg ein und hielt sich an den Seiten fest. Dann beugte er sich vor, bis der Karton seine Fahrt begann.

Zuerst fuhr er ohne größere Probleme und glitt über ein Bett aus Tannennadeln und Gräsern zwischen kleinen Büschen und schlanken Schösslingen, immer der alten Narbe entlang. Aber Boris war ein Kind. Er hatte die Gefahr nicht vorhergesehen, hatte nicht den steilen Abhang oder die allmähliche Beschleunigung des Gefährts in Betracht gezogen.

Nun gewann die Kiste an Geschwindigkeit, und seine Fahrt wurde dem erschreckenden und schwindelerregenden Rasen der Achterbahn immer ähnlicher. Er stieß gegen einen Grashügel, und die Kiste sprang von der Bahn. Sie landete wieder, streifte einen Schössling und schoss seitwärts in das Dickicht der Tannen, wo es halsbrecherisch steil nach unten ging.

Er hatte keine Möglichkeit mehr, die schwankende Fahrt des ›Wagens‹ zu kontrollieren. Es gab keine Bremsen und kein Lenkrad. Er musste sich dem Willen des Kartons beugen.

Er wurde heftig hin und her geworfen, was ihm jede Sekunde einen neuen blauen Fleck einbrachte. Wie eine einsame Erbse in einem Topf wurde er in seiner Kiste umhergeschleudert. Und nun, fernab der Narbe der Feuerschneise, war das schwindende Licht fast völlig verblasst, und Boris duckte sich vor unsichtbaren Ästen, während seine alptraumhafte Fahrt weiterging. Doch da die Bäume hier so dicht wuchsen, konnte sie nicht mehr lange dauern.

Wo der Grund unter den Bäumen aus Geröll und Schiefer bestand und die Wurzeln wie dicke Schlangen aus dem Boden ragten, endete seine Fahrt schließlich. Mit einem lauten Krachen riss unter Boris' Hintern der Boden der Kiste weg, und die Seiten fielen in seinem panischen Griff buchstäblich auseinander.

Er wurde gegen einen Baumstamm geschleudert und flog dann durch die Luft. Während seines Sturzes spürte Boris kaum die vielen morschen Zweige, die er abriss; er war sich nur des wirbelnden Himmels über sich bewusst, den er durch die Wipfel der Tannen erspähte, und eines Sturzes, der nie zu enden schien, und schließlich fiel er über eine Felskante in eine dunkle, staubige Leere.

Dann der Aufprall und danach nichts. Für eine Zeit lang zumindest …

Vielleicht war Boris eine Minute lang bewusstlos, oder auch fünf oder fünfzig Minuten. Vielleicht auch überhaupt nicht. Aber er war böse durchgeschüttelt worden und ziemlich daneben. Was als Nächstes kam, hätte ihn sonst leicht töten können. Möglicherweise wäre er vor Angst gestorben.

»Wer bist du?«, *fragte eine Stimme in seinem wirbelnden Kopf.* »Warum bist du hergekommen? Willst du dich mir … hingeben?«

Die Stimme klang böse, äußerst böse. Alles Schreckliche schien in ihr zu stecken. Boris war noch ein Junge; er verstand Begriffe wie bestialisch, sadistisch oder teuflisch noch nicht, ebenso wenig die Bedeutung von Phrasen wie ›die Mächte der Finster-

nis‹ oder die Mittel, mit denen solche Mächte gerufen wurden. Furcht bedeutete für ihn das Knarren einer Diele im Dunkeln, ein Zweig, der an das Fenster seines Schlafzimmers klopfte, wenn das ganze Haus schlief, eine Kröte die plötzlich aus dem Gras sprang oder eine Schabe, die erstarrte, wenn man das Licht anschaltete und dann davonhuschte, wenn sie bemerkte, dass man sie entdeckt hatte! Einmal hatte Boris im tiefsten Keller seines Pflegevaters, wo dieser Wein und in Musselin eingeschlagenen Käse lagerte, das Zirpen von Grillen gehört. Im Licht seiner winzigen Fackel hatte er eine davon entdeckt, steingrau, weil in ihre Behausung nie die Sonne drang. Als er näher kam, um sie totzutreten, sprang das Insekt davon und verschwand. Er fand noch eine, und das Gleiche geschah. Und noch eine, und so weiter. Er entdeckte ein Dutzend und erwischte keine. Sie waren alle verschwunden.

Als er die Stufen hinaufstieg und ins Tageslicht trat, sah er eine Grille von seiner Hose springen. Sie waren auf ihm! Sie waren auf ihn gesprungen! Auf diese Art konnte er sie nicht zertreten. Wie Boris da tanzte!

So stellte er sich einen Alptraum vor: die Entdeckung von Intelligenz, wo keine sein sollte. Ebenso wenig, wie hier welche sein sollte …

»Ah!«, *sagte die Stimme, die nun lauter war,* »du gehörst also zu mir! Und deshalb bist du hergekommen. Weil du wusstest, wo du mich finden kannst …«

Da erkannte Boris, dass er wach und die Stimme in seinem Kopf Wirklichkeit war! Und das Böse darin war der Schleim einer Kröte, das Hüpfen von Grillen im Dunkeln, das langsame Ticken einer verhassten Uhr, die sich nachts über seine Ängste und seine Schlaflosigkeit lustig zu machen schien. Und es war noch viel schlimmer, das wusste er – ihm fehlten nur die Worte, das Wissen und die Erfahrung, um es zu beschreiben.

Aber er konnte sich den Mund, der diese tiefen, klebrigen, heimtückischen und anzüglichen Worte in seinem Kopf sprach, gut vorstellen. Vor seinem geistigen Auge malte er ein lebhaftes und ungeheuerliches Bild: aus dem Mund troff Blut wie flüssige Rubine, und die glänzenden Schneidezähne waren spitz wie die eines Wolfes!

»Wie heißt du, Junge?«

»Dragosani«, antwortete Boris, zumindest dachte er das, denn seine Kehle war zu trocken, um zu sprechen. Doch die Stimme schien ihn zu hören.

»Ahhh! Dragosani!« *Die Stimme wurde zu einem rauen Seufzer, der an Herbstlaub erinnerte, das über Pflastersteine raschelt. Ein Seufzer des Begreifens und der Befriedigung.* »Dann gehörst du tatsächlich zu meinesgleichen. Doch ach, noch viel zu klein! Du hast noch nicht die Kraft, Junge. Ein Kind, nur ein Kind. Was kannst du schon für mich tun? Nichts! Dein Blut fließt wie Wasser in dir. Es ist kein Eisen darin …«

Boris setzte sich auf, starrte ängstlich in die Finsternis, und noch immer drehte sich alles in seinem Kopf. Er befand sich in der Mitte des Abhangs auf einem flachen Felssims unter den Bäumen. Er war hier noch nie gewesen, hatte nichts von der Existenz dieses Ortes geahnt. Dann, als seine Augen sich an die Dunkelheit gewöhnten und die Sinne zu ihm zurückkehrten, sah er, dass er in Wirklichkeit auf moosbewachsenen Steinplatten vor etwas saß, das nur eines sein konnte – ein Mausoleum!

Boris hatte etwas Ähnliches schon einmal gesehen; sein Onkel (der Bruder seines Pflegevaters) war vor einem Monat gestorben und auf diese Weise bestattet worden. Doch war das auf heiligem Grund gewesen, auf dem Friedhof von Slatina. Dieser Ort jedoch … dies war kein heiliger Ort. Nein, ganz und gar nicht …

Unsichtbare Wesen gingen hier um und wirbelten die modrige Luft auf, ohne die Spinnweben und toten Zweige zu berühren, die von oben herabhingen. Hier war es kalt, kalt und feucht, denn hierher hatte sich seit fünfhundert Jahren kein Sonnenstrahl mehr verirrt.

Das Grab hinter Boris, das man in den Felsvorsprung gemeißelt hatte, war schon vor langer Zeit verfallen, und die schweren Dachbalken lagen im Geröll herum. Bei seinem schmerzhaften Sturz eben musste er über diesen Gesteinshaufen hinweggeflogen sein, ansonsten hätte er jetzt zweifellos eine Gehirnerschütterung. Vielleicht hatte er ja auch eine, denn er fühlte und hörte Dinge, wo es nichts zu fühlen oder zu hören gab. Wo überhaupt nichts hätte sein sollen.

Er spitzte die Ohren und spähte angestrengt durch die Finsternis dieses verlassenen Ortes, doch da war nichts.

Boris versuchte, aufzustehen, und schaffte es beim dritten Versuch. Er stützte sich zitternd auf eine schräg stehende Steintafel, die einst den Türsturz des Grabes gebildet hatte. Dann lauschte er wieder und sah sich um, strengte im Dunkeln Augen und Ohren an. Doch da war keine Stimme mehr, kein bluttriefender Mund im Spiegel seines Geistes. Er seufzte vor Erleichterung, und sein Atem rasselte in der Kehle.

Eine dicke Schicht aus Staub, Flechten und Tannennadeln fiel von der Steinplatte unter seinen Händen und enthüllte teilweise ein Wappen. Boris reinigte es vom Schmutz der Jahrhunderte und …

Seine Hände zuckten zurück, er taumelte rückwärts und hockte sich keuchend hin. Das Wappen bestand aus einem Schild mit einem Drachen im Basrelief, der eine Vorderpfote drohend erhoben hatte. Auf seinem Rücken ritt eine Fledermaus mit dreieckigen Augen aus Karneol. Und über diesen Gestalten thronte der grinsende, gehörnte Kopf des Teufels selbst, der eine gespaltene Zunge ausstreckte, an der Tropfen von Karneolblut hingen!

Alle drei Sinnbilder – Drache, Fledermaus und Teufel – vereinten sich nun in Boris' Geist. Sie verschmolzen mit der Stimme in seinem Kopf. Die Stimme, die genau diesen Augenblick abgewartet hatte, um wieder zu ihm zu sprechen: »Lauf, kleiner Mann, lauf … weit fort von hier. Du bist zu klein, zu jung, zu unschuldig, und ich bin viel zu schwach und so überaus alt …«

Seine Beine zitterten so sehr, dass er Angst hatte, wieder hinzufallen, als er aufstand und sich rückwärts entfernte. Dann drehte er sich um und floh den Ort, so schnell er konnte – weg von den nadelbedeckten Steinplatten, die von knorrigen Wurzeln nach oben gedrückt wurden, fort von dem eingestürzten Grab und den Geheimnissen, die es in sich bergen mochte, fort von der Finsternis dieses Ortes, die ihn so bedrängte, als wäre sie ein körperhaftes Wesen.

Und als er unter den dunklen Bäumen den Hügel hinablief, gepeitscht von Ästen und von jedem Sturz aufs Neue verwundet, kicherte die Stimme in seinem Kopf wie eine Feile auf Glas oder Kreide auf einer Tafel, obszön und von uraltem Wissen erfüllt. »Ja, lauf – lauf! Doch vergiss mich nicht, Dragosani. Und sei versichert, dass auch ich dich nicht vergessen werde. Nein, denn ich werde auf dich warten, bis du stark genug bist. Und wenn in deinem Blut Eisen fließt und du weißt, was zu tun ist – denn es muss aus deinem freien Willen geschehen, Dragosani –, dann werden wir weitersehen. Und nun muss ich schlafen …«

Boris rannte aus dem Unterholz am Fuß des Hügels und stolperte über einen niedrigen Zaun, dessen oberster Sparren zerbrochen war. Er flog kopfüber in hohes Gras und Disteln und ins heilige, gesegnete Licht! Doch selbst da hielt er nicht inne, sondern rappelte sich wieder auf und rannte nach Hause. Erst in der Mitte des Feldes, als ihm der Atem ausgegangen war, machte er Halt, brach zusammen und wandte das Gesicht zurück zu den bedrohlichen Hügeln.

Im Westen ging die Sonne unter, und ihre letzten Lichtspeere tauchten die Spitzen der Tannen in Gold. Boris aber wusste, dass an diesem geheimen Ort, in jenem von Bäumen verhüllten Grab, alles feucht und kriechend und dunkel und grauenhaft war. Und erst da dachte er an die Frage: »Was … wer … wer bist du?«

Und wie aus endlos weiter Ferne drang die Antwort zu ihm, getragen von der Abendbrise, die seit Anbeginn der Zeit über die Hügel und Felder Siebenbürgens strich: »Ahhh! Aber das weißt du doch, Dragosani. Du weißt es. Frage nicht ›Wer bist du‹, sondern ›Wer bin ich?‹ Aber was zählt das schon? Die Antwort ist die gleiche. Ich bin deine Vergangenheit, Dragosani. Und du … bist … meine … *Zukunft!*«

»Herr Dragosani?«

»Was … wer … wer bist du?« Als er die Frage aus seinem Traum wiederholte, erwachte er. Fast dreieckige Augen blickten ihn an, ohne zu blinzeln, leuchtend in der unerwarteten Dunkelheit des Raumes. Für den Bruchteil einer Sekunde glaubte er, sich wieder in dem Grab zu befinden. Doch dies waren grüne Augen, wie die einer Katze. Dragosani starrte sie an, und sie starrten unverfroren zurück. Diese Augen waren umrahmt von einem weißen Gesicht in einem Oval aus rabenschwarzem Haar.

Er setzte sich auf und schwang die Füße auf den Boden. Die Augen gehörten einer Frau in bäuerlicher Kleidung – *unelegant,* dachte Dragosani. Er schnauzte sie an. Er war immer gereizt, wenn er aufstand, ganz besonders dann, wenn er so wie jetzt aus dem Schlaf gerissen wurde.

»Sind Sie taub?«, fragte er und wies direkt auf ihre Nase. »Ich habe gefragt, wer Sie sind. Und warum hat man mich so lange schlafen lassen?« Er konnte äußerst widerborstig sein.

Sein anklagender Finger schien sie jedoch nicht im Mindesten zu beeindrucken.

Sie lächelte und hob leicht eine Augenbraue an, fast unverschämt. »Ich heiße Ilse, Herr Dragosani. Ilse Kinkovsi. Sie haben drei Stunden geschlafen. Da Sie offensichtlich sehr erschöpft waren, hat mein Vater mir aufgetragen, Sie schlafen zu lassen und das Zimmer in der Mansarde zu richten. Das Zimmer ist fertig.«

»Ach so? Und was wollen Sie jetzt von mir?« Dragosani verspürte keine Lust, höflich zu sein. Mit ihrem Vater hatte er nur gespielt, doch bei ihr war es anders, denn sie hatte etwas, das ihn wirklich irritierte. Sie war bei Weitem zu selbstsicher, zu wissend. Und zudem war sie auch noch hübsch. Sie musste um die zwanzig sein. Es war sonderbar, dass sie nicht verheiratet zu sein schien; jedenfalls war kein Ring an ihrem Finger.

Dragosani schauderte, sein Kreislauf war noch nicht richtig in Schwung. Sie sah es und sagte: »Oben ist es wärmer. Die Sonne scheint noch aufs Dach. Und das Treppensteigen wird Ihre Durchblutung fördern.«

Dragosani schaute sich im Zimmer um und wischte sich mit seinen zarten Fingern den Schlaf aus den Augenwinkeln. Er stand auf und klopfte auf die Tasche seiner Jacke, die über der Stuhllehne hing. »Wo sind meine Schlüssel? Und … meine Koffer?«

Sie lächelte wieder. »Mein Vater hat Ihre Koffer bereits nach oben gebracht. Hier sind Ihre Schlüssel.« Als ihre kühle Hand seine Finger berührte, wurden diese fieberhaft warm. Und als er diesmal schauderte, lachte sie. »Ah! Eine Jungfrau!«

»*Was?*«, zischte Dragosani und machte sich vermutlich völlig zum Narren. »Was-haben-Sie-gesagt?«

Sie ging zur Tür, trat in den Flur und wandte sich der Treppe zu. Dragosani griff sich wütend seinen Mantel und folgte ihr. Am Fuß der Holztreppe drehte sie sich um. »Das ist ein altes Sprichwort hierzulande, nur ein Sprichwort …«

»Was?«, keifte er, als er ihr die Treppe hoch folgte.

»Also, wenn ein Junge schaudert, obwohl ihm heiß ist, dann ist er eine Jungfrau. Eine Jungfrau wider Willen!«

»Ein verdammt dämliches Sprichwort!«, knurrte Dragosani.

Sie sah zurück und lächelte. »Auf Sie trifft das natürlich nicht zu, Herr Dragosani«, sagte sie. »Sie sind kein Junge, und Sie sehen auch nicht sehr schüchtern oder jungfräulich aus. Außerdem ist es ja auch nur ein Sprichwort.«

»Und Sie nehmen sich zu viel bei Ihren Gästen heraus!«, grummelte er, weil er das Gefühl hatte, sie habe Mitleid mit ihm.

Auf dem ersten Treppenabsatz wartete sie auf ihn, lachte und sagte: »Ich wollte nur freundlich sein. Es ist eine kalte Begrüßung, wenn die Menschen nicht miteinander reden. Mein Vater lässt fragen, ob Sie heute Abend mit uns essen möchten, da Sie der einzige Gast sind, oder ob wir Ihnen das Essen aufs Zimmer bringen sollen.«

»Ich esse auf meinem Zimmer«, knurrte er sofort. »Wenn wir je dort ankommen sollten!«

Sie zuckte mit den Schultern, wandte sich um und stieg die zweite Treppe hoch. Die Stufen waren hier steiler.

Ilse Kinkovsi war auf eine Art gekleidet, die in der Stadt völlig aus der Mode gekommen war, in den Dörfern und ländlichen Gegenden aber immer noch geschätzt wurde. Sie trug einen mehr als knielangen Faltenrock aus Baumwolle, eng in der Hüfte gegürtet, ein schwarzes Leibchen mit kurzen Ärmeln und Rüschen an Schultern und Ellbogen, das vorne zugeknöpft war, sowie Gummistiefel, die zweifellos auf dem Bauernhof sehr praktisch waren. Dragosani empfand ihre Aufmachung als lächerlich. Im Winter würde sie auch Strümpfe tragen, die ihr bis über die Knie reichten. Aber es war nicht Winter …

Er versuchte, seinen Blick abzuwenden, konnte aber nirgends sonst hinsehen. Und verdammt, wie sie vor ihm herstolzierte! Ein enges schwarzes ›V‹ trennte die hüpfenden weißen Kugeln ihres Hinterteils.

Auch am zweiten Treppenabsatz hielt sie inne, drehte sich um und wartete auf ihn. Dragosani blieb schlagartig stehen und hielt den Atem an. Sie sah auf ihn herab, so gelassen wie zuvor, verlagerte ihr Gewicht langsam von einem Fuß auf den anderen und blitzte ihn mit ihren grünen Augen an. »Ich bin mir sicher, dass es Ihnen hier … gefallen wird«, sagte sie.

Dragosani schaute weg.

»Ja, ja – ich bin mir sicher, dass ich … ich …«

Ilse bemerkte den feinen Schweißfilm auf seiner Stirn. Sie wandte sich ab und rümpfte die Nase. Vielleicht war ihr erster Eindruck doch richtig gewesen. Eine Schande …

V

Ohne weitere Verzögerung führte Ilse Kinkovsi Dragosani nun in die Mansarde, zeigte ihm das überraschend moderne Badezimmer und machte Anstalten zu gehen. Die Räume waren sehr hübsch: Die Wände waren getüncht, die Decke wurde von Balken aus altem Eichenholz getragen, und die Schränke und Regale waren aus lackiertem Holz. Dragosani begann, die Dinge mit anderen Augen zu sehen. Während das Mädchen zusehends kühler wurde, konnte er sich nun für sie erwärmen – oder eher für die Familie Kinkovsi, die er bislang noch nicht vollständig kennengelernt hatte. Es wäre äußerst taktlos von ihm, allein auf seinem Zimmer zu essen, nachdem die Kinkovsis, sowohl Vater als auch Tochter, ihm solche Gastfreundschaft erwiesen hatten.

»Ilse«, rief er ihr impulsiv hinterher. »Äh … Fräulein Kinkovsi, ich hab's mir anders überlegt. Ich möchte doch mit Ihnen essen. Ich habe als Junge auf einem Bauernhof gelebt, es ist mir also nicht fremd – und ich werde versuchen, nicht allzu unangenehm aufzufallen. Wann essen wir also?«

Sie stieg die Treppe hinunter und sah über die Schulter zurück. »Sobald Sie sich gewaschen haben und hinunterkommen können. Wir warten auf Sie.« Diesmal lächelte sie nicht.

»Aha! Dann werde ich in zwei Minuten da sein. Vielen Dank.«

Als ihre Schritte auf den Stufen verklangen, zog er rasch das Hemd aus, öffnete einen der Koffer und fand Rasierzeug, Handtuch, eine saubere, gebügelte Hose und neue Socken. Zehn Minuten später eilte er nach unten, verließ das Gästehaus und wurde von Hzak Kinkovsi an der Tür des Bauernhauses erwartet.

»Tut mir leid, tut mir leid!«, sagte er. »Ich bin so schnell gekommen, wie es ging.«

»Das macht doch nichts.« Kinkovsi nahm seine Hand. »Willkommen in meinem Haus. Treten Sie bitte ein. Wir werden gleich essen.«

Im Innern war es ein wenig klaustrophobisch. Die Zimmer waren groß, hatten aber niedrige Decken, und die Ausstattung war sehr dunkel und im alten rumänischen Stil gehalten. Im Esszimmer saß Dragosani allein dem Fenster gegenüber, an einer gewaltigen, quadratischen Tafel, an der gut und gerne ein Dutzend Gäste Platz gefunden hätte. In diesem Licht konnte er Ilse nur als Silhouette erkennen. Sie hatte sich, nachdem sie ihrer Mutter beim Auftragen geholfen hatte, ihm gegenübergesetzt. Rechts von Dragosani saß Hzak Kinkovsi neben seiner Frau, die nun ihre Arbeit vollendet hatte, und zu seiner Linken befanden sich die beiden Söhne von vielleicht zwölf und sechzehn Jahren. Eine kleine Familie für bäuerliche Verhältnisse.

Das Mahl war einfach, reichlich und ausgezeichnet. Dragosani sagte das auch, und Ilse lächelte, während ihre Mutter Maura ihn entzückt über den Tisch anstrahlte und sagte: »Ich habe mir gedacht, dass Sie hungrig sein würden. So eine lange Reise! Der ganze Weg von Moskau bis hierher. Wie lange waren Sie denn unterwegs?«

»Also, ich habe schon mal angehalten, um etwas zu essen«, antwortete er lächelnd. Und dann runzelte er die Stirn, als er sich erinnerte. »Ich habe zweimal teuer und nicht gerade gut gegessen. Als ich Kiew hinter mir gelassen hatte, habe ich im Auto ein oder zwei Stunden geschlafen. Und natürlich bin ich über Galatz, Bukarest und Pitesti gefahren, um die Bergpässe zu vermeiden.«

»Ein langer Weg«, nickte Hzak Kinkovsi. »Sechzehnhundert Kilometer.«

»Luftlinie«, sagte Dragosani, »doch ich kann nicht fliegen! Mehr als zweitausend Kilometer laut dem Zähler meines Autos.«

»Und diesen ganzen Weg nur, um ein wenig Lokalgeschichte zu erforschen.« Der Bauer schüttelte den Kopf.

Durch sein vom Wetter gegerbtes Gesicht wirkte Kinkovsi vermutlich älter, als er war. Sie hatten das Mahl inzwischen beendet, und er lehnte sich mit einer Pfeife voll duftenden Tabaks zurück. Dragosani zündete sich eine *Rothmans* an, von denen Borowitz ihm zweihundert Päckchen in einem ›besonderen‹ Laden für die Parteielite in Moskau gekauft hatte.

Die beiden Jungen kümmerten sich um die abendliche Arbeit, und die Frauen spülten Geschirr.

Kinkovsis Bemerkung über ›Lokalgeschichte‹ hatte Dragosani etwas überrascht, bis ihm wieder einfiel, dass dies der vorgebliche Grund seiner Reise war. Als er an der Zigarette zog, fragte er sich, wie viel er noch erzählen durfte. Andererseits hielt man ihn ja für einen Leichenbeschauer, weshalb eine Neigung zu eher morbiden Dingen vielleicht nicht allzu sonderbar erscheinen würde.

»Lokalgeschichte – irgendwie schon, ja. Aber ich hätte ebenso gut nach Ungarn fahren können, oder mit weniger Aufwand nach Moldawien, oder auch über die Alpen nach Oradea. Auch Jugoslawien wäre passend gewesen, oder die Mongolei. Diese Orte sind alle gleichermaßen interessant für mich, doch dieses Land umso mehr, weil ich hier geboren wurde.«

»Und was interessiert Sie genau? Sind es die Berge? Oder die Kriege? Mein Gott – dieses Land hat einige Schlachten erlebt!« Kinkovsi war nicht einfach nur höflich, er zeigte echtes Interesse. Er goss mehr von dem ausgezeichneten selbstgekelterten Wein in Dragosanis Glas und füllte auch sein eigenes nach.

»Die Berge haben vermutlich damit zu tun«, antwortete der jüngere Mann. »Und in diesem Teil der Welt natürlich auch die Schlachten. Aber die Sage selbst ist weit älter als jedes historische Ereignis, an das man sich erinnern kann. Sie ist vielleicht so alt wie die Berge selbst. Eine sehr geheimnisvolle Sache – und äußerst grausam!«

Er beugte sich über den Tisch und starrte Kinkovsi in die wässrigen Augen.

»Fahren Sie fort, spannen Sie mich nicht auf die Folter! Was ist das für eine mysteriöse Leidenschaft, wonach suchen Sie?«

Der Wein war sehr stark und hatte Dragosani die ihm sonst eigene Vorsicht genommen. Draußen war die Sonne untergegangen, und die Abenddämmerung legte sich wie ein Mantel aus blauem Rauch über alles. Aus der Küche drang das Klirren von Tellern und sanfte, leise Stimmen. Im Nebenraum tickte hohl eine alte Uhr. Es war die perfekte Umgebung. Und dann der Aberglauben dieser Menschen vom Land …

Dragosani konnte nicht widerstehen. »Die Sage, von der ich rede«, sagte er langsam und betont, »ist die des *Vampirs*!«

Einen Moment lang sagte Kinkovsi nichts und blickte verblüfft drein. Dann warf er den Kopf zurück, lachte schallend und klopfte sich auf den Schenkel. »*Ha! Der Vampir!* Ich hätte es wissen müssen! Jedes Jahr kommen mehr von Ihrer Sorte, und sie suchen alle nach Dracula!«

Dragosani war erstaunt. Er war sich nicht sicher, welche Reaktion er erwartet hatte, doch ganz gewiss nicht diese. »Mehr von meiner Sorte?«, fragte er. »Jedes Jahr? Ich weiß nicht, ob ich verstehe, was …«

»Na, seitdem die Bestimmungen nicht mehr so streng sind«, erklärte Kinkovsi, »seitdem ihr euren geliebten ›Eisernen Vorhang‹ ein wenig gelüftet habt! Sie kommen aus Amerika, aus England und Frankreich, ein oder zwei sogar aus Deutschland. Meistens neugierige Touristen – aber dann und wann auch gebildete Männer, Gelehrte. Und alle jagen sie dieser verlogenen ›Sage‹ nach. Ich habe hier in diesem Zimmer ein Dutzend Leute an der Nase herumgeführt, indem ich so getan habe, als hätte ich Angst vor diesem … diesem ›Dracula‹. Diese Narren! Dabei weiß doch jeder – selbst ein dummer Bauer wie ich –, dass dieses Geschöpf nur in der Geschichte eines schlauen Engländers existiert, der um die Jahrhundertwende schrieb. Und vor weniger als einem Monat hat man im Dorf einen Film mit demselben Titel gezeigt. Sie können mich nicht zum Narren halten, Dragosani! Es würde mich nicht überraschen, wenn Sie nur der Reiseführer meiner englischen Gäste sind, die hier am Freitag ankommen. Auch die sind auf der Suche nach dem großen bösen *Vampir*!«

»Gelehrte, sagten Sie?« Dragosani versuchte mit aller Macht, seine Verwirrung zu verbergen. »Gebildete Männer?«

Kinkovsi stand auf und schaltete eine schwache Glühbirne ein, die in einem kaputten Lampenschirm mitten von der Decke hing. Er zog an seiner Pfeife und zündete sie wieder an. »Gelehrte, ja – Professoren aus Köln, Bukarest und Paris. Die letzten drei Jahre. Sie waren alle bewaffnet mit Notizbüchern, Kopien von verschimmelten alten Landkarten und Dokumenten, Kameras und Skizzenblöcken und – ach, allem möglichen Zeug!«

Dragosani hatte sich etwas erholt. »Und natürlich auch mit Scheckbüchern, wie?« Er täuschte ein wissendes Lächeln vor.

Wieder brüllte Kinkovsi vor Lachen. »Aber selbstverständlich! Auch mit Geld. Ich habe gehört, dass es an den Bergpässen kleine Läden gibt, wo man winzige Gläser mit Erde aus Draculas Schloss kaufen kann! Mein Gott, ist das zu glauben? Als Nächstes ist dann Frankenstein dran! Auch den hab ich im Kino gesehen, und vor dem kann man *wirklich* Angst kriegen!«

Dragosani fing an, zornig zu werden. Unsinnigerweise hielt er sich für das Opfer von Kinkovsis Spott. Der raffgierige Tölpel glaubte also nicht an Vampire; er lachte sich tot über sie. Sie waren für ihn nichts anderes als der Yeti oder das Ungeheuer vom Loch Ness: Touristenattraktionen, entstanden aus Legenden und Altweibergeschichten … und da gelobte Dragosani sich selbst, dass …

»Was soll dieses Gerede über Ungeheuer?« Maura Kinkovsi kam aus der Küche und trocknete die Hände an der

Schürze ab. »Hüte deine Zunge, Hzak! Man soll nicht vom Teufel reden. Auch Sie nicht, Herr Dragosani. An einsamen Orten gibt es noch immer Dinge, die man nicht verstehen kann.«

»Welche einsamen Orte?«, kicherte ihr Ehemann. »Hier sitzt ein Mann, der in kaum mehr als einem Tag von Moskau hierhergekommen ist – eine Reise, die früher länger als eine Woche gedauert hätte. Und du redest von einsamen Orten? So was gibt es heute nicht mehr!«

Oh doch, dachte Dragosani. *Im Grab ist es furchtbar einsam. Ich habe es in ihnen gespürt: eine Einsamkeit, von deren Existenz sie nicht einmal etwas ahnen – bis sie unter meiner Berührung erwachen!*

»Du weißt, was ich meine!«, keifte Kinkovsis Frau. »Es heißt, dass es in den Bergen noch Dörfer gibt, wo man den Menschen, die zu jung oder ohne ersichtlichen Grund gestorben sind, einen Pfahl durchs Herz treibt – um sicherzustellen, dass sie nicht zurückkommen. Und niemand denkt schlecht darüber.« Für Dragosani fügte sie hinzu: »Es ist nur so ein Brauch, so wie man seinen Hut zieht, wenn eine Begräbnisprozession vorbeikommt.«

Nun kam auch Ilse herein.

»Was? Sie sind einer dieser *Vampirjäger*, Herr Dragosani? Aber das ist doch ein so trüber, morbider Haufen! Sie gehören doch nicht wirklich zu denen?«

»Nein, nein, natürlich nicht.« Dragosanis vorgetäuschtes Lächeln war jetzt auf seinem Gesicht erstarrt. »Ich wollte mir nur einen Spaß mit Ihrem Vater erlauben, das ist alles. Aber anscheinend ging mein Scherz nach hinten los.« Er stand auf.

»Wie?«, fragte Kinkovsi offensichtlich enttäuscht. »Sie möchten früh ins Bett, was? Ich nehme an, Sie sind noch müde. Schade, ich habe mich so darauf gefreut, mit Ihnen zu plaudern. Na, macht nichts, ich habe noch viel zu tun. Vielleicht morgen.«

»Wir werden sicher Zeit zum Reden finden, ganz gewiss«, sagte Dragosani, als er seinem Gastwirt zur Tür folgte.

»Ilse«, sagte Kinkovsi, »nimm dir eine Fackel und führe den Herrn ins Gästehaus, ja? Die Dämmerung ist schlimmer als die dunkelste Nacht, wenn man den Weg nicht kennt.«

Das Mädchen tat, wie ihr geheißen und führte Dragosani über den Hof, durchs Tor und ins Gästehaus. Dort schaltete sie im Treppenhaus das Licht an.

Bevor sie gute Nacht wünschte, sagte sie zu ihm: »Herr Dragosani, da ist ein Knopf neben Ihrem Bett. Wenn Sie nachts irgendetwas brauchen, können Sie ihn einfach drücken. Allerdings würden dann leider auch meine Eltern aufwachen. Besser wäre es, Sie würden halb Ihre Vorhänge öffnen, das könnte ich von meinem eigenen Fenster sehen …«

»Was?«, fragte Dragosani, der den Begriffsstutzigen spielte, »mitten in der Nacht?«

Ilse ließ wenig Zweifel an ihren Absichten. »Ich schlafe nicht sehr gut«, sagte sie. »Mein Zimmer liegt im Erdgeschoss. Ich öffne gern mein Fenster, um die Nachtluft einzulassen. Manchmal gehe ich sogar im silbernen Mondlicht spazieren – meistens um ein Uhr.«

Dragosani nickte, erwiderte aber nichts. Sie stand ganz nahe bei ihm. Bevor sie die Situation weiter erörtern konnte, wandte er sich von ihr ab und eilte die Treppe hinauf. Er konnte ihren spöttischen Blick in seinem Rücken spüren, bis er auf dem ersten Absatz um die Ecke bog.

In seinem Zimmer schloss Dragosani rasch die Vorhänge vor dem Fenster, packte seine Koffer aus und ließ Badewasser ein. Das Wasser kam heiß aus dem Gasboiler und dampfte einladend. Er fügte Badesalz hinzu und zog sich aus.

Er lag in der Wanne, ließ sich einweichen und genoss die Hitze und das träge Strömen des Wassers, wenn er die Arme bewegte. Innerhalb kurzer Zeit nickte er mit dem Kinn auf der Brust ein, während das Wasser kälter wurde. Er rüttelte sich wach, stieg aus der Badewanne und bereitete sich zum Schlafengehen vor.

Es war erst zehn Uhr abends, als er unter die Decke schlüpfte, doch innerhalb von ein oder zwei Minuten war er fest eingeschlafen.

Kurz vor Mitternacht wachte er wieder auf und sah einen senkrechten und mehrere Zentimeter breiten Streifen Mondlicht ins Zimmer fallen, wo die Vorhänge nicht richtig geschlossen waren. Er erinnerte sich daran, was Ilse Kinkovsi gesagt hatte, stand auf, nahm eine Sicherheitsnadel und schloss damit die beiden Vorhänge vor dem Fenster. Er wünschte sich halb, dass es hätte anders sein können, doch das ging leider nicht.

Nicht, dass er Frauen hasste oder sich vor ihnen fürchtete, keineswegs. Er konnte sie nur nicht verstehen, und da er so viele andere Dinge zu tun hatte – so viel zu lernen und zu verstehen –, konnte er einfach keine Zeit mit zweifelhaften oder unbekannten Vergnügungen verschwenden. Das sagte er sich zumindest. Jedenfalls waren seine Bedürfnisse anders als die anderer Männer, und seine Gefühle weniger flüchtig. Außer wenn sie das sein mussten. Aber was ihm an gewöhnlicher Sinnlichkeit fehlte, wurde von seiner ungewöhnlichen Empfindungsfähigkeit mehr als wettgemacht. Auch wenn das jedem, der seine Arbeit kannte, widersprüchlich erscheinen musste.

Es gab so unermesslich viele Dinge, die er lernen oder wenigstens zu begreifen versuchen musste. Borowitz war zufrieden mit ihm, so wie er war, er selbst jedoch nicht. Er empfand sein Talent im Augenblick als eindimensional. Es mangelte ihm an wirklicher Tiefe. Doch er würde die größte Tiefe erreichen, eine Tiefe, die seit einem halben Jahrtausend unerforscht war! Dort draußen in der Nacht lauerte einer, der einzigartige Geheimnisse hütete, einer, der im Leben über ungeheuerliche Zauberkräfte verfügt hatte und selbst im Tod noch untot war. Und dort lag für Dragosani der Quell allen Wissens. Erst, wenn er aus diesem Quell geschöpft hatte, war noch Zeit für den Rest seiner vernachlässigten ›Erziehung‹.

Es war jetzt Mitternacht, Geisterstunde. Dragosani fragte sich, ob die Träume des Schläfers über die Grenzen jenes dunklen Abhangs reichten, fragte sich, ob sie sich mit seinen treffen könnten. Der Mond schien voll, und alle Sterne strahlten; hoch im Gebirge heulten die Wölfe, wie sie es auch vor fünfhundert Jahren getan hatten. Alle Vorzeichen standen günstig.

Er legte sich auf den Rücken, bewegte sich nicht und stellte sich das verfallene Grab vor, wo die Wurzeln sich wie uralte Tentakel vortasteten und die Bäume sich herabneigten, um Geheimnisse zu bewahren. Er stellte sich dieses Bild vor und sprach laut vor sich hin: »Mein Alter, ich bin zurückgekommen. Ich bringe dir Hoffnung und erbitte dafür Wissen. Es ist das dritte Jahr, und nur vier bleiben uns noch. Wie geht es dir?«

Draußen in der Nacht heulte der Wind von den Bergen herab. Die Bäume rauschten, als ihre Äste sich leicht beugten, und Dragosani hörte einen Seufzer von jenseits der Dachbalken über seinem Kopf.

So schnell, wie er aufgekommen war, verschwand der Wind wieder, und stattdessen: *Ahhh! Dragosani! Bist du es, mein Sohn? Bist du zurückgekehrt zu mir in meine Einsamkeit, Dragosaaani …?*

»Wer sonst, alter Teufel? Ja, ich bin es. Ich bin stärker geworden, ich verfüge jetzt über etwas Macht in dieser Welt. Aber ich will mehr! Du kennst die letzten Geheimnisse der Macht, und das ist der Grund, warum ich zurückgekehrt bin und warum ich das immer wieder tun werde, bis … bis …«

Vier Jahre noch, Dragosani. Und dann … dann wirst du zu meiner Rechten sitzen, und ich werde dich viele Dinge lehren. Vier Jahre, Dragosani, vier Jahre. Ahhh!

»Für mich sind das lange Jahre, alter Drache, denn ich muss jeden Morgen aufwachen und jede Nacht schlafen und all die Stunden dazwischen zählen. Und die Zeit vergeht langsam. Aber für dich …? Wie war das letzte Jahr, mein Alter?«

Ein bloßer Augenblick, der wie ein Lufthauch verstrichen wäre, hättest du mich nicht gestört, Dragosani. Doch du hast mir … Begierden eingegeben. Hier lag ich und hasste fünfzig Jahre lang und dürstete nach Rache an jenen, die mich hier eingesperrt hatten. Und weitere fünfzig Jahre wünschte ich nur, mich um meine Aufgabe kümmern zu können: das Erschlagen meiner Feinde. Und dann … dann dachte ich mir: Aber meine Mörder sind nicht mehr. Sie sind nun Knochen in ihren eigenen Gräbern oder Staub, den der Wind verwehte. Und in weiteren hundert Jahren … was wäre dann mit den Söhnen meiner Feinde? Ah, eine gute Frage! Was war mit den Legionen, die in vergangenen Zeiten gegen diese Berge gezogen waren, während der Vater meines Vaters auf sie wartete? Was war mit dem Langobarden und dem Bulgaren, dem Awaren … und dem Türken? Ein mutiger Streiter zu seiner Zeit, der Türke – er war einstmals mein Feind, ist es aber nicht mehr. Und so verstrichen fünfhundert Jahre, denn ich vergaß allen Ruhm, so wie ein Großvater seine eigene Kindheit vergisst, bis ich fast alles vergessen hatte. Bis ich selbst fast ganz vergessen war. Und was dann, wenn nichts mehr von mir bliebe als ein Wort in einem Buch und dieses Buch zu Staub zerfallen wäre? Dann hätte ich überhaupt keinen Grund mehr gehabt, zu existieren! Und wäre vielleicht glücklich darüber gewesen. Und dann kamst du, ein Junge nur, doch ein Junge mit Namen … Dragosaaaniii …

Als die Stimme zum Ende kam, frischte der Wind wieder auf, und beides vermischte sich und erstarb gemeinsam. Dragosani dachte an das, was getan werden musste, und fröstelte im Bett. Doch er hatte sich für diesen Pfad entschieden, dies war seine Bestimmung. Und als er befürchtete, den anderen verloren zu haben, rief er drängend: »Alter, Herr des Drachenbanners, der Fledermaus, des Drachens und des Teufels – hörst du mich?«

Wie sollte ich das nicht, Dragosani? Die Stimme klang spöttisch. *Ja, ich bin hier. Ich stärke mich in meinem gottverlassenen Versteck, in dieser Erde, die mein Leben war. Ich hielt mich für vergessen, doch ein Same wurde gelegt und spross, und du hast dich an mich erinnert, mich erkannt. Auch ich erkannte dich an deinem Namen, Dragosaaaniii …*

»Erzähle es mir noch einmal!« Dragosanis Stimme drängte. »Erzähl mir, wie es war. Meine Mutter, mein Vater, ihre Zusammenkunft. Erzähl es mir.«

Du hast es bereits zweimal gehört, seufzte die Stimme in seinem Kopf. *Und du willst es wieder hören? Hegst du die Hoffnung, sie zu finden? Dann kann ich dir nicht helfen. Ihre Namen hatten keine Bedeutung für mich; ich kannte sie nicht, wusste nichts von ihnen, kannte nur die Hitze ihres Blutes. Ja, und davon hatte ich nur einen Tropfen gekostet, einen kleinen roten Tropfen. Doch danach waren sie in mir und ich in ihnen – und schließlich in dir. Frage nicht nach ihnen, Dragosani. Ich bin dein Vater …*

»Willst du wieder auf Erden wandeln und atmen und deinen Durst stillen, Alter? Willst du deine Feinde erschlagen und fortjagen so wie einst – so wie deine Ahnen vor dir –, und dieses Mal als dein eigener Herr, nicht als bloßer Söldner für die undankbaren kleinen Prinzen des Dracul? Wenn du das willst, dann lass dich auf einen Handel mit mir ein. Erzähl mir von meinen Eltern.«

Manchmal hört sich ein Handel eher wie eine Drohung an, Dragosani. Würdest du mir drohen? Die Stimme in seinem Kopf zischte wie Eis auf den Saiten einer ungestimmten Geige. *Du wagst es, zu mir von den Vlads, Radus, Draculs und Mirceas zu sprechen, mich an sie zu erinnern? Du nennst mich einen Söldner? Mein Junge, meine sogenannten ›Meister‹ fürchteten mich schließlich mehr als den Türken. Und das ist auch der Grund, warum sie mich in Eisen und Silber schlugen und an jenem geheimen Ort begruben, in jenen kreuzförmigen Hügeln, die ich mit meinem Blut verteidigt hatte. Ich kämpfte für sie, ja, für ihr ›Heiliges Kreuz‹, für ihre ›Christenheit‹ – doch nun kämpfe ich mich frei davon. Ihr Verrat ist meine Pein, ihr Kreuz der Dolch in meinem Herzen!*

»Ein Dolch, von dem ich dich befreien kann! Deine Feinde sind wiedergekommen, alter Teufel, und niemand kann sie davonjagen außer dir. Und du liegst ohnmächtig da! Der Halbmond des Türken hat sich in die Sichel einer anderen Macht verwandelt, und was diese Sichel nicht schneidet, das schlägt diese Macht mit dem Hammer nieder. Ich bin ebenso ein Walache wie du, unser Blut ist älter als die Walachei selbst. Und ich werde keinen Eindringling dulden. Doch nun gibt es neue Eindringlinge, und einmal mehr sind unsere Führer nur Marionetten. Wie geht es also weiter? Bist du zufrieden damit, wie es ist, oder willst du wieder kämpfen? Die Fledermaus, der Drache und der Teufel – gegen den Hammer und die Sichel!«

Ein Seufzer, der mit dem Wind im Dachgebälk wisperte: *Nun gut, ich werde dir erzählen, wie es war und wie du … auf die Welt kamst.*

Es war … Frühling. Ich spürte es im Erdboden. Die Zeit des Gedeihens. Das Jahr … aber was zählen für mich schon Jahre? Jedenfalls ist es ein Vierteljahrhundert her.

»Es war 1945«, sagte Dragosani. »Der Krieg stand kurz vor dem Ende. Die Szgany waren hier, hatten in den Bergen Zuflucht gesucht, wie sie es all die Jahrhunderte zuvor getan hatten. Sie flüchteten vor der deutschen Kriegsmaschine, sie kamen zu Tausenden. Und die Hochebene von Siebenbürgen schützte sie wie immer. Die Deutschen hatten sie – die Szgany, Roma, Szekely, Zigeuner, wie man sie auch nennen will – in ganz Europa zusammengetrieben, um sie gemeinsam mit den Juden in den Todeslagern auszurotten. Stalin hatte viele ethnische Minderheiten, sogenannte ›Kollaborateure‹, aus der Krimgegend und dem Kaukasus deportiert. Da hörte es auf, im Frühjahr 1945, doch wir hatten uns schon sechs Monate zuvor ergeben. Das Ende war in Sicht, die Deutschen auf der Flucht. Ende April hatte Hitler sich getötet …«

Ich weiß darüber nur, was du mir erzählt hast. Ergeben, sagst du? Ha! Das überrascht mich nicht. Aber 1945? Jaaa! Mehr als viereinhalb Jahrhunderte, und noch immer kam der Feind – und ich war nicht da, um vom Wein des Krieges zu trinken. Oh ja, du weckst alte Begierden in mir, Dragosani.

Jedenfalls war es Frühjahr, als die beiden kamen. Ich nehme an, sie waren auf der Flucht. Vielleicht vor dem Krieg, wer weiß das schon? Auf jeden Fall waren sie sehr jung und von altem Blut. Zigeuner? Ja. Zu meiner Zeit, als ich ein großer Bojar war, hatten mich Tausende von ihnen angebetet und waren loyaler gewesen als diese Marionetten Bassarab, Vlad und Vladislav. Würden sie mich noch immer anbe-

ten, fragte ich mich? Und hatte ich noch immer Einfluss auf sie?

Mein Grab war damals schon so verfallen wie heute, von niemandem mehr besucht, seit man mich begraben hatte – außer im ersten halben Jahrhundert; da kamen die Priester, um die Erde zu verfluchen, in der ich lag. Und so kamen sie in einer Nacht, als der Mond sich über den Bergen erhob. Junge Leute, Szekely, ein Bursche und ein Mädchen. Es war ein warmer Frühling, doch die Nächte waren noch kalt. Sie brachten Decken und eine kleine Öllampe mit. Und sie hatten Angst. Und Leidenschaft. Das war es auch, so glaube ich, was mich aus meinem Schlummer weckte. Vielleicht war ich auch schon halb wach gewesen. Schließlich dröhnten die Kriegsmaschinen, und ihr Donner drang tief in die Erde. Vielleicht hatte das die alten Knochen wachgerüttelt …

Ich spürte, was sie taten. In viereinhalb Jahrhunderten hatte ich gelernt, wie es sich anfühlt, wenn Laub auf den Boden fällt, oder die Feder einer Waldschnepfe. Sie legten eine Decke über zwei umgefallene Steine und schufen sich ein Lager. Sie zündeten die Lampe an, um sich zu sehen und sich zu wärmen. Ha! Szekely – Zigeuner? Die brauchten eigentlich keine Lampe, um sich zu wärmen.

Sie … interessierten mich. Viele Jahre lang hatte ich gerufen, viele Jahrhunderte, und niemand war gekommen, niemand hatte geantwortet. Vielleicht hielten die Priester die Menschen durch Warnungen ab, die sich im Laufe der vielen Jahre in Legenden verwandelt hatten. Vielleicht lag es aber auch an den Exzessen meines Lebens …

Du hast mir erzählt, Dragosani, wie viele meiner größten Taten nun den Vlads zugeschrieben werden, und wie man aus mir ein Gespenst gemacht hat, um kleine Kinder zu erschrecken. Mehr noch, mein Name wurde aus den alten Aufzeichnungen gestrichen, denn so war das damals üblich. Fürchte-

ten sie etwas, dann zerstörten sie es und taten so, als hätte es nie existiert. Aber glaubten sie wirklich, ich wäre der Einzige meiner Art? Das war ich nicht – das bin ich nicht! Ich bin einer von wenigen, die einstmals viele waren. Ja, und die Kunde meiner Notlage musste doch sicher zu den anderen gedrungen sein? Hunderte von Jahren hatte es mich erbost, dass niemand kam, um mich zu befreien oder wenigstens zu rächen! Und als endlich doch jemand kam, da waren es – Szekelys!

Das Mädchen hatte Angst, und er konnte sie nicht beruhigen. Ich beruhigte sie. Ich kroch in ihren Geist und gab ihr die Kraft, ihre Ängste zu bekämpfen und sich mit ihm im Fleisch zu vereinigen!

Ja, und sie war eine Jungfrau! Ihr Jungfernhäutchen war intakt. Ich hätte noch mal sterben können, so sehr verlangte es mich nach ihr! Eine wirkliche Jungfrau! Um aus einem sehr alten Buch der Lügen zu zitieren: Wie sind die Helden gefallen! Ich hatte zu meiner Zeit zweitausend entjungfert, auf diese oder jene Weise. Ha, ha, ha! Und den jungen Vlad nannten sie den ›Pfähler‹!

Sie waren also ein Liebespaar, wenn auch noch nicht im ganzen Sinne des Wortes. Er war ein Knabe – ein bloßer Grünschnabel, der noch nie eine Frau gehabt hatte – und sie eine Jungfrau. Also bin ich auch in seinen Geist eingedrungen. Ah, und ich schenkte ihnen die Nacht. Ich zog Kraft aus ihnen und sie aus mir. Ich gab ihnen nur diese eine Nacht, denn noch vor der Dämmerung brachen sie auf. Danach weiß ich nichts mehr von ihnen …

»Nur, dass sie mich gebar«, sagte Dragosani, »und auf einer Türschwelle aussetzte.«

Die Antwort darauf kam nicht sofort, sondern seufzte im Wind, der nur noch eine Brise war. Der Alte in der Erde war erschöpft; er hatte nur noch wenig Kraft übrig, nicht einmal mehr zum Denken. Die Erde hielt ihn in ihrem eisernen Schoß, drehte sich unerbittlich um ihre Achse und lullte ihn ein. Doch schließlich ertönte ein Seufzer: *Jaaa. Ja, aber wenigstens wusste sie, wo sie dich hinbrachte. Sie war eine Zigeunerin, erinnere dich. Eine Wandersfrau. Und doch brachte sie dich nach deiner Geburt hierher. Sie brachte dich … heim! Sie tat das, weil sie deinen wirklichen Vater kannte, Dragosani! Nur von einer Nacht meines ganzen Lebens, eines maßlos blutigen Lebens, könnte man sagen, dass sie von Liebe erfüllt war. Ja, und ich forderte nur einen einzigen Tropfen Blut. Den kleinsten Tropfen, Dragosaaaniii …*

»Das Blut meiner Mutter.«

Ja, und es tropfte auf die Erde, in der ich lag. Doch was für ein kostbarer Tropfen! Denn es war auch dein Blut, das Blut, das jetzt in deinen Adern fließt. Und als du ein Kind warst, hat das Blut dich zu mir zurückgeführt.

Dragosani blieb still, und sein Kopf war voller Gedanken, Visionen und Erinnerungsfetzen, die von der Stimme in seinem Kopf heraufbeschworen wurden. Schließlich sagte er: »Ich komme morgen zu dir. Dann können wir weiterreden.«

Wie du willst, mein Sohn.

»Schlafe jetzt … Vater.«

Ein letzter Windstoß rüttelte an einem losen Dachziegel, und ein letzter Seufzer erklang.

Schlaf gut, Dragosaaaniii …

Und zehn Minuten später stand Ilse Kinkovsi im Bauernhaus auf, ging zum Fenster und sah hinaus. Sie hatte geglaubt, der Wind hätte sie geweckt, doch draußen gab es nicht einmal die kleinste Brise. Egal, denn sie hatte sowieso vorgehabt, vor ein Uhr aufzuwachen. Draußen war alles in silbernes Mondlicht getaucht – doch in der Mansarde des Gästehauses waren die Vorhänge von Boris Dragosani fester zugezogen, als sie es je gesehen hatte. Und das Licht war aus.

Der nächste Tag war ein Mittwoch. Dragosani aß rasch das Frühstück und fuhr mit seinem Wagen um halb neun fort. Er nahm die Straße, die ihn in die Nähe der kreuzförmigen Hügel brachte. Unten in einer Vertiefung westlich jener Hügel lag der Hof, wo er seine Kindheit verbracht hatte. Seit neun oder zehn Jahren war der Hof im Besitz anderer Leute. Dragosani fand einen Aussichtspunkt an einem wenig benutzten Pfad und sah sich den Hof eine Weile an. Er war ihm gleichgültig geworden. Wenn noch ein kleiner Kloß in seiner Kehle saß, dann rührte er vermutlich vom Staub oder den Pollen in der trockenen Sommerluft her.

Dragosani wandte dem Hof den Rücken zu und betrachtete die Hügel. Er wusste genau, in welche Richtung er blicken musste. Als wären seine Augen die Linsen eines Fernglases, fokussierten sie den Ort und erfassten ihn mit unglaublicher Klarheit und Detailgenauigkeit. Er konnte fast durch den grünen Baldachin aus Bäumen hindurchsehen, bis zu den verfallenen Steinplatten und der Erde darunter. Und wenn er es lange genug versuchte, vielleicht sogar noch tiefer.

Er wandte den Blick ab. Bis Anbruch der Nacht wäre es ohnehin sinnlos, dort hinzugehen. Oder jedenfalls nicht vor dem späten Abend.

Und dann erinnerte er sich an einen anderen Abend, als er noch ein kleiner Junge von sieben Jahren gewesen war …

Sechs Monate hatte es gedauert, bis er nach jenem ersten Mal wieder an diesen Ort ging. Er war mit seinem Schlitten unterwegs, und sein Hund lief neben ihm her. Bubba war eigentlich ein Hofhund, doch er folgte

Boris überallhin. Es gab einen Abhang an der anderen Seite des Hofes, in Richtung des Dorfes, wo die anderen Kinder jeden Winter Schneeballschlachten austrugen und Schlitten fuhren. Boris hätte eigentlich dort sein sollen, aber er kannte eine bessere Abfahrt: die Feuerschneise natürlich. Er wusste auch von jeher, dass diese Hügel verboten waren, und seit dem vorigen Sommer wusste er auch warum. Die Menschen träumten dort manchmal merkwürdige Dinge, die in der Nacht immer wieder zurückkehrten und sie plagten. Daran musste es liegen. Doch dieses Wissen konnte ihn nicht aufhalten. Es trieb ihn eher noch an.

Nun, da der Schnee tief und fest war, sahen die Hügel gar nicht mehr so bedrohlich aus, und die Feuerschneise war die perfekte Rodelbahn. Boris war ein guter Rodler. Er war schon im letzten Winter hier gewesen, ganz alleine, und sogar im Winter davor, als er noch sehr klein war. Aber heute fuhr er den Abhang nur einmal hinab, und währenddessen sah er nach rechts, ob er die Stelle unter den Bäumen ausmachen konnte. Danach ließ er den Schlitten am Fuß des Hügels stehen und kletterte mit Bubba zwischen den Tannen hinauf, die sich pechschwarz vom Schnee abhoben. Er redete sich ein, nur zurück zum Grab zu gehen, um sich zu vergewissern, dass dort nichts war als die Grabstätte eines alten und lang vergessenen Landbesitzers. Beim ersten Mal hatte er schlecht geträumt, weil er sich den Kopf gestoßen hatte, als er aus seinem Pappwagen geschleudert worden war. Und außerdem hatte er ja schließlich Bubba zum Schutz bei sich.

Allerdings nur so lange, bis der Hund verängstigt kläffte und davonrannte, als sie in die Nähe der geheimen Stätte kamen. Danach sah Boris ihn noch einmal durch einen Spalt in den Bäumen, am Fuß des Hügels neben dem

Schlitten, wo er nervös mit dem Schwanz peitschte und ab und zu bellte.

Dann war er endlich dort, und der Ort war genauso wie in seiner Erinnerung. Es war noch dunkler, da der Schnee auf den oberen Ästen auch das wenige Licht abhielt, das sonst herabfiel. Hier, wo keine Schneeflocken lagen, schien der Boden schwarz für Augen, die an den weißen Glanz gewöhnt waren. Wie zuvor schien es kaum Luft an diesem Ort zu geben, und die wenige, die da war, schien von unsichtbaren Wesen erfüllt. Dies war ganz sicher ein Ort der schlechten Träume. Besonders am Abend. Und der Abend näherte sich nun …

Bubbas gelegentliches Bellen, das wie Gewehrschüsse durch die frostige Luft hallte, nahm er nur am Rande wahr, denn er war im Bann des Ortes, seines Genius loci. Er wünschte sich, der Hund wäre still, und kroch zu der Stelle, wo der gefallene Türsturz das uralte Wappen zeigte.

Nun, da seine Augen sich langsam an das Dunkel gewöhnten und seine kalten Finger Fledermaus, Drache und Teufel auf dem Stein ertasteten, erinnerte er sich an die bösartige Stimme, die er beim letzten Mal zu hören geglaubt hatte.

Ein Traum? Aber ein so realistischer Traum, dass er ihn ein halbes Jahr von diesem bewaldeten Abhang fern gehalten hatte!

Und wovor hatte er denn überhaupt Angst? Vor einem alten, verfallenen Grab? Dem Geflüster dummer Bauern, ihrem Gemurmel und ihren finsteren Gesten? Einer Stimme, die er sich eingebildet und die einen fauligen Geschmack in seinem Geist hinterlassen hatte? Faulig und äußerst hartnäckig! Und wie oft hatte sie ihn seither nachts heimgesucht, in seinen Träumen, wenn er sicher im Bett lag, und hatte geflüstert: »Vergiss mich nicht, Dragosaaaniii …«

Spontan rief er aus: »Siehst du, ich habe dich nicht vergessen. Ich bin zurückgekommen. Ich bin hier. An deinem Ort. Nein, an *meinem* Ort. Meinem geheimen Ort!«

Sein Atem verwandelte sich in der Luft in weiße Wolken, die sich rasch verflüchtigten. Und Boris lauschte mit jeder Faser seines Leibes. Blaue Eiszapfen hingen vom Rand einer schiefen Steinplatte wie schimmernde Zähne, die Tannennadeln bildeten eine gefrorene Kruste unter seinen Stiefeln aus Schweinsleder, und sein letzter Atemzug fiel in Eiskristallen zu Boden, bevor er den nächsten tun konnte. Und noch immer lauschte er. Aber – nichts.

Die Sonne ging unter. Boris musste gehen. Er wandte sich ab vom Grab. Seine Worte, gefangen in den Eiskristallen seines Atems, sandten ihre Botschaft in die Erde.

Ahhh! Es war vielleicht nur das Seufzen des Windes in den hohen Ästen, doch Boris blieb stehen, als wären seine Füße festgenagelt.

»Du …!«, hörte er sich zu nichts, zu niemandem, zur Finsternis sagen. »Bist … du das?«

Ahhh! Dragosaaaniii! Und ist nun Eisen in deinem Blut, mein Junge? Bist du deshalb zurückgekehrt?

Boris hatte diesen Augenblick hundertmal geprobt: seine Antwort, seine Reaktion, wenn diese Stimme je wieder an dem geheimen Ort zu ihm sprechen sollte. Doch er konnte sich an keines seiner tapferen Worte mehr erinnern.

Nun? Hat der Winter deine Zunge an den Zähnen festgefroren? Sprich in deinen Gedanken, wenn du es nicht aussprechen kannst, Junge. Oder bist du nur ein Vakuum? Die Wölfe heulen auch jetzt auf den Pässen, ebenso die Winde über den Seen und Bergen. Selbst der fallende Schnee scheint zu seufzen. Nur du, so voller Worte, vor Fragen überquellend und wissensdurstig, du bist stumm?

Boris wollte eigentlich sagen: »Diese Hügel gehören mir. Dieser Ort hier gehört mir allein. Du liegst nur hier begraben. Also sei still!« Und er hatte es mit fester Stimme sagen wollen, wie er es eingeübt hatte. Doch stattdessen fragte er stotternd: »Gibt es dich … wirklich? Wer – was – *wieso* bist du? Wie kann es dich geben?«

Wie kann es die Berge geben? Wie den Vollmond? Die Berge wachsen und werden abgetragen. Der Mond nimmt ab und zu. Sie sind, und so bin ich …

Obwohl Boris nichts davon verstand, wuchs sein Mut. Er wusste zumindest, wo sich dieses Wesen befand – im Erdboden –, und wie konnte es von dort unten jemandem ein Leid tun?

»Wenn es dich wirklich gibt, dann zeige dich mir.«

Spielst du mit mir? Du weißt, dass das nicht sein kann. Willst du, dass ich Fleisch anlege? Das kann ich nicht. Noch nicht. Außerdem sehe ich, dass dein Blut noch immer aus Wasser besteht. Ja, und es würde zu Eis werden wie das Wasser auf diesen Steinen, sähest du mich, Dragosani.

»Bist du … ein totes Ding?«

Ich bin ein untotes Ding.

»Ich weiß, was du bist!« Boris klatschte plötzlich in die kalten Hände. »Du bist, was mein Stiefvater ›Einbildung‹ nennt. Ich bilde mir dich nur ein. Er sagt, ich habe eine ausgeprägte Einbildungskraft.«

Und das stimmt auch, doch mein Wesen ist … von anderer Art. Nein, ich existiere nicht nur in deiner Fantasie. Schmeichle dir nicht selbst.

Boris bemühte sich, das zu verstehen. Schließlich fragte er: »Aber was machst du?«

Ich warte.

»Worauf?«

Auf dich, mein Sohn.

»Aber ich bin doch hier!«

Sofort wurde es dunkler, als hätten die Bäume sich vorgebeugt, um das Licht auszuschließen. Die Berührung unsichtbarer Wesen war federleicht, doch plötzlich so kalt wie Raureif.

Boris hatte seine Furcht fast vergessen, doch nun kehrte sie zurück. Und weil Vertrautheit Geringschätzung gebiert, hatte er ebenso fast vergessen, wie viel Böses jene Stimme in seinem Kopf in sich barg. Nun wurde er auch daran erinnert: *Kind, führe mich nicht in Versuchung! Es wäre kurz, es wäre süß und es wäre zwecklos. Es ist nichts dran an dir, Dragosani, und deinem Blut fehlt es an Substanz. Ich würde gierig trinken – und was bist du schon außer einem Häppchen?*

»Ich – ich gehe dann jetzt …«

Ja, tu das. Komm zurück, wenn du ein Mann bist und nicht nur ein Ärgernis.

Und als er schnell und zitternd den Ort verließ und auf den sauberen Schnee der Feuerschneise zusteuerte, rief er über die Schulter zurück: »Du bist nur ein totes Ding. Du weißt gar nichts! Was kannst du mir schon sagen?«

Ich bin ein untotes Ding. Ich weiß alles, was man wissen muss. Ich kann dir alles erzählen.

»Worüber?«

Über das Leben, über den Tod, über den Untod!

»Davon will ich gar nichts wissen!«

Das wird sich ändern.

»Und wann wirst du mir diese Dinge erklären?«

Wenn du sie verstehen kannst, Dragosani.

»Du hast gesagt, ich wäre deine Zukunft. Du hast gesagt, du wärst meine Vergangenheit. Das ist gelogen. Ich habe keine Vergangenheit. Ich bin nur ein Junge.«

Ach? Ha, ha, ha! Das stimmt, das bist du. Doch in deinem dünnen Blut fließt die Geschichte einer Rasse, Dragosani. Ich bin in dir und du in mir. Und dein Geschlecht ist … uralt! Ich weiß alles, was du wissen willst, alles, was du jemals wissen wollen wirst. Ja, und dieses Wissen wird deines sein, und du wirst einer Elite und einem uralten Orden angehören.

Boris war schon auf halbem Wege zur Schneise. Bis zu diesem Punkt hatte er die Unterhaltung zum Teil mit gespieltem Mut und zum Teil mit Entsetzen bestritten – wie ein Mann, der im Dunkeln pfeift. Nun, da er sich sicherer fühlte, wurde er wieder neugierig. Er hielt sich an einem Baumstamm fest, wandte sich um und fragte: »Warum bietest du mir das an? Was willst du von mir?«

Nichts, was du nicht aus freien Stücken gibst. Nur das, was du mir geben willst. Ich möchte einen Teil deiner Jugend, deines Blutes, deines Lebens, Dragosani, auf dass du in mir leben kannst. Und dafür wird dein Leben so lange dauern wie das meine – vielleicht noch länger.

Boris spürte etwas von dieser Lust, dieser Gier, diesem ewigen und endlosen Verlangen. Er glaubte, zu verstehen, und die Dunkelheit hinter ihm schien anzuschwellen und auf ihn zuzujagen wie eine schwarze, giftige Wolke. Er wandte sich ab und floh, und vor sich sah er zwischen den schwarzen Baumstämmen das blendende Weiß der Schneise. »Du willst mich töten!«, seufzte er. »Du willst mich tot, wie du es bist!«

Nein, ich will dich untot. Da existiert ein Unterschied, und dieser Unterschied bin ich. So wie auch du. Es liegt dir im Blut – es liegt in deinem Namen, Dragosaaaniii …

Und als die Stimme verstummte, erreichte Boris endlich die Feuerschneise. Im schwindenden Licht fühlte er die Furcht wie eine Last von sich weichen, fühlte sich merkwürdig *erhaben*, und er hielt sich aufrecht, als er zum Fuß des Hügels hinabstieg und seinen Schlitten fand.

Bubba hatte dort geduldig auf ihn gewartet, doch als Boris die Hand ausstreckte, um ihn zu streicheln, knurrte der Hund und wandte sich ab, wobei sich sein Rückenhaar aufrichtete.

Von da an wollte Bubba nichts mehr mit dem Jungen zu schaffen haben …

Unter Dragosanis Blick schmolz der Schnee der Erinnerung, und die Hügel waren wieder grün. Die alte Narbe der Feuerschneise war noch immer da, fügte sich nach zwanzig Jahren Wachstum aber besser in die natürlichen Konturen des Hügels ein. Die Schösslinge waren zu Bäumen geworden, ihr Laub dicht, und in weiteren zwanzig Jahren würde es schwierig zu erkennen sein, dass dort je eine Feuerschneise gewesen war.

Dragosani nahm an, dass es im Landwirtschaftsministerium, das für diese Gegend zuständig war, noch immer eine Klausel gab, die Bebauung, Bepflanzung oder Beweidung auf dem grünen Kreuz der Hügel untersagte. Ja, denn trotz Kinkovsis Mangel am typisch bäuerlichen Aberglauben (was zweifellos mit dem derzeitigen Touristenstrom zusammenhing) lebten die alten Ängste fort. Es gab noch immer Tabus, auch wenn ihre Ursprünge vergessen waren. Es gab sie so sicher wie dieses Ding in der Erde. Die Gesetze, die es einst isolieren sollten, beschützten und bewahrten es nun.

Das Ding in der Erde. So dachte er immer – nicht ›er‹, sondern ›es‹. Der alte Teufel, der Drache, der *vampyr*. Der echte Vampir, nicht nur ein Geschöpf aus reißerischen Romanen und Filmen. Dort lag es unter der Erde und wartete.

Wieder ließ Dragosani seinen Geist zurückschweifen …

Als er neun war, hatte die örtliche Schule in Ionesti geschlossen, und sein Vater hatte ihn auf einer Schule in Ploiesti angemeldet. Dort hatte man binnen Kurzem bemerkt, dass er sehr intelligent war, und ihn auf eine Hochschule in Bukarest geschickt. Sowjetische Beamte des Erziehungsministeriums, ständig auf der Suche nach jugendlichen Talenten in ihren Satellitenstaaten, wurden bald auf ihn aufmerksam und ›empfahlen‹ ihm eine bessere Ausbildung in Moskau. Mit ›besserer Ausbildung‹ meinten sie in Wirklichkeit eine intensive Beeinflussung, nach der man ihn eines Tages zurück nach Rumänien schicken würde, als Beamter der Marionettenregierung.

Doch vor all dem – als er gerade erfahren hatte, dass man ihn in Ploiesti angemeldet hatte und er nur ein- oder zweimal im Jahr nach Hause dürfe –, war er zu der dunklen Lichtung unter den Bäumen zurückgekehrt, um jenes Ding in der Erde um Rat zu fragen. Nun ging er wieder dorthin, auf den Schwingen der Erinnerung, und er sah, was er damals gewesen war: ein Junge, der mit den Händen vorm Gesicht schluchzend und kniend seine Tränen über das Basrelief mit Fledermaus, Drache und Teufel verströmte.

Was? Obwohl du weißt, dass ich nach Eisen und starkem Fleisch suche, bietest du mir Salz und Schleim? Bist das wirklich du, Dragosani, der du die Saat der Größe in dir trägst? Habe ich mich also getäuscht? Bin ich dazu verdammt, auf ewig hier zu liegen?

»Ich soll in Ploiesti zur Schule gehen. Ich soll dort wohnen und darf nur ab und an zurückkehren.«

Und das ist der Grund deiner Trauer?

»Ja.«

Dann bist du ein Mädchen! Wie willst du das Wesen der Welt hier im Schatten der Berge kennenlernen? Selbst die Vögel haben mehr gesehen als du! Die Welt ist groß, Dragosani, und um ihre Wege zu kennen, musst du sie beschreiten. Und Ploiesti? Ich kenne diese Stadt: Sie ist nur einen strammen Tagesritt entfernt – zwei allerhöchstens! Und das ist ein Grund zum Weinen?

»Aber ich will nicht gehen …«

Ich wollte auch nicht hier begraben werden, trotzdem haben sie es getan. Dragosani, ich sah eine meiner Schwestern mit abgeschlagenem Haupt, mit einem Pfahl im Herzen und Augen, die auf den Wangen hingen, und ich habe nicht geweint. Nein, aber ich verfolgte ihre Mörder, häutete sie und zwang sie dazu, ihre eigene Haut zu essen. Und dann habe ich sie mit glühenden Eisenstäben vergewaltigt und in Öl getaucht, um die Fackel an sie zu legen und sie brennend die Felsen von Brasov hinabzustoßen. Erst da weinte ich – Tränen der reinsten Freude! Was? Und dich habe ich meinen Sohn genannt, Dragosani?

»Ich bin nicht dein Sohn!«, fauchte Boris und vergoss Tränen der Wut. »Ich bin niemandes Sohn. Und ich muss nach Ploiesti gehen. Und es ist keine zwei Tage von hier entfernt, sondern nur drei oder vier Stunden mit dem Auto! Du gibst vor, so viel zu wissen, aber du hast noch nie ein Auto gesehen, oder?«

Nein, das habe ich nicht – bis jetzt. Jetzt kann ich eines sehen, in deinem Geist, Dragosani! Ich habe schon viele Dinge in deinem Geist gesehen. Manche haben mich überrascht, aber nichts hat mich erstaunt. Also macht es das ›Auto‹ deines Stiefvaters leichter für dich, nach Ploiesti zu kommen? Gut! Dann kannst du auch leichter wieder zurückkehren, wenn es an der Zeit ist …

»Aber …«

Hör mir zu: Geh auf diese Schule in Ploiesti – werde so klug wie deine Lehrer, und klüger noch. Kehre zurück als Gelehrter. Und als Mann. Ich habe fünfhundert Jahre gelebt und war ein großer Gelehrter. Das war nötig, Dragosani. Meine Kenntnisse kamen mir damals gut zustatten, und so wird es auch in Zukunft sein. Ein Jahr nach meiner Auferstehung werde ich die größte Macht dieser Welt sein! Oh ja! Früher hätte ich mich mit der Walachei, mit Siebenbürgen, Rumänien oder wie man es auch nennen will, zufrieden gegeben – und davor noch war es mir genug, dass die Berge mein waren, die niemand sonst beanspruchte –, doch die Welt ist kleiner geworden und ich größer. Als ich teilnahm an den Kriegen der Menschen, lernte ich die Freuden des Eroberers kennen, und nächstes Mal will ich alles erobern. Und auch du, Dragosani, sollst groß sein – doch alles zu seiner Zeit.

Etwas von der Bedeutsamkeit dessen, was die Stimme gesagt hatte, drang zu Boris durch. Hinter den Worten spürte er die rohe Kraft des Geschöpfes, das sie gesprochen hatte. »Du willst, dass ich … ein Gelehrter werde?«

Ja. Wenn ich wieder auf Erden wandele, möchte ich mit gebildeten Männern sprechen, nicht mit Dorftrotteln! Oh, ich werde dir Dinge beibringen, Dragosani – weit mehr als jeder Lehrer in Ploiesti. Du wirst viel mehr von mir lernen – und im Austausch dafür werde ich zweifellos auch von dir lernen. Aber wie willst du mir etwas beibringen, wenn du selbst nichts weißt?

»Das hast du schon mal gesagt«, sagte Boris. »Aber was kannst du mir beibringen? Du weißt so wenig von dem, was jetzt geschieht. Wie kannst du mehr wissen? Du bist tot – untot –, jedenfalls liegst du seit fünfhundert Jahren unter der Erde, das hast du selbst gesagt!«

Boris hörte ein kehliges Lachen in seinem Kopf. *Du bist kein Dummkopf, Dragosani. Vielleicht hast du sogar Recht. Ach, es gibt verschiedene Arten von Wissen! Nun gut, ich habe ein Geschenk für dich. Ein Geschenk … und ein Zeichen, dass ich dir tatsächlich Dinge beibringen kann. Dinge, die du dir nicht einmal vorstellen kannst.*

»Ein Geschenk?«

In der Tat. Geh jetzt rasch und suche mir etwas, das tot ist.

»Etwas, das tot ist?« Boris schauderte. »Was meinst du damit?«

Irgendwas. Einen Käfer, einen Vogel, eine Maus. Das macht keinen Unterschied. Suche mir etwas, das tot ist – oder töte etwas –, und bring mir die Leiche. Gib sie mir als Geschenk, dann wirst auch du beschenkt werden.

»Ich habe einen toten Vogel am Fuß des Abhangs gesehen. Ein Taubenjunges, glaube ich. Es ist bestimmt aus dem Nest gefallen. Wird das genügen?«

Ha! Und welch grässliches Geheimnis mag wohl ein Taubenjunges hüten? Aber … ja, es wird genügen. Wenn auch nur, um dir etwas zu beweisen. Bring es zu mir.

Zwanzig Minuten später war Boris zurück und legte den armseligen, schlaffen Körper auf die Erde neben die umgefallenen Steintafeln.

Und wieder hörte er die höhnische Stimme in seinem Kopf: *Ha! Ein ziemlich mickriger Tribut. Gleichviel, Dragosani, sage mir nun, willst du das Wissen dieses kleinen, toten Tiers besitzen?*

»Es hat kein Wissen. Es ist tot.«

Bevor es starb. Willst du wissen, was es gewusst hat?

»Es hat nichts gewusst. Es war ein Küken. Was sollte es schon wissen?«

Es wusste viele Dinge! Hör nun gut zu: Breite die Flügel aus, rupfe die Daunen und kleinen Federn und befühle sie, rieche an ihnen, reibe sie zwischen deinen Fingern und höre ihnen zu. Tu es …

Boris tat, wie ihm geheißen, doch unbeholfen, ohne Gefühl oder Erwartung. Milben, Flöhe und ein Käfer eilten davon, flohen aus dem kleinen Leichnam.

Nein, nein! Nicht so. Schließe die Augen, lass mich weiter in deinen Geist dringen. Ja, genau so … da!

Boris befand sich an einem hoch gelegenen Ort; er fühlte ein Schwanken und hörte das Seufzen in den Zweigen. Über ihm erstreckte sich die blaue, endlose Wölbung des Himmels. Er spürte, dass er nach oben in den Himmel fallen könnte, ohne dass sein Sturz je enden würde. Schwindel überkam ihn; er fiel zurück in seinen eigenen Geist, ließ den toten Vogel fallen und hielt sich am Boden fest.

Ah-haaa!, sagte der Teufel in der Erde. Und wieder: *Ah-haaa! Wie, hat das Nest dir nicht gefallen, Dragosani? Aber hör nicht auf, es gibt noch mehr. Nimm den Vogel, drücke seinen Leib. Fühle seine Geschmeidigkeit in deiner Hand. Fühle die kleinen Knochen unter der Haut, den winzigen Schädel. Halt ihn an dein Gesicht, deine Nase. Rieche daran, atme ihn ein, lerne von ihm! Hier, ich helfe dir …*

Boris war nicht allein, er war ein Zwitterwesen, und er war nicht mehr Boris! Das Gefühl war sonderbar und beängstigend. Er klammerte sich an die Erinnerung von Boris und wies das andere Wesen von sich.

Nein, nein! Lass dich gehen. Dringe ein in das Ding. Werde eins damit. Erkenne sein Wissen. So:

Er spürte Wärme … harten, festen Grund unter sich, weichen, warmen Flaum über sich … der Himmel war nicht mehr klar und blau, sondern dunkel … viele weiße Muster aus Licht, die Sterne … die Nacht war ruhig … ein warmes Gewicht drückte herab, Flügel deckten zu … das Zwitterwesen schmiegte sich an … da war etwas in der Nähe, ein Geräusch, ein Eulenschrei! … der warme Körper darüber – der mütterliche Körper –, der sich schützend hinunterdrückte, die Flügel enger zusammenschloss und zitterte … ein langsames, schweres Beben in der Luft, das immer näher kam, vorüberzog, schwächer wurde, verhallte … wieder der Schrei, weit entfernt … die Eule hatte es heute Nacht auf kleinere Tiere abgesehen ... der mütterliche Leib entspannte sich ein wenig, das hämmernde Herz schlug langsamer ... helle Punkte aus Licht erfüllten den Himmel ... Weichheit ... Wärme.

Zerbrich nun den Körper, Dragosani! Reiß ihn auf! Zermalme den Schädel zwischen deinen Fingern und lausche den Dämpfen des Gehirns! Sieh es dir auf der Hand an, die Eingeweide, die Federn, das Blut und die Knochen! Koste davon, Dragosani! Benutze all deine Sinne: fühlen, schmecken, sehen, hören, riechen! Verwende alle fünf – und du wirst einen sechsten entdecken!

Zeit zum Fliegen! ... Zeit, zu gehen ... die Luft lockte und zog an den neuen kleinen Federn ... und das Zwitterwesen hatte es schon versucht ... die Eltern waren aufgeregt, frustriert, flatterten herum und riefen: »Komm, flieg, so wie wir!« ... Die Erde war so endlos weit unten, und das Nest schwankte im Wind.

Als Teil des flügge gewordenen Vogels stieß Boris sich von dem Nest, dieser unsicheren Plattform aus Zweigen, ab. Einen kurzen Augenblick lang erlebte er den Triumph des Fliegens ... und im nächsten das Scheitern. Ein windiger, stürmischer Tag; eine Böe erwischte ihn von der Seite. Danach verwandelte die Verwirrung sich in einen Alptraum! Er wirbelte herum und fiel – einer der unerfahrenen Flügel blieb an einem Ast hängen und brach – die Qual, an einem gebrochenen Flügel zu hängen, und dann der Fall, flatternd, taumelnd – und schließlich der harte Aufprall des kleinen Schädels auf einem Stein ...

Boris wurde ruckartig wieder er selbst, brach den Bann, sah die Schweinerei, die er in Händen hielt.

Na bitte!, sagte der alte Teufel in der Erde. *Und glaubst du immer noch, ich könnte dir nichts beibringen, Dragosani? Wie gefällt dir dieses Wissen? Gab es je eine kostbarere Gabe?*

Während meines ganzen Lebens kannte ich nur eine Handvoll, die ein derartiges Talent besaßen. Und du hast es gelernt, wie – nun, wie ein Vogel das Fliegen lernt! Willkommen in einer kleinen, uralten und streng ausgewählten Bruderschaft, Dragosani.

Die Schweinerei glitt aus Boris' Hand, besudelte die Erde und hinterließ Schleim auf seinen Handflächen und Fingern. »Was?«, fragte er mit weit offenem Mund. Plötzlich stand ihm der Schweiß auf der Stirn. »Was …?«

Boris Dragosani, antwortete der Teufel in der Erde, *der Nekromant!*

Und dann kam das Ding mit all seinem Schrecken über ihn, und Boris schrie lange und laut, und wiederum floh er, floh in solcher Panik, dass er sich später nur noch an das Hämmern seiner Füße und seines Herzens erinnern konnte.

Doch vor seinem ›Geschenk‹ konnte er nicht fortlaufen, denn von jenem Augenblick an gehörte es ihm.

Vielleicht war es auch gar nicht der Schrecken darüber, was er getan hatte oder was aus ihm geworden war, der ihm die Erinnerung an diese Flucht genommen hatte, sondern etwas anderes, was zwischen seinem Schrei und der Flucht geschehen war. Jedenfalls waren unbestimmte Bilder von diesem *Etwas* seither in seinen Geist eingebrannt und drangen an die Oberfläche, wenn er sie am wenigsten erwartete – so wie jetzt.

Das dunkle Loch des Grabes und der in einem Wirrwarr aus Federn und Eingeweiden und aus ihren Gelenken gerissenen Gliedmaßen verstreute Leichnam. Und ein dünner und zerfressener Fangarm, der durch die modrige Erde drang und Tannennadeln, Flechten und Steinchen beiseiteschob. Zerfressen und nicht aus Fleisch, aber mit scharlachroten, pulsierenden Adern.

Und dann … und dann … bildete sich ein rotes Auge an seiner Spitze und musterte begierig den Boden. Das Auge verschwand, und ein Reptilmaul nahm seinen Platz ein, so dass der Fangarm nun wie eine blinde, glatte und gesprenkelte Schlange aussah. Eine Schlange, deren gespaltene, rote Zunge über die jämmerlichen Überreste des Vogels streifte, deren Reißzähne weiß und nadelscharf schimmerten und deren Kiefer geifernd kauten, bis auch der letzte Bissen verzehrt war!

Dann der schnelle Rückzug: Das pulsierende, widerliche Glied wurde zurück in die nackte Erde *gesogen*, und der Bann war gebrochen. Einen ›mickrigen Tribut‹, so hatte das Ding in der Erde es genannt …

Als Dragosani genug hatte von Erinnerungen und Tagträumen, fuhr er in die Stadt, deren Namen er trug. Zwischen den Viehhöfen am Bahnhof und dem Fluss am Rande der Stadt fand er den Markt, der dort schon jeden Mittwoch stattgefunden hatte, als die Stadt nur eine Ansammlung von Hütten gewesen war. Tatsächlich mochte Dragosani aus diesem Marktplatz, diesem Treffpunkt, entstanden sein. Früher war dieser Ort eine Furt gewesen, nur an dieser Stelle hatte man den Fluss überqueren können, doch heute gab es mehrere Brücken über den Fluss.

Hier war es, wo vor vielen Jahrhunderten die Türken auf ihrem Feldzug plündernd und brandschatzend auf den Fluss gestoßen waren, der aus den Karpaten herabfließt, um sich mit der Donau zu vereinigen. Hierher waren auch die *Hunyadi* und nach ihnen die Fürsten der Walachei gekommen, um die Streiter unter ihrem Banner zu vereinigen und Woiwoden einzusetzen, Kriegsherren, die das Land gegen die vordringenden Türken verteidigen sollten. Das

Banner, unter dem jene Kriegsherren gekämpft hatten, war das des Drachens – das uralte Siegel und Sinnbild des Verteidigers der Christenheit gegen die Türken. Dragosani fragte sich, ob das wohl der Ursprung des Namens der Stadt gewesen war. Ganz gewiss war es der Ursprung des Drachens auf dem Wappen am Grab.

Auf dem Marktplatz kaufte er ein lebendes Ferkel, das er in einem groben Sack zu seinem Wagen trug. Er steckte es in den Kofferraum, fuhr heraus aus der Stadt und suchte sich eine ruhige Abzweigung von der Hauptstraße. Dort öffnete er den Sack, zerbrach im Kofferraum eine Chloroformkapsel, schlug den Deckel zu und zählte dann bis fünfzig. Er holte das betäubte Ferkel heraus, lüftete zehn Minuten lang den Kofferraum und verfrachtete das unglückliche Schwein wieder hinein. Schließlich sollte das Tier nicht sterben. Jedenfalls noch nicht.

Am frühen Nachmittag verließ er das tief gelegene Flusstal und fuhr zu den Hügeln, wo er seinen Wagen wieder einige hundert Meter von den Kreuzhügeln entfernt abstellte. Im hellen Sonnenlicht begann er seinen Aufstieg durch Hecken und Wald hindurch. Im Schutz der finsteren Tannen fühlte er sich wohler, als er sich dem geheimen Ort näherte. Den Sack mit dem Ferkel trug er über der Schulter, und das Tier bekam nichts mit von der Welt, die es bald verlassen würde.

Am Grab legte Dragosani das betäubte Tier in eine Vertiefung zwischen zwei Bäumen, band es an einem Baumstamm fest und legte den Sack darauf, um es warm zu halten. Es gab Unmengen von Wildschweinen in den Hügeln; wenn das Ferkel in seiner Abwesenheit wieder zu sich käme und Laute von sich gäbe, würde jeder, der es hörte, es für ein solches halten. Nicht dass das sehr wahrscheinlich war: Ganz wie in Dragosanis Kindheit waren die Felder im Umkreis von mehr als zwei Kilometern vereinsamt und überwuchert.

Jedenfalls ließ er das Ferkel dort, kehrte nachmittags zurück in seine Unterkunft, bestellte ein frühes Abendessen und schlief den Rest des Tages. Es war noch eine Stunde lang hell, als Ilse Kinkovsi ihn mit einem kräftigen Essen auf einem Tablett und einem Viertelliter selbst gebrautem Bier aufweckte. Sie redete kaum mit ihm, blickte verdrießlich drein und schien ihn zu verspotten. Das war in Ordnung; es war ihm sogar recht so – jedenfalls versuchte er sich das einzureden.

Doch als sie das Zimmer verließ, wurden seine Augen vom Wiegen ihrer Hüften angezogen, und er überdachte sein Verhalten. Für eine Bäuerin war sie eine sehr anziehende Frau. Erneut fragte er sich, warum sie nicht verheiratet war. Sie war jedenfalls noch zu jung, um eine Witwe zu sein. Und selbst dann würde sie doch sicher noch ihren Ring tragen. Sonderbar …

VI

Zwanzig Minuten vor Sonnenuntergang war Dragosani wieder an jenem geheimen Ort. Das Ferkel hatte sein Bewusstsein wieder erlangt, jedoch noch nicht die Kraft, aufzustehen. Da er keine Zeit verschwenden und sich nicht ablenken lassen wollte, schlug Dragosani das zappelnde Tier mit einem einzigen Schlag seines KGB-Knüppels wieder bewusstlos. Dann setzte er sich hin und wartete, rauchte eine Zigarette und sah zu, wie das Licht schwand, als die Sonne immer tiefer sank. Hier, wo die Tannen stockgerade in einem Ring um das alte Grab wuchsen, fiel nur von oben durch das dichte Netz der Äste etwas Licht herein. Doch als die ersten Sterne der Nacht zu leuchten begannen, sah Dragosani sie als Erster, wie ein Mann am Grund eines tiefen Brunnens.

Und endlich trat er die Zigarette aus, und die Dunkelheit schloss sich noch enger um ihn.

Ahhh! Dragosaaaniii!

Die unsichtbaren Wesenheiten schwirrten um ihn herum, tauchten aus dem Nichts auf – Gespenster, die Dragosanis Gesicht betasteten, als wollten sie sich seiner Identität versichern. Er schauderte und sagte: »Ja, ich bin's. Und ich habe dir etwas mitgebracht. Ein Geschenk.«

Ach? Und was ist das? Und was willst du dafür von mir haben?

Dragosani war ungeduldig und gab sich keine Mühe, das zu verbergen. »Das Geschenk ist nur ... ein mickriger Tribut. Du sollst es später bekommen, bevor ich gehe. Zunächst wollte ich dir etwas sagen:

Ich habe hier oft mit dir geredet, alter Drache – und doch hast du mir kaum etwas verraten. Ich will damit nicht sagen, du hättest mich getäuscht oder in die Irre geführt, nur habe ich sehr wenig von dir erfahren. Das mag sehr wohl mein eigener Fehler sein, weil ich vielleicht nicht die richtigen Fragen gestellt habe, aber auf jeden Fall möchte ich das richtigstellen. Du weißt, dass es Dinge gibt, die ich wissen will. Es gab eine Zeit, da du ... *mächtig* warst! Ich vermute, dass du viel davon bewahrt hast, worüber ich nichts weiß.«

Macht? Oh ja – viel Macht. Große Macht ...

»Ich möchte das Geheimnis dieser Macht erfahren. Ich möchte diese Macht besitzen. Ich möchte alles wissen, was du einst wusstest und jetzt weißt.«

Kurzum: du wünschst ... Wamphyri zu sein! Das Wort und die Art und Weise, wie es in seinem Geist ausgesprochen wurde, ließen Dragosani unweigerlich erschaudern. Selbst er, Dragosani, der Nekromant und Erforscher der Toten, fühlte diese sonderbare Ehrfurcht, als enthalte das Wort selbst etwas von der merkwürdigen Natur der Wesen, die es bezeichnete. »Wamphyri ...«, wiederholte er, und dann:

»Hier in Rumänien«, fuhr er rasch fort, »gab es schon immer Legenden, und in den letzten hundert Jahren sind sie auch ins Ausland gedrungen. Ich selbst weiß schon seit vielen Jahren, was du bist, alter Teufel. Hier nennt man dich *vampyr*, und im Westen heißt du Vampir. Dort bist du ein Geschöpf aus Geschichten, die man sich nachts am Kamin erzählt, um die Kinder ins Bett zu jagen und düstere Fantasien anzuregen. Aber jetzt will ich von dir wissen, was du *wirklich* bist. Ich will Tatsachen von Erfundenem trennen. Ich möchte die Lügen aus den Legenden entfernen.«

Er spürte ein mentales Achselzucken. *Dann, um es zu wiederholen, musst du Wamphyri werden. Es gibt keinen anderen Weg, alles zu erfahren.*

»Aber du hast doch eine Geschichte«, beharrte Dragosani. »Seit fünfhundert Jahren liegst du hier – ja, das weiß ich –, doch was ist mit den fünfhundert Jahren, bevor du gestorben bist?«

Gestorben? Aber ich bin nicht gestorben. Sie hätten mich ermorden können, das lag in ihrer Macht. Doch sie wählten einen anderen Weg. Die Strafe, die sie wählten, war weitaus härter. Sie begruben mich einfach hier, untot! Doch abgesehen davon … willst du wirklich meine Geschichte erfahren?

»Ja!«

Es ist eine sehr lange und blutige Geschichte. Sie wird viel Zeit in Anspruch nehmen.

»Wir haben Zeit, unendlich viel«, sagte Dragosani – doch er spürte die Unruhe, die Frustration der unsichtbaren Wesenheiten. Es war, als warnte ihn etwas, das Schicksal nicht zu sehr herauszufordern. Es widersprach dem Wesen des Untoten, sich zu etwas drängen zu lassen.

Ich kann dir einen Teil meiner Geschichte erzählen, ja. Ich kann dir erzählen, was ich getan habe, aber nicht, wie es ge-

schah. Es lässt sich nicht in Worte fassen. Die Kenntnis meiner Herkunft, meiner Wurzeln, wird dir nicht dabei helfen, einer der Wamphyri zu sein oder sie gar zu verstehen. Ich kann ebenso wenig erklären, was es heißt, Wamphyri zu sein, wie ein Fisch erklären könnte, was es heißt, ein Fisch zu sein – oder ein Vogel, was es heißt, ein Vogel zu sein. Wenn du versuchen würdest, ein Fisch zu sein, würdest du ertrinken. Spring wie ein Vogel von einer Klippe, und du wirst abstürzen und dir das Genick brechen. Und wenn das Wesen solch einfacher Geschöpfe schon so unerklärlich ist, wie viel mehr gilt das für die Wamphyri!

»Werde ich dann nie etwas über dein Wesen erfahren?« Dragosani wurde langsam zornig. Er schüttelte den Kopf. »Nichts über deine Macht? Ich kann das nicht glauben. Du hast mich gelehrt, mit den Toten zu sprechen, warum also kannst du mir den Rest nicht beibringen?«

Ah! Nein, du täuschst dich, Dragosani. Ich habe dich gelehrt, ein Nekromant zu sein, was eine menschliche Gabe ist. Eine vergessene Kunst der Menschen, zweifelsohne, doch trotzdem ist die Nekromantie eine Kunst, die so alt ist wie die Rasse selbst. Was das Sprechen mit Toten angeht, das ist etwas völlig anderes. Nur sehr wenige Menschen haben das je beherrscht!

»Aber ich rede doch mit dir!«

Nein, mein Sohn, ich rede mit dir. Denn du gehörst zu mir. Und denke daran, ich bin nicht tot. Ich bin untot. Selbst ich könnte nicht mit den Toten sprechen. Sie untersuchen, ja, aber nie mit ihnen sprechen. Der Unterschied liegt in der Vorgehensweise, ob sie einen annehmen, ob sie willens sind, ein Gespräch anzufangen. Was die Nekromantie betrifft – in diesem Fall ist die Leiche nicht willens, und der Nekromant entreißt ihr die Information wie ein Folterknecht, wie ein Zahnarzt, der gesunde Zähne zieht!

Dragosani hatte das Gefühl, das Gespräch drehe sich im Kreise. »Hör auf!«, rief er. »Du lenkst doch nur vom Thema ab!«

Ich beantworte deine Fragen, so gut ich kann.

»Also gut. Dann erzähl mir nicht, wie es ist, ein Vampir zu sein, sondern erzähle mir, *was* ein Vampir ist. Erzähl mir deine Geschichte. Erzähl mir, was du in deinem Leben getan hast, wenn schon nicht, wie du es getan hast. Erzähl mir von deinen Wurzeln ...«

Wie du wünschst. Doch zuvor ... zuvor erzählst du mir, was du von den Wamphyri weißt – oder zu wissen glaubst. Erzähle mir von jenen ›Sagen‹, jenen ›Altweibergeschichten‹, die du gehört hast und die du alle so gut zu kennen scheinst. Dann werden wir, wie du dich ausgedrückt hast, die Lügen aus der Legende entfernen.

Dragosani seufzte, lehnte sich gegen eine Steintafel und zündete sich eine weitere Zigarette an. Er hatte zwar noch immer den Eindruck, hingehalten zu werden, doch konnte er dagegen nur wenig tun.

Es war jetzt dunkel, aber seine Augen waren die Finsternis gewöhnt; außerdem kannte er hier jede Wurzel und jede Steintafel. Zu seinen Füßen grunzte das Ferkel unruhig, war dann wieder still.

»Also gehen wir das Schritt für Schritt durch«, murrte er.

Ein geistiges Achselzucken.

»Fangen wir hiermit an: Ein Vampir ist ein Geschöpf der Finsternis, ein treuer Diener Satans.«

Ha, ha, ha! Shaitan war der Erste aller Wamphyri – in unseren *Legenden natürlich. Geschöpfe der Finsternis: ja, zumindest ist die Nacht unser Element. Wir sind ... anders. Doch es gibt ein Sprichwort: Nachts sind alle Katzen grau! Daher ist des Nachts unsere Unterschiedlichkeit nicht so groß – oder wird nicht so stark wahrgenommen. Und bevor du danach fragst, lass dir gesagt sein: Wegen unserer Neigung zur Nacht ist die Sonne schädlich für uns.*

»Schädlich? Würde sie dich vernichten, in Staub verwandeln?«

Was? Das ist ein Mythos! Nein, so schrecklich ist es nicht – aber selbst schwaches Sonnenlicht macht uns krank, so wie starkes Sonnenlicht dich krank macht.

»Du fürchtest das Kreuz, das Sinnbild des Christentums.«

Ich hasse das Kreuz! Für mich ist es das Sinnbild von Lüge und Verrat. Ob ich es fürchte? Nein …

»Soll das heißen, dass ein Kreuz, ein geweihtes Kruzifix, das man auf dich legt, dein Fleisch nicht verbrennen würde?«

Es würde mich höchstens mit Ekel erfüllen – einen Moment lang, bevor ich den erschlüge, der das Kreuz hielte!

Dragosani holte tief Luft. »Du täuschst mich auch nicht?«

Deine Zweifel zehren an meiner Geduld, Dragosani.

Nachdem er wortlos geflucht hatte, fuhr Dragosani schließlich fort: »Du hast kein Spiegelbild. Weder in einem Spiegel noch im Wasser. Ebenso wirfst du keinen Schatten.«

Ah! Ein simples Missverständnis – doch nicht ohne einen wahren Kern. Mein Spiegelbild ist nicht immer das Gleiche, und mein Schatten passt nicht immer zu meiner Gestalt.

Dragosani runzelte die Stirn. Er erinnerte sich an den zerfressenen Fangarm von vor fast zwanzig Jahren. »Soll das heißen, dass du flüssig bist, ohne feste Gestalt? Dass du deine Form verändern kannst?«

Das habe ich nicht gesagt.

»Dann erkläre mir, was du gesagt hast.«

Nun war es an dem Alten in der Erde, zu seufzen. *Willst du denn kein Geheimnis übrig lassen, Dragosani? Nein, anscheinend nicht …*

Doch mittlerweile hatte Dragosani selbst nachgedacht. »Vielleicht kann man damit zwei Fragen auf einmal beantworten«, überlegte er, während der andere grübelte. »Deine Fähigkeit, dich in eine Fledermaus oder einen Wolf zu verwandeln beispielsweise. Auch das ist Teil der Legende. Wenn es eine Legende ist. Kannst du deine Gestalt wandeln?«

Er spürte, wie der andere sich amüsierte. *Nein, aber ich kann den Eindruck erwecken, ein solches Geschöpf zu sein. Tatsächlich gibt es keinen Gestaltwandler, jedenfalls weiß ich nichts davon …*

Dann schien es, als hätte der Alte eine Entscheidung getroffen. *Nun gut, ich werde es dir erklären. Was weißt du über die Macht der Hypnose?*

»Hypnose?«, wiederholte Dragosani und runzelte weiterhin die Stirn. Aber dann klappte sein Kiefer nach unten, als er die Wahrheit – oder was er dafür hielt – wie in einem Geistesblitz erkannte. »Hypnose!«, keuchte er. »Massenhypnose! So hast du es also gemacht!«

Natürlich. Doch kann man nur den Verstand narren, nicht aber einen Spiegel. Und während ich eine flatternde Fledermaus oder ein rennender Wolf zu sein scheine, ist mein Schatten noch immer der eines Mannes. Ah! Der Zauber schwindet, was, Dragosani?

Dragosani erinnerte sich wieder an den Fangarm, sagte aber nichts. Er war schon vor Langem zu dem Entschluss gekommen, dass Tote (oder Untote), die in den Köpfen von Lebenden sprechen, durchaus auch Meister der Täuschung sein könnten. Ohnehin hatte er noch andere Fragen zu stellen: »Du kannst fließendes Wasser nicht überqueren. Du würdest darin ertrinken.«

Hmmm! Vielleicht habe ich auch dafür eine Erklärung. Zu Lebzeiten war ich ein Woiwoden-Söldner. Und ja, ich über-

querte nie fließendes Wasser. Das war meine Strategie. Wenn der Eindringling kam, wartete ich und ließ ihn das Wasser überqueren – um ihn auf meiner Seite niederzumetzeln. Vielleicht stammt die Legende daher, von den Ufern von Dunarea, Motrul und Siretul. Und ich habe gesehen, wie diese Flüsse sich rot färbten, Dragosani …

Während dieser Erklärung hatte Dragosani sich seiner Hauptfrage genähert. Jetzt warf er ohne Pause ein: »Du trinkst das Blut der Lebenden! Es ist eine Gier, die dich beherrscht. Ohne Blut stirbst du. Deine vollkommen böse Natur fordert, dass du dich vom Leben anderer nährst. Blut ist Leben.«

Lächerlich! Was das Böse betrifft, das ist eine Geisteshaltung. Wenn man das Böse akzeptiert, akzeptiert man auch das Gute. Vielleicht weiß ich nur wenig von deiner Welt, Dragosani, doch zu meiner Zeit gab es nur sehr wenig Gutes! Und was das Bluttrinken betrifft: Isst du Fleisch? Trinkst du Wein? Natürlich! Du verzehrst das Fleisch der Tiere und trinkst das Blut der Reben. Und ist das vielleicht böse? Zeige mir ein lebendes Geschöpf, das sich nicht von niederen Lebensformen ernährt. Diese Legende entspringt meiner Grausamkeit, das gebe ich zu, all des Blutes wegen, das ich zu Lebzeiten vergoss. Warum ich so grausam war? Ich ging davon aus, dass meine Feinde nicht mehr gegen mich ziehen würden, wenn sie mich für ein Ungeheuer hielten. Und so wurde ich denn ein Ungeheuer! Wenn meine Legende nun schon so lange andauert und derart mit Furcht belegt ist, dann habe ich wohl recht getan!

»Das beantwortet nicht meine Frage. Ich …«

Und ich … bin jetzt müde. Weißt du, was mich das kostet, diese Art der Inquisition? Hältst du mich für eine deiner Leichen, Dragosani? Ein angemessener Fall für eine nekromantische Untersuchung?

Da kam Dragosani ein Gedanke – doch sofort unterdrückte er ihn. »Eine letzte Frage«, sagte er finster.

Nun gut, wenn es denn sein muss.

»Die Legende besagt, dass der Biss eines Vampirs gewöhnliche Menschen in Blutsauger verwandelt. Wenn du mir das Blut aussaugst, würde ich dann zu dem werden, was du bist – untot?«

Eine lange Pause, während der Dragosani so etwas wie Verwirrung wahrnahm, ein stummes Ringen um Antwort. Und schließlich antwortete die Stimme: *Es gab eine Zeit, als die Welt noch jung war und in den Wäldern große Fledermäuse und andere längst vergessene Geschöpfe lebten. Die meisten wurden von einer Krankheit ausgerottet, einer ungewöhnlichen und schrecklichen Krankheit, doch einige lernten, damit zu leben. Zu meiner Zeit gab es eine Gattung, die sich vom Blut anderer Tiere nährte, und auch von dem der Menschen. Da die Fledermäuse die Überträger der Krankheit waren, gaben sie diese mit jedem Biss weiter, und die infizierten Opfer nahmen bald Eigenheiten an, die …*

»Hör auf!«, sagte Dragosani. »Du meinst die Vampirfledermaus, die noch heute in Mittel- und Südamerika existiert? Offenbar. Die Krankheit heißt Tollwut. Aber … ich kann keinen Zusammenhang sehen.«

Das Ding im Boden ignorierte die Skepsis Dragosanis und fragte: *Amerika?*

»Ein neuer Kontinent«, erklärte Dragosani. »Zu deiner Zeit war er noch nicht entdeckt. Er ist groß und reich und … sehr, sehr mächtig!«

Ach? Was du nicht sagst. Nun, du musst mir diese neue Welt detaillierter beschreiben – doch ein andermal. Jetzt bin ich erschöpft, und …

»Nicht so schnell!«, rief Dragosani, der sich bewusst war, dass die Unterhaltung vom Thema abgekommen war.

»Heißt das nun, dass ich nicht zum Vampir werde, wenn du mich beißt? Heißt das, dass diese Legende keinen wahren Kern hat außer dieser vermuteten Verbindung zu den Vampirfledermäusen? Das nehme ich dir nicht ab, alter Teufel! Nein, denn die Fledermaus wurde nach dir benannt, und nicht umgekehrt!«

Wieder eine Pause – doch nicht lange genug, um dem andern Zeit zu lassen, das zu überdenken, was er gesagt hatte –, und Dragosani fuhr rasch fort: »Du hast mich gefragt, ob ich wünsche, einer der Wamphyri zu werden. Wie könntest du mich zu einem Wamphyri machen, wenn nicht so? Kann man mich ›aufnehmen‹, so wie du in den Drachenorden aufgenommen wurdest? *Ha!* Keine Lügen mehr, du alter Teufel. Ich will nur die Wahrheit. Und wenn du wirklich mein Vater bist, warum sagst du mir dann nicht die Wahrheit? Wovor fürchtest du dich?«

Dragosani spürte die Missbilligung der unsichtbaren Wesenheiten, fühlte, wie sie sich von ihm zurückzogen. In seinem Kopf klang die Stimme aus dem Grab jetzt tatsächlich erschöpft – und vorwurfsvoll.

Du hast mir ein Geschenk versprochen, einen kleinen Tribut, und gebracht hast du mir nur Verdruss und Last. Ich bin ein kleiner Funke, mein Sohn, ein Glimmen, das erlischt. Du hast die unstete Flamme am Leben gehalten, und jetzt möchtest du sie austreten? Lass mich jetzt schlafen, wenn du mich … nicht völlig … erschöpfen willst … Dragosani …

Boris Dragosani biss die Zähne zusammen und knurrte seine Enttäuschung in sich hinein. Dann nahm er das Ferkel bei den Hinterbeinen, stand auf, zog sein Taschenmesser hervor und ließ es aufspringen. Die Klinge glänzte scharf wie ein Rasiermesser. »Dein Geschenk!«, sagte er schnippisch.

Das Ferkel strampelte und quiekte einmal. Dragosani schnitt ihm die Kehle durch, ließ das scharlachrote Blut herausspritzen und auf die dunkle Erde tropfen.

Sofort kam ein Wind auf, der in den Tannen mit einer Stimme seufzte, die der des Dings im Boden ähnelte: *Ahhh!*

Dragosani warf die Ferkelleiche in das Gewirr der Wurzeln, trat zurück und säuberte sich mit einem Taschentuch die Hände. Die unsichtbaren Wesenheiten krochen wieder hervor.

»Zurück!«, keifte Dragosani, der sich zum Gehen wandte. »Zurück, ihr Menschengeister. Das ist für ihn, nicht für euch.« Obwohl er in völliger Finsternis durch die Tannen bergab lief, war Dragosanis Schritt so sicher wie der einer Katze. Auf seine Art war auch er ein Geschöpf der Nacht. Aber ein lebendes. Und während er über Leben, Tod und Untod nachdachte, lächelte er gefühllos in die Dunkelheit hinein. Es tauchte wieder jene Frage auf, die er sich nicht zu fragen getraut hatte: Wie tötet man einen Vampir, wie kann man ihn umbringen?

Er hatte dem Ding in der Erde diese Frage nicht gestellt – nicht an diesem Ort während der Stunden der Finsternis. Denn wer konnte schon abschätzen, welche Reaktion diese Frage hervorrief? Es könnte tatsächlich eine sehr gefährliche Frage sein.

Wie dem auch sei, Dragosani glaubte die Antwort ohnehin schon zu kennen.

Der nächste Tag war ein Donnerstag. Dragosani hatte nur sehr wenig geschlafen und stand früh auf. Als er aus dem Fenster blickte, sah er Ilse Kinkovsi. Sie fütterte die Hühner am Rand der Landstraße. Aus den Augenwinkeln nahm sie die Bewegung am Fenster wahr und wandte ihm ihr Gesicht zu.

Dragosani hatte die Fenster weit geöffnet und atmete tief die Morgenluft ein. Er lehnte sich auf das Fensterbrett ins Licht, und seine Haut war fahl wie Schnee. Ilse betrachtete seine nackte Brust. Wenn er einatmete, schwollen seine Muskeln beträchtlich an. Seine schmale Gestalt täuschte. Sie vermutete, dass er sehr stark war. »Guten Morgen!«, rief sie hinauf.

Er nickte als Antwort, und während er sie anblickte, wusste er, warum er so schlecht geschlafen hatte. Sie war der Grund …

»Fühlt sich das gut an?«, fragte sie und strich mit der Zunge über ihre weißen Zähne.

»Was?« Wieder ging er in die Defensive – und schimpfte sich auf der Stelle ein unreifes Kind. *Ja, du, Dragosani!*

»Die Luft auf Ihrer Haut. Fühlt sich das gut an? Aber sehen Sie sich doch an, Sie sind so blass! Sie könnten auch ein wenig Sonnenlicht vertragen, Herr Dragosani.«

»Ja, da könnten … könnten Sie Recht haben«, stotterte er und zog sich vom Fenster zurück, um sich anzuziehen. Als er sich zornig seine Kleider überwarf, dachte er: *Frauen, Weiber, Sex! Das ist alles so … hässlich! Oder etwa nicht? So unnatürlich! Und so … notwendig? Mangelt es mir daran?*

Es gab einen Weg, das herauszufinden. Heute Nacht. Es musste heute Nacht sein, denn morgen kamen die Engländer. Er hatte sich entschlossen und ging zurück ans Fenster.

Ilse fütterte weiter die Hühner. Als sie sein Husten hörte, schaute sie auf und sah ihn sein Hemd zuknöpfen. Er starrte sie an. Für einen langen Moment trafen sich ihre Blicke, dann sagte er unbeholfen: »Ilse, wird es noch kalt? Äh, nachts, meine ich …«

Sie runzelte die Stirn und fragte sich, worauf er hinauswollte. »Kalt? Nein, es ist doch Sommer.«

»Dann werde ich heute Nacht«, platzte er heraus, »glaube ich, das Fenster – und die Vorhänge – offen lassen.«

Ihre Stirn glättete sich. Sie warf den Kopf in den Nacken und lachte. »Das ist sehr gesund«, antwortete sie einen Augenblick später. »Sie werden sich dann gleich viel besser fühlen.«

Peinlich berührt zog Dragosani sich erneut zurück, schloss das Fenster und zog sich fertig an. Ein oder zwei Sekunden lang bereute er, was er getan hatte – auf ihr Angebot einzugehen, als hätte er keinen eigenen Willen –, doch schließlich verdrängte er den Gedanken. Es war geschehen. Was sein würde, würde sein. Es war ohnehin Zeit für ihn, seine Jungfräulichkeit zu verlieren.

Seine Jungfräulichkeit, als wäre er ein junges Mädchen! Und doch war diese Phrase rührend unbedarft, im Unterschied zur derben Sprache seines untoten Mentors. Wie hatte der alte Teufel im Boden es ausgedrückt? »Ein bloßer Grünschnabel, der noch nie eine Frau gehabt hatte.«

Damit hatte er Dragosanis Vater gemeint. Seinen wahren Vater. *Also bin ich auch in seinen Geist gedrungen … und ich schenkte ihnen die Nacht!*

Er war in seinen Geist gedrungen – um ihm zu zeigen, wie man es macht …

Dragosani erschrak, als ein Kieselstein gegen die Fensterscheibe schlug. Er hatte gedankenverloren auf dem Bett gesessen. Nun stand er auf und öffnete wieder das Fenster. Es war Ilse.

»Frühstück auf Ihrem Zimmer, Herr Dragosani?«, rief sie hoch. »Oder essen Sie mit uns?« Die Betonung, die sie auf ›Ihrem Zimmer‹ legte, war unmissverständlich, doch Dragosani ignorierte das. Nein, erst musste er mit dem alten Drachen sprechen.

»Ich komme herunter«, antwortete er und bemerkte die Enttäuschung, die sich augenblicklich auf ihrem Gesicht abzeichnete. Er würde tatsächlich Unterstützung brauchen bei diesem ersten Mal. Sie würde genau wissen, was sie tat, und er hatte keine Ahnung. Aber der Vampir wusste Bescheid. Und Dragosani vermutete, dass es gewisse Geheimnisse gab, die selbst der verschlagene Alte gern enthüllte. Ganz sicher sogar …

Dragosanis sexuelles Problem – oder eher die geistige Sperre, die bislang seine Entwicklung in dieser Hinsicht aufgehalten hatte – war während der Pubertät entstanden, zu einer Zeit also, da andere Jungen zum ersten Mal Mädchen küssen und mit heißen und unsicheren Fingern ihre weichen Körper erforschen. Es war in seinem dritten Jahr auf der Schule in Bukarest passiert.

Er war dreizehn und freute sich auf die Sommerferien. Dann war ein Brief seines Stiefvaters eingetroffen und hatte ihn davor gewarnt, heimzukommen. Eine Seuche grassierte auf dem Hof, die Tiere wurden geschlachtet, Besuch war verboten, und auch Boris wurde der Zutritt untersagt. Das Fieber war äußerst ansteckend, es breitete sich im Nu aus, deshalb stand die ganze Gegend im Umkreis von dreißig Kilometern unter Quarantäne.

Eine Katastrophe – doch sie fanden eine Lösung für Boris. Er hatte eine ›Tante‹ in Bukarest, die jüngere Schwester seines Stiefvaters, und bei der konnte er während der Ferien bleiben. Das war besser als nichts; wenigstens musste er nicht in einem Nebengebäude der Schule bleiben und sein Essen auf einem winzigen Gaskocher zubereiten.

Seine Tante Hildegard war eine junge Witwe mit zwei Töchtern, die nur wenig älter waren als Boris, Anna und

Katrina. Sie lebten in einem geräumigen Holzhaus an der Budestistraße. Merkwürdigerweise sprach man daheim nie viel über sie, und Boris war ihnen erst einmal bei einem ihrer sehr seltenen Besuche auf dem Lande begegnet. Er hatte seine Tante als sehr liebevolle Frau in Erinnerung, zu liebevoll vielleicht, und seine Basen als kichernde junge Mädchen, deren Sinnlichkeit etwas frühreif erschien – aber sonst waren sie nicht weiter merkwürdig. Doch die Einstellung seines Vaters ihnen gegenüber hatte den Eindruck erweckt, dass seine Tante so etwas wie ein schwarzes Schaf wäre, zumindest aber eine Frau mit einem schrecklichen Geheimnis.

Während der drei Wochen im Sommer, die er mit ihr und ihren frühreifen Töchtern verbrachte, entdeckte Boris alles, was er seiner Meinung nach wissen musste, über ihre ›Sonderbarkeit‹, über Sex und das abartige Wesen der Frauen. Seine Erlebnisse hatten ihn all die Jahre von jeder sexuellen Betätigung abgehalten – bis heute. Seine Tante war schlicht und ergreifend eine Nymphomanin. Nachdem der Tod ihres Gatten ihr vor kurzem die Freiheit zurückgegeben hatte, lebte sie nun ihre sexuelle Besessenheit aus, und ihre Töchter waren offenbar aus dem gleichen Holz geschnitzt. Selbst zu Lebzeiten ihres kränklichen Ehemanns war sie für ihre Liebhaber berüchtigt gewesen. Gerüchte über ihre Affären waren bis zu ihrem Bruder aufs Land gedrungen, der darauf mit Groll reagierte. Er selbst war alles andere als prüde, doch er hielt sie schlicht und ergreifend für eine Hure.

Wie weit sie bei ihren Ausschweifungen gegangen war, entzog sich der Kenntnis ihres Bruders, da er mittlerweile fast jeden Kontakt abgebrochen hatte. Hätte er es gewusst, so hätte er seinen Jungen nicht dorthin geschickt; doch sein Adoptivsohn war schließlich noch ein Kind, das mit der Lasterhaftigkeit der Frauen nichts zu schaffen hatte.

Boris hatte von alldem nichts gewusst. Sehr bald fand er aber einiges heraus: So gab es keine Schlösser an den Türen im Hause seiner Tante. Weder in Schlaf- noch in Badezimmertüren steckte ein Schlüssel, nicht einmal in der Toilettentür. Tante Hildegard hatte erklärt, dass es hier keine geheimen Orte gäbe; Heimlichtuerei wurde ganz allgemein nicht geduldet. Deshalb konnte Boris nicht verstehen, wieso Mutter und Töchtern sich in seiner Anwesenheit oftmals verstohlene Blicke zuwarfen.

Was die Privatsphäre betraf: So etwas war nicht vonnöten an einem Ort, wo nichts verboten war, wo nichts Argwohn erregte. Als er seine Tante danach fragte, erklärte sie ihm, dass dies ein ›Haus der Natur‹ sei, wo der menschliche Körper und seine Funktionen als etwas betrachtet würden, das die Natur uns geschenkt habe, damit wir ›erforschen, entdecken, begreifen und genießen, ohne konventionelle Beschränkungen‹. Sofern er das Haus und das Eigentum seiner Gastgeberin achtete, gab es hier nichts, was er nicht tun könne und dürfe; doch gleichermaßen müsse er das ›natürliche‹ Verhalten der weiblichen Bewohner des Hauses respektieren, deren Lebensgestaltung völlig offen und uneingeschränkt sei. Tante Hildegard fand, dass es zu wenig Liebe in der Welt gab und zu viel Hass. Wenn man die Begierden des Fleisches und das Feuer der Seele in lustvollen Umarmungen und nicht im Krieg stillen könne, dann wäre dies gewiss eine bessere Welt. Vielleicht werde Boris das nicht sofort verstehen, doch war seine Tante sicher, dass sich das sehr bald ändern werde …

Am ersten Abend wollte Boris nach einem frühen Abendbrot auf sein Zimmer gehen, um zu lesen. Er hatte einige seiner Bücher aus der Schule mitgebracht, doch am Fuß der Treppe, die zu seinem Zimmer führte, befand sich ein winziger Raum, den seine Tante als ›Bibliothek‹ ausgestattet hatte. Als er den Raum betrat, entdeckte er, dass die Regale voller erotischer Literatur standen. Die bebilderten Bände über sexuelle Perversionen und Abnormitäten faszinierten ihn so sehr, dass er einige davon mit nach oben nahm. Etwas Derartiges hatte er noch nie gesehen, auch nicht in der umfangreichen Schulbücherei.

Auf seinem Zimmer versank er sehr bald in eines der Bücher. Der Autor gab vor, wahre Begebenheiten zu schildern, doch Boris erschienen sie so unwahrscheinlich, dass er sie für einen Schwindel hielt, das Werk einer blühenden Fantasie. Wie es wohl jedem Jungen seines Alters ergangen wäre, war er bald sehr erregt. Selbstbefriedigung war Boris nicht unbekannt – er erleichterte sich von Zeit zu Zeit auf diese Art –, doch hier im Hause seiner Tante fühlte er sich dazu nicht sicher und ungestört genug. Um weitere Frustration zu vermeiden, brachte er die Bücher wieder zurück in die Bibliothek.

Schon beim Lesen hatte er gehört, wie ein Auto vorm Haus hielt und ein Besucher, der bei den Bewohnern des Hauses offenbar sehr beliebt war, eintrat, doch hatte er dem keine weitere Beachtung geschenkt. Als er nun jedoch die Bücher wieder in der Bibliothek verstaute, hörte er Gelächter und Keuchen aus dem großen Wohnzimmer – einem Raum, in dem zu seiner Verwunderung überall, sogar an der Decke, Spiegel angebracht waren – und wollte herausfinden, was dort vor sich ging.

Die Tür stand einen Spaltbreit offen, und als er sich leise näherte, konnte Boris eine tiefe, angestrengte Männerstimme hören, sowie die rauen und fordernden Stimmen seiner Stieftante und Cousinen. Da erst vermutete er, dass etwas Außergewöhnliches dort vor sich ging. Boris blieb an der Tür stehen, blickte durch den zentimeterbreiten Spalt und erschrak zu Tode über das, was er sah. Wie hatte er sich doch getäuscht, als er das Buch als fantastisch abgetan hatte, denn nichts von dem, was er gelesen hatte, ließ sich hiermit vergleichen!

Der Mann war Boris fremd, bärtig, pockennarbig, dickbäuchig und behaart – ziemlich widerlich anzusehen und fast schon missgestaltet. Zudem war er nackt. Boris konnte nicht wissen, dass er ein Satyr war, was nach den Maßstäben des Hauses seine Hässlichkeit mehr als wettmachte.

Boris sah das Innere des Raumes in einem Spiegel, der direkt neben der Tür stand. Deshalb konnte er nicht die ganze Darbietung beobachten. Doch was er sah, war mehr als genug. Die drei Frauen wechselten sich ab mit ihrem Spielgefährten, drängten ihn zu immer größeren Leistungen, bearbeiteten ihn mit Hand, Mund und Körper in einem Rausch sexueller Ausschweifung.

Er lag rücklings auf einem Diwan, während die Jüngere der Schwestern, Anna, auf ihm ritt und im wahrsten Sinne des Wortes auf und ab hüpfte. Mit jeder Aufwärtsbewegung ihres Körpers offenbarte sie einen Großteil seines langen und harten Schaftes, der von den Flüssigkeiten ihrer bebenden Leiber glänzte. Jedes Mal, wenn dieser glitschige Stab aus Fleisch auftauchte, konnte Boris Katrinas winzige und fast zerbrechlich wirkende Hand sehen, die sich um seine Wurzel geschlossen hatte und ihn nicht weniger bearbeitete als der stoßende Körper ihrer Schwester. Die Mutter der Mädchen, ›Tante‹ Hildegard, eine Frau von etwa vierunddreißig, kniete derweil am Kopfende des Sofas und ließ ihre großen Brüste auf sein fieberndes Gesicht baumeln, so dass ihre Brustwarzen abwechselnd von seinem weit offenen, keuchenden Mund umschlossen wurden. In ihrer Ekstase beugte sie sich gelegentlich vor und drückte ihm ihre Scham auf die zitternden Lippen und die Zunge.

Die Frauen waren nicht nackt, wirkten aber umso lüsterner in ihren weiten weißen Gewändern, die an Brust und Hintern offen waren und gestatteten, sie überall zu berühren. Was Boris am meisten fesselte, ihn an diesem Ort festnagelte, war weniger der dargebotene Sex – worüber er ohnehin nur sehr wenig wusste –, sondern vielmehr die Tatsache, dass alle vier Beteiligten in ihrer Tätigkeit völlig aufzugehen schienen und die Lust der anderen in gleichem Maße genossen wie die eigene!

Doch als sie vor seinen Augen die Stellung wechselten und sich fast übergangslos neuen Leibesübungen widmeten (wobei dieses Mal der Mann Boris' Tante wie ein grauenhafter Hund bestieg, während die Mädchen nur Nebenrollen spielten), verstand Boris allmählich. Niemand kam hier zu kurz; jeder durfte einmal die Hauptrolle spielen, so dass alle die größtmögliche Befriedigung erlangen konnten. Oder wie es Boris mit fiebrigen Augen sah: so dass alle gleichermaßen widerlich erschienen.

Wenn er auch glaubte, einen Teil dessen, was er sah, zu begreifen, so konnte er doch immer noch nicht fassen, dass er es auch *wirklich* sah. Es war die Hauptperson – der Mann, diese grauenhafte, spritzende Maschine –, die ihm ein Rätsel blieb.

Boris wusste, wie erschöpft er nach der Selbstbefriedigung immer war, wie also musste diesem behaarten Tier im Spiegelzimmer zumute sein? Er schien fast ohne Unterlass Samen zu verspritzen, und jedes Mal stöhnte er noch wilder. Es schien ihn kaum zu ermüden, sondern im Gegenteil zu immer größeren Exzessen anzuspornen. Er musste doch sicher jeden Moment zusammenbrechen!

Und als Boris endlich wieder seine Beine unter Kontrolle hatte und von der Tür zurückwich, hörte er – als hätte sie seine Gedanken gelesen – seine Tante keuchend sagen: »Na, na, ihr beiden! Wir wollen doch Dmitri nicht so rasch auslaugen. Warum geht ihr nicht und spielt mit Boris, hm? Aber nicht zu wild, sonst ängstigt ihr ihn! Armer Schatz, er sieht so aus, als würde er leicht Furcht bekommen. So kraftvoll wie ein Salatblatt!«

Das hatte genügt, um Boris in Panik in sein Zimmer zu jagen, wo er sich blitzschnell auszog und ins Bett legte. Dort verkroch er sich, da er wusste, dass seine Tür nicht verschlossen war, nicht verschlossen werden *konnte*, und er wartete auf … manchmal wagte er es nicht einmal, daran zu denken.

Wäre er allein mit einer der Cousinen gewesen, einem normalen Mädchen, dann hätten die Dinge vielleicht anders ausgesehen. Vielleicht hätte es dann eine schüchterne und unbeholfene Einführung in die Sexualität gegeben – in eine normale Sexualität –, und Boris hätte vielleicht sogar stümperhaft die Initiative ergriffen.

Denn bis dato waren Boris' Träume und Fantasien in dieser Hinsicht ziemlich gewöhnlich gewesen. Er hatte sich sogar vorgestellt, mit seiner Tante alleine zu sein, sich an ihre sanften Brüste, ihren weißen Körper zu drücken, und hatte das nicht als besonders abscheulich oder schändlich empfunden – bis eben. Doch nun hatte er *gesehen*! All seine unschuldigen Fantasien waren dahin, ihm für immer entrissen. Blieb jetzt noch etwas an normalem, gesundem Sex übrig? Gab es so etwas überhaupt?

Er hatte gesehen, ja. Im Erdgeschoss dieses Hauses hatte er gesehen, wie sich drei Frauen (er konnte seine Cousinen nicht länger als Mädchen bezeichnen) mit einem schier unerschöpflichen Tier paarten. Er hatte den großen Penis des Tiers gesehen. Und damit sollte er sich vergleichen? War er demnach überhaupt noch ein Mann? Ein Zweig im Vergleich mit einem Ast? Und musste er an solchen Orgien teilnehmen, wie ein Hase einer Meute von Jagdhunden ausgeliefert? Der bloße Gedanke an eine Berührung mit dem Tier widerte ihn an! Dies waren seine Gedanken, als seine Cousinen ihn besuchten.

Er lag in Decke und Betttuch eingewickelt da und hielt den Atem an. Er hatte sie eintreten gehört, hatte versucht, nicht zu zucken, als Anna kicherte und fragte: »Boris, bist du wach?«

»Und? Und?«, hatte Katrina ungeduldig gefragt.

»Nein, ich glaube nicht«, sagte sie enttäuscht.

»Aber … das Licht ist doch noch an!«

»Boris?« Er spürte Annas Gewicht neben sich auf dem Bett. »Bist du dir *sicher*, dass du schläfst?«

Mit pochendem Herzen tat er so, als würde er aufwachen, wandte sich ein wenig um, murmelte und sagte: »Wa…? Was? Geht weg. Ich bin müde.«

Das war ein Fehler. Jetzt kicherten beide, und ihre Stimmen waren rau und voller Lust. »Boris, willst du nicht mit uns ein Spiel spielen?«, fragte Katrina. »Steck doch wenigstens den Kopf heraus. Wir möchten …« – noch mehr Gekicher –, »… dir etwas zeigen!«

Er konnte nicht atmen. Er hatte die Bettdecke so eng um sich gewickelt, dass er keine Luft mehr bekam. Er musste so oder so gleich hervorkommen, ob er wollte oder nicht. »Geht bitte weg und lasst mich schlafen.«

»Boris«, sagte Anna, und er hatte eine Vision von ihrer zierlichen Hand, wie sie an jenem rosafarbenen Stab auf und nieder glitt, »wenn wir das Licht ausmachen, kommst du dann raus?«

Einen Moment lang – den Bruchteil einer Sekunde – nach Luft schnappen – gerade genug, um die Lungen zu füllen! »Ja«, keuchte er.

Dann hörte er das Klicken des Lichtschalters und fühlte, wie Anna vom Bett aufstand. »Das Licht ist jetzt aus!«

Als Boris einen Augenblick später seinen Kopf befreit hatte, stellte er fest, dass es tatsächlich dunkel war. Gierig sog er die Luft ein – und erstickte fast daran! Sofort ging mit weiterem Gekicher das Licht wieder an.

Er konnte nicht sagen, welches der Mädchen es war, doch eine seiner Cousinen stand neben dem Bett und hatte ihren weiten Kittel wie ein Zelt über seinen Kopf gebreitet. Der Moschusgeruch ihres Körpers schlug ihm ins Gesicht, und er sah das dunkle Dreieck ihrer Schamhaare, die mit milchigen Spermatropfen betaut waren. Das Licht fiel nicht sehr hell durch ihr Gewand, aber hell genug, dass Boris sehen konnte, wie sie die Beine etwas spreizte und der dunkle Fleck sich in ein gieriges vertikales Grinsen verwandelte!

»Da!« Boris hörte eine heisere Stimme, die durch eine neuerliche Lachsalve drang. »Haben wir nicht gesagt, dass wir dir etwas zeigen wollen?«

Doch weiter wurde nichts gesprochen, denn Boris war plötzlich außer sich vor Panik und Ekel und schlug um sich. Später konnte er sich nicht mehr an viel erinnern – nur dass das Kichern sich in Schreie verwandelt hatte und seine Fäuste und Knöchel dumpf geschmerzt hatten. Am nächsten Tag hielten seine Quälgeister Abstand: Annas Lippe war aufgeplatzt, Katrina zierte ein riesiges blaues Auge, und blaue Flecken hatten beide! Seine Tante hatte in einer Hinsicht vielleicht Recht gehabt, ihn mit einem Salatblatt zu vergleichen. Doch an Härte und Brutalität mangelte es Boris keinesfalls.

Der nächste Tag war ein Alptraum. Nach einer schlaflosen Nacht in einem verbarrikadierten Raum musste Boris den Zorn seiner Tante und (aus sicherer Entfernung) die Anschuldigungen ihrer sexsüchtigen Töchter über sich ergehen lassen. Tante Hildegard ließ ihn zur Strafe hungern und schwor, sich bei seinem Vater zu beschweren, wenn er sich nicht sofort besann. Damit meinte sie, er solle aus dem Zimmer kommen, mit ihr reden, sich bei den Mädchen entschuldigen und so tun, als wäre nichts geschehen. Er ließ sich auf nichts davon ein, blieb in seinem Zimmer, stahl sich nur dann und wann eilig zur Toilette und ins Badezimmer und beschloss, vor Einbruch der Nacht aus dem Haus zu fliehen und nach Bukarest zurückzukehren.

Das einzige Problem bei diesem Vorhaben war, dass sein Vater es herausfinden würde und dann sicher den Grund wissen wollte, und Boris würde es ihm einfach nicht erklären können. Er war nie sehr gesprächig gewesen, und dies – dies war einfach unglaublich. Und selbst vorausgesetzt, sein Stiefvater würde ihm glauben, gäbe es dann nicht immer noch Zweifel über Boris' eigene – Teilnahme? Seine vielleicht freiwillige Teilnahme …

Es gab noch andere Schwierigkeiten. Boris hatte kein Geld, und an der Schule erwartete man ihn nicht. Dies war der Grund, warum er bei Anbruch des Abends, als die Drohungen seiner Tante sich in Bitten verwandelten, das Bett und die Kommode von der Tür wegrückte und sich von ihr mit nach unten nehmen ließ.

Es tue ihr leid, so sagte sie, dass die Mädchen ihn nachts so böse gereizt und verängstigt hatten. Womit sie ihn jedoch derart hätten beleidigen können, dass er so gewalttätig reagierte, übersteige ihr Begriffsvermögen. Nun jedenfalls sei alles vorüber, und Boris solle es vergessen. Es würde nur Zwietracht zwischen ihr und ihrem Bruder stiften, wenn dieser davon erführe – was immer auch geschehen war. Oh ja, denn er gebe immer für alles ihr die Schuld.

Boris hatte ihr stumm zugestimmt. Es würde Zwietracht stiften, ja – vor allem, wenn er dieses Tier erwähnen würde! Doch davon wusste sie nichts, und das war auch gut so. Sonst würde die ganze Scharade auffliegen. Jedenfalls war der Satyr nicht mehr im Haus, und Boris hoffte, dass das auch so bliebe.

Tante Hildegard gab ihm zu essen, und später hörte er sie zu Anna und Katrina sagen, dass sie ihn ganz in Ruhe lassen sollten. Er sei nicht für sie bestimmt und müsste mit Samthandschuhen angefasst werden. Damit schien die Sache erledigt, und Boris war dankbar dafür.

Bis zu jener Nacht …

Erschöpft schlief Boris in dem Bett, das er wieder gegen die Tür gestellt hatte, wobei sein eigenes Gewicht das der Kommode ersetzte. Aber das war nicht genug. Ungefähr gegen drei Uhr morgens wurde er von einer schlingernden Bewegung geweckt, dann hörte er die Stimme seiner Tante, die auf plumpe Weise versuchte, ihn wieder in den Schlaf zu lullen. Sie sprach undeutlich und atmete schwer. Sie hatte getrunken und war nackt, wie er bemerkte, als er im Dunkeln seine Hand ausstreckte. Durch diesen Schock wurde er endgültig wach und erkannte, dass diese unersättliche Frau versuchte, in sein Bett zu kriechen. Und sofort legte sich eisiger Zorn wie eine kühle, tröstende Hand auf seine heiße Stirn und verdrängte alle Furcht.

»Tante Hildegard«, sagte er in die Finsternis hinein, während er sich aufsetzte und dem Alkohol in ihrem Atem auswich, »mach bitte das Licht an.«

»Ach, mein Junge, du bist wach und willst mich sehen. Aber … warum? Ich war schon im Bett, Boris, und leider habe ich nichts an. Diese Sommernächte sind ja so heiß! Ich bin aufgestanden, um mir etwas Wasser zu holen, und offenbar habe ich mich in der Tür geirrt.« Bei den letzten Worten strichen ihre Brüste über sein Gesicht.

Er biss sich auf die Zähne und wandte wieder das Gesicht ab, als er wiederholte: »Mach das Licht an.«

»Das ist aber sehr ungehörig von dir, Boris!«, protestierte sie scheinheilig und mädchenhaft, während sie gleichzeitig den Lichtschalter fand. Und etwas verwirrt stand sie völlig nackt dort, wo sie das Bett von der Tür zurückgeschoben hatte. Dann lächelte sie leicht trunken, wobei sie ganz dumm und widerlich aussah, bewegte sich auf ihn zu und streckte die Arme nach ihm aus.

Als sie dann sah, dass er völlig angezogen war, und zum ersten Mal den merkwürdigen Ausdruck auf seinem Gesicht bemerkte, hielt sie sich die Hand vor den Mund. »Boris, ich …«

»Tante«, er schwang die Beine aus dem Bett und glitt mit den Füßen in die Schuhe, »du verlässt jetzt bitte dieses Zimmer und *bleibst* auch draußen. Wenn nicht, dann werde *ich* gehen, und wenn die Tür unten zugesperrt ist, schlage ich ein Fenster ein. Dann werde ich sobald wie möglich meinem Stiefvater genauestens berichten, was in diesem Haus vor sich geht, und …«

»Vor sich geht?« Sie wurde jetzt rasch wieder nüchtern und sah besorgt aus. Sie versuchte, nach seiner Hand zu greifen.

»Ich meine die Männer, die herkommen, um dich und meine Cousinen zu ficken – wie die großen Bullen, die die Kühe meines Stiefvaters bespringen!«

»Also du …« Sie wich von ihm zurück, und ihre Augen leuchteten wild in ihrem Gesicht, das plötzlich alle Farbe verloren hatte. »Du hast zugeschaut!«

»Raus hier!«, schnauzte Boris sie mit einem vernichtenden Blick an, den er von jenem Tage an oft im Umgang mit Frauen benutzte, und versuchte sie aus der Tür zu drängen.

Da verengten ihre Augen sich zu Schlitzen, und sie spie ihn an. »So ist das also, wie? Die großen Jungs auf der Schule haben es dir schon besorgt, stimmt's? Sie gefallen dir besser als die Mädchen, habe ich Recht?«

Boris lief aufs Fenster zu und hob einen Stuhl hoch. »Mach schon!«, keifte er, »raus! Oder ich gehe sofort. Und ich werde es nicht nur meinem Vater sagen, sondern jedem Polizisten, den ich auf dem Weg nach Bukarest treffe. Ich erzähle ihnen von deiner Bibliothek mit den schmutzigen Büchern – was allein vielleicht schon für eine Haftstrafe reicht –, und von deinen Töchtern, die noch kleine Mädchen sind, aber schon schlimmer als Nutten …«

»*Nutten?*«, fiel sie ihm zischend ins Wort, so dass er glaubte, sie würde sich auf ihn stürzen.

»… wenn auch nicht halb so verdorben wie du!«, beendete er den Satz.

Da brach sie zusammen, verströmte Tränen und ließ sich ohne weiteren Widerstand aus dem Zimmer schieben. Und für den Rest der Nacht schlief Boris tief und völlig ungestört.

Damit hatte sich das erledigt. Am nächsten Mittag, als Boris still und allein sein Essen genoss, kam sein Stiefvater, um ihn abzuholen. Die Probleme mit den Tieren waren vorüber, und die Sache sei ohnehin nicht so ernst gewesen, Gott sei Dank! Niemals zuvor hatte Boris sich derart gefreut, jemanden zu sehen, und er musste schwer mit sich kämpfen, um es nicht allzu sehr zu zeigen.

Während Boris seine Sachen packte, sprach Tante Hildegard eine halbe Stunde herzlich, wenn auch vorsichtig mit ihrem Bruder. Dieser erkundigte sich nach seinen Nichten, die nicht im Haus waren.

Dann machten Boris und sein Stiefvater sich nach einem kurzen Abschied auf die Rückfahrt aufs Land.

Als sie am Tor ins Auto stiegen, war es Tante Hildegard gelungen, mit Boris Blickkontakt aufzunehmen. Ihr Blick war eine Sekunde lang flehend, bevor sie ihnen zum Abschied winkte. Ihre Augen bettelten um sein Schweigen. Als Antwort darauf zeigte er ihr noch einmal jenen höhnischen Blick, der weitaus schlimmer war als jede Drohung und mehr darüber sagte, was er von ihr hielt, als tausend Worte je vermocht hätten.

Jedenfalls hatte er nie irgendjemandem von diesem schrecklichen Besuch erzählt. Und das würde er auch nie, nicht einmal dem Ding in der Erde.

Das Ding in der Erde … der alte Teufel … der Vampir. Er wartete bereits (was sonst konnte er schon tun?), als Dragosani kurz vor Anbruch der Nacht mit einem weiteren Ferkel im Sack das finstere Grab erreichte. Er war wach und zornig. Er lag unter der Erde und schäumte vor Wut. Als der Rand der Sonne den Rand der Welt berührte und den Horizont in Blut verwandelte, ergriff er als Erster das Wort.

Dragosani? Ich kann dich riechen, Dragosani! Bist du gekommen, um mich erneut zu quälen? Mit mehr Fragen und Forderungen? Willst du meine Geheimnisse stehlen, Dragosani? Nach und nach, Stück für Stück, bis nichts mehr von mir übrig ist? Und was dann? Wenn ich dann in der kalten Erde liege, womit wirst du mich entlohnen? Mit dem Blut eines Schweins? Aha! Ich hatte also Recht. Noch ein Ferkel – für einen, der badete im Blut von Männern, Jungfrauen und ganzen Armeen! Immer wieder!

»Blut ist Blut, alter Drache«, entgegnete Dragosani. »Und ich merke, dass du heute lebhafter bist, weil du letzte Nacht welches getrunken hast!«

Weil ich letzte Nacht welches getrunken habe? Verachtung lag in der Stimme, und Dragosani wusste nicht, ob sie echt oder gespielt war. *Nein, die Erde hat davon profitiert, Dragosani, nicht diese alten Knochen.*

»Das glaube ich dir nicht.«

Das ist mir egal! Lass mich in Ruhe, du entehrst mich. Ich habe nichts für dich und will nichts von dir. Ich möchte nicht mit dir sprechen. Hinfort!

Dragosani grinste. »Ich habe dir noch ein Schwein gebracht, ja – dir oder der Erde, wie auch immer –, aber da ist noch etwas anderes, Selteneres. Außer …«

Der Alte war interessiert und neugierig. *Außer?*

Dragosani zuckte die Achseln. »Vielleicht ist es schon zu lange her. Vielleicht bist du dem nicht gewachsen. Vielleicht ist es sogar unmöglich – selbst für dich. Denn was bist du schon außer ein totes Ding?« Und bevor der andere widersprechen konnte: »Oder ein untotes Ding, wenn du darauf bestehst.«

Allerdings … Verspottest du mich, Dragosani? Was ist es, was du mir heute Nacht bringst? Was willst du mir geben? Was … bietest du mir an?

»Vielleicht geht es mehr darum, was wir einander geben können.«

Fahre fort.

Dragosani erzählte ihm, was ihm vorschwebte, was genau er mit ihm zu teilen gedachte.

Du willst also tauschen? Was willst du von mir für diese … Großzügigkeit haben? Dragosani spürte fast, wie der Vampir sich die Lippen leckte.

»Wissen«, antwortete Dragosani sofort. »Ich bin nur ein Mann, und ich weiß über Frauen nur, was ein Mann wissen kann«, log er, »und …«

Verwirrt hielt er inne, denn der Alte kicherte! Es war ein Fehler gewesen, ihn anzulügen.

Ach? Was ein Mann von Frauen weiß? Was ein ›richtiger‹ Mann weiß, was, Dragosani?

Er biss sich auf die Zähne und brachte mühsam hervor: »Ich habe keine Zeit dafür gehabt … meine Arbeit, meine Studien … die Gelegenheit hat sich nicht ergeben.«

Zeit? Studien? Gelegenheit? Dragosani, du bist kein Kind mehr. Ich war elf, als ich die erste Jungfrau stieß, vor tausend Jahren. Danach – Jungfrau, Schlampe, Hure, was zählte das schon? Ich hatte sie alle, auf jede erdenkliche Art – und immer wollte ich mehr! Und du? Du hast es noch nicht gekostet? Du hast dich noch nicht gesuhlt im Schweiß und Saft und heißen Blut einer Frau? Kein einziges Mal? Und du nennst mich ein totes Ding!

Der Alte lachte schallend, abscheulich und obszön. Er fand das alles so überaus amüsant! Er lachte und lachte, und sein Gelächter wurde zu einer Flut, einer Welle, einem heulenden Meer in Dragosanis Kopf, das ihn zu ertränken drohte.

»Sei verflucht!« Er stand auf und stampfte auf den Boden, spie darauf. »Sei verflucht!« Er drohte der schwarzen Erde und den zerfallenen Steinplatten mit der knorrigen Faust. »Verflucht, verflucht, *verflucht!*«

Der Alte war einen Moment lang still und wand sich wie eine alptraumhafte Schnecke in Dragosanis Geist.

Ich bin bereits verflucht, mein Sohn, sagte er nach einer Weile. *Ja, und du auch …*

Dragosani zückte das Messer und griff nach dem betäubten Ferkel.

Warte! Nicht so hastig, Dragosani. Ich habe nicht abgelehnt. Doch sage mir: Da du dich anscheinend wie ein schwächlicher Pfaffe all die Jahre enthalten hast, warum willst du das nun ändern?

Dragosani dachte darüber nach und kam zu dem Entschluss, dass er ebenso gut die Wahrheit sagen konnte. Der alte Teufel im Boden hatte ihn vermutlich ohnehin schon durchschaut. »Es ist die Frau. Sie reizt mich, verspottet mich, stellt ihr Fleisch zur Schau.«

Ah! Die Sorte kenne ich.

»Außerdem scheint sie zu glauben, dass ich es mit Männern treibe – zumindest hat sie darüber nachgedacht.«

Wie die Türken? Die Antwort des Alten in seinem Kopf war scharf und hasserfüllt. *Das ist eine Beleidigung!*

»Das denke ich auch«, nickte Dragosani. »Wirst du es also tun?«

Du willst mich in deinen Geist einladen, verstehe ich das recht? Heute Nacht, wenn diese Frau zu dir kommt?

»Ja.«

Und geschieht diese Einladung aus freiem Willen?

Dragosani wurde vorsichtig. »Nur dieses eine Mal«, antwortete er. »Sie gilt nicht dauerhaft.«

Du schmeichelst dir mal wieder, kicherte der andere. *Ich habe meinen eigenen Leib, Dragosani – oder werde ihn haben –, und der ist nicht so schwach wie der deine!*

»Kannst du es tun? Und werde ich daraus lernen?«

Oh, ich kann es tun, mein Sohn, ja! Hast du den kleinen Vogel vergessen? Hast du damals etwa nichts gelernt? Wer hat aus dir einen Nekromanten gemacht, Dragosani? Ja, und auch diesmal wirst du lernen – vieles!

»Dann verlange ich auch nicht mehr – fürs Erste jedenfalls.« Er entfernte sich langsam von jenem Ort des jahrhundertealten Schreckens. Und …

Aber was ist mit dem Ferkel?, fragte die überaus gierige Stimme in seinem Kopf. Und fügte rasch hinzu: *Für die Erde, Dragosani, für die Erde.*

In der tiefen, unruhigen Finsternis kniff Dragosani die Augen zusammen. »Ach ja, das hätte ich fast vergessen«, sagte er in leicht sarkastischem Tonfall. »Das Ferkel, natürlich. Für die Erde …«

Eilends kehrte er zurück, schnitt die Kehle des besinnungslosen Tieres durch und schleuderte den rosafarbenen Körper auf den Boden. Und ohne einen Blick zurück ging er stumm fort.

Auf seinem Weg nach unten entdeckte er etwas Seltsames, das am Fuß eines Baumstamms lag, wo große Wurzeln sich miteinander verknüpften. Er bückte sich, um es aufzuheben. Es war das Opfer der letzten Nacht – oder was davon übrig geblieben war. Ein eng verflochtener Ball aus rosa Haut und zermalmten Knochen, so trocken wie Pappkarton. Ein Käfer kroch darauf herum und suchte umsonst nach einem nahrhaften Bissen. Dragosani ließ es fallen und ins Dunkel rollen.

Oh ja, dachte er, schirmte seine Gedanken aber sorgsam in der Dunkelheit unter den Tannen ab, *oh ja, für die Erde. Nur für die Erde …*

Dragosani kam rechtzeitig zurück, um wieder mit den Kinkovsis zu Abend zu essen. Zum letzten Mal, wenn er das auch noch nicht wissen konnte. Während der Mahlzeit zeigte Ilse wenig oder kein Interesse an ihm. Das war nur gut, da er sehr angespannt und nervös war. Er war sich nicht sicher, ob er das Richtige getan hatte; der alte Teufel unter der Erde war kein Narr und hatte Wert darauf gelegt, dass alles auf Dragosanis Einladung hin geschehen würde. Sein alter Abscheu stieg wieder in ihm auf, als die Stunde näher rückte, doch gleichzeitig verzehrte sein Körper sich danach, von der jahrelangen sexuellen Enthaltsamkeit befreit zu werden. Zum ersten Mal seit seiner Ankunft hatte das Essen für ihn keinen Geschmack, und auch das Bier schien schal und fad.

Später auf seinem Zimmer schritt er auf und ab, fantasierte und wurde immer gereizter und zorniger auf sich, während die Stunden verstrichen. Zum dritten oder vierten Mal seit dem Abendessen holte er das halbe Dutzend Bücher über Vampirismus hervor, das er mitgebracht hatte und in seinem Koffer versteckt hielt. Laut der Legende darf man nie die Einladung eines Vampirs annehmen, und ebenso wenig darf man einen Vampir dazu einladen, etwas zu tun! Dabei war der bewusste Wille des Opfers von größter Bedeutung. Wenn man eine Einladung bewusst aussprach, hieß das, dass man sich letztlich dafür entschieden hatte, ein Opfer zu sein. Der Wille war wie eine geistige Schranke des Opfers, die der Vampir nicht ohne dessen Hilfe überwinden konnte. Vielleicht musste in psychologischer Hinsicht auch das Opfer erst diese Schranke überwinden: Bevor man zum Opfer wurde, musste man erst glauben …

In Dragosanis Fall war das eine Frage der Tiefe seines Glaubens. Er wusste ja, dass es jenes Ding in der Erde gab, doch bislang wusste er nicht, welche Macht das Geschöpf nach außen hin ausüben konnte. Was noch wichtiger war: Nun, da er es ›eingeladen‹ hatte, kannte er nicht die Kraft seines eigenen Widerstandes, wusste nicht, ob er überhaupt widerstehen konnte. Oder wollte …

Zweifelsohne würde er das bald herausfinden.

Die Stunde zwischen Mitternacht und ein Uhr verstrich unglaublich langsam, und als die Zeit des Stelldicheins näher rückte, hoffte Dragosani, dass Ilse sich eines Besseren besinnen und fortbleiben würde. Sie schlief im Moment vielleicht tief und fest, ohne irgendeine Absicht, sich hier mit ihm zu treffen. Es konnte auch einfach nur ein Spiel sein, das sie mit allen Gästen ihres Vaters spielte – damit diese sich wie Narren vorkamen. Tatsächlich mochte sie ebenso über Männer denken, wie Dragosani bislang über Frauen gedacht hatte.

Ein dutzend Mal kam ihm der Gedanke, dass sie ihn einfach nur zum Narren hielt, und jedes Mal trat er dann ans offene Fenster, um es zu schließen und die im Mondlicht silbrig glänzenden Vorhänge zuzuziehen. Doch stets hielt ihn etwas davon ab, und er beschimpfte sich stumm wegen seiner eigenen Unentschlossenheit und setzte sich wieder im Dunkel des Zimmers aufs Bett.

Um zwei Minuten nach eins verfluchte er seine Dummheit und machte sich wieder einmal auf, das Fenster zu schließen, als …

Dort unten im mondbeschienenen Hof bewegte sich eine dunkle und schlanke Gestalt wie ein Schatten unter Schatten – Ilse Kinkovsis Schlafzimmerfenster stand ein wenig offen, und sie schien ihn von unten mit wissenden Augen anzulächeln. Sie kam!

Gott, wie Dragosani jetzt den Alten brauchte! Und wie er ihn gleichzeitig fürchtete. Brauchte er ihn denn *wirklich*? Oder würde er wagen, es ohne ihn zu tun?

Freudige Erregung und Schrecken rangen in ihm um die Vorherrschaft. Die Panik wurde nicht allein durch die Verabredung oder deren Zweck ausgelöst, sondern eher durch sein mangelndes Zutrauen in die eigene Fähigkeit, diesen Zweck zu erfüllen. Er war ein Mann, ja, aber in diesen

Dingen war er immer noch ein Junge. Das einzige Fleisch, das er kannte, dem er Geheimnisse entlockt hatte, war kalt und tot und willenlos. Doch dieses hier war lebendig und heiß und nur *allzu* willig!

Der Widerwillen in ihm nahm zu, durchflutete ihn wie eine Welle. Er war ein Junge gewesen, nur ein Junge … in ungeheuerlicher Abfolge füllten Bilder seinen Kopf, die er für vergessen, ausgelöscht gehalten hatte … der Besuch im Haus der Tante … seine Cousinen … dieses Tier, von dem er wusste, dass es nur ein brünstiger Mann gewesen war! Gott, das war ein Alptraum gewesen!

Und sollte es wieder so werden? Diesmal er anstelle des lüsternen, sabbernden Ungeheuers? Unmöglich! Das konnte er einfach nicht!

Er hörte das Knarren einer Stufe im Treppenhaus, stürzte ans Fenster und starrte entsetzt in die Nacht. Noch ein Knarren, näher diesmal, ließ ihn zum Lichtschalter eilen. Sie war dort draußen, auf dem Absatz, und trat an seine Tür!

Ein Windstoß drang seufzend ins Zimmer, ließ die Vorhänge wehen und traf Dragosani ins Herz. Sofort waren alle Furcht und alle Unsicherheit dahin. Er trat aus dem Mondlicht in den Schatten und wartete.

Die Tür öffnete sich leise, und sie trat ein. Im Mondlicht war das graue, schleierähnliche Gewand, das sie trug, fast durchsichtig. Sie schloss die Tür hinter sich und bewegte sich aufs Bett zu.

»Herr Dragosani?«, fragte sie, wobei ihre Stimme nur ein wenig zitterte.

»Ich bin hier«, antwortete er aus dem Schatten.

Sie hörte ihn, sah aber nicht in seine Richtung. »Also habe ich mich in Ihnen getäuscht«, sagte sie, hob die Arme und zog das Nachthemd aus. Brüste und Hintern schimmerten wie Marmor, als der Mond sie liebkoste.

»Jaaa«, flüsterte er und trat vor.

»Also«, wandte sie sich zu ihm, »hier bin ich!«

Sie stand da wie ein milchfarbenes Standbild, und ihr Blick war nicht der eines unschuldigen Mädchens. Dragosani trat wie eine dunkle Silhouette vor und streckte die Arme nach ihr aus. Im Tageslicht hatte sie seine Augen für wässrig blau gehalten – das sanfte, fast weibliche Blau eines Schauspielers –, doch nun … Die Nacht stand ihm. In der Nacht waren seine Augen wild – wie jene eines großen Wolfes. Und erst als er sie aufs Bett warf, spürte sie einen ersten Zweifel im Hinterkopf. Seine Kraft war – gewaltig!

»Ich habe mich ganz enorm in Ihnen getäuscht«, sagte sie.

»*Ahhh!*«, sagte Dragosani.

Am nächsten Morgen bestellte Dragosani sehr zeitig sein Frühstück. Er nahm es auf dem Zimmer ein, wo Hzak Kinkovsi ihn lebhafter vorfand, als er es je für möglich gehalten hätte. Die Landluft musste ihm wirklich gut bekommen. Ilse wiederum war nicht so glücklich.

Dragosani musste nicht groß nachfragen; ihr Vater brummte laut vor sich hin, als er mit einem Tablett hereinkam und ein reichliches Frühstück servierte. »Diese Frau«, sagte er, »meine Ilse, sie ist ein gutes und starkes Mädchen – oder sollte es zumindest sein. Doch seit ihrer Operation …« Er zuckte die Achseln.

»Operation?« Dragosani versuchte, nicht allzu interessiert zu wirken.

»Ja, vor sechs Jahren. Krebs. Sehr schlimm für ein junges Mädchen. Ihre Gebärmutter. Die haben sie entfernt. Das ist gut, sie lebt. Aber dies ist eine bäuerliche Gegend. Ein Mann will eine Frau, die ihm Kinder schenkt, verstehen

Sie? Also wird sie womöglich als alte Jungfer enden. Vielleicht sucht sie sich aber auch eine Arbeit in der Stadt. Dort sind starke Söhne nicht so wichtig.«

Das war möglicherweise eine Erklärung. »Ich verstehe«, nickte Dragosani, um dann vorsichtig hinzuzufügen: »Aber heute Morgen …?«

»Manchmal fühlt sie sich nicht gut, auch heute noch. Nicht sehr oft. Aber heute ist nicht viel mit ihr los. Also bleibt sie ein oder zwei Tage auf ihrem Zimmer. Sie schließt die Vorhänge und vergräbt sich im Bett und zittert. Ganz so, wie wenn sie als kleines Mädchen krank war. Sie sagt, sie will keinen Arzt, aber …«, wieder zuckte er mit den Schultern, »… ich mache mir Sorgen um sie.«

»Tun Sie das nicht«, sagte Dragosani. »Ich meine, machen Sie sich keine Gedanken um sie.«

»Was?« Kinkovsi sah überrascht aus.

»Sie ist eine erwachsene Frau. Sie weiß, was für sie am besten ist. Ruhe und Stille, ein dunkles Zimmer. Das ist schon richtig so. Mehr brauche ich auch nicht, wenn's mir nicht gut geht.«

»Hm! Vielleicht haben Sie Recht. Aber es ist trotzdem beunruhigend. Und es gibt noch so viel zu tun! Die Engländer kommen heute.«

»Ach?« Dragosani war froh, dass der andere das Thema gewechselt hatte. »Vielleicht treffe ich sie ja heute Abend.«

Kinkovsi nickte und schaute finster drein. Er nahm das leere Tablett. »Es ist schwierig. Ich kann nicht viel Englisch. Nur das, was ich von Touristen gelernt habe.«

»Ich kann ein wenig Englisch«, sagte Dragosani. »Ich komme damit durch.«

»Ja? Na, dann haben sie ja wenigstens jemanden, mit dem sie sich unterhalten können. Jedenfalls bringen sie gutes Geld mit – und *die* Sprache verstehen wir doch alle, was?«, kicherte er. »Lassen Sie sich das Frühstück schmecken, Herr Dragosani.«

»Das werde ich ganz bestimmt.«

Kinkovsi fing wieder an, leise vor sich hin zu murren, als er das Mansardenzimmer verließ und die Treppe hinabstieg. Später, als Dragosani fortging, bereiteten Hzak und Maura die Zimmer im Erdgeschoss für ihre englischen Gäste vor.

Mittags fuhr Dragosani nach Pitesti. Er wusste nicht genau, warum er das tat, er erinnerte sich nur daran, dass es dort eine kleine, aber gut bestückte Bibliothek gab. Ob er tatsächlich dorthin gegangen wäre und was er da getan hätte, ist eine rein theoretische Frage, weil er keine Gelegenheit erhielt, dorthin zu kommen. Die örtliche Polizei fand ihn vorher.

Zuerst war er beunruhigt und fragte sich, was sie von ihm wollten. Er befürchtete schon, dass man ihm gefolgt war und ihn beobachtet hatte, dass sein Geheimnis – der alte Teufel unter der Erde – keines mehr war, doch er beruhigte sich wieder, sobald er herausfand, was der tatsächliche Grund war: Gregor Borowitz hatte seit seiner Abreise aus Moskau versucht, ihn aufzuspüren, was ihm jetzt endlich gelungen war. Es war ein Wunder, dass Dragosani nicht bei Reni aufgehalten worden war, wo er die Grenze nach Rumänien überschritten hatte. Die Polizei hatte seine Spur nach Ionestasi verfolgt, von dort aus zu den Kinkovsis, und schließlich nach Pitesti. Tatsächlich hatten sie seinen Wolga aufgespürt; davon gab es nicht viele in Rumänien. Vor allem nicht mit einem Moskauer Kennzeichen.

Schließlich entschuldigte sich der verantwortliche Polizist der Patrouille, die ihn angehalten hatte, für alle Unannehmlichkeiten und gab Dragosani eine ›Botschaft‹, die einfach nur aus Borowitz' Rufnummer in Moskau bestand, eine abhörsichere Verbindung.

Dragosani fuhr sofort mit ihnen zur Polizeistation und rief von dort aus an. Am anderen Ende der Leitung kam Borowitz ohne Umschweife zur Sache: »Boris, kommen Sie sofort zurück.«

»Was ist denn?«

»Ein Mitarbeiter der amerikanischen Botschaft hatte einen Autounfall – er ist tot; das Auto ist zertrümmert, und er sieht aus wie ein ausgeweideter Fisch. Wir haben ihn noch nicht identifiziert – jedenfalls noch nicht offiziell –, aber das muss bald geschehen. Dann werden die Amerikaner die Leiche haben wollen. Ich möchte, dass Sie sich ihn vorher mal ansehen – auf Ihre ganz spezielle Art und Weise …«

»Ach? War er denn so wichtig?«

»Wir hatten ihn und ein oder zwei andere schon seit einiger Zeit im Verdacht der Spionage. Vermutlich CIA. Wenn er irgendeinem Netzwerk angehörte, sollten wir das wissen. Also kommen Sie bitte rasch zurück, ja?«

»Ich bin schon auf dem Weg.«

Zurück bei den Kinkovsis warf Dragosani seine Sachen in den Wagen, beglich seine Schulden und gab ein Trinkgeld, bedankte sich bei Hzak und Maura und nahm belegte Brote, eine Thermoskanne Kaffee und eine Flasche Wein aus der Region entgegen.

Doch trotz alldem traute Hzak Dragosani offenbar nicht. »Sie haben mir gesagt, Sie wären Leichenbeschauer«, beschwerte er sich. »Die Polizisten haben gelacht, als ich ihnen das erzählte! Sie haben gesagt, Sie wären in Moskau ein hohes Tier, ein bedeutender Mann. Es gehört sich nicht, dass ein bedeutender Mann einen unbedeutenden zum Narren hält – dazu noch einen Landsmann!«

»Das tut mir leid, mein Freund«, sagte Dragosani. »Aber ich bin tatsächlich ein bedeutender Mann, und meine Arbeit ist etwas Besonderes – und sehr anstrengend. Wenn ich heimkomme, vergesse ich das alles gerne und werde deshalb zum Leichenbeschauer. Bitte vergeben Sie mir.«

Das schien zu genügen. Hzak Kinkovsi lächelte, und sie reichten sich die Hände.

Dann stieg Dragosani in den Wagen.

Hinter geschlossenen Vorhängen beobachtete Ilse, wie er fortfuhr, und seufzte vor Erleichterung.

Es war unwahrscheinlich, dass sie ihn je wiedersehen würde, und vielleicht war das auch gut so, aber …

Ihre blauen Flecken verfärbten sich schon und würden bald wieder verschwinden. Außerdem konnte sie ja sagen, sie habe einen Schwindelanfall gehabt und sei hingefallen. Die Erinnerung jedoch, wie sie zu den blauen Flecken gekommen war, die würde bleiben.

Wieder seufzte sie … und schauderte vor Wonne.

Im obersten Stock eines bekannten Londoner Hotels, in einem privaten Büro, saß Alec Kyle am Schreibtisch seines ehemaligen Chefs und stenografierte wie ein Verrückter. Das ›Gespenst‹ (er wusste keine andere Bezeichnung dafür), das ihm gegenüberstand, sprach seit mittlerweile zweieinhalb Stunden in schnellem, wohlmoduliertem Tonfall. Kyles Handgelenk verkrampfte sich, und sein Kopf schmerzte wegen all der sonderbaren Bilder, die man ihm eingegeben hatte. Er bezweifelte nicht, dass das ›Gespenst‹ die Wahrheit sprach, die ganze Wahrheit, und so weiter …

Doch wie konnte es (er!) *all diese Dinge so rasch in einen Zusammenhang stellen und* warum *tat er das – wer konnte schon ahnen, über welches Wissen ein solches Wesen verfügte? Aber eines wusste Kyle ganz sicher: Die Informationen, an denen er teilhaben durfte, waren von größter Wichtigkeit, und es war ein Privileg, der Mittler dieser Informationen zu sein.*

Als ihn ein Schmerz, der vom Handgelenk aus den ganzen Unterarm durchfuhr, dazu zwang, den Stift fallen zu lassen und die verkrampfte Hand festzuhalten, hielt sein unirdischer Besucher inne. Der Zeitpunkt war so gut wie jeder andere, dachte Kyle und war dankbar dafür. Er massierte eine Minute lang Hand und Handgelenk, nahm dann einen Spitzer und erneuerte zum neunten oder zehnten Mal die Spitze des Bleistifts.

»Warum benutzen Sie keinen Kugelschreiber?«, fragte der Geist ganz natürlich und neugierig, so dass Kyle antwortete, ohne sich bewusst zu sein, dass er mit etwas redete, das weniger Substanz besaß als Rauch.

»Ich bevorzuge Bleistifte, schon immer. Vermutlich nur aus Gewohnheit. Jedenfalls geht denen nicht die Tinte aus! Es tut mir leid, dass wir unterbrechen mussten, aber mein Handgelenk fühlt sich an wie durch die Mangel gedreht.«

»Wir haben noch eine ganze Menge vor uns.«

»Ich werd's schon irgendwie schaffen.«

»Holen Sie sich erst mal noch einen Kaffee und zünden Sie sich eine Zigarette an. Ich kann mir vorstellen, wie merkwürdig das alles für Sie ist. Das ist es auch für mich – aber ich an Ihrer Stelle hätte Nervenflattern! Sie halten sich erstaunlich gut. Und wir kommen gut voran. Bevor ich herkam, habe ich damit gerechnet, Sie erst einige Male besuchen zu müssen, damit Sie sich an mich gewöhnen können. Sie sehen also, wie weit wir schon sind.«

»Es beunruhigt mich, dass es schon so spät ist«, antwortete Kyle, zündete sich eine Zigarette an und sog gierig den Rauch in seine Lungen. »Wissen Sie, ich habe einen Termin um sechzehn Uhr. Ich muss einige ziemlich wichtige Leute davon überzeugen, dass sie das Dezernat in Betrieb halten und mir erlauben, Sir Keenans Nachfolge anzutreten. Sie können sich also vorstellen, dass ich gerne vorher fertig wäre.«

»Machen Sie sich darüber keine Gedanken«, lächelte der andere schwach. »Sie werden sie überzeugen.«

»Ach?« Kyle stand auf, durchquerte das Hauptbüro und steckte Geld in den Kaffeeautomaten.

Diesmal folgte der Geist ihm und blieb hinter ihm stehen. Als Kyle sich umdrehte, war er da, und durch ihn hindurch konnte Kyle die Büromöbel erkennen. Er glich weniger einem Hologramm als einer Luftblase oder Ektoplasma. Kyle erschrak und verschüttete ein wenig Kaffee, machte einen Bogen um sein Gegenüber und ging zurück in Gormleys Büro.

»Ja«, fuhr der Geist fort, als er wieder an seinem Platz war, »ich glaube, wir können Ihre Vorgesetzten zu Ihren Gunsten beeinflussen.«

»Wir?«, fragte Kyle.

Der Besucher zuckte nur die Achseln. »Wir werden sehen. Jetzt jedenfalls will ich Ihnen noch ein wenig über Harry Keogh erzählen, bevor wir zu Dragosani zurückkehren. Es tut mir leid, dass ich so springe, doch es ist besser, wenn Sie das ganze Bild kennen.«

»Wie Sie meinen.«

»Sind Sie bereit?«

»Ja.« Kyle nahm den Bleistift. »Nur …«

»Ja?«

»Ich frage mich nur, welche Rolle Sie bei all dem spielen?«

»Ich?« Der Geist hob die Augenbrauen. »Ich wäre vermutlich enttäuscht gewesen, hätten Sie das nicht gefragt. Aber da Sie es ja nun getan haben: Wenn sich die Dinge so entwickeln, wie ich hoffe, werde ich Ihr zukünftiger Chef sein!«

Kyle verzog das Gesicht und grinste schief. »Ein Geist? Mein zukünftiger Chef?«

»Ich dachte, das hätten wir bereits geklärt«, sagte sein Gegenüber. »Ich bin kein Geist und war auch nie einer. Wenn ich

auch zugeben muss, nicht so weit davon entfernt zu sein. Aber dazu werden wir noch kommen, Sie werden sehen.«

Kyle nickte.

»Können wir jetzt fortfahren?«

Kyle nickte erneut.

VII

Harry Keogh war meilenweit weg, seine Gedanken verloren in den Wolken, die wie Baumwolle im blauen Meer des Sommerhimmels trieben. Die Hände hatte er hinter dem Kopf verschränkt, und wie ein winziger Mast ragte ein Grashalm empor, dessen weiße Spitze von seinen Zähnen gehalten wurde. Er hatte kein Wort mehr gesprochen, seit sie sich geliebt hatten. Die Möwen schrien, während sie im flachen Wasser Fische jagten, und ihr klagendes Lied wurde über das Meer getragen von dem Wind, der das Gras auf den Dünen streichelte.

Brendas Hand strich über seine Haut, wenn sie nun auch nicht mehr die volle Aufmerksamkeit seines Fleisches beanspruchte. In einer Weile würde er sie vielleicht wieder begehren, doch wenn nicht, wäre es auch in Ordnung. Ehrlich gesagt, mochte sie ihn so, wie er jetzt war: ruhig, im Halbschlaf, wenn alles Sonderbare von ihm gewichen war. Er war merkwürdig, ja, doch war das Teil seiner Ausstrahlung. Es war einer der Gründe, warum sie ihn liebte. Und manchmal glaubte sie, dass auch er sie liebte. Bei Harry konnte man das nur schwer sagen. Alles war bei ihm etwas schwierig.

»Harry«, sagte sie, als sie sanft seine Rippen kitzelte. »Ist da jemand drin?«

»Hmm?« Der Grashalm zwischen seinen Zähnen zuckte etwas. Sie wusste, dass er sie nicht ignorierte, sondern einfach nur nicht hier war. Ein Teil von ihm war anderswo, an einem ganz anderen Ort. Dann und wann versuchte sie, etwas über diesen Ort, Harrys geheimen Ort, herauszufinden, doch bislang hatte er Stillschweigen bewahrt.

Sie setzte sich auf, knöpfte die Bluse zu, glättete den Rock und bürstete Sand aus seinen Falten. »Harry, du solltest dich anziehen. Da sind Leute am Strand. Wenn sie hier hochkommen, sehen sie uns.«

»Hmm«, sagte er wieder.

Sie richtete seine Kleidung für ihn, hockte sich dann neben ihn und küsste ihn auf die Stirn. Sie zog ihn am Ohr und fragte: »Woran denkst du? Wo *bist* du, Harry?«

»Das willst du nicht wissen«, sagte er. »Dort ist es nicht immer schön. Ich bin daran gewöhnt, doch du würdest es nicht mögen.«

»Ich würde es mögen, wenn du dort wärst.«

Er wandte ihr das Gesicht zu, kniff die Augen zusammen und runzelte ernsthaft die Stirn. Er konnte manchmal sehr ernst wirken, dachte sie – meistens eigentlich. Nun schüttelte er den Kopf. »Nein, du würdest es auch nicht mögen, wenn ich da wäre«, sagte er. »Du würdest es hassen.«

»Nicht, wenn du bei mir wärst.«

»Das ist kein Ort, wo man bei jemandem sein kann«, erklärte er ihr und kam damit der Wahrheit so nahe wie nie zuvor. »An diesem Ort ist man völlig allein.«

Sie wollte mehr wissen. »Harry, ich ...«

»Außerdem sind wir hier«, schnitt er ihr das Wort ab. »Nirgends sonst. Wir sind hier und haben uns gerade geliebt.«

Da sie wusste, dass er sich zurückziehen würde, wenn sie weiter in ihn drang, wechselte sie das Thema. »Du hast mich bisher achthundertelf Mal geliebt«, sagte sie.

»So was habe ich früher gemacht«, sagte er sofort.

Das brachte sie zum Schweigen. Nach einem Moment des Nachdenkens fragte sie: »Was?«

»Sachen zählen. Alles. Kacheln an der Badezimmerwand. Weißt du, während ich dort saß.«

Sie seufzte aufgebracht. »Ich habe davon gesprochen, miteinander zu schlafen, Harry! Manchmal ist kein Funken Romantik in dir.«

»Jetzt nicht mehr«, stimmte er zu. »Du hast eben alles aufgebraucht.«

Schon besser. Er war wieder über seine dunkle Phase hinweg. Das war Brendas Bezeichnung dafür, wenn Harry auf seine ganz eigene Art vage und seltsam war: seine ›dunkle Phase‹. Sie ging darauf ein, rümpfte scherzhaft die Nase und war dankbar für seinen Witz.

»Achthundertelf Mal«, wiederholte sie, »in nur drei Jahren! Das ist eine ganze Menge. Weißt du, wie lange wir schon miteinander gehen?«

»Seit wir Kinder sind«, antwortete er. Seine Augen wandten sich wieder zum Himmel, und sie konnte sehen, dass er sich nur halb für das interessierte, was sie sagte. In seinem Kopf geisterte etwas herum, lauerte am Rande seines Bewusstseins. Das wusste sie aus Erfahrung. Vielleicht würde sie eines Tages erfahren, was es war. Jetzt wusste sie nur, dass es kam und ging, und diesmal schien es sich Zeit zu lassen.

»Aber *wie lange*?«, beharrte sie. Sie umfasste sein Kinn mit ihrer zarten Hand und drehte sein Gesicht in ihre Richtung.

Er starrte sie mit leeren Augen an und ließ den Blick schweifen. »Wie lange? Vier oder fünf Jahre, nehme ich an.«

»Sechs«, sagte sie. »Du warst zwölf und ich elf. Du hast mich ins Kino eingeladen und meine Hand gehalten.«

»Na bitte«, sagte er und strengte sich an, wieder auf den Boden der Tatsachen zu kommen. »Und du hast mir gerade vorgeworfen, unromantisch zu sein.«

»Ach?«, sagte sie. »Aber ich gehe jede Wette ein, dass du dich nicht an den Film erinnern kannst. Es war *Psycho*. Ich weiß nicht mehr, wer von uns mehr Angst hatte!«

»Ich«, grinste er.

»Später«, fuhr sie fort, »als du dreizehn warst, haben wir ein Picknick auf dem Feld bei Ellison's Bank gemacht. Nach dem Essen alberten wir ein bisschen rum, und du hast mir unter meinem Kleid die Hand aufs Bein gelegt. Ich hab dich angeschrien, und du hast so getan, als wäre es nur ein Versehen gewesen. Aber die Woche darauf hast du es wieder versucht, und ich habe vierzehn Tage nicht mit dir gesprochen.«

»Würde mir dieses Unglück nur heute widerfahren«, seufzte er. »Jedenfalls wolltest du auch bald mehr.«

»Dann bist du auf die Schule in Hartlepool gegangen, und ich habe nicht mehr viel von dir gesehen. Der Winter war ziemlich lang. Aber der nächste Sommer war schön – für uns jedenfalls. Eines Tages haben wir uns ein Umkleidezelt am Strand von Crimdon gemietet und sind schwimmen gegangen. Nachher im Zelt, als du mir eigentlich den Rücken abtrocknen solltest, hast du mich angefasst.«

»Und du mich«, erinnerte er sie.

»Und du wolltest mit mir schlafen.«

»Aber du wolltest nicht.«

»Erst im nächsten Jahr. Harry, ich war nicht einmal fünfzehn! Das war schrecklich!«

»Ach, so schlecht war's gar nicht«, grinste er. »Jedenfalls nicht, soweit ich mich erinnern kann. Aber kannst du dich überhaupt an unser erstes Mal erinnern?«

»Natürlich kann ich das.«

»Was für ein Chaos!«, kicherte er jämmerlich. »Als würde man versuchen, ein Schloss mit einem nassen Stück Papier zu knacken.«

Sie musste lächeln. »Du hast aber sehr schnell dazugelernt«, sagte sie. »Ich habe mich immer gefragt, woher du das alles gewusst hast. Ich habe echt darüber nachgedacht, ob dir jemand das alles gezeigt hat.«

Er hatte gelächelt, doch das verging ihm nun. »Was meinst du damit?«, fragte er scharf.

»Na, ein anderes Mädchen natürlich!« Sie war erstaunt über seinen plötzlichen Stimmungswandel. »Was hast du denn gedacht?«

»Ein anderes Mädchen?« Er runzelte noch immer die Stirn. Doch langsam verwandelte sein Ausdruck sich in ein saures Lächeln, dann in ein amüsiertes Grinsen und schließlich in ein unsicheres Lachen. »Ein anderes Mädchen!«, sagte er wieder, diesmal laut auflachend. »Wann denn, mit elf?«

Erleichtert lachte Brenda mit. »Du bist komisch«, sagte sie.

»Weißt du«, entgegnete er, »ich habe das Gefühl, dass mir die Leute mein ganzes Leben lang schon das Gleiche erzählen: dass ich komisch bin. Das bin ich aber eigentlich gar nicht. Gott, manchmal wünsche ich mir, ich wäre es: Ich könnte mich einfach nur amüsieren! Als wenn ich das nicht gewollt hätte! Hast du je das Gefühl gehabt, dass du, wenn du nicht bald lachst, gleich schreien musst? Das Gefühl hab ich öfter, kann ich dir sagen.«

Sie schüttelte den Kopf. »Manchmal glaube ich, ich werde dich nie verstehen. Und manchmal glaube ich, dass du das auch nicht willst.« Sie seufzte. »Es wäre schön, wenn du mich so begehren würdest wie ich dich.«

Er stand auf, half ihr hoch und küsste sie auf die Stirn – seine Art, das Thema zu wechseln. »Komm schon, lass uns den Strand entlang nach Hartlepool laufen. Dort kannst du dann den Bus nach Harden nehmen.«

»Nach Hartlepool laufen? Das dauert ja den ganzen Tag!«

»Wir machen eine Pause für einen Kaffee am Strand von Crimdon«, sagte er. »Und einen Teil des Weges können wir auch schwimmen. Dann kommst du mit zu mir. Du kannst bis heute Abend bleiben, wenn du willst – wenn du nichts anderes vorhast?«

»Nein, das weißt du doch – aber …«

»Aber?« Mit einem Mal war sie bestürzt und fast schon ängstlich. »Harry, was soll aus uns werden?«

»Was meinst du?«

»Liebst du mich?«

»Ich glaube schon.«

»Aber bist du dir denn nicht sicher? Ich meine, ich weiß, dass ich dich liebe.«

Sie gingen die Dünen entlang und folgten dem feuchten Sand, wo die See sich zurückzog. Einige Leute schwammen im Meer, aber nicht viele; der Strand war verschmutzt vom Abfall der Bergwerke im Norden – ein Problem, das nun schon seit einem Vierteljahrhundert bestand. Schwarze Lastwagen krochen wie riesige Wasserkäfer am Ufer entlang, und die Besatzungen schaufelten runde Brocken ausgewaschener Seekohle darauf, als wäre es schwarzes Gold. Einige Kilometer weiter südlich war es ein wenig sauberer, doch bis Seaton Carew verunstalteten Kohle- und Schlackeablagerungen den reinen, weißen Sand. Noch weiter im Süden war der Schaden weitaus geringer, doch da die Minen fast erschöpft waren, würde die Natur die Dinge wieder richtigstellen. Allerdings würde es eine lange Zeit dauern, bis die Strände wieder ihre frühere Schönheit besaßen. Vielleicht geschah das auch nie.

»Ja«, antwortete Harry schließlich, »ich glaube, dass ich dich liebe. Ich meine, ich weiß, dass ich das tue. Es ist nur so, dass ich so vieles im Kopf habe. Meinst du das? Dass ich es nicht oft genug zeige? Verstehst du, ich weiß nicht, was ich sagen soll. Oder ich komme nicht dazu, mir die richtigen Wörter zu überlegen.«

Sie hängte sich bei ihm ein und schmiegte sich enger an ihn. »Ach, du musst gar nichts sagen. Ich will nur nicht, dass es aufhört ...«

»Warum sollte es das?«

»Ich weiß nicht, aber ich mache mir Sorgen darüber. Wir scheinen nicht weiterzukommen. Auch meine Eltern machen sich Sorgen.«

»Ach so«, sagte er und nickte verdrossen. »Du meinst Heirat ...«

»Nein, eigentlich nicht«, seufzte sie. »Ich weiß, wie du darüber denkst: noch nicht, sagst du immer. Und dass wir zu jung sind. Das finde ich auch. Und ich glaube, meine Eltern auch. Ich weiß, dass du gerne deine Ruhe hast; und du hast Recht: Wir *sind* zu jung!«

»Das sagst du immer wieder«, antwortete er, »trotzdem bewegen wir uns im Kreis.«

Sie sah niedergeschlagen aus. »Es ist nur … wie du halt so bist. Ich weiß nie, woran ich bin. Wenn du mir nur sagen würdest, was dich so beschäftigt. Ich weiß, dass es da etwas gibt, aber du sagst es mir nicht.«

Er sah aus, als wollte er etwas sagen, überlegte es sich dann aber anders. Brenda hielt den Atem an und stieß ihn wieder aus, als deutlich wurde, dass keine Antwort mehr kam. Sie versuchte es weiter.

»Ich weiß, dass es nichts mit deiner Schreiberei zu tun hat, weil du schon so warst, bevor du damit angefangen hast. Solange ich dich kenne, eigentlich. Wenn ich nur …«

»Brenda!«, schnitt er ihr das Wort ab. Er zog sie an sich und blieb stehen. Er schien atemlos, unfähig, das zu sagen, was er sagen wollte. Das ängstigte sie.

»Ja, Harry? Was ist?«

Er schluckte, atmete tief ein, fing wieder zu laufen an. Sie holte ihn ein und griff nach seiner Hand. »Harry?«

Er sah sie nicht an, sagte aber: »Brenda, ich … ich will mit dir sprechen.«

»Aber genau das will ich doch auch!«, sagte sie.

Wieder blieb er stehen, zog sie in seine Arme und starrte über ihre Schulter aufs Meer. »Es ist ein merkwürdiges Thema, das ist alles …«

Sie übernahm die Initiative, machte sich los und führte ihn an der Hand den Strand entlang. »Schön. Wir gehen, du redest, ich höre zu. Merkwürdiges Thema? Das ist mir egal. Also gut, ich habe meinen Anteil dazu beigetragen. Jetzt bist du an der Reihe.«

Er nickte, warf ihr aus dem Augenwinkel einen Blick zu, räusperte sich und sagte: »Brenda, hast du dich jemals gefragt, was die Leute denken, wenn sie tot sind? Ich meine, über was sie nachdenken, wenn sie im Grab liegen?«

Sie spürte eine Gänsehaut im Nacken und auf dem Rücken. Trotz der heißen Sonne hatten der völlig gefühllose Ton seiner Stimme und das, *was* er gesagt hatte, ihr Blut gefrieren lassen. »Ob ich mich je gefragt habe …?«

»Ich habe dich gewarnt, dass es ein merkwürdiges Thema ist«, erinnerte er sie rasch.

Sie wusste nicht, was sie ihm antworten sollte. Gegen ihren Willen erschauderte sie. Er konnte das nicht ernst meinen, oder? War das etwas, woran er arbeitete? So war es bestimmt: Er schrieb gerade an einer Geschichte! Brenda war enttäuscht. Eine Geschichte, das war alles. Andererseits hatte sie vielleicht Unrecht gehabt, das Schreiben als Quelle seiner Stimmung außer Acht zu lassen. Vielleicht war er so, *weil* er mit niemandem reden konnte. Jeder wusste, dass er seinem Alter voraus war; seine Texte waren brillant, das Werk eines reifen Mannes. War es das? Lag es einfach daran, dass er zu viel in sich aufgestaut hatte, es nicht hatte herauslassen können?

»Harry«, sagte sie, »du hättest mir sagen sollen, dass es mit dem Schreiben zu tun hat!«

»Dem Schreiben?« Er hob die Augenbrauen.

»Eine Geschichte«, sagte sie. »Das ist der Grund, stimmt's?«

Er wollte gerade den Kopf schütteln, verwandelte es jedoch in ein Nicken. Und lächelnd nickte er noch schneller. »Du hast's erraten«, sagte er. »Eine Geschichte. Aber eine unheimliche. Ich habe Probleme, einen Zusammenhang zu finden. Wenn ich darüber reden könnte …«

»Aber das kannst du doch, mit mir.«

»Dann lass uns darüber reden. Vielleicht kriege ich dann neue Ideen, oder du kannst mir sagen, ob mit denen, die ich bisher hatte, etwas nicht stimmt.«

Sie gingen weiter, Hand in Hand. »Genau«, sagte sie, und nach einem längeren Stirnrunzeln: »Glückliche Gedanken.«

»Hä?«

»Die Toten in ihren Gräbern. Ich glaube, sie haben glückliche Gedanken. Das wäre dann so wie im Himmel, weißt du.«

»Menschen, die im Leben unglücklich waren, denken an gar nichts«, sagte er ihr frei heraus. »Die meisten sind einfach nur froh, es hinter sich zu haben.«

»Aha! Das heißt, du willst verschiedene Sorten von Toten verwenden: Sie werden nicht alle gleich sein oder dieselben Gedanken haben.«

Er nickte. »Das stimmt. Warum sollten sie auch? Sie hatten nicht die gleichen Gedanken, als sie noch am Leben waren, oder? Einige von ihnen waren glücklich und hatten keinen Grund, sich zu beschweren. Aber es gibt andere, die sind krank vor Hass, weil sie wissen, dass jene, die sie getötet haben, ungestraft weiterleben.«

»Harry, das ist eine schreckliche Vorstellung! Was ist das überhaupt für eine Geschichte? Muss wohl eine Gespenstergeschichte sein.«

Er leckte sich die Lippen und nickte wieder. »Etwas in der Art, ja. Sie handelt von einem Mann, der mit den Toten in ihren Gräbern reden kann. Er kann sie in seinem Kopf hören und weiß, was sie denken. Ja, und er kann zu ihnen sprechen.«

»Ich finde es immer noch schrecklich«, sagte sie. »Ich meine, das ist doch grauenhaft! Aber die Idee ist gut. Und diese toten Menschen reden wirklich mit ihm? Aber warum tun sie das?«

»Weil sie einsam sind. Verstehst du, es gibt sonst niemanden, der wie dieser Mann ist. Seines Wissens ist er der

Einzige, der das tun kann. Sie können mit niemandem sonst reden.«

»Macht ihn das nicht verrückt? Ich meine, all diese Stimmen in seinem Kopf, die zur gleichen Zeit um seine Aufmerksamkeit betteln?«

Harry lächelte schief. »So spielt sich das nicht ab«, sagte er. »Normalerweise liegen sie einfach nur da und denken. Der Körper zerfällt zu Staub. Doch der Geist bleibt. Frag mich nicht wie, das ist etwas, was ich nicht erklären kann. Der Geist ist einfach das bewusste und unterbewusste Kontrollzentrum eines Menschen, und nach seinem Tod macht es weiter – wenn auch nur auf unterbewusster Ebene. Als würde man schlafen – und das tut man ja auch. Nur dass man nicht mehr aufwachen wird. Verstehst du, der Necroscope spricht nur mit Toten, mit denen er sprechen will.«

»Necroscope?«

»Das ist mein Begriff für eine solche Person. Ein Mann, der in die Geister der Verstorben blickt …«

»Ich verstehe«, sagte Brenda stirnrunzelnd. »Glaube ich zumindest. Also liegen die glücklichen Menschen einfach da und erinnern sich an all die guten Dinge oder haben glückliche Gedanken. Und die Unglücklichen, die schalten einfach ab?«

»So in etwa. Boshafte Menschen denken schlechte Dinge, Mörder haben mörderische Gedanken, und so weiter – sie alle leben in ihrer ganz persönlichen Hölle, wenn du so willst. Aber das sind die gewöhnlichen Menschen mit gewöhnlichen Gedanken. Ich meine, ihre Gedanken bewegen sich auf niedrigem Niveau. Nehmen wir an, dass ihre Gedanken zu Lebzeiten sehr praktisch orientiert waren. Ich will sie nicht schlecht machen; sie waren einfach nicht besonders schlau, das ist alles. Aber es gibt auch außergewöhnliche Leute: schöpferische Menschen, große Denker, Architekten, Mathematiker, Schriftsteller, die richtigen Intellektuellen. Und was, glaubst du, tun die?«

Brenda sah ihn an und versuchte, seine Gedanken einzuschätzen. Sie blieb stehen, um einen hellen, vom Meer geglätteten Kieselstein aufzuheben.

Dann sagte sie: »Ich vermute, dass auch die ihr Ding weiter durchziehen. Wenn sie zu ihren Lebzeiten große Denker waren, dann werden sie wohl auch weiterhin besondere Gedanken haben.«

»Genau!«, sagte Harry emphatisch. »Genau so ist es. Die Brückenbauer bauen weiterhin Brücken – im Geist. Wunderschöne, luftige Gebilde, die ganze Ozeane überspannen! Die Musiker schreiben herrliche Lieder und Melodien. Die Mathematiker entwickeln abstrakte Theorien und feilen sie weiter aus, bis sie so kristallklar sind, dass selbst ein Kind sie verstehen könnte, dabei aber erstaunlicherweise die Geheimnisse des Weltalls erklären. Sie *verbessern* das, was sie taten, als sie noch lebten. Sie führen ihre Ideen an den Rand der Vollkommenheit und beenden all die unvollendeten Gedanken, für die sie zu Lebzeiten keine Zeit hatten. Und es gibt keine Ablenkung, keine äußerliche Störung, niemand belästigt, verwirrt oder interessiert sie.«

»So, wie du es erzählst«, sagte sie, »hört sich das nett an. Aber glaubst du, dass es auch wirklich so ist?«

»Natürlich«, nickte er und riss sich sofort wieder zusammen. »In meiner Geschichte jedenfalls. Ich meine, woher soll ich wissen, wie es in Wirklichkeit ist?«

»Das war nur eine alberne Frage«, erwiderte sie. »Natürlich ist es nicht wirklich so. Aber ich verstehe immer noch nicht, warum diese Toten mit deinem, äh, Necroscopen reden wollen. Stört er sie denn nicht? Würde er sie nicht belästigen, wenn er sich so in all ihre großartigen Pläne einmischt?«

»Nein.« Harry schüttelte den Kopf. »Im Gegenteil. Das ist doch ganz natürlich, oder? Was bringt es, etwas Wundervolles zu erschaffen, wenn man es niemandem zeigen kann? Das ist der Grund, warum sie sehr gerne mit dem Necroscopen reden. Er weiß ihr Genie zu würdigen. Er ist der Einzige, der das kann! Außerdem ist er sehr einfühlsam – er will alles über ihre wundervollen Entdeckungen und fantastischen Erfindungen erfahren, die in der wirklichen Welt vielleicht erst in tausend Jahren erdacht werden!«

Brenda begriff plötzlich, was er gesagt hatte. »Aber das ist eine wunderbare Idee, Harry! Und überhaupt nicht morbid, wenn ich das anfangs auch gedacht habe. Der Necroscope könnte ihre Erfindungen für sie verwirklichen! Er könnte ihre Brücken bauen, ihre Musik erklingen lassen, ihre ungeschriebenen Meisterwerke zu Papier bringen! Wird das so passieren? In deiner Geschichte, meine ich?«

Er wandte sein Gesicht ab, blickte weit hinaus aufs Meer und sagte: »So in etwa vermutlich. Das habe ich noch nicht ausgearbeitet …«

Dann waren sie für eine Weile still, und kurz darauf erreichten sie Crimdon und legten in einem kleinen Café am Fuße der Dünen eine Pause ein.

Harry lag schlafend auf seinem Bett, nackt und ohne Decke. Es war ein sehr warmer Abend, und die untergehende Sonne goss ihr goldenes Feuer durch die hohen Fenster seiner winzigen Wohnung. Brenda bemerkte den feinen Schweißfilm auf seiner Stirn und zog die Vorhänge vor dem Mansardenfenster zu. Als der Schatten auf sein

Gesicht fiel, stöhnte er und murmelte etwas vor sich hin, doch Brenda konnte nichts verstehen. Während sie sich leise anzog, dachte sie über den heutigen Tag nach und ließ ihre Erinnerung über all die Jahre zurückschweifen, in denen Harry und sie sich schon kannten.

Heute war ein guter Tag gewesen. Und endlich hatte Harry mit ihr über … gewisse Dinge gesprochen. Er hatte sich ein wenig geöffnet und sich etwas Luft verschafft.

Seit dem langen Gespräch über seine Geschichte schien er erleichtert zu sein, fast glücklich. Doch was ihn wahrhaft glücklich machen würde – das konnte Brenda sich nicht recht vorstellen. Er hatte gesagt, dass er ›viel im Kopf‹ habe. Viel wovon? Seiner Schreiberei? Vielleicht. Aber er war nie richtig glücklich gewesen. Oder wenn, dann hatte er es ihr nicht gezeigt …

Doch sie schweifte schon wieder ab, statt sich auf den heutigen Tag zu konzentrieren.

Hinter Crimdon waren sie noch ein oder zwei Kilometer zu einem mehr oder weniger verlassenen Teil des Strandes gegangen, wo sie in ihrer Unterwäsche schwimmen konnten. Aus der Entfernung konnte das niemand erkennen; man hätte es für Badekleidung gehalten. Nach einiger Zeit, als sie gerade im Wasser herumtollten, kam ein alter Penner den Strand entlang, und da war es Zeit für sie, zu gehen. Sie zogen sich an, bevor der alte Kerl zu nahe kam, und ließen sich auf dem letzten Abschnitt ihres Weges von der Luft trocknen. In Hartlepool fuhren sie mit dem Bus von der Altstadt in den ›neuen‹ Teil und stiegen vor der Tür des dreistöckigen viktorianischen Hauses aus, in dem Harry eine Mansardenwohnung gemietet hatte. Nachdem Brenda Brote gemacht hatte, duschten sie und liebten sich. Der Sex war herrlich, beide hatten noch ein wenig nach Meeressalz geschmeckt und die glühende Hitze der Sonne weitergegeben. Alles fühlte sich sehr natürlich an. Im Sommer mochte sie Harry am liebsten, weil er dann nicht so bleich war und seine dünne Gestalt muskulöser erschien.

Nicht dass er in irgendeiner Weise schwach oder hager gewesen wäre; Harry konnte sehr wohl auf sich selbst aufpassen und war kaum der Typ, der sich etwas gefallen ließ. Zweimal hatte Brenda gesehen, wie er mit Möchtegern-Schlägern fertig wurde, die sich schließlich mit Prellungen und Platzwunden hatten verziehen müssen. Insgeheim war sie stolz darauf, dass sie beide Male der Ansporn seines Zorns gewesen war. Harry war gleichgültig gegenüber Sticheleien, wenn sie sich auf ihn bezogen – er ignorierte sie und tat sie als Dummheiten von Flegeln ab –, doch Beleidigungen oder Anspielungen, die sich auf Brenda bezogen, nahm er nicht hin. In solchen Momenten schien er fast ein anderer Mensch zu sein, härter, schneller und erfahrener.

Auch seine meisterliche Selbstverteidigung verwirrte sie; es war noch eine weitere Kunst, in der er unerklärlicherweise zu einem Experten geworden war. Wie in der Kunst der Liebe und des Schreibens.

Brenda betrachtete die Dinge so: Harry war sechzehn gewesen, als sie zum ersten Mal richtig mit ihm geschlafen hatte, aber er war schon sehr lange darauf erpicht gewesen. Und wie sie es ihm am Strand erzählt hatte, war er sehr schnell sehr gut darin geworden. In ihrer Unschuld hatte Brenda gedacht, es gäbe nur eine Art, es zu tun, doch Harrys sexuelles Repertoire schien unerschöpflich. Und es war vollkommen wahr: Sie hatte sich tatsächlich oft gefragt, ob ihm jemand anders all das gezeigt hatte. Schließlich hatte sie aufgehört, sich darüber den Kopf zu zerbrechen, und es einfach darauf zurückgeführt, dass er frühreif sei. Aus unerfindlichen Gründen gab es Fähigkeiten, in denen

Harry sich selbst übertraf – auf ganz instinktive Weise, ohne vorheriges Wissen oder intensive Belehrung.

Seine Schreiberei: Harry hatte einmal zugegeben, dass es mit seinem Englisch sehr schlecht stünde; fast wäre seine Ausbildung an der Technischen Oberschule daran gescheitert, denn er hatte die Englischprüfung völlig versiebt. Aber das hatte sich geändert. Vielleicht hatte er hart daran gearbeitet, doch wann? Brenda hatte nie gesehen, wie er Englisch oder irgendetwas anderes paukte. Und doch war er jetzt mit seinen achtzehn Jahren ein so produktiver Schriftsteller, dass er unter vier Pseudonymen veröffentlicht wurde! Bislang nur Kurzgeschichten, davon aber drei pro Woche, und die wurden alle gedruckt, und sie wusste, dass er gerade an einem Roman arbeitete.

Seine abgenutzte, gebrauchte Schreibmaschine stand auf einem kleinen Tisch nahe am Fenster. Als sie ihn einmal unangekündigt besucht hatte, war Harry gerade bei der Arbeit gewesen. Das war eine der wenigen Gelegenheiten, als Brenda ihn dabei gesehen hatte. Sie stieg die Treppe hoch, hörte das stoßweise Klappern der Tasten und schlich in seine winzige Diele, um den Kopf ins Zimmer zu stecken. Er hielt das Kinn in die Hände gestützt und lächelte gedankenverloren vor sich hin. Sie meinte, ihn sogar etwas murmeln gehört zu haben. Dann richtete er sich auf, um mit zwei Fingern einige weitere Zeilen zu tippen, und hielt wieder inne, um zu nicken und über einen heimlichen Gedanken zu lächeln, während er aus dem Mansardenfenster auf die Straße blickte.

Als sie anklopfte und hereinkam, erschrak Harry, doch dann begrüßte er sie und legte seine Arbeit zur Seite. Schnell warf sie noch einen Blick auf das Blatt in der Maschine, an dessen Anfang stand: *Tagebuch eines Lebemanns aus dem siebzehnten Jahrhundert.*

Erst später fragte sie sich, was Harry überhaupt über das siebzehnte Jahrhundert wissen mochte (Harry, dessen schlechtestes Fach stets Geschichte gewesen war?) oder gar über Lebemänner …

Sie war jetzt fertig angezogen und schlich auf Zehenspitzen durch den Raum, um vor dem Wandspiegel ein wenig Schminke aufzutragen. Dabei kam sie in die Nähe des Tisches, und wieder warf sie einen Blick auf das halb beschriebene Blatt in der Schreibmaschine. Offenbar arbeitete er noch immer hart an seinem Roman: Der DIN-A-4-Bogen trug die Seitenzahl 213, und in der Ecke oben links fand sich der Titel *Tagebuch eines … usw.*

Brenda drehte das Blatt ein wenig nach oben und las, was er bislang geschrieben hatte. Dann errötete sie, wandte den Blick ab und starrte aus dem Fenster. Das war heißer Stoff: sehr geschliffen, sehr elegant und äußerst lüstern! Aus dem Augenwinkel blickte sie wieder auf das Blatt. Sie liebte Romanzen aus dem siebzehnten Jahrhundert, und Harrys Stil war vollkommen – doch dies war keine Romanze, seine Geschichte war offen pornografisch.

Erst da bemerkte sie, was sie durchs Fenster hindurch sah: den alten Friedhof auf der anderen Seite der Straße. Der Kirchhof, vierhundert Jahre alt, mit gewaltigen Rosskastanien, hübschen Sträuchern und Blumenbeeten, verwitterten Grabsteinen und gepflegten Kieswegen. Sie wunderte sich über Harrys Wahl der Wohnung. Überall in der Stadt gab es bessere Unterkünfte, doch er hatte ihr erklärt, dass er ›die Aussicht mochte‹. Und jetzt erst bemerkte sie, was für eine Aussicht das war. Im Sommer war das zwar hübsch – aber ein Friedhof!

Hinter ihr murmelte Harry wieder etwas und drehte sich um. Sie ging zu ihm, lächelte sanft auf ihn herab und deckte ihn dann zu. Im Schatten zitterte er ein wenig.

Sie musste ihn bald wecken; es war Zeit für sie, sich auf den Weg zu machen. Ihre Eltern legten Wert darauf, dass sie wieder im Haus war, solange es noch hell war, wenn sie nicht wussten, wo genau Brenda steckte. Doch zuerst würde sie Kaffee kochen.

Als sie sich abwenden wollte, sprach er wieder, diesmal laut und deutlich: »Mach dir keine Sorgen, Mama. Ich bin schon ein großer Junge. Ich kann auf mich selbst aufpassen. Du kannst dich ausruhen ...« Er hielt inne und schien im Schlaf angestrengt auf etwas zu lauschen. Dann sagte er: »Nein, das habe ich dir doch schon gesagt, Mama – er hat mir nicht wehgetan. Warum sollte er das tun? Außerdem bin ich zu Onkel und Tante gezogen. Sie haben auf mich aufgepasst. Jetzt bin ich erwachsen. Und sehr bald, wenn du weißt, dass es mir gut geht, wirst du ruhen können ...«

Wieder hörte er zu, ehe er weitersprach: »Aber warum kannst du das nicht, Mama?«

Dann murmelte er etwas Unverständliches, Brenda verstand nur ein paar Satzfetzen. »... ich *kann* nicht! Zu weit weg. Ich weiß, dass du mir etwas sagen willst, aber ... nur ein Flüstern, Mama. Ich verstehe einen Teil davon, aber ... weiß nicht, was ... nicht verstehen, was du sagst. Vielleicht, wenn ich dich besuchen würde, dort, wo du ...«

Harry war jetzt aufgeregt und schwitzte stark, obwohl er zitterte. Als sie ihn so betrachtete, machte Brenda sich Sorgen. War das eine Art Fieber? Schweiß sammelte sich in dem Grübchen über seiner Oberlippe; auch seine Stirn und sein Haar waren feucht; seine Hände zuckten unter der Decke. Sie streckte eine Hand nach ihm aus und berührte ihn. »Harry?«

»*Was?*« Er schreckte hoch, riss die Augen auf und starrte vor sich hin, wobei sein ganzer Leib sich versteifte. »Wer ...?«

»Harry, Harry! Ich bin's nur. Du hattest einen Alptraum.« Brenda nahm ihn in die Arme, und er ließ es zu und schmiegte sich an sie. »Du hast von deiner Mutter geträumt, Harry. Jetzt ist ja alles vorbei. Komm, ich mache uns Kaffee.«

Sie drückte ihn noch einmal an sich, ließ ihn dann sanft los und stand auf. Seine noch immer weit offenen Augen folgten ihr in die Ecke, wo er sich eine behelfsmäßige Küche eingerichtet hatte. »Von meiner Mutter?«, fragte er.

Sie löffelte Instantkaffee in Tassen und nickte, dann füllte sie den Wasserkocher und schaltete ihn an. »Du hast sie ›Mama‹ genannt und mit ihr geredet.«

Er setzte sich auf und fuhr sich schläfrig durchs Haar. »Was habe ich denn gesagt?«

Sie schüttelte den Kopf. »Nicht viel. Hauptsächlich Kauderwelsch. Du hast ihr erzählt, du seist jetzt erwachsen und sie solle in Frieden ruhen. Es war nur ein Alptraum, Harry.«

Als der Kaffee fertig war, hatte er sich angezogen. Sie sprachen nicht mehr über den Alptraum, sondern tranken schweigend ihren Kaffee. Dann brachte er sie zur Bushaltestelle in Richtung Harden, wo sie stumm warteten, bis der Bus kam. Als sie schließlich einstieg, küsste er sie leicht auf die Wange. »Bis bald«, sagte er.

»Morgen?« Morgen war Sonntag.

»Nein, während der Woche. Ich komme dich abholen. Tschüss, mein Schatz.«

Sie setzte sich auf einen Platz im hinteren Teil des Busses und sah Harry allein an der Haltestelle stehen. Als der Bus losfuhr, machte er auf dem Absatz kehrt und ging nicht zu seiner Wohnung, sondern in die entgegengesetzte Richtung. Brenda fragte sich, wo er hinwollte, und sah ihm so lange nach, wie sie nur konnte. Als Letztes sah sie, wie er durch das Tor des Friedhofes schritt. Die letzten Strahlen der Sonne leuchteten in seinem Haar.

Dann fuhr der Bus um die Kurve, und Harry war nicht mehr zu sehen.

Harry kam während der folgenden Woche nicht zu ihr, und Brendas Arbeit bei einem Damenfriseur in Harden begann darunter zu leiden. Am Donnerstag war sie stark beunruhigt; am Freitagabend weinte sie, und ihr Vater sagte ihr, sie solle sich für ihn nicht zum Narren machen.

»Dieser Kerl ist wirklich merkwürdig!«, verkündete er. »Meine liebe Brenda, du bist viel zu gutmütig!« Und er erlaubte ihr nicht, diesen Abend noch nach Hartlepool zu fahren. »Nicht am Freitagabend, Mädchen, wenn all die Typen ihr Geld versaufen gehen. Du kannst auch morgen noch nach deinem Spinner sehen!«

Der Morgen schien eine Ewigkeit weit weg zu sein, und Brenda konnte kaum schlafen. Doch früh am Samstagmorgen fuhr sie mit dem Bus in die Stadt und lief zu Harrys Wohnung. Sie hatte einen eigenen Schlüssel und schloss auf, doch er war nicht da. In der Schreibmaschine steckte ein Blatt Papier mit dem gestrigen Datum und einer einfachen Botschaft:

Brenda …

ich bin übers Wochenende nach Edinburgh gefahren. Ich muss dort Leute besuchen. Ich bin spätestens am Montag zurück und dann werden wir uns sehen – versprochen. Tut mir leid, dass ich dich während der Woche nicht besucht habe – ich hatte viel im Kopf, und es wäre nicht sehr unterhaltsam gewesen.

In Liebe, Harry

Diese letzten beiden Worte bedeuteten ihr sehr viel, und deshalb vergab sie ihm den Rest. Der Montag war ja auch nicht mehr weit weg – doch wen wollte er in Edinburgh besuchen? Er hatte einen Stiefvater dort oben, den er seit seiner Kindheit nicht mehr gesehen hatte, aber sonst? Niemand, von dem Brenda wusste. Andere Verwandte, die sie nicht kannte? Vielleicht. Und dann gab es noch seine Mutter, die dort ertrunken war, als er kaum älter als ein Baby gewesen war.

Ertrunken, ja, aber Harry hatte mit ihr im Schlaf gesprochen …

Brenda schüttelte den Kopf. Einige ihrer Gedanken waren schon fast so morbid wie die Harrys! Nur Friedhöfe und Tod und Maden. Nein, natürlich würde er dort nicht seine Mutter besuchen, weil man ihre Leiche nie gefunden hatte. Es gab kein Grab, das er aufsuchen konnte.

Dieser Gedanke verbesserte Brendas Stimmung auch nicht. Stattdessen tat sie etwas, was sie normalerweise nie auch nur in Betracht gezogen hätte. Sie ging vorsichtig durch Harrys Manuskripte und begutachtete jede Geschichte, ob sie nun vollendet oder kaum angefangen war. Sie wusste nicht, wonach sie suchte, doch als sie fertig war, wusste sie, dass sie es nicht gefunden hatte.

Nirgends unter seinen Arbeiten war eine Geschichte über einen Necroscopen aufgetaucht. Also hatte Harry die Geschichte entweder noch nicht angefangen … Oder er war ein Lügner … Oder … oder sie hatte ein ganz anderes Problem.

Während Brenda Cowell im Morgenlicht in Harrys Wohnung stand und darüber nachgrübelte, wie merkwürdig der Mann doch war, mit dem sie zusammen war, stand Harry fast dreihundert Kilometer entfernt im gleichen

Sonnenlicht am Ufer eines trägen Flusses in Schottland und betrachtete das große Haus auf der anderen Seite, das in einem großen, verwilderten Garten stand. Es hatte eine Zeit gegeben, da dieser Ort wohl gepflegt worden war, doch war das lange her, und Harry konnte sich nicht daran erinnern. Er war zu jung gewesen, ein Säugling noch, und es gab vieles, an das er sich nicht erinnern konnte. Doch er erinnerte sich an seine Mutter. Irgendwo tief in seinem Unterbewusstsein hatte er sie nie vergessen – und sie ihn auch nicht. Und sie machte sich noch immer Sorgen um ihn.

Harry starrte das Haus lange an und blickte dann auf den Fluss. Das Gewässer floss langsam, es rauschte kühl und einladend. Zumindest für andere. Ein grasbewachsenes Ufer mit etwas Schilf, tiefgrünes Wasser, und genau hier ein steiniger Grund; irgendwo dort unten lag zwischen den glitschigen Steinen seit vielen Jahren – ein Ring. Ein Herrenring. Ein Katzenauge in dickem Gold. Harry taumelte am Rand des Wassers. Er ging in die Knie, um nicht hineinzufallen. Die Sonne schien auf ihn, doch ihm war kalt. Der blaue Himmel drehte sich, wurde zu einem grauen, flüssigen Wirbel aus Brackwasser.

Er befindet sich unter Wasser und versucht, sich durch ein Loch im Eis zu kämpfen.

Dann sieht er durchs Eis das Gesicht, und die zittrigen Lippen verziehen sich zu einer Grimasse – oder einem Lächeln! Die Hände greifen ins Wasser und tauchen ihn unter – und an einem Finger glitzert der Ring! Der Katzenaugenring am Mittelfinger der rechten Hand! Und Harry kratzt an den Händen, zerrt daran, reißt panisch das starke Fleisch auf. Der Goldring löst sich, schwebt in einer Spirale hinab in den Schlamm und die eisigen Tiefen. Blut aus den aufgerissenen Händen färbt das Wasser rot – ein roter Hintergrund für das Schwarz von Harrys Sterben. Nein, vom Sterben seiner Mutter! Mit Wasser vollge-

sogen sinkt er/sie hinab, und die Strömung zieht sie unters Eis und wirbelt sie herum. Und wer kümmert sich nun um Harry? Armer, kleiner Harry …

Der Alptraum zog sich zurück, und das Rauschen und Gurgeln verschwand in seinem Kopf, als er sich ins Gras krallte und nach Luft schnappte. Dann drehte er sich zur Seite und verspürte eine grauenhafte Übelkeit. Hier, genau hier. Hier war es geschehen. Hier war sie gestorben, war sie ermordet worden. Genau *hier*!

Doch – Wo war sie jetzt?

Harry ließ sich von seinen Füßen stromabwärts führen. Dort, wo das Flussbett sich ein wenig verengte, überquerte er eine kleine Holzbrücke und lief auf der anderen Seite weiter. Gartenhecken reichten hier bis ans Flussufer, und so beschritt er einen schmalen, überwachsenen Pfad zwischen Zäunen auf der einen Seite und Schilf und Wasser auf der anderen.

Nach kurzer Zeit kam er an eine Stelle, wo das Ufer etwas ausgewaschen war und ein Becken von kaum drei Metern Durchmesser bildete. Oberhalb des stillen Wassers des Beckens endete der Pfad, wo der Zaun sich gefährlich dem Fluss zuneigte, aber Harry wusste, dass er nicht weitersuchen musste. Hier lag sie.

Jeder, der ihn vom anderen Flussufer aus beobachtet hätte, wäre nun Zeuge merkwürdiger Geschehnisse geworden. Harry setzte sich hin und ließ die Füße über dem seichten, trüben Becken baumeln. Er stützte das Kinn auf die Hände und starrte ins Wasser. Und wenige Minuten später wäre dieser Zuschauer Zeuge eines noch merkwürdigeren Anblicks geworden: Tränen strömten aus den weit offenen und starren Augen des jungen Mannes und tropften von seiner Nasenspitze herab, um sich mit dem Flusswasser zu vermischen.

Und zum ersten Mal seit sehr langer Zeit traf Harry Keogh seine Mutter und redete mit ihr ›von Angesicht zu Angesicht‹. Endlich bewahrheiteten sich die schrecklichen Dinge, die seine Träume und ihre ruhelosen Botschaften über die Jahre zu mehr als einem Verdacht gemacht hatten. Und während sie redeten, weinte er – Tränen der Trauer, zuerst auch einige der Freude, dann der Reue und Enttäuschung darüber, dass er so lange auf diesen Tag hatte warten müssen. Dann weinte er aus rasendem Zorn, als die Dinge für ihn endlich einen Sinn ergaben. Schließlich erzählte er ihr, was er zu tun gedachte.

Woraufhin der erstaunte Beobachter, hätte es einen gegeben, das merkwürdigste Schauspiel überhaupt gesehen hätte. Denn als Mary Keogh von den Plänen ihres Sohnes erfuhr, sorgte sie sich noch mehr um ihn, äußerte ihre Ängste und ließ Harry versprechen, nicht unbesonnen zu handeln. Er konnte ihre flehentliche Bitte nicht ausschlagen und antwortete mit einem Kopfnicken. Sie glaubte ihm nicht und schrie ihm hinterher, als er aufstand und wegging. Und für einen Augenblick, für den Bruchteil einer Sekunde, schien es, als ob der Grund des Beckens erbebe und kreisförmige Wellen von der Mitte des Wassers ausgingen. Dann war alles wieder still.

Harry bemerkte das nicht mehr, da er schon fast die Brücke erreicht hatte und zu der Stelle zurückkehrte, wo es vor all den Jahren geschehen war. Der Ort, an dem seine sanfte Mutter ermordet worden war.

Er fand eine Stelle, wo das Schilf hoch wuchs, vergewisserte sich, dass er allein war, zog sich bis auf die Unterhose aus und trat an den Rand des Flusses. Einen Moment später war er im Wasser und tauchte hinab zur Mitte, wo die Strömung am stärksten war. Selbst dort war die Kraft des Flusses kaum spürbar, und nach zwanzigminütigem Tauchen und Forschen am steinigen Grund fand er, wonach er suchte. Der Gegenstand lag wenige Zentimeter von der Stelle entfernt, wo er ihn zuerst vermutet hatte, beschlagen und etwas schleimig, aber es war eindeutig ein Ring. Sobald er daran rieb, schimmerte das Gold hindurch, und das Katzenauge starrte ihn kalt an.

Harry hatte den Ring nie zuvor gesehen – jedenfalls nicht bewusst. Aber er erkannte ihn sofort. Er war ihm vertraut. Es schien ihm auch nicht seltsam, dass er gewusst hatte, wo er suchen musste. Es wäre weitaus seltsamer gewesen, wenn er den Ring nicht gefunden hätte.

Am Flussufer reinigte er ihn und steckte ihn an den Zeigefinger der linken Hand, wo er zwar etwas locker saß, doch nicht so locker, dass er ihn verlieren würde. Er drehte ihn nachdenklich zwischen den Fingern und gewöhnte sich an das Gefühl. Selbst in der heißen Sonne blieb der Ring kalt, so kalt wie der Tag, an dem sein Besitzer ihn verloren hatte. Dann zog Harry sich an und machte sich auf den Weg nach Bonnyrigg. Dort würde er den Bus nach Edinburgh nehmen und dann in den ersten Zug heim nach Hartlepool steigen. Seine Arbeit hier war getan – fürs Erste.

Nun, da er seine Mutter gefunden hatte, würde er keine Probleme mehr haben, wieder mit ihr in Verbindung zu treten, ganz gleich, wie weit er auch von ihr entfernt war, und er würde ihre Ängste zerstreuen und ihr ein wenig von dem Frieden geben können, nach dem sie schon so lange suchte. Sie würde sich keine Sorgen mehr um den kleinen Harry machen müssen.

Bevor er jedoch das Flussufer verließ, hielt er noch einmal inne, um das große Haus auf der anderen Seite zu betrachten. Er starrte lange auf die alten Giebel und den wilden Garten. Sein Stiefvater lebte und arbeitete noch immer dort, das wusste er. Und es würde nicht mehr lange dauern, bis Harry ihm einen Besuch abstattete.

Doch vorher gab es noch viel für ihn zu tun. Viktor Shukshin war ein gefährlicher Mann, ein Mörder, und Harry musste sich ihm vorsichtig nähern. Er hatte vor, seinen Stiefvater den Preis für den Tod seiner Mutter bezahlen zu lassen – er sollte seine volle Strafe erhalten –, doch diese Strafe musste dem Verbrechen angemessen sein. Und es wäre zwecklos, den Mann einfach zu beschuldigen, denn welchen Beweis gab es schon nach all den Jahren? Nein, Harry musste eine Falle mit einem Köder stellen, dem Shukshin nicht widerstehen könnte. Aber ohne Hast, denn Harry hatte die Zeit auf seiner Seite. Die Zeit würde ihm erlauben, in vielen Dingen zum Meister zu werden, und er hatte wirklich viel zu lernen.

Denn warum war er ein Necroscope, wenn er keinen Nutzen davon haben sollte? Wie er seine Gabe nutzen würde, wenn er den Tod seiner Mutter gerächt hatte – das würde man dann ja sehen. Es würde kommen, wie es kommen musste.

Nun warteten seine Lehrer auf ihn, und es waren die besten der Welt, denn jetzt wussten sie weit mehr, als sie zu Lebzeiten je gewusst hatten.

VIII

Sommer 1975

Es waren drei Jahre seit Dragosanis letzter Reise nach Hause vergangen, und nur noch ein Jahr hin bis zu dem Zeitpunkt, an dem das alte Ding unter der Erde sein Versprechen einlösen und Dragosani die Geheimnisse der Wamphyri preisgeben wollte. Im Austausch dafür würde Dragosani dem Wesen sein Leben zurückgeben – beziehungsweise seinen Zustand des Untods auffrischen, damit es erneut auf Erden wandeln konnte.

Drei Jahre, und der Nekromant hatte einen Erfolg nach dem anderen erzielt, bis seine Stellung als Gregor Borowitz' rechte Hand jetzt praktisch unantastbar erschien. Wenn der alte Mann seinen Hut nehmen würde, wäre Dragosani da, um seinen Platz einzunehmen. Und danach würden sich mit der gesamten sowjetischen ESP-Organisation unter seinem Kommando, dem ganzen Wissen der Wamphyri in seinen Händen und seinem Intellekt ungeheure Möglichkeiten auftun. Ein Sterblicher erreicht in seiner winzigen Lebensspanne nur wenig, aber einem Unsterblichen könnte einfach alles gelingen.

Während er diesen Gedanken nachhing, tauchte wieder einmal eine Frage auf, mit der sich Dragosani schon oft beschäftigt hatte: Wenn es stimmte, dass Langlebigkeit Macht bedeutete und Unsterblichkeit ultimative Macht, warum hatten die Wamphyri dann versagt? Warum waren die Vampire nicht die Lenker und Herrscher dieser Welt?

Dragosani hatte schon vor langem eine Art Antwort gefunden; ob sie richtig oder falsch war, vermochte er noch nicht zu entscheiden: Ein Vampir wagt es nicht, sich zu enthüllen, darf nicht als andersartig, als fremd erkannt werden. So gut er nur kann, muss er seine Leidenschaften, seine Begierden, sein natürliches Verlangen nach der reinen Macht beherrschen, sonst wird er entdeckt und vernichtet.

Wenn aber ein gewöhnlicher Mensch die Künste eines Vampirs beherrschen könnte – ein lebender Mensch, im Gegensatz zu einem untoten Wesen – wäre dieser frei von solchen Beschränkungen. Er müsste nichts weiter verbergen als sein dunkles Wissen selbst ... er könnte fast alles erreichen! Deswegen war Dragosani wieder nach Rumänien gereist; er war sich der Tatsache bewusst, dass seine Pflichten ihn viel zu lange ferngehalten hatten, und er hatte den Wunsch, noch einmal mit dem alten Teufel zu sprechen und all das zu lernen, was es vor dem nächsten Sommer zu lernen gab, wenn die vereinbarte Zeit gekommen war. Ja, die vereinbarte Zeit – dann würden alle Geheimnisse des Vampirs nackt vor ihm liegen, offen und entblößt wie eine ausgeweidete Leiche!

Drei Jahre waren verstrichen, seit er zum letzten Mal hier gewesen war, und es waren arbeitsreiche Jahre gewesen. Arbeitsreich für Dragosani, weil Gregor Borowitz über die ganze Zeit hinweg alle seine ESPer, den Nekromanten eingeschlossen, an die Grenzen ihrer Belastbarkeit getrieben hatte.

Natürlich hatte er sicherstellen wollen, dass sich das Dezernat in den vier Jahren, die ihm Leonid Breschnew gewährt hatte, fest etablierte. Und nun hatte der Generalsekretär erkannt, dass das Dezernat *völlig* unverzichtbar war. Darüber hinaus war es der geheimste aller seiner Geheimdienste und bei Weitem der unabhängigste – genau wie Gregor Borowitz es gewollt hatte.

Durch Borowitz' vorzeitige Warnung war Breschnew auf den Absturz seines einstigen politischen Kumpans Richard Nixon in den USA vorbereitet gewesen. Watergate hätte manch anderem russischen Staatschef geschadet oder ihn gar ruiniert, doch Breschnew hatte es tatsächlich geschafft, noch einigen Vorteil herauszuschlagen – aber nur dank Borowitz' (genauer gesagt: Igor Vladys) Prophezeiungen. »Wie schade«, hatte Breschnew zu Borowitz damals gesagt, »dass für Nixon niemand wie du arbeitet, nicht wahr, Gregor?« In ähnlicher und ebenso vorausgesagter Weise fand sich der Premier in vorteilhafter Position in seinen Verhandlungen mit dem präsidialen ›Ersatzmann‹, der sich bestenfalls durchwurschtelte; schon 1972, vor Nixons Sturz, wusste er, dass amerikanische Hardliner in Bereitschaft standen, und hatte Borowitz' Ratschlag ernst genommen und ein Satellitenabkommen mit den USA unterzeichnet. Außerdem hatte er schnell seine Unterschrift unter den ultimativen Entspannungscoup seiner Karriere gesetzt, vor allem weil Amerika sehr weit fortgeschritten in der Weltraumtechnologie war: Skylab, das gemeinsame Raumfahrtunternehmen, das erst jetzt zur Blüte kam.

In der Tat hatte der sowjetische Staatschef auf diese und viele andere Vorschläge oder Prognosen des E-Dezernats hin die Initiative ergriffen. Die Ausweisung vieler Dissidenten und die ›Heimholung‹ von Juden eingeschlossen. Jeder bislang unternommene Schritt hatte seine bereits ehrfurchtgebietende Position als Führer noch weiter ausgebaut. Weil dies zum Teil, wenn nicht gar völlig, Borowitz und seinem Dezernat zu verdanken war, hatte es Breschnew gefallen, das Übereinkommen zwischen ihm und Borowitz von 1971 zu würdigen.

Solange Breschnew und sein Regime blühten, gedieh auch Gregor Borowitz; ebenso wie Boris Dragosani, dessen Loyalität zum Dezernat über jeden Zweifel erhaben war. Und er war tatsächlich loyal – im Moment …

Während Gregor Borowitz den Bestand seines Dezernats sichergestellt hatte und in Leonid Breschnews Ansehen gestiegen war, hatte sich seine Beziehung zu Yuri Andropow in umgekehrt proportionalem Verhältnis verschlechtert; zwar gab es keine offenen Feindseligkeiten, aber hinter den Kulissen war Andropow so eifersüchtig und intrigant wie eh und je. Dragosani wusste, dass Borowitz Andropow weiterhin genau im Auge behielt. Was der Nekromant jedoch nicht wusste, war, dass Borowitz auch ihn beobachtete! Natürlich stand Dragosani nicht unter irgendeiner Art von Überwachung, aber es gab etwas in seinem Auftreten, das seinen Chef schon seit einiger Zeit beunruhigte. Dragosani war stets arrogant gewesen, sogar aufsässig, und Borowitz hatte es akzeptiert und sich sogar darüber amüsiert – aber das war etwas anderes. Borowitz vermutete dahinter Ehrgeiz; das war in Ordnung, solange der Nekromant nicht allzu ehrgeizig wurde.

Auch Dragosani hatte die Veränderung an sich selbst wahrgenommen. Trotz der Tatsache, dass eine seiner ältesten Hemmungen, seine größte ›Macke‹ nun beseitigt war, war er nur noch kühler gegenüber Angehörigen des anderen Geschlechts geworden. Nahm er eine Frau, war es stets gewaltsam, es war nur wenig oder keine Liebe im Spiel und ausschließlich eine Befriedigung seiner aufgestauten emotionalen oder physischen Bedürfnisse. Und was den Ehrgeiz anbelangte: Manchmal konnte er seine Frustration nur schwer im Zaum halten und kaum den Tag abwarten, an dem Borowitz aus dem Weg war. Der Alte hatte seine beste Zeit schon hinter sich; er war ein Tattergreis und zu immer weniger zu gebrauchen. In Wirklichkeit stimmte das nicht, aber Dragosanis eigene Energie und sein Charakter waren so schnell gewachsen, dass es ihm so schien. Und das war ein weiterer Grund, weshalb er diesmal nach Rumänien zurückgekehrt war: um den Ratschlag des Dings aus der Tiefe einzuholen. Ob es ihm gefiel oder nicht, Dragosani hatte begonnen, den Vampir als eine Art Vaterfigur zu akzeptieren. Mit wem sonst konnte er denn in absolutem Vertrauen über seinen Ehrgeiz und seine Frustration sprechen? Mit wem, wenn nicht mit dem alten Drachen? Mit niemandem. Auf eine gewisse Art war der Vampir wie ein Orakel … auf eine andere Art wiederum nicht. Im Gegensatz zu einem Orakel waren die Aussagen des Vampirs nicht verlässlich. Dragosani musste also Vorsicht in seinen Geschäften mit dem Ding in der Erde walten lassen, auch wenn er sich nach Rumänien heimgerufen fühlte.

Das waren einige der Gedanken, die ihn beschäftigten, während er durch das alte Land fuhr, von Bukarest nach Pitesti. Als sein Wolga an einem Straßenschild vorbeifuhr, das eine Entfernung von 16 Kilometern zur Stadt angab, erinnerte er sich daran, wie er vor drei Jahren auf dem Weg nach Pitesti gewesen war, als Borowitz ihn nach Moskau rief. Seltsamerweise hatte er bis jetzt keinen Gedanken daran verschwendet, aber nun zog es ihn wieder in den Ort.

Er wusste immer noch ziemlich wenig über Vampirismus und die Untoten. Das Wissen, das er besaß, war fragwürdig, weil es von dem Vampir selbst stammte. Doch wenn es eine Quelle volkstümlicher Legenden und Sagen gab, dann war es die Bibliothek von Pitesti. Dragosani erinnerte sich an den Ort aus seiner Studienzeit in Bukarest. Die Universität hatte häufig alte Dokumente und Aufzeichnungen über walachische und frühe rumänische Angelegenheiten aus Pitesti entliehen, weil eine große Menge historischen Materials aus Sicherheitsgründen während des Zweiten Weltkriegs aus Ploiesti und Bukarest dorthin ausgelagert worden war. Im Falle von Ploiesti war dies eine kluge Entscheidung gewesen, denn die Stadt hatte einige der schlimmsten Bombenangriffe des Krieges erlebt. Auf jeden Fall war ein Großteil des Materials nicht mehr in den ursprünglichen Museen und Bibliotheken gelandet, sondern in Pitesti verblieben. Dies hatte sich in den letzten 18 oder 19 Jahren sicher nicht geändert.

Also ... dann konnte das alte Ding unter der Erde ruhig noch etwas länger auf Dragosanis Rückkehr warten. Zunächst würde er die Bibliothek in Pitesti besuchen, dann in der Stadt etwas essen, und erst danach weiter in das Herz seiner Heimat fahren.

Gegen elf Uhr war Dragosani angekommen, hatte sich dem diensthabenden Bibliothekar vorgestellt und um die Erlaubnis gebeten, alle Dokumente einzusehen, die sich auf Bojarenfamilien, Ländereien, Schlachten, Denkmäler, Ruinen und Begräbnisplätze bezogen. Überhaupt alle Unterlagen über die Regionen Walachei und Moldawien – insbesondere der nähere Umkreis – um die Mitte des 15. Jahrhunderts. Der Bibliothekar war kooperativ und freute sich, helfen zu können – obwohl er Dragosanis Anfrage anscheinend amüsant fand.

Nachdem er in den Raum geführt worden war, in dem die alten Unterlagen aufbewahrt wurden, erkannte Dragosani selbst die komische Seite der Angelegenheit. In einem Raum von scheunenartigen Dimensionen fand er Regale mit Büchern, Dokumenten und Aufzeichnungen, die ausreichten, um damit mehrere große Armeelaster zu beladen, und alles bezog sich auf seine Anfrage!

»Aber … ist das nicht katalogisiert?«, fragte er.

»Natürlich, mein Herr«, erklärte der junge Bibliothekar und lächelte wieder. Dann präsentierte er einen Arm voller Kataloge, deren Studium allein – wenn Dragosani je willens gewesen wäre, solch eine Aufgabe zu erwägen – mehrere Tage in Anspruch genommen hätte, ohne auch nur einen der aufgezeichneten Titel aus dem Regal zu nehmen.

»Es würde ja ein Jahr und länger dauern, das ganze Zeugs durchzusehen!«

»Es hat bereits 20 Jahre gedauert, nur zum Zweck der Katalogisierung. Das ist aber nicht die einzige Schwierigkeit. Selbst wenn Sie so viel Zeit erübrigen könnten, würde man es Ihnen nicht erlauben. Die Behörden teilen den Bestand endlich auf, vieles geht zurück nach Bukarest, ein großer Teil geht nach Budapest, sogar Moskau hat eine Anforderung geschickt. Das meiste zieht irgendwann innerhalb der nächsten drei Monate um.«

»Ich habe keine Jahre oder Monate Zeit, sondern nur ein paar Tage. Gibt es irgendeine Möglichkeit, meine Suche etwas einzugrenzen?«

»Aha!«, sagte der andere. »Dann taucht die Frage der Sprache auf. Möchten Sie türkischsprachige Aufzeichnungen sehen? Ungarische? Deutsche? Ist Ihr Interesse rein slawistisch? Ist es christlich oder ottomanisch? Haben Sie persönlich irgendwelche besonderen Bezugspunkte – Marksteine sozusagen? Das ganze Material hier ist mindestens 300 Jahre alt, aber einiges davon datiert 700 Jahre zurück und mehr. Ich bin sicher, Sie sind sich bewusst, dass die mittlere Zeitspanne – die Sie vor allem zu interessieren scheint – Jahrzehnte ständiger Umbrüche abdeckt. Wir haben hier natürlich die Aufzeichnungen fremder Eroberer, aber auch die von denen, die sie vertrieben haben. Können Sie die Texte dieser Werke verstehen? Sie sind immerhin ein halbes Jahrtausend alt. Wenn Sie das können, sind Sie wahrhaftig ein gelehrter Mann! Ich jedenfalls kann es nicht, nicht mit Gewissheit – und ich bin dazu ausgebildet, sie zu lesen ...«

Nachdem er Dragosanis hilflosen Gesichtsausdruck erblickt hatte, fügte er hinzu: »Mein Herr, wenn Sie vielleicht etwas spezifischer ...?«

Dragosani sah keinen Grund zu lügen. »Ich interessiere mich für den Vampirmythos, der seine Wurzeln direkt hier, in Transsilvanien, in Moldawien und der Walachei zu haben scheint. Soweit bekannt ist, reicht er bis ins 15. Jahrhundert zurück.«

Der Bibliothekar wich einen Schritt zurück und sein Lächeln verschwand. Er schien plötzlich argwöhnisch. »Sie sind aber bestimmt kein Tourist?«

»Nein, eigentlich bin ich Rumäne, aber ich lebe und arbeite jetzt in Moskau. Was hat das damit zu tun?«

Der Bibliothekar, der vielleicht drei oder vier Jahre jünger als Dragosani war und offenbar ein wenig eingeschüchtert von dessen weltmännischer Erscheinung, dachte über die Angelegenheit nach. Er kaute auf seiner Unterlippe, legte die Stirn in Falten und schwieg einige Augenblicke. Schließlich sagte er: »Wenn Sie sich die Kataloge ansehen, die ich Ihnen gegeben habe, werden Sie bemerken, dass sie hauptsächlich handgeschrieben sind, und zwar durchweg in einer einheitlichen Handschrift. Außerdem habe ich Ihnen bereits gesagt, dass wenigstens 20 Jahre Arbeit in ihnen steckt. Also, der Mann, der diese Arbeit geleistet hat, lebt noch und wohnt nicht weit weg von hier, in Titu. Das liegt in Richtung Bukarest, etwa 40 Kilometer von hier.«

»Ich kenne den Ort«, sagte Dragosani. »Ich bin vor kaum einer halben Stunde durchgefahren. Glauben Sie, er könnte mir helfen?«

»Natürlich, wenn er es wollte.« Das klang rätselhaft.

»Hmm, und weiter?«

Der Bibliothekar schien unsicher, blickte für einen Moment weg. »Ich habe vor ein paar Jahren einen Fehler gemacht und ein paar amerikanische ›Forscher‹ zu ihm geschickt. Er wollte nichts mit ihnen zu tun haben, er warf sie raus! Er ist ein bisschen verschroben, verstehen Sie? Seitdem bin ich etwas vorsichtiger. Wir hatten einen Haufen Nachfragen in der Richtung, wenn Sie verstehen. Es sieht so aus, als wäre dieses Dracula-Zeugs im Westen eine richtige Industrie. Gerade diesen kommerziellen Aspekt will Giresci unbedingt vermeiden. So heißt er übrigens: Ladislau Giresci.«

»Wollen Sie mir erzählen, dieser Mann sei Experte für Vampirismus?« Dragosani fühlte sein Interesse erwachen. »Wollen Sie mir sagen, dass er die Legenden studiert und ihre Geschichte mit Hilfe dieser Dokumente aufgespürt hat? Seit über 20 Jahren?«

»Unter anderem, ja, das will ich sagen. Sie würden es ein Hobby nennen – oder vielleicht eine Obsession. Aber eine sehr nützliche Obsession, soweit es die Bibliothek betrifft.«

»Dann muss ich hin und ihn sehen! Es könnte mir eine Menge Zeit und verschwendete Energie ersparen.«

Der Bibliothekar zuckte mit den Achseln. »Ich kann Ihnen eine Wegbeschreibung und seine Adresse geben, aber ... es liegt an ihm, ob er Sie sehen will oder nicht. Es könnte hilfreich sein, wenn Sie ihm eine Flasche Whisky mitbrächten. Er ist ein großer Whiskykenner – aber er trinkt den schottischen, wenn er ihn sich leisten kann, und nicht diese Jauche aus Bulgarien!«

»Sie müssen mir seine Adresse geben«, bat Dragosani. »Er wird sicher mit mir sprechen. Das kann ich Ihnen versichern.«

Dragosani fand den Ort genauso, wie der Bibliothekar es beschrieben hatte, an der Bukarester Landstraße, etwa eine Meile außerhalb von Titu. Auf dem kleinen Anwesen mit hölzernen zweistöckigen Gebäuden, die etwas abgesetzt von der Straße in einem Waldstück von ein paar Hektar standen, fiel Ladislau Girescis Häuschen durch seine relative Isoliertheit auf. Alle Häuser waren von Gärten oder freien Flächen umgeben, die sie von den Nachbarn trennten, aber Girescis Haus stand ein gutes Stück abseits am Rand des Anwesens, versteckt zwischen ein paar Kiefern und wucherndem Grünzeug. Die Kiesauffahrt zum Haus selbst war eingezwängt zwischen wilden Hecken; blättrige Kriechgewächse schoben ihre Ranken über die Kiesel. Das Haus war sichtlich angegriffen von Holzschwamm in fortgeschrittenem Stadium und strahlte eine Aura der Vernachlässigung aus. Im Vergleich dazu waren die anderen Gebäude des Anwesens in gutem Zustand und ihre Gärten wohlgepflegt. Der Weg vom Gartentor zur Haustür war ähnlich überwuchert, aber Dragosani ließ sich nicht beirren und klopfte an die Bretter, von denen die letzten Flöckchen Farbe rieselten.

In einer Hand hielt er ein Einkaufsnetz mit einer Flasche Whisky, die er in einem Spirituosenladen in Pitesti erworben hatte, einem Laib Brot, einem Eckchen Käse und etwas Obst. Das Essen war für ihn selbst, wenn er nichts anderes bekommen würde, und die Flasche für Giresci, wie man ihm geraten hatte. Falls der zu Hause war. Dies schien umso unwahrscheinlicher, je länger Dragosani wartete; aber nachdem er noch einmal geklopft hatte, diesmal etwas lauter, hörte er endlich Geräusche im Innern.

Der Mann, der ihm schließlich die Tür öffnete, war vielleicht 60 Jahre alt und zerbrechlich wie ein getrocknetes Blümchen. Sein Haar war weiß – nicht grau, sondern weiß wie ein Häubchen Schnee auf dem Hügel seiner Stirn – und seine Haut noch blasser als Dragosanis eigene, mit einem leicht matten Glanz. Das rechte Bein war aus Holz, keine moderne Prothese, sondern ein alter Stumpf, aber der Mann schien trotz seiner Behinderung einigermaßen behände zu sein. Sein Rücken war gekrümmt; er bewegte eine Schulter nur behutsam und zuckte zusammen, wenn er es tat. Seine braunen Augen blickten jedoch scharf und entschlossen, und während er sich nach Dragosanis Begehr erkundigte, war sein Atem rein und gesund.

»Sie kennen mich nicht, Herr Giresci«, begann Dragosani, »aber ich habe etwas über Sie gehört, und was ich gehört habe, hat mich fasziniert. Ich vermute, man könnte mich als eine Art Historiker bezeichnen, dessen Spezialgebiet weit zurück in der alten Walachei liegt. Und man hat mir gesagt, dass niemand die Geschichte dieser Landstriche besser kennt als Sie.«

»Hmm!«, sagte Giresci und musterte seinen Besucher von oben bis unten. »Es gibt Professoren an der Universität in Bukarest, die das bestreiten würden – aber ich nicht!« Er versperrte den Weg nach innen, scheinbar unentschlossen, aber Dragosani bemerkte, wie seine braunen Augen das Einkaufsnetz und die Flasche beäugten.

»Whisky«, sagte Dragosani. »Ich schätze einen guten Tropfen, aber es ist schwierig, in Moskau an das Zeug ranzukommen. Vielleicht möchten Sie mit mir ein Gläschen trinken – während wir reden?«

»Ach?«, blaffte Giresci. »Und wer hat davon gesprochen, dass wir reden?« Aber sein Blick wanderte wieder zur Flasche, und in einem weicheren Ton sagte er: »Scotch?«

»Natürlich. Es gibt nur einen echten Whisky, und das ist …«

»Wie heißen Sie, junger Mann?«, schnitt ihm Giresci das Wort ab. Er blockierte immer noch den Zugang ins Haus, aber seine Augen verrieten Interesse.

»Dragosani. Boris Dragosani. Ich bin in dieser Gegend geboren.«

»Und darum interessieren Sie sich für Geschichte? Irgendwie glaube ich das nicht.« Unverhohlen schätzte er Dragosani ab, und seine Augen nahmen jetzt einen argwöhnischen Ausdruck an. »Sie vertreten doch keinerlei Ausländer, oder? Amerikaner zum Beispiel?«

Dragosani lächelte. »Ganz im Gegenteil. Aber ich will Sie nicht anlügen, Ladislau Giresci, ich interessiere mich wahrscheinlich für dieselben Dinge. Der Bibliothekar in Pitesti hat mir Ihre Adresse gegeben.«

»So?«, sagte Giresci. »Tatsächlich? Er weiß gut genug, wen ich sehen möchte und wen nicht, also sieht es so aus, als ob Ihre Referenzen in Ordnung sind. Nun wollen wir es aber von Ihnen hören – aus Ihrem Mund – und ohne Ausflüchte: Wofür interessieren Sie sich?«

Dragosani sah keinen Ausweg und wenig Sinn darin, noch weiter drum herum zu reden. »Also gut … Ich möchte mehr über Vampire wissen.«

Giresci starrte ihn grob an und schien ganz und gar nicht überrascht. »Dracula, meinen Sie?«

Dragosani schüttelte den Kopf. »Nein, ich meine echte Vampire. Den Vampir der transsilvanischen Legenden – den Kult der Wamphyri!«

Giresci fuhr zusammen und zuckte wieder, als sich seine kranke Schulter bewegte, beugte sich ein wenig vor und griff nach Dragosanis Arm. Er atmete einen Moment lang schwer und sagte: »Also die Wamphyri, hmm? Na gut, vielleicht werde ich mit Ihnen sprechen. Ja, und ein Gläschen Whisky würde ich auch nicht verachten. Aber zuerst erzählen *Sie* mir was. Sie sagten, Sie möchten etwas über die wahren Vampire und die Legende erfahren. Sind Sie sicher, dass Sie nicht die Mythen meinen? Rundheraus, Dragosani: Glauben Sie an Vampire?«

Dragosani blickte ihn an. Giresci beobachtete ihn scharf und wartete, fast atemlos. Irgendetwas sagte Dragosani, dass er ihn so weit hatte. »Oh ja«, sagte er sanft, nach einem Moment. »Das tue ich wirklich!«

»Hmm!«, nickte der andere und trat beiseite. »Dann kommen Sie mal besser herein, Herr Dragosani. Kommen Sie, kommen Sie, wir sprechen.«

Wie heruntergekommen Girescis Haus von außen auch aussehen mochte, im Innern war es so sauber und ordentlich, wie es ein alleinlebender Krüppel nur halten konnte. Dragosani war angenehm überrascht, während er seinem Gastgeber durch Zimmer folgte, die mit heimischer Eiche vertäfelt waren. Auf dem schimmernden alten Parkett aus Kiefernholz lagen Teppiche in traditionellen slawischen Mustern. Die Wohnung war zwar rustikal, aber warm und einladend – das war die eine Seite. Die andere jedoch – Girescis ›Steckenpferd‹, sein alles verzehrendes Hobby, seine Obsession – lebte und atmete in jedem Zimmer. Die Atmosphäre des Hauses war davon gesättigt in derselben Weise wie Mumiensärge in einem Museum eine Ahnung von endlosen Sanddünen und uralten Mysterien heraufbeschworen – nur, dass hier ein anderes Bild entstand: eisige Bergpässe und glühender Stolz, kaltblütige Verluste und schmerzhafte Einsamkeit, endlose Kriege und unbeschreibliche Grausamkeiten. Die Zimmer verkörperten das alte Rumänien. Sie *waren* die Walachei.

Die Wände eines der Zimmer waren mit alten Waffen behängt, mit Schwertern und Rüstungsteilen. An einer Stelle hing eine Arkebuse aus dem frühen 16. Jahrhundert, an einer anderen eine Lanze mit heimtückischen Widerhaken. Eine schwarze eingedellte Kugel aus einer kleinen türkischen Kanone fungierte als Türstopper und ein Paar verzierter türkischer Krummschwerter dekorierte die Wand über dem Kamin. Es gab schreckliche Äxte, Streitkolben und Knüppel, und einen übel zugerichteten rostigen Brustharnisch, der von oben herab fast entzweigehackt worden war. Die Wände des Flurs, der das große Wohnzimmer von der Küche und den Schlafzimmern trennte, waren mit gerahmten Kunstdrucken und Porträts der berüchtigten Fürsten aus dem Hause Vlad behängt und mit Stammbäumen der Bojarensippen. Dort hingen auch Familienwappen und -abzeichen; komplizierte Schlachtaufstellungen; Skizzen aus Girescis eigener Hand von verfallenen Festungen, Erdaufwerfungen, Grabhügeln, Burgruinen und Türmen.

Und Bücher! Regale über Regale gefüllt mit ihnen, die meisten davon verrottet. Giresci hatte diese wertvollen Stücke gerettet, wo immer er sie über die Jahre aufgespürt hatte. Alles zusammengenommen war das Haus ein kleines Museum für sich, mit Giresci als einzigem Wächter und Pfleger.

»Diese Arkebuse«, bemerkte Dragosani, »muss ein kleines Vermögen wert sein.«

»Vielleicht für ein Museum oder einen Sammler«, antwortete sein Gastgeber. »Ich habe mich nie für den Wert interessiert. Was halten Sie von dieser Waffe?« Er reichte Dragosani eine Armbrust.

Dragosani nahm sie, wog sie in seiner Hand und runzelte die Stirn. Die Waffe sah ziemlich modern aus, war schwer und womöglich so zielgenau und tödlich wie ein Gewehr. Das interessante Detail war ihr Bolzen, der aus Holz war, möglicherweise Pockholz, mit einer Spitze aus poliertem Stahl. Außerdem war sie geladen. »Das passt bestimmt nicht zu dem Rest von Ihrem Zeug.«

Giresci grinste und ließ ein kräftiges Gebiss aufblitzen. »Doch, allerdings! Das andere ›Zeug‹, wie Sie es nennen, erzählt von dem, was war und vielleicht immer noch ist. Diese Armbrust ist meine Antwort darauf. Abschreckung. Eine Waffe dagegen.«

Dragosani nickte. »Ein hölzerner Pfahl durchs Herz, hmm? Und damit würden Sie einen Vampir jagen?«

Giresci grinste wieder, schüttelte den Kopf. »Das wäre idiotisch. Jeder, der einen Vampir jagen will, muss ein Wahnsinniger sein! Ich bin lediglich ein Exzentriker. Einen Vampir jagen? Niemals! Aber was wäre, wenn ein Vampir mich jagen wollte? Nennen Sie es Selbstschutz, wenn Sie wollen. Mit dem Ding im Haus fühle ich mich jedenfalls sicherer.«

»Warum sollten Sie vor so etwas Angst haben? Ich meine … in Ordnung, ich stimme Ihnen zu, dass solche Kreaturen einst existierten und … vielleicht noch existieren. Aber warum würde sich einer mit Ihnen herumschlagen wollen?«

»Wenn Sie ein Geheimagent wären«, sagte Giresci, und Dragosani lächelte im Stillen darüber, »würden Sie sich jemals sicher fühlen, wenn Sie wüssten, dass ein Außenstehender Ihre Angelegenheiten, Ihre Geheimnisse kennt? Natürlich nicht. Wie sieht es mit den Wamphyri aus? Heute glaube ich, dass das Risiko vielleicht eher klein ist … aber vor zwanzig Jahren, als ich mir diese Waffe zulegte, war ich mir nicht so sicher. Ich hatte etwas gesehen, das mich für den Rest meines Lebens verfolgen wird … Ja, solche Kreaturen gibt es wirklich … und ich wusste über sie Bescheid. Und je mehr Einblick ich in ihre Legende bekam, ihre Geschichte, desto monströser erschienen sie mir. Damals konnte ich vor lauter Albträumen nicht mehr schlafen. Die Armbrust zu kaufen, war so ein bisschen wie Pfeifen in der Dunkelheit, glaube ich: Vielleicht hält es die finsteren Mächte nicht ab, aber wenigstens konnte ich sie wissen lassen, dass ich keine Angst vor ihnen hatte!«

»Obwohl Sie in Wirklichkeit Angst hatten?«, fragte Dragosani.

Girescis scharfe Augen blickten tief in die seinen. »Natürlich. Hier in Rumänien? Unter diesen Bergen? In diesem Haus, wo ich die Beweise zusammengetragen und studiert habe? Natürlich hatte ich Angst, aber heute …«

»Heute?«

Giresci zog ein halb enttäuschtes Gesicht. »Ich bin immer noch hier, unter den Lebenden. Nichts ist mit mir ›geschehen‹, oder? Also glaube ich heute … dass sie vielleicht doch schon ausgerottet sind. Natürlich gab es sie, niemand weiß das besser als ich, aber vielleicht hat sich auch der Letzte von ihnen für immer verabschiedet. Was meinen Sie, Dragosani?«

Dragosani reichte ihm die Waffe wieder. »Ich meine, Sie sollten Ihre Armbrust behalten, Ladislau Giresci. Und auch, dass Sie sie in Schuss halten sollten. Seien Sie vorsichtig, wen Sie in Ihr Haus einladen.« Er griff in seiner

Innentasche nach einem Päckchen Zigaretten und erstarrte, als Giresci die Armbrust direkt auf sein Herz richtete, aus einer Entfernung von nur zwei, drei Metern, und entsicherte. »Ich bin doch vorsichtig«, sagte er, und starrte Dragosani immer noch direkt in die Augen. »Anscheinend wissen wir beide ziemlich viel, Sie und ich. Ich weiß, warum *ich* glaube, aber wie steht's mit Ihnen?«

»Ich?« Im Innern der Jacke ließ Dragosani seine Dienstpistole aus ihrem Unterarmhalfter gleiten.

»Ein Fremder auf der Suche nach einer Legende, so scheint es. Aber ein Fremder, der ziemlich viel weiß!«

Dragosani zuckte mit den Achseln, umfasste den Griff der Pistole und begann die Mündung auf Giresci zu richten. Gleichzeitig drehte er sich etwas nach rechts. Vielleicht hatte Giresci den Verstand verloren. Schade. Es war auch schade, dass Dragosanis Jacke ein Loch bekommen würde und der Stoff Pulverspuren, aber …

Giresci sicherte die Armbrust und legte sie auf einem Tischchen ab. »Viel zu kühl«, lachte er, »für einen Vampir, dem man einen Holzpflock zeigt! Wissen Sie, der Druck auf den hölzernen Bolzen ist so eingestellt, dass der Pflock steckenbleibt, anstatt durchzuschlagen und aus dem Rücken wieder auszutreten. Das würde nichts nutzen. Nur wenn der Pflock festsitzt, wird das Geschöpf gelähmt, und …« Seine Augen weiteten sich und sein Unterkiefer klappte nach unten.

Mit aschfahlem Gesicht hatte Dragosani seine Waffe herausgezogen, gesichert und neben die Armbrust auf das Tischchen gelegt.

»Der Druck von dieser«, erklärte er rau, »reicht aus, um Ihr Herz direkt durch Ihr Rückgrat zu jagen! Ich habe auch die Spiegel an den Wänden im Flur gesehen. Viel zu viele Spiegel, dachte ich mir. Und das Kruzifix an der Tür, zweifellos haben Sie noch eines um den Hals – was immer die auch nützen würden. Also bin ich dann ein Vampir, alter Mann?«

»Ich weiß nicht, was Sie sind.« Giresci schüttelte den Kopf. »Aber ein Vampir? Nein, nicht Sie. Sie kamen immerhin aus der Sonne herein. Überlegen Sie doch: Ein Mann spürt mich auf, um etwas über die Wamphyri zu erfahren ... und *weiß* allein schon den Namen: Wamphyri. Wenn überhaupt, wissen das nur wenige! Weshalb sollte ich nicht vorsichtig sein?«

Dragosani atmete tief durch und entspannte sich ein wenig. »Ihre ›Vorsicht‹ hätte Sie fast Ihr Leben gekostet!«, sagte er offen. »Bevor wir weitermachen: Haben Sie sonst noch irgendwelche Tricks im Ärmel?«

Giresci lachte zittrig. »Nein, nein. Ich glaube, wir verstehen uns jetzt. Kommen Sie, lassen wir's für den Augenblick genug sein. Zeigen Sie doch mal, was Sie da noch in Ihrem Netz haben.« Er nahm Dragosani das Einkaufsnetz ab und hieß ihn, sich an einen Esstisch nahe eines offenen Fensters zu setzen. »Es ist schattig dort«, erklärte er, »kühler.«

»Der Whisky gehört Ihnen«, sagte Dragosani, »der Rest sollte meine Mahlzeit sein – ich weiß bloß nicht, ob ich jetzt noch etwas runterkriege. Ihre Armbrust ist ein verteufeltes Ding!«

»Natürlich können Sie essen, aber sicher! Was? Käse zum Mittagessen? Nein, vergessen Sie es. Ich habe Waldschnepfen im Ofen, die müssten jetzt bald durch sein. Ein griechisches Rezept. Vorzüglich. Whisky als Aperitif; Brot, um das Fett der Vögelchen aufzutunken; Käse als Nachtisch. Gut! Eine ausgezeichnete Mahlzeit. Während wir essen, erzähle ich Ihnen meine Geschichte.«

Dragosani ließ sich besänftigen und griff nach einem Glas, das der alte Mann aus einem antiken Eichenkabinett geholt hatte, ließ sich einen ordentlichen Schluck einschenken. Dann humpelte Giresci für einen Augenblick in die Küche, und bald darauf roch Dragosani, wie sich die Luft langsam mit dem süßlichen Duft gebratenen Fleisches füllte; es roch vorzüglich. Nach einem weiteren Augenblick war Giresci mit einem dampfenden Backblech zurück und bat Dragosani, Teller aus einem Schrank zu holen. Er schob zwei kleine Vögel auf den Teller seines Gastes, und einen auf seinen eigenen. Es gab auch gebackene Kartoffeln, und wieder bekam Dragosani den Löwenanteil.

Sie begannen zu essen, und währenddessen erzählte Giresci seine Geschichte: »Es war während des Krieges«, begann er. »Als Junge verletzte ich mir den Rücken und die Schulter so schwer, dass nicht daran zu denken war, Soldat zu werden. Ich wollte aber trotzdem meinen Teil leisten und ging zum Zivilschutz. Zivilschutz – pah! Gehen Sie mal heute, nach all den Jahren, nach Ploiesti und erwähnen Sie den Zivilschutz. Ploiesti brannte Nacht für Nacht. Es brannte einfach ab, Dragosani! Wie soll man etwas verteidigen, wenn es Bomben vom Himmel regnet?

Also rannte ich mit hunderten von anderen Leuten herum und zog Menschen aus brennenden oder zerbombten Häusern. Einige lebten noch, aber die meisten nicht, und andere wären besser tot gewesen. Es ist erstaunlich, wie schnell man sich an das alles gewöhnt. Ich war sehr jung, und deshalb gelang es mir noch schneller. Als junger Mensch ist man unverwüstlich. Und wissen Sie, am Ende schienen das ganze Blut und der Schmerz und der Tod noch nicht mal viel zu bedeuten. Nicht für mich und die anderen, die dieselbe Arbeit erledigten. Man tut es, weil es getan werden muss; wie Bergsteigen. Außer dass wir den Gipfel nie erreichen konnten. Also rannten wir einfach weiter herum. Ich! Können Sie sich das vorstellen? Damals hatte ich noch beide Beine, wissen Sie.

Und dann … dann kam eine ganz besonders schlimme Nacht. Natürlich war fast jede Nacht fürchterlich, aber diesmal …« Er schüttelte sprachlos den Kopf.

»Außerhalb von Ploiesti, in Richtung Bukarest, gab es eine Menge alter Häuser. Es waren Anwesen der Aristokratie, aus den alten Tagen, als es noch eine echte Aristokratie gab. Die meisten Häuser waren heruntergekommen, weil die Leute kein Geld für den Unterhalt hatten. Die Leute, die in ihnen wohnten, hatten schon noch etwas Geld und Land, aber nicht so viel. Sie hielten gerade so durch, verkamen langsam, verfielen zusammen mit ihren Häusern. In dieser Nacht ging genau dort eine Bombenladung herunter.

Ich fuhr einen Rettungswagen – eigentlich einen umgebauten Dreitonner – zwischen der Stadtmitte und den Außenbezirken, wo man in ein paar größeren Gebäuden Krankenhäuser eingerichtet hatte. Bis dahin waren die meisten Bomben im Zentrum gefallen. Als der Angriff kam, schleuderte es mich direkt von der Straße. Ich dachte, ich wäre erledigt … fertig.

Wir fuhren gerade an den alten reichen Häusern hinter den hohen Mauern vorbei, der Himmel war im Osten und im Süden blutrot gefärbt vom Widerschein des Feuers, als die Hölle losbrach, und zwar aus der Erde heraus, wie es schien! Gott sei Dank war mein Rettungswagen leer, weil wir gerade erst eine Fahrt zu Ende gebracht und ein halbes Dutzend schwer verletzter Menschen in einem der provisorischen Krankenhäuser abgeladen hatten. Im Laster waren nur ich und mein Beifahrer. Wir rumpelten auf dem Weg zurück nach Ploiesti über altes Kopfsteinpflaster; an jeder Ecke waren Trümmer aufgeschichtet. Und dann kamen die Bomben. Sie marschierten quer durch die alten Anwesen, brüllten wie zornige Dämonen, jagten in einem Ozean aus Licht und Feuer alles in die Luft. Ja, sie marschierten, mit dem präzisen Gleichschritt von Soldaten, nur gigantischer. Ungefähr 300 Meter entfernt, hinter den Privathäusern, ging die erste herunter: Ein dumpfer Schlag und ein plötzliches Leuchten, eine vulkanische Fontäne aus Feuer und Schlamm, die Erde bebte unter meinem rasenden Laster. 250 Meter, die zweite: Sie schleuderte Erde und brennende Bäume in den Himmel über den Dächern. 200 Meter, die Feuerwalze erklomm die alten Steinmauern, höher als die Häuser selbst. Und jedes Mal erbebte die Erde so viel stärker und näher. Dann schien ein Haus genau rechts von mir, etwas abseits der Straße am Ende einer gepflasterten Auffahrt, fast von seinen Fundamenten zu springen. Ich wusste, wo die nächste Bombe fallen würde. Sie würde das Haus treffen! Und danach? Ich hatte Recht – fast. Einen Sekundenbruchteil lang erschien das Haus als Schattenriss, beleuchtet von hinten, von einem Licht, das so hell war, dass es sich selbst durch Stein zu brennen schien und das hagere alte Haus in ein steinernes Skelett verwandelte. Im Erdgeschoss, hinter Erkerfenstern, stand eine Gestalt mit hocherhobenen Armen, schüttelte sie wie in ungeheurer, schrecklicher Wut. Als der Feuerschein der letzten Bombe abebbte und rauchende Erdbrocken aus der Nacht regneten, traf die nächste das Haus.

Die Hölle brach los. Das Dach flog in die Luft, die Mauern brachen inmitten brüllenden Feuers und Rauchs nach außen weg, und die Straße vor meinem Laster schien sich hin und her zu krümmen wie eine verwundete Schlange. Pflastersteine wurden durch die Windschutzscheibe geschleudert. Danach … alles drehte sich, alles brannte!

Der Rettungswagen war wie ein Spielzeug in der Hand eines wahnsinnigen Kindes: gepackt, herumgeschleudert und beiseitegeworfen, von der Straße weg, brennend. Ich war nur für ein paar Sekunden bewusstlos, aber als ich wieder zu mir kam und aus dem brennenden Wagen kroch, hatte ich nur noch Sekunden, und dann … BUMM!

Was meinen Kameraden angeht, der mit mir im Laster gefahren war … ich wusste noch nicht einmal seinen Namen. Und wenn doch, dann habe ich ihn seitdem vergessen. Ich war ihm an diesem Abend zum ersten Mal begegnet und sagte ihm mitten in diesem Inferno Lebewohl. Er hatte eine Hakennase, an mehr kann ich mich nicht entsinnen. Ich konnte ihn nicht im Laster erkennen, als ich mich befreit hatte; wenn er noch drin war, war das sein Ende. Auf jeden Fall sah ich ihn nie wieder …

Die Bomben regneten noch immer herab. Ich zitterte, fühlte mich elend, verletzlich und stand unter Schock. Man erkennt, wie verwundbar man wirklich ist, wenn man jemanden verliert, auch wenn man denjenigen kaum kennt.

Dann blickte ich auf das Haus, das getroffen worden war, bevor die Bombe direkt vor mir auf der Straße einschlug. Erstaunlicherweise stand noch immer ein Teil davon.

Der Raum im Erdgeschoss mit den Erkerfenstern war noch da – ohne Fenster, nur der Raum – die Hülle eines Raums. Alles andere war weg – oder würde es bald sein. Das Gebäude brannte lodernd.

Da erinnerte ich mich an die wütende Gestalt, deren Umrisse ich in jenem Fenster gesehen hatte. Wenn das Zimmer noch stand, könnte die Gestalt, er, nicht auch noch irgendwo sein? Es war Instinkt, ein Job, der unbezwingbare Berg. Ich rannte aufs Haus zu. Vielleicht war es auch Selbsterhaltungstrieb, denn wenn eine Bombe bereits auf dem Haus niedergegangen war, erschien es mir unwahrscheinlich, dass eine weitere folgen würde. Bis der Angriff vorüber war, wäre ich dort so sicher wie nirgendwo sonst. In meinem benommenen Zustand hatte ich nicht in Betracht gezogen, dass das Haus brannte, und dass das Feuer ein Signal für die nächste Welle sein könnte.

Ich gelangte sicher ins Haus, kletterte durch den zerfallenen Erker in die Überreste einer Bibliothek und fand den wütenden Mann – oder was von ihm übrig war. Was von ihm hätte übrig sein *sollen,* war eine Leiche, aber so war es nicht. Ich meine, sein Zustand … er hätte tot sein müssen. Er war es aber nicht. Er war untot!

Dragosani, ich weiß ja nicht, wie viel Sie über die Wamphyri wissen. Wenn es viel ist, wird Sie der Rest, den ich zu erzählen habe, nicht besonders überraschen. Ich jedenfalls wusste nichts, damals, und was ich sah, was ich hörte, die ganze Erfahrung war für mich einfach grauenhaft. Natürlich sind Sie nicht der Erste, dem ich diese Geschichte erzähle; ich habe sie später berichtet, sie sprudelte aus mir heraus, und seither habe ich sie noch einige Male erzählt. Aber jedes Mal wurde ich zögerlicher, denn ich wusste, dass ich nur Skepsis und Unglauben ernten würde. Dennoch, es *muss* erzählt werden; diese Erfahrung war die Initialzündung – der Schock, der meine Suche, Forschung, ja, meine Obsession in Gang setzte – und bleibt die alles beherrschende Erinnerung meines ganzen Lebens. Obwohl ich den Kreis meiner möglichen Zuhörer über die Jahre drastisch eingeschränkt habe, muss es dennoch erzählt werden. Sie, Dragosani, werden der Erste seit sieben Jahren sein, der es hört. Der Letzte war ein Amerikaner – er wollte später alles umschreiben und als sensationelle ›Tatsachengeschichte‹ veröffentlichen. Ich musste ihn mit einer Schrotflinte bedrohen, um ihn eines Besseren zu belehren. Es ist ganz klar, dass ich die Aufmerksamkeit *nicht* auf mich lenken will, und mit seinem Plan wäre ja genau das geschehen!

Ich sehe, Sie werden ungeduldig, also lassen Sie mich weiter berichten: Zuerst konnte ich in dem Zimmer nichts außer Trümmern und Schutt erkennen. Ich hatte auch nicht erwartet, irgendetwas zu entdecken. Nichts Lebendiges jedenfalls. Die Decke war auf der einen Seite eingestürzt; eine Mauer war durch die Explosion gespalten und eingedrückt worden und im Begriff einzustürzen. Umgefallene Bücherregale lagen verstreut in der Gegend herum, hier und da sah ich Bände durcheinander auf dem Boden; einige brannten und trugen zum Rauch, den Dämpfen und dem Chaos bei. Der Gestank der Bombe lag in der Luft, beißend und scharf.

Und dann hörte ich ein Stöhnen. Dragosani, davon gibt es sehr unterschiedliche … das Stöhnen von Menschen, die bis zum Umfallen erschöpft sind; das Leben spendende Stöhnen von Frauen auf dem Kindbett; das Stöhnen von Lebenden, die zu den Toten hinübergehen. Und es gibt das Stöhnen der Untoten! Davon wusste ich damals noch nichts: Es waren einfach Laute der Todesqual. Aber *solch* eine Qual, solch eine Ewigkeit der Schmerzen …

Es drang hinter einem alten umgekippten Tisch hervor, der sich nahe dem ausgebombten Erker befand, wo ich stand. Ich kletterte über den Schutt und zog an dem Tisch, bis ich ihn aufrecht auf seine kurzen Beine stellen konnte, weg von der zerbrochenen Wand. Dort zwischen der Stelle, wohin der Tisch von der Explosion geschleudert worden war, und der schweren Fußleiste lag ein Mensch. Im Grunde war es jedenfalls ein Mensch, wie sollte ich es denn auch besser wissen? Sie müssen selber entscheiden, aber im Moment genügt, dass es ein ›Mensch‹ war.

Er hatte prägnante Gesichtszüge; wenn sein Gesicht nicht von Todesqualen verzerrt gewesen wäre, sogar schöne. Und groß war er auch, ein Mordskerl – und stark! Gott, wie stark er gewesen sein musste. Genau das dachte ich, während ich seine Verletzungen besah. Niemand hatte je solche Verletzungen erlitten und überlebt – und wenn, dann war er kein Mensch.

Die Decke bestand aus jahrhundertealten verrußten Balken, wie es in vielen dieser alten Häuser war. An der Stelle, wo sie eingestürzt war, war ein massiver Balken zerbrochen und seine gezackten Enden herabgefallen. Eines davon – ein ungeheurer Pflock aus altem sprödem Kiefernholz – hatte seine Spitze durch die Brust des Mannes getrieben und sich in die Dielenbretter unter ihm gebohrt; so lag er dort, aufgespießt wie ein hilfloser Käfer von einem Streichholz. Das allein hätte ihn umbringen müssen, hätte jeden anderen von seiner Sorte erledigt. Das war aber noch nicht alles.

Irgendetwas – vermutlich die Explosion, die üble Streiche spielen kann – hatte seine Kleidung in der Mitte wie ein großes Rasiermesser aufgeschlitzt. Von der Leistengegend bis zum Brustkasten war er nackt, und nicht nur seine Kleider waren aufgeschlitzt worden. Sein zitternder Bauch war eine Masse zerfetzter, durchtrennter Nerven; die ganzen inneren Organe waren sichtbar. Seine Eingeweide lagen vor mir, Dragosani, sie pulsierten vor meinen entsetzten Augen; aber es war nicht das, was ich erwartet hatte, es waren nicht die Gedärme eines gewöhnlichen Menschen.

Hmm? Was? Ich sehe den Zweifel in Ihrem Gesicht. Was rede ich da, fragen Sie sich. Gedärm ist Gedärm, Eingeweide sind Eingeweide. Schleimige Röhren, gewundene Schläuche und dampfende Verbindungsstücke; seltsam geformte, rote, gelbe und purpurne Fleischlappen; aufgequollene Würste und brodelnde Blasen. Oh ja, diese Dinge gab es in der Tat in seinem aufgerissenen Rumpf. Aber nicht nur das. Dort war noch etwas *anderes*!«

Dragosani lauschte gespannt, atemlos; aber obwohl sein Interesse erwacht und all seine Aufmerksamkeit auf Girescis Geschichte konzentriert war, verriet sein Gesichtsausdruck kaum Mitgefühl oder Erschrecken.

Giresci sah es. »Ah«, sagte er. »Sie sind selbst auch nicht ohne Durchhaltevermögen, mein junger Freund, es gibt viele, die nach dem, was ich gerade erzählt habe, erbleichen oder sich übergeben würden. Und es gibt noch so viel mehr zu erzählen. Wir werden sehen, wie Sie den Rest verkraften …

Ich sagte, dass es noch etwas anderes im Innern dieses Mannes gab, und so war es auch. Ich sah es, als ich ihn dort aufgespießt liegen sah, und glaubte zunächst, meine Augen spielten mir einen Streich. Jedenfalls sahen wir uns gegenseitig an, und nachdem unsere Blicke sich zum ersten Mal getroffen hatten, schien dieses Etwas in ihm zurückzuweichen und hinter dem Rest seiner Eingeweide zu verschwinden. Oder … vielleicht hatte ich mir einfach nur eingebildet, dass dort etwas war, hmm? Stellen Sie sich einen Kraken vor oder eine Nacktschnecke. Nur größer, mit Fangarmen, die sich um alle gewöhnlichen Organe des Körpers winden, mit einem Zentrum in der Herzregion oder dahinter. Ja, stellen Sie sich einen riesigen Tumor vor – beweglich, empfindungsfähig!

Es war da, es war fort, ich hatte es mir eingebildet. Glaubte ich. Die Todespein dieses Mannes war allerdings keine Einbildung, auch nicht seine schrecklichen Wunden und die Tatsache, dass nur ein Wunder – eine Reihe von Wundern – bis jetzt sein Leben bewahrt hatten. Er würde nicht mehr als bloß noch ein paar Minuten oder Sekunden zu leben haben. Nein, er war mit Sicherheit erledigt.

Aber er war bei Bewusstsein! Stellen Sie sich das vor! Und versuchen Sie sich seine Qualen vorzustellen, wenn Sie können. Ich konnte es, und als er mich ansprach, wurde ich vor Schreck fast ohnmächtig. Dass er denken konnte, dass noch irgendeine Art von geordnetem Gedankengang in ihm übrig war, das war … unvorstellbar. Dennoch behielt er eine Art Selbstbeherrschung. Sein Adamsapfel hüpfte, hob sich, und er flüsterte: ›Zieh ihn heraus. Zieh ihn aus mir heraus. Die Spitze des Balkens, hol ihn aus meinem Körper.‹

Ich kam wieder zu Sinnen, zog meine Jacke aus und legte sie vorsichtig über seine aufgeplatzten Gedärme. Das war mehr für mich als für ihn, verstehen Sie. Ich hätte nichts tun können, solange seine Eingeweide dermaßen zur Schau gestellt waren. Dann griff ich nach dem Balken.

›Das bringt nichts‹, sagte ich ihm und benetzte nervös meine Lippen. ›Es wird Sie auf der Stelle töten! Falls ich es schaffe – falls! –, sterben Sie sofort. Ich würde Ihnen keinen Gefallen damit tun, Ihnen etwas vorzumachen!‹

Er schaffte es, zu nicken. ›Versuch es trotzdem‹, keuchte er.

Und so versuchte ich es. Unmöglich! Drei Männer hätten den Balken nicht bewegen können. Er war tatsächlich durch ihn durch und in den Boden gerammt worden. Natürlich bewegte er sich ein Stückchen, aber gleichzeitig fielen große Brocken der Decke herab und die Mauer bewegte sich unheilverkündend. Schlimmer noch, eine Pfütze von Blut hatte sich in der eingedrückten Brust angesammelt, dort, wo der Balken ihn festhielt. Er stöhnte und rollte mit den Augen, und ich biss die Zähne zusammen. Sein Körper begann unter meiner Jacke zu zittern, als jagte jemand einen Stromstoß durch ihn hindurch. Und seine Füße trommelten in einem Anfall von Schmerzen auf den Boden. Ob Sie es glauben oder nicht – noch während das geschah, griffen seine Hände wie Klauen nach dem zersplitterten Stumpf, und er versuchte, mich bei meinen Bemühungen zu unterstützen! Aber alles war vergeblich und wir wussten es beide. Ich sagte ihm: ›Selbst wenn wir ihn rausziehen könnten, würde nur alles über Ihnen zusammenbrechen. Hören Sie, ich habe Chloroform hier. Ich kann Sie betäuben, damit Sie den Schmerz nicht spüren müssen. Aber ich muss ehrlich zu Ihnen sein, Sie werden nicht mehr aufwachen.‹

›Nein, keine Betäubung!‹, keuchte er unvermittelt. ›Ich ... bin immun gegen Chloroform. Ich muss bei Bewusstsein bleiben, die Kontrolle behalten. Hol Hilfe, mehr Leute. Geh, geh schnell!‹

›Es gibt niemanden! Wer soll da draußen schon sein? Wenn es irgendwelche Leute in der Gegend gibt, werden sie damit beschäftigt sein, ihre eigene Haut zu retten, ihre Familien, ihren Besitz. Dieser ganze Bezirk ist in die Hölle gebombt worden!‹ Noch während ich sprach, ertönte das laute Brummen der Bomber, und in einiger Entfernung der Donner neuer Abwürfe.

›Nein! Du kannst es, ich weiß es. Du wirst Hilfe finden und zurückkommen. Du wirst reichlich dafür belohnt, glaub mir. Sterben werde ich nicht, ich halte durch. Ich werde warten. Du ... du bist meine einzige Chance. Du kannst sie mir nicht verweigern!‹

Als ich mich umschaute, wusste ich, dass ich keine Zeit haben würde, jemanden zu finden, dass alles aus war.

Seine Augen folgten meinem Blick, sahen die Flammen, die außerhalb des zerstörten Erkerfensters züngelten. Der Rauch wurde mit jeder Sekunde dicker, Bücher brannten ungehindert und steckten umgestürzte Regale und Möbelstücke mit an. Rauch begann von der durchhängenden Decke herabzusteigen, die immer mehr nachgab und Staub und Putzteilchen herabregnen ließ.

›Ich … ich werde verbrennen!‹, ächzte er. Einen Moment lang waren seine Augen weit geöffnet und klar vor Furcht, dann aber nahmen sie einen seltsamen Ausdruck friedlicher Resignation an. ›Es … ist vorbei.‹

Ich versuchte, seine Hand zu nehmen, aber er schüttelte mich ab, und wieder murmelte er: ›Vorbei. Nach all den langen Jahrhunderten …‹

›Es war sowieso vorbei‹, sagte ich ihm. ›Ihre Verletzungen, Ihre Schmerzen …‹

Darauf starrte er mich verächtlich an. ›Meine Verletzungen? Meine Schmerzen?‹, wiederholte er. ›Hah!‹ Sein kurzes, bellendes Lachen war bitter wie eine unreife Zitrone, voller Säure und Verachtung. ›Als ich den Drachenhelm trug und eine Lanze durchs Visier drang, mir die Nase brach, hindurchschoss und aus meinem Hinterkopf wieder austrat, das war Schmerz!‹, knurrte er. ›Schmerz, ja, weil ein Teil von mir – mein wahres *Ich* – verletzt wurde. In Silistria, wo wir die Osmanen aufgerieben haben. Oh, ich kenne Schmerzen, mein Freund. Wir sind gute alte Bekannte, der Schmerz und ich. Im Jahr 1204 in Konstantinopel war es griechisches Feuer. Ich war in Zara zum vierten Kreuzzug gestoßen, als Söldner. Und zum Dank wurde ich auf der Höhe unseres Triumphes verbrannt! Aber haben wir sie nicht dafür bezahlen lassen? Drei ganze Tage lang haben wir geplündert, vergewaltigt, abgeschlachtet. Und ich, in meiner Qual, halb verzehrt vom Feuer, verbrannt fast bis zum allerinnersten ICH, ich war der größte Schlächter von allen! Das menschliche Fleisch war zusammengeschrumpft, aber der Wamphyri lebte weiter! Und jetzt liege ich hier, gepfählt und verkrüppelt, wo die Flammen mich finden und mir ein Ende bereiten werden. Menschliche Schmerzen und Leiden, davon weiß ich nichts und es kümmert mich auch nicht. Aber Wamphyri-Schmerzen? Gefangen, brennend, schreiend im Feuer und Schicht für Schicht hinwegschmelzend! Nein, das darf nicht sein …‹

Das waren seine Worte. Ich glaubte, dass er halluzinierte. Vielleicht war er Historiker? Ein gelehrter Mann sicherlich. Schon näherten sich die Flammen, die Hitze wurde unerträglich. Ich konnte unmöglich bei ihm bleiben – aber ich vermochte ihn auch nicht zu verlassen, jedenfalls nicht, solange er noch bei Bewusstsein war. Ich nahm einen Wattebausch und ein Fläschchen Chloroform heraus, und …

Er erkannte meine Absicht und schlug mir das Fläschchen aus der Hand. ›Narr!‹, fauchte er. ›Du tötest nur den menschlichen Teil ab!‹

Meine Kleidung war unerträglich heiß und kleine Feuerzungen suchten ihren Weg an der Fußleiste entlang. Ich vermochte kaum noch zu atmen. ›Warum sterben Sie nicht?‹, schrie ich, unfähig, mich von ihm fortzureißen. ›Um Gottes willen, sterben Sie!‹

›Gott?‹, verhöhnte er mich offen. ›Ha! Bei ihm gibt es keinen Frieden für mich, selbst wenn ich gläubig wäre. In deinem Himmel ist für mich kein Platz, mein Freund.‹

Auf dem Boden lag neben dem anderen Kram vom Schreibtisch auch ein Brieföffner. Eine Seite seiner Klinge war ungewöhnlich scharf. Ich nahm ihn und wandte mich wieder dem Mann zu. Mein Ziel war seine Kehle, ein

Schnitt von Ohr zu Ohr. Es war, als würde er meine Gedanken lesen.

›Das reicht nicht‹, sagte er. ›Es muss der ganze Kopf sein.‹

›Was?‹, fragte ich. ›Was sagen Sie?‹

Er fixierte mich mit seinen Augen. ›Komm her!‹ Ich konnte mich nicht weigern. Ich beugte mich über ihn, blickte auf ihn herab, das Messer vor mir ausgestreckt. Er nahm es mir ab und schleuderte es von sich. ›Wir machen es jetzt so, wie ich es will‹, sagte er. ›Der einzig sichere Weg.‹

Ich starrte in seine Augen und war völlig gebannt. Sie waren … magnetisch! Wenn er nichts weiter gesagt und mich bloß mit seinem Blick festgehalten hätte, wäre ich dort geblieben und mit ihm verbrannt. Ich wusste es damals und weiß es heute. Er war gelähmt, zerquetscht, aufgeschlitzt wie ein Fisch vor dem Ausnehmen, und trotzdem hatte er diese Macht!

›Geh in die Küche‹, befahl er. ›Das Hackbeil – das große – bring es. Jetzt.‹

Seine Worte befreiten meine Beine, aber seine Augen – nein, sein *Geist* – hielt mich fest im Griff. Ich ging, durch dicken Rauch und Flammen, und kehrte zurück. Ich zeigte ihm das Beil und er nickte zufrieden.

Das Zimmer brannte nun lichterloh und meine Kleidung begann zu rauchen. Alles Haar auf meinem Kopf fühlte sich versengt und spröde an.

›Deine Belohnung‹, sagte er.

›Ich will keine Belohnung.‹

›Ich will, dass du sie nimmst. Ich will, dass du weißt, wen du heute Nacht vernichtest hast. Mein Hemd – reiß es am Hals auf.‹

Während ich mich über ihn beugte, glaubte ich einen Augenblick lang, dass sich etwas anderes als eine Zunge in seinem teilweise geöffneten Mund bewege. Sein Atem in meinem Gesicht stank wie die Pest! Ich hätte mich abgewandt, wäre ich nicht durch seine Augen gebannt worden, bis ich meine Aufgabe erledigt hatte. Um seinen Hals fand ich an einer Goldkette ein schweres goldenes Medaillon. Ich öffnete die Kette, nahm sie und steckte sie in meine Tasche.

›Jaaaa‹, seufzte er. ›Volle Bezahlung. Jetzt bring es zu Ende!‹

Ich hob das Beil mit zitternden Händen, aber …

›Warte!‹, rief er. ›Höre: Ich spüre die Versuchung, dich zu töten. Du würdest es Selbsterhaltungstrieb nennen, es ist stark in den Wamphyri. Ich weiß, dass es falsche Hoffnungen sind. Der Tod, den du anbietest, wird sauber und gnadenvoll sein, die Flammen langsam und unerträglich. Trotzdem könnte ich dich treffen, bevor du mich triffst, selbst in dem Moment, wo du zuschlägst. Und dann würden wir beide einen äußerst scheußlichen Tod finden. Deshalb – warte mit dem Zuschlagen, bis ich meine Augen geschlossen habe – dann schlage hart und entschlossen zu – und dann flieh! Schlag zu und dann verschwinde. Hast du verstanden?‹

Ich nickte.

Er schloss die Augen.

Ich schlug zu!

In dem Moment, in dem die gerade glänzende Schneide sich in seinen Hals senkte – noch bevor ich seinen Kopf abgetrennt hatte –, sprangen seine Augen auf. Aber er hatte mich gewarnt, und ich hatte gut zugehört. Als sein Kopf durch die Luft flog und das Blut aus seinem Körper sprudelte, sprang ich zurück. Der Kopf prallte auf, rollte zwischen den flammenden Büchern umher. So wahr mir Gott helfe, ich schwöre, dass diese furchtbaren Augen mir folgten, wohin der Kopf auch flog, in welchem Winkel er auch fiel, immer voller Vorwurf! Und sein Mund – dieser *Mund* – und was er auch immer verbarg … Diese gespaltene Zunge, die schlangengleich über seine Lippen glitt und zuckte, die in einem Augenblick von scharlachrot zu tödlichem Weiß erblasste!

Genauso fürchterlich oder noch schlimmer als all das war, dass der Kopf selbst sich verändert hatte. Die Haut schien sich immer mehr um den Schädel zu spannen, und dieser wiederum hatte sich so in die Länge gezogen, dass er wie der eines großen Hundes oder Wolfes aussah. Diese glühenden Augen, die zuvor dunkel gewesen waren, hatten die Farbe von Blut angenommen. Die oberen Zähne hatten sich in die Unterlippe gegraben und hielten die zuckende Zunge dort gefangen; die Schneidezähne waren gebogen und scharf wie Nadeln!

Es ist wahr! Ich sah es. Ich sah es – aber nur einen Moment, bevor der ganze Kopf in rasche Verwesung überging. Es war die Hitze; nur deswegen konnte das Fleisch Blasen werfen und schmelzen; aber das pure Grauen des Ganzen jagte mich stolpernd vom Ort des Geschehens – fort von diesem gaffenden, fremdartigen, faulenden Kopf und seinem enthaupteten Körper – *in dem sich nun Dinge grauenhaft zu bewegen begannen!* Eine Bewegung … und ein Zusammenbruch.

Erinnern Sie sich, dass ich meine Jacke über die offen liegenden Eingeweide gebreitet hatte? Nun wurde die Jacke von einer unsichtbaren Macht darunter ergriffen, zerrissen und mit Kraft an die Decke geschleudert. Dem folgte wild um sich schlagend ein einzelner spitz zulaufender Fangarm aus pockigem Fleisch; er brach aus dem Magen hervor, wand und drehte sich wie von einem grausigen Anfall geschüttelt. Wie eine teuflische Peitsche schlug er nach der Luft, schlängelte sich suchend durch den Rauch und die Flammen!

Als der Tentakel auf den Boden fiel und zuckend, aber dennoch systematisch die Umgebung durchsuchte und nur vor den Flammen selbst zurückwich, floh ich auf einen Stuhl und kauerte dort gelähmt vor Grauen. Aus dieser leicht erhöhten Position sah ich, wie die Überreste der Leiche in sich zusammensackten und erst in Fäulnis übergingen, dann zu einem Haufen fleischloser Knochen wurden und schließlich vor meinen Augen zu Staub zerfielen. Während dies geschah, wurde der Tentakel schwerfälliger, zog sich dorthin zurück, wo der Wirtskörper gelegen hatte, in den Staub und die letzten zerfallenden Reste jahrhundertealter Gebeine …

Das alles, verstehen Sie, geschah in ein paar Sekunden, schneller als ich es überhaupt erzählen kann. Auf das, was ich sah, könnte ich bis heute keinen Eid ablegen. Ich kann nur *glauben*, dass ich es sah.

Danach stürzte die Decke ein, ich wurde vom Stuhl geschleudert. Das Haus verwandelte sich in ein Flammenmeer, das alles verschluckte. Aber als ich aus dem Haus humpelte – fragen Sie mich nicht, wie ich wieder in die stinkende Nachtluft kam, denn daran kann ich mich nicht mehr erinnern –, erhob sich aus dem Inferno ein langgezogener Schrei äußerster Todesqualen, das mitleiderregendste, schrecklichste, wildeste und zornigste Geheul, das ich je gehört habe. Dann …

Vom Himmel regneten wieder Bomben und ich konnte mich an nichts mehr erinnern, bis ich in einem Feldlazarett wieder zu Bewusstsein kam. Ich hatte ein Bein verloren und, erzählte man mir später, etwas von meinem Verstand. Eine Kriegsneurose angeblich; als ich erkannte, wie sinnlos es war, sie eines Besseren zu belehren, entschied ich mich einfach dafür, es dabei zu belassen. Körper und Geist, beide waren bloß Opfer der Bombennächte …

Aber als ich entlassen wurde, war unter meinen Sachen etwas, das die wahre Geschichte erzählte, und ich besitze es noch immer.«

IX

Über seiner Weste trug Giresci eine Goldkette. Aus der linken Westentasche nahm er nun eine silberne Taschenuhr, die mit der antiken Kette überhaupt nicht zusammenpasste, und aus der rechten das Medaillon, von dem er gesprochen hatte, und hielt das Kunstwerk Dragosani zur Begutachtung hin. Dragosani ignorierte die Uhr und die Kette und griff nach dem Medaillon. Er starrte es an. Auf der einen Seite der Scheibe sah er ein hoch stilisiertes heraldisches Kreuz, welches nur das der Johanniter von Jerusalem sein konnte; es war mit einem scharfen Instrument zerkratzt und gründlich verunstaltet worden. Auf der anderen Seite … Irgendwie hatte Dragosani es geahnt. In grobem, fast primitivem Basrelief war ein dreifaches Emblem abgebildet: ein Teufelssymbol, die Fledermaus und der Drache. Er kannte das Motiv nur allzu gut, und stieß atemlos die zwangsläufige Frage aus: »Haben Sie das nachgeforscht?«

»Das Emblem, seine heraldische Bedeutung? Ich habe es versucht. Offensichtlich hat es eine Bedeutung, aber bisher konnte ich den Ursprung dieses speziellen Wappens nicht finden. Ich kann Ihnen etwas über die Bedeutung der Symbole in der lokalen Geschichte erzählen, über den Drachen und die Fledermaus; aber das Teufelsmotiv ist ziemlich mysteriös …«

»Nein«, schnitt ihm Dragosani ungeduldig das Wort ab. »Das wollte ich nicht wissen. Ich kenne das Motiv gut genug. Was ist mit der Kreatur, dem Mann, der Ihnen das Medaillon gegeben hat? Konnten Sie *seine* Geschichte aufspüren?« Er fixierte sein Gegenüber und gierte auf die Antwort, ohne genau zu wissen, wie er eigentlich auf die Frage gekommen war.

Giresci nickte und nahm das Medaillon, die Uhr und die Kette wieder an sich. »Es ist merkwürdig, ich weiß«, sagte er, »aber man sollte doch glauben, dass ich mich nach solch einem Erlebnis von dem ganzen Zeug fernhielte, oder? Man würde gewiss nicht vermuten, dass es mich zu langen Jahren privater Forschung und Suche veranlassen würde. Aber genau so passierte es; und was wäre ein besserer Anfang – das haben Sie sich doch schon gedacht – als der Name, die Familie, die Geschichte der Kreatur, die ich in jener Nacht vernichtet hatte? Zuerst sein Name: Er lautete Faethor Ferenczy.«

»Ferenczy?«, wiederholte Dragosani und ließ sich das Wort auf der Zunge zergehen. Er beugte sich vor, krallte seine weiß anlaufenden Finger in die Tischplatte. Der Name hatte eine Bedeutung für ihn, da war er sich sicher. Aber welche? »Und seine Familie?«

»Was?« Giresci schien überrascht. »Finden Sie den Namen denn nicht merkwürdig? Der Nachname ist ziemlich geläufig – er ist ungarischen Ursprungs. Aber Faethor?«

»Was ist damit?«

Giresci zuckte die Achseln. »Ich bin erst an einer anderen Stelle auf ihn gestoßen: Ein Fürstensohn der Weißkroaten aus dem neunten Jahrhundert. Sein Nachname war auch ziemlich ähnlich: Ferrenzig.«

Ferenczy – Ferrenzig, dachte Dragosani. *Ein und derselbe.* Dann hielt er inne. Warum sollte er solch voreilige Schlüsse ziehen? Dennoch war er sicher, dass er nicht nur nach der erstbesten Erklärung griff, sondern dass er die Dualität der *Wamphyri*-Identität als Tatsache erkannt hatte. Duale Identität? Das war sicher auch ein voreilig gezogener Schluss. Giresci hatte nur sagen wollen, dass die Namen dieselben waren, nicht die Männer, oder der Mann, der diese Namen getragen hatte. Oder hatte er doch mehr als das sagen wollen? Falls ja, wäre es eine wahnwitzige Erklärung – zwei Faethors wären ein und dieselbe Person, einer ein weißkroatischer Prinz aus dem neunten Jahrhundert und der andere ein zeitgenössischer rumänischer Landbesitzer.

»Was haben Sie noch über ihn herausgefunden?«, brach er schließlich das Schweigen. »Über seine Familie? Überlebende Angehörige, meine ich. Und seine Geschichte, außer dieser schwachen Verbindung zu den Weißkroaten?«

Giresci zuckte mit den Schultern und kratzte sich am Kopf. »Mit Ihnen zu sprechen«, knurrte er, »ist eine undankbare und frustrierende Angelegenheit. Ich werde das Gefühl nicht los, dass Sie die meisten Antworten bereits kennen. Dass Sie vielleicht sogar mehr wissen als ich. Es kommt mir vor, als benutzten Sie mich bloß, um Ihre eigenen gut begründeten Überzeugungen zu bestätigen …« Er schwieg einen Moment lang, und als Dragosani keine Antwort gab, fuhr er fort. »Also, soweit ich weiß, war Faethor Ferenczy der Letzte seiner Linie. Nach ihm kam keiner mehr.«

»Dann irren Sie sich!«, fauchte Dragosani. Er biss sich sogleich auf die Lippe und senkte die Stimme. »Ich meine ... Sie können nicht sicher sein.«

Giresci war erstaunt. »Sie wissen wohl alles besser als ich?« Er hatte stetig von Dragosanis Whisky getrunken, doch der Schnaps zeigte kaum Wirkung. Wieder goss er einen Schluck nach. »Jetzt lassen Sie mich erst mal erzählen, was genau ich über diesen Ferenczy herausgefunden habe, ja?

Der Krieg war bereits vorüber, als ich anfing nachzuforschen. Was meinen Lebensunterhalt betraf: Ich konnte nicht klagen. Ich hatte mein Häuschen und bekam eine Entschädigung für mein verlorenes Bein. Das und eine kleine Behindertenrente deckten alles ab; ich kam über die Runden. Ich konnte keine großen Sprünge machen, aber wenigstens musste ich nicht hungern oder auf der Suche nach einem Dach über dem Kopf durch die Lande ziehen. Meine Frau ... sie war ein weiteres Opfer des Krieges geworden. Familie hatten wir nicht ... ich heiratete nie wieder.

Ich beschäftigte mich mit der Vampirlegende vor allem deshalb, weil ich sonst nichts zu tun hatte. Oder zumindest nichts, das ich tun wollte. Diese Sache zog mich an wie ein gewaltiger Magnet ... Ich will Sie nicht langweilen; ich sage das nur, um Ihnen ein komplettes Bild zu geben. Wie Sie wissen, begannen meine Nachforschungen mit Faethor Ferenczy. Ich kehrte an den Ort des Geschehens zurück, redete mit Leuten, die ihn gekannt haben mochten. Ein Großteil des Viertels lag in Trümmern, aber ein paar Häuser standen noch. Das eigentliche Ferenczy-Haus war nur noch eine Hülle, von innen und außen rußgeschwärzt, und nichts schien darauf hinzuweisen, wer oder was dort gehaust hatte.

Ich hatte den Namen aus verschiedenen Quellen: Post, Grundbuchamt, Vermisstenlisten, Kriegsopferregister, und so weiter. Aber abgesehen von dieser Handvoll Behörden schien ihn niemand persönlich gekannt zu haben.

Dann fand ich eine alte Frau, die noch in dem Bezirk lebte, eine Witwe namens Luorni. Etwa 15 Jahre vor dem Krieg hatte sie begonnen, für Ferenczy zu arbeiten, als Putzfrau. Sie hatte das über zehn Jahre gemacht, bis ihr die Arbeit nicht mehr gefallen hatte. Warum genau, wollte sie mir nicht sagen, aber mir war klar, dass Ferenczy selbst das Problem gewesen war. Irgendetwas an ihm hatte sie immer mehr gestört, bis sie es einfach nicht mehr ertragen hatte. Auf jeden Fall erwähnte sie seinen Namen nie, ohne sich zu bekreuzigen. Ja, aber sie konnte mir einige hochinteressante Dinge über ihn erzählen … ich versuche, es kurz zu machen: In seinem Haus gab es keine Spiegel. Was das bedeutet, muss ich bestimmt nicht erklären …

Die Witwe Luorni sah ihren Arbeitgeber nie bei Tageslicht außerhalb des Hauses; sie sah ihn überhaupt nie draußen, außer bei zwei Gelegenheiten, und es war beide Male abends in seinem eigenen Garten. Sie hat niemals für ihn gekocht und ihn niemals etwas essen sehen. Kein einziges Mal. Natürlich hatte er eine Küche, aber er benutzte sie nie, soweit die alte Dame wusste. Wenn er es denn tat, musste er alles allein saubergemacht haben.

Er hatte keine Frau, keine Familie, keine Freunde. Er bekam nur wenig Post und war oft wochenlang aus dem Haus. Er arbeitete weder auswärts noch zu Hause, hatte aber immer Geld. Eine Menge. Als ich das überprüfte, konnte ich aber kein Bankkonto oder dergleichen entdecken. Kurz, Ferenczy war ein seltsamer, verschwiegener, zurückgezogen lebender Mann …

Und das ist bei Weitem nicht alles. Der Rest ist noch seltsamer. Eines Morgens ging die alte Frau zum Putzen und fand dort die Polizei. Drei Brüder, eine wohlbekannte Einbrecherbande aus Moreni – ein brutaler Haufen, den die Polizei schon seit Jahren suchte –, waren beim Haus festgenommen worden. Anscheinend waren sie in den frühen Morgenstunden in das Haus eingebrochen. Sie hatten geglaubt, das Haus wäre leer. Ein übler Fehler!

Laut den Geständnissen, die sie später bei der Polizei ablegten, hatte Ferenczy gerade einen in den Keller geschleift und die anderen zwei hineingetrieben, als seine Aufmerksamkeit durch die Ankunft der Reiter vor dem Haus abgelenkt wurde. Erinnern Sie sich, damals benutzte die Polizei in den abgelegenen Landstrichen noch Pferde. Die Polizisten waren durch Berichte über Herumtreiber, die sich in der Gegend aufhalten sollten, alarmiert worden – es waren natürlich die Brüder. Es gab wohl nie Kriminelle, die froher waren, in die Hände des Gesetzes zu fallen! Sie waren Gauner, aber Faethor Ferenczy waren sie nicht gewachsen. Jeder von ihnen hatte einen gebrochenen rechten Arm und ein gebrochenes linkes Bein, und dafür war ihr anvisiertes Opfer verantwortlich! Stellen Sie sich diese Kraft vor, Dragosani!

Die Polizei war zu dankbar, um sich noch weiter mit der Sache zu befassen, erzählte die Witwe Luorni. Immerhin hatte Ferenczy nur sein Leben und seinen Besitz beschützt. Die Frau sah, wie die Brüder ein paar Stunden später fortgebracht wurden, und ihr war klar, dass ihr Arbeitgeber die Männer zu Tode erschreckt hatte.

Ich sprach davon, dass Ferenczy drauf und dran war, seine Gefangenen in den Keller zu schleppen. Zu welchem Zweck? Um sie dort festzuhalten, bis Hilfe käme? Möglich …«

»Oder um sie wie in einem Kühlhaus frisch zu halten, bis sie … gebraucht würden, hm?«, fragte Dragosani.

Giresci nickte. »Genau! Kurz darauf hörte die Witwe auf, dort zu arbeiten.«

»Hmm!«, grübelte Dragosani. »Mich überrascht, dass er sie gehen ließ. Ich meine, sie muss einen Verdacht gehegt haben. Sie sagten selbst, dass ihr die Arbeit nicht mehr ›gefallen‹ hatte, dass sie ein ungutes Gefühl beschlich, bis sie es nicht mehr aushielt. Hatte er nicht Angst, dass sie über ihn redet?«

»Ah!«, rief Giresci aus. »Sie haben etwas vergessen, Dragosani. Was ist mit der Art, wie er mich kontrollierte, mit seinen Augen und seinem Geist, in jener Bombennacht, der Nacht, in der er starb?«

»Hypnose«, antwortete Dragosani, ohne zu zögern.

Giresci lächelte grimmig und nickte. »Die Kunst eines Vampirs, eine von vielen. Er befahl ihr einfach, zu schweigen, solange sie lebte. *Solange sie lebte,* würde sie einfach alles über ihn vergessen; vergessen, dass sie je etwas Unheimliches in ihm gesehen hatte.«

»Ich verstehe«, sagte Dragosani.

»Seine Macht war so stark«, fuhr der andere fort, »dass sie tatsächlich vergaß – bis ich sie Jahre später danach fragte. Denn da war Ferenczy natürlich schon tot.«

Girescis Art begann Dragosani zu ärgern. Sein Hauch von Selbstzufriedenheit, seine Blasiertheit, die hohe Meinung, die er offensichtlich von seinen eigenen detektivischen Fähigkeiten hatte. »Natürlich sind das alles bloß Vermutungen«, sagte der Nekromant schließlich. »Sie wissen nichts von alledem mit Gewissheit.«

»Aber sicher«, antwortete Giresci sofort. »Ich weiß es von der Witwe selbst. Verstehen Sie mich nicht falsch: Ich behaupte nicht, dass es einfach so aus ihr heraussprudelte.

Es war nicht so, dass wir eine lustige Klatschrunde veranstaltet haben. Weit gefehlt. Nein, ich musste wirklich auf sie eingehen und sie über alles ausfragen, immer wieder, bis ich alles ausgegraben hatte. Er war zwar tot und seine Macht vergangen, sicher, aber etwas davon war noch zu spüren, verstehen Sie?«

Dragosani wurde nachdenklich. Seine Augen verengten sich ein wenig. Plötzlich, aus heiterem Himmel, fühlte er sich von diesem Mann bedroht. Er war viel zu schlau, dieser Ladislau Giresci. Dragosani hegte eine Abneigung gegen ihn, und fragte sich, warum. Es war zu eng hier drin, geradezu klaustrophobisch. Das musste es sein. Er schüttelte den Kopf, richtete sich auf, versuchte sich zu konzentrieren. »Natürlich ist diese Witwe schon lange tot.«

»Oh ja, seit Jahren.«

»Also sind Sie und ich die Einzigen, die irgendetwas über Faethor Ferenczy wissen?«

Giresci starrte den jüngeren Mann an. Dragosanis Stimme war zu wenig mehr als einem Knurren abgesunken, fast schon drohend. Etwas schien nicht mit ihm zu stimmen. Unter Girescis fragendem Blick schüttelte er sich noch einmal und blinzelte schnell.

»Richtig«, antwortete Giresci finster. »Ich habe es niemandem erzählt … Es hätte ja auch keinen Sinn, wer würde es glauben? Sind Sie in Ordnung, mein Freund? Fühlen Sie sich gut? Beunruhigt Sie etwas?«

»Mich?« Dragosani beugte sich wieder vor, als ob ihn etwas zu Giresci hinzöge. »Nein, natürlich nicht. Ich bin ein bisschen schläfrig, das ist alles. Das gute Essen, vermute ich. Ich bin in den letzten Tagen auch eine lange Strecke gefahren. Das wird es sein; ich bin müde. Machen Sie nur weiter, Giresci. Erzählen Sie. Über Ferenczy und seine Vorfahren. Über die Wamphyri. Erzählen Sie mir alles.«

»Alles? Das könnte eine Woche dauern und länger!«

»Ich habe eine Woche Zeit«, entgegnete Dragosani.

»Verdammt, ich hätte fast geglaubt, Sie meinen es ernst!«

»Das tue ich auch.«

»Zweifellos sind Sie ein anständiger Bursche, und es ist gut, mit jemandem zu sprechen, der wirklich interessiert ist. Aber wie kommen Sie auf die Idee, dass ich eine ganze Woche mit Ihnen verbringen will? In meinem Alter ist Zeit ein kostbares Gut. Oder glauben Sie, dass ich genauso langlebig bin wie Ferneczy?«

Dragosani lächelte nur dünn. Fast hätte er gesagt: *Sie können mit mir hier oder in Moskau sprechen,* aber er beherrschte sich gerade noch. Das war nicht notwendig. Jedenfalls noch nicht. Und es könnte Borowitz sein großes Geheimnis verraten: Wie er überhaupt erst Nekromant geworden war. »Wie steht's dann mit den nächsten ein, zwei Stunden?«, versuchte er es versöhnlicher. »Da Sie es angesprochen haben, können wir ja mit Ferenczys Langlebigkeit anfangen.«

Giresci gluckste. »Das ist fair. Es ist ja auch noch Whisky übrig!« Er goss sich noch einmal ein, machte es sich bequem und dachte kurz nach, ehe er fortfuhr: »Ferenczys Langlebigkeit. Die Fast-Unsterblichkeit des Vampirs. Lassen Sie mich etwas anderes erzählen, das ich von der Witwe Luorni habe. Sie sagte, als sie ein kleines Mädchen gewesen sei, habe sich ihre Großmutter an einen Ferenczy erinnert, der in demselben Haus gelebt hatte. Und *deren* Großmutter ebenfalls! Daran ist noch nichts Merkwürdiges – Sohn folgt auf Vater, richtig? Es gibt viele alte Bojarenfamilien in der Umgebung, deren Namen bis in undenkliche Zeiten zurückreichen. Das Seltsame ist: Soweit die Witwe wusste, hatte es nie irgendwelche weiblichen Ferenczys gegeben. Und wie soll ein Mann seinen Namen weiterreichen, wenn er sich nie eine Frau nimmt?«

»Natürlich haben Sie auch das untersucht«, sagte Dragosani.

»Ja. Aufzeichnungen waren jedoch selten, denn der Krieg hatte eine Menge zerstört. Das Haus war aber auf jeden Fall der Stammsitz der Ferenczys gewesen, soweit ich es zurückverfolgen konnte, und nie hatte eine Frau bei ihnen gelebt! Eine enthaltsame Bande, was?« Ohne seinen eigenen Zorn zu verstehen, fühlte Dragosani sich plötzlich, als ob er selbst beleidigt worden wäre. Vielleicht war es aber auch seine natürliche Intelligenz, die sich gekränkt fühlte. »Enthaltsam?«, meinte er steif. »Glaube ich kaum.«

Giresci nickte. Er war sich des lüsternen Naturells der Wamphyri wohl bewusst. »Natürlich nicht«, bestätigte er Dragosanis Entgegnung. »Ein enthaltsamer Vampir? Lächerlich. Lust ist die innerste Macht, die ihn antreibt. Allumfassende Lust – nach Macht, Fleisch, Blut! Aber hören Sie: Im Jahr 1840 zog ein gewisser Bela Ferenczy über die Südkarpaten, um einen Cousin oder anderen Verwandten in den Bergen an der nördlichen Grenze zu Österreich-Ungarn zu besuchen. Das ist ziemlich gut dokumentiert; der alte Bela hat sich mächtig angestrengt, um die Leute wissen zu lassen, dass er auf Besuchsreise ging.

Er setzte einen Mann ein, der sich um das Anwesen kümmern sollte, während er fort war – zufälligerweise kein Ortsansässiger, sondern irgendjemand mit Zigeunerblut –, und mietete sich eine Kutsche und einen Fahrer für den ersten Teil der Reise. Er machte Reservierungen für die Verbindungen über die Hochpässe und erledigte alle Vorbereitungen, die für eine Reise in jener Zeit und in diesem Landstrich notwendig waren. Und er ließ im Ort verbreiten, dass dies eine Auslandsreise sei. Es hatte den Anschein gehabt, dass er in den vorangegangenen ein bis zwei Jahren rapide gealtert sei; und so wurde akzeptiert, dass er fuhr, um seinen entfernten Verwandten Adieu zu sagen.

Erinnern Sie sich, zu der Zeit war dies noch tiefste Moldawien-Walachei. In Europa befand sich die Industrielle Revolution in vollem Schwung – überall, außer hier! Wir waren abgeschottet, hinterwäldlerisch, zurückgeblieben. Bis zum Bau der Eisenbahn von Lemberg nach Galatz an den Bergen entlang dauerte es noch über ein Jahrzehnt. Nachrichten verbreiteten sich extrem langsam und es war schwer, kontinuierliche Aufzeichnungen zu machen. Ich erwähne das, um die Tatsache zu betonen, dass in diesem Fall die Kommunikation hervorragend funktionierte und die Aufzeichnungen überdauerten.«

»Fall?«, fragte Dragosani. »Von was für einem Fall reden Sie?«

»Der Fall von Bela Ferenczys plötzlichem Tod, als seine Kutsche und seine Pferde auf einem der Pässe von einer Lawine in den Abgrund gerissen wurden! Die Nachricht von dem ›Unfall‹ sprach sich schnell bis hierher herum; der Szgany-Verwalter des Alten brachte Ferenczys versiegeltes Testament zum örtlichen Notar; das Dokument wurde ohne Verzögerung öffentlich angeschlagen. Es wies aus, dass das Haus und das Grundstück an einen ›Cousin‹ gehen sollten, einen gewissen Giorg, der anscheinend schon über die Situation und sein Erbe benachrichtigt worden war.«

Dragosani nickte. »Natürlich tauchte dieser Giorg Ferenczy später auf und übernahm den Besitz. Er war oder schien viel jünger als Bela, aber die Familienähnlichkeit war nicht zu leugnen.«

»Gut!«, bellte Giresci. »Sie folgen meinem Gedankengang sehr genau. Nachdem er hier 50 Jahre gelebt hatte, was aus ihm normalerweise einen alten Mann gemacht hätte, entschied sich Bela dafür, dass es höchste Zeit fürs ›Sterben‹ sei und machte Platz für den nächsten in der Reihe.«

»Und nach Giorg?«

»Faethor natürlich.« Giresci kratzte abwesend an seinem Kinn. »Ich habe mich oft gefragt, falls ich ihn nicht in der Nacht des Bombenangriffs getötet und er diese Nacht überlebt hätte, wie hätte dann seine nächste Inkarnation ausgesehen? Wäre er dann nach dem Krieg in einer neuen Ferenczy-Tarnung aufgetaucht, hätte das Haus wieder aufgebaut und so weitergemacht wie zuvor? Ich glaube, ja. Wamphyri sind ortstreu.«

»Sie sind also davon überzeugt, dass Bela, Giorg und Faethor ein und dieselbe Person waren?«

»Natürlich. Ich dachte, das sei klar. Hat er mir nicht selbst ungefähr das gesagt, als er von den Schlachten bei Silistria und Konstantinopel halluzinierte? Vor Bela gab es Grigor, Karl, Peter und Stefan, und Gott weiß wie viele noch – zurück bis zu Faethor Ferenczy, dem Fürstensohn, und vielleicht noch weiter! Dies war sein Land, verstehen Sie? Hier führte er seine blutige Herrschaft. Und die Wamphyri waren wild entschlossen, ihre Besitzungen zu bewahren, als Prinzen oder Bojaren! Darum schloss er sich dem vierten Kreuzzug an, um alte und zukünftige Widersacher von seinem Grund und Boden zu halten. *Sein* Land, begreifen Sie? Es spielt keine Rolle, welcher König, welche Regierung oder welches System an der Macht ist, der Vampir hält seinen Heimatboden für seinen Besitz. Er kämpfte, um sich selbst und seine ungeheuerliche Erbschaft zu beschützen, nicht für ein räudiges Pack dreckiger Ausländer aus dem Westen! Sie haben das zerkratzte Kreuzrittersymbol auf der Rückseite meines Medaillons gesehen – ha! Als sie ihn erniedrigten, verachtete er sie, spuckte auf sie!«

»Haben Sie seinen Namen tatsächlich so weit zurückverfolgt? Ich meine bis nach Konstantinopel im Jahr 1204?« Ehrfurcht vor dem Vampir und eine Spur Neid schlichen sich in Dragosanis Stimme.

Giresci legte seinen Kopf schief. »Dragosani, wie gut sind Sie in Geschichte?«

»Nicht gerade brillant. Mittelprächtig, vermute ich.«

»Hmm! Viele Namen aus dem vierten Kreuzzug sind überliefert worden, aber Sie hätten ziemliche Schwierigkeiten, darunter einen Ferenczy oder Ferrenzig zu finden. Trotzdem war er dabei, da können Sie sicher sein! Woher ich das weiß? Also, es ist durchaus möglich, dass Sie gerade mit dem weltweit führenden Experten für dieses spezielle Blutbad sprechen. Ich habe Dinge entdeckt, die viele andere Historiker bestimmt übersehen haben. Natürlich hatte ich den Vorteil, zu wissen, wonach ich suchte.

Aber während ich dem Vampir auf der Spur war, befasste ich mich natürlich auch mit angrenzenden Gebieten. Mann, ich könnte ein Buch über den vierten Kreuzzug schreiben – den ganzen Weg von Ungarn bis nach Konstantinopel! Apropos Konstantinopel. Gott, was für eine Hölle das gewesen sein muss! Was für eine Schlacht! Kein Zweifel, mittendrin im dicksten Getümmel, wo immer der Kampf am heftigsten tobte, waren dieser Mann und die wilde Horde, die er kommandierte. Er war auch da, als die Stadt fiel; er und seine Bande wahnsinniger Söldner wüteten völlig außer Kontrolle. Ja, und seine Exzesse verbreiteten sich wie ein Krebsgeschwür; die ganze Armee nahm daran teil. Sie vergewaltigten, plünderten und massakrierten drei volle Tage lang …

Papst Innozenz III. hatte den Kreuzzug ausgerufen; doch dann war er abgestoßen von dem, was aus der Sache wurde, aber außerstande, wieder die Kontrolle zu erlangen. Die Kreuzritter hatten geschworen, das Heilige Land in Besitz zu nehmen, aber Innozenz und sein Legat waren gezwungen, sie von diesem Schwur zu entbinden. So gut es ging, wusch er seine Hände in Unschuld. Aber in geheimen Botschaften nutzte er das bisschen Kontrolle, das ihm noch geblieben war, zu der Anweisung, dass die direkt Verantwortlichen für die ›maßlosen exzessiven und unnatürlichen Gewalttaten‹ niemals ›Ehre oder reiche Belohnung‹ erhalten dürften und dass ›ihre Namen nicht ausgesprochen und ihnen keinerlei Respekt oder hohes Ansehen‹ gewährt werden dürften.

Nach einem Sündenbock müssen wir nicht lange suchen: Ein gewisser ›blutdürstiger Walache, in Zara angeheuert‹. Zunächst hatten ihn die Kreuzritter vergöttert und auf Händen getragen – vielleicht, weil sie ihn insgeheim sogar beneideten oder fürchteten –, und dann fand er sich aller Ehren beraubt und aus allen Dokumenten getilgt. Er verachtete sie für ihr doppeltes Spiel, kratzte das Emblem ihres Feldzuges aus – das Kreuz auf diesem Medaillon – und verschwand mit seiner Truppe in die Heimat, stolz und grimmig unter dem Banner des Teufels, der Fledermaus und des Drachens.«

Dragosani biss sich kurz auf die Lippe, bevor er sprach: »Nehmen wir doch mal an, dass all das wahr ist oder zumindest auf Wahrheit beruht. Trotzdem bleiben noch einige wichtige Fragen offen.«

»Zum Beispiel?«

»Ferenczy war ein Vampir. Ein Vampir nimmt sich Opfer. Wenn ihn der Hunger überkommt, tötet er genauso rücksichtslos wie ein Fuchs ein Huhn, und genauso gedankenlos. Trotzdem sieht es so aus, als hätte er einen weißen Kragen. Wie hätte er jahrhundertelang hier leben können, ohne ein einziges Mal Verdacht zu erregen? Erinnern Sie sich, Ladislau Giresci? Blut ist Leben! Gab es keine Fälle von Vampirismus?«

»Im Umkreis von Ploiesti? Nein, keinen einzigen – zumindest konnte ich keine Aufzeichnungen darüber entdecken.« Giresci lächelte bitter und beugte sich vor. »Wenn Sie ein Vampir wären, Dragosani, würden Sie sich Ihre Opfer gleich vor der Haustür suchen?«

»Nein, wahrscheinlich nicht«, gab Dragosani stirnrunzelnd zu. »Wo dann?«

»Im Norden, mein Freund, in den Südkarpaten selbst. Wo sonst als in den transsilvanischen Alpen, wo alle Vampirgeschichten ihre Wurzeln zu haben scheinen? Slanic und Sinaia an den Ausläufern, Brasov und Sacele über dem Pass. Kein Ort weiter als 80 Kilometer vom Ferenczy-Haus entfernt, und jeder davon wird wegen seines üblen Rufs gemieden.«

»Was, selbst heute noch?« Dragosani heuchelte Überraschung, erinnerte sich aber an das, was Maura Kinkovski vor drei Jahren zu dem Thema zu sagen gehabt hatte.

»Geschichten überdauern die Zeit, Dragosani. Besonders Gespenstergeschichten. Die Leute aus den Bergen gehen keine Risiken ein. Wenn dort oben jemand jung stirbt und es keine einfache Erklärung dafür gibt, greift man sicherheitshalber noch mal zum Holzpflock! Es gibt Tatsachenberichte: Das letzte Kind, das an einem Vampirbiss starb, kam aus Slanic. Das war im Winter '43. Ja, und das Mädchen wurde mit einem Holzpflock im Herzen begraben, wie so viele Leichen vor ihr. Elf waren es allein in dem Jahr gewesen, in allen umliegenden Dörfern!«

»1943, sagen Sie?«

Giresci nickte. »Ja, ich merke, Sie haben schon die Verbindung geknüpft. Richtig, das war nur ein paar Monate, bevor Ferenczy starb. Sie war sein letztes Opfer, oder zumindest das letzte, von dem wir wissen. Natürlich hätte er mitten im Krieg weit weniger Rücksichten nehmen müssen, er wäre seine Opfer viel schneller losgeworden. Leute, die einfach während der Luftangriffe in der Umgebung verschwanden – und davon gab es jede Menge, glauben Sie mir.« Er machte eine Pause. »Noch mehr Fragen?«

»Sie sagten, dass diese Orte, die Sie erwähnt haben, in den Bergen liegen, 80 Kilometer von Ploiesti entfernt. Das ist unwegsames Land; der Boden steigt rasch an, mancherorts fast 1000 Meter. Wie hat Ferenczy das also geschafft? Wurde er zur Fledermaus und flatterte in seine Jagdgründe?«

»Der Volksmund schreibt ihm solche Kräfte zu. Fledermaus, Wolf, Gespenst, sogar Floh, Käfer, oder Spinne! Ich glaube das nicht. Eindeutige Beweise dafür sind nirgendwo zu finden. Sie fragten aber, wie er zu seiner Beute kam. Ich habe meine eigenen Theorien … aber nicht den geringsten Beweis.«

»Welche Theorien?«, fragte Dragosani und erwartete gespannt die Antwort Girescis. Er wusste bereits die richtige Antwort auf die Frage – oder glaubte es zumindest –, aber jetzt würde er herausfinden, wie schlau Giresci wirklich war. Und wie gefährlich … *Was?* Unwillkürlich richtete er sich wieder auf. *Was zum Teufel war mit seinen Gedankengängen los?*

»Ein Vampir«, antwortete der andere langsam, vorsichtig seine Gedanken formulierend, »ist nicht menschlich. In der Nacht, als Ferenczy starb, habe ich genug gesehen, um davon überzeugt zu sein. Was ist er also? Er ist ein fremdes Geschöpf, ein Mitbewohner in Körper und Geist eines Menschen. Er ist bestenfalls ein Symbiont, schlimmstenfalls ein Parasit, ein grausiges schleimiges Etwas.«

Richtig!, bestätigte Dragosani in Gedanken. Auf einmal war ihm schwindlig, und er war verwirrt. Er wusste, dass Giresci mit seiner Einschätzung richtig lag – aber *woher* kam dieses Wissen? Während er sich noch wunderte, was mit ihm geschah, hörte Dragosani sich selbst sagen: »Ist er kein übernatürliches Wesen? Das müsste er wohl sein, wenn er all die Jahre seinen Geschäften nachgeht und doch der Aufdeckung entgeht.«

»Nein, nicht übernatürlich«, schüttelte Giresci den Kopf. »Übermenschlich! Hypnotisch, magnetisch! Ein Geschöpf der Illusion, keineswegs ein Magier, aber in jeder Hinsicht ein großer Schwindler! Keine Fledermaus, aber so *leise* wie eine Fledermaus! Kein Wolf, aber so *geschmeidig* wie ein Wolf! Kein Floh, sondern ein Ungeheuer mit einem Appetit auf Blut wie ein Floh – nur in einem ganz anderen Maßstab! So stelle ich mir einen Vampir vor, Dragosani. 80 Kilometer für solch eine Kreatur? Ein gesunder Abendspaziergang! Er wäre fähig, seine menschliche Hülle zu ungeahnten Kraftanstrengungen zu zwingen ...«

Richtig, das ist alles richtig, stimmte Dragosani stumm zu. »Der Name Ferenczy. Sie sagten, er sei ziemlich gewöhnlich. Warum haben Sie dann keine anderen Ferenczys aufgespürt? Sie sagen, Vampire seien ortstreu und diese Region gehörte Faethor ... Dann muss es doch sicher andere Territorien gegeben haben – und wer herrscht oder herrschte über die, hmm?«

Seine Stimme war ein Reiben, rau wie eine Feile. Wieder war Giresci ein wenig erstaunt. »Sie kommen mir zuvor! Gewitzt, Dragosani. Sehr scharfsinnig. Wenn Faethor 700 Jahre lang problemlos Moldawien und Ost-Transsilvanien in seinen Klauen halten konnte, was war dann mit dem Rest von Rumänien? Ist es das, was Sie wissen wollen?«

»Rumänien, Ungarn, Griechenland – wo immer Vampire noch leben.«

»*Noch leben,* Dragosani? Um Gottes willen!«

»Wie Sie wollen«, schnappte Dragosani. »Dann eben, wo sie einst lebten.«

Giresci zog sich ein wenig von ihm zurück. »Es gab eine Burg Ferenczy in den Alpen, die damals in den 20er Jahren explodierte. Es wurde Sumpfgas, Methan zugeschrieben, das sich in den Gewölben und Verliesen angesammelt haben soll. Ein übel beleumundeter Ort, niemand vermisste ihn. Soweit bekannt ist, hat es den Besitzer mit erwischt. Ein Baron, Graf oder dergleichen, er hieß Janos Ferenczy. Aufzeichnungen? Geschichte? Akten? Vergessen Sie es! Sein Blatt im Buch der Geschichte ist noch gründlicher ausradiert worden als das vom alten Faethor im vierten Kreuzzug. Was ihn für dieses Buch natürlich nur noch verdächtiger macht.«

»Richtig«, stimmte Dragosani sofort zu. »Er wurde in die Hölle gejagt, der alte Janos, ja? Gut! Haben Sie noch irgendwelche anderen Vampire gefunden, Giresci? Kommen Sie, erzählen Sie's mir: Gab es keine Ferenczys, die für ihre Verbrechen zu Lebzeiten gefasst wurden und gebüßt haben? Was meinen Sie? Wie steht es mit den Westkarpaten, sagen wir jenseits des Ultul?«

»Das sollte bekanntes Gebiet für Sie sein, Dragosani«, meinte der andere. »Immerhin wurden Sie dort geboren. Wenn Sie so viel wissen und selber so schlau sind und sich so für Vampire interessieren – dann haben Sie doch bestimmt schon eigene Nachforschungen betrieben?«

Dragosani nickte. »Allerdings! Vor 500 Jahren gab es im Westen so eine Kreatur; sie schlachtete diese abstoßenden

Türken zu Tausenden ab und wurde für ihren sogenannten *unnatürlichen Trieb* zur Strecke gebracht!«

»Gut!« Giresci schlug mit der Hand auf den Tisch. Er schien die Veränderungen seines Gastes nicht zu bemerken. »Sie haben Recht, er hieß Thibor, war ein mächtiger Bojar. Wurde am Ende von den Vlads bezwungen. Er hatte großen Einfluss auf seine Szekely-Gefolgschaft, zu viel Einfluss. Die Fürsten fürchteten und beneideten ihn. Wahrscheinlich haben Sie auch vermutet, er sei einer der Wamphyri. Erst wir modernen feinsinnigen Menschen bezweifeln diese Dinge. Die Primitiven, die Barbaren, die wussten es besser.«

»Was wissen Sie sonst noch über ihn?«, knurrte Dragosani.

»Nicht viel.« Giresci trank noch mehr Whisky, seine Augen verloren an Schärfe, und sein Atem begann zu riechen »… noch nicht. Es wird mein nächstes Projekt. Ich weiß, dass er hingerichtet wurde …«

»Ermordet!«, rief Dragosani dazwischen.

»Dann also ermordet – und zwar irgendwo westlich des Flusses, unterhalb von Ionesti; man pfählte ihn und warf ihn in ein namenloses Grab …«

»Und wurde er auch enthauptet, dieser Thibor?«

»Hmm? Dazu fand ich keine Aufzeichnungen. Ich …«

»Er wurde nicht enthauptet!«, fauchte Dragosani zwischen zusammengebissenen Zähnen hervor. »Sie behängten ihn mit Silber- und Eisenketten, trieben einen Pfahl in seine Eingeweide und mauerten ihn lebendig ein. Aber seinen Kopf ließen sie ihm. Von allen Leuten sollten Sie am besten wissen, was das bedeutet, Ladislau Giresci. Er war nicht tot. Er war untot. *Und er ist es noch!*«

Giresci wand sich in seinem Stuhl. Endlich spürte er, dass hier etwas Fürchterliches vorging. Seine Augen schienen ein wenig umwölkt, aber sie gewannen schnell an Schärfe, als er in Dragosanis verzerrtes Gesicht blickte. Er begann zu zittern und zu keuchen. »Es ist zu düster hier drin«, ächzte er. »Viel zu düster ...«, und streckte eine zittrige Hand aus, um einen Fensterladen zu öffnen. Sonnenschein strömte sofort in den Raum.

Dragosani war aufgesprungen und beugte sich vor. Seine Hand schnellte entschlossen über die Tischplatte und schloss sich wie ein Stahlring um Girescis Handgelenk. »Ihr nächstes Projekt, Sie alter Narr? Und wenn Sie ihn finden – den Vampir und sein Grab –, was dann? Der alte Faethor hat Ihnen gezeigt, wie es geht, nicht wahr? Würden Sie es wieder tun, Ladislau Giresci?«

»Was? Sind Sie wahnsinnig?« Giresci wich noch weiter zurück und zog damit unabsichtlich die Hand und den Arm des jüngeren Mannes ins Licht. Dragosani ließ ihn sofort los, sprang auf und taumelte zurück in den kühlen Schatten des Zimmers. Der Sonnenstrahl hatte sich auf seinem Arm wie Säure angefühlt, und in dem Moment *wusste* er.

»Thibor!« Er spuckte das Wort aus wie einen üblen Geschmack im Mund. »Du!«

»Mann, sind Sie krank?« Giresci rappelte sich auf.

»Du alter Dreckskerl, du alter Teufel! Du hättest mich benutzt!«, wütete Dragosani, wie zu sich selbst. Aber im Hintergrund seines Geistes, ganz am Rande seines Bewusstseins, gluckste etwas bösartig und wich zurück, schrumpfte zusammen.

»Sie brauchen einen Arzt!«, keuchte Giresci. »Einen Psychiater!«

Dragosani ignorierte ihn. Jetzt verstand er alles. Er ging zu dem kleinen Beistelltisch hinüber, nahm seine Pistole und steckte sie fest in das Unterarmhalfter. Er machte Anstalten, den Raum zu verlassen, hielt aber inne und drehte sich um. Giresci wich vor ihm zurück, als er sich näherte.

»Zu viel!«, murmelte der Alte. »Sie wissen viel zu viel, aber …«

»Hören Sie zu«, befahl Dragosani.

»… ich weiß nicht, *was* Sie sind! Dragosani, ich …«

Dragosani packte ihn, hielt ihm den Mund zu und riss seinen Kopf auf dem faltigen Hals herum. »Ich sagte, hören Sie zu!«

Giresci richtete seine wässrigen Augen wieder auf Dragosani, sie waren vor Entsetzen geweitet. »Ich … ich höre.«

»Zwei Dinge«, erklärte Dragosani. »Erstens: Sie werden niemandem sonst von Faethor Ferenczy und dem, was Sie herausgefunden haben, erzählen. Zweitens: Sie werden nie wieder den Namen Thibor Ferenczy erwähnen oder jemals versuchen, mehr zu erfahren, als Sie bereits über ihn wissen. Verstanden?«

Giresci nickte und im nächsten Augenblick wurden seine Augen noch größer. »S-Sie?«

Dragosani lachte schrill. »Ich? Mann, wenn ich Thibor wäre, wären Sie jetzt tot. Nein, aber ich kenne ihn – und nun kennt er Sie!«

Er wandte sich zur Tür, blieb noch einmal stehen und sagte über die Schulter: »Möglich, dass Sie von mir hören. Bis dahin, leben Sie wohl. Und Giresci: Merken Sie sich gut, was ich gesagt habe.«

Als er das Haus verließ und sich im Sonnenschein bewegte, stöhnte Dragosani und knirschte mit den Zähnen … aber die Sonne schadete ihm nicht. Dennoch bezweifelte er, ob er sich jemals wieder ganz wohl unter ihren Strahlen fühlen würde. Nicht Dragosani hatte das Stechen der Sonne gespürt, sondern Thibor, der alte Teufel in der Erde. Thibor war in diesem Augenblick heraufgestiegen, hatte ihn kontrolliert! Obwohl Dragosani dies nun wusste, war er froh, aus dem direkten Sonnenlicht zu kommen und ins Auto zu steigen. Im Innern seines großen Wolga war es wie in einem Hochofen, aber die Hitze hatte nichts Übernatürliches mehr. Als Dragosani die Fenster runterdrehte und losfuhr in Richtung Hauptstraße, sank die Temperatur und er atmete leichter.

Erst dann sondierte er seinen Geist, um den Blutsauger aufzuspüren, der sich noch immer dort verbarg. Er wusste, wenn Thibor ihn erreichen konnte, dann konnte auch er Thibor erreichen.

»Oh ja, jetzt kenne ich deinen Namen, alter Teufel«, sprach er. »Du warst es doch, Thibor, nicht wahr? Du hast meine Zunge geführt und ihm diese Fragen gestellt?«

Einen Augenblick lang kam nichts. Dann: *Ich kann es nicht leugnen, Dragosani. Seien wir vernünftig: Ich habe mich nicht bemüht, meine Präsenz zu verbergen. Und da kein Schaden entstand, habe ich lediglich …*

»Du hast deine Macht ausprobiert! Du versuchst es seit drei Jahren und hättest Erfolg gehabt, wäre ich nicht so weit weg gewesen! Jetzt wird mir alles klar.«

Was? Vorwürfe? Erinnere dich, du *kamst damals zu* mir. *Aus freien Stücken hast du mich in deinen Geist eingeladen. Du hast mich um Hilfe bei der Frau gebeten, und ich gab sie dir bereitwillig.*

»Zu bereitwillig!«, sagte Dragosani bitter. »Ich habe dieser Frau wehgetan – oder du tatest es, durch mich. Deine Lust in meinem Körper … ich konnte es kaum kontrollieren. Ich hätte sie leicht töten können!«

Du hast es genossen, flüsterte es verschlagen.

»Nein, *du* hast es genossen! Ich wurde davon mitgerissen. Vielleicht hat sie es verdient – aber ich habe es nicht verdient, dass du dich in meinen Geist schleichst, um mir wie ein Tagedieb meine Gedanken zu stehlen. Deine Lust ist in meinem Körper *geblieben*. Du musst das gewusst haben. Meine Einladung war nicht auf Dauer, alter Drache. Jedenfalls habe ich meine Lektion gelernt. Man darf dir nicht vertrauen. Auf keinen Fall. Du bist heimtückisch.«

Was?, spottete die Stimme in Dragosanis Kopf. *Ich, heimtückisch? Dragosani, ich bin dein Vater …*

»Vater der Lügen!«

Wie habe ich gelogen?

»Auf vielerlei Art. Vor drei Jahren warst du schwach, und ich brachte dir Nahrung. Ich gab dir einen Teil deiner Stärke zurück. Du hast Schweineblut verschmäht und meintest, es sei nur dazu gut, um die Erde aufzufrischen. Lüge! Es belebte dich! Es verschaffte dir eine dauerhafte Stärke, die dazu ausreichte, noch drei Jahre später bei vollem Tageslicht in meinen Geist einzudringen! Von mir bekommst du nichts mehr. Du sagtest auch, Sonnenschein würde dich nur irritieren. Noch eine Lüge, ich habe gefühlt, wie es dich verbrennt. Wie viele andere Lügen hast du mir noch erzählt? Nein, Thibor, du tust nichts, außer zu deinem eigenen Vorteil. Ich habe es immer vermutet, aber nun weiß ich es sicher.«

Und was willst du dagegen unternehmen? Spürte Dragosani einen Hauch von Furcht in der mentalen Stimme? War das Ding aus der Tiefe besorgt?

»Nichts.«

Nichts? Diesmal schwang Erleichterung mit.

»Überhaupt nichts. Vielleicht habe ich einen Fehler gemacht, als ich so sein wollte, wie du warst, den Wunsch hatte, einer der Wamphyri zu sein. Vielleicht verschwinde ich jetzt von hier für immer und lasse die Zeit ihre Arbeit an dir vollenden. Vielleicht habe ich deinen stinkenden Knochen etwas Fleisch zurückgegeben, etwas Leben, aber ich bin überzeugt, die Jahrhunderte werden alles wieder an sich nehmen.«

Dragosani, nein! Nun war die Stimme voller Angst, geradezu panisch. *Hör zu: Ich habe meine Kraft nicht ausprobiert. Erinnerst du dich, wie ich dir sagte, dass ich nicht einzigartig bin, dass selbst heute noch andere Wamphyri existieren? Ich sagte, dass ich Jahrhunderte darauf gewartet habe, dass sie kämen und mich befreien oder rächen würden, und sie doch nicht erschienen. Erinnerst du dich daran?*

»Ja, und?«

Begreifst du denn nicht? Wenn unsere Rollen umgekehrt wären, hättest du widerstehen können? Du gabst mir die Gelegenheit, etwas über die anderen herauszufinden, über das, was mit ihnen geschehen war. Der alte Faethor, der mein Vater war, endlich tot! Und Janos, einer meiner Brüder, der mich immer hasste, explodierte in den Gasen dessen, was er in seinen Verliesen hielt. Ja, tot und dahin, alle beide – und ich bin froh darüber! Warum? Ließen sie mich nicht ein halbes Jahrtausend hier in der Erde verrotten? Oh, sie haben mich gehört, als ich in all den bitteren Nächten rief, das versichere ich dir – aber kamen sie, um mich zu befreien? Nein! Und Ladislau Giresci, der sich selbst für einen Vampirforscher hält? Ich hätte ihm gezeigt, wie er sie hätte aufspüren können, jene, die mich dem Dreck und den Würmern und dem Dahinkriechen der Jahrhunderte überlassen haben! Nun sind sie fort und meine Rache ging mit ihnen …

Dragosani lächelte grimmig. »Thibor, ich möchte wirklich wissen, *warum* sie dich im Stich ließen? Zum Beispiel dein eigener Vater, Faethor Ferenczy: Wer könnte dich besser kennen als er? Und warum hasste dich dein Bruder Janos so sehr? Da steckt doch mehr dahinter, oder? Ein schwarzes Schaf unter den Vampiren? Wer hat je von so etwas gehört? Aber warum nicht – du hast deine Ausschweifungen ja mehr als einmal erwähnt. Machen deine Taten selbst deinem Gewissen zu schaffen? Oder sind die Wamphyri, und besonders du, ohne Gewissen?

Du machst aus einer Mücke einen Elefanten, Dragosani.

»Wirklich? Das glaube ich nicht. Ich fange erst an, dich zu verstehen, Thibor. Wenn du nicht richtig lügst, dann verschleierst du die Wahrheit. So bist du eben: Du kennst es nicht anders.«

Der Vampir war wütend. *Es ist leicht, mich zu beleidigen, weil du genau weißt, ich kann mich nicht wehren! Wie soll ich die Wahrheit verschleiert haben?*

»Wie? Hast du nicht gesagt, ich hätte dir die Gelegenheit gegeben, herauszubekommen, was mit deinen Verwandten geschehen ist? In Wirklichkeit hast du die Gelegenheiten selbst geschaffen. Als ich Moskau verließ, hatte ich nicht vor, die Bibliothek in Pitesti zu besuchen, also wer hat mir diese Idee in den Kopf gesetzt? Und als du von Ladislau Giresci erfahren hast, musste ich einfach hin und ihn treffen, oder nicht?«

Höre, Dragosani …

»Nein, du hörst jetzt zu. Du hast mich benutzt. Genauso wie ein Vampir aus einem Groschenroman seine menschlichen Handlanger benutzt, so wie du vor 500 Jahren deine Szekely-Diener benutzt hast. Aber ich bin kein Diener, Thibor Ferenczy, und das ist dein großer Fehler. Du wirst ihn noch bereuen.«

Dragosani, ich …

»Ich will nichts mehr hören, alter Drache, nicht von deiner gespaltenen Zunge. Es gibt nur noch eins, das du für mich tun kannst: Verschwinde aus meinem Geist!«

Dragosanis Geist war voll ausgebildet, trainiert, scharf wie eines seiner Skalpelle. Die Nekromantie, von diesem Vampir einst in ihm wachgerufen, hatte seinen Verstand abgehärtet, er arbeitete schnell und tödlich. Er war dem eines gewöhnlichen Menschen weit überlegen – aber wie stark war er wirklich? Dragosani probierte es aus. Er dehnte seinen Geist aus, presste das Ungeheuer heraus, vertrieb es.

Du Undankbarer!, rief Thibor vorwurfsvoll und zog sich zurück. *Eines Tages wirst du mich brauchen, und dann kommst du zurück. Aber warte nicht zu lange, Dragosani. Höchstens ein Jahr, dann kannst du dir aus dem Kopf schlagen, jemals Wamphyri-Wissen zu erlangen, denn dann ist es zu spät. Ein Jahr, mein Sohn, nicht mehr als ein Jahr. Ich werde warten, und vielleicht habe ich dir bis dahin … vergeben … Dragosaanii …!*

Er war fort.

Dragosani entspannte sich, atmete tief durch und fühlte sich plötzlich erschöpft. Es war schwer gewesen, Thibor auszutreiben. Der Vampir hatte widerstanden, aber Dragosani war stärker gewesen. Doch das wahre Problem würde darin liegen, ihn dauerhaft fernzuhalten. Andererseits wusste Dragosani jetzt, dass Thibor sich im Geheimen in seinem Geist breitmachen konnte, also konnte er Ausschau nach dem alten Teufel halten.

Was seine rumänischen ›Ferien‹ betraf: Sie waren beendet, bevor sie richtig begonnen hatten. Fluchend trat er auf die Bremse, riss den Wolga im Halbkreis herum und schlug dann wieder die Richtung ein, aus der er gekommen war. Er war todmüde. Aber der Schlaf musste noch warten. Dragosani wollte Distanz zwischen sich und dem Alten in der Erde bringen.

Weit außerhalb von Bukarest hielt Dragosani, um zu tanken. Er versuchte Thibor herbeizurufen. Es war immer noch taghell, aber er spürte etwas: eine schwache Antwort, ein Zittern in seinem Geist, etwas, das nachhallte wie ein Ruf in einem Sarg und zuckte wie ein Leichenwurm.

In Braida, als die Dämmerung bereits eingesetzt hatte, versuchte er es noch einmal. Die Präsenz wurde mit dem Heraufziehen der Nacht stärker. Thibor war da und hätte geantwortet, hätte Dragosani es zugelassen, doch er schloss seinen Geist und fuhr weiter. In Remi, nachdem er durch den Zoll gefahren war, öffnete er alle Schleusen und lud Thibor wortwörtlich ein. Es war jetzt tiefste Nacht und trotzdem klang das Flüstern in seinem Geist schwach, als käme es aus einer Million Kilometer Entfernung: *Dragosaaaniii. Feigling! Du fliehst vor mir. Vor einem alten Geschöpf, das in der Erde festsitzt.*

»Ich bin kein Feigling, du alter Teufel. Und ich flüchte nicht, sondern verschwinde nur aus deinem Einflussbereich, damit du mich nicht erreichen kannst. Und wenn du es doch schaffst, werde ich es beim nächsten Mal merken. Thibor, du weißt, dass du mich mehr brauchst, als ich dich. Jetzt wirst du dort liegen bleiben und darüber nachdenken. Vielleicht komme ich eines Tages zurück, vielleicht aber auch nicht. Und *wenn*, dann wird es zu meinen Bedingungen sein.«

Dragosani. Das Flüstern war schwach und flehend. *Ich …*

»Leb wohl, Thibor.«

Hinter ihm wurde Thibor Ferenczys mentales Wispern von Kilometer zu Kilometer schwächer, und nach einer kleinen Weile fühlte sich Dragosani sicher genug, um zu halten und etwas zu schlafen. Und seine eigenen Träume zu träumen.

X

Frühling 1976

Viktor Shukshin war fast pleite. Seinen Erbteil aus dem Vermächtnis von Mary Keogh-Snaith hatte er mit verschiedenen geplatzten Unternehmungen vergeudet; die Abzahlungen für das große Haus bei Bonnyrigg waren enorm; und das Geld, das er mit seiner Privatlehrertätigkeit verdiente, reichte nicht aus. Er wollte das Haus verkaufen, aber es war inzwischen in einem derartigen Zustand des Verfalls, dass es keinen guten Preis erzielt hätte; außerdem brauchte er die Abgeschiedenheit, die ihm das Haus bot. Ein paar der Zimmer zu vermieten, würde seine Privatsphäre genauso beeinträchtigen, und die Reparaturen, die dazu notwendig wären, überstiegen ohnehin seine Mittel.

Er verfügte jedoch über mehr als nur eine sprachliche Begabung. Während der vergangenen Monate hatte er einige diskrete Reisen nach London unternommen, weil er

Informationen verkaufen wollte. Informationen, die gewissen hochinteressierten ausländischen Kreisen eine Menge Geld wert sein sollten.

Kurz, Viktor Shukshin war ein Spion – oder hätte zumindest einer werden sollen, als Gregor Borowitz ihn 1957 erstmals mit der Legende eines politischen Flüchtlings aus der UdSSR nach Großbritannien gesandt hatte.

Nachdem er Mary Keogh geheiratet und dann ermordet hatte, hatte sich Shukshin finanziell so gut ausgestattet gefühlt, dass er seinen Sowjetoberen abtrünnig wurde und sich für die britische Staatsbürgerschaft entschieden hatte. Den ursprünglichen Grund für seine Ankunft in Großbritannien hatte er jedoch nicht vergessen, und als Schutz vor zukünftigen Ereignissen Informationen zusammengetragen, die seinem Mutterland irgendwann nützlich sein konnten. Erst aufgrund seiner finanziellen Engpässe hatte er vor Kurzem erkannt, in welch einer guten Position er sich befand. Wenn die Sowjets ihm seinen Preis nicht zahlen wollten, konnte er damit drohen, den Briten seine Kenntnis über eine gewisse russische Organisation zu überlassen. Darum hatte Shukshin an diesem strahlenden Maimorgen einen sorgsam verschlüsselten Brief an einen alten ›Brieffreund‹ in Berlin geschrieben, der diesen Brief durch die DDR schleusen und zu Gregor Borowitz selbst nach Moskau bringen würde. Dieser Brief war schon in der Post, Shukshin war in seinem zerbeulten Ford gerade erst vom Postamt Bonnyrigg nach Hause zurückgekommen.

Shukshin fühlte sich seltsam aufgewühlt, als er über die Steinbrücke fuhr, die zu seiner Auffahrt führte. Er kannte es von früher: eine eigenartige Energie, die eiskalt sein Rückgrat emporkroch und wie statische Elektrizität an seinen Haaren zerrte. Auf der Brücke hatte sich ein schlanker junger Mann über die Brüstung gelehnt und in die langsamen Strudel des Flusses geschaut. Er trug Schal und Mantel und blickte Shukshins Auto hinterher. Seine hellblauen ernsten Augen hatten ausgesehen, als ob sie durch die Karosserie dringen wollten, um Shukshin mit ihrem eiskalten Blick zu berühren. Und der Russe hatte erkannt, dass dieser Fremde mit mehr als den gewöhnlichen Gaben der Natur ausgestattet war, dass seine Wahrnehmungsfähigkeit über der eines normalen Menschen lag. Er wusste es mit *absoluter* Sicherheit, denn auch Shukshin hatte eine Begabung. Er war ein ›Talentspürer‹: Sein Talent lag in der sofortigen Erkennung anderer ESP-begabter Personen.

Wer der Junge sein könnte und welche Bedeutung sein Auftauchen in diesem Augenblick haben mochte, dafür gab es mehrere Erklärungen. Es könnte Zufall sein, ein rein zufälliges Zusammentreffen; es wäre weder das erste noch das fünfzigste Mal, dass Shukshin über solch eine Person stolperte. ESP tauchte in Abstufungen von Stärke und Färbung auf, und in diesem Fall war die Begabung wirklich stark gewesen, scharlachrot – eine rot gefärbte Wolke in Shukshins Geist. Oder die Gegenwart des Jungen hatte einen Zweck. Er könnte hierhergesandt worden sein, von der britischen Konkurrenz. Shukshin mochte durchaus aufgespürt und verfolgt worden sein. Wenn er seine letzten Reisen nach London in Betracht zog und das, was er anschließend über das britische E-Spionage-Dezernat herausgefunden hatte, war diese Theorie keineswegs weit hergeholt. Sie löste nicht nur Panik in ihm aus, sondern auch noch ein anderes Gefühl. Etwas war in Shukshin erwacht, etwas, das er kontrollieren musste. Etwas, das ihn seine Augen verengen ließ, während er daran dachte, wie leicht es doch gewesen wäre, seinen Wagen herumzureißen und den Fremden an der Brüstung zu zerquetschen.

Er fühlte Hass, den tiefen und unauslöschlichen Hass gegen alle ESPer.

Seine Wut ebbte langsam ab, und er blickte auf seine Hände. Seine Finger hielten die Tischkante umklammert, so dass die Farbe aus ihnen gewichen war. Er zwang sich, den Griff zu lockern und lehnte sich schwer atmend zurück. So war es jedes Mal, aber er hatte gelernt, damit umzugehen – fast. Wenn er nur diesen Brief nicht an Borowitz geschickt hätte. Das könnte ein schwerer Fehler gewesen sein. Vielleicht hätte er seine Dienste stattdessen direkt den Briten anbieten sollen; vielleicht sollte er das, ohne zu zögern, noch tun. Bevor sie ihm auf die Schliche kamen …

Das waren seine Gedanken, als es an der Tür klingelte, und da es schuldbewusste Gedanken waren, schreckte er ordentlich zusammen.

Shukshins Arbeitszimmer befand sich im Erdgeschoss in einem Raum auf der Rückseite des Hauses; eine Terrassentür führte hinaus in einen Hinterhof. Er stand vom Schreibtisch auf, eilte durch Räume und Korridore, durchquerte Frühlingssonne und Schatten, näherte sich dem vorderen Teil des Hauses und zuckte zusammen, als die Klingel noch einmal seine Nerven malträtierte.

»Ich komme, ich komme!«, rief er – aber er wurde langsamer und blieb auf der Schwelle der langen, verglasten Vorhalle stehen.

Dort draußen, auf der anderen Seite der Milchglasscheiben, stand eine gut eingemummte Gestalt, die Shukshin sofort erkannte: Es war der junge Mann von der Brücke.

Shukshin wusste es auf zweierlei Art. Eine davon war simple Beobachtung und konnte fehlerhaft sein. Die andere Art war genauer und so eindeutig wie ein Fingerabdruck: Wieder fühlte er einen Stoß seltener Energiefelder und seinen instinktiven Hass auf alle ESP-talentierten Menschen.

Erneut stieg eine Flut von Panik und Leidenschaft in ihm hoch. Er kämpfte sie nieder, bevor er zur Tür schritt. Jetzt wollte er herausfinden, was hier gespielt wurde. Er öffnete die Tür.

»Guten Tag«, sagte Harry Keogh, lächelte und streckte die Hand aus. »Sie müssen Viktor Shukshin sein. Ich glaube, Sie geben Privatunterricht in Deutsch und Russisch?«

Shukshin ergriff Keoghs Hand nicht, sondern stand wie angewurzelt da und starrte ihn an. Harry starrte zurück und lächelte die ganze Zeit weiter, obwohl sich in ihm bei dem Gedanken, dem Mörder seiner Mutter gegenüberzustehen, alles zusammenzog. Er versuchte, nicht mehr daran zu denken. Im Moment reichte es aus, den Fremden, den er zu vernichten gedachte, zu beobachten und seine Schlüsse zu ziehen.

Der Russe war Ende 40, sah aber wenigstens zehn Jahre jünger aus. Er hatte einen Wanst, und sein dunkles Haar durchzogen graue Strähnen; sein Backenbart ging über in einen säuberlich getrimmten Spitzbart um einen fleischigen Mund. Seine dunklen Augen waren rot unterlaufen und tief in dem faltigen, grauen Gesicht versunken. Er schien nicht ganz auf der Höhe zu sein, aber Keogh vermutete eine gefährliche Kraft in ihm. Er besaß gewaltige Hände und breite Schultern; hätte er nicht so gebeugt gestanden, wäre er deutlich über 1,80 Meter groß gewesen. Insgesamt war er ein außerordentlich beeindruckender Mann. Außerdem war er ein Mörder, dessen Blut so kalt wie Eis war, erinnerte sich Keogh wieder.

»Äh, Sie geben doch Sprachunterricht, oder?«

Shukshins Gesicht brach zu etwas wie einem Lächeln auf. Ein nervöser Tick zerrte an seinen Mundwinkeln. »Das stimmt«, antwortete er mit öliger, sonorer Stimme, die eine Spur seines Akzents bewahrt hatte. »Ich nehme an, jemand hat mich empfohlen? Wer, äh, hat Sie geschickt?«

»Empfohlen?«, antwortete Keogh. »Nein, nicht direkt. Ich habe Ihre Anzeige in der Zeitung gelesen, das ist alles. Niemand hat mich geschickt.«

»Aha!« Shukshin war argwöhnisch. »Und Sie brauchen Unterricht, richtig? Entschuldigen Sie, wenn ich etwas begriffsstutzig erscheine, aber heutzutage scheint sich niemand mehr für Sprachen zu interessieren. Ich habe einen oder zwei regelmäßige Schüler. Nicht mehr. Ich habe im Moment keine Zeit, noch jemand weiteres aufzunehmen. Außerdem bin ich ziemlich teuer. Aber haben Sie davon nicht schon genug in der Schule gehabt? Sprachen, meine ich?«

»Nicht in der Schule«, verbesserte ihn Keogh, »auf dem College.« Er zuckte mit den Achseln. »Die alte Leier, befürchte ich: Ich hatte keine Zeit, als es kostenlos war, also muss ich jetzt dafür bezahlen. Ich möchte viel reisen, verstehen Sie, und ich dachte …«

»Sie möchten Ihr Deutsch auffrischen, ja?«

»Und mein Russisch.«

In Shukshins Kopf schrillten Alarmglocken. Das war alles gelogen. Dieser junge Mann war mehr als bloß irgendein abartiges ESP-Talent. Shukshin hatte das seltsame Gefühl, ihn irgendwoher zu kennen. »Ach?«, sagte er schließlich. »Dann sind Sie ein seltenes Exemplar. Heutzutage gehen nicht viele Engländer nach Russland, und noch viel weniger möchten die Sprache lernen! Ist Ihr Besuch geschäftlich, oder …?«

»Reines Vergnügen«, schnitt ihm Keogh das Wort ab. »Darf ich reinkommen?«

Shukshin wollte ihn eigentlich nicht im Haus haben und hätte es vorgezogen, ihm die Tür vor der Nase zuzuschlagen. Gleichzeitig wollte er aber mehr über ihn herausfinden. Er trat beiseite, und Keogh kam herein. Als die Tür hinter ihm ins Schloss fiel, klang es für ihn wie ein zuklappender Sargdeckel. Er konnte den Widerwillen des Russen beinahe fühlen, konnte seinen Hass fast schmecken. Aber warum sollte Shukshin ihn hassen? Er kannte ihn doch nicht einmal.

»Ich habe Ihren Namen wohl nicht mitbekommen«, sagte der Russe und führte ihn in sein Arbeitszimmer.

Darauf war Keogh vorbereitet. Er zögerte einen Augenblick, folgte ihm, bis sie das luftige Arbeitszimmer mit dem durch die Terrassenfenster hereinflutenden Tageslicht erreicht hatten, und sagte dann: »Ich heiße Harry. Harry Keogh ... Stiefvater.«

Vor ihm hatte Shukshin fast seinen Schreibtisch erreicht. Er erstarrte; stocksteif, als wäre er zu Stein verwandelt worden, wandte er sein Gesicht dann seinem Besucher zu. Keogh hatte eine ähnliche Reaktion erwartet, wenn auch nicht ganz so dramatisch. Das von dem dunklen Haar und Bart umrahmte Gesicht des Mannes war nun kalkweiß. Seine wulstigen Lippen bebten in einer Mischung aus Angst, Schock ... und Wut?

»Wie?« Seine Stimme war nun rau, ein Keuchen. »Was sagen Sie? Harry Keogh? Ist das irgendein kranker ...?« Aber dann schaute er genauer hin und begriff, warum er geglaubt hatte, diesen Jungen schon einmal gesehen zu haben. Harry war damals noch ein Kind gewesen, aber er hatte dieselben Gesichtszüge. Ja, er kam ganz nach der Mutter. Nun, da er wusste, wer er war, war die Ähnlichkeit nur noch erstaunlicher. Außerdem schien der Junge etwas von ihrem unbändigen Talent mitbekommen zu haben. Ihr Talent! Der Junge hatte die Gabe, er war ein Medium, und er hatte es von seiner Mutter geerbt! Das war es! Das hatte Shukshin in ihm erfassen können – die Echos des Talents seiner Mutter!

»Stiefvater?«, sagte Keogh und heuchelte Betroffenheit. »Ist alles in Ordnung?« Er bot ihm eine Hand an, aber Shukshin wich zurück an den Schreibtisch. Er hangelte sich an der Tischplatte entlang und plumpste auf den Stuhl. »Es ist ein … Schock. Ich meine, dich zu sehen, hier, nach all den Jahren.« Er bekam sich in den Griff, seufzte erleichtert und atmete tiefer, freier durch. »Ein großer Schock.«

»Ich wollte dich nicht erschrecken«, log Keogh. »Ich habe gedacht, du würdest dich freuen, mich zu sehen, zu erfahren, ob es mir gut geht. Ich fand, dass es an der Zeit wäre, dich kennenzulernen. Ich meine, du bist die einzige richtige Verbindung, die ich zur Vergangenheit habe, meiner frühen Kindheit – meiner Mutter.«

»Deine Mutter?« Shukshin ging automatisch in die Defensive. Sein Gesicht gewann ein wenig Farbe zurück, während er sich um Fassung bemühte. Offensichtlich waren seine Befürchtungen, von der britischen ESP-Agentur entdeckt worden zu sein, unbegründet. Keogh stattete ihm einfach einen verspäteten Besuch ab, kehrte zu seinen Wurzeln zurück; er war ernsthaft an seiner Vergangenheit interessiert. Aber wenn das stimmte …

»Weswegen dann der ganze Unsinn, du wolltest Deutsch und Russisch lernen?«, schnappte Shukshin. »War es nötig, das alles aufzuführen, nur um mich zu sehen?«

»Tja«, antwortete Keogh mit einem Schulterzucken, »ich gebe zu, das war nur eine Finte, um dich zu sehen – aber es war nicht böse gemeint. Ich wollte nur ausprobieren, ob du mich erkennst, bevor ich dir sage, wer ich bin.« Er hielt das Lächeln auf seinem Gesicht. Shukshin hatte sich wieder unter Kontrolle, sein Ärger war überdeutlich und machte sein Gesicht hässlich. Der Moment schien geeignet, eine zweite Bombe platzen zu lassen. »Außerdem spreche ich Deutsch und Russisch viel fließender als du, Stiefvater. Ich könnte dir wirklich noch was beibringen.«

Shukshin bildete sich allerhand auf seine sprachlichen Fähigkeiten ein. Er glaubte, seinen Ohren nicht zu trauen. Was redete dieser Wicht da, *ihm* was beibringen? Hatte er den Verstand verloren? Shukshin hatte Sprachen unterrichtet, bevor Harry Keogh überhaupt geboren wurde! Russischer Stolz siegte über seine brodelnden Gefühle und den Hass, den die Gegenwart eines ESPers unweigerlich in ihm auslöste.

»Hah!«, bellte er. »Lächerlich! Ich wurde in Russland geboren. Ich habe Abschlüsse in meiner Muttersprache gemacht, da war ich erst 17. Ich hatte schon vor meinem 20. Geburtstag ein Diplom in Deutsch. Ich weiß nicht, woher du deine fixen Ideen hast, Harry Keogh, aber besonders fundiert sind sie nicht! Glaubst du wirklich, dass man englische Schulleistungen mit einer lebenslangen Arbeit vergleichen kann? Oder versuchst du bloß, mich zu beleidigen?«

Keogh lächelte immer noch, aber es war jetzt ein Lächeln mit scharfen Kanten. Er setzte sich Shukshin gegenüber auf einen Stuhl und lächelte dieses harte Lächeln über den Schreibtisch hinweg direkt in das verachtungsvolle Gesicht seines Gegenübers hinein. Und er streckte seinen Geist aus zu einem alten Freund, Klaus Grünbaum, einem ehemaligen Kriegsgefangenen, der nach dem Krieg ein englisches Mädchen geheiratet und sich in Hartlepool niedergelassen hatte. Grünbaum war 1955 an einem Schlaganfall gestorben und auf dem Friedhof Grayfields begraben worden. Dass dieser über 200 Kilometer entfernt lag, spielte keine Rolle! Grünbaum antwortete Harry, sprach mit ihm – *durch* ihn –, sprach in schnellem flüssigem Deutsch, direkt über Shukshins Schreibtisch und in sein Gesicht hinein.

»Wie steht es um mein Deutsch, Stiefvater? Vielleicht erkennst du, dass so in der Hamburger Gegend gesprochen wird.« Harry machte eine Pause und veränderte im nächsten Augenblick seinen/Grünbaums Akzent. »Vielleicht magst du lieber das? Es ist Hochdeutsch, wie es von der gebildeten Oberschicht gesprochen und von der Masse nachgeahmt wird. Oder soll ich für dich irgendetwas Ausgefallenes machen, eine schwierige grammatische Konstruktion vielleicht? Würde dich das überzeugen?«

»Sehr raffiniert«, gab Shukshin schnippisch zu. Seine Augen hatten sich geweitet, während Harry gesprochen hatte, aber nun verengte er sie zu Schlitzen. »Eine sehr raffinierte Vorführung, ja, und ziemlich fließend. So ein paar Sätze könnte aber jeder in einer halben Stunde auswendig lernen und wie ein Papagei nachplappern! Russisch ist eine ganz und gar andere Sache.«

Keoghs Grinsen wurde verkniffener. Er dankte Klaus Grünbaum und wandte seinen Geist in eine andere Richtung – zu einem Friedhof im nahe gelegenen Edinburgh. Er war kürzlich dort gewesen, um etwas Zeit mit seiner russischen Großmutter zu verbringen, die einige Monate vor seiner Geburt gestorben war. Nun fand er sie wieder und sprach mit ihrer Hilfe mit seinem Stiefvater in dessen Muttersprache. Ihr Geist ließ ihn in sicherem Russisch zu einer Abhandlung über ›das Versagen des repressiven kommunistischen Systems‹ ansetzen, und hielt erst nach ein paar erstaunlichen Minuten inne.

Schließlich schrie Shukshin: »Was soll das, Harry? Noch mehr nachgeäffter Mist? Was bezweckst du mit diesen Taschenspielertricks?« Obwohl er sich so aufspielte, schlug Shukshins Herz etwas schneller, etwas schwerer in seiner Brust. Der Junge klang so … nach jemand anderem. Jemand, den er verabscheut hatte.

Keogh, der noch das Russisch seiner Großmutter verwendete, aber jetzt seine eigenen Gedanken aussprach, antwortete: »Könnte ich das wie ein Papagei lernen? Bist du so blind, dass du die Wahrheit nicht erkennst, wenn sie dir direkt gegenübersteht? Ich habe ein Talent, Stiefvater. Ich habe mehr davon, als du dir jemals erträumen könntest. Mehr als meine arme Mutter je hatte …«

Shukshin erhob sich und lehnte sich an seinen Schreibtisch. Der Hass brandete wie eine Flutwelle aus ihm heraus, schien sich fast physisch wie eine Welle an Keogh zu brechen. »Na gut, du bist also ein schlauer kleiner Scheißer!«, antwortete er auf Russisch. »Und jetzt? Du hast zweimal deine Mutter erwähnt. Worauf willst du hinaus, Harry Keogh? Mir scheint fast, du willst mich bedrohen.«

Harry sprach weiter in Shukshins eigener Sprache: »Bedrohen? Warum sollte ich dich bedrohen, Stiefvater? Ich wollte dich nur sehen, das ist alles – und dich um einen Gefallen bitten.«

»Was? Erst versuchst du, mich wie einen Idioten hinzustellen, und dann hast du die Frechheit, mich um einen Gefallen zu bitten? Was willst du von mir?«

Es war Zeit für die dritte Bombe. Keogh stand ebenfalls auf. »Ich habe gehört, dass meine Mutter gerne Schlittschuh lief«, sagte er, immer noch in perfektem Russisch.

»Dort draußen ist doch ein Fluss, direkt am Ende des Gartens. Ich würde im Winter gern zurückkommen und dich wieder besuchen. Vielleicht bist du dann weniger aufbrausend, und wir können etwas ruhiger miteinander sprechen. Vielleicht bringe ich dann meine Schlittschuhe mit und laufe auf dem zugefrorenen Fluss, wie es meine Mutter so gern tat, dort unten, wo der Garten aufhört.«

Shukshin wankte, das Gesicht aschfahl, und krallte sich am Tisch fest. Seine Augen begannen vor Hass zu glühen und seine fleischigen Lippen entblößten die Zähne. Er musste diesen arroganten Bengel schlagen, ihn niederstrecken … er musste … musste … musste …

Als Shukshin Anstalten machte, um den Tisch herumzukommen, erkannte Harry die Gefahr und wich in Richtung Zimmertür zurück. Er war jedoch noch nicht fertig. Es gab noch eine Sache, die er erledigen musste. Er griff in seine Manteltasche und zog etwas heraus. »Ich habe dir etwas mitgebracht«, sagte er, diesmal auf Englisch. »Etwas von damals, als ich noch sehr klein war. Etwas, das dir gehört.«

»Raus!«, brüllte Shukshin. »Verschwinde, wenn dir deine Gesundheit lieb ist. Du und deine gottverdammten Andeutungen! Du willst mich noch mal besuchen, im Winter? Ich verbitte mir das! Ich will von dir nichts mehr sehen, du Stiefbalg! Verschwinde und halte andere Leute zum Narren. Geh jetzt, bevor …«

»Keine Bange«, sagte Harry, »ich gehe für den Moment. Aber vorher – fang!« Er warf ihm etwas zu. Dann drehte er sich um, ging durch die Tür und verschwand im dunklen Flur.

Shukshin fing automatisch auf, was Harry ihm zugeworfen hatte und starrte es einen Augenblick lang an. Dann begann sich etwas in seinem Kopf zu drehen, und er fiel auf die Knie. Lange nachdem er die Haustür zuschlagen gehört hatte, starrte er noch auf das Ding in seiner Hand, das eigentlich gar nicht da sein konnte. Das Gold war poliert, so dass der Ring brandneu aussah, und das Katzenauge schien ihn in ganz eigener kalter Spekulation anzustarren …

Aus der Luft betrachtet, schien sich das Schloss Bronnitsy nicht sehr verändert zu haben seit der guten alten Zeit. Niemand hätte vermutet, dass dort die weltweit führende ESP-Spionage-Einheit untergebracht war, Gregor Borowitz' Dezernat, oder dass es etwas anderes als ein verrottendes altes Gemäuer war. Und genauso hatte Borowitz es haben wollen; er gratulierte sich im Stillen zu der gut geplanten und ausgeführten Arbeit, als sein Hubschrauber dicht über den Türmchen und Dächern des Gebäudes schwebte und sich dem kleinen Landeplatz näherte, der einfach aus einem grün umrahmten weiß getünchten Quadrat bestand und zwischen einer Gruppe von Nebengebäuden und dem Schloss selbst lag.

Von hier oben sahen diese »Nebengebäude« aus wie alte Scheunen und Schuppen, die schon lange verfielen und nun verrotten und einstürzen durften, bis sie kaum mehr als niedrige Bretterhaufen waren, die um die Ruine des Schlosses verstreut lagen. Auch diese Arbeiten waren genau nach Borowitz' Maßgaben ausgeführt worden. Tatsächlich waren es Verteidigungsstellungen, Maschinengewehrposten, voll funktionsfähig und hocheffizient, deren Feuerbereich das gesamte offene Gelände zwischen dem Schloss und der umgebenden Mauer abdeckte. Weitere Stellungen waren in die Mauer selbst eingebaut worden, deren Außenfront sich auf Knopfdruck in eine elektrische Barriere verwandeln konnte.

Nach dem Weltraumbahnhof in Baikonur war das E-Dezernat in einer der bestgesicherten Einrichtungen der UdSSR untergebracht. Außer Borowitz' Bediensteten hatte niemand – abgesehen vielleicht von zwei Handvoll Menschen – auch nur den Verdacht, dass das Schloss in seiner gegenwärtigen Form existierte, und davon wussten nur drei oder vier, dass es das E-Dezernat beherbergte. Einer davon war der Generalsekretär persönlich, der Borowitz hier bei verschiedenen Gelegenheiten besucht hatte. Ein weiterer, weniger willkommener Mitwisser, war Yuri Andropow, der nicht zu Besuch gekommen war und es auch nie würde – jedenfalls nicht auf Einladung Borowitz'.

Der Hubschrauber setzte auf dem Landeplatz auf. Während die Rotoren zum Stillstand kamen, schob Borowitz die Tür beiseite und schwang seine Beine heraus. Ein Sicherheitsbeamter rannte geduckt unter den wirbelnden Propellern hindurch und half ihm heraus. Borowitz hielt seinen Hut fest und ließ sich durch einen Bogengang in den Bereich des Schlosses leiten, der einst der Innenhof gewesen war. Dieser war nun überdacht und in luftige Wintergärten und Laboratorien aufgeteilt worden, wo Dezernatsangehörige forschen und ihre besonderen Talente üben konnten. Dort genossen sie relativen Komfort und eine Atmosphäre und Umgebung, die ihrer Arbeit zuträglich war.

Borowitz war an diesem Morgen spät aufgestanden, und deswegen hatte er den Dezernatshubschrauber gerufen, um ihn von seiner Datscha einzufliegen. Trotzdem kam er immer noch eine Stunde zu spät für seinen Termin mit Dragosani. Als er den äußeren Komplex des Schlosses durchquerte, das Hauptgebäude betrat und zwei Fluchten ausgetretener Stufen in den Turm hinaufstieg, wo sich sein Büro befand, grinste er wölfisch bei dem Gedanken, dass

Dragosani auf ihn wartete. Es tat den Leuten gut, von Zeit zu Zeit vom hohen Ross geholt zu werden. Borowitz beherrschte diese Kunst meisterlich.

Borowitz zog unterwegs Hut und Jacke aus und erreichte schließlich den Treppenabsatz des zweiten Stocks und den winzigen Vorraum, der auch als Büro für seinen Sekretär diente. Dort fand er Dragosani, der auf und ab lief und finster dreinblickte.

Der Nekromant machte keinen Versuch, seinen Gesichtsausdruck zu verändern, als sein Chef mit einem forschen »Guten Morgen!« direkt in sein geräumigeres Büro ging. Dort knallte er rasch die Tür hinter sich zu, hängte Hut und Jacke weg und grübelte, sein Kinn kratzend, einen Moment darüber nach, wie er am besten die schlechten Neuigkeiten überbringen sollte. Es waren nämlich wirklich äußerst schlechte Nachrichten, und Borowitz' Laune war an diesem Morgen weit übler, als es den Anschein hatte. Aber wie jeder wusste, der ihn gut kannte, war der Chef des E-Dezernats am gefährlichsten, wenn er bei guter Laune zu sein schien.

Borowitz' Büro war geräumig, mit großen Erkerfenstern, die aus den gewölbten Steinmassen des Turms herausragten und über eine raue Landschaft hinwegblickten, bis hin zum weit entfernten Waldrand. Die Fenster bestanden natürlich aus schusssicherem Glas.

Borowitz setzte sich an den gewaltigen Klotz aus massiver Eiche, der seinen Schreibtisch bildete, seufzte und zündete sich eine Zigarette an, bevor er einen Knopf auf seiner Sprechanlage drückte und sagte: »Kommen Sie jetzt rein, Boris? Versuchen Sie aber bitte schön, Ihre Grimasse draußen zu lassen, guter Junge …«

Dragosani trat ein, schloss die Tür ein wenig energischer als nötig und bewegte sich katzengleich zu Borowitz'

Schreibtisch hinüber. Er hatte seine ›Grimasse‹ draußen gelassen und zeigte nun stattdessen einen Ausdruck kalter, kaum verhüllter Aufsässigkeit. »Also, hier bin ich.«

»Das sehe ich, Boris«, bestätigte Borowitz, ohne zu lächeln, »und ich glaube, ich wünschte Ihnen eben einen guten Morgen.«

»Morgen war, als ich hier ankam!«, sagte Dragosani schmallippig. »Darf ich mich setzen?«

»Nein«, knurrte Borowitz, »dürfen Sie nicht. Und auch nicht hin und her laufen, weil mich das wahnsinnig macht. Sie dürfen einfach da stehenbleiben, wo Sie sind, und *jetzt – hören – Sie – mir – zu*!«

Noch niemals in seinem Leben hatte jemand so mit Dragosani gesprochen. Es nahm ihm den Wind aus den Segeln. Er sah aus, als hätte ihm jemand eine Ohrfeige verpasst. »Gregor, ich …«, setzte er an.

»Was?«, donnerte Borowitz. »Was heißt hier Gregor? Es geht ums Geschäft, Agent Dragosani, das ist kein Höflichkeitsbesuch! Sparen Sie sich Ihre Vertraulichkeiten für Ihre Freunde – wenn Sie überhaupt welche haben, bei Ihrer rotzigen Art – und nicht für Ihre Vorgesetzten. Sie haben noch einen langen Weg vor sich, bevor Sie das Dezernat übernehmen können, und wenn Sie ein paar grundsätzliche Dinge in Ihrem kleinen Hitzkopf nicht in den Griff bekommen, schaffen Sie das nie!«

Dragosani, der stets blass war, erbleichte noch weiter. »Ich … ich weiß nicht, was in Sie gefahren ist«, stieß er hervor. »Habe ich etwas getan?«

»Sie, etwas getan?« Nun war Borowitz an der Reihe, eine finstere Miene aufzusetzen. »Ziemlich wenig, wenn man Ihren Dienstberichten glauben darf, jedenfalls in den letzten sechs Monaten! Aber dagegen werden wir etwas unternehmen. Setzen Sie sich also doch besser hin. Ich habe eine Menge zu sagen, und es ist alles bitterernst. Holen Sie sich einen Stuhl.«

Dragosani biss sich auf die Lippe und tat, wie ihm geheißen.

Borowitz starrte ihn an, spielte mit einem Bleistift, und sagte schließlich: »Sieht so aus, als wären wir nicht die Einzigen.«

Dragosani wartete, sagte nichts.

»Natürlich wissen wir seit einiger Zeit, dass die Amerikaner mit der außersinnlichen Wahrnehmung als Spionagekonzept herumdilettieren. Herumdilettieren, ja; sie finden es ›nett‹. Für die Amerikaner ist alles ›nett‹. Nichts was die unternehmen, hat irgendwie Richtung oder Zweck. Bei denen ist alles bloß Experiment und keine Anwendung. Sie nehmen es nicht ernst; sie haben keine echten Feldagenten; sie spielen damit herum wie damals mit dem Radar, bevor sie in den Zweiten Weltkrieg eintraten – und was hat es ihnen eingebracht! Kurz, sie trauen ESP noch nicht, und das gibt uns einen großen Vorsprung vor ihnen. Hah! Eine nette Abwechslung.«

»Das ist mir nicht neu«, sagte Dragosani erstaunt. »Ich weiß, dass wir den Amerikanern voraus sind. Was noch?«

Borowitz ignorierte ihn. »Das Gleiche gilt für die Chinesen«, sagte er. »Es gibt ein paar schlaue Köpfe drüben in Peking, aber man nutzt sie nicht richtig. Können Sie sich das vorstellen? Das Volk, das die Akupunktur erfunden hat, bezweifelt die Effizienz von ESP! Sie sind geistig genauso beschränkt wie wir vor 40 Jahren: Wenn es kein Traktor ist, kann es nicht funktionieren!«

Dragosani schwieg weiter. Ihm war klar, dass er Borowitz in seinem eigenen Tempo zum springenden Punkt kommen lassen musste.

»Und dann gibt es da noch die Franzosen und die Westdeutschen. Seltsamerweise schließen sie ganz gut auf. Wir haben tatsächlich ein paar ihrer ESPer hier in Moskau; sie arbeiten als Feldagenten aus den Botschaften heraus. Sie nehmen an Partys und Empfängen teil, nur um vielleicht etwas aufzuschnappen. Gelegentlich werfen wir ihnen ein paar Brocken vor, Sachen, auf die ihre Geheimdienste sowieso gekommen wären, bloß um sie bei der Stange zu halten. Aber wenn es um die wichtigen Dinge geht, füttern wir sie mit Abfall; das schadet ihrer Glaubwürdigkeit und hilft uns, unseren Vorsprung zu behalten.«

Borowitz hatte genug mit seinem Bleistift gespielt; er legte ihn hin und blickte Dragosani direkt an. Seine Augen hatten jetzt ein kaltes Funkeln angenommen. »Natürlich haben wir einen gigantischen Vorteil. Wir haben mich: Gregor Borowitz! Das heißt, das E-Dezernat ist mir und ausschließlich mir unterstellt. Mir schauen keine Politiker über die Schulter, keine ferngesteuerten Polizisten spionieren *meinen* Spionen hinterher, und keine kleinkarierten Beamten überwachen mein Spesenkonto. Im Gegensatz zu den Amerikanern *weiß* ich, dass ESP die Zukunft der Nachrichtenbeschaffung ist. Ich weiß, dass es nicht bloß ›nett‹ ist. Und im Gegensatz zu anderen Spionagechefs habe ich unser Dezernat zu einer erstaunlich akkuraten und wahrhaft effektiven Waffe ausgebaut. Ich hatte angefangen zu glauben, dass wir – mit unseren Erfolgen in dem Bereich – den anderen so weit voraus wären, dass uns niemand einholen würde. Ich glaubte, wir wären einzigartig. Und das würden wir auch sein, Dragosani, gäbe es da nicht die Briten! Vergessen Sie die Amerikaner und Chinesen, die Deutschen und die Franzosen; bei denen steckt diese Wissenschaft noch in den Kinderschuhen, ist experimentell. Aber die Briten sind eine ganz andere Klasse …«

Mit Ausnahme des letzten Teils war alles, was Dragosani bis jetzt gehört hatte, ein alter Hut. Offenbar hatte Borowitz von irgendwoher beunruhigende Informationen die Briten betreffend erhalten. Da der Nekromant selten etwas von dem Rest von Borowitz' Maschinerie mitbekam, war sein Interesse geweckt. Er beugte sich vor und fragte: »Was gibt's bei den Briten? Warum sind Sie plötzlich so beunruhigt, Gregor? Ich dachte, die wären meilenweit hinter uns wie der ganze Rest?«

»Ich auch«, nickte Borowitz düster, »aber das stimmt nicht. Das heißt, ich weiß weit weniger über sie, als ich dachte. Was wiederum bedeutet, dass sie vielleicht noch weiter aufgeschlossen haben. Und wenn sie wirklich gut sind, wie viel wissen sie dann über uns? Selbst ein Bruchteil Wissen über uns würde einen Vorteil für sie bedeuten. Wenn es einen Dritten Weltkrieg gibt, Dragosani, und Sie wären ein Mitglied des britischen Geheimdienstes und wüssten über Schloss Bronnitsy Bescheid – was würden Sie Ihrer Luftwaffe raten, wo sie die ersten Bomben abwerfen soll? Wohin würden Sie die erste Rakete schießen?«

Dragosani hielt das für zu dramatisch. Er fühlte sich genötigt, zu antworten: »Sie könnten kaum so viel über uns wissen. Ich arbeite hier und *ich* weiß noch nicht einmal so viel! Und ich dachte immer, ich sei der nächste Leiter des Dezernats …«

Borowitz schien etwas von seinem Humor wiedererlangt zu haben. Er grinste etwas ironisch und stand auf. »Kommen Sie, wir können unterwegs sprechen. Lassen Sie uns doch einmal anschauen, was wir hier so haben, in diesem alten Gemäuer. Lassen Sie uns einen näheren Blick auf dieses Hirn eines Kindes nehmen, diese Keimzelle …

Noch ist es ein Kleinkind, da können Sie sicher sein, aber bald wird es das Gehirn hinter Mütterchen Russlands Kraft sein.« Mit flatternden Hemdsärmeln stürmte der stämmige Chef des E-Dezernats aus seinem Büro; Dragosani blieb ihm auf den Fersen und musste fast laufen, um mit ihm Schritt zu halten.

Sie stiegen in den alten Teil des Schlosses hinab, den Borowitz als ›die Werkstätten‹ bezeichnete. Dies war ein Hochsicherheitsbereich, jeder Agent wurde bei der Arbeit von einer Person gleichen Status beobachtet und unterstützt. So stellte Borowitz sicher, dass er über alles von Wichtigkeit persönlich unterrichtet wurde.

In einem von blauem, fluoreszierendem Licht erleuchteten Korridor schob Borowitz nun einen kodierten Schlüssel in einen Schlitz und öffnete eine Sicherheitstür. Dragosani folgte ihm in einen Raum mit Computerbildschirmen, Wandkarten und Regalen voll mit Landkarten, Atlanten, ozeanographischen Karten und detaillierten Plänen der wichtigsten Städte und Häfen der Welt. Über einen Bildschirm floss ein stetiger Fluss dauernd aktualisierter Wetterdaten aus weltweiten Quellen. Dies hätte das Vorzimmer einer Art von Observatorium sein können oder das Büro eines Lotsen in einem kleinen Flughafen, aber es war keines von beiden. Dragosani war bereits hier gewesen und wusste genau, was der Raum beherbergte, aber trotzdem faszinierte es ihn.

Die beiden Agenten in dem Raum waren aufgestanden, als Borowitz eintrat; nun winkte er sie an die Arbeit zurück und beobachtete, wie sie ihre Plätze an dem zentralen Arbeitstisch einnahmen. Ausgebreitet vor ihnen lag eine komplizierte Karte des Mittelmeerraums, auf der vier kleine farbige Scheiben positioniert waren; zwei grüne und zwei blaue. Die grünen lagen ziemlich nah zusammen im Tyrrhenischen Meer, auf halbem Weg zwischen Neapel und Palermo. Eine der blauen lag im tiefen Wasser 300 Meilen östlich von Malta, die andere im Ionischen Meer außerhalb des Golfes von Tarent. Während Borowitz und Dragosani die Szene beobachteten, nahmen die zwei ESPer ihre ›Arbeit‹ wieder auf, sie saßen einfach am Tisch mit dem Kinn in die Hände gestützt und starrten die Scheiben auf der Karte an.

»Verstehen Sie die Farbkodierung?«, flüsterte Borowitz rau.

Dragosani schüttelte den Kopf.

»Grün steht für die Franzosen, blau für die Amerikaner. Wissen Sie, was sie dort tun?«

»Sie kartieren die Position und die Bewegungen von Unterseebooten«, erwiderte Dragosani mit flacher Stimme.

»Atom-U-Boote«, korrigierte ihn Borowitz. »Teil der sogenannten ›Nuklearen Abschreckung‹ des Westens. Wissen Sie, wie es gemacht wird?«

Dragosani schüttelte wieder den Kopf. »Telepathie, schätze ich.« Borowitz hob eine buschige Augenbraue. »Ach? Einfach so? Bloß Telepathie? Dann verstehen Sie also was von Telepathie, ja, Dragosani? Ist das Ihr neuestes Talent?«

Ja, du alter Sack!, wollte Dragosani sagen. *Ja, und wenn ich wollte, könnte ich gleich jetzt einen Telepathen kontaktieren, dass Ihnen die Augen übergehen würden! Und seine Position brauche ich auch nicht zu ›kartieren‹, weil ich weiß, dass er sich nicht von der Stelle rührt!* Aber laut sagte er: »Ich verstehe davon ungefähr so viel wie die von der Nekromantie. Nein, ich könnte dort nicht so sitzen, auf die Karte starren und Ihnen dann sagen, wo sich Killer-U-Boote verbergen oder wo sie sich hinbegeben. Aber können die einen toten feindlichen Agenten aufschlitzen und ihm seine Geheimnisse direkt aus dem rohen Gedärm saugen? Jeder nach seinen eigenen Fähigkeiten, Genosse General.«

Während er sprach, stand einer der Agenten auf und ging zu einem Bildschirm an der Wand, der eine sowjetische Satellitenaufnahme des Mittelmeers zeigte. Italien war von Wolken bedeckt und die Ägäis ungewohnt neblig, aber der Rest des Bildes war erstaunlich klar, wenn auch ein wenig flackernd. Der Agent tippte auf einer Tastatur herum. Auf dem Bildschirm begann ein grüner Lichtpunkt, der die Position des U-Boots östlich von Malta simulierte, zu blinken.

Währenddessen sagte Borowitz: »Das U-Boot der Franzmänner hat gerade den Kurs geändert. Er gibt die neuen Kurskoordinaten in den Computer ein. Er legt jedoch keinen besonderen Wert auf Genauigkeit; in etwa einer Stunde bekommen wir auf jeden Fall Bestätigung von unseren Satelliten. Wichtig ist, dass wir die Information zuerst haben. Das sind zwei unserer besten Männer.«

»Aber nur einer von ihnen hat die Kursänderung aufgenommen«, kommentierte Dragosani. »Warum nicht der andere?«

»Merken Sie's?«, fragte Borowitz. »Sie wissen doch nicht alles, oder, Dragosani? Der eine, der ›aufgenommen‹ hat, ist überhaupt kein Telepath. Er ist einfach empfindlich, er reagiert empfindlich auf nukleare Aktivitäten. Er kennt den Standort jedes Atomkraftwerks, jeder Endlagerstätte, jeder Atombombe, Atomrakete und jedes Munitionslagers, und *jedes* Atom-U-Boots der Welt – mit einer großen Ausnahme. Darauf komme ich gleich zu sprechen. Eingebrannt in den Geist dieses Mannes ist eine nukleare ›Karte‹ der Welt, die er genauso gut lesen kann wie den Moskauer Stadtplan. Und wenn sich auf dieser Karte etwas bewegt, ist es ein U-Boot – oder die Amerikaner, die ihre Raketen herumkutschieren. Und wenn sich etwas auf dieser Karte sehr schnell zu bewegen beginnt, auf uns zu, zum Beispiel ...«

Borowitz legte eine effektvolle Pause ein und fuhr dann fort: »Der andere ist der Telepath. Nun wird er sich auf das einzelne U-Boot konzentrieren und versuchen, sich in den Geist des Navigators einzuklinken, um die Fehler zu korrigieren, die sein Partner bei der Kurssetzung auf dem Bildschirm vielleicht gemacht hat. Sie werden jeden Tag besser. Übung macht den Meister.«

Falls Dragosani beeindruckt war, verriet es sein Gesichtsausdruck nicht.

Borowitz schnaubte, bewegte sich in Richtung Tür und sagte: »Kommen Sie, ich zeige Ihnen noch mehr.«

Dragosani folgte ihm auf den Flur hinaus. »Was ist geschehen, Genosse General? Warum klären Sie mich ausgerechnet jetzt über diese Details auf?«

Borowitz wandte sich zu ihm um. »Wenn Sie besser verstehen, was wir hier besitzen, Dragosani, sind Sie vielleicht besser darauf vorbereitet, die Art von Verein einzuschätzen, den die *vielleicht* in England haben. Die Betonung liegt auf vielleicht. Wenigstens lag die Betonung mal auf vielleicht ...«

Er griff plötzlich nach Dragosanis Armen, drückte sie und sagte: »Dragosani, in den letzten 18 Monaten hatten wir kein einziges britisches Polaris-U-Boot mehr auf den Schirmen hier drinnen. Wir wissen einfach nicht, wohin sie fahren oder was sie tun. Ihre Motoren sind schon gut abgeschirmt, kein Zweifel, und das würde erklären, warum unsere Satelliten sie nicht aufspüren können – aber was ist mit unseren Sensibilisierten hier?«

Dragosani zuckte mit den Achseln, aber nicht auf eine beleidigende Art. Er war ehrlich ratlos, nicht weniger als sein Chef. »Erzählen Sie's mir«, sagte er.

Borowitz ließ ihn los. »Was wäre, wenn die Briten ESPer in ihrem Dezernat haben, die unsere Jungs so einfach aushebeln können wie ein Chiffriergerät am Telefon? Wenn das zutrifft, Dragosani, dann sind die uns wirklich voraus!«

»Halten Sie das für wahrscheinlich?«

»Jetzt schon, ja. Es würde eine Menge Dinge erklären. Was den Grund angeht, wie es dazu kommen konnte – ich bekam einen Brief von einem alten Freund in England. Ich bin ziemlich freigiebig mit diesem Begriff. Wenn wir zurück nach oben gehen, erzähle ich Ihnen alles darüber. Aber zuerst möchte ich Sie einem neuen Mitglied unseres kleinen Teams vorstellen. Ich glaube, Sie werden ihn sehr interessant finden.«

Dragosani ließ sich nun von dem älteren Mann durch eine weitere Tür und in eine Zelle hineingeleiten, die beträchtlich größer als die letzte war. Vor weniger als einer Woche war dies ein Lagerraum gewesen, wusste Dragosani, aber es hatte ein paar Veränderungen gegeben. Zum einen war der Raum nun viel luftiger; Fenster waren in die Mauer auf der anderen Seite eingelassen worden und blickten nur wenig über Erdgeschosshöhe auf das Schlossgelände. Auf der einen Seite war, in einer Art Vorraum vom Hauptraum abgetrennt, ein kleiner Operationssaal aufgebaut worden, wie er von Tierärzten benutzt wird. Und wirklich standen an den Wänden beider Räume kleine Käfige auf Stahlregalen und enthielten allerlei Tiere; weiße Mäuse und Ratten, verschiedene Vögel und sogar ein Paar Frettchen.

Eine nicht mehr als 1,60 Meter große Gestalt in einem weißen Kittel bewegte sich von Käfig zu Käfig, sprach mit den Tieren, kicherte, scherzte, rief sie bei Kosenamen, und kitzelte sie, indem sie ihre Stummelfinger zwischen den

Stäben hindurchsteckte. Als Dragosani und Borowitz sich näherten, drehte die Gestalt sich zu ihnen um. Der Mann hatte schrägstehende Augen und seine Haut eine leichte gelblich olivfarbene Tönung. Obwohl er einen kräftigen Unterkiefer hatte, schaffte er es, heiter auszusehen; wenn er lächelte, schien sich sein ganzes Gesicht in Falten zu legen, aus denen unglaublich tiefgrüne, lebendige Augen blinzelten. Er verbeugte sich aus der Hüfte, zuerst vor Borowitz, dann vor Dragosani. Dabei sah der Kranz aus wuscheligem braunem Haar um die kahle Mitte seines Kopfes aus wie ein Heiligenschein, der ein wenig verrutscht war. Er hatte etwas Mönchisches an sich, dachte Dragosani; eine braune Soutane und Sandalen hätten gut zu ihm gepasst.

»Dragosani«, sagte Borowitz, »darf ich vorstellen: Max Batu, der behauptet, er könne sein Blut bis zu den großen Khans zurückverfolgen.«

Dragosani nickte. »Ein Mongole. Ich schätze, ihr alle könnt euer Blut bis zu den Khans zurückverfolgen.«

»Ich kann es wirklich, Genosse Dragosani«, sagte Batu mit seidenweicher Stimme. »Die Khans hatten viele Bastarde. Damit man sie nicht vom Thron stieß, gaben sie diesen illegitimen Sprösslingen Reichtum, aber keine Position, keine Macht, keinen Rang. Ohne Rang konnten sie sich keine Hoffnungen auf den Thron machen. Man erlaubte ihnen auch nicht, Frauen oder Männer zu nehmen. Falls sie es schafften, Kinder in die Welt zu setzen, wurden über die dieselben Einschränkungen verhängt. Die Traditionen sind mit den Jahren schwächer geworden. Als ich zur Welt kam, gehorchte man noch den alten Gesetzen. Mein Großvater war ein Bastard, mein Vater war es und ich auch. Wenn ich ein Kind haben werde, wird es ebenfalls ein Bastard sein. Ja, und in meinem Blut ist noch mehr als das. Unter den Bastarden des Khans gab es große Schamanen. Sie wussten viele Dinge, diese alten Zauberer. Sie konnten auch viele Dinge tun.« Er zuckte mit den Schultern. »Ich weiß nicht viel, obwohl man sagt, dass ich intelligenter als andere meines Volks bin – aber es gibt gewisse Dinge, die ich tun kann …«

»Äh, Max hat einen sehr hohen IQ.« Borowitz lächelte wölfisch. »Er wurde in Omsk ausgebildet, entschied sich aber doch gegen die Zivilisation und ging zurück in die Mongolei, um Ziegen zu hüten. Aber dann hatte er einen Streit mit einem neidischen Nachbarn und tötete ihn.«

»Er beschuldigte mich, einen Fluch auf seine Ziegen gelegt zu haben«, erklärte Batu, »so dass sie starben. Ich hätte es sicher tun können, aber ich tat es nicht. Ich sagte es ihm, aber er nannte mich einen Lügner. In diesem Landstrich ist das eine ganz üble Sache. Also habe ich ihn getötet.«

»Ach so?« Dragosani versuchte krampfhaft, nicht zu schmunzeln. Er konnte sich nicht vorstellen, dass dieser unauffällige kleine Zeitgenosse jemanden umbrachte.

»Ja«, sagte Borowitz. »Ich habe davon gelesen und es war interessant, was die, äh, Art des Mordes betrifft. Will sagen, die Methode, die Max anwandte.«

»Seine Methode?« Dragosani begann, Spaß daran zu haben. »Er bedrohte seinen Nachbarn, und der lachte sich auf der Stelle tot! War es das?«

»Nein, Genosse Dragosani«, entgegnete Batu selbst, sein Lächeln festgefroren. Große gelbliche Zähne glänzten wie Elfenbein. »So war es nicht. Aber Ihr Vorschlag ist sehr, sehr amüsant.«

»Max hat den bösen Blick, Boris«, sagte Borowitz, und hörte endlich auf, ihn mit Nachnamen anzureden.

Das allein hätte Dragosani schon warnen sollen, dass etwas Unangenehmes im Verzug war. Die Warnsirenen heulten zwar bereits, aber noch nicht laut genug.

»Den bösen Blick?« Dragosani versuchte, ernsthaft auszusehen. Er schaffte es sogar, den kleinen Mongolen etwas besorgt anzublicken.

»Genau«, nickte Borowitz. »Seine grünen Augen. Haben Sie je solch ein Grün gesehen? Sie sind reinstes Gift, glauben Sie mir: Ich habe mich natürlich in den Prozess eingeschaltet; Max wurde nicht verurteilt und kam stattdessen zu uns. Auf seine Art ist er so einzigartig wie Sie. Max ... könnten Sie dem Genossen Dragosani eine kleine Demonstration geben?«

»Sicherlich«, sagte Batu. Er fixierte Dragosani mit seinen Augen. Borowitz hatte Recht: Sie waren absolut ungewöhnlich in ihrer Tiefe, in ihrer völlig *soliden* Beschaffenheit. Es war, als ob sie aus Jade geformt wären und nicht aus lebendigem Fleisch. Nun heulten die Warnsirenen etwas lauter.

»Genosse Dragosani«, sprach Batu, »behalten Sie bitte diese weißen Ratten im Auge.« Er deutete mit einem Stummelfinger auf einen Käfig, der ein paar Tiere enthielt. »Sie sind glückliche Geschöpfe, und so sollte es auch sein. Das Weibchen links, ist glücklich, weil sie gut genährt ist und einen Partner hat. Er ist aus denselben Gründen glücklich, außerdem hat er sie gerade gehabt. Sehen Sie, wie er da liegt, ein bisschen erschöpft?«

Dragosani schaute, blickte zu Borowitz, hob eine Braue.

»Passen Sie auf!«, knurrte Borowitz, seine Augen fest auf das Geschehen gerichtet.

»Zuerst erregen wir seine Aufmerksamkeit«, sagte Batu und nahm unversehens eine groteske Kauerstellung ein; er ähnelte einem plumpen Frosch, der sich dem Käfig am anderen Ende des Raums zuwandte. Die männliche Ratte sprang sofort hoch, die rosa Augen schreckgeweitet. Sie hüpfte an den Gitterstäben hoch, krallte sich dort fest und starrte Batu an. »Und dann ... dann ... *töten* ... wir!«

Batu ging noch tiefer in die Hocke, fast wie ein Sumo-Ringer. Dragosani, der neben ihm stand, sah, wie sich sein Gesichtsausdruck veränderte. Batus rechtes Auge schien nach außen zu quellen, bis es fast aus der Höhle sprang; seine Lippen entblößten in einem bestialischen Fletschen seine Zähne; seine Nasenlöcher klafften wie gähnende schwarze Gruben in seinem Gesicht, und dicke Sehnenstränge traten aus dem Hals und unter seinem Kiefer hervor.

Die Ratte schrie! Sie stieß einen fast menschlichen Schrei des Entsetzens und der Todespein aus und rüttelte an den Stäben wie von einem elektrischen Schlag getroffen. Dann löste sie den Griff, zitterte und fiel rücklings auf den Käfigboden. Dort blieb sie absolut reglos liegen, während Blut aus den Winkeln ihrer glasigen, hervorquellenden rosa Augen sickerte. Die Ratte war tot, das wusste Dragosani sicher und ohne weitere Untersuchung. Das Weibchen huschte vor, beschnüffelte die Leiche ihres Partners und beäugte dann durch die Gitterstäbe unsicher die drei menschlichen Wesen.

Dragosani wusste nicht, wie oder warum die männliche Ratte gestorben war. Die Worte, die nun über seine Lippen kamen, waren mehr eine Frage als eine Behauptung oder irgendeine Art von Anschuldigung: »Das ... das ist doch ein Trick!«

Borowitz hatte dies erwartet; es war typisch für Dragosani, unbedacht zu handeln und sich wie ein Elefant im Porzellanladen aufzuführen. Der Chef des E-Dezernats trat zurück, als Batu sich in seiner Kauerstellung zu dem

Nekromanten umdrehte. Der Mongole lächelte wieder und legte seinen Kopf fragend auf die Seite. »Ein Trick?«, fragte er.

»Ich wollte nur …«, begann Dragosani hastig.

»Sie können mich genauso gut einen Lügner nennen«. Batus Gesicht wurde plötzlich von einer monströsen Verwandlung erfasst. Nun wurde Dragosani mit dem, was Borowitz als den »bösen Blick« bezeichnet hatte, konfrontiert. Und er war zweifellos *böse*! Dragosanis Blut schien in den Adern zu gerinnen. Seine Muskeln versteiften sich, als ob bereits die Leichenstarre einsetzte. Sein Herz tat einen gewaltigen Sprung in seiner Brust, und der Schmerz ließ ihn einen Schrei ausstoßen und taumeln. Aber die Reflexe des Nekromanten waren auch blitzschnell.

Noch während er gegen die Wand schwankte, glitt seine Hand unter das Jackett und zog die Pistole hervor. Er wusste jetzt, dass dieser Mann ihn töten konnte. Er musste den Mongolen ganz einfach zuerst töten.

Borowitz trat zwischen sie. »Das reicht!«, schnappte er. »Dragosani, stecken Sie das weg!«

»Der Dreckskerl hätte mich fast erledigt!«, keuchte der Nekromant, am ganzen Leib schlotternd. Er versuchte, Borowitz aus der Schusslinie zu bekommen, aber der ältere Mann stand da wie versteinert.

»Ich sagte, es *reicht*! Wollen Sie Ihren Partner erschießen?«

»Meinen was?« Dragosani glaubte, seinen Ohren nicht zu trauen. »Mein Partner? Ich brauche keinen Partner. Was für ein Partner? Soll das ein Witz sein?«

Borowitz streckte die Hand aus und ergriff vorsichtig Dragosanis Waffe. »Na also. Schon besser. Und nun können wir in mein Büro zurückgehen.« Während er den zitternden Dragosani vor sich her aus dem Raum schob, wandte er sich zu dem Mongolen und sagte: »Danke, Max.«

»Gern geschehen«, sagte dieser, das Gesicht wieder von einem Lächeln zerfurcht. Er verbeugte sich tief, als Borowitz die Tür hinter sich schloss.

Auf dem Korridor geriet Dragosani in Rage. Er riss die Pistole wieder an sich und steckte sie weg. »Sie und Ihr verdammter seltsamer Sinn für Humor!«, knurrte er. »Ich bin dort drin fast gestorben, Mann!«

»Nein«, sagte Borowitz ungerührt, »nicht mal beinahe. Wenn Sie ein schwaches Herz hätten, hätte es Sie getötet, genau wie den Nachbarn. Aber Sie sind jung und sehr stark. Nein, nein, ich wusste, dass er Sie nicht töten konnte. Er hat mir selbst anvertraut, dass er keinen starken Mann töten kann. Es kostet ihn sehr viel Kraft, das zu tun, und wenn er sich wirklich an Ihnen versuchen wollte, wäre das wahrscheinlich für ihn tödlich und nicht für Sie. Sie sehen also, ich hatte Vertrauen in Ihre Stärke.«

»*Sie* hatten Vertrauen in *meine* Stärke? Sie übergeschnappter alter Sadist – und wenn Sie falsch gelegen hätten?«

»Habe ich aber nicht.«

Dragosani wollte sich nicht besänftigen lassen. Er war noch immer zittrig und weich in den Knien. Während er hinter Borowitz herstapfte, sagte er: »Was dort drin geschah, war eine abgekartete Sache, das wissen Sie verdammt gut!«

Sein Chef wirbelte herum und deutete direkt auf Dragosanis Brust. Er grinste wild und mit gefletschten Zähnen. »Aber Sie glauben es *jetzt*, oder nicht? Sie haben es gesehen und gefühlt. Sie *wissen* jetzt, wozu er imstande ist!

Sie glauben nicht mehr an einen Trick. Es ist eine neue Gabe, Dragosani, eine, die wir bis jetzt nicht kannten. Wer weiß, wie viele andere Talente es noch in der Welt gibt, hm?«

»Aber warum haben Sie ... diese Konfrontation provoziert? Das ergibt doch keinen Sinn.«

Borowitz wandte sich ab und eilte weiter. »Es ergibt eine Menge Sinn. Übung, Dragosani, wie ich Ihnen immer schon sagte ...«

»Übung macht den Meister, ich weiß. Aber Übung für was?«

»Wenn ich das wüsste«, warf Borowitz über die Schulter zurück. »Wer kann schon voraussehen, was auf Sie zukommt – in England.«

»Was?« Dragosanis Kiefer klappte nach unten. Er eilte seinem Vorgesetzten hinterher. »England? Was ist mit England? Sie haben mir immer noch nicht gesagt, was Sie meinten, als Sie Batu als meinen Partner bezeichneten. Gregor, ich verstehe überhaupt nichts mehr.«

Sie hatten Borowitz' Büro erreicht. Borowitz wandte sich auf dem Absatz um, als er die Schwelle zu seinem Raum überschritten hatte. Dragosani blickte ihn vorwurfsvoll an. »Was haben Sie noch im Ärmel, Genosse?«

»Sie beschuldigen die Leute also immer noch der Taschenspielertricks, oder, Boris?«, sagte Borowitz. »Lernen Sie denn eine Lektion nie beim ersten Mal? Ich brauche keine Tricks, mein Freund. Ich befehle, Sie gehorchen! Und hier ist mein nächster Befehl: Sie werden für ein paar Monate die Schulbank drücken und Ihr Englisch auffrischen. So passen Sie besser in die Botschaft da drüben. Max wird Sie begleiten, und ich wette, er lernt auch schneller. Für danach haben wir gewisse Vorkehrungen getroffen ... ein kleiner Feldeinsatz ...«

»In England?«

»Genau. Sie und Ihr Partner. Es gibt dort drüben einen Mann namens Keenan Gormley, der früher beim MI5 war. ›Sir‹ Keenan Gormley, darunter geht es nicht. Jetzt ist er Chef bei deren E-Dezernat. Ich will ihn tot sehen! Das wird Max' Job sein, weil Gormley ein schwaches Herz hat. Und danach …«

Dragosani durchschaute jetzt alles. »Sie wollen, dass er ›befragt‹ wird. Sie wollen alles über ihn und sein Dezernat bis ins letzte Detail wissen.«

»Schnell begriffen«, nickte Borowitz kurz. »Und das ist Ihre Aufgabe, Boris. Sie sind der Nekromant, der Totenzerleger. Dafür werden Sie bezahlt …«

Und bevor Dragosani antworten konnte, schlug ihm Borowitz mit völlig ausdruckslosem Gesicht die Tür vor der Nase zu.

Ein Samstagabend im Frühsommer 1976. Sir Keenan Gormley entspannte sich mit einem Buch im Arbeitszimmer seines Hauses in South Kensington, als das Telefon klingelte. Ein paar Augenblicke später hörte er die Stimme seiner Frau: »Liebling, für dich.«

»Komme!«, rief er, legte seufzend sein Buch nieder und ging hinüber. Als er das Telefon von ihr übernahm, schenkte seine Frau ihm ein Lächeln und kehrte zu ihrer eigenen Lektüre zurück. Gormley trug das Telefon zu einem Korbstuhl und setzte sich vor die Glastüren, die sich zu einem großen, abgetrennten Garten hin öffneten. »Hier Gormley«, sprach er in die Muschel.

»Sir Keenan? Hier ist Harmon. Jack Harmon aus Hartlepool. Wie ist es dir denn all die Jahre ergangen?«

»Harmon? Jack! Wie zum Teufel geht's dir? Mein Gott! Wie lange das her ist. Wenigstens zwölf Jahre!«

»Dreizehn«, kam die Antwort hallend durch die Leitung. »Das letzte Mal, dass wir miteinander gesprochen haben, war auf dem Dinner, das sie für dich gegeben haben, als du ›Psst – du weißt schon wen‹ verlassen hast! Und das war '63.«

»Dreizehn Jahre!«, stieß Gormley erstaunt aus. »Wo die Zeit hingeht, was?« Gormley lachte trocken. »Nun ja, ich bin nur halb in den Ruhestand getreten, wie du vielleicht weißt. Ich mache immer noch dies und jenes in der Stadt. Und du – bist du immer noch so stur wie früher? Wenn ich mich richtig entsinne, hast du den Rektorenposten in Hartlepool bekommen.«

»Richtig, und da bin ich immer noch. Rektor? – Jesus, in Burma war es leichter!«

Gormley lachte laut auf. »Es ist schön, wieder von dir zu hören, Jack, besonders weil du bei so guter Gesundheit zu sein scheinst. Also, was kann ich für dich tun?«

Es gab eine kleine Pause, bevor Harmon schließlich antwortete: »Eigentlich komme ich mir ein bisschen wie ein Idiot vor. Ich war letzte Woche ein paarmal kurz davor, bei dir anzurufen, aber ich habe es mir immer anders überlegt. Es ist eine so verdammt eigenartige Angelegenheit!«

Gormley war plötzlich interessiert. Er hatte nun schon seit vielen Jahren mit ›eigenartigen Angelegenheiten‹ zu tun. Seine eigene gut geschulte Begabung verriet ihm, dass sich hier etwas Neues auftat, und vielleicht war es etwas Großes. »Nur weiter, Jack, um was geht's?«

»Ja, aber dies ist sehr – weißt du – schwierig in Worte zu fassen. Ich meine, ich bin nah an der Sache dran, ich habe es mit meinen eigenen Augen gesehen, dennoch ...«

»Jack«, sagte Gormley geduldig, »erinnerst du dich an den Abend beim Essen, wie du und ich später ins Gespräch kamen? Ich hatte damals schon etwas getrunken und glaube mich zu erinnern, dass ich Dinge erwähnte, über die ich besser geschwiegen hätte. Es war einfach so, dass du so arriviert erschienst, ich meine als Rektor und so weiter …«

»Aber genau deswegen rufe ich doch jetzt an! Wegen unseres Gesprächs. Woher um alles in der Welt weißt du das?«

Gormley gluckste. »Nenn es Intuition«, sagte er. »Aber mach nur weiter.«

»Also, du hast gesagt, dass eine Menge Jugendlicher an mir vorbeiziehen würden, und dass ich meine Augen für welche offen halten sollte, die … etwas Besonderes … sind.«

»Und nun hast du einen gefunden, der ein bisschen anders ist, oder?«

»Ein bisschen! Harry Keogh ist ganz anders, darauf kann ich dir mein Wort geben! Offen gesagt, weiß ich nicht, was ich von ihm halten soll.«

»Na, dann erzähl mir doch was, und wir sehen mal, was ich von ihm halte.«

»Harry Keogh«, begann Harmon, »ist ein verdammt schräger Bursche. Ich wurde auf ihn aufmerksam durch den Bericht eines Lehrers an der Knabenschule in Harden, die ein wenig weiter die Küste hinauf liegt. Er wurde mir als ›instinktiver Mathematiker‹ beschrieben. In Wirklichkeit war er fast ein Genie! Na, jedenfalls legte er eine Prüfung ab und bestand sie mit links! Und so kam er an die Technische. Nur sein Englisch war schrecklich. Ich habe ihn deswegen ein wenig auf den Arm genommen … Als ich mit diesem Menschen oben in Harden sprach, ich meine den jungen Lehrer, ein Kerl namens George Hannant, bekam ich irgendwie den Eindruck, dass er Keogh nicht mochte. Aber vielleicht ist das zu viel gesagt; möglicherweise fühlte er sich in Keoghs Gegenwart bloß unbehaglich. Kürzlich hatte ich die Gelegenheit, wieder mit Hannant zu sprechen, und so kam die ganze Angelegenheit ans Licht. Damit meine ich, dass Hannants Beobachtungen vor fünf Jahren genau zu meinen passen. Auch er glaubte zu der Zeit, dass Keogh ... dass er ...«

»Dass er was?«, drängte Gormley. »Was für eine Gabe hat der Knabe, Jack?«

»Gabe? Mein Gott! So würde ich es wirklich nicht nennen.«

»Also?«

»Lass es mich so ausdrücken. Nicht, dass ich mich vor meinen eigenen Schlussfolgerungen fürchte, verstehst du, ich glaube bloß, dass zunächst die Beweise vorgebracht werden sollten. Ich erwähnte, dass Keoghs Englisch schlecht war und ich ihn dazu drängte, besser zu werden. Er steigerte sich rapide. Bevor er die Schule vor zwei Jahren verließ, hatte er seine erste Kurzgeschichte verkauft. Seitdem sind zwei ganze Bücher mit ihnen erschienen. Sie haben sich in der ganzen englischsprachigen Welt gut verkauft! Das ist ein wenig niederschmetternd, um es milde auszudrücken.

Ich will sagen, dass ich seit dreißig Jahren versuche, *meine* Geschichten zu verkaufen, und dann kommt dieser Keogh daher, der noch keine neunzehn ist, und ...«

»Und darum geht es?«, schnitt ihm Gormley das Wort ab. »Dass er schon so jung ein erfolgreicher Schriftsteller geworden ist?«

»Was? Himmel, nein! Ich freue mich für ihn. Oder wenigstens habe ich mich für ihn gefreut. Und das wäre immer noch so, wenn er nur ... wenn er das verdammte Zeug nicht *so* ...« Er verstummte.

»So was?«

»Er … er hat, nun ja, Mitarbeiter.«

Etwas an der Art, wie Harmon das letzte Wort ausgesprochen hatte, ließ Gormleys Kopfhaut kribbeln. »Mitarbeiter? Aber die haben doch eine Menge Autoren? Mit achtzehn braucht er wahrscheinlich jemanden, der sein Zeug durchsieht und so weiter, könnte ich mir vorstellen.«

»Nein, nein«, sagte der andere mit einem frustrierten Unterton in der Stimme. Er hatte das Bedürfnis, etwas auszusprechen, wusste aber nicht wie. »Nein, das habe ich überhaupt nicht gemeint. In Wirklichkeit brauchen seine Storys ja keine Durchsicht, sie sind allesamt Juwelen. Ich habe die frühesten selbst für ihn abgetippt, von der Rohfassung, weil er keine Maschine hatte. Ich habe selbst dann noch ein paar getippt, nachdem er sich eine Schreibmaschine gekauft hatte, bis er eine Vorstellung davon hatte, wie ein gutes Manuskript auszusehen hat. Seitdem hat er alles selbst erledigt, bis vor Kurzem. Sein neuestes Werk, das er eben erst vollendet hat, ist ein Roman. Er hat ihn, man stelle sich vor, *Tagebuch eines Lebemanns aus dem siebzehnten Jahrhundert* genannt.«

Gormley konnte ein Kichern nicht unterdrücken. »Also ist er auch noch sexuell frühreif, was?«

»Das glaube ich wirklich. Also, ich habe mit ihm auch ein Stück weit an dem Roman gearbeitet, das heißt, ich habe ihn in Kapitel eingeteilt und allgemein etwas durchgesehen. Mit Keoghs Geschichtsdarstellung und seinem Gebrauch der Sprache des 17. Jahrhunderts ist alles in Ordnung. Es ist sogar erstaunlich akkurat, aber seine Rechtschreibung ist immer noch grauenerregend, und wenigstens dieses Buch war zusammenhanglos und voller Wiederholungen. Aber eins kann ich dir versprechen: Es wird ihm eine Menge Geld einbringen!«

Nun runzelte Gormley die Stirn. »Wie können seine Kurzgeschichten ›Juwelen‹ sein, während sein Roman zusammenhanglos und voller Wiederholungen ist? Klingt nicht gerade logisch.«

»In Keoghs Fall ist nichts logisch. Warum der Roman von den kürzeren Stücken abweicht, hat einen einfachen Grund: Sein Mitarbeiter an den Kurzgeschichten war ein Literat, der wusste, was er tat, während sein Mitarbeiter beim Roman ganz einfach ... ein Wüstling aus dem 17. Jahrhundert war!«

»Und?« Gormley war erstaunt. »Ich kann nicht ganz folgen.«

»Nein, das kannst du wahrscheinlich wirklich nicht. Ich wünschte bei Gott, dass *ich* es auch nicht könnte! Hör zu: Es gab einen sehr erfolgreichen Kurzgeschichtenautor, der in Hartlepool lebte und dort vor dreißig Jahren starb. Sein wahrer Name spielt keine Rolle, aber er hatte drei oder vier Pseudonyme. Keogh benutzt Pseudonyme, die sich sehr nah an die Originale anlehnen.«

»Die ›Originale‹? Ich verstehe immer noch ni...«

»Was den Wüstling aus dem 17. Jahrhundert betrifft: Er war der Sohn eines Grafen. Hierzulande sehr berüchtigt in den Jahren zwischen 1660 und 1672. Ein wutentbrannter Gatte hat ihn schließlich erschossen. Er war kein Schriftsteller, aber eine äußerst lebendige Einbildungskraft hatte er! Diese zwei Männer ... *sie* sind Keoghs Mitarbeiter!«

Eine Gänsehaut bildete sich nun auf Gormleys Kopf. »Nur weiter«, sagte er.

»Ich habe mit Keoghs Freundin gesprochen«, fuhr Harmon fort. »Sie ist ein liebes Mädchen und vergöttert ihn. Und sie lässt nichts auf ihn kommen. In einer Diskussion ließ sie aber fallen, dass er fixe Ideen von etwas namens Necroscope hat. Er hat es ihr gegenüber als Fantasterei ausgegeben, als ein reines Gedankengebilde. Ein Necroscope, erklärte er ihr, ist jemand …«

»… der sich die Gedanken der Verstorbenen anschauen kann?«, fuhr Gormley dazwischen.

»Ja«, seufzte der andere erleichtert. »Genau.«

»Ein Geistmedium?«

»Was? Ja, ich glaube, man könnte das so sagen. Aber ein *echtes*, Keenan! Ein Mann, der wirklich mit den Toten sprechen kann! Das ist doch ungeheuerlich! Ich habe ihn beim Schreiben beobachtet – auf dem Friedhof hier!«

»Hast du das sonst noch jemandem erzählt?« Gormleys Stimme war nun schneidend. »Weiß Keogh, dass du einen Verdacht hast?«

»Nein.«

»Dann erzähle keiner Menschenseele davon. Verstehst du mich?«

»Ja, aber …«

»Kein aber, Jack. Deine Entdeckung könnte wirklich sehr wichtig sein, und es freut mich, dass du dich bei mir gemeldet hast. Aber es darf niemand sonst erfahren. Es gibt Menschen, die es missbrauchen könnten.«

»Dann glaubst du mir also diese schreckliche Geschichte?« Harmons Erleichterung war nur zu deutlich. »Ist das wirklich möglich?«

»Möglich, unmöglich – je länger ich lebe, desto mehr frage ich mich, was möglich ist und was nicht! Trotzdem kann ich deine Besorgnis verstehen, und das ist auch ganz richtig so. Aber ob das eine ›schreckliche Geschichte‹ ist … Ich fürchte, darüber muss ich mir ein Urteil vorbehalten. Wenn du wirklich Recht hast, dann hat dein Harry Keogh ein unglaubliches Talent. Denk nur daran, wie er es nutzen könnte!«

»Mir sträubt sich alles!«

»Würdest du denn nicht gern die Gelegenheit bekommen, mit den größten Lehrern, Denkern und Wissenschaftlern aller Zeiten zu reden? Mit Einstein, Newton, Da Vinci, Aristoteles?«

»Um Gottes willen!«, die Stimme am anderen Ende der Leitung verschluckte sich fast. »Das wäre doch … ich meine, wortwörtlich … *absolut* unmöglich!«

»Ja, am besten glaubst du das weiterhin und vergisst unser ganzes Gespräch, okay, Jack?«

»Aber du …«

»Ja, Jack?«

»Also gut. Was wirst du …?«

»Jack, ich arbeite für einen sehr ausgefallenen Verein, für sehr merkwürdige Leute. Dir das zu erzählen, ist an sich schon zu viel. Trotzdem gebe ich dir mein Wort, dass ich mich um diese Sache kümmere. Und du gibst mir dein Wort, dass du mit niemandem mehr darüber sprichst.«

»Na gut, wenn du es sagst.«

»Danke für den Anruf. Auf Wiederhören, Jack. Bis zum nächsten Mal.«

»Ja, auf Wiederhören.«

Nachdenklich legte Gormley den Hörer auf.

XI

Dragosani drückte nun schon seit über drei Monaten wieder die Schulbank, um sein Englisch aufzufrischen. Nun war es Ende Juli, und er war nach Rumänien – oder in die Walachei, wie er seine Heimat bezeichnete – zurückgekehrt. Der Grund für seine Anwesenheit war einfach: Trotz der Drohungen, die er bei seinem letzten Besuch ausgestoßen hatte, war er sich bewusst, dass der Alte unter der Erde ihn gewarnt hatte, nicht länger als ein Jahr zu warten, und diese Zeit war verstrichen. Was er genau damit gemeint hatte, ging über Dragosanis Horizont, aber einer Sache war er sich sicher: Er durfte Thibor Ferenczy nicht durch Nachlässigkeit entwischen lassen. Da die Frist fast abgelaufen war, könnte der Vampir nun eher willens sein, noch mehr Geheimnisse mit Dragosani zu teilen, um im Austausch dafür sein untotes Leben zu verlängern.

Als er durch Bukarest gefahren war, hatte Dragosani auf einem Markt angehalten, um zwei lebende Hühner in einem Weidenkorb zu kaufen. Den Korb hatte er auf dem Boden im Fond seines Wolga verstaut und mit einem Tuch abgedeckt. Auf einem Bauernhof an den Ufern des Oltul hatte er ein Zimmer gefunden, und nachdem er seine Sachen in den Raum geworfen hatte, war er sofort in die Dämmerung hinausgegangen und zu der bewaldeten kreuzförmigen Hügelkette gefahren.

Da stand er nun wieder im erlöschenden Licht unter düsteren Kiefern am Rand des Kreises aus ungeweihter Erde und betrachtete die umgestoßene Grabplatte, die aus dem Hügel ragte, und die dunkle Erde, aus der grotesk verkrüppelte Wurzeln krochen wie ein Knäuel versteinerter Schlangen.

Hinter Bukarest hatte er erfolglos versucht, Thibor zu erreichen; sosehr er sich auch darauf konzentriert hatte, den Geist des alten Teufels aus dem jahrhundertelangen Schlummer zu erwecken, er hatte keine Antwort empfangen. Vielleicht kam er doch zu spät. Wie lange konnte ein Vampir unentdeckt und untot in der Erde liegen? Trotz Dragosanis vieler Diskussionen mit der Kreatur und all dem, was er von Ladislau Giresci erfahren hatte, wusste er immer noch zu wenig über die Wamphyri.

»Thibor, bist du da?«, flüsterte Dragosani nun in die Schatten. Seine Augen hatten sich auf die Dunkelheit eingestellt und drangen durch die trübe, staubige Luft. »Thibor, ich bin zurückgekommen – und ich habe Geschenke gebracht!« Zu seinen Füßen lagen die Hühner in ihrem Korb, ihre Füße waren zusammengebunden. Dennoch bewegte sich jetzt kein unsichtbares Wesen in der Dunkelheit, keine spinnenwebartigen Finger strichen durch sein Haar, und keine aufgeregten Schnauzen erschnüffelten seinen Geruch. Der Ort war trocken, ausgedörrt, tot. Hängende Zweige knackten laut bei jeder Berührung und Staub wallte auf, wo Dragosani seine Füße auf den angesammelten pflanzlichen Unrat von Jahrhunderten setzte.

»Thibor«, versuchte er es noch einmal. »Ein Jahr, sagtest du. Das Jahr ist um und ich bin zurückkehrt. Komme ich zu spät? Ich habe dir Blut mitgebracht, alter Drache, um deine alten Adern zu wärmen und dir wieder Kraft zu geben …«

Nichts.

Dragosanis Besorgnis wuchs. Hier stimmte etwas nicht. Der alte Teufel in der Erde war immer hier. Er war der *Genius Loci*. Ohne ihn war dieser Ort nichts, die kreuzförmige Hügelkette leer. Und was war mit Dragosanis Träumen? War das Wissen, das er von dem Vampir erlangen wollte, für immer fort? Einen Moment lang überkamen ihn Verzweiflung, Wut, Frustration, doch dann … Die gefesselten Hühner rührten sich in ihrem Korb und eines von ihnen stieß ein tiefes besorgtes Gackern aus. Ein Windhauch wehte unheilvoll in den Zweigen über Dragosanis Haupt. Die Sonne verschwand hinter den fernen Hügeln. Und irgendetwas hinter der Dunkelheit, dem Staub und den alten trockenen Zweigen beobachtete den Nekromanten. Dort war nichts, trotzdem fühlte er Augen auf sich ruhen. Es hatte sich nichts verändert, dennoch schien es jetzt, als atmete dieser Ort!

Ja, er atmete – aber es war ein übler Atem, der Dragosani überhaupt nicht gefiel. Er fühlte sich bedroht, fühlte sich hier mehr in Gefahr als je zuvor. Er nahm den Korb und trat zwei Schritte aus dem ungeweihten Kreis, bis er gegen die raue Borke eines großen Baumes stieß, der fast so alt war wie die ganze Lichtung. Er fühlte sich dort sicherer, auf festerem Grund, mit dem zähen alten Baum im

Rücken. Die plötzliche Trockenheit verschwand aus seinem Rachen und er schluckte schwer, bevor er noch einmal fragte: »Thibor, ich weiß, dass du da bist. Es ist dein Pech, wenn du mich ignorieren willst, alter Teufel.«

Wieder rauschte der Wind in den hohen Zweigen, und zugleich kroch ein Flüstern in den Geist des Nekromanten: *Dragosaaaniiii? Bist du es? Ahhhhh!*

»Ja, ich bin es. Ich bin gekommen, um dir Leben zu bringen, alter Teufel – oder eher, um deinen Untod zu erneuern.«

Zu spät, Dragosani, zu spät. Meine Zeit ist gekommen, ich muss dem Ruf der dunklen Erde gehorchen. Selbst ich, Thibor Ferenczy von den Wamphyri. Meine Entbehrungen waren mannigfaltig, und mein Funke durfte lange glimmen. Nun flackert er nur noch. Was kannst du jetzt noch für mich tun, mein Sohn? Nichts, fürchte ich. Es ist vorbei …

»Nein, ich glaube das nicht! Ich habe dir Leben gebracht, frisches Blut. Morgen bringe ich dir noch mehr. In ein paar Tagen wirst du wieder stark sein.«

… Vielleicht habe ich mich doch geirrt, antwortete das Ding in der Erde nach einer Weile. *Aber wenn selbst mein eigener Vater und Bruder mich hassten … warum sollte ich einem Sohn vertrauen? Einem unechten Sohn auch noch. Es gibt kein Fleisch, das uns verbindet, Dragosani. Oh, wir machten uns Versprechungen, du und ich, aber es waren zu viele, um zu glauben, dass aus ihnen irgendetwas würde. Trotzdem hast du ein wenig profitiert – durch dein Wissen der Nekromantie – und wenigstens habe ich noch einmal Blut geschmeckt, auch wenn es abscheulich war. Lass Frieden zwischen uns sein. Ich bin zu schwach geworden …*

Dragosani machte einen Schritt vorwärts. »Nein!«, rief er wieder. »Es gibt immer noch Dinge, die du mich lehren kannst. Wamphyri-Geheimnisse …«

Zitterte der Boden ein wenig unter seinen Füßen? Krochen die unsichtbaren Wesenheiten näher heran? Er wich zurück gegen den Baum.

Die Stimme in seinem Geist seufzte. Es war das Seufzen eines Wesens, das aller irdischen Angelegenheiten überdrüssig geworden ist und das ungeduldig die Auflösung ersehnt. Und Dragosani vergaß, dass es das verlogene Seufzen eines Vampirs war.

Ach, Dragosani! Dragosani! – Du hast nichts gelernt. Erklärte ich dir nicht, dass die Legenden der Wamphyri den Sterblichen verboten sind? Sagte ich nicht, dass Wissen auch Werden bedeutet, und dass es keinen anderen Weg gibt? Geh, mein Sohn, und überlasse mich meinem Schicksal. Was? Soll ich dir die Macht geben, eine Welt zu beherrschen, während ich hier liege und zu Staub zerfalle? Was für eine Art Gerechtigkeit soll das sein?

Dragosani war verzweifelt. »Dann nimm das Blut an, das ich dir gebracht habe, und das süße Fleisch. Werde wieder stark. Ich akzeptiere alle deine Bedingungen. Falls ich einer der Wamphyri werden muss, um all ihre Geheimnisse zu lernen – dann sei es!«, log er. »Aber ohne dich geht es nicht!«

Das Ding in der Erde schwieg lange Zeit, während Dragosani atemlos wartete. Er bildete sich ein, dass die Erde wieder leicht unter seinen Füßen erzitterte, aber das konnte auch nur Einbildung sein – das Wissen, dass etwas Altes und Böses, etwas Verfaultes und Untotes hier begraben war. Hinter seinem Rücken stand der Baum scheinbar fest wie ein Fels, so dass Dragosani nicht ahnte, dass er im Innersten ausgehöhlt war. Irgendetwas schob sich aufwärts durch die Erde und in das trockene, wurmzerfressene Holz hinein.

Vielleicht hätte Dragosani die Bewegung gespürt, aber in genau diesem Augenblick sprach Thibor wieder zu ihm, und so war seine Aufmerksamkeit abgelenkt: *Sagtest du … du hast ein Geschenk für mich?*

Interesse lag nun in der Stimme des Vampirs, und Dragosani erkannte einen Lichtstreif der Hoffnung. »Ja, ja! Hier zu meinen Füßen. Frisches Fleisch, Blut.« Er schnappte sich einen der Vögel und drückte ihm die Kehle zu. Das Gackern verstummte sofort. Im nächsten Augenblick schlitzte er den Unterkörper des Huhns mit einer Sichel aus glänzendem Stahl auf. Rotes Blut spritzte, er warf den Kadaver auf den Boden, weiße Federn schwebten stumm auf die dunkle Erde.

Die Laubdecke saugte das Vogelblut auf wie ein Schwamm Wasser – und hinter Dragosanis Rücken glitt ein Auswuchs aus verwester Materie rasch in dem ausgehöhlten Baum hinauf. Seine lepröse weiße Spitze fand ein Astloch und stieß kaum einen halben Meter über Dragosanis Kopf durch das Holz. Die Spitze pulsierte und glitzerte, war erfüllt von einem seltsamen Eigenleben und Drängen wie ein fremdartiger Fötus.

Dragosani packte den zweiten Vogel beim Hals und machte zwei Schritte vorwärts bis an den äußersten Rand der ›sicheren‹ Zone. »Hier ist noch mehr, Thibor, direkt hier in meiner Hand. Hab nur ein wenig Vertrauen, ein wenig Glauben, und erzähle mir etwas von den Kräften, die ich besitzen werde, wenn ich wie du bin.«

Ich … Ich spüre, wie die Erde das rote Blut aufsaugt, mein Sohn, und es ist gut. Aber ich glaube immer noch, dass du zu spät kamst. Nun, ich will mich nicht beschweren. Wir hatten uns entzweit, und ich hatte genauso viel Schuld wie du, also lass uns die Vergangenheit vergessen. Ja, und ich möchte nicht, dass es zu Ende geht, ohne dass ich dir ein klein wenig zeige, was ich für dich empfinde, ohne wenigstens ein kleines Geheimnis mit dir zu teilen.

»Ich warte«, antwortete Dragosani rasch. »Mach weiter …«

Am Anfang, sagte das Ding aus der Tiefe, *waren alle Dinge gleichgestellt. Der erste Vampir war nicht weniger ein Geschöpf der Natur als der erste Mensch, und genauso wie der Mensch von den niedrigeren Kreaturen um ihn herum lebte, tat es auch der Vampir. Wir beiden waren jeder auf seine Art Parasiten. Alle lebenden Dinge sind es. Aber während der Mensch die Geschöpfe, von denen er lebte, tötete, war der Vampir sanfter: Er nahm sie sich einfach als Wirtskörper. Sie starben nicht – sie wurden untot! Auf diese Art ist ein Vampir kein weniger natürliches Geschöpf als ein Neunauge oder ein Blutegel, oder sogar ein kleiner Floh; außer dass sein Wirt lebt, geradezu unsterblich wird, und nicht aufgezehrt wird, wie es bei einem starken parasitischen Befall normalerweise üblich ist. Während sich der Mensch nun zum vollkommenen Wirt entwickelte, entwickelte sich auch der Vampir, und als der Mensch die Natur dominierte, teilte der Vampir diese Dominanz.*

»Symbiose«, sagte Dragosani.

Ich kann die Bedeutung des Wortes in deinem Geist lesen, sagte Thibor, *ja, es stimmt – außer dass der Vampir es bald lernte, sich zu verbergen! Denn im Verlauf der Evolution trat ein einzigartiger Wandel ein: Zuvor konnte der Vampir getrennt von seinem Wirt leben, aber nun war er vollständig abhängig von ihm. Genau wie der Schleimaal, der ohne seinen Wirtsfisch stirbt, muss der Vampir zum bloßen Überleben einen Wirt haben. Wenn die Menschen einen Vampir in ihresgleichen entdeckten, töteten sie ihn einfach! Schlimmer noch, sie lernten, wie man das wichtigere Wesen im Innern tötet!*

Und das war nicht das letzte Problem des Vampirs. Die Natur ist ziemlich rücksichtslos und geht seltsame Wege, wenn es um die Korrektur von Fehlern geht. Sie hatte nicht beabsichtigt, dass eines ihrer Geschöpfe unsterblich würde. Nichts, was sie erschafft, darf ewig leben. Und dennoch gab es eine Kreatur, die diesen Grundsatz leugnete; eine Kreatur, die bis in alle Ewigkeit leben konnte! Wütend rächte die Natur sich an den Wamphyri. Die Jahrhunderte zogen dahin, die Welt gedieh in diesen Zeitaltern, und meine vampirischen Vorfahren entwickelten in sich eine Schwäche. Sie wurde in sie hineingezüchtet und pflanzte sich über die Generationen fort. Es war ein Gesetz der Natur, und es lautete: Weil die Vampire so selten ›starben‹, würde sie ihnen nur selten erlauben, geboren zu werden!

»Und darum«, sagte Dragosani, »sterbt ihr als Rasse aus.«

Als Individuen können wir uns nur einmal während der Spanne unseres Lebens fortpflanzen, ganz gleich, wie lang diese Spanne ist …

»Aber du bist so potent! Ich verstehe nicht, wie der Fehler bei euren männlichen Exemplaren liegen kann. Sind nur eure Weibchen unfruchtbar … Ich meine, haben nur sie eine einzige Chance, sich fortzupflanzen?«

Unsere ›männlichen Exemplare‹, Dragosani?, fragte die Stimme in Dragosanis Kopf, mit einem sardonischen Unterton, der ihm nicht gefiel. *Unsere ›Weibchen‹ …?*

Und wieder wich der Nekromant gegen den Baum zurück. »Was meinst du?«

Männchen und Weibchen. Oh nein, Dragosani. Wenn die Natur uns dieses Problem aufgehalst hätte, wären wir schon lange ausgestorben …

»Aber du bist ein Mann! Ich weiß es!«

Mein menschlicher Wirt war ein Mann.

Dragosanis Augen waren nun in der Dunkelheit weit aufgerissen. Etwas in ihm drängte ihn zur Flucht – aber wovor? Er wusste, dass das Ding in der Erde ihm nicht schaden konnte, geschweige denn dies zu tun wagte. »Dann … dann bist du weiblich?«

Ich dachte, ich hätte das erschöpfend erklärt. Ich bin weder das eine noch das andere …

Dragosani war sich des Begriffs nicht sicher. »Ein Zwitter?«

Nein.

»Dann asexuell? Agamisch!«

Ein schimmerndes Tröpfchen formte sich auf der bleichen pulsierenden Spitze des leprösen Tentakels, dort, wo er aus dem Loch im Baum über Dragosanis Kopf herausragte. Während er weiter wuchs, nahm er die Form einer Birne an, hing nach unten und begann zu zittern. Darüber bildete sich ein scharlachrotes Auge, das Dragosani wachsam und gespannt anstarrte.

»Was ist mit deiner Lust in der Nacht, als wir das Mädchen nahmen?«

Deine Lust, Dragosani.

»Und all die Frauen, die du in deinem Leben gehabt hast?«

Meine Energie, aber die Lust meines Wirtes! AHHHH! Die Stimme in Dragosanis Geist stieß plötzlich ein lautes Stöhnen aus. *Mein Sohn, mein Sohn – es ist fast vollbracht! Es ist fast vorbei!*

Beunruhigt trat der Nekromant wieder an den Rand des Kreises vor. Die Stimme war so schwach, so verzweifelt, so von Pein erfüllt. »Was ist los? Was fehlt dir? Hier ist mehr Nahrung!« Er schlitzte dem zweiten Vogel die Kehle durch und warf den zappelnden Kadaver von sich. Das rote Blut wurde vom Erdreich aufgesaugt. Das Ding in der Erde trank gierig.

Dragosani wartete, und dann: *Ahhhh!* Nun kribbelte die Kopfhaut des Nekromanten. Denn er spürte plötzlich eine große Stärke in dem Vampir – und noch größere Verschlagenheit. Schnell trat er zurück – und im selben Augenblick färbte sich das schimmernde Tröpfchen über ihm scharlachrot und fiel herab!

Es landete auf Dragosanis Nacken, direkt unter dem Kragen. Er fühlte es. Es hätte ein Tröpfchen Feuchtigkeit vom Baum sein können, wäre es hier nicht so trocken gewesen; oder Vogelkot, wenn er hier nur je einen Vogel gesehen hätte. Seine Hand fasste automatisch an seinen Nacken, um es wegzuwischen – und fand nichts. Das Vampir-Ei benötigte keinen Legestachel. Wie Quecksilber war es direkt in die Haut eingedrungen. Nun erforschte es die Wirbelsäule.

Im nächsten Moment fühlte Dragosani den Schmerz. Er sprang vom Baum weg. Der Schmerz wurde intensiver. Diesmal konnte Dragosani nicht mehr die Richtung kontrollieren; er rannte los und stieß blindlings gegen Baumstümpfe, die in seinem Weg standen; er stolperte und fiel hin, kopfüber. Und immer war da dieser Schmerz in seinem Kopf, dieser Druck auf sein Rückgrat, dieses Brennen, das wie Säure durch seine Adern schoss.

Panik. Die schlimmste Panik, die er je in seinem Leben erlebt hatte. Er fühlte sich dem Tode nahe, ahnte, dass dieser Anfall ihn umbringen würde. Es fühlte sich an, als platzten seine inneren Organe auf, als stehe sein Hirn in Flammen!

Dann hatte der Vampir einen Ruheplatz in seinem Brustkorb gefunden. Er forschte nicht mehr, sondern zog sich zurück, um zu schlafen. Sein erstes Tasten war das wilde Gestrampel eines Neugeborenen gewesen, aber nun war er warm und sicher und wollte nur noch ruhen.

Der Schmerz verließ Dragosani urplötzlich, und seine Erleichterung war so groß, dass sein Organismus völlig außer Kontrolle geriet und er ohnmächtig wurde.

Harry Keogh lag ausgestreckt auf seinem Bett. Schweiß klebte sein rötliches Haar an seine Stirn, seine Schenkel zuckten gelegentlich unruhig in Reaktion auf einen Traum, der etwas mehr als ein Traum gewesen war. Im Leben war seine Mutter ein Medium von einigem Ruf gewesen, und der Tod hatte sie nicht verändert; vielleicht hatte er ihre Fähigkeiten sogar verbessert. Über die Jahre hatte sie Harry oft im Schlaf besucht, so wie sie ihn jetzt besuchte.

Harry träumte, sie stünden zusammen in einem Sommergarten: im Garten des Hauses in Bonnyrigg, wo hinter dem Zaun der Fluss träge zwischen sonnenbeschienenen fruchtbaren grünen Ufern strömte. Es war ein Traum mit scharfen Kontrasten und lebendigen Farben. Sie war wieder jung, ein Mädchen bloß, und er hätte durchaus ihr junger Liebhaber sein können und nicht ihr Sohn. Aber in seinem Traum gab es keinen Zweifel an ihrer Beziehung. Wie immer war sie besorgt um ihn. »Harry, dein Plan ist gefährlich und kann nicht funktionieren. Begreifst du eigentlich nicht, was du tust? Wenn es funktioniert, wird es Mord sein, Harry! Du wirst nicht besser sein als … als er!« Sie wandte ihren blondgelockten Kopf ab und blickte furchtsam mit blaukristallenen Augen auf das Haus.

Das Haus erhob sich als ein dunkler Fleck gegen einen Himmel, der so blau war, dass es in den Augen schmerzte. Es stand dort wie eine Masse aus gefrorener Tinte vor einem grünen und blauen Hintergrund, als ob es gerade erst in das Bilderbuch eines Kindes geschüttet worden wäre; und wie ein Schwarzes Loch strahlte es kein Licht aus, nichts entfloh seiner klaffenden, peinigenden Leere. Es war schwarz wie das, was in ihm wohnte, so schwarz wie die Seele des Mannes, der dort lebte.

Harry schüttelte den Kopf und konnte seinen Blick nur mit großer Willensanstrengung von dem Haus abwenden. »Kein Mord«, sprach er. »Gerechtigkeit! Er ist ihr seit fast 16 Jahren entkommen. Ich war doch noch fast ein

Baby, ein kleines Kind, als er dich mir wegnahm. Bis jetzt ist er damit davongekommen. Aber nun bin ich ein Mann. Was für ein Mann wäre ich denn, wenn ich jetzt aufgebe?«

»Aber verstehst du denn nicht, Harry?«, beharrte sie. »Rache zu nehmen, macht es nicht wieder gut. Zweimal Falsch ergibt nie Richtig …« Sie setzten sich zusammen ins Gras, und sie drückte ihn an sich, strich ihm übers Haar. Harry hatte das als Kind geliebt. Er blickte wieder auf das Tintenkleckshaus und schüttelte sich, wandte schnell seinen Blick ab.

»Ich will nicht nur Rache, Mutter. Ich will wissen, warum! Warum hat er dich ermordet? Du warst schön, seine junge Frau, eine Dame mit Besitz und Begabung. Er hätte dich anbeten sollen – und dennoch brachte er dich um. Er drückte dich unter das Eis und ließ dich mit dem Fluss forttreiben, als du zu schwach warst, um dich zu wehren. Er tötete dich so unbarmherzig wie ein unerwünschtes Kätzchen. Er riss dich aus dem Leben wie Unkraut aus diesem Garten, dabei war er das Unkraut und du die Rose. Was brachte ihn dazu? Warum?«

Sie runzelte die Stirn und schüttelte ihr goldenes Haupt. »Ich weiß es nicht, Harry. Ich habe es nie gewusst.«

»Ich muss es herausfinden. Es geht aber nicht, solange er lebt, weil er es niemals zulassen würde. Also muss ich es rausfinden, wenn er tot ist. Die Toten schlagen mir niemals etwas ab. Und das bedeutet … ich muss ihn töten. Und ich werde es auf meine Art tun.«

»Es ist eine sehr schreckliche Art, Harry. Ich weiß es!«

Er nickte mit kaltem Blick. »Ja – und deshalb muss es so geschehen.«

Sie fürchtete sich wieder und presste ihn an sich. »Und wenn etwas schiefgeht? Ich kann zufrieden ruhen, Harry, wenn ich nur weiß, dass es dir gut geht. Aber falls dir irgendetwas zustoßen sollte …«

»Mir wird nichts geschehen. Es wird alles ablaufen, wie ich es plane.« Er küsste ihre besorgte Stirn, aber sie hielt ihn immer noch fest.

»Dieser Viktor Shukshin ist ein durchtriebener Mann, Harry. Schlau – und böse! Manchmal konnte ich es in ihm fühlen, und es faszinierte mich. Ich war ja noch ein Mädchen. Und er – er war wie ein Magnet. Das Russische an ihm, das auch in mir war; die brütende Dunkelheit in ihm, dieser Magnetismus, das Böse. Wir waren wie entgegengesetzte Pole, und wir zogen uns an. Ich weiß, dass ich ihn liebte, obwohl ich sein dunkles Herz spürte, doch was den Grund betrifft, weswegen er mich tötete …«

»Ja?«

Wieder schüttelte sie den Kopf, ihre Augen wurden von der Erinnerung umwölkt. »Es war etwas … irgendetwas *in* ihm. Irgendein Wahnsinn, ein unaussprechliches Ding, das er nicht kontrollieren konnte. So viel weiß ich, aber was genau …« Und wieder schüttelte sie den Kopf.

»Das ist es, was ich herausfinden muss«, wiederholte Harry, »denn vorher werde auch ich keine Ruhe finden.«

»*Shhhhhh!*«, keuchte sie plötzlich, und drückte ihn fest an sich. »Schau!«

Harry blickte auf. Ein kleinerer Fleck hatte sich von der großen schwarzen Masse des Hauses abgetrennt. Er kam den Gartenweg herunter, war geformt wie ein Mensch, und blickte hierhin und dorthin, besorgt die Hände ringend. In seinem schwarzen Klecks von Kopf gleißten zwei silberne Ovale, Augen, die ihn zum Zaun am Ende des Gartens leiteten. Harry und seine Mutter kauerten sich zusammen, aber im Augenblick schenkte ihnen die Shukshin-Erscheinung keine Aufmerksamkeit. Sie näherte sich, stoppte kurz und schnüffelte misstrauisch – fast wie ein Hund – und ging dann weiter. Am Zaun machte Shukshin Halt, lehnte sich über die Kante, und beobachtete einen langen Augenblick die langsamen Strudel des Flusses.

»Ich weiß, was ihn beschäftigt«, flüsterte Harry.

»*Shhhh!*«, wiederholte seine Mutter ihre Warnung. »Er kann Dinge fühlen. Das konnte er immer …«

Der Tintenklecks kehrte zurück, stoppte hin und wieder, nahm auf diese seltsame Art Witterung auf. Ganz nah bei ihnen schien das Shukshin-Ding mit seinen silbernen Augen geradewegs durch sie hindurchzustarren. Dann zwinkerten die Augen und es bewegte sich weiter, zurück zum Haus, wie zuvor die Hände ringend. Es verschmolz mit dem Haus, die Tür knallte hallend zu.

Der Klang vervielfältigte sich in Harrys Kopf, hallte wider, mutierte von einem Knallen in ein Klopfen, eine Reihe von Klopfzeichen, immer wieder: Tock-tock-tock! Tock-tock-tock!

»Du musst gehen. Sei vorsichtig, Harry. Armer, kleiner Harry …«

Er schreckte aus dem Schlaf hoch. Aus dem Winkel, in dem das Sonnenlicht durch das Fenster fiel, erkannte er, dass der Tag sich dem Abend zuneigte. Wenigstens drei Stunden hatte er geschlafen; mehr als er beabsichtigt hatte. Er schreckte zusammen, als an der Tür wieder das Klopfen ertönte: Tock-tock-tock!

Wer konnte das sein? Brenda? Nein, denn er erwartete sie nicht. Obwohl es Samstag war, machte sie Überstunden und donnerte die Haare einiger »modebewusster« Damen aus Harden auf. Wer dann?

Tock-tock-*tock*! Energisch.

Ungelenk schwang Harry seine Beine vom Bett, stand auf und ging zur Tür. Sein Haar war zerzaust und seine

Augen schläfrig. Er empfing selten Besucher, und das war ihm ganz recht. Dies war eine Störung, etwas mit dem man schnell und entschieden umgehen musste. Er zog den Reißverschluss seiner Hose zu und schlüpfte in ein T-Shirt – und es klopfte schon wieder.

Vor der Tür wartete Sir Keenan Gormley. Er wusste, dass Harry Keogh im Haus war. Er hatte es schon gewusst, als er die Straße herunterkam, als er die Treppen hinaufstieg. Keoghs ESP-Signatur war genauso unverwechselbar in die Luft dieses Ortes geschrieben wie ein Fingerabdruck auf Glas. Wie Viktor Shukshin und Gregor Borowitz besaß Gormley eine große Gabe: Auch er war ein ›Talentspürer‹, er ›wusste‹ instinktiv, wenn er sich in Gegenwart eines ESPers befand, und Keoghs ESP-Aura war machtvoller als alles, was er bisher gespürt hatte. Er hatte den Eindruck, nahe eines großen Generators zu sein, während er dort im Treppenhaus vor der Tür stand.

Und nun öffnete Harry Keogh die Tür …

Gormley hatte Keogh bereits gesehen, aber noch nie von so nah. Während der letzten drei Wochen, die er bei Jack Harmon verbracht hatte, hatte er Harry oft beobachtet. Gormley und Harmon waren Keogh häufig gefolgt und hatten den Jugendlichen unter scharfer, aber unauffälliger Beobachtung gehalten. Gormley hatte nicht lange gebraucht, um zu erkennen, dass Keogh in der Tat etwas Besonderes war. Offensichtlich hatten sie ihn richtig eingeschätzt; er *war* ein Necroscope; er besaß die Macht, sich intelligent mit Toten zu verständigen. Gormley hatte in den letzten drei Wochen intensiv über Keoghs außergewöhnliches Talent nachgedacht. Dies war eine Sache, die er nur zu gern unter seiner Kontrolle haben würde. Nun musste er irgendwie einen Weg finden, dies Keogh beizubringen.

Harry Keogh zwinkerte sich den Schlaf aus den Augen und musterte seinen Besucher von oben bis unten. Er wollte den Fremden, wer immer es auch sein mochte, kurz abfertigen, aber ein Blick auf Gormley genügte, um Harry zu sagen, dass der Mann nicht mir nichts, dir nichts wieder gehen würde. Eine Aura unauffälliger, aber beeindruckender Intelligenz umgab diesen Mann, und in Kombination mit seinem gewinnenden Lächeln und der auffordernd ausgestreckten Hand war das völlig entwaffnend.

»Harry Keogh?«, fragte Gormley, wohl wissend, dass dies Keogh war. Er schob seine Hand noch ein wenig weiter vor und bestand darauf, dass der andere sie ergriff. »Ich bin Sir Keenan Gormley. Sie werden noch nicht von mir gehört haben, aber ich kenne Sie bereits ein bisschen. Eigentlich – also, eigentlich weiß ich fast alles über Sie!«

Der Flur war schlecht beleuchtet, und Harry konnte die Gesichtszüge des anderen nur undeutlich sehen. Endlich ergriff er Gormleys Hand, trat dann beiseite und ließ ihn ein.

Die Berührung hatte ihm eine Menge verraten, obwohl sie nur kurz gewesen war. Gormleys Händedruck war fest und dennoch federnd, kühl, aber ehrlich; er hatte nichts versprochen, aber auch mit nichts gedroht. Es war der Händedruck von jemandem, der ein Freund sein konnte. Außer dass …

»Sie wissen alles über mich?« Harry war sich unschlüssig, ob ihm das gefiel. »Das kann ja nicht viel sein. Da gibt es nicht viel zu wissen.«

»Das glaube ich aber schon. Sie sind zu bescheiden.«

Im helleren Licht von den Fenstern her betrachtete Keogh seinen Besucher jetzt genauer. Sein Alter konnte irgendwo zwischen fünfzig und sechzig liegen, aber eher am oberen Ende; seine grünen Augen waren ein wenig trübe und seine Haut voll kleiner Falten; sein Haar lag wohlfrisiert um einen großen, hohen Kopf. Er war etwa 1,75 Meter groß, und sein gut geschnittenes Jackett konnte seinen etwas gebeugten Rücken nicht ganz verbergen. Sir Keenan Gormley hatte schon bessere Tage gesehen, aber Harry Keogh war sicher, dass ihm noch einige Zeit blieb.

»Wie spreche ich Sie an?«, fragte er. Zum ersten Mal sprach er mit einem ›Sir‹.

»Keenan genügt, wir werden ja Freunde sein.«

»Sind Sie sicher? Dass wir Freunde werden, meine ich? Ich will Sie bloß warnen, weil das bei mir nicht oft vorkommt.«

»Ich glaube, dass wir keine andere Wahl haben«, lächelte Gormley. »Wir haben zu viel gemeinsam. Außerdem haben Sie eine Menge Freunde, soweit ich hörte.«

»Dann haben Sie etwas Falsches gehört«, sagte Harry stirnrunzelnd und schüttelte den Kopf. »Meine echten Freunde kann ich an einer Hand abzählen.«

Gormley glaubte, dass er direkt zum Punkt kommen sollte. Außerdem wollte er Keoghs Reaktion sehen, wenn jemand ihn kalt erwischte. Es könnte das letzte Beweisstückchen liefern. »Das sind die lebenden«, antwortete er leise, und ließ das Lächeln langsam aus seinem Gesicht gleiten. »Aber ich glaube, dass die anderen sehr viel zahlreicher sind …«

Es traf Harry wie eine Granate.

Er hatte sich oft gefragt, was er empfinden würde, sollte er jemals von jemandem auf diese Art konfrontiert werden, und nun wusste er es. Ihm war übel.

Er schwankte und sank in einen wackeligen Sessel. Er war totenbleich, zitterte, schluckte und musterte Gormley mit den Augen eines in die Enge getriebenen Tiers. »Ich weiß nicht, was Sie …«, versuchte er krächzend zu leugnen, doch Gormley schnitt ihm das Wort ab: »Oh doch, Harry!

Sie wissen nur zu gut, wovon ich rede. Sie sind ein Necroscope. Und wahrscheinlich sind Sie der einzige echte Necroscope auf der ganzen Welt!«

»Sie müssen wahnsinnig sein!«, keuchte Harry verzweifelt. »Hier reinzukommen und mich … mit Dingen … zu beschuldigen. Ein Necroscope? So was gibt es doch nicht. Das weiß doch jeder, man kann doch nicht … nicht …« Stammelnd brach er ab.

»Nicht was, Harry? Mit Toten sprechen? Aber du kannst es, oder nicht?«

Kalter Schweiß brach auf Harrys Stirn aus. Er schnappte nach Luft. Er war ertappt und er wusste es. Er saß in der Falle wie ein Vergewaltiger, der noch keuchend zwischen den Schenkeln seines zerschundenen Opfers hockt, im Licht der Polizeischeinwerfer. Er hatte sich vorher nie wie ein Verbrecher gefühlt – er hatte nie jemandem geschadet –, aber jetzt …

Gormley trat vor, griff seine Schultern und schüttelte ihn. »Wachen Sie auf, Mann! Sie sehen aus wie ein dreckiger kleiner Junge, den man beim Wichsen erwischt hat. Sie sind nicht krank, Harry – was Sie tun, ist keine Krankheit – es ist eine Gabe!«

»Es ist geheim«, protestierte er schwach. »Ich … ich tue ihnen nicht weh, das würde ich nie tun. Mit wem sollten sie ohne mich auch sprechen? Sie sind so *einsam*!« Er plapperte einfach drauf los. Er war überzeugt, dass er in großen Schwierigkeiten steckte, und dass er versuchen musste, sich irgendwie herauszureden.

»Ruhig, Junge. Nur ruhig. Niemand beschuldigt Sie irgendeines Verbrechens.«

»Aber es ist *geheim*!« Harry knirschte mit den Zähnen. Er wurde langsam wütend. »Oder wenigstens war es das. Doch jetzt, wenn die Leute davon erfahren …«

»Niemand wird davon erfahren.«

»Aber *Sie* wissen es doch!«

»Es ist mein Geschäft, solche Dinge zu wissen. Junge, ich sage es noch einmal: Du bist nicht in Schwierigkeiten.«

Er war so überzeugend, so ruhig. War er ein Freund, ein echter Freund, oder etwas anderes? Harry konnte seine Panik nicht beherrschen, den Schock der Erkenntnis, dass jemand anderes Bescheid wusste. Konnte er diesem Mann vertrauen? Konnte er irgendjemandem vertrauen? Falls Gormleys Auftauchen sein Ende als Totenhorcher bedeutete, was würde dann aus seiner Rache an Viktor Shukshin werden? Es durfte nichts dazwischenkommen!

Verzweifelt streckte er seinen Geist aus und kontaktierte einen Trickbetrüger auf dem Friedhof in Easington.

Gormley spürte die Kraft, die in diesem Augenblick von Harry ausströmte, eine ungestüme Energie, wie er sie nie zuvor gespürt hatte. Seine Kopfhaut kribbelte und sein Herzschlag beschleunigte sich bedrohlich. Das war die Gabe eines Nekromanten in Aktion. Gormley war sich dessen so sicher wie seiner eigenen Geburt.

In seinem Sessel brachte sich Harry langsam in eine etwas weniger schlaffe Haltung. Er war so bleich wie verwehter Schnee gewesen, der Schweiß war aus seinen Poren geströmt wie aus einem kaputten Wasserhahn. Aber nun …

Er setzte sich auf, fletschte die Zähne und grinste wild, warf den Kopf zurück, so dass Schweißtröpfchen durch die Luft flogen. Er streckte sich, als dehnte sich eine Feder in seinem Inneren aus, alle Panik wich in einem Augenblick von ihm. Seine Hand zitterte kaum noch, als er sich das feuchte Haar aus der Stirn strich. Sein Gesicht bekam schnell wieder Farbe. »Das war's«, sagte er. »Die Unterhaltung ist beendet.«

»Was?« Gormley war über die Verwandlung verblüfft.

»Genau. Darum geht's doch, oder? Sie kamen her, um etwas über Harry Keogh, den Schriftsteller, herauszufinden. Jemand hat Ihnen gegenüber das Thema der neuen Geschichte erwähnt, die ich gerade schreibe – von der eigentlich niemand wissen sollte – und Sie haben mich auf meine Reaktion getestet. Es ist eine Horrorgeschichte, und Sie haben gehört, dass ich mich immer in meine Geschichten hineinversetze. Wenn ich also die Rolle des Necroscopen spiele – das Wort ist übrigens meine eigene Schöpfung –, tue ich es natürlich mit Überzeugung. Ich bin ein guter Schauspieler, verstehen Sie? Also, Sie hatten Ihre kostenlose Vorstellung, und ich hatte meinen Spaß, und jetzt ist das Gespräch beendet.« Das Grinsen verschwand unversehens aus seinem Gesicht und zurück blieb ein säuerlicher, höhnischer Ausdruck. »Sie wissen, wo die Tür ist, Keenan …«

Gormley schüttelte langsam den Kopf. Zuerst war er erstaunt gewesen, aber nun übernahmen seine Instinkte die Kontrolle. Und sein Instinkt verriet ihm, was hier vor sich ging. »Sehr schlau – aber nicht schlau genug. Mit wem kommunizieren Sie jetzt, Harry? Oder besser: Wer spricht *durch* Sie?«

Einen Augenblick lang brannte Gegenwehr in Harry Keoghs Augen, aber dann fühlte Gormley erneut den Fluss seltsamer Energien, als der Jugendliche die Verbindung zu seinem schlauen, toten, unbekannten Freund abbrach. Sein Gesicht veränderte sich sichtlich; der Sarkasmus verschwand und Harry war wieder er selbst; aber wenigstens etwas Haltung blieb zurück. Seine Angst war verschwunden.

»Was wollen Sie wissen?«, fragte er mit flacher und emotionsloser Stimme.

»Alles.«

»Ich dachte, Sie wissen schon alles? Das haben Sie gesagt.«

»Aber ich will es von Ihnen hören. Ich weiß, Sie können nicht erklären, wie Sie es tun, und ich will auch gar nicht wissen, warum. Es genügt, dass Sie in sich selbst ein Talent entdeckt haben, mit dem Sie Ihr Leben verbessern können. Das ist verständlich. Nein, ich will die Tatsachen. Das Ausmaß Ihres Talents, zum Beispiel, und seine Grenzen. Bis vorhin wusste ich nicht, dass Sie es auf Entfernung anwenden können – solche Dinge. Ich will wissen, worüber Sie mit *ihnen* sprechen, und was *sie* interessiert. Betrachten die Sie als Eindringling, oder sind Sie willkommen? Wie ich schon sagte: Ich will alles wissen.«

»Sonst?«

Gormley schüttelte den Kopf. »Darum geht es nicht – noch nicht.«

Harry lächelte säuerlich. »Also werden wir ›Freunde‹, ja?«

Gormley zog einen Stuhl heran und setzte sich ihm direkt gegenüber. »Harry, niemand sonst wird etwas erfahren. Das ist ein Versprechen. Ja, wir werden Freunde werden. Weil wir einander brauchen, und weil wir wiederum gebraucht werden. Na gut, vielleicht glauben Sie, dass Sie mich nicht brauchen, dass ich das *Allerletzte* bin, was Sie brauchen! Aber das ist nur jetzt so. Sie *werden* mich brauchen, das versichere ich Ihnen.«

Harry betrachtete ihn aus schmalen Augen. »Und warum genau brauchen Sie mich? Ich glaube, es gibt ein oder zwei Dinge, die Sie mir besser erzählen sollten, bevor ich Ihnen irgendetwas berichte – bevor ich sogar etwas gestehe.«

Gormley hatte nichts anderes erwartet. Er nickte und blickte direkt in die argwöhnisch fragenden Augen des

Jungen und atmete tief durch. »Einverstanden. Sie wissen, wer ich bin, also werde ich Ihnen jetzt erklären, was ich bin und womit ich mein Geld verdiene. Was noch wichtiger ist, ich werde Ihnen etwas über die Leute erzählen, mit denen ich arbeite.«

Er berichtete Harry über das britische Dezernat und über das wenige, was er über die amerikanischen, französischen, russischen und chinesischen Gegenstücke wusste. Er erzählte von Telepathen, die allein durch die Kraft ihres Geistes auf der ganzen Welt ohne Telefon miteinander sprechen konnten. Über Präkognition, die Kunst, künftige Ereignisse vorherzusehen. Über Telekinese und Psychokinese und Menschen, die massive Objekte allein mit der Kraft ihres Willens ohne Zuhilfenahme physischer Mittel bewegen konnten. Er sprach über das ›Weitsehen‹, und über den Mann, der sagen konnte, was irgendwo auf der Welt in genau diesem Moment geschah. Über Geistheilung und einen ›Arzt‹, der schiere Lebenskraft in seinen bloßen Händen konzentrierte und Krankheiten ohne die Hilfe konventioneller Behandlungsmethoden heilen konnte. Über die ganze Skala von ESPern, die unter seinem Befehl standen, und darüber, dass es dort auch eine Aufgabe für Harry gab. Und er erzählte alles auf eine solche Art – mit solchem Verständnis, solcher Klarheit und purer Überzeugung –, dass Harry wusste, er sprach die Wahrheit.

»Sie sehen also«, kam Gormley schließlich zum Schluss, »dass Sie kein Monster sind, Harry. Ihr Talent könnte einzigartig sein, aber Sie selbst als ESPer sind es nicht. Ihre Großmutter war eine vor ihnen, und sie gab es an Ihre Mutter weiter. Und die vererbte ein hohes Maß davon wiederum an Sie weiter. Gott allein weiß, wozu *Ihre* Kinder in der Lage sein werden, Harry Keogh!«

Nach einer langen Weile und nachdem er alles verdaut hatte, sagte Harry: »Und nun wollen Sie, dass ich für Sie arbeite?«

»Ums kurz zu sagen: Ja.«

»Und wenn ich ablehne?«

»Harry, ich habe Sie gefunden. Ich bin ein Talentspürer; ich selbst habe keine echten ESP-Kräfte, aber ich kann einen Begabten auf eine Meile Entfernung erkennen. Ich vermute, dass das für sich auch ein Talent ist, aber mehr habe ich nicht. Was ich sicher weiß, ist, dass es noch andere wie mich gibt. Einer von ihnen ist der Chef des russischen Dezernats. Jetzt bin ich zu Ihnen gekommen und habe meine Karten auf den Tisch gelegt. Ich habe Ihnen Dinge gesagt, die ich Ihnen eigentlich nicht sagen dürfte. Weil ich möchte, dass Sie mir vertrauen, und auch weil ich glaube, dass ich Ihnen vertrauen kann. Sie haben von mir nichts zu befürchten, Harry – aber für die andere Seite kann ich das nicht garantieren!«

»Sie meinen … auch die könnten mich aufspüren?«

»Die lernen immer mehr, Harry«, sagte Gormley schulterzuckend, »genau wie wir. Sie haben wenigstens einen Mann in England. Ich habe ihn noch nicht getroffen, aber ich habe seine Nähe gefühlt. Ich wusste, dass er mich ansah, mich beobachtete. Vielleicht ist er auch ein Talentspürer. Was ich damit sagen will: Ich habe Sie gefunden, wie lange kann es also dauern, bis die anderen es auch tun? Der Unterschied ist: Bei denen werden Sie keine Wahl haben.«

»Und bei Ihnen schon, ja?«

»Aber natürlich. Alles liegt in Ihren Händen. Entweder Sie kommen zu uns oder nicht. Es ist Ihre Wahl. Lassen Sie sich Zeit, Harry, und denken Sie darüber nach. Aber nicht zu lange. Wie ich schon sagte, wir brauchen Sie. Je früher, desto besser …«

Harry dachte an Viktor Shukshin. Harry konnte es nicht wissen, aber Shukshin war der Mann, von dem sich Gormley beobachtet gefühlt hatte. »Es gibt etwas, das ich zuerst erledigen muss«, sagte er, »bevor ich eine endgültige Entscheidung treffen kann.«

»Natürlich, ich verstehe das.«

»Es könnte einige Zeit dauern. Vielleicht fünf Monate?«

Gormley nickte. »Wenn es sein muss.«

»Ich glaube schon, ja.« Zum ersten Mal lächelte Harry sein natürliches, scheues Lächeln. »He, ich fühle mich total ausgetrocknet! Möchten Sie einen Kaffee?«

»Sehr gerne«, lächelte Gormley zurück. »Und während wir ihn trinken, könnten Sie mir ja etwas über sich erzählen, oder?«

Harry fühlte ein großes Gewicht von seinen Schultern fallen. »Ja«, seufzte er. »Das könnte ich wirklich.«

Zwei Wochen später beendete Harry Keogh seinen Roman und ›trainierte‹ für Viktor Shukshin. Ein Vorschuss auf das Buch gewährte ihm die finanzielle Sicherheit, die er in den nächsten fünf oder sechs Monaten brauchte.

Der erste Schritt dazu war der Eintritt in eine Gruppe verrückter Allwetter-Schwimmenthusiasten, die es sich zur Gewohnheit gemacht hatten, das ganze Jahr über wenigstens zwei Mal pro Woche in der Nordsee zu baden – Weihnachten und Neujahr eingeschlossen! Sie waren bekannt dafür, das Eis im Trinkwasserreservoir von Harden zu brechen, um zugunsten der Britischen Herzstiftung Hechtsprünge zu vollführen. Brenda, die, außer wenn es um Harry ging, eigentlich ein vernünftiges Mädchen war, hielt ihn natürlich für übergeschnappt.

»Im Sommer ist das ja alles ganz schön«, hatte sie eines Abends Ende August zu ihm gesagt, als sie sich in seiner

Wohnung nackt in den Armen lagen, »aber was ist, wenn es anfängt, kalt zu werden? Ich kann mir das gar nicht ansehen – *du* brichst das Eis auf und gehst dann schwimmen! Was soll eigentlich der ganze Blödsinn mit dem Schwimmen?«

»Es ist einfach ein Weg, fit und gesund zu bleiben«, hatte er ihr gesagt und ihre Brüste geküsst. »Magst du mich nicht gesund?«

»Manchmal«, hatte sie geantwortet und sich ihm wieder ganz zugewandt, als er erneut in ihrer Hand hart wurde, »bist du mir ein bisschen *zu* gesund!« In Wirklichkeit war sie glücklicher als je zuvor in den vergangenen drei Jahren. Harry war nun sehr viel offener, brütete weniger, war lebendiger und aufregender. Sein plötzliches Interesse an Sport beschränkte sich keineswegs auf das Schwimmen. Er hatte auch mit Selbstverteidigung begonnen und war einem kleinen Judoclub in Hartlepool beigetreten. Nach nur einer Woche hatte ihn sein Trainer dort als ›Naturtalent‹ bezeichnet und ihm erklärt, dass er große Dinge von ihm erwarte.

Er hatte natürlich nicht gewusst, dass Harry noch einen anderen Lehrer hatte – einen Mann, der einst der Judomeister seines Regiments gewesen war und nun nichts Besseres zu tun hatte, als sein ganzes Wissen an Harry weiterzugeben.

Was Harrys Schwimmen betraf: Er hatte sich immer als passablen Schwimmer bezeichnet, aber nun sah er, dass sein Können sich in Grenzen hielt. Zu Beginn lag der Rest der Gruppe weit vor ihm – wenigstens bis er einen ehemaligen olympischen Silbermedaillengewinner aufgespürt hatte, der 1960 bei einem Autounfall umgekommen war. Diese Tatsache war auf seinem Grabstein auf dem St.-Mary-Friedhof in Stockton verzeichnet.

Harry wurde enthusiastisch begrüßt (sein Plan jedoch mit Skepsis), und sein neuer Freund beteiligte sich ausgelassen an dem Spaß und den Spielen.

Selbst mit diesem Vorteil galt es jedoch immer noch, die physische Seite zu überwinden. Harry ließ sich von dem Geist des Schwimmers leiten, soweit es die Technik betraf, aber bei seinem Mangel an Muskelkraft gab es keine Hilfe. Da half nur Training. Dennoch machte er rapide Fortschritte. Ab September konzentrierte er sich auf das Tauchen. Er versuchte herauszufinden, wie lange er mit einem Atemzug unter Wasser bleiben und wie weit er schwimmen konnte, bevor er wieder an die Oberfläche musste. Den Tag, als er zum ersten Mal zwei ganze Beckenlängen unter Wasser geschafft hatte, strich er sich rot im Kalender an. Alle Anwesenden hatten mit dem Schwimmen aufgehört, um ihn zu beobachten. Der Bademeister des Schwimmbads in Seaton Carew bat ihn hinterher um sein Geheimnis. Harry hatte mit den Schultern gezuckt und geantwortet: »Es ist alles im Kopf. Willenskraft, vermute ich ...« Und das war genug. Was er nicht erwähnte, war, dass es zwar durchaus seine Willenskraft gewesen war, aber nicht ganz sein Kopf ...

Ab Ende Oktober hatte Harry sein Judotraining etwas vernachlässigt. Sein Fortschritt war zu schnell gewesen und seine Trainer im Club waren misstrauisch geworden. Jedenfalls befriedigte es ihn, dass er sich nun ausgezeichnet um sich selbst kümmern konnte, auch ohne ›Sergeant‹ Graham Lanes Mithilfe. Dann hatte er auch noch mit dem Eislaufen begonnen, der letzten Disziplin, die auf seinem Plan stand.

Brenda, die selber ziemlich wendig auf dem Eis war, kam aus dem Staunen nicht mehr heraus. Sie hatte oft versucht, Harry dazu zu bringen, sie auf die Eisbahn in

Durham zu begleiten, aber er hatte stets abgelehnt. Unnatürlich war das kaum; sie wusste, wie seine Mutter gestorben war, aber sie glaubte einfach, er solle sich seinen Ängsten stellen. Sie konnte nicht wissen, dass diese Angst nicht ganz seine eigene war, sondern die seiner Mutter. Am Ende konnte Mary Keogh jedoch den Sinn in den Vorkehrungen ihres Sohnes erkennen und kam ihm zu Hilfe.

Zunächst fürchtete sie sich – das Eis, die Erinnerung, das pure Grauen ihres Todes wirkten noch immer nach –, aber nach kurzer Zeit genoss sie das Eislaufen wieder so sehr wie zu ihren Lebzeiten. Sie genoss es durch Harry, und er erhielt von ihr Unterricht; bald schon konnte er Brenda zu einem fröhlichen Tanz aufs Eis führen – sehr zu ihrem Erstaunen.

»Eines kann ich bestimmt über dich sagen, Harry Keogh«, hatte sie ihm atemlos gesagt, als er mit ihr gekonnt einen Walzer auf der Eisbahn hingelegt hatte und ihr Atem fantastische Wolken in der kalten Luft bildete. »Mit dir gibt es nie Langeweile! Du bist ja ein richtiger Athlet!«

Dann, in der ersten Novemberwoche, der Winter kam näher, hatte seine Mutter eine Bombe platzen lassen ... Harry fühlte sich besser als jemals in seinem Leben zuvor, er hatte den Eindruck, es mit der ganzen Welt aufnehmen zu können, als sie ihn eines Nachts in seinen Träumen besuchte. In seinen wachen Stunden musste er sie stets herbeirufen, wenn er mit ihr sprechen wollte, aber nicht, wenn er schlief. Dann hatte sie sofortigen Zugang. Normalerweise respektierte sie seine Privatsphäre, aber bei dieser Gelegenheit gab es etwas, über das sie mit ihm sprechen musste, etwas, das nicht warten konnte.

»Harry?« Sie hatte sich in seinen Traum gestohlen und schlenderte mit ihm über einen nebligen Friedhof aus riesigen, sich drohend auftürmenden Grabsteinen, so hoch wie Häuser. »Harry, können wir sprechen? Macht es dir etwas aus?«

»Nein, Mama, es ist gut«, antwortete er. »Was ist?«

Sie nahm seinen Arm, hielt ihn fest, und da sie sich nun ihrer engen Verbindung sicher war, ließ sie ihre ganzen Ängste und Sorgen in einer wahren Flut von Worten aus sich heraussprudeln: »Harry, ich habe mit den anderen gesprochen. Sie haben mir gesagt, dass eine schreckliche Gefahr auf dich zukommt. Es ist Shukshin, und wenn du ihn zerstört hast, gibt es nach ihm noch eine furchtbare Gefahr! Oh Harry, Harry – ich habe so schreckliche Angst um dich!«

»Gefahr von meinem Stiefvater?« Er hielt sie fest und versuchte sie zu trösten. »Natürlich ist er gefährlich. Wir haben das immer gewusst. Aber eine Gefahr darüber hinaus? Mit welchen ›anderen‹ hast du gesprochen, Mama? Ich verstehe nicht.«

Sie zog sich auf Armeslänge von ihm zurück, war einen Moment lang wütend auf ihn. »Doch, du verstehst!«, sagte sie anklagend. »Oder du würdest verstehen, wenn du nur wolltest. Von wem, glaubst du, hast du eigentlich dein Talent, Harry Keogh, wenn nicht von mir? Ich sprach mit den Toten schon lange, bevor du zur Welt kamst! Nicht so gut wie du, nein, aber gut genug. Ich erhielt nur undeutliche Eindrücke, Echos, zurückbleibende Erinnerungen – während du wirklich mit ihnen sprechen kannst, von ihnen lernen kannst, sie in dich selbst einladen kannst. Aber nun liegen die Dinge anders. Ich hatte 16 Jahre Zeit, meine Kunst zu üben, und bin nun viel besser darin als zu meinen Lebzeiten. Ich *musste* üben, verstehst du, um deinetwegen. Wie sonst hätte ich auf dich aufpassen sollen?«

Er zog sie wieder näher an sich und legte seine Arme um sie, blickte tief in ihre angstvollen Augen. »Streite nicht mit mir, Mama, es gibt keinen Grund. Sag mir jetzt, von welchen anderen sprichst du?«

»Andere wie ich selbst, Menschen, die in ihrem Leben Medien waren. Einige sind wie ich erst vor kurzer Zeit gestorben, aber andere liegen wirklich schon eine sehr lange Zeit in der Erde. In früheren Zeiten bezeichnete man sie als Hexen und Zauberer – oder Schlimmeres. Viele von ihnen starben dafür. Mit ihnen habe ich gesprochen …«

Selbst im Traum fand Harry diese Vorstellung unheimlich: Tote Menschen, die mit anderen toten Menschen sprachen, von Grab zu Grab kommunizierten und sich über Dinge austauschten, die sich in der wachen, lebenden Welt abspielten, von der sie selbst für immer Abschied genommen hatten.

»Sie kennen dich, Harry. Du bist derjenige, der sich mit den Toten anfreundet. Durch dich haben die Toten eine Zukunft – oder jedenfalls einige von uns. Durch dich gibt es für einige von uns eine Chance, die Dinge zu Ende zu bringen, die wir im Leben nicht geschafft haben. Für sie bist du ein Held, Harry, und auch sie machen sich Sorgen um dich. Ohne dich bleibt ihnen keine Hoffnung mehr, verstehst du? Sie … sie *bitten* dich, diese Besessenheit, diese Fehde aufzugeben.«

Harrys Mund wurde hart. »Du meinst Shukshin? Das kann ich nicht. Er hat dich dorthin gebracht, wo du jetzt bist, Mama.«

»Harry, es ist … es ist nicht so schlecht hier. Ich bin nicht einsam, jetzt nicht mehr.«

Er schüttelte den Kopf und seufzte. »Das funktioniert nicht, Mama. Du sagst das nur meinetwegen. Ich liebe und vermisse dich nur noch mehr. Das Leben ist ein Geschenk, und Shukshin hat es dir gestohlen. Begreife doch. Ich weiß, es ist nicht gut, was ich tue – aber es ist auch nicht ungerecht. Danach wird es anders sein. Ich habe Pläne. Du hast mir ein Talent geschenkt, das *stimmt*, und wenn alles vorbei ist, werde ich es gut gebrauchen. Das ist ein Versprechen.«

»Aber die Sache mit Shukshin kommt zuerst?«

»Es muss sein.«

»Ist das dein letztes Wort?«

»Ja.«

Sie nickte traurig, löste sich und trat von ihm weg. »Ich habe ihnen gesagt, dass du das antworten würdest. Also gut, Harry, ich will dich nicht mehr weiter drängen. Ich gehe jetzt einfach und lasse dich tun, was du tun musst. Aber eines solltest du wissen: Du wirst gewarnt werden, zwei Mal, und es wird nicht angenehm sein. Das erste Mal wird es von den anderen kommen und du wirst es hier in diesem Traum finden. Das zweite Mal wird in der wachen Welt auf dich warten. Zwei Warnungen, Harry, und wenn du sie nicht ernst nimmst … musst du es allein verantworten.«

Sie begann von ihm fortzutreiben, zwischen die aufragenden Grabsteine; Nebelschleier wanden sich um ihre Knöchel, ihre Waden. Er versuchte, ihr zu folgen, aber er schaffte es nicht; unsichtbare Traumsubstanzen schoben sich dazwischen; seine Füße schienen mit dem Kies der Friedhofswege verwachsen zu sein.

»Warnungen? Was für Warnungen?«

»Folge dem Pfad«, deutete sie ihm, »und du wirst eine von ihnen hier finden. Die andere wird von jemandem kommen, dem du trauen solltest. Beide sind Hinweise auf deine Zukunft.«

»Die Zukunft ist ungewiss, Mama! Niemand weiß mit Sicherheit etwas darüber!«, rief er ihrem dunstumwehten Geist hinterher.

»Dann nenn sie deine mögliche Zukunft. Deine und die von zwei anderen. Jemand, den du liebst, und jemand, der dich um Hilfe bat …«

Harry war unsicher, ob er richtig gehört hatte. »Was?«, schrie er, so laut er konnte. »Was hast du gesagt, Mama?«

Aber ihre Stimme, ihre Gestalt und ihr Geist waren bereits mit dem wirbelnden Nebel des Traums verschmolzen – sie war fort.

Harry blickte in die Richtung, in die sie gedeutet hatte. Die Grabsteine waren wie gigantische Dominosteine aufgereiht, sich auftürmende Markierungen, deren obere Enden sich in wogenden Nebelschwaden verloren. Sie waren düster und unheilverkündend, genauso wie der Weg dazwischen, auf den Harrys Mutter gedeutet hatte. Und ihre Warnungen … vielleicht war es besser, wenn er es nicht wusste. Vielleicht sollte er überhaupt nicht diesen Pfad beschreiten. Aber er musste gar nicht gehen; sein Traum führte ihn trotzdem auf diesen Weg! Harry trieb widerstandslos den Kiespfad entlang, gezogen von einer Traumenergie, gegen die er sich nicht wehren konnte. Am Ende dieser Allee aus Grabsteinen tauchte ein leerer Platz auf, wo nur der Nebel wallte und wirbelte, ein kalter und einsamer Ort, außerdem …

Drei weitere Steine, und sie waren irgendwie noch unheilschwangerer als alle anderen zusammengenommen. Harry trieb direkt auf sie zu, und als er die Stelle erreicht hatte, wo sie sich aus der Erde auftürmten, setzte ihn die Traumkraft sanft ab und gab ihm seine Willenskraft zurück. Er schaute sich die Steine an, und der Dunst, der sie fast völlig verbarg, hob sich langsam.

Und Harry las die Warnung, die die ›Anderen‹ ihm hinterlassen hatten. Sie war in tiefen, geometrisch strengen Buchstaben in die Oberfläche eingemeißelt.

Auf dem ersten Stein stand:

Brenda Cowell

GEBOREN 1958
WIRD BALD IM KINDBETT STERBEN
SIE LIEBTE UND WARD INNIGLICH GELIEBT

Auf dem zweiten Stein stand:

Sir Keenan Gormley

GEBOREN 1915
WIRD IN TODESPEIN VERSCHEIDEN
EIN PATRIOT VOR ALLEM UND ALLEN

Und schließlich auf dem dritten:

Harry Keogh

GEBOREN 1957
DIE TOTEN WERDEN IHN BEWEINEN

Harry öffnete seinen Mund und schrie seinen Protest heraus: »Nein!« Er wich vor den lauernden Steinen zurück, stolperte, streckte die Arme aus, um seinen Sturz aufzuhalten …

… und warf einen kleinen Nachttisch um. Für eine lange Weile lag er so da, von seinem Traum geschockt, mit klopfendem Herzen, und fuhr zum zweiten Mal zusammen, als das Telefon zu klingeln begann!

Es war Keenan Gormley. Harry ließ sich mit dem Telefon am Ohr zitternd in einen Sessel fallen. »Oh. Sie sind's.«

»Bin ich so eine Enttäuschung, Harry?«, fragte Gormley ohne eine Spur von Humor in der Stimme.

»Nein, aber ich habe geschlafen. Sie haben mich aus dem Schlaf geklingelt.«

»Das tut mir leid. Aber die Zeit läuft uns weg, und ich …«

»Ja«, sagte Harry impulsiv.

»Was?« Gormley klang überrascht. »Sagten Sie ja?«

»Ja, ich mache mit. Wenigstens sehe ich mir alles an. Wir sprechen noch mal drüber.« Harrys Mutter hatte ihm gesagt, dass es jemanden gab, dem er besser trauen sollte, jemand, der um seine Hilfe gebeten hatte. Wer außer Gormley konnte das schon sein? Bis jetzt war die Wahrscheinlichkeit, dass er Gormleys Dezernat beitreten würde, fifty-fifty gewesen. Doch nun, wenn es irgendeinen Weg gab, das zu ändern, was Mary Keogh als seine, Brendas und Gormleys ›mögliche‹ Zukunft bezeichnet hatte, dann …

»Das ist ja wunderbar, Harry!« Gormleys Begeisterung war überdeutlich. »Wann kommen Sie rüber? Hier sind so viele Leute, die Sie kennenlernen müssen. Wir haben Ihnen so viel zu zeigen – und so viel zu tun!«

»Aber nicht gerade jetzt«, versuchte Harry die Bremse zu ziehen. »Ich komme schon bald zu Ihnen. Sobald ich kann …«

»Sobald Sie können?« Nun klang Gormley enttäuscht.

»Bald«, sagte Harry wieder. »Sobald ich fertig bin … mit meiner Aufgabe.«

»Na gut«, sagte der andere ein bisschen kleinlaut, »das muss reichen. Aber Harry – lassen Sie sich nicht zu viel Zeit, ja?«

»Nein, das werde ich schon nicht.« Er legte auf.

Der Hörer lag kaum auf der Gabel, da klingelte es schon wieder. Er nahm ab.

»Harry?« Es war Brenda und ihre Stimme klang sehr dünn und schwach.

»Brenda? Hör mal, Liebes«, begann er, bevor sie sprechen konnte. »Ich glaube … ich meine … Ich würde gern … was ich sagen will … oh, verdammt! Lass uns heiraten!«

»Oh, Harry!«, seufzte sie erleichtert, und ihre Stimme kam ihm sehr nah und sehr eindringlich vor. »Ich bin so froh, dass du das gesagt hast, bevor … bevor …«

»Lass es uns bald machen«, schnitt er ihr das Wort ab, und strengte sich an, sich nicht an seinen eigenen Worten zu verschlucken, als vor seinem geistigen Auge erneut die Inschrift auf Brendas Grabstein auftauchte, die ihm im Traum erschienen war.

»Genau deswegen habe ich dich angerufen. Deshalb bin ich so glücklich, dass du mich gefragt hast. Weißt du, Harry, es sieht nämlich so aus, als ob wir sowieso heiraten müssten …« Und das überraschte Harry Keogh nun überhaupt nicht.

XII

Es war Mitte Dezember 1976. Nach einem der längsten und heißesten Sommer seit Menschengedenken versuchte die Natur nun, wieder ins Gleichgewicht zu kommen. Alles deutete auf einen harten Winter hin.

Boris Dragosani und Max Batu kamen jedoch aus einem weit kälteren Ort nach England, außerdem spielte das Klima in ihrem Plan keine Rolle. Es entsprach der gefühllosen Eiseskälte ihrer Herzen, der bitteren Art ihrer Mission. Und die bestand aus Mord – schlicht und einfach.

Während des Fluges hatte Dragosani auf dem harten und unbequemen Sitz der Aeroflot-Maschine düsteren Gedanken nachgehangen. Er war wütend auf Gregor Borowitz, der ihn überhaupt erst auf diese Mission geschickt hatte; er fürchtete Thibor Ferenczy, der in der Erde lag.

Er dachte an Thibor, an das symbiotische, neunaugenartige Wesen des wahren Vampirs, und er dachte an seinen

Schmerz und seine kopflose Flucht, bevor ein gnädiges Dunkel sich seiner bemächtigt hatte, irgendwo auf dem bewaldeten Abhang. Dort hatte er sich wiedergefunden, nachdem er bei Tagesanbruch das Bewusstsein wiedererlangt hatte: ausgestreckt unter Bäumen am Rand der überwucherten Feuerschneise. Und wieder hatte er einen Besuch in seiner Heimat abgebrochen, war sofort nach Moskau zurückgekehrt und hatte sich dort in die Hände des besten Arztes begeben, den er auftreiben konnte. Es war komplette Zeitverschwendung gewesen. Er schien vollkommen gesund zu sein. Röntgenaufnahmen ergaben nichts; Blut- und Urinproben waren hundertprozentig normal; Blutdruck, Puls und Atmung waren genauso, wie sie sein sollten. War sich Dragosani irgendwelcher Krankheitssymptome bewusst? Nein. Hatte er je an Migräne oder Asthma gelitten? Nein. Vielleicht war es die Höhe gewesen. Hatten die Nebenhöhlen je Schwierigkeiten gemacht? Nein. War er vielleicht überarbeitet? Wohl kaum! Konnte er sich vorstellen, was seine Beschwerden verursacht haben könnte? Nein.

Ja, aber es war unerträglich, daran zu denken und durfte unter keinen Umständen ausgesprochen werden.

Der Arzt hatte ihm Schmerzmittel verschrieben, falls die Symptome erneut auftraten, und dabei war es geblieben. Dragosani hätte zufrieden sein sollen, war es aber nicht. Absolut nicht … Er hatte versucht, Thibor auf große Entfernung zu kontaktieren. Vielleicht wusste der alte Teufel die Antwort; selbst eine Lüge mochte eine Art Lösung enthalten; aber … nichts. Falls Thibor ihn hören konnte, schwieg er.

Dragosani war hundertmal die Ereignisse durchgegangen, die zu dem schrecklichen Schmerz geführt hatten, zu seiner Flucht und dem Zusammenbruch. Etwas war von oben auf seinen Nacken gespritzt. Regen? Nein, es war ein klarer Abend gewesen, knochentrocken. Ein Blatt, ein Stück Rinde? Nein, denn es hatte sich *nass* angefühlt. Kot von einem Vogel vielleicht? Nein, denn er hatte danach getastet, und seine Hand war sauber gewesen.

Etwas war am Ende seines Rückgrats gelandet, und nur Augenblicke später waren seine Wirbelsäule und sein Hirn gepackt und gequetscht worden!

Von etwas Unbekanntem. Aber wovon?

Dragosani glaubte, die Antwort zu kennen, aber er wagte es kaum, darüber nachzudenken. Es war bereits in seinen Schlaf eingedrungen und hatte ihm endlose Nächte voller Albträume beschert – entsetzliche, wiederkehrende Albträume, an die er sich nach dem Aufwachen nie erinnern konnte.

Die ganze Sache hatte vollkommen von ihm Besitz ergriffen, und es gab Zeiten, da er an fast nichts anderes mehr dachte. Es hatte nicht nur damit zu tun, was geschehen war, sondern auch mit dem, was ihm der Vampir erzählt hatte, *während* es geschah. Und es hatte auch mit gewissen Veränderungen zu tun, die er an sich wahrgenommen hatte, *seitdem* es geschehen war … Physiologische Veränderungen, unerklärliche Veränderungen. Oder falls es eine Erklärung gab, war Dragosani vielleicht noch nicht bereit für sie.

»Dragosani, mein Junge«, hatte Borowitz ihn vor kaum einer Woche gerufen, »Sie altern ja vorzeitig! Nehme ich Sie zu sehr ran, oder was? Vielleicht nicht hart genug! Ja, vielleicht ist es das: Sie sind nicht beschäftigt genug. Wann haben Sie zuletzt ihre edlen Fingerchen mit Blut beschmutzt, hm? Vor einem Monat, oder? Der französische Doppelagent? Schauen Sie sich doch bloß an, Mann! Ihnen geht das Haar aus – und ihr Zahnfleisch geht auch zurück! Und mit Ihrem bleichen Gesicht und den eingefallenen Wangen könnten Sie fast, na, bleichsüchtig sein! Vielleicht tut Ihnen die Spritztour nach England gut ...«

Tatsächlich wichen Dragosanis Haare nur scheinbar zurück. Ein kleines Muttermal auf Dragosanis Kopfhaut, das nahe am Haaransatz lag, bewies das. Seine Position im Verhältnis zum Haar hatte sich seit wenigstens zehn Jahren nicht verändert; also ging sein Haaransatz nicht zurück. Der Schädel selbst schien sich verändert zu haben, er hatte sich nach hinten verlängert. Dasselbe traf auf sein Zahnfleisch zu. Auch dies zog sich nicht zurück, wie Borowitz behauptet hatte, sondern es waren seine Zähne, die länger geworden waren! Besonders die Schneidezähne, die oberen und die unteren.

Das Gerede von der Bleichsucht war reiner Schwachsinn. Bleich war er vielleicht, aber keineswegs schwach; in Wirklichkeit fühlte er sich stärker, vitaler als je zuvor in seinem Leben. Körperlich jedenfalls. Seine Blässe rührte möglicherweise von einer rasch fortschreitenden Lichtempfindlichkeit her, denn jetzt scheute er wortwörtlich das Licht des Tages und ging noch nicht einmal in schwachem Licht ins Freie, ohne eine Sonnenbrille zu tragen.

Er war zwar körperlich fit – aber diese Träume, diese namenlosen Ängste und Besessenheiten – seine Neurosen ...

Und er war einfach neurotisch. Das auch nur sich selbst gegenüber zuzugeben, war ein Schock für Dragosani.

Wenigstens eins war sicher. Wie auch immer diese britische Mission ausging, am Ende beabsichtigte Dragosani, bei der ersten Gelegenheit nach Rumänien zurückzukehren. Gewisse Dinge, Fragen, mussten geklärt werden. Je früher, desto besser. Alles war viel zu lange nach Thibor Ferenczys Willen gelaufen.

Max Batu, der neben Dragosani in einer engen Dreierreihe saß und seines Umfanges wegen die Armlehne hochgeklappt hatte, gluckste. »Genosse Dragosani«, sagte der gedrungene kleine Mongole, »ich soll eigentlich derjenige mit dem bösen Blick sein. Haben Sie vielleicht unsere Rollenaufteilung vergessen?«

»Wie bitte?« Dragosani fuhr in seinem Sitz auf.

Er starrte seinen grinsenden Begleiter an. »Wie meinen Sie das?«

»Ich weiß nicht, worüber Sie gerade nachgedacht haben, aber es verheißt für irgendjemanden bestimmt nichts Gutes. Der Ausdruck auf Ihrem Gesicht war sehr wild!«

»Ach so«, sagte Dragosani und entspannte sich ein wenig. »Meine Gedanken gehören mir und gehen Sie einen Dreck an.«

»Sie sind ein kalter Hund, Genosse. Vermutlich sind wir beide kalt, aber Ihre Kälte kann sogar ich spüren. Sie geht mir durch und durch.« Das Grinsen glitt langsam von Batus Gesicht. »Habe ich Sie beleidigt?«

»Nur mit Ihrem Geschwätz«, knurrte Dragosani.

»Wie dem auch sei«, meinte der andere schulterzuckend, »aber wir müssen ›schwatzen‹. Sie sollten mir Informationen geben und die Fragen beantworten, die Borowitz offen gelassen hat. Es wäre eine gute Idee, wenn Sie es jetzt täten. Wir sind sicher hier – selbst der KGB hat Aeroflot noch nicht verwanzt! Wir haben auch bloß noch eine Stunde, bis wir in London landen. In der Botschaft könnte so ein Gespräch schwierig werden.«

»Wahrscheinlich haben Sie Recht«, sagte Dragosani widerwillig. »Na gut, dann werde ich das Puzzle für Sie eben zusammensetzen. Es ist vielleicht besser, wenn Sie ganz im Bilde sind.

Borowitz hat das Dezernat vor etwa 25 Jahren entwickelt. Zu der Zeit begann eine große russische Gruppe sogenannter ›Grenzwissenschaftler‹, sich für Parapsychologie zu interessieren. Bis dahin hatte man so was in der UdSSR nicht für voll genommen. Borowitz war interessiert – er hatte sich immer mit ESP beschäftigt –, trotz seines ziemlich bodenständigen militärischen Hintergrundes und sonst eher banaler Interessen. Menschen mit seltsamen Fähigkeiten hatten ihn schon immer fasziniert und angezogen: Er war ein ›Talentspürer‹ und hatte es bloß noch nicht begriffen.

Als er schließlich dahinterkam, dass er diese besondere Gabe besaß, bewarb er sich sofort als Leiter unserer ESP-Spionage-Schule. Wissen Sie, ursprünglich war es eine Schule; es gab keine echte Anwendung im Feld. Der KGB hatte kein Interesse. Die wollten Muskeln und schusssichere Westen, ESP war viel zu esoterisch für die.

Da es mit seinem Militärdienst zu Ende ging und weil er gute Verbindungen hatte – ganz zu schweigen von seinen eigenen, nicht unbeträchtlichen Fähigkeiten –, bekam er den Job. Ein paar Jahre später stieß er auf einen anderen Talentspürer, aber unter sehr merkwürdigen Umständen. Und das kam so: Ein weiblicher Telepath, eine von den wenigen Frauen in Borowitz' Team, wurde brutal ermordet. Ihr Freund, ein Mann namens Viktor Shukshin, wurde des Verbrechens angeklagt. Zur Verteidigung gab er vor, dass das Mädchen von Dämonen besessen gewesen sei. Er konnte es in ihr spüren. Natürlich war Borowitz hochinteressiert. Er prüfte Shukshin und entdeckte, dass er ein Talentspürer war. Darüber hinaus war es so, dass die Aura parapsychisch befähigter Personen ihn richtiggehend störte, verwirrte und zu Mordtaten trieb – was sich gewöhnlich gegen den ESPer richtete. Einerseits zog es Shukshin zu ESPern hin, andererseits trieb es ihn dazu, sie zu zerstören. Borowitz rettete Shukshin vor den Salzbergwerken – genauso wie er Sie gerettet hat, Max – und nahm ihn unter seine Fittiche. Er hatte vor, die mörderischen Neigungen des Mannes auszutreiben und gleichzeitig seine Gabe des Erkennens von Talenten zu retten.

Im Falle von Shukshin funktionierte die Gehirnwäsche jedoch nicht. Es machte das Problem bloß noch schlimmer. Aber Gregor Borowitz hasst Verschwendung. Er suchte nach einem Weg, Shukshins Aggressivität zu nutzen.

Zur selben Zeit waren die Amerikaner ebenfalls sehr an ESP als Waffe interessiert; in jüngster Zeit haben sie wieder damit begonnen, aber nicht annähernd in dem Ausmaß wie wir. In England existierte jedoch bereits eine rudimentäre ESP-Schwadron, und die Briten waren ernsthaften Studien und der Nutzung des Übersinnlichen insgesamt viel mehr zugeneigt. Also durchlief Shukshin lange Zeit die Spionageschule in Moskau und wurde am Ende auf die Briten losgelassen. Man tarnte ihn als Überläufer.«

»Er wurde rübergeschickt, um britische ESPer zu töten?«, flüsterte Batu.

»So stellten sie es sich vor. Er sollte sie aufspüren, über ihre Aktivitäten berichten und sie töten, wenn die psychische Anspannung für ihn zu groß wurde. Aber nach nur ein paar Monaten in England lief Viktor Shukshin wirklich über!«

»Zu den Briten?«

»Nein – zum Land der Briten – zu ihrem politischen System – zur Sicherheit! Shukshin kümmerte sich sowieso einen Dreck um Mütterchen Russland. Jetzt war er in einem neuen Land und hatte eine neue Identität. Er würde denselben Fehler nicht zweimal begehen, verstehen Sie? In Russland hatte er um ein Haar lebenslang wegen Mordes bekommen. Sollte er dasselbe in England riskieren? Er konnte dort bequem leben, ganz neu anfangen. Er war Sprachwissenschaftler, hatte die besten Qualifikationen in Russisch, Deutsch, Englisch und mehr als einem halben Dutzend anderer Sprachen. Er hatte es nicht nötig, zu irgendwem überzulaufen. Er lief der UdSSR *weg*. Er rannte, floh – in die Freiheit!«

»Klingt fast so, als ob Sie das britische System gutheißen«, grinste der Mongole.

»Um meine Loyalität brauchen Sie sich keine Sorgen zu machen, Max«, stieß Dragosani zwischen den Zähnen hervor. »Einen loyaleren Mann als mich finden Sie nirgends.« *Es lebe Rumänien! Es lebe die Walachei!*

»Na, das ist gut zu wissen«, nickte der andere. »Es wäre schön, könnte ich dasselbe behaupten. Aber ich bin Mongole, und meine Loyalitäten liegen woanders. Eigentlich halte ich nur Max Batu die Treue.«

»Dann ähneln Sie Shukshin wahrscheinlich sehr. Ich schätze, er empfand genauso. Von Monat zu Monat berichtete er weniger, und schließlich verlor man ihn aus den Augen. Es brachte Borowitz in Schwierigkeiten, aber was konnte er tun? Als *Überläufer* hatte man Shukshin politisches Asyl gewährt; Borowitz konnte ihn also schlecht zurückfordern! Er konnte ihn bloß im Auge behalten und spekulieren, was er vorhatte.«

»Hatte er Angst, Shukshin würde den britischen ESPern beitreten?«

»Eigentlich nicht, nein. Shukshin war psychotisch, erinnern Sie sich? Borowitz ging jedoch kein Risiko ein und spürte ihn schließlich auf. Shukshin hatte einen einfachen Plan: Er nahm sich einen Job in Edinburgh, kaufte eine kleine Fischerkate in einem Ort namens Dunbar, und stellte einen förmlichen Antrag auf die britische Staatsangehörigkeit. Er zog sich ganz ins Privatleben zurück und bemühte sich, ein normales Leben zu führen …«

»Klappte es nicht?«, forschte Batu.

»Eine Weile schon. Aber dann heiratete er ein Mädchen von alter russischer Abkunft. Sie war ein Medium – ein echtes –, und selbstverständlich wurde er von ihrem Talent wie ein Magnet angezogen. Vielleicht versuchte er, ihr zu widerstehen, zwecklos. Er heiratete sie, und dann tötete er sie. So sieht es wenigstens Gregor Borowitz. Danach – nichts mehr.«

»Er kam davon?«

»Das Gericht stellte einen Unfalltod fest. Ertrinken. Borowitz weiß darüber mehr als ich. Ist ja auch Nebensache. Dennoch: Shukshin erbte Vermögen und Haus seiner Frau. Er lebt dort noch immer …«

»Und wir sind jetzt unterwegs, um ihn zu töten …«, grübelte Batu. »Können Sie mir sagen, warum?«

Dragosani nickte. »Falls er sich einfach weiter im Hintergrund gehalten und Ärger vermieden hätte, wäre alles in Ordnung. Natürlich hätte Borowitz ihn irgendwann geschnappt, aber nicht sofort. Doch Shukshins Situation hat sich geändert, Max. Er ist knapp bei Kasse, abgebrannt. So sind viele vor ihm tief gefallen. Also ist er nach all den Jahren schließlich zum Erpresser geworden. Er bedroht Borowitz, das Dezernat, das ganze System.«

»Ist ein Mann allein so gefährlich?« Batu hob seine Augenbrauen.

Wieder nickte Dragosani. »Das britische Gegenstück zu unserem Dezernat ist jetzt eine schlagkräftige Truppe. Wie schlagkräftig, wissen wir nicht genau, aber vielleicht sind die sogar besser als wir. Wir wissen sehr wenig über sie, und das ist schon ein schlechtes Zeichen.«

»Wie viel wissen die dann über uns?«

»Guter Gedanke.« Dragosani musterte seinen Gefährten etwas respektvoller. »Vielleicht, dass wir beide jetzt in diesem Flugzeug sitzen und eine Mission haben! Gott bewahre!«

Batu lächelte sein breites, elfenbeinernes Lächeln. »Ich glaube an keinen Gott. Nur an den Teufel. Der Genosse General fürchtet also, dass Shukshin doch noch mit den Briten reden könnte, wenn man ihn nicht zum Schweigen bringt?«

»Damit hat Shukshin gedroht, ja. Er will Geld, oder er erzählt dem britischen Dezernat alles, was er weiß. Das kann nach all der Zeit nicht mehr viel sein, aber selbst geringes Wissen über uns ist für Gregor Borowitz zu viel!«

Max Batu war einen Augenblick lang nachdenklich. »Aber wenn Shukshin nun auspackt, würde er sich da nicht selber auch ausliefern? Würde er nicht zugeben, dass er eigentlich als ESP-Agent der UdSSR nach England kam?«

Dragosani schüttelte den Kopf. »Das muss er gar nicht. Ein Brief ist absolut anonym, Max. Sogar ein Telefonanruf. Auch wenn zwanzig Jahre vergangen sind, weiß er noch immer Dinge, die Borowitz geheim halten möchte. Ganz besonders zwei Dinge könnten sich für die britischen ESPer als wertvoll erweisen. Erstens: der Standort von Schloss Bronnitsy. Zweitens: die Tatsache, dass Genosse General Gregor Borowitz selbst Chef der russischen ESP-Spionage ist. Diese Gefahr stellt Shukshin dar, und deswegen wird er sterben.«

»Und trotzdem ist sein Tod nicht unser eigentliches Ziel.«

»Nein, unser vordringlicher Auftrag ist der Tod eines anderen, der weit wichtiger ist. Es ist Sir Keenan Gormley, Chef ihrer ESP-Abteilung. Sein Tod … und sein Wissen – alles – ist unser oberster Auftrag. Borowitz will beide tot sehen, und er will ihre Geheimnisse. Sie werden Gormley erledigen – auf Ihre besondere Art –, und ich werde ihn dann auf meine Art untersuchen. Zuvor töten wir Viktor Shukshin und untersuchen ihn. Das sollte wirklich keine Schwierigkeiten machen: Er wohnt einsam und abgelegen.«

»Und Sie können ihnen wirklich alle Geheimnisse abnehmen? Nachdem sie tot sind, meine ich?« Batu schien starke Zweifel zu hegen.

»Ja, wirklich. Sicherer, als es ein Folterknecht zu ihren Lebzeiten könnte. Ich werde ihnen ihre innersten Gedanken direkt aus ihrem Blut, ihrem Knochenmark und ihren kalten und einsamen Knochen stehlen.«

Eine pummelige Stewardess erschien am Ende des Mittelgangs. »Bitte Sicherheitsgurte anlegen«, tönte sie wie ein Roboter, und die Passagiere gehorchten ebenso roboterhaft.

»Gibt es irgendwelche Grenzen für Sie?«, fragte Batu. »Nur meine morbide Neugierde, natürlich.«

»Grenzen? Was meinen Sie?«

»Wenn ein Mensch schon eine Woche tot ist, zum Beispiel?«

Dragosani winkte ab. »Das ist kein Problem.«

»Und wenn er schon seit hundert Jahren tot ist?«

»Sie meinen eine ausgetrocknete Mumie? Borowitz fragte sich das auch. Wir haben experimentiert. Es war für mich immer gleich. Die Toten können ihre Geheimnisse nicht vor einem Nekromanten verbergen.«

»Was wäre mit einer verrottenden Leiche«, drängte Batu. »Sagen wir, jemand ist schon seit einem oder zwei Monaten tot. Das muss doch ziemlich furchtbar sein …«

»Sicher. Aber ich bin dran gewöhnt. Die Schweinerei kümmert mich weniger als das Risiko. Leichen wimmeln vor Krankheitserregern. Ich muss sehr vorsichtig sein. Es ist kein besonders gesundheitsförderndes Geschäft.«

»*Brrr!*«, entfuhr es Batu. Dragosani bemerkte, wie es ihn ein wenig schüttelte.

Die Lichter von London glitzerten in der Entfernung am nächtlichen Horizont. Die Stadt war ein diffuses Glühen hinter den kleinen runden Fenstern.

»Und Sie?«, fragte Dragosani. »Hat Ihr Talent irgendwelche *Grenzen*, Max?«

Der Mongole zuckte mit den Achseln. »Es hat auch seine Gefahren. Es benötigt viel Energie; es raubt mir Kraft; es schwächt. Und wie Sie wissen, wirkt es nur gegen die Schwachen und Gebrechlichen. Angeblich gibt es noch einen weiteren kleinen Haken, aber das liegt im Reich der Legende, und ich will es nicht ausprobieren.«

»Ach?«

»Ja. In meinem Land wird eine Geschichte von einem Mann mit dem bösen Blick erzählt. Eine alte Geschichte, sie reicht 1000 Jahre zurück. Dieser Mann war *sehr* böse und nutzte seine Kräfte, um das Land zu terrorisieren. Er ritt mit seinen Banditen in Dörfer und vergewaltigte und plünderte. Niemand wagte es, die Hand gegen ihn zu erheben. Aber in einem anderen Dorf lebte ein Mann, der behauptete, er wüsste, wie man mit ihm fertig werden könne. Als man die Räuberbande näher kommen sah, holten die Dorfbewohner alle ihre Leichen raus, statteten sie mit Speeren aus, und stellten sie gegen die Dorfmauern. Die Räuber kamen, und in der Dämmerung sah es so aus, als würde das Dorf beschützt werden. Er richtete seinen bösen Blick auf die Wächter an den Mauern. Natürlich können die Toten nicht zweimal sterben. Der Fluch wurde zurückgeworfen und streckte ihn nieder. Er schrumpfte auf die Größe eines Spanferkels ein!«

Dragosani gefiel die Geschichte.

»Und was ist die Moral?«, fragte er.

Batu grinste und zuckte wieder mit den Schultern. »Erklärt sie sich nicht selbst? Man darf niemals die Toten verfluchen, vermute ich, denn die haben nichts zu verlieren. Am Ende gewinnen sie jeden Kampf ...«

Dragosani dachte an Thibor Ferenczy. *Und wie steht es mit den Untoten?*, fragte er sich. *Gewinnen auch sie immer? Wenn ja, ist es Zeit, die Regeln zu ändern ...*

Ein ›Mann von der Botschaft‹ holte sie ab und winkte sie durch den Zoll. Ihr Gepäck landete wie durch Zauberei in einem schwarzen Mercedes mit Diplomatenkennzeichen. Außer ihrem kalt dreinblickenden Begleiter war noch ein schweigender uniformierter Fahrer mit von der Partie. Auf dem Weg zur Botschaft saß der Begleiter auf dem Beifahrersitz; er hatte sich halb zu ihnen gedreht und seinen Arm lässig über die Lehne des Sitzes gelegt. Er machte auf eine frostige und mechanische Art Smalltalk und versuchte freundliches Interesse auszustrahlen. Damit täuschte er Dragosani keine Sekunde.

»Das erste Mal in London, Genossen? Ich bin sicher, Sie finden die Stadt interessant. Natürlich dekadent und voller Idioten, aber trotzdem interessant. Ich, äh, hatte gar keine Zeit, nach Ihren Geschäften hier zu fragen. Wie lange werden Sie bleiben?«

»Bis wir wieder abfahren«, sagte Dragosani.

»Aha!«, grinste der andere schmal. »Sehr gut! Sie müssen verzeihen, Genosse, aber für einige von uns ist Neugierde – wie soll ich sagen – eine Lebenseinstellung? Sie verstehen doch?«

Dragosani nickte. »Ja, sicher. Sie sind vom KGB.«

Das dürre Gesicht des Mannes erstarrte von einem Augenblick zum nächsten. »Wir gebrauchen dieses Wort nicht außerhalb der Botschaft.«

»Was sagen Sie dann?«, lächelte Max Batu, seine Stimme war ein täuschendes Flüstern. »Arschlöcher?«

»*Was?*«, Das Blut wich langsam aus dem Gesicht des Agenten.

»Mein Freund und ich sind hier, um Dinge zu erledigen, die Sie nichts angehen«, sagte Dragosani mit flacher Stimme. »Wir haben die höchste Autoritätsstufe. Ich will mich klar ausdrücken: die allerhöchste. Jede Einmischung wird Ihnen schlecht bekommen. Wenn wir Ihre Hilfe brauchen, werden wir darum bitten. Ansonsten lassen Sie uns in Ruhe und kommen uns nicht in die Quere.«

Der Mann spitzte die Lippen und sog langsam die Luft ein. »Man spricht normalerweise nicht so mit mir«, betonte er jedes Wort präzise.

»Wenn Sie darauf bestehen, uns zu behindern«, fuhr Dragosani fort, ohne den Ton seiner Stimme zu verändern, »kann ich Ihnen immer noch den Arm brechen. Das sollte Sie für zwei oder drei Tage aus dem Weg räumen.«

Der andere keuchte. »Sie bedrohen mich?«

»Nein, ich verspreche Ihnen was.« Aber Dragosani wusste, dass das nirgendwohin führte. Er hatte einen typischen KGB-Roboter vor sich. Der Nekromant seufzte und sagte: »Sehen Sie: Wenn man Sie auf uns angesetzt hat, tun Sie mir leid. Sie haben einen unmöglichen Job. Außerdem ist er gefährlich. So viel sage ich Ihnen, und nicht mehr. Wir sind hier, um eine Geheimwaffe zu testen. Und jetzt stellen Sie keine Fragen mehr.«

»Eine Geheimwaffe?«, sagte der Agent, und seine Augen weiteten sich. »Aha!« Er schaute von Dragosani zu Batu und wieder zurück. »Was für eine Waffe?«

Dragosani lächelte grimmig. Also gut – er hatte den Narren gewarnt. »Max«, sagte er und drehte vorsichtshalber sein Gesicht weg. »Eine kleine Demonstration vielleicht …?«

Kurz danach erreichten sie die Botschaft. Auf dem Gelände stiegen Dragosani und Batu aus dem Auto und nahmen ihr Gepäck aus dem Kofferraum. Sie kümmerten sich selbst darum, denn ihr Begleiter benötigte die Hilfe des Fahrers. Das Letzte, was sie von ihm sahen, war, wie er auf den Arm des Fahrers gestützt davonhumpelte. Er warf Max Batu mit aufgerissenen Augen noch einen furchtsamen Blick zu, bevor er stolpernd innerhalb des düster beeindruckenden Gebäudes verschwand. Sie bekamen ihn nie wieder zu Gesicht. Danach kam ihnen niemand mehr in die Quere.

Der zweite Mittwoch nach Neujahr 1977. Viktor Shukshin lebte nun schon seit über zwei Wochen mit dem Gefühl eines drohenden Unheils, einer bleischweren Depression, die sich nur unwesentlich gebessert hatte, nachdem Gregor Borowitz' vierter monatlicher Brief mit 1000 Pfund in großen Scheinen eingetroffen war. Shukshin war darüber besorgt, dass Borowitz so bereitwillig eingelenkt und keine Gegendrohungen ausgestoßen hatte.

Heute war es besonders schlimm gewesen: Der Himmel war bedeckt und kündigte Schneefall an; der Fluss war mit dickem, grauem Eis zugefroren; im Haus war es kalt, und ein eisiger Luftzug schien Shukshin überallhin zu folgen. Alles wurde von einer seltsamen und unheilschwangeren Stille umgeben. Es war, als ob das Haus den Atem anhielte und auf irgendetwas wartete.

Dieses ›Etwas‹ trat um 14.30 Uhr ein, gerade als Shukshin sich ein Glas Wodka auf Eis genehmigte. Es war das nervenzermürbenden Schrillen des Telefons.

Mit pochendem Herzen setzte er den Drink ab, den er fast verschüttet hätte, schnappte den Hörer und sagte: »Shukshin.«

»Stiefvater?« Harry Keoghs Stimme hörte sich sehr nah an. »Hier ist Harry. Ich bin bei Freunden in Edinburgh. Wie geht's denn so?«

Shukshin schluckte den Ärger, der sofort über ihn kam, wieder herunter. Das war es also – diese verdammte Brut von einem ESPer war hier, sehr nah, und breitete seine psychische Aura aus, um Shukshins empfindsamen Geist zu quälen! Er fletschte die Zähne und starrte auf das Telefon in seiner Hand. Er kämpfte mit dem Bedürfnis, zu fluchen und zu toben. »Harry? Bist du das? In Edinburgh, sagst du? Wie aufmerksam von dir, mich anzurufen.« *Du Dreckskerl! Deine Mutantenaura macht mich krank!*

»Du klingst so munter!«, sagte der andere überrascht. »Als ich dich zuletzt sah, schienst du so …«

»Ja, ich weiß.« Shukshin unterdrückte ein Knurren. »Mir ging es nicht so gut, Harry, aber jetzt ist es besser. Willst du irgendwas Bestimmtes?« *Ich könnte dein Herz fressen, du widernatürliches kleines Schwein!*

»Aber ja, ich dachte, ob ich dich möglicherweise besuchen kann. Vielleicht können wir ein wenig über meine Mutter sprechen. Ich habe auch meine Schlittschuhe dabei. Wenn der Fluss zugefroren ist, könnte ich etwas laufen. Ich bin nur noch für ein paar Tage hier, und ich dachte …«

»Nein!«, schnappte Shukshin und riss sich sogleich wieder zusammen. Warum es nicht hinter sich bringen? Warum nicht diesen Schatten aus der Vergangenheit ein für alle Mal aus dem Weg räumen? Was immer Keogh wusste oder vermutete – wie auch immer er an Shukshins Ring gekommen war, den der Russe im Fluss verloren geglaubt hatte; und was es mit der offenbar immer noch bestehenden psychischen Verbindung zwischen dem Jungen und seiner Mutter auf sich hatte – warum es nicht hier und jetzt zum Ende bringen?

Gesunder Menschenverstand hatte keine Chance gegen den Blutdurst, der jetzt in Shukshin aufwallte.

»Stiefvater?«

»Ich meinte bloß – Harry, meine Nerven halten noch immer nicht viel aus. Ganz allein hier zu leben – weißt du, ich bin Gesellschaft nicht gewöhnt. *Natürlich* würde ich dich gerne sehen, und der Fluss ist jetzt auch ideal zum Eislaufen, aber ich könnte jetzt wirklich kein Haus voller junger Leute ertragen, Harry.«

»Aber ich wollte gar niemanden mitbringen. Es würde mir nie einfallen, mich so sehr aufzudrängen. Meine Freunde wissen nicht einmal, dass ich hier oben einen Verwandten habe! Nein, eigentlich möchte ich bloß wieder das Haus besuchen und auf den Fluss gehen. Ich möchte eislaufen, wo es meine Mutter gern tat, das ist alles.«

Das schon wieder! Der Bastard *wusste* – oder vermutete zumindest – irgendetwas! Also wollte er eislaufen, oder? Auf dem Fluss, wo seine Mutter eisgelaufen war. Shukshins Gesicht verzerrte sich zu einem Geifern. »Na, wenn das so ist … Wann darf ich dich erwarten?«

»In, äh, etwa zwei Stunden?«, kam Harrys Antwort.

»Sehr schön. Also zwischen 16.30 und 17.00 Uhr. Ich freue mich darauf, Harry.«

Er knallte den Hörer auf, bevor ein vollkommen animalischer Schrei des Hasses aus seinem zuckenden Mund hervorbrechen konnte, der seine wahren Gefühle preisgab: *Oh, wie sehr ich mich – darauf – freue!*

In Wirklichkeit war Harry nicht in Edinburgh, sondern viel näher bei Shukshin. Er stand im Foyer eines Hotels in Bonnyrigg, wo er die letzten paar Nächte verbracht hatte.

Nach dem Gespräch mit Shukshin zog er sich seinen Mantel über und ging hinaus zu seinem Auto, einem verbeulten alten Morris, den er speziell für diese Fahrt angeschafft hatte. Er hatte die Führerscheinprüfung beim ersten Versuch bestanden – wenn auch mit Hilfe eines ehemaligen Fahrlehrers auf dem Friedhof von Seaton Carew.

Nun fuhr er auf vereisten Straßen auf die Spitze eines Hügels, der etwa eine Viertelmeile von dem alten Haus entfernt lag. Dort parkte er und stieg aus. Es war niemand zu sehen; die Szenerie war karg und trostlos; zitternd ging Harry mit seinem Fernglas zu einer Baumgruppe, die sich kahl gegen den Himmel erhob. Hinter einem der Baumstämme nahm er Stellung, richtete das Fernglas auf das Haus und wartete – nicht mehr als ein oder zwei Minuten.

Shukshin trat aus der Terrassentür seines Arbeitszimmers, eilte durch den Garten und erschien schließlich an einer Pforte in der Mauer auf der Flussseite. In der Hand trug er eine Spitzhacke ...

Harry sog scharf die Luft ein und stieß sie langsam in einer Wolke wieder aus.

Shukshin stapfte durch trockenes Unterholz und Büsche hinunter zum Flussufer. Er betrat vorsichtig das Eis, prüfte es, hüpfte am Rand auf und ab. Dann drehte er sich im Kreis und sah sich um. Der Ort war wie ausgestorben.

Harry beobachtete durch das Fernglas, wie die Gestalt die Hacke schwang und eine kreisförmige Linie in die harschige Oberfläche des Eises schlug. Nun schritt Shukshin um diesen eingeritzten Zirkel herum und hackte immer wieder mit der Kraft und Leidenschaft eines Wahnsinnigen, bis jedes Mal Wasser aufspritzte, wenn die Spitze der Hacke sich in das Eis grub. In nur wenigen Minuten entstand so eine drei oder vier Meter durchmessende Eisplatte, die frei im Wasser schwamm. Dann kam der letzte Schliff: Nachdem er noch einmal kurz um sich geschaut hatte, umrundete er den Kreis und schob mit seinem Fuß Eissplitter in den Zwischenraum. Das Wasser würde natürlich wieder zufrieren, aber das Eis würde vor morgen Früh nicht mehr sicher sein. Shukshin hatte seine Falle gestellt – nur wusste er nicht, dass sein anvisiertes Opfer ihn dabei beobachtet hatte!

Harry konnte ein Zittern nicht unterdrücken, ein Beben in allen Gliedern, das wenig oder nichts mit der niedrigen Temperatur zu tun hatte, sondern mit dem Geisteszustand jener gebeugten Gestalt dort unten auf dem Eis zusammenhing. Das Fernglas war nicht stark genug, um sie nah genug heranzuholen, aber dennoch war sich Harry sicher, während des Hackens gesehen zu haben, wie Shukshins Gesicht von Zuckungen entstellt wurde. Die Fratze eines Wahnsinnigen, der aus irgendeinem Grund nach Harrys Leben trachtete – so wie er einst nach dem Leben seiner Mutter getrachtet und es schließlich genommen hatte.

Harry wollte wissen warum und würde nicht ruhen, bis er die Antwort gefunden hatte. Und es gab nur einen Weg, sie zu bekommen.

Physisch und psychisch erschöpft kehrte Viktor Shukshin in sein Haus zurück, und dennoch wusste er, dass seine Arbeit noch nicht beendet war. Auf dem ummauerten Hof schleifte er die Spitzhacke hinter sich her über die eisigen Fliesen und ließ sie einfach fallen, bevor er durch die offene Terrassentür in seinen Arbeitsraum trat. Mit hängendem Kopf und an den Seiten baumelnden Armen ging er zwei Schritte in den Raum – und erstarrte.

Was war das? War Keogh schon hier? Das ganze Haus war mit seltsamen Energien angefüllt. Es stank nach ESP-

Aura, seine Atmosphäre schien vor fremden Kräften zu vibrieren.

Shukshin, in dem plötzliche Wut aufwallte, spürte eine Bewegung: Die Terrassentür schloss sich hinter ihm! Er wirbelte herum, und sein Unterkiefer klappte nach unten. »Wer …? Was …«, krächzte er.

Zwei Männer standen dort, hatten in seinem eigenen Arbeitszimmer auf ihn gewartet; einer von ihnen hielt eine Pistole direkt auf Shukshins Herz gerichtet. Er erkannte die Waffe als russische Dienstpistole, und er spürte die kalte Emotionslosigkeit der beiden Männer; er fühlte, wie die Faust des Verderbens sich um ihn schloss. Irgendwie geschah es nicht ganz unerwartet. Aber dass es jetzt geschehen sollte, ausgerechnet in diesem verfluchten Moment.

»Setzen Sie sich – Genosse«, sagte der Große und seine Stimme rieb wie eine Feile an Shukshins strapaziertem Nervenkostüm.

Max Batu zog einen Stuhl vor und Shukshin fiel fast darauf. Batu stellte sich hinter ihn, Dragosani zugewandt. Die ESP-Aura strömte nun ganz um Shukshin herum, als schwämme sein Geist in Gallenflüssigkeit. Oh ja, diese beiden kamen von Schloss Bronnitsy!

Das Gesicht des Erpressers sah verwüstet aus und seine Augen waren tief in schwarzen Höhlen versunken. Batu schaute über seinen Kopf hinweg zu Dragosani und begann zu grinsen. »Genosse Dragosani«, sprach er, »bis jetzt dachte ich, dass *Sie* krank aussehen!«

»ESPer!«, spuckte Shukshin das Wort aus. »Borowitz' Leute! Was wollt ihr von mir?«

»Er hat allen Grund, krank auszusehen, Max.« Dragosanis Stimme war so tief wie eine Grube. »Ein Verräter, Erpresser, vielleicht sogar Mörder …«

Shukshin sah aus, als wollte er aufspringen. Batu legte seine schweren, groben Hände auf seine Schultern.

Shukshin grollte: »Ich fragte, was Sie von mir wollen.«

»Ihr Leben«, sagte Dragosani. Er nahm den Schalldämpfer aus seiner Tasche und schraubte ihn fest auf die Mündung seiner Waffe, trat vor und legte sie an Shukshins Stirn. »Nur Ihr Leben.«

Shukshin fühlte, wie Max Batu hinter ihm vorsichtig zur Seite trat. Und er wusste, dass sie ihn töten würden.

»Warten Sie!«, krächzte er. »Sie machen einen Fehler. Borowitz wird es Ihnen nicht danken. Ich weiß viel – über die britische Seite. Ich habe Borowitz Stück für Stück davon berichtet. Aber es gibt eine Menge, was er noch nicht weiß. Außerdem arbeite ich immer noch für euch – auf meine Art. Gerade jetzt bin ich an etwas dran! Ja, jetzt im Moment.«

»Und an was?«, fragte Dragosani. Er hatte nicht die Absicht, Shukshin zu erschießen, er wollte ihn bloß einschüchtern. Dass Max aus der Schussrichtung getreten war, war nur ein natürlicher Reflex gewesen. Erschießen verursachte eine Schweinerei und war ungünstig für eine anschließende Nekromantie.

Dragosani hatte für Shukshins Tod etwas Interessanteres geplant: Nach der gewöhnlichen Befragung würde er Shukshin ins Badezimmer führen und dort fesseln. Sie würden ihn in eine halb mit kaltem Wasser gefüllte Badewanne steigen lassen, und Dragosani würde ihm mit einer seiner chirurgischen Klingen die Pulsadern aufschneiden. Während Shukshin dort in dem sich rasch rot färbenden Wasser lag und sein Leben aushauchte, würde Dragosani ihn noch einmal befragen. Man würde Shukshin versprechen, seine Wunden zu verbinden und ihn freizulassen, falls er auspackte. Dragosani würde ihm Bandagen und Verbandszeug zeigen. Natürlich hätte Shukshin nur wenig Zeit zum Antworten. Und die ganze Zeit würde sich das Wasser weiter verdunkeln, bis er in einer kalten, scharlachroten Suppe läge. Das wäre dann eine Warnung gewesen; falls Shukshin weiter Ärger machte, würden Dragosani und Batu – oder andere wie sie – zurückkehren und das Werk vollenden. Das würden sie Shukshin erzählen, aber natürlich würden sie das Werk an Ort und Stelle zu Ende bringen.

Trotzdem könnte Shukshin etwas zurückhalten. Vielleicht etwas, das er nicht für wichtig hielt, etwas Vergessenes – vielleicht etwas, was zu belastend war, um es zu erzählen. Zum Beispiel, dass er bereits für die Briten arbeitete … Aber was immer er sagte, es würde keinen Unterschied machen. Nach seinem Tod würden sie seine ausgeblutete Leiche mit frischem Wasser abspülen, ihn aus dem Bad nehmen, und *dann* … dann würde Dragosani die Befragung fortsetzen.

Dragosani nahm die Waffe von Shukshins Stirn und setzte sich direkt vor ihm hin. »Ich warte«, sagte er. »An was sind Sie dran?«

Shukshin schluckte und versuchte, seine Angst vor diesen Männern – und seinen Hass auf ihre seltsamen ESP-Fähigkeiten – in die hinterste Ecke seines Geistes zu verbannen. Sein Leben hing an einem seidenen Faden, und er wusste es. Er musste seine Gedanken ordnen und lügen, wie er noch nie zuvor gelogen hatte. Einiges wäre tatsächlich die Wahrheit, und wenigstens davon konnte er mit absoluter Überzeugung sprechen: »Sie wissen, dass ich ein Talentspürer bin?«

»Natürlich, deswegen hat Borowitz Sie hierhergeschickt: um Talente zu finden und zu töten. Anscheinend hatten

Sie nicht besonders viel Erfolg.« Dragosanis Sarkasmus ätzte wie Säure.

Shukshin ignorierte auch das. »Als ich vorhin hereinkam – in dem Moment, als ich diesen Raum betrat –, wusste ich, dass Sie hier sind. Ich konnte Ihre Präsenz fast schmecken. Sie sind mächtige ESPer, Sie beide. Besonders Sie«, sagte er zu Dragosani. »Ein unglaublich monströses Talent ruht in Ihnen. Es … es *quält* mich!«

»Ja, Borowitz sagte mir das«, antwortete Dragosani trocken. »Wir wissen über Talentspürer Bescheid, also versuchen Sie nicht, uns hinzuhalten, und machen Sie weiter.«

»Ich halte Sie nicht hin. Ich versuche, Ihnen den Mann zu beschreiben, den ich töten werde – heute!«

Dragosani und Batu tauschten Blicke aus. Batu schaute auf Shukshins Kopf herab und sagte: »Sie wollten einen britischen ESPer töten? Warum? Wer ist er?«

»Ich wollte mich so wieder mit Borowitz gutstellen«, log Shukshin. »Der Mann heißt Harry Keogh. Er ist mein Stiefsohn. Er hat sein Talent – was immer es ist – von seiner Mutter. Vor 16 Jahren tötete ich auch sie …« Shukshin starrte weiter Dragosani an. »Sie faszinierte mich und machte mich rasend! Meinten Sie das, als Sie sagten, ich sei ›vielleicht‹ ein Mörder? Es gibt kein ›vielleicht‹. Ich *habe* sie getötet, Punkt. Sie fügte mir Schmerzen zu, wie alle ESPer. Ihre Gabe machte mich wahnsinnig!«

»Vergessen Sie das«, schnappte Dragosani. »Was ist mit Keogh?«

»Das wollte ich Ihnen gerade sagen. Sie beide sind zwar mächtig, aber ich musste trotzdem erst das Haus betreten, um zu wissen, wo Sie sich befinden. Bei Harry Keogh jedoch … Er ist anders. Sein Talent ist … gewaltig! Ich *weiß* es. Je größer es ist, desto mehr schmerzt es, verstehen Sie?

Ich töte ihn also nicht nur für Borowitz, sondern auch für mich selbst.«

Dragosani war interessiert. Er konnte die Sache mit Shukshin später immer noch zu Ende bringen; wenn dieser Harry Keogh aber tatsächlich so mächtig war, dann wollte er mehr über ihn wissen. Und falls er auch noch ein Mitglied des britischen E-Dezernats wäre, würde er zwei Fliegen mit einer Klappe schlagen. Während sein Interesse wuchs, vergaß er, Shukshin diese wichtige Frage zu stellen: War Keogh ein Mitglied des britischen Dezernats?

»Ich glaube, wir können eine Lösung finden«, sagte Dragosani schließlich. »Es ist immer gut, wenn man sich mit alten Freunden einigen kann.« Er steckte seine Waffe weg. »Wann genau wollten Sie diesen Mann töten, und wie?«

Und Shukshin sagte ihm alles.

Nachdem Shukshin ins Haus gegangen war, kehrte Harry zum Auto zurück und fuhr zum Fuß des Hügels, in Richtung Bonnyrigg. Dort parkte er wieder abseits der Straße und lief dann über einen Acker zum Fluss. Der Frost gab der Gegend ein ungewohntes Aussehen, und dies wurde noch gesteigert von den ersten Schneeflöckchen, die von einem bleiernen Himmel herabtaumelten. Die Szenerie nahm den weichen, dunstigen Ton eines Wintergemäldes an.

Harry begann, den Fluss hinaufzulaufen. Die Ruhestätte seiner Mutter lag irgendwo dort oben, er wusste nicht genau wo. Dies war einer der Gründe gewesen, warum er wieder an diesen Ort kam: um sicherzugehen, dass er genau wusste, wo sie war, dass er sie unter allen Umständen wiederfinden konnte. Er lief auf dem gefrorenen Wasser und streckte seinen Geist aus: »Mama, kannst du mich hören?«

Sofort war sie da. »Harry, bist du das? So nah!« Und sofort war da ihre Besorgnis, die schmerzhafte Furcht um ihn: »*Harry!* Ist es … so weit?«

»Es ist so weit, Mama. Aber mach es mir nicht noch schwerer, als es ohnehin schon ist. Ich brauche deine Hilfe, keinen Streit. Ich brauche nichts, was meinen Geist ablenken könnte.«

»Oh, Harry! Wie sollte ich aufhören, mir Sorgen um dich zu machen? Ich bin deine Mutter …«

»Dann hilf mir. Sag nichts mehr, sei einfach still. Ich möchte wissen, ob ich dich finden kann, blind.«

»Blind? Ich kann nicht …«

»Mama, bitte!«

Sie schwieg, aber ihre Besorgnis nagte an ihm und hallte in seinem Kopf wider wie die Schritte eines besorgten Geliebten in einem kleinen Raum. Er lief weiter, schloss seine Augen und näherte sich ihr. 100 Meter, vielleicht ein bisschen mehr, und er wusste, er war am Ziel.

Er blieb stehen und öffnete die Augen.

Er stand in der Biegung eines überhängenden Uferstücks, auf dem dicken weißen Eis, das den Grabstein seiner Mutter darstellte. Es war ihr Zeichen, und auch seines. Nun wusste er, dass er sie immer wiederfinden konnte.

»Ich bin hier, Mama.« Er kniete auf dem Eis, wischte eine dünne Schicht Schnee zur Seite und hob das schwere Beil in seiner behandschuhten Faust.

Während er anfing, auf das Eis zu hämmern, sagte sie vorwurfsvoll: »Jetzt begreife ich alles, Harry. Du hast mich angelogen, mich getäuscht. Du glaubst also doch, dass es Probleme geben wird.«

»Nein, Mama. Ich bin jetzt viel stärker, auf viele Arten. Aber wenn es ein Problem gibt … ich wäre ein Narr, nicht an alle Möglichkeiten zu denken.«

Hier, nah am Ufer, war das Eis ein wenig dicker. Harry begann zu schwitzen, aber bald hatte er ein Loch von fast einem Meter Durchmesser freigelegt. Er räumte so viele von den zerbrochenen Eissplittern zur Seite, wie er konnte, und stand dann auf. Schwarzes Wasser schwappte dort unten. Und unter dem Wasser, unter dem kalten Sand und Schlamm …

Nachdem er das erledigt hatte, musste Harry gehen, und zwar schnell. Es begann, ein wenig stärker zu schneien. Mit dem Schnee kam die frühe Winterdämmerung. Er hatte noch Zeit für einen Brandy im Hotel, und dann wäre es so weit für seine Kraftprobe mit Viktor Shukshin.

»Harry«, rief seine Mutter ihm ein letztes Mal nach, als er über den Acker zu seinem Auto eilte. »Harry, ich liebe dich! Viel Glück, mein Sohn …«

Eine Stunde später standen Dragosani und Batu hinter einer Gruppe junger Koniferen am Flussufer, 25 oder 30 Meter flussaufwärts von Shukshins Haus. Sie warteten dort schon seit knapp einer halben Stunde und fühlten bereits die beißende Kälte durch ihre Kleidung. Batu hatte damit begonnen, seine Arme rhythmisch um seinen Oberkörper zu schwingen, und Dragosani hatte sich eine Zigarette angezündet, als endlich die gelbe Lampe über der Tür zu Shukshins Hof aufleuchtete. Die Bühne war für den Mord vorbereitet, und zwei Gestalten traten in den Abend hinaus.

Die Winterdunkelheit war schon fortgeschritten; abgesehen von den Sternen und dem aufgehenden Mond würde es nur wenig Licht geben. Die Wolken, die vor einer Stunde noch sehr dicht gewesen waren, hatten sich nun verzogen. Es hatte aufgehört zu schneien. Aber gen Osten war der Himmel dunkel und brachte eine schwere Fracht mit sich, der leichte Wind wehte aus dieser Richtung. Es würde diese Nacht noch heftig schneien. Aber im Moment beleuchteten die Sterne die Landschaft mit ihrem kalten, weichen Licht, und der aufgehende Mond verwandelte den sich dahinwindenden Eisfluss in ein silbernes Band.

Die Gestalten aus dem Haus suchten sich einen Weg hinunter zum Fluss, und Dragosani zog hinter der hohlen Hand ein letztes Mal an seiner Zigarette, bevor er sie zu Boden warf und mit dem Absatz ausdrückte.

Batu hörte auf, seine Arme zu schwingen; beide standen still wie Steinfiguren und beobachteten, wie sich der Vorhang hob ... Am Rand des Flusses schälten sich die beiden Gestalten aus ihren Mänteln und legten sie ans Ufer, knieten nieder und zogen ihre Schlittschuhe an. Es wurde ein wenig gesprochen, aber nur leise. Lediglich Gesprächsfetzen wurden zu den verborgenen Beobachtern hinübergeweht. Shukshins Stimme klang dunkel und sehr tief und für Dragosani unverhohlen aggressiv; wölfisch wie das Knurren eines großen Hundes – und er fragte sich, warum Keogh es nicht mit der Angst zu tun bekam und wenigstens Anzeichen von Argwohn zeigte. Aber die Stimme des jüngeren Mannes war fest und kräftig, fast schon sorglos, als die beiden aufs Eis hinausglitten und zu laufen begannen.

Zunächst ging es bloß hin und her, fast nebeneinander, doch dann übernahm die schlankere Gestalt die Führung. Keogh bewegte sich mit einiger Geschicklichkeit, nahm rasch Geschwindigkeit auf und flitzte flussaufwärts auf den Punkt zu, wo die Beobachter sich versteckten. Dragosani und Batu duckten sich etwas, aber bevor Keogh ihre Höhe erreichte, drehte er im letzten Moment in weitem Bogen, der die gesamte Breite des Flusses einnahm, ab, und bewegte sich in die andere Richtung.

Hinter ihm hatte Shukshin fast gestoppt, während Keogh seine Kurve fuhr. Der ältere Mann bewegte sich weit weniger sicher auf dem Eis, im Vergleich erschien er unbeholfen und sogar schwerfällig. Als Keogh nun wieder auf ihn zukam, drehte er sich um und begann, in dieselbe Richtung zu laufen, als ob er dem schnelleren Mann den Weg versperren wollte.

Keogh legte sich in eine enge Kurve, so dass unter seinen Kufen Eis und Schnee aufspritzten, während er den anderen nur um Zentimeter verfehlte. Dann warf er sich in einem ähnlichen Winkel wieder herum, bis er wieder auf Kurs war. Kaum 30 Zentimeter vom Rand des präparierten Zirkels, wo frisches Eis die Platte im Zentrum notdürftig in Position hielt, gruben sich seine Kufen in das Eis.

Shukshin war ihm so dicht auf den Fersen, dass er in einem wilden Schlenker und mit rudernden Armen seiner eigenen Falle ausweichen musste. »Vorsichtig, Stiefvater!«, rief Keogh über seine Schulter und flitzte davon. »Ich bin fast mit dir zusammengestoßen.«

Dragosani und Batu lauschten. Batu sagte: »Der junge Kerl da hat ganz schön Glück – bis jetzt.«

»Ach?« Dragosani bezweifelte, dass Glück irgendetwas damit zu tun hatte. Shukshin hatte Keoghs Talent nicht genau bezeichnen können: Was, wenn er ein Telepath wäre? Er hätte die Macht, die verräterischen Gedanken seines Stiefvaters direkt aus dessen Kopf zu holen. »Ich habe das Gefühl, dass das Ganze etwas schwieriger für unseren Erpresser wird, als er gedacht hat.«

Shukshin war zum Stillstand gekommen und stand nun bewegungslos in einer eigenartig gekrümmten Haltung auf dem Eis; aufmerksam beobachtete er, wie Keogh weiter seine Kreise zog. Schultern und Brust des Russen hoben und senkten sich krampfartig, und er zitterte sichtlich, als ob er Schmerzen hätte oder unter großem emotionalem Stress litt.

»Hier entlang, Harry«, rief er schroff. »Hier entlang! Ich befürchte, du bist zu gut für mich. Du könntest ja im Kreis um mich herumlaufen!«

Keogh kam zurück, umkreiste wieder und wieder die gebeugte Gestalt des anderen. Und mit jedem Schwung näherten sich seine Schlittschuhe Zentimeter für Zentimeter der Katastrophe. Shukshin streckte seine Arme aus, und Keogh ergriff seine Hände, wirbelte um den älteren Mann herum und drehte ihn um seine eigene Achse.

»Und jetzt«, flüsterte Max Batu Dragosani zu, »der *Coup de Glace*!«

Plötzlich hörte Shukshin auf, sich zu drehen, und schien auf Keogh zu fallen. Keogh versuchte nach hinten auszuweichen. Ihre Hände waren immer noch ineinandergekrallt. Eine von Keoghs Kufen grub sich durch pulverigen Schnee in die Rinne, die Shukshin herausgehackt hatte. Er kam mit einem Ruck zum Stehen, und nur Shukshins Griff um seine Handgelenke verhinderte, dass er auf die wackelige Eisplatte fiel.

Dann lachte Shukshin ein wahnwitziges, bellendes Lachen und stieß Keogh von sich fort – stieß ihn dem Tod entgegen. Keogh hielt sich jedoch an den Ärmeln von Shukshins Mantel fest. So stark er gestoßen wurde, so sehr zerrte er an den Ärmeln. Shukshin verlor die Balance und machte einen Satz nach vorne; Keogh neigte sich zur Seite und schleuderte ihn über seine Hüfte – aber als er Shukshin losließ, klammerte sich der Russe immer noch an ihn!

Mit wütendem Gebrüll stürzte der Ältere auf die lose Platte und zog Keogh mit sich. Ineinander verheddert prallten beide aufs Eis, das sich sofort unter ihnen bewegte. An den Rändern des Eises knallte es wie winzige Pistolenschüsse; Wasser sprühte in schwarzen Fontänen auf, als die Platte sich neigte und in zwei Hälften zersprang; Shukshin stieß einen Schrei des Entsetzens aus – den seltsamen, wahnsinnigen Schrei eines verwundeten Tiers –, und der eisige Halbkreis, der ihn und Keogh trug, kippte um und tauchte sie in das bitterkalte, gurgelnde Wasser.

»Schnell, Max!«, schnappte Dragosani. »Wir können es uns nicht leisten, beide zu verlieren.« Er stürmte aus der Deckung hervor. Batu blieb ihm dicht auf den Fersen.

»Wen möchten Sie lieber retten?«, keuchte der Mongole, als sie auf die Eisfläche sprangen.

»Keogh«, antwortete Dragosani sofort, »falls möglich. Er weiß mehr über die britische Organisation als Shukshin. Und er hat sein Talent – was immer es ist.«

Noch während er sprach, hatte Dragosani eine fantastische Idee, eine Idee, auf die er vorher nie gekommen war. Wenn er die Nekromantie von einem untoten Ding ›lernen‹ und damit den Toten ihre Gedanken und Geheimnisse entreißen konnte – konnte er dann nicht auch ihre Fähigkeiten an sich bringen? Im Schloss Bronnitsy waren alle Agenten letztendlich Verbündete und arbeiteten auf derselben Seite. Hier in England jedoch waren die ESPer Feinde! Warum sollte er Keoghs bislang unbekanntes Talent nicht stehlen – und es für seine eigenen Zwecke gebrauchen?

Lautes Schnauben und Keuchen ertönte aus dem Loch im Fluss, in dem Brocken von Eis in dunklem aufgewühltem Wasser herumwirbelten. Als Batu und Dragosani sich vorsichtig der Kante näherten, hörten jedoch alle Geräusche auf. Sie wurden nur von dem Gurgeln und Klatschen von Wasser, das sich unter dem Eis bewegte, empfangen.

Eine Hand schoss aus dem Wasser und klammerte sich an den Rand, aber bevor sie nach ihr greifen konnten, ging sie wieder unter.

»Hier lang!«, keuchte Dragosani. »Folgen Sie dem Flusslauf.«

»Meinen Sie, die haben eine Chance?« Batu glaubte es offenbar nicht.

»Eine sehr kleine.«

Unter dem schweigenden Mond rannten sie, so schnell sie konnten, über das Eis.

Unter der Eisfläche schaffte es Keogh, der von der Strömung mitgerissen und herumgeschleudert wurde, irgendwie sein Jackett auszuziehen. Unter seinem Hemd trug er ein Taucheranzugoberteil aus Gummi, aber dennoch war die Kälte unglaublich. Sie musste Shukshin, der vollkommen ungeschützt war, erledigen.

Harry begann zu schwimmen und hielt seinen Kopf zur Seite geneigt, mit dem Gesicht an die Eisfläche. Er fand tatsächlich Stellen, wo in flachen Taschen kalte Luft eingeschlossen war. Er schwamm auf seine Mutter zu, folgte dem Strom ihrer besorgten Gedanken genauso, wie er ihnen unfehlbar vor zwei Stunden mit geschlossenen Augen gefolgt war. Doch da hatte er genügend Atemluft gehabt, und es war nicht so kalt gewesen. Für einen Moment wurde er von Panik ergriffen, aber er schob sie aus seinem Bewusstsein. Dort drüben war seine Mama – dort entlang! Er begann, kräftiger zu schwimmen – dann packte etwas seine Füße, seine Beine. Irgendetwas verstärkte den Griff um ihn und klammerte sich an seine Hose. Shukshin! Der Fluss zog sie als Tandem mit, wie Streichhölzchen im Rinnstein, und presste sie aneinander.

Harry ruderte verzweifelt mit den Armen und mit einem Bein. Er schwamm wie nie zuvor, mit platzenden Lungen und einem Herz, das wie ein großer Gong in seiner Brust schlug. Shukshin hangelte sich seinen Körper hinauf, mit Händen wie die Scheren eines großen Krebses, und schnappte nach Harry, als wollte er ihn in Stücke reißen.

Es war aus; Harry konnte nicht mehr; das Wasser war das schwarze Blut eines gigantischen Aliens, in dessen Adern Harry gespritzt worden war, und Shukshin war der Antikörper, der ihn zerstören musste.

»Mama! Mama! *Hilf mir!*«, schrie Harry mit seinem Geist, als er schließlich gezwungen war, Luft zu holen, aber nur eisiges Wasser in seinen Rachen und seine Nasenlöcher strömte.

»Harry!«, antwortete sie sofort laut und nah, ihre Stimme klang rasend in seinem Kopf. »Harry, du bist da!«

Er trat nach hinten, schlug mit beiden Beinen nach Shukshin, stieß mit seinem Rücken und Kopf nach oben, krachte gegen die Eisdecke – die sofort gnädig in dünne Splitter zerbarst, als sein Kopf und seine Schultern in die Luft stießen.

Plötzlich war das Wasser ruhig und seine Füße berührten schlammigen Grund in etwa 1,50 Meter Tiefe; noch bevor er wieder scharf sehen konnte und sich nicht mehr alles um ihn herum drehte, wusste Harry, dass er es geschafft hatte. Er sammelte seine letzten Kräfte und streckte die Hände aus, um nach dem dichten Gestrüpp zu greifen, das aus dem überhängenden Ufer herausstand. Langsam begann er, sich aus dem Fluss zu ziehen.

Neben ihm strudelte und gurgelte das Wasser. Harry drehte sich halb um und sah mit Entsetzen … wie Shukshins wahnsinnige Fratze hustend und würgend neben ihm auftauchte. Der Verrückte erblickte ihn, spuckte Wasser und mit einem blubbernden Schrei der Wut packte er Harry mit eisernem Griff an der Gurgel.

Harry stieß sein Knie in die Leistengegend des Tobenden. Knochen knackten, trotzdem klammerte sich Shukshin weiter an ihn. Er zerrte Harry unerbittlich zurück, sabberte ihm ins Gesicht. Einen langen Augenblick glaubte Harry, Shukshin wolle ihn beißen oder wie ein tollwütiger Hund in Stücke reißen. Er kämpfte gegen Shukshin an, schlug ihm wieder und wieder die geballten Fäuste in das grausige Gesicht, ohne Erfolg. Der Wahnsinnige gewann. Harry würde untergehen …

Er griff noch einmal nach dem dichten Gestrüpp am Flussufer, aber Shukshins Hände um seinen Hals raubten ihm die Atemluft, raubten ihm das Leben an sich.

»Mama!«, schrie Harry stumm. »Du hattest Recht, Mama. Ich hätte auf dich hören sollen. Es tut mir leid.«

»Nein!«, leugnete sie die Niederlage. *»Nein!«* Shukshin hatte sie getötet, aber ihren Sohn durfte er nicht töten.

Und wieder gurgelte und strömte das eisige Wasser – nur diesmal erschien es noch schwärzer.

Dragosani kam kaum fünf Meter entfernt schlitternd zum Stehen, packte Batu und brachte auch ihn zum Stillstand. Sie hechelten, ihr Atem bildete zerbrechliche Schneekristalle in der Luft, sie beobachteten das Geschehen, und ihre Unterkiefer klappten nach unten. Zwei Männer waren weiter hinten unter dem Eis verschwunden, waren flussabwärts zu diesem Loch getrieben worden, und bis vor einem Augenblick hatten zwei Gestalten in dem ruhigen Wasser am Ufer miteinander gekämpft. Aber nun waren dort *drei* Gestalten im Wasser, und die dritte war schrecklicher als alles, was Dragosani sich vorstellen konnte, von dem er je gehört hatte, das ihm in seinen schwärzesten Albträumen erschienen war!

Es war … nicht lebendig, und dennoch besaß es die Beweglichkeit, die Kraft des Lebens. Und es verfolgte einen

Zweck. Es klammerte sich an Shukshin, hüllte ihn ein, legte seine Arme aus Schlamm und Knochen um ihn und seinen Schädel mit Algen und verklebtem Haar gegen den seinen. Es hatte keine Augen, aber ein fauliges Glühen schien aus den leeren Höhlen heraus und ähnelte einem Blick. Während Shukshin zuvor bloß geheult und gebrabbelt und gelacht hatte wie ein Wahnsinniger, verlor er jetzt wortwörtlich den Verstand.

Während er mit dem grauenvollen Wesen kämpfte, stieß er immer wieder schrille Schreie aus, das schrillste geisteskranke Kreischen, das Dragosani und Batu jemals gehört hatten; und am Ende, kurz bevor die Schreckgestalt ihn unter Wasser zerrte, verstanden die versteinerten Beobachter endlich ein paar Worte: »Nicht du!«, faselte Shukshin. »Oh Gott, nein, *nicht du*!«

Dann war er verschwunden, und das Geschöpf aus Knochen und Schlamm und Algen und Tod mit ihm …

Endlich konnte Harry Keogh sich ans Flussufer schleppen.

Batu wäre ihm vielleicht blind und empfindungslos gefolgt, aber Dragosani krallte sich noch immer an seinen Arm. Er hielt ihn gepackt, als suchte er Halt. Batu begann, sich in seine Todesstellung zu bringen, aber Dragosani gebot ihm Einhalt. »Nein, Max«, flüsterte er heiser, »das werden wir nicht wagen. Wir haben gesehen, zu was er fähig ist, aber welche anderen Talente könnte er noch besitzen?«

Batu begriff, entspannte sich und richtete sich wieder auf. Am Ufer über ihnen nahm Harry Keogh jetzt zum ersten Mal ihre Gegenwart wahr. Er starrte sie an, und es sah so aus, als wollte er sprechen, aber er sagte nichts. Für einen langen Augenblick gafften sich alle drei einfach gegenseitig an, und dann blickte Keogh zurück auf die gezackte Öffnung aus schwarzem Wasser. »Danke, Mama«, sagte er einfach.

Dragosani und Batu beobachteten, wie er sich umwandte, taumelte, stolperte, und dann schwankend zurück zu Shukshins Haus lief. Sie machten keine Anstalten, ihm zu folgen. Noch nicht. Als er außer Sicht war, zischte Batu: »Dieses Ding, Genosse Dragosani, es war … konnte kein Mensch sein. Also was war es?«

Dragosani schüttelte den Kopf. Er glaubte, die Antwort zu kennen, wollte sich aber im Moment nicht festlegen. »Ich bin mir nicht sicher. Es war jedenfalls irgendwann einmal menschlich. Eins ist sicher: Als Keogh Hilfe brauchte, kam es zu ihm. Das ist seine Gabe, Max: Die Toten beantworten seinen Ruf.« Er wandte sich dem anderen zu, mit tief versunkenen schwarzen Augen. »Sie antworten auf seinen Ruf, Max. Und es gibt weitaus mehr Tote als Lebende.«

XIII

Am Donnerstagmorgen ging Harry zurück zum Fluss, zurück zu der Stelle, wo seine Mutter nun wieder unter Schlamm und Algen begraben lag. Der Unterschied war, dass dort jetzt zwei Tote lagen.

Er war nicht gekommen, um mit seiner Mutter zu sprechen, sondern mit Viktor Shukshin. Er nahm ein Kissen aus dem Auto und trug es hinunter zum Flussufer, legte es auf die fünfzehn Zentimeter dicke Schneedecke, bevor er sich niederließ und die Knie an sich zog. Unterhalb seines Sitzplatzes war das Eis wieder zugefroren, und Schnee war auf die Stelle gefallen, wo er sein Fluchtloch hineingehackt hatte. Nur noch eine dünne Linie schien hindurch.

Nachdem er eine Weile schweigend dagesessen hatte, fragte er: »Stiefvater, kannst du mich hören?«

»Ja«, ertönte nach einer Weile die Antwort. »Ja, ich kann dich hören, Harry Keogh. Ich höre dich und ich *fühle* deine

Präsenz! Warum verschwindest du nicht und lässt mich in Frieden?«

»Vorsicht, Stiefvater. Meine Stimme könnte die letzte sein, die du je hörst. Wenn ich verschwinde und dich in Frieden lasse – wer wird dann mit dir sprechen?«

»Also ist das dein Talent, ja, Harry? Du sprichst mit den Toten. Du hetzt die Leichen auf! Ich will, dass du weißt, welche Schmerzen ich durch ESP erleiden muss. Zum ersten Mal seit vielen Jahren habe ich letzte Nacht tief und fest geschlafen, ich hatte keine Schmerzen. Wer mit mir sprechen wird? Ich will gar nicht, dass irgendjemand mit mir spricht! Ich will Frieden.«

»Was meinst du damit, dass du Schmerzen hast?«, drängte Harry. »Wie kann meine bloße Gegenwart dir weh tun?«

Shukshin erklärte es.

»Und darum hast du meine Mutter umgebracht?«

»Ja, und darum habe ich auch versucht, dich zu töten. Bloß dass es in deinem Fall vielleicht noch mein eigenes Leben gerettet hätte.« Und dann erzählte er Harry von den Männern, die Borowitz geschickt hatte, um ihn zu töten: Dragosani und Batu.

Harry war noch nicht zufriedengestellt. Er wollte alles wissen, vom Anfang bis zum jetzigen Augenblick. »Erzähle mir alles«, sagte er, »alles, und ich schwöre, ich werde dich nicht weiter belästigen.«

Und Shukshin erzählte ihm alles. Über Borowitz und Schloss Bronnitsy. Über die russischen Agenten, die in ihrem Schlupfwinkel im Herzen der UdSSR an der Welteroberung durch ESP arbeiteten. Er berichtete, wie Borowitz ihn aus Russland nach England geschickt hatte, um die britischen ESPer aufzuspüren und zu töten, und wie er abtrünnig und britischer Bürger geworden war. Und wieder erzählte er von dem Fluch, der ihn verfolgte: wie ESP-begabte Menschen seine Nerven bloßlegten und ihn in den Wahnsinn trieben.

Endlich verstand Harry, und beinahe hätte er Mitleid mit Shukshin gehabt – wäre da nicht seine Mutter gewesen. Und während Shukshin redete, dachte Harry an Sir Keenan Gormley und das britische E-Dezernat, und er erinnerte sich an sein Versprechen, sich mit Gormley zu treffen und vielleicht seiner Gruppierung beizutreten, sobald er alles erledigt hätte. Nun war es so weit. Harry wusste jetzt, dass er Gormley treffen *musste*. Denn Viktor Shukshin war nicht der einzige Schuldige. Es gab andere, die weitaus schlimmer waren als er. Zum Beispiel derjenige, der ihn überhaupt erst auf diese mörderische Mission geschickt hatte. Wenn Shukshin nie hierhergekommen wäre, könnte Harrys Mutter jetzt noch leben.

Endlich war Harry befriedigt. Bis jetzt war ihm sein Leben größtenteils ziellos und unerfüllt erschienen – sein einziger Ehrgeiz war es gewesen, Shukshin zu töten –, aber nun wusste er, dass es etwas Größeres als das gab. Er fühlte sich plötzlich klein angesichts der Aufgabe, die vor ihm lag.

»Also gut, Stiefvater«, sagte er schließlich. »Ich gehe jetzt und lasse dich ruhen. Aber diesen Frieden verdienst du nicht. Ich kann und werde dir nicht vergeben.«

»Deine Vergebung brauche ich nicht, Harry Keogh, sondern nur das Versprechen, dass du mich hier in Ruhe lässt«, erklärte ihm Shukshin. »Und das hast du mir bereits gegeben. Also geh jetzt, lass dich umbringen und lass mich in Frieden.«

Harry richtete sich steif auf. Jeder Knochen in seinem Körper schmerzte, und auch sein Kopf tat weh. Er fühlte sich physisch und emotional völlig ausgelaugt. Er erhob sich, ließ das Kissen vergessen im Schnee liegen und ging zurück zum Auto. Hinter ihm und doch in ihm meldete sich eine Stimme: »Auf Wiedersehen, Harry.« Es war nicht Shukshins Stimme.

»Auf Wiedersehen, Mama«, antwortete er. »Und danke. Ich werde dich immer lieben.«

»Und ich werde immer dich lieben, Harry.«

»Waaas? Keogh, was soll das? Ich habe gesehen, wie du sie erweckt hast, aber …?«

Harry antwortete nicht. Er überließ es Mary Keogh:

»Viktor, du hast Unrecht. Harry hat mich nicht erweckt. Ich tat es selbst. Um der Liebe willen, und das ist etwas, was du nicht verstehen kannst. Aber nun ist es vorbei, und ich werde es nie wieder tun. Andere werden sich jetzt um Harry kümmern; also werde ich hier einsam im Schlick liegen. Obwohl es jetzt vielleicht gar nicht mehr so einsam sein wird …«

»Keogh!«, rief Shukshin wieder erregt nach Harry. »Keogh, du hast es mir versprochen – du hast gesagt, dass du der Einzige bist, der mit mir sprechen kann. Aber jetzt redet sie mit mir – *und sie quält mich!*«

Harry ging weiter.

»Aber, aber, Viktor«, hörte er die Antwort seiner Mutter, als ob sie mit einem Kleinkind spräche. »Das führt doch nirgendwohin. Sagtest du, dass du Frieden und Stille willst? Ach, das wird dich aber schnell langweilen, Viktor.«

»Keogh!« Shukshins Stimme war nun ein leiser werdendes mentales Kreischen. »Keogh, du musst mich hier rausholen. Grab mich aus – erkläre ihnen, wo sie meinen Körper finden – *lass mich hier bloß nicht mit ihr zurück!*«

»Viktor«, fuhr Mary Keogh gnadenlos fort, »eigentlich macht es mir richtig Spaß, mit dir zu sprechen. Du bist mir hier so nah, dass ich mich überhaupt nicht anstrengen muss!«

»Keogh, du Scheißkerl! Komm zurück! Oh ... *bitte* ... komm ... zurück!«

Harry ging weiter.

Um halb zwei nachmittags kam Harry zurück nach Hartlepool. Die Straßen waren ein Alptraum und mit dichtem Schnee bedeckt, so dass seine Nerven noch mehr strapaziert wurden. Als er endlich zu Hause ankam, konnte er sich kaum noch die Treppen hinaufschleppen.

Brenda, die seit acht Wochen seine Frau war, sprang munter durch die Wohnung, die eine fantastische und unerklärliche Metamorphose durchgemacht hatte, seitdem sie nach ihrer standesamtlichen Trauung eingezogen war. Harry schaffte es kaum, sie auf die Wange zu küssen, und war eingeschlafen, noch bevor sein Kopf das Kissen berührte.

Sie wusste, dass er drei Tage lang seiner ›Forschungen‹ wegen fort gewesen war, für ein neues Buch, das er plante – er hatte sich nie die Mühe gemacht, zu erklären, was und wo genau. So war Harry eben, sie sollte sich mittlerweile daran gewöhnt haben – aber nicht daran, dass er auftauchte und aussah wie jemand, der gerade drei Tage in einem Gefangenenlager verbracht hatte!

Nachdem er den ganzen Nachmittag durchgeschlafen hatte und ein Fieber auszubrüten schien, rief sie einen Arzt, der gegen acht vorbeikam. Harry wachte für diesen Besuch erst gar nicht auf; der Arzt hielt es für eine Lungenentzündung, obwohl die Symptome nicht ganz passten.

Am nächsten Morgen ging es Harry wieder besser. Er konnte sogar einen Happen zum Frühstück essen, bevor er mit Brenda vorsichtig ein merkwürdiges Gespräch begann, das sie traurigerweise genauso deprimierend und düster fand wie die Gespräche, die sie mit ihm während seiner dunklen und verdrießlichen Phasen in früheren, weniger glücklichen Zeiten geführt hatte. Nachdem sie ihm eine Weile zugehört hatte und er davon anfing, ein Testament aufsetzen zu wollen und alles ihr oder dem Kind zu vermachen, falls sie nicht in der Lage wäre, das Erbe anzutreten, fuhr sie ihn an.

»Harry!« Sie lachte laut auf und ergriff seine Hände, als er so mit eingefallenen Schultern an der Bettkante saß. »Was soll das eigentlich? Du hast dir irgendwas eingefangen und fühlst dich noch ein bisschen schwach. Ich weiß, dass es für dich das Ende der Welt ist, wenn du mal nicht so gut drauf bist. Aber wir sind gerade mal acht Wochen verheiratet und du klingst, als ob du noch vor dem Frühling sterben wirst! So etwas Dämliches habe ich noch nie gehört! Vor einer Woche warst du noch voller Leben, du bist geschwommen, hast gekämpft, hast auf dem Eis getanzt – welche Laus ist dir plötzlich über die Leber gelaufen?«

In dem Moment entschied er, mit den Ausflüchten aufzuhören. Immerhin war sie jetzt seine Frau, und es war ihr Recht, es zu wissen. Also setzte er sich mit ihr hin und erzählte ihr alles, mit Ausnahme seines Traumes mit den Grabsteinen, und natürlich auch nicht von Shukshins Tod. Er gab sein intensives Training der letzten Monate als einfache Maßnahme aus, seine Fitness für zukünftige Aufgaben zu verbessern, Aufgaben, die durchaus gefährlich sein konnten. Dies führte ihn wiederum dazu, von der britischen ESP-Organisation zu erzählen, jedoch nicht sehr tiefgreifend. Es genügte, dass sie wusste, dass er nicht der einzige ungewöhnlich begabte Mensch war – dass es noch viele mehr gab – und dass es fremde, gegen die freie Welt arbeitende Mächte gab, die nicht zögerten, diese Talente zum Schaden anderer einzusetzen. Ein Teil von Harrys Aufgabe innerhalb der Organisation würde es sein, sicherzustellen, dass diese fremden Mächte ihre Ziele nicht erreichen konnten; seine Gabe als Necroscope würde als Waffe gegen sie verwendet werden; die Zukunft erschien daher bestenfalls … ungewiss. Sein Gerede von Testamenten war einfach Ausdruck dieser Unsicherheit: Er hielt es für das Beste, auf jede Eventualität vorbereitet zu sein.

Während er ihr all dies erzählte, fragte er sich, ob er vielleicht einen Fehler beging, ob es vielleicht besser gewesen wäre, Brenda vollständig im Dunkeln zu lassen. Vertraute er sich ihr wirklich an, um sie auf irgendetwas vorzubereiten? Oder waren es wieder seine Schuldgefühle? Er musste nun einen bestimmten Weg gehen; die Jagd war noch nicht vorbei; Shukshin war nur der erste zögerliche Schritt in die richtige Richtung gewesen. Hatte er das Gefühl, dass Brenda in Gefahr war, gerade *weil* er sich entschieden hatte, in diese Richtung zu gehen? Das Grabmal aus dem Traum – die Warnung seiner Mutter – hatte nichts darüber ausgesagt, ob Brendas Tod ein Ergebnis dessen war, was Harry noch tun musste. Er hatte sie wirklich geschwängert, und die Geburt stand bevor; aber wie konnte die Richtung, die er jetzt einschlug, das physische Ereignis der Geburt beeinflussen? Eine nörgelnde Stimme in seinem Hinterkopf sagte, dass es möglich sei.

Alles war sehr verwirrend und abstrus, und sein Versuch, sich irgendwie durchzuwurschteln, ermüdete ihn mehr als je zuvor. Als er zu Ende geredet hatte, war er froh, sich zurücklehnen und sie darüber nachdenken lassen zu können.

Seltsamerweise akzeptierte sie alles, was er gesagt hatte, fast als Tatsache – mit sichtlicher Erleichterung – und erklärte sogleich warum: »Harry, ich weiß, ich bin nicht so schlau wie du, aber blöd bin ich auch nicht. Ich wusste, dass irgendwas im Busch war, seitdem du mir diese Geschichte erzählt hast über den Necroscope. Ich habe irgendwie gespürt, dass du noch nicht fertig warst, dass du noch mehr sagen wolltest, aber Angst hattest. In Harden ist es auch mehrere Male passiert, dass Mr Hannant mich aufgehalten und nach dir befragt hat. Aus der Art, wie er sprach, schloss ich, dass auch er etwas Seltsames an dir wahrnahm …«

»Hannant?«, runzelte er misstrauisch die Stirn. »Was hat er …?«

»Ach, nichts, worüber man sich Sorgen machen müsste. Eigentlich glaube ich, dass er ziemliche Angst vor dir hat. Harry, ich habe mir angehört, wie du im Schlaf mit deiner armen, toten Mutter gesprochen hast, und ich wusste, dass es *echte* Unterhaltungen waren! Da waren auch noch viele andere Dinge. Deine Schriftstellerei zum Beispiel. Ich meine, wie wurdest du plötzlich zu einem brillanten Autor? Ich habe deine Geschichten gelesen, Harry, und das bist nicht du. Die Geschichten sind wunderbar, aber *du* bist einfach nicht so wunderbar! Nicht dein wahres Ich. Dein wahres Ich ist gewöhnlich, Harry. Ich liebe dich, aber ich bin kein Idiot. Und dein Schwimmen, dein Eislaufen, dein Judo? Hast du geglaubt, ich würde dich für einen Supermann halten? Da ist es schon einfacher zu glauben, dass du ein Necroscope bist! Es ist eine Erleichterung, die Wahrheit zu erfahren, Harry. Ich bin froh, dass du es mir endlich erzählt hast.«

Schließlich sagte Harry: »Aber ich habe dir nicht alles erzählt, Liebes.«

»Ach, ich weiß. Natürlich nicht. Wenn du für dein Land arbeiten wirst, gibt es natürlich Sachen, die du geheim halten musst – sogar vor mir. Ich verstehe das, Harry.«

Es war, als ob jemand ein großes Gewicht von seiner Brust genommen hätte.

Brenda beugte sich über ihn und küsste seine Stirn. »Keine Sorge, ich werde dich nichts mehr fragen.«

Harry schlief bis zum Abend durch, stand dann auf und aß etwas. Um etwa acht Uhr machten sie eine Stunde lang einen Spaziergang an der frischen Nachtluft, bis es Brenda zu kalt wurde. Dann eilten sie nach Hause, duschten heiß und liebten sich; hinterher schliefen beide die Nacht durch.

Sir Keenan Gormley war in Gedanken verloren, als er das ESP-Hauptquartier verließ, mit dem Lift in die winzige Eingangshalle hinunterfuhr und in die kalte Londoner Nacht hinaustrat. Verschiedene Dinge bereiteten ihm Sorgen, nicht zuletzt Harry Keogh. Keogh hatte keinen Kontakt mit ihm aufgenommen, und mit jedem Tag, der verstrich, fühlte Gormley immer stärker die Zeit wie Bleigewichte auf sich ruhen. Es war kurz nach neun Uhr, als er in Richtung U-Bahn-Station Westminster lief – und 225 Meilen entfernt liebten sich ebendieser Keogh und dessen Frau, bevor sie sich zur Nachtruhe begaben.

Gormleys Sorgen hatten noch zwei andere Ursachen. Eine davon war die Art, mit der sich sein Stellvertreter immer wieder nach seiner Gesundheit erkundigte. Dies wäre einfach nur lästig gewesen, wenn sein Stellvertreter nicht Alec Kyle wäre – ein Mann, dessen keineswegs zu vernachlässigendes Talent darin lag, die Zukunft vorauszusehen! Kyles Besorgnis um seinen Chef während der letzten acht oder zehn Tage war ziemlich offensichtlich gewesen, ganz egal wie sehr er sich bemühte, es zu verbergen. Falls es irgendetwas Bestimmtes gab, würde Kyle es ihm erzählen, das wusste Gormley. Deswegen hatte er ihn auch nicht unter Druck gesetzt, aber trotzdem war die Angelegenheit besorgniserregend.

Und dann war da auch noch die andere Sache. Während der letzten sechs oder sieben Wochen hatte es wenigstens ein Dutzend verschiedene Momente gegeben, in denen Gormley die Anwesenheit von ESPern gespürt, sie in seinem Bewusstsein ›erkannt‹ hatte. Er hatte niemals einen von ihnen zu Gesicht bekommen, hatte nie einen lokalisieren können, aber dennoch wusste er, dass sie da waren. Mindestens zwei waren es. Er konnte sie fast so leicht erkennen wie seine eigenen Leute, zu denen sie aber nicht gehörten. Ihre Auren waren seltsam. Und immer beobachteten sie ihn aus der Sicherheit der Menschenmenge, an belebten Orten, niemals dort, wo er das Gefühl mit einem Gesicht in Verbindung bringen konnte. Er fragte sich, wie lange sie ihn weiter beobachten würden und ob es dabei bliebe. Als er die U-Bahn-Station erreicht und zu den Zügen hinuntergegangen war, strich er durch seinen Mantel über die Beule seiner 9-mm-Browning. Wenigstens das war eine Beruhigung. Kein ESPer auf der Welt konnte sich aus dem Weg einer Kugel denken – jedenfalls soweit Gormley wusste …

Am Bahnsteig standen nur wenige Leute. Im Abteil saßen noch weniger. Gormley fand eine liegengebliebene Ausgabe der *Daily Mail*, mit der er sich die Zeit vertrieb. Er empfand es als leicht beunruhigend, dass die Überschriften ihm völlig nichtssagend erschienen. War er wirklich so weltfremd? Seine Arbeit hatte ihn sehr beansprucht und verschlang viel zu viel seiner Zeit; dies war der dritte Abend in Folge, an dem er bis spät gearbeitet hatte; er konnte sich nicht erinnern, wann er zum letzten Mal ein Buch bis zum Ende durchgelesen oder Freunde eingeladen hatte. Vielleicht war es an der Zeit, Atem zu holen und seinem Stellvertreter die Aufsicht zu überlassen. Früher oder später musste er es, weiß Gott. Er versprach sich, *wirklich* eine Pause zu machen … sobald er den jungen Harry Keogh in den Verein eingeführt hatte.

Keogh … Gormley hatte eine Menge über Keogh nachgedacht und sich einige Möglichkeiten überlegt, wie man sein Talent nutzen könnte. Fantastische Möglichkeiten. Im Moment existierten sie nur in seiner Vorstellung, trotzdem waren sie faszinierend.

Der Zug fuhr jetzt in der Station St. James ein und Gormley ließ sich von einem unglaublich hübschen Paar Beine in einem kurzen Rock ablenken, das direkt vor seinen Augen vorbei und aus den Doppeltüren hinausmarschierte. Ein Wunder, dass das hübsche Geschöpf nicht erfror, dachte er – was für ein Verlust wäre das!

Vielleicht war sein Herz etwas unzuverlässig, aber der ganze Rest schien durchaus zu funktionieren.

Er hustete, wandte sich erneut seiner Zeitung zu und versuchte, sich wieder mit der Welt vertraut zu machen. Es war ein kühner Versuch, aber bald verlor er das Interesse. Immerhin war es ziemlich banaler Stoff, verglichen mit seiner Welt, einer Welt der Wahrsager, Telepathen und nun auch eines Necroscopen.

Es gab ein Spiel, das Gormley öfter mit Kyle spielte. Ein Wortassoziationsspiel. Manchmal setzte es Kyles in die Zukunft gerichtetes Bewusstsein in Gang und öffnete ein Fenster für ihn. Ein Fenster ins Morgen. Normalerweise funktionierte Kyles Gabe unabhängig von bewussten Gedanken; gewöhnlich ›träumte‹ er seine Prophezeiungen; wenn er bewusst nach Resultaten forschte, kamen keine. Aber wenn man ihn kalt erwischte …

Sie hatten ihr Spiel erst vor ein paar Tagen gespielt. Gormley hatte an Keogh gedacht und war in Kyles Büro geschlendert. Er hatte ihn dort sitzen sehen, gelächelt und gesagt: »Spielen wir?«

Kyle hatte verstanden. »Nur los.«

»Es ist ein Name«, hatte Gormley gewarnt.

Kyle nickte. »Ich bin so weit.« Er setzte sich auf.

Gormley ging ein Weilchen auf und ab, drehte sich dann rasch um und wandte sich dem anderen zu. »Harry Keogh!«

»Möbius!«, antwortete Kyle sofort.

»Mathematik?«, fragte Gormley stirnrunzelnd.

»Raumzeit!« Kyle wurde blass und sah ängstlich aus, und Gormley wusste, dass sie an etwas dran waren. Er unternahm einen letzten Versuch: »Necroscope!«

»Nekromant!«, schoss der andere sofort zurück.

»Was? Nekromant?«

Aber Kyle arbeitete noch. »Vampir!«, rief er dann und sprang auf. Er wankte, zitterte und schüttelte den Kopf: »Das … das reicht, Sir. Was immer es war … es … es ist fort.« Das war alles gewesen.

Gormley kehrte in die Gegenwart zurück. Er schaute auf und stellte fest, dass der Zug durch Victoria Station gefahren und fast leer war. Er war bereits auf halbem Weg zum Sloane Square. Und da fühlte er plötzlich eine seltsame Niedergeschlagenheit über sich kommen. Er fühlte, dass irgendetwas nicht in Ordnung war, aber er konnte nicht genau feststellen, was. Vielleicht lag es nur an dem fast ausgestorbenen Zug (was selbst zu dieser Stunde selten genug vorkam) und dem fehlenden Gedränge, aber das glaubte er eigentlich nicht. Als der Zug schließlich in den Bahnhof einfuhr, wusste er, was los war: Seine Gabe hatte sich gemeldet.

Die Türen zischten auf und ein Paar mittleren Alters stieg aus; es ließ Gormley allein zurück. Aber kurz bevor sich die Türen wieder schlossen, stiegen zwei Männer ein – ihre ESP-Aura rollte über ihn hinweg wie eine Welle eisigen Wassers! Nun bekam er die Gesichter zu seinen Empfindungen geliefert.

Dragosani und Batu saßen ihrer Zielperson direkt gegenüber, sie starrten ihn mit ausdruckslosen Gesichtern unverblümt an. Sie gaben ein seltsames Paar ab, dachte er sich, sie passten überhaupt nicht zusammen. Jedenfalls nicht äußerlich. Der Größere lehnte sich vor; seine eingesunkenen Augen erinnerten Gormley wieder an Harry Keogh. Ja, auf eine bestimmte Art sahen sie wie die von Keogh aus; vielleicht lag es an ihrer Farbe und Ausdruckskraft. Das war ganz besonders seltsam, weil sie in diesem Gesicht eher animalisch oder sogar rot aussahen; die Intelligenz hinter ihnen war kaum noch menschlich zu nennen, sondern schien zu einem Tier zu gehören.

»Sie wissen, was wir sind, Sir Keenan«, sagte der Fremde mit einer tiefen Stimme, deren russischen Einschlag er erst gar nicht zu verbergen versuchte, »aber vielleicht nicht, wer wir sind. Und wir wissen, wer und was Sie sind. Deshalb wäre es kindisch, einfach hier herumzusitzen und so zu tun, als ob wir uns ignorieren könnten. Meinen Sie nicht auch?«

»Ihre Logik lässt wenig Raum für Diskussionen«, antwortete Gormley und bildete sich ein, sein Blut erkalte bereits in den Adern.

»Dann lassen Sie uns doch weiter logisch sein«, sagte Dragosani. »Wenn wir Sie hätten töten wollen, dann wären Sie bereits tot. Wir hatten keinen Mangel an Gelegenheiten, wie Sie sicher wissen. Wenn wir also in South Kensington aussteigen, werden Sie nicht versuchen, wegzurennen oder einen Aufstand zu veranstalten oder unnötige Aufmerksamkeit auf sich oder uns zu lenken. Falls doch, sähen wir uns gezwungen, Sie zu töten, und das wäre doch ein Unglück, das niemandem etwas bringt. Sind wir uns darüber einig?«

Gormley zwang sich dazu, ruhig zu bleiben, zog eine Braue hoch und sagte: »Sie sind sich Ihrer selbst aber sehr sicher, Mr ähm …?«

»Dragosani«, sagte der andere sofort. »Boris Dragosani. Ja, ich bin mir meiner sicher. Genauso wie mein Freund hier, Max Batu.«

»… für einen Fremden in diesem Land, wollte ich sagen«, fuhr Gormley fort. »Mir scheint, dass ich entführt werden soll. Sind Sie sicher, dass Sie alles Nötige über meine Gewohnheiten wissen? Haben Sie nicht vielleicht irgendetwas übersehen? Etwas, das Sie mit Ihrer Logik nicht in Betracht gezogen haben?« Er nahm nervös ein Feuerzeug aus seiner rechten Manteltasche, klopfte auf seine Taschen, als ob er nach einer Schachtel Zigaretten suchte, und machte schließlich Anstalten, in seinen Mantel zu greifen.

»Nein!«, rief Dragosani warnend. Wie aus dem Nichts hatte er seine eigene Waffe gezogen und hielt sie auf Gormleys Gesicht gerichtet, so dass der ältere Mann direkt in das stummelige Ende des Schalldämpfers blickte. »Nein, wir haben nichts übersehen. Max, kümmerst du dich bitte darum?«

Batu stand auf, glitt auf den Platz neben Gormley und zog die Hand des anderen langsam wieder ins Freie; er nahm die Browning aus Gormleys zitternden Fingern. Sie war noch gesichert. Batu entnahm das Magazin und steckte es ein, reichte die Automatik an Gormley zurück.

Dragosani steckte seine Pistole weg und faltete seine schmalen Finger im Schoß. Seine Körperhaltung war unnatürlich, fand Gormley: Sehr geschmeidig, fast katzenähnlich, schon beinahe weiblich. Er konnte sich auf Dragosani absolut keinen Reim machen.

»Weitere Heldentaten führen nur zu Ihrem Tod – sofort!«

Gormley wusste, dass Dragosani nicht bluffte. Vorsichtig schob er die nutzlose Automatik zurück in ihr Holster und sagte: »Was wollen Sie von mir?«

»Mit Ihnen sprechen«, sagte Dragosani. »Ich will Ihnen einige Fragen stellen.«

»Mir sind früher auch schon Fragen gestellt worden«, antwortete Gormley und nötigte sich ein dünnes Lächeln ab. »Sehr bohrende Fragen vermutlich?«

»Ah!«, sagte Dragosani. Nun war *er* es, der lächelte, und es war entsetzlich. Gormley fühlte sich körperlich angeekelt. Der Mund des Mannes klaffte wie das Maul eines keuchenden Hundes – lange weiße Fänge glänzten scharf. »Oh nein. Wir werden keine helle Lampe in Ihre Augen richten, Sir Keenan, falls Sie das meinten«, sprach Dragosani. »Keine Drogen. Keine Beißzangen. Kein Schlauch, um Sie mit Wasser vollzupumpen. Nichts in der Richtung. Dennoch werden Sie mir alles erzählen, was ich wissen will, das kann ich Ihnen versichern.«

Der Zug wurde bei der Einfahrt in den Bahnhof South Kensington langsamer. Gormleys Herz tat einen kleinen Sprung in seiner Brust. Er war fast zu Hause und doch so weit fort. Dragosani legte einen leichten Mantel über seinen Arm und ließ den Schalldämpfer seiner Waffe für einen Augenblick darunter hervorlugen. »Keine Heldentaten«, erinnerte er Gormley.

Auf dem Bahnsteig standen ein paar Menschen, überwiegend junge Leute, unter ihnen auch zwei Penner mit einer Flasche in einer Papiertüte. Selbst wenn Gormley nach Hilfe gesucht hätte, wäre er hier nicht fündig geworden.

»Verlassen Sie die Station einfach auf demselben Weg, den Sie jeden Abend gehen«, sagte Dragosani über Gormleys Schulter.

Gormleys Herz klopfte jetzt schwer. Er wusste nur zu gut, dass er erledigt war, wenn er diesen Männern folgte. Als Dragosani ihm seinen Namen und den seines kompakten kleinen Gefährten mitgeteilt hatte, hätte er genauso gut sagen können: »Aber das nutzt Ihnen nichts, weil Sie nicht dazu kommen werden, sie irgendjemandem zu erzählen!« Also musste er vor ihnen fliehen – bloß wie?

Sie kamen in der Pelham Street aus der U-Bahn und gingen die Brompton Road hinunter zur Queen's Gate. »Ich gehe hier, bei der Ampel, über die Straße«, erklärte Gormley.

Als sie die Parkplätze auf dem Mittelstreifen erreichten, wurde Dragosanis Griff um Gormleys Arm härter. »Wir haben hier ein Auto«, sagte er und zog Gormley nach rechts an der Reihe geparkter Fahrzeuge entlang, auf einen unauffälligen Ford zu.

Dragosani hatte das Auto gebraucht gekauft (aus zehnter Hand, vermutete er) und in bar bezahlt – Fragen waren nicht gestellt worden.

In dem Moment, als sie sich dem Auto näherten, sah Gormley seine Chance gekommen. Keine 25 Meter entfernt fuhr ein Streifenwagen auf einen leeren Parkplatz, und ein uniformierter Beamter stieg aus und begann, die Türen der geparkten Autos zu kontrollieren. Eine Routinekontrolle, vermutete Gormley. Eher ein Wunder, soweit es ihn anging!

Dragosani fühlte die plötzliche Anspannung Gormleys, nahm seine Bewegung wahr, bevor er anfangen konnte, sie auszuführen. Batu hatte soeben die Türen des Ford geöffnet und wandte sich wieder Dragosani und Gormley zu, als sein Partner zischte: »Jetzt, Max!«

Obwohl unvorbereitet, nahm Batu unverzüglich seine Todesposition ein und versetzte sein Mondgesicht in die monströse Metamorphose. Dragosani hielt Gormley weiterhin fest und schaute im letzten Moment weg. Gormley hatte seinen Mund geöffnet, um nach Hilfe zu schreien, aber nur ein Krächzen kam heraus. Er erblickte Batus Gesicht vor dem Nachthimmel. Eines der Augen ein gelber Schlitz, das andere rund und grün und pulsierend, wie von lebendigem Eiter gefüllt! Etwas sprang von diesem Gesicht auf Gormley über, so schnell wie der Stich eines nur im Geist vorhandenen Messers; die Schneide suchte seinen Geist, seine Seele, und schnitt beides auf. Mit Ausnahme des wenigen Verkehrs in der Straße war es ganz ruhig, und dennoch hörte Gormley das kakofonische Läuten einer großen gesprungenen Glocke aus seinen innersten Tiefen, und er wusste: Es war sein Herz.

Damit hätte es enden können, aber es war noch nicht ganz so weit. Zurückgeworfen von dem Schock von Batus schrecklicher Macht, knallte Gormley laut gegen den Kotflügel des Autos, das hinter dem Ford geparkt war. Weiter die Straße hinunter drehte sich das Gesicht des Polizeibeamten forschend in ihre Richtung, während ein zweiter Polizist aus dem Streifenwagen stieg. Ein weiterer Wagen, ein blauer Porsche, hielt mit kreischenden Bremsen und hüllte die drei Gestalten in helles Scheinwerferlicht. Im nächsten Moment schien der Porsche einen großen jungen Mann auf die Straße zu spucken. Sein Gesicht sah besorgt aus, als er nach Gormley griff, um ihn zu halten.

»Onkel?«, sagte er und starrte in die hervorquellenden Augen und das blau angelaufene Gesicht seines Gegenübers. »Mein Gott! Es muss das Herz sein!« Die zwei Polizisten eilten bereits heran, um zu sehen, was sich abspielte.

Dragosani fühlte sich selbst fast gelähmt durch die veränderte Situation. Alles ging schief. Er bemühte sich, wieder die Kontrolle zu bekommen, und flüsterte Max Batu zu: »Steig ins Auto!« Dann wandte er sich dem Fremden zu. In der Zwischenzeit waren die Polizisten zur Stelle und boten ihre Hilfe an.

»Was ist hier los?«, fragte einer von ihnen.

Dragosani dachte schnell nach. »Wir haben ihn stolpern sehen«, sagte er. »Ich dachte, er ist vielleicht betrunken. Ich wollte helfen, habe gefragt, ob ich irgendwas für ihn tun könne. Er sagte was von seinem Herz ...? Ich wollte ihn gerade ins Krankenhaus fahren, als dieser Herr hier ankam ...«

»Ich bin Arthur Banks«, sagte der fragliche Mann. »Das ist Sir Keenan Gormley, mein Onkel. Ich war gerade auf dem Weg, ihn an der U-Bahn abzuholen, als ich ihn mit diesen beiden sah. Hören Sie, dies ist nicht die Zeit oder der Ort für Erklärungen. Er hat ein schwaches Herz. Wir müssen ihn ins Krankenhaus bringen. Und zwar jetzt gleich!«

Die Polizisten wurden jetzt aktiv. Einer von ihnen half Banks dabei, seinen Onkel in den Porsche zu tragen, während der andere zurück zum Streifenwagen rannte und das Blaulicht anschaltete. Als Banks seinen Porsche von der Bordkante wegfuhr und mit quietschenden Reifen einen Halbkreis beschrieb, rief der Polizist: »Folgen Sie uns einfach, Sir.«

Einen Augenblick später war er zu seinem Kollegen in den Streifenwagen gestiegen; die Sirene heulte bereits ihr Warnsignal. In einer Art betäubtem Unglauben beobachtete Dragosani, wie die zwei Wagen wie ein Tandem abzogen. Er beobachtete sie, bis sie außer Sicht waren, dann stieg er langsam und mit eckigen Bewegungen in den Ford und setzte sich bebend vor Wut neben Batu. Schließlich fasste er nach dem Griff und schmetterte die Tür so heftig zu, dass sie fast aus der Halterung sprang.

»Verdammt!«, röhrte er. »Verdammt seien die Briten, Sir Keenan Gormley, sein Neffe, ihre Scheiß-ach-so-zivilisierte Polizei – alle!«

»Es läuft nicht gut«, stimmte Batu zu.

»Und Sie sollen auch verdammt sein! Sie und Ihr beschissener böser Blick! Sie haben es nicht geschafft, ihn zu töten!«

»Das zu beurteilen, müssen Sie schon mir überlassen«, erklärte Batu ruhig. »Ich habe ihn durchaus getötet. Ich habe es gefühlt. Es war, als ob ich einen Käfer zerquetschte.«

Dragosani startete den Motor und fuhr los. »Ich habe gesehen, wie er mich anblickte. Wenn ich es Ihnen sage! Er wird reden …«

»Nein.« Batu schüttelte den Kopf. »Er wird keine Kraft zum Reden haben. Er ist ein toter Mann, Genosse, ich gebe Ihnen mein Wort. In diesem Augenblick ist er ein toter Mann.«

Im Porsche hustete Gormley plötzlich ein Wort heraus – »Dragosani!« Das bedeutete überhaupt nichts für seinen erschrockenen Neffen.

Gormley sackte in seinem Sitz zusammen, Speichel tröpfelte aus seinem Mundwinkel. Max Batu hatte Recht: Gormley war tot.

Harry Keogh kam um etwa drei Uhr nachmittags des folgenden Tages in Gormleys Haus in South Kensington an. In der Zwischenzeit war Arthur Banks ein äußerst beschäftigter Mann gewesen. Es kam ihm wie ein Jahr vor, aber tatsächlich war es erst gestern gewesen, als er für einen Kurzbesuch mit seiner Frau, Gormleys Tochter, aus Chichester hierhergefahren war. Dann hatte sein Onkel einen Herzanfall gehabt, und seitdem schien die ganze Welt aus den Fugen geraten zu sein. Es war schrecklich.

Zuerst hatte er die furchtbare Pflicht gehabt, seine Tante Jacqueline Gormley aus dem Krankenhaus anzurufen und ihr zu eröffnen, was geschehen war; dann der Zusammenbruch bei ihrer Ankunft im Krankenhaus; ihre Tochter tröstete sie die ganze, lange Nacht hindurch, während sie ruhelos durch das Haus wanderte. Heute Morgen war sie zu Hause geblieben, bis sie Sir Keenan aus dem Leichenschauhaus des Hospitals geholt hatten. Obwohl der Bestattungsunternehmer gute Arbeit geleistet hatte, sah das Gesicht des alten Mannes immer noch grausam verzerrt aus.

Die Einzelheiten des Begräbnisses waren schnell geregelt – es war genauso, wie Gormley es immer haben wollte: Einäscherung am nächsten Tag –, und bis dahin würde er in seinem Haus aufgebahrt werden. Tante Jackie war außerstande, dort zu bleiben. Sie sah gar nicht wie sie selbst aus. Also musste man sie zum Haus ihres Bruders am anderen Ende von London bringen. Auch das war Banks' Aufgabe; schließlich fuhr er auch seine Frau zum Bahnhof Waterloo, damit sie zurück nach Chichester zu den Kindern fahren konnte. Sie würde zur Beerdigung zurückkommen. Bis dahin würde er im Haus festsitzen, in Gesellschaft seines toten Onkels. Er hatte Tante Jackie versprechen müssen, Sir Keenan nicht allein zu lassen, und natürlich konnte er ihr das nicht abschlagen.

Aber als er seine Frau in den Zug nach Chichester gesetzt hatte und zum Haus zurückkehrte … Es war das Furchtbarste überhaupt. Es war – irrsinnig. Monströs. Unglaublich! Obwohl es schon 15 Minuten her war, drehte sich noch alles vor seinen Augen, fühlte er sich immer noch krank, sein Hirn betäubt vor Schock und Entsetzen, als Harry Keoghs Klingeln ihn zur Haustür schwanken ließ.

»Ich heiße Harry Keogh«, sagte der junge Mann auf der Türschwelle. »Sir Keenan Gormley hat mich gebeten, hierherzukommen, um …«

»H-*Hilfe!*«, wisperte Banks; er keuchte das Wort heraus, als ob ihm der Atem ausgegangen und der Speichel eingetrocknet wäre. »Gott, Jesus Christus! – Wer Sie auch sind – h-helfen Sie mir!«

Harry blickte ihn erstaunt an und packte ihn, um ihn aufrecht zu halten. »Was ist los? Was ist passiert? Das ist doch Sir Keenan Gormleys Haus, oder nicht?«

Der andere nickte. Er lief langsam grün an, und war drauf und dran, sich wieder zu übergeben. »K-kommen Sie rein. Er ist … da drin. Im Wohnzimmer, ausgerechnet. Aber ich gehe da nicht rein. Ich muss … muss die Polizei rufen. Irgendeiner muss es ja tun!« Seine Beine zitterten und Harry befürchtete, er würde stürzen. Bevor das geschehen konnte, drückte er ihn in einen Sessel in der Lobby. Dann kniete er sich neben ihn und rüttelte ihn.

»Ist es Sir Keenan? Was ist mit ihm passiert?«

Noch bevor Banks antwortete, wusste Harry die Antwort.

Wird in Todespein verscheiden. Ein Patriot vor allem und allen.

Banks schaute auf und starrte Harry an. »Haben Sie … für ihn gearbeitet?«

»Ich hatte die Absicht.«

Banks wand sich, sprang auf und wankte in Richtung eines kleinen Raums an einer Seite der Lobby. »Er ist letzte

Nacht gestorben«, schaffte er herauszuwürgen. »Herzattacke. Er sollte morgen eingeäschert werden. Aber jetzt …« Er riss die Tür auf und der Geruch von frisch Erbrochenem wogte heraus. Der Raum war eine Toilette, und er hatte sie offenkundig bereits benutzt.

Harry wandte sein Gesicht ab und sog eine Nase voll frischer Luft von der Haustüre ein, bevor er sie leise schloss. Dann ließ er Banks kotzend zurück und betrat das Wohnzimmer – und erkannte mit eigenen Augen, weshalb Banks so verstört war.

Herzattacke, hatte Banks gesagt. Ein Blick in den Raum genügte Harry, um zu erkennen, dass es in der Tat eine Attacke gegeben hatte – aber welcher Art, darüber wagte er nicht nachzugrübeln. Er unterdrückte die Galle, die ihm hochkam und ging zurück zu Banks, der in dem kleinen Raum schwach über der Toilettenschüssel kauerte. »Rufen Sie die Polizei an, wenn Sie dazu in der Lage sind«, sagte er. »Und auch in Sir Keenans Büro, wenn dort jemand Dienst hat. Ich bin sicher, er hätte … *das* wissen wollen. Ich bleibe noch ein wenig bei Ihnen – und bei ihm.«

»Danke«, sagte Banks ohne aufzublicken. »Verzeihen Sie, dass ich im Moment keine große Hilfe bin. Aber als ich reinkam und ihn so vorfand …«

»Ich verstehe«, sagte Harry.

»In einer Minute geht es wieder. Ich bemühe mich.«

»Natürlich.«

Harry ging zurück in das andere Zimmer. Er sah sich alles an und fing an, das Grauen zu katalogisieren. Ein Stuhl im Queen-Anne-Stil mit Klauenfüßen lag umgestürzt auf dem Boden. Eines seiner hölzernen Beine war knapp unter der Sitzfläche abgebrochen. Eingegraben in den knüppelartigen Fuß war ein Zahn; andere ausgerissene Zähne lagen verstreut auf dem Boden; der Mund der

Leiche war aufgehebelt worden und klaffte nun wie ein schwarzer Schacht in der wild verzerrten eingefrorenen Grimasse des Gesichts!

Harry tastete nach einem Stuhl – einem anderen Stuhl, einem frei von *Unrat* – und ließ sich darauf fallen. Er schloss die Augen und stellte sich den Raum vor, wie er zuvor ausgesehen haben musste. Sir Keenan im Sarg liegend, auf einem schwarz verhüllten Eichentisch, rosenduftende Kerzen zu Kopf und Füßen brennend. Und dann, während er hier so allein lag … ein Eindringling. Aber warum?

»Warum, Sir Keenan?«, fragte er.

»Neiiiiin! Nein, geh weg!«, kam unverzüglich die Antwort, vor deren Macht, Angst und grenzenlosem Grauen Harry auf seinem Stuhl zurückwich. »Dragosani, du Ungeheuer! Hör auf – um Gottes willen, hab Mitleid!«

»Dragosani?« Harry streckte beruhigende mentale Finger aus. »Hier ist nicht Dragosani, Keenan. Ich bin es, Harry Keogh.«

»Was?« Dieses einzelne Wort war nur ein Keuchen in seinem Bewusstsein. »Keogh? Harry?« Dann ein Seufzen, ein erleichtertes Schluchzen. »*Gott sei Dank!* Gott sei Dank bist du es, Harry, und nicht … nicht er!«

»War das Dragosani?«, fragte Harry mit knirschenden Zähnen. »Warum nur? Ist er geisteskrank? Er muss völlig …«

»Nein. Oder doch, er ist verrückt … verrückt wie ein Fuchs! Und sein Talent ist … abstoßend!«

Wie ein Blitz schoss Harry die Antwort – oder das, was er dafür hielt – ins Bewusstsein. Er fühlte, wie ihm das Blut aus dem Kopf wich. »Er hat Sie nach Ihrem Tod aufgesucht!«, keuchte er. »Er ist wie ich – ein Necroscope.«

»Nein, absolut nicht!«, wandte Gormley ein. »Er ist überhaupt nicht wie du. Ich spreche mit dir, weil ich es möchte.

Alle … von uns … sprechen mit dir. Weil du der Überbringer von Frieden und Wärme bist. Du bist der Kontakt zu dem Traum, der zuvor war, und der jetzt verblasst ist. Du bist die Chance – die letzte, einzige Chance –, dass irgendetwas Wertvolles hinübergerettet und vielleicht sogar weitergegeben wird. Ein Licht in der Dunkelheit, Harry, das bist du. Dragosani jedoch …«

»Was für eine Gabe hat er?«

»Er ist Nekromant – und das ist etwas ganz anderes!«

Harry öffnete seine Augen einen Spalt und warf einen Blick auf den Zustand des Zimmers. Als neues Grausen über ihn kam, schloss er die Augen wieder und sprach: »Das ist das Werk eines Monsters!«

»Schlimmer noch«, bebte Gormley voller Grauen, und Harry konnte es fühlen – fühlte, wie das Beben des Mannes sein Bewusstsein ergriff. »Er … er *redet* nicht nur einfach, Harry, er fragt nicht. Er versucht es nicht einmal. Er greift einfach hinein und nimmt es sich, stiehlt. Man kann nichts vor ihm verbergen. Er findet seine Antworten in deinem Blut, deinen Eingeweiden, in dem Mark deiner Knochen. Tote fühlen keinen Schmerz, Harry, wenigstens sollten sie das nicht. Aber auch das ist Teil seiner Gabe. Wenn Dragosani an der Arbeit ist, lässt er es uns spüren. Ich habe seine Messer, seine Hände, seine reißenden Klauen gefühlt. Ich habe alles, was er tat, gefühlt, und es war die Hölle! Nach einer Minute hätte ich ihm alles verraten, aber das ist nicht seine Art, seine Kunst. Wie könnte er sich sicher sein, dass ich die Wahrheit sage? Auf seine Art *weiß* er, dass es die Wahrheit ist! Sie ist in Haut und Muskeln geschrieben, auf Bänder und Sehnen und Blutkörperchen. Er kann sie in der Hirnflüssigkeit lesen, im Augen- und Ohrenschleim, in der Beschaffenheit des toten Gewebes selbst!«

Harry hielt seine Augen geschlossen, schüttelte den Kopf und fühlte sich elend, schwindlig und völlig desorientiert, als ob dies alles jemand anderem geschehe. Schließlich sagte er: »Es darf nicht wieder geschehen. Er muss aufgehalten werden. Ich muss ihn aufhalten. Aber ich kann es nicht allein.«

»Ja, er *muss* aufgehalten werden, Harry. Ganz besonders jetzt. Du musst wissen, er hat sich alles genommen. Er weiß alles. Er kennt unsere Stärken und unsere Schwächen, und es ist alles Wissen, das ihm nutzen kann. Ihm und seinem Meister Gregor Borowitz. Du könntest der Einzige sein, der ihn aufhalten kann.«

Mit einem anderen Teil seines Bewusstseins hörte Harry Banks am Telefon in der Lobby. Die Zeit war kostbar, und es gab noch so viel, was Gormley ihm erzählen musste. »Hören Sie, Keenan. Wir müssen uns beeilen. Ich bleibe noch ein bisschen bei Ihnen, und dann suche ich mir ein Hotel in der Stadt. Wenn ich aber jetzt hier bleibe, wird die Polizei mit mir sprechen wollen. Ich finde auf jeden Fall einen Unterschlupf, und bis Sie dann ...«

»... bis ich dann eingeäschert werde, ja«, sagte Gormley, und Harry konnte ihn sich verständnisvoll nickend vorstellen. »Möglicherweise wird das jetzt verschoben.«

»Ich melde mich«, sagte Harry. »Es gibt immer noch eine Menge Dinge, die ich noch nicht weiß. Über unsere Organisation und über die der anderen, und wie ich es anstelle, sie aufzuspüren. Viele Dinge.«

»Kennst du Batu?« Wieder war Gormleys Furcht offenkundig. »Der kleine Mongole, Harry – hast du von ihm gehört?«

»Ich weiß, dass er dazugehört, aber ...«

»Er hat den bösen Blick – er kann mit einem Blick töten! Mein Herzanfall wurde von ihm ausgelöst. Er hat mich umgebracht, Harry – Max Batu. Dieser böse Blick, er ist reines mentales Gift! Es ätzt wie Säure, es zerschmilzt das Hirn und das Herz. Er hat mich getötet.«

»Also noch einer, mit dem ich abrechnen muss«, antwortete Harry, und kalte Entschlossenheit erhärtete seine Entscheidung.

»Ich glaube, dass die Antworten in dir selbst liegen, mein Junge. Lass mich dir nur eine Warnung geben: Als Dragosani bei mir war, fühlte ich noch etwas anderes in ihm. Es war nicht bloß seine Nekromantie. Harry, in diesem Mann steckt etwas Böses, das älter ist als die Zeit! Nichts und niemand ist vor ihm sicher. Nicht einmal die Leute, die glauben, sie könnten ihn kontrollieren.«

»Ich werde die Antworten finden, Keenan, und zwar alle. Mit Ihrer Hilfe. Jedenfalls so lange Sie mir diese Hilfe geben können.«

»Ich habe darüber nachgedacht, Harry«, sagte der andere. »Und weißt du, ich glaube nicht, dass dann Schluss ist. Das bin nicht ich. Was du hier siehst, das *war* ich einmal – genauso wie das Baby, das in Südafrika geboren wurde, und wie der junge Mann, der mit siebzehn in die britische Armee eintrat, und wie derjenige, der dreizehn Jahre lang Chef des E-Dezernats war. Sie sind alle vergangen, und dieser Körper wird in den Flammen ebenfalls dahingehen. Mein *Ich* wird jedoch weiter hier sein. Irgendwo.«

»Das hoffe ich«, sagte Harry und öffnete seine Augen, stand auf und vermied es, einen Blick auf den Raum zu werfen.

»Such dir also ein Hotel«, sagte Gormley, »und komm zurück, sobald du kannst. Je früher wir anfangen, desto besser. Und später – ich meine, wenn die ganze Sache ausgestanden ist, falls das möglich ist …«

»Ja?«

»Na ja, es wäre schön, wenn du irgendwann nach mir sehen könntest. Weißt du, wenn ich mich nicht irre, bist du der Einzige, der das kann. Du weißt, du wirst immer willkommen sein.«

Eine Stunde später schloss sich Harry in seinem billigen Hotelzimmer ein und nahm erneut Kontakt mit Gormley auf. Wie immer, wenn bereits eine Verbindung bestanden hatte, war es sehr einfach. Der Exchef des E-Dezernats erwartete ihn; er hatte sich überlegt, was er ihm erzählen sollte, und bot die Informationen geordnet nach Wichtigkeit an. Gormley begann mit dem Dezernat selbst – einem genaueren Blick darauf und auf die Menschen, die in ihm arbeiteten – und fuhr mit den Gründen fort, weshalb Harry in der gegenwärtigen Situation Gormleys Stellvertreter nicht kontaktieren sollte.

»Es wäre zu zeitaufwendig«, erklärte Gormley. »Natürlich wäre es lohnend. Du würdest finanziell unterstützt, aber sie würden dich auch gerne genau untersuchen. Sie wären darauf versessen, dein Talent zu testen. Gerade jetzt, nach meinem Tod, und wenn herauskommt, was jemand mit meiner Leiche angestellt hat …«

»Sie glauben, dass man mich verdächtigen könnte?«

»Einen Necroscopen? Natürlich wärst du verdächtig! Ich habe zwar eine Akte über dich, aber sie ist ziemlich skizzenhaft und unvollständig – und in Wirklichkeit bin ich der Einzige, der sich für dich hätte verbürgen können. Du siehst, bis unsere Seite dich für gut befunden hätte, hätten die anderen schon einen Vorsprung gehabt. Die Zeit ist entscheidend, Harry, man darf sie nicht verschwenden. Also versuch nicht, dich jetzt dem Dezernat anzunähern, sondern arbeite auf eigene Faust. Die Einzigen, die im Moment überhaupt etwas über dich wissen, sind ja Dragosani und Batu. Die Schwierigkeit dabei ist natürlich, dass Dragosani *alles* über dich weiß, denn er hat mir das Wissen ja gestohlen! Was wir uns jetzt fragen müssen, ist: Warum hat Borowitz die beiden hierhergeschickt? Warum jetzt? Was braut sich da zusammen? Oder streckt er nur ein wenig seine Fühler aus? Natürlich hat er bereits früher Agenten hier gehabt, aber sie haben bloß Informationen zusammengetragen. Es waren Feinde, und sie suchten nach Informationen – aber sie waren keine Killer! Also was ist geschehen, dass Borowitz zu dem Entschluss kam, einen kalten ESP-Krieg in einen heißen zu verwandeln?«

Harry berichtete von Shukshin und lieferte einen kurzen Überblick darüber, wie er die Sachlage sah und einschätzte.

Gormleys Gedanken waren durchaus ironisch, als er Antwort gab: »Es sieht so aus, als ob du doch schon eine Weile für uns gearbeitet hättest. Wie schade, dass ich von dem Ganzen nichts wusste, als ich dich damals besuchte. Wir hätten die Arbeit so viel schneller erledigen können. Shukshin war für dich vielleicht wichtig, Harry, aber in Wirklichkeit war er ein ganz kleiner Fisch. Vielleicht hätten wir es sogar geschafft, ihn zu unserem Nutzen einzusetzen.«

»Ich wollte ihn allein«, sagte Harry heftig. »Ich wollte ihn erledigen! Aber das ist jetzt vorbei, und wir müssen in die Zukunft sehen. Also … Sie wollen, dass ich allein arbeite. Und da ist der Haken: Ich habe keinen blassen Schimmer, wie ich ein Agent werden soll! Ich weiß, was ich tun will: Ich muss Dragosani töten, und Batu, und Borowitz. Das ist mein vordringlichstes Ziel – aber ich kann mir nicht mal im Ansatz vorstellen, wie ich vorgehen soll.«

Gormley schien das Problem einzusehen.

»Das ist der Unterschied zwischen gewöhnlicher Spionage und ESP-Spionage, Harry. Wir alle verstehen Ersteres. Ballereien und die ganzen dreckigen Tricks – das ist alles ein alter Hut. Aber niemand von uns weiß wirklich genug über die zweite Sorte. Man tut, was einem die Gabe eingibt. Man findet die bestmöglichen Arten, sie anzuwenden. Das ist alles, was wir tun können. Für einige von uns ist es einfach: Wir besitzen nicht genug Talent, um uns den Kopf zu zerbrechen; wir können unsere Fähigkeiten nicht weiterentwickeln. Zum Beispiel ich selbst. Ich kann einen anderen ESPer auf eine Meile Entfernung spüren; aber das war es auch schon, Punkt. In deinem Fall jedoch …«

Harry wurde immer frustrierter. Seine Aufgabe schien gewaltig und unmöglich. Er war ein kaum gereiftes Talent. Was konnte er schon ausrichten?

Gormley nahm diesen Gedanken auf: »Du hast nicht zugehört, Harry. Ich sagte, dass du den besten Weg finden musst, dein Talent anzuwenden. Bis jetzt hast du das nicht getan. Seien wir doch ehrlich: Was hast du bisher erreicht?«

»Ich habe mit den Toten gesprochen!«, schnauzte Harry zurück. »Das ist es, was ich tue. Ich bin ein Necroscope.«

Gormley hatte Geduld. »Du hast bloß an der Oberfläche gekratzt, Harry, das ist alles. Sieh doch, du hast die Geschichten beendet, die ein Toter nicht mehr zu Ende schreiben konnte. Du hast Formeln benutzt, die ein Mathematiker zu Lebzeiten nicht entwickeln konnte. Tote haben dir beigebracht, wie man Auto fährt und wie man Russisch und Deutsch spricht. Du hast deine Schwimmkünste, deine Kampftechniken und ein, zwei andere Dinge dazu verbessert. Was denkst du denn, auf was das alles hinausläuft?«

»Auf nichts!«, antwortete Harry nach einem Augenblick.

»In der Tat, nichts. Weil du mit den falschen Leuten gesprochen hast. Du hast dich von deinem Talent steuern lassen, anstatt dein Talent zu steuern. Ich weiß natürlich, dass das schlechte Beispiele sind, aber du bist wie ein Hypnotiseur, der nur sich selbst hypnotisieren kann, oder wie ein Hellseher, der seinen eigenen Tod vorhersagt – für den nächsten Tag! Dein Talent ist ein völlig unbekanntes Gebiet, aber du hast dich bisher nicht darin vorgewagt. Das Problem ist, dass du dich vollständig selbst ausgebildet hast. Auf eine bestimmte Art bist du unwissend: Du bist wie ein Wilder bei einem Bankett, du stopfst dich mit allem voll und kannst nichts genießen. Du musst lernen, wie du dein Talent am besten einsetzt, das ist alles.«

Was Gormley sagte, leuchtete Harry ein. »Wo fange ich an?«

»Ich habe vielleicht einen Hinweis für dich«, versuchte Gormley, nicht zu optimistisch zu klingen. »Es ist das Ergebnis eines ESP-Spiels, das ich mit Alec Kyle oft gespielt habe, meinem Stellvertreter. Ich erwähnte es nicht früher, weil vielleicht nichts dahintersteckt, aber wir müssen ja irgendwo anfangen.«

»Weiter«, sagte Harry.

Mit seinem Bewusstsein zeichnete Gormley für ihn ein mentales Bild. Harry sah ein merkwürdig in sich selbst verschlungenes Band.

»Was zum Teufel ist das?« Harry war verblüfft.

»Das ist eine Möbius-Schleife«, sagte Gormley. »Benannt nach ihrem Erfinder, einem deutschen Mathematiker namens August Ferdinand Möbius. Man nimmt einfach einen dünnen Streifen Papier, dreht ihn halb um und klebt die Enden zusammen. Dadurch wird die zweidimensionale

Oberfläche auf eine Dimension reduziert. Ich habe gehört, dass es viele Implikationen hat, aber ich bin ja kein Mathematiker.«

Harry war noch erstaunt, aber nicht von dem Prinzip, sondern von seiner Anwendung. »Und das soll irgendetwas mit mir zu tun haben?«

»Möglicherweise mit deiner Zukunft – deiner allernächsten Zukunft«, erklärte Gormley absichtlich vage. »Ich sagte, dass vielleicht gar nichts dahintersteckt. Lass mich dir trotzdem erzählen, was passiert ist.« Er berichtete Harry von seinem und Kyles Wortassoziationsspiel. »Ich habe also mit deinem Namen begonnen, Harry Keogh, und Kyle hielt ›Möbius‹ dagegen. Ich sagte: ›Mathematik?‹ – und er antwortete: ›Raumzeit‹!«

»Raumzeit?« Harry war im Nu interessiert. »Das würde gut zu diesem Möbius-Schleifen-Ding passen. Mir scheint, dass die Schleife lediglich ein Diagramm des verzerrten Raums darstellt, und dass Raum und Zeit unauflösbar verbunden sind.«

»Ach?«, sagte Gormley, und Harry stellte sich seinen überraschten Ausdruck vor. »Harry, ist das dein eigener Gedanke, oder hast du wieder … Hilfe von anderswo?«

Dies brachte Harry auf eine Idee. »Warten Sie«, sagte er. »Ich kenne zwar Ihren Möbius nicht, aber ich kenne jemand anderen.« Er nahm Kontakt mit James Gordon Hannant auf dem Friedhof in Harden auf und zeigte ihm die Schleife.

»Verzeihung, ich kann dir nicht helfen, Harry«, sagte Hannant, und seine Gedanken waren so knapp und präzise wie immer. »Ich bin in eine ganz andere Richtung gegangen. Kurven haben mich sowieso nie besonders interessiert. Damit meine ich, dass *meine* Mathematik sehr praxisorientiert war – ist. Anders, aber praktisch. Aber natürlich weißt du das. Falls man es auf Papier niederschreiben kann, könnte ich es vielleicht schaffen; ich bin visueller als Möbius. Vieles von dem Zeug existierte im Geist, war abstrakt, theoretisch. Wenn er und Einstein hätten zusammenkommen können, dann hätten wir wirklich etwas erleben können!«

»Aber ich muss das wissen!« Harry war verzweifelt. »Können Sie mir überhaupt keinen Rat geben?«

Hannant fühlte Harrys Drängen und hob eine mentale Augenbraue. Auf seine emotionslose kalkulierende Art sagte er: »Liegt die Antwort denn nicht auf der Hand, Harry? Warum fragst du nicht Möbius selbst? Du bist schließlich der Einzige, der es kann ...«

Harry war plötzlich aufgeregt und kehrte zu Gormley zurück. »Also«, erklärte er, »wenigstens weiß ich jetzt, wo ich anfangen muss. Was kam bei Ihrem Spiel mit Alec Kyle noch heraus?«

»Nachdem er mit ›Raumzeit‹ geantwortet hatte, versuchte ich es mit ›Necroscope‹«, sagte Gormley. »Er antwortete sofort mit ›Nekromant‹.«

Harry schwieg für einen Augenblick und sagte dann: »Es sieht so aus, als ob er Ihre Zukunft und auch meine vorausgesagt hätte.«

»Ich vermute ja«, antwortete Gormley. »Aber dann sagte er etwas, das mich auch jetzt noch ratlos macht. Ich meine – auch wenn wir annehmen, dass alles, was wir gerade erwähnt haben, irgendwie miteinander verbunden ist, was zum Donner soll ich dann mit ›Vampir‹ anfangen?«

Kalte Finger krochen Harrys Rückgrat hinauf. Ja, was nur? Schließlich sagte er: »Keenan, können wir jetzt aufhören? Ich melde mich wieder bei Ihnen, sobald ich kann, aber im Moment muss ich noch ein, zwei Dinge erledigen. Ich möchte meine Frau anrufen und eine Bibliothek finden und ein paar Sachen nachschlagen. Und ich möchte Möbius besuchen, also werde ich wahrscheinlich einen Flug nach Deutschland buchen. Außerdem habe ich Hunger! Und ich möchte über einige Dinge nachdenken. Alleine, meine ich.«

»Verstehe, Harry, ich werde bereit sein, wenn du wieder beginnen möchtest. Kümmere dich unbedingt zuerst um deine eigenen Bedürfnisse. Zugegeben, sie müssen größer als meine sein. Also nur los, Junge. Kümmere dich um die Lebenden. Die Toten haben viel Zeit.«

»Außerdem«, erklärte ihm Harry, »gibt es noch jemanden, mit dem ich sprechen möchte – aber das ist im Moment noch mein Geheimnis.«

Gormley war plötzlich um ihn besorgt. »Tu nichts Voreiliges. Ich meine …«

»Sie meinten, ich solle es alleine angehen, es auf meine Art tun«, erinnerte ihn Harry.

Er spürte Gormleys Zustimmung. »Ja, Junge. Lass uns hoffen, dass du das Richtige tun wirst, das ist alles.«

Und dies war eine Ansicht, der Harry nur zustimmen konnte.

Spät am selben Abend hatten Dragosani und Batu in der russischen Botschaft bereits ihre Sachen gepackt und freuten sich auf ihren morgendlichen Abflug.

Die zwei russischen Agenten hatten Zimmer mit einer Verbindungstür und nur einem Telefon, das sich in Batus Appartement befand.

Der Nekromant hatte sich eben erst auf seinem Bett ausgestreckt, verloren in seinen seltsamen düsteren Grübeleien, als er das Klingeln des Telefons in Batus Raum hörte. Einen Augenblick später klopfte der gedrungene Mongole an die gemeinsame Tür. »Für Sie«, ertönte seine gedämpfte

Stimme durch die Eichenbretter. »Die Vermittlung. Ein Anruf von draußen.«

Dragosani stand auf und ging hinüber in Batus Zimmer. Batu saß auf seinem Bett und grinste ihn an. »Nanu, Genosse! Sie haben Freunde hier in London? Irgendjemand scheint Sie zu kennen.«

Dragosani warf ihm einen finsteren Blick zu und schnappte sich den Hörer. »Vermittlung? Dragosani hier. Um was geht es?«

»Ein Anruf für Sie von draußen, Genosse«, ertönte eine kalte näselnde weibliche Stimme.

»Das bezweifle ich. Sie haben sich geirrt. Hier kennt mich niemand.«

»Er sagt, er möchte mit Ihnen sprechen«, antwortete die Dame von der Vermittlung. »Er heißt Harry Keogh.«

»Keogh?« Dragosani blickte zu Batu und hob eine Augenbraue. »Ach, ja! Ja, ich kenne ihn. Stellen Sie ihn durch.«

»Sehr wohl. Nicht vergessen, Genosse: Reden ist nicht sicher.«

Jetzt ertönte ein Klicken und ein Summen, und dann: »Dragosani, sind Sie das?« Die Stimme klang jung, aber eigenartig hart. Sie passte nicht ganz zu dem hageren, fast ausdruckslosen Gesicht, das ihn vom gefrorenen Flussufer in Schottland aus angestarrt hatte.

»Hier ist Dragosani, richtig. Was wollen Sie, Harry Keogh?«

»Ich will *Sie*, Nekromant«, sprach die kalte, harte Stimme. »Ich will Sie, und ich werde Sie kriegen.«

Dragosanis Lippen zogen sich in einem stummen Knurren von seinen nadelspitzen Zähnen zurück. Der Kleine war schlau, kühn, dreist – und gefährlich! »Ich weiß nicht, wer Sie sind«, fauchte er, »aber offensichtlich sind Sie wahnsinnig! Erklären Sie sich oder gehen Sie aus der Leitung.«

»Die Erklärung ist einfach, ›Genosse‹.« Die Stimme klang noch härter. »Ich weiß, was Sie Sir Keenan Gormley angetan haben. Er war mein Freund. Auge um Auge, Dragosani, und Zahn um Zahn. Das ist mein Prinzip, wie Sie schon erlebt haben. Sie sind ein toter Mann.«

»Ach?« Dragosani lachte sardonisch. »Ich bin ein toter Mann, ja? Sie haben ja auch mit den Toten zu tun, nicht wahr, Harry?«

»Was Sie bei Shukshins Haus gesehen haben, war gar nichts, ›Genosse‹«, sagte die eisige Stimme. »Sie wissen nicht alles darüber. Nicht einmal Gormley wusste es.«

»Sie bluffen!«, sagte Dragosani. »Ich habe gesehen, wozu Sie imstande sind, und davor habe ich keine Angst. Der Tod ist mein Freund. Er berichtet mir alles.«

»Sehr gut«, sagte die Stimme, »denn Sie werden schon bald wieder mit ihm sprechen – von Angesicht zu Angesicht. Sie wissen also, was ich tun kann? Denken Sie gut darüber nach: Das nächste Mal sind Sie an der Reihe!«

»Eine Herausforderung, Harry?« Dragosanis Stimme klang flach und drohend.

»Eine Herausforderung – und dem Gewinner gehört alles.«

Dragosanis walachisches Blut kochte.

Erwartungsvoll sagte er: »Wo? Ich bin schon außerhalb Ihrer Reichweite. Und morgen wird die halbe Welt zwischen uns liegen.«

»Ich wusste, dass Sie jetzt wegrennen«, sagte Keogh verachtungsvoll. »Aber ich werde Sie finden, bald. Sie und Batu und Borowitz …«

Wieder zogen sich Dragosanis Lippen zurück, sein Atem zischte. »Vielleicht sollten wir uns treffen, Harry – aber wo und wie?«

»Sie werden wissen, wenn es so weit ist«, sagte die Stimme. »Und noch etwas: Es wird für Sie schlimmer sein als für Gormley.«

Plötzlich schien das Eis aus Keoghs Stimme in Dragosanis Adern zu strömen. Er schüttelte sich, riss sich zusammen und sagte: »Also gut, Harry Keogh. Egal wann und wo, ich werde auf Sie warten.«

»Und dem Gewinner gehört alles«, sagte die Stimme ein weiteres Mal. Dann ertönte ein schwaches Klicken und die Leitung war tot.

Dragosani starrte auf den Hörer in seiner Hand, schleuderte ihn dann auf die Gabel. »Und das bin *ich*!«, schnarrte er schließlich. »Du kannst Gift darauf nehmen, dass *mir* alles gehören wird, Harry Keogh!«

XIV

Borowitz war abwesend, als Dragosani am folgenden Nachmittag wieder auf Schloss Bronnitsy eintraf. Der Sekretär von Borowitz berichtete Dragosani, dass Natascha Borowitz vor erst zwei Tagen gestorben war; Gregor Borowitz trauerte auf ihrer Datscha, hielt für ein, zwei Tage die Totenwache; er wollte nicht gestört werden. Dragosani rief ihn trotzdem an.

»Ach, Boris«, die Stimme des Alten klang zur Abwechslung einmal weich, leer. »Sie sind wieder da.«

»Gregor, es tut mir leid«, sagte Dragosani und hielt sich an ein Ritual, dessen Sinn er nicht verstand. »Aber ich dachte, Sie würden gerne wissen, dass ich das bekam, was Sie haben wollten. Und mehr als das. Shukshin ist tot. Gormley auch. Und ich weiß alles.«

»Gut«, sagte Borowitz emotionslos. »Aber sprechen Sie jetzt nicht vom Tod, Boris. Nicht jetzt. Ich werde noch eine

Woche lang hier sein. Danach … wird es noch eine Weile dauern, bis ich wieder voll da bin. Ich habe diese streitsüchtige zähe Schlampe geliebt. Man hat mir gesagt, dass sie einen Tumor im Kopf gehabt hat. Er wurde plötzlich zu groß. Am Schluss war sie sehr friedlich. Ich vermisse sie sehr. Sie wusste nie, was ein Geheimnis war! Wirklich nett.«

»Tut mir leid«, sagte Dragosani noch einmal.

Dies schien Borowitz aufzurütteln. »Nehmen Sie sich frei«, sagte er. »Schreiben Sie alles auf. Erstatten Sie mir in einer Woche oder zehn Tagen Bericht. Sie haben das gut gemacht.«

Dragosanis Hand krallte sich fester um den Telefonhörer. »Etwas Freizeit käme mir sehr gelegen«, sagte er. »Ich könnte sie nutzen, um einen alten Freund zu treffen. Gregor, kann ich Max Batu mitnehmen? Er hat auch gute Arbeit geleistet.«

»Ja, ja – belästigen Sie mich jetzt nur nicht weiter. Auf Wiederhören, Dragosani.«

Und das war alles.

Dragosani konnte Batu nicht ausstehen, aber er hatte Pläne mit ihm. Jedenfalls gab der Kerl einen anständigen Reisegefährten ab: Er sprach sehr wenig, kümmerte sich mehr oder weniger um seinen eigenen Kram und hatte kaum Bedürfnisse. Er hatte eine Leidenschaft für Sliwowitz, aber das stellte kein Problem dar. Der kleine Mongole konnte das Zeug trinken, bis es ihm aus den Ohren lief, und dennoch machte er einen nüchternen Eindruck. Und der Anschein war alles, was zählte.

Es war mitten im russischen Winter, und so reisten sie mit der Bahn; eine Fahrt mit zahlreichen Unterbrechungen, die sich eineinhalb Tage dahinschleppte, bevor sie

Galatz erreichten. Dort mietete sich Dragosani ein Auto mit Schneeketten, und das gab ihm einiges von der Unabhängigkeit zurück, die er so schätzte. Am Abend des zweiten Tages wurde der Nekromant in den Zimmern, die er für sie in einem kleinen Dorf in der Nähe von Valeni gefunden hatte, Batus Schweigens schließlich überdrüssig: »Max, fragen Sie sich gar nicht, was wir hier eigentlich machen? Interessiert es Sie denn gar nicht, warum ich Sie mitgenommen habe?«

»Nein, eigentlich nicht«, antwortete der mondgesichtige Mongole. »Ich werde es rausfinden, wenn Sie so weit sind, schätze ich. Eigentlich spielt es auch keine Rolle. Es gefällt mir einfach, zu reisen. Vielleicht wird der Genosse General mich mehr in fremden Ländern einsetzen.«

Dragosani dachte: *Nein, Max, für Sie wird es keine Einsätze mehr geben – es sei denn durch mich.* Aber laut sagte er nur: »Vielleicht.«

Während sie gegessen hatten, war die Nacht hereingebrochen, und dies war der Zeitpunkt, als Dragosani Batu den ersten Hinweis darauf gab, was vor ihnen lag. »Es wird eine klare Nacht heute, Max«, sagte er. »Heller Sternenhimmel und keine Wolke weit und breit. Das ist ausgezeichnet, denn wir machen einen Ausflug. Es gibt jemanden, mit dem ich sprechen will.«

Auf dem Weg zu den Hügeln in Kreuzform fuhren sie an einem Feld vorbei, auf dem sich Schafe in einer Ecke zusammendrängten, wo man Stroh für sie ausgestreut hatte. Eine dünne Schneedecke lag auf der Erde, aber die Temperaturen hatten ein erträgliches Maß. Dragosani hielt den Wagen an. »Mein Freund wird durstig sein«, erklärte er, »aber er steht nicht so auf Sliwowitz. Trotzdem gehört es sich, dass wir ihm etwas zu trinken mitbringen.«

Sie stiegen aus dem Auto, und Dragosani ging auf das Feld, trieb die Schafe auseinander. »Das da, Max«, sagte er, als sich eines der Tiere in die Richtung des Mongolen verirrte, der sich auf den Zaun stützte. »Töten Sie es nicht. Lähmen Sie es nur, wenn Sie können.«

Und das konnte Max. Er kauerte sich hin, und sein Gesicht verzerrte sich, als er seinen Blick durch die Latten des Zauns richtete. Dragosani wandte das Gesicht ab; das Schaf, ein schönes Mutterschaf, stieß einen schrillen Ruf des Schreckens aus. Dragosani blickte gerade noch rechtzeitig hinüber, um zu sehen, wie das Tier einen Satz machte, als hätte es einen Schuss abbekommen, und schließlich zu einem Haufen dichter Wolle zusammenbrach.

Gemeinsam luden sie das Tier in den Kofferraum und fuhren weiter.

Nach einer Weile sagte Batu: »Ihr Freund muss einen äußerst sonderbaren Appetit haben, Genosse.«

»Allerdings, Max, den hat er.« Und dann berichtete Dragosani ihm in etwa, was ihn erwartete.

Batu dachte ein paar Minuten darüber nach, bevor er sich wieder zu Wort meldete. »Genosse Dragosani, ich weiß, dass Sie ein seltsamer Zeitgenosse sind – wir sind es ja beide –, aber jetzt neige ich dazu, Sie für wahnsinnig zu halten!«

Dragosani lachte bellend und brauchte eine Weile, ehe er sich wieder unter Kontrolle hatte. »Sie meinen, Sie glauben nicht an Vampire, Max?«

»Oh, natürlich! Wenn Sie es sagen. Ich wollte nicht sagen, dass Sie wahnsinnig sind, so etwas zu glauben – aber Sie sind bestimmt wahnsinnig, wenn Sie das Ding ausgraben wollen!«

»Wir werden ja sehen«, knurrte Dragosani. »Nur eins noch, Max. Was immer Sie sehen oder hören werden – was immer auch geschieht – Sie mischen sich nicht ein. Ich möchte ihn noch nicht einmal wissen lassen, dass Sie hier sind. Jedenfalls noch nicht. Verstehen Sie, was ich sage? Sie halten sich raus. Sie sollen so still sein, dass sogar ich völlig vergesse, dass Sie da sind!«

»Wie Sie möchten.« Batu zuckte die Achseln. »Aber Sie sagen doch, dass er Ihre Gedanken liest. Vielleicht weiß er bereits, dass ich mit Ihnen komme.«

»Nein, denn ich kann fühlen, wenn er in mich einzudringen versucht, und ich weiß, wie ich ihn daran hindern kann. Außerdem wird er jetzt sehr schwach sein und nicht darauf aus, mit mir zu kämpfen, noch nicht einmal geistig. Nein, Thibor Ferenczy hat keine Ahnung, dass ich hier bin, Max, und wenn ich mit ihm spreche, wird er so erfreut sein, dass er nicht auf die Idee kommen wird, Verrat zu vermuten.«

»Wenn Sie es sagen.« Batu zuckte wieder die Achseln.

»Also«, sagte Dragosani, »Sie meinten, ich müsse verrückt sein. Weit gefehlt, Max. Verstehen Sie, dieser Vampir hütet Geheimnisse, die nur die Untoten wissen. Es sind Geheimnisse, die ich besitzen will. Und ich werde sie bekommen, so oder so. Insbesondere, weil es da diesen Harry Keogh gibt, mit dem ich mich befassen muss. Bis jetzt hat Thibor meine Ziele durchkreuzt, aber nicht dieses Mal. Und wenn ich ihn erwecken muss, um an diese Geheimnisse zu kommen … dann soll es geschehen.«

»Wissen Sie wie? Wie man ihn erweckt, meine ich?«

»Noch nicht, nein. Aber er wird es mir verraten, Max. Darauf können Sie Gift nehmen.«

Sie waren da. Dragosani stellte das Auto abseits der Straße getarnt unter überhängenden Bäumen ab, und in dem kalten hellen Sternenlicht stiegen sie langsam die überwucherte Feuerschneise hinauf, die Last des zappelnden Schafes zwischen sich aufgeteilt.

Als sie sich der geheimen Lichtung näherten, nahm Dragosani das Tier auf seine Schultern und flüsterte: »Jetzt bleiben Sie hier, Max. Sie können noch ein wenig näher treten, wenn Sie möchten, und beobachten – aber vergessen Sie nicht, halten Sie sich raus!«

Batu nickte, trat ein paar Schritte näher und kauerte sich fest in seinen Mantel gehüllt auf den Boden. Dragosani ging allein unter den Bäumen weiter, hinauf zur Gruft des Alten in der Erde.

Er blieb am Rande des Kreises stehen, aber weiter außerhalb als bei seinem letzten Besuch. »Was jetzt, alter Drache?«, fragte er leise und ließ das bebende, halbtote Mutterschaf auf den harten Boden zu seinen Füßen fallen. »Was jetzt, Thibor Ferenczy, der du einen Vampir aus mir gemacht hast!« Er sprach so gedämpft, dass Max Batu ihn nicht hören konnte, denn wie immer fand er es leichter, zu sprechen, als seine Unterhaltung mit dem Vampir lediglich zu denken.

Ahhhh!, ertönte ein mentales Hauchen, langgezogen und seufzend, wie der erwachende Atem von jemandem, der aus tiefsten Träumen geweckt wird. *Bist du es, Dragosani? Ha – also hast du es erraten, oder?*

»Das war nicht besonders schwierig, Thibor. Es hat ein paar Monate gedauert, aber jetzt bin ich ein anderer Mensch. Eigentlich bin ich nicht mehr ganz ein Mensch.«

Keine Wut, Dragosani? Kein Toben? Es kommt mir gerade so vor, als ob du diesmal beinahe bescheiden wärst! Warum nur? Ich muss mich wundern.

»Oh, du weißt schon, warum, alter Drache. Ich will das Ding loswerden.«

Ach, nein. Dragosani nahm das mentale Schütteln eines monströsen Kopfes wahr. *Nein. Das ist völlig unmöglich. Du und er seid jetzt eins, Dragosani. Habe ich dich denn nicht Sohn genannt, von Anfang an? Es ist doch nur passend, glaube ich, dass mein wahrer Sohn in dir heranwächst.* Er lachte in Dragosanis Geist.

Dragosani konnte sich den Luxus von Wut nicht leisten. Noch nicht. »Sohn?«, presste er hervor. »Das Ding, das du in mich gepflanzt hast? Sohn? Noch eine Lüge, alter Teufel? Wer hat mir denn erzählt, dass deine Art kein Geschlecht hat?«

Du hörst wirklich nie zu, Dragosani, seufzte der Vampir. *Du, sein Wirt, hast sein Geschlecht bestimmt! Während er wächst und ein Teil von dir wird, wirst auch du immer mehr wie er. Am Ende seid ihr ein Geschöpf, ein Wesen.*

»Aber mit seinem Geist?«

Mit deinem Geist – nur leicht verändert. Dein Geist und auch dein Körper, nur beide ein wenig verändert. Deine Gelüste werden … deutlicher hervortreten. Deine Bedürfnisse anders sein. Hör zu: Als Mensch wurden deiner Lust, deinen Leidenschaften und deinem Zorn Grenzen gesetzt durch die Stärke und die Fähigkeiten eines Menschen. Aber als einer der Wamphyri … Was würde es denn nutzen, einen großen Motor in sich zu haben, wenn es nichts anzutreiben gäbe außer einem Haufen schlaffen Fleisches und morscher Knochen? Was sollte ein Tiger mit dem Herz einer Maus?

Es war mehr oder weniger das, was Dragosani von dem Ungeheuer erwartet hatte. Aber bevor er zur endgültigen und womöglich unwiderruflichen Entscheidung kommen würde, versuchte er es ein letztes Mal, stieß eine letzte Drohung aus. »Dann werde ich fortgehen und mich in die Hände von Ärzten begeben. Sie sind anders als die Kurpfuscher zu deiner Zeit, Thibor. Und ich werde Ihnen erzählen, dass ich einen Vampir in mir habe. Sie werden mich untersuchen, das Ding entdecken und es herausschneiden. Sie haben Werkzeuge, von denen du nicht zu träumen wagst. Wenn sie es haben, werden sie es aufschneiden, studieren und seine wahre Natur entdecken. Sie werden wissen wollen, warum und weshalb. Ich werde ihnen alles erzählen. Über die Wamphyri. Natürlich werden sie mich auslachen und mir eine Zwangsjacke verpassen wollen – aber sie werden es nicht einfach wegerklären können. Und dann werde ich sie hierherbringen, werde dich ihnen zeigen. Es wird das Ende sein. Deines, das deines ›Sohnes‹, das einer gesamten Legende. Wo immer Wamphyri sind, werden Menschen sie aufspüren und vernichten.«

Gut gesprochen, Dragosani!, sagte Thibor süffisant. *Bravo!*

Dragosani wartete und sagte dann nach einem Augenblick: »Ist das alles, was du zu sagen hast?«

Jawohl. Ich diskutiere nicht mit Narren.

»Erkläre mir das.«

Die Stimme in seinem Kopf klang nun extrem kalt und wütend, eine beherrschte Wut zwar, aber dennoch real und furchterregend. *Du bist ein eitler und eigensüchtiger und dummer Mensch, Dragosani. Immer nur ›sag mir dies‹ und ›zeig mir jenes‹ und ›erkläre mir das‹! Ich war eine Macht in diesem Land, Jahrhunderte bevor du gezeugt wurdest, und selbst das wäre ohne mich nie geschehen! Und jetzt muss ich hier liegen und mich benutzen lassen. Doch damit ist jetzt Schluss. Na gut, ich werde es erklären, wie du es verlangst, aber zum allerletzten Mal. Denn danach … danach ist die Zeit reif für eine ordentliche Diskussion und einen ordentlichen Handel. Ich bin es leid, hier machtlos zu liegen, Dragosani, du weißt es gut, und du hast die Macht, mich hier herauszuholen. Das ist der einzige Grund, weshalb ich mit dir überhaupt Geduld hatte! Aber nun bin ich am Ende meiner Geduld angelangt. Unterhalten wir uns zuerst über deine Einschätzung der Situation.*

Du sagst, du willst dich in die Hände von Ärzten begeben. Nun, der Vampir wird in dir jetzt sicherlich erkennbar sein. Er ist da, physisch, fassbar, ein realer Organismus, der mit dir in einer Art Symbiose existiert – ein Wort, das du mir beigebracht hast, Dragosani. Aber es herausschneiden? Es austreiben? Deine Mediziner sind vielleicht geschickt, aber nicht so *geschickt! Können sie ihn aus jeder Windung deines Gehirns schneiden? Oder aus der Flüssigkeit deiner Wirbelsäule? Aus deiner Milz, oder sogar aus deinem Herzen? Können sie ihn aus deinem Blut reißen? Selbst wenn du närrisch genug wärst, es sie versuchen zu lassen, würde der Vampir zuerst dich töten. Er würde sich durch dein Rückenmark fressen und Gift in dein Hirn pumpen. Du hast in der Zwischenzeit doch irgendetwas von unserer Hartnäckigkeit begriffen? Oder hast du vielleicht geglaubt, Überlebenstrieb wäre eine rein menschliche Eigenschaft? Überleben – hah! – Du weißt doch gar nicht, was das heißt!*

Dragosani schwieg.

Du und ich – wir haben uns Dinge versprochen. Ich habe meinen Teil des Geschäfts eingehalten. Wir steht es mit dir? Ist es nicht an der Zeit, mich zu entlohnen, Dragosani?

»Geschäft?« Dragosani war erstaunt. »Machst du Witze? Was für ein Geschäft?«

Hast du es vergessen? Du begehrtest die Geheimnisse der Wamphyri. Nun gut, sie sind dein. Denn nun bist du ein Wamphyri! Während er in dir heranwächst, wird das Wissen zu dir kommen.

»Was?« Dragosani war außer sich. »Es soll Teil eines Geschäfts gewesen sein, dass ich von einem Vampir *mit* einem Vampir befruchtet wurde? Was für eine Art von Geschäft soll das zum Teufel sein? Ich wollte Wissen, und ich wollte es *sofort*, Thibor! Für mich selbst – nicht als eine schwarze, verfaulte Frucht einer unnatürlichen, ungewollten Verbindung mit einem verfluchten Parasiten-Ding!«

Du wagst es, mein Ei zu verschmähen? In jedem Wamphyri-Leben gibt es nur eine Zeugung, ein neues Leben, das die Jahrhunderte überdauern wird. Und ich schenkte dir meines …

»Spiel mir hier doch nicht den stolzen Vater vor, Thibor Ferenczy!«, tobte Dragosani. »Versuche bloß nicht, mir einzureden, dass ich deinen Stolz verletzt habe. Ich will die Satansbrut in mir loswerden. Willst du mir erzählen, du wärst besorgt darum? Ich weiß doch, dass ihr Vampire euch gegenseitig noch schlimmer hasst, als ihr von den Menschen gehasst werdet!«

Das Ding in der Erde sah ein, dass Dragosani ihn durchschaut hatte. *Ordentliche Diskussion, ordentliches Geschäft,* sagte er frostig.

»Zur Hölle mit dem Geschäft – es soll raus!«, knurrte Dragosani. »Sag mir wie … und dann werde ich dich erwecken.«

Lange Augenblicke herrschte Schweigen. Dann … *Du kannst es nicht. Eure Ärzte können es nicht. Nur ich kann abtreiben, was ich gesät habe.*

»Dann tu es.«

Was? Während ich hier im Boden liege? Unmöglich! Erwecke mich … und es wird geschehen.

Nun war Dragosani an der Reihe, den Vorschlag des Vampirs zu überdenken – oder wenigstens so zu tun, als ob. Endlich sagte er: »Also gut. Wie gehe ich vor?«

Thibor entgegnete eifrig: *Zunächst: Tust du dies aus eigenem freiem Willen?*

»Du weißt, dass es nicht so ist!«, sagte Dragosani verachtungsvoll. »Ich tue es, um mich von dem Parasiten in mir zu befreien!«

Aber aus eigenem freiem Willen?, drängte Thibor.

»Ja, verdammt noch mal!«

Gut. Zuerst sind hier Ketten in der Erde. Sie wurden dazu benutzt, um mich festzuhalten, haben sich aber seitdem von dem zerfallenen Gewebe gelöst. Dragosani, es gibt chemische Verbindungen, die für Wamphyri unerträglich sind. Silber und Eisen im richtigen Verhältnis lähmt uns. Obwohl viel von dem Eisen mittlerweile weggerostet ist, steckt seine Essenz noch immer im Boden. Und das Silber ist auch da. Du musst also zuerst diese Silberketten ausgraben.

»Ich habe doch keine Werkzeuge!«

Du hast deine Hände.

»Du willst also, dass ich mit bloßen Händen im Dreck wühle? Wie tief?«

Überhaupt nicht tief. Während der unendlichen Jahrhunderte habe ich diese Silberketten an die Oberfläche gedrückt, weil ich hoffte, dass jemand sie für einen Schatz halten und mitnehmen würde. Ist Silber noch immer wertvoll, Dragosani?

»Mehr als je zuvor.«

Dann nimm es mit meinem Segen. Los jetzt, grab.

»Aber …« Dragosani wollte nicht den Eindruck erwecken, als ob er die Dinge herauszögerte, aber es mussten gewisse Vorkehrungen getroffen werden. »Wie lange wird es dauern? Im Ganzen, meine ich? Und was gehört dazu?«

Wir beginnen heute Nacht, sagte der Vampir, *und morgen bringen wir es zu Ende.*

»Ich kann dich also nicht schon vor morgen aus der Erde holen?« Dragosani versuchte, nicht zu viel Erleichterung zu verraten.

Nicht vorher, nein. Ich bin zu schwach, Dragosani. Aber ich bemerke, dass du mir ein Geschenk mitgebracht hast. Das ist sehr gut. Ich werde aus deiner Gabe ein wenig Kraft schöpfen können … und nachdem du die Ketten entfernt hast …

»Also gut«, sagte der Nekromant. »Wo soll ich graben?«

Komm näher, mein Sohn. Tritt ganz in das Zentrum dieses Ortes. Hier – hier! Jetzt kannst du graben …

Die Haare standen Dragosani zu Berge, als er sich auf Hände und Knie niederließ und mit den Fingern im Dreck und in der Blätterschicht zu wühlen begann. Kalter Schweiß brach ihm auf der Stirn aus, während er sich an das letzte Mal erinnerte, als er hier gewesen war, und an das, was sich damals ereignet hatte.

Der Vampir spürte sein Zögern und kicherte düster in seinem Bewusstsein: *Ach, und du fürchtest dich vor mir, Dragosani? Trotz all deines Bluffens und Herumbrüllens? Was? Du, ein tapferes junges Blut, und Thibor Ferenczy, der bloß ein armes, untotes Ding in der Erde ist? Bah! Schäme dich, mein Sohn!*

Dragosani hatte die Blätter und die obere Erdschicht beiseitegeschafft und war nun in ungefähr 15 Zentimetern Tiefe angelangt. Er erreichte die härtere, fester gefrorene Erde des Grabes selbst. Als er seine Finger erneut in diese seltsam fruchtbare Erde steckte, kamen sie mit etwas Hartem in Berührung, etwas, das dumpf klirrte. Er beeilte sich noch mehr, und die ersten Kettenglieder, die er entdeckte, waren aus reinem Silber – und massiv! Die Glieder waren wenigstens fünf Zentimeter lang und aus Silberstäben geschmiedet, die über einen Zentimeter dick waren!

»Wie … wie viel von dem Zeug ist da noch?«, keuchte er.

Genügend, um mich festzuhalten, Dragosani, ertönte die Antwort. *Bis jetzt.*

Die Worte des Vampirs enthielten, so einfach und ungekünstelt sie sein mochten, dennoch ein bedrohliches

Element, und das ließ Dragosanis Nackenhärchen zu Berge stehen. Thibors mentale Stimme hatte geblubbert wie kochender Leim, war angereichert mit all dem Bösen in seiner Grube. Dragosani war ein Nekromant – er hielt sich selbst für ein Ungeheuer –, aber verglichen mit dem alten Teufel aus der Erde fühlte er sich so unschuldig wie ein Neugeborenes!

Er packte die silbernen Ketten, erhob sich, und riss sie mit einer Kraft, die ihn selbst überraschte, aus dem Boden. Sie glitten heraus, rissen die Erde auf, schleuderten Brocken schmieriger Erde und Krusten dampfenden Laubkomposts heraus; sie zerrten sogar an den Baumwurzeln, die während all der Jahre gewachsen waren und diesen Ort und sein Geheimnis bewahrt hatten. Er schleppte den Schatz in drei Fuhren an den Rand des Kreises aus Wurzeln, zersprungenen Steinplatten und aufgerissener Erde und rechnete aus, dass hier wenigstens 250 oder 300 Kilo von dem Zeug lagen. Damit wäre er im Westen ein reicher Mann. Aber in Moskau … selbst der Versuch, einen Profit herauszuschlagen, entspräche mindestens zehn Jahren in den sibirischen Salzbergwerken. Nein, so etwas wie eine Schatztruhe gab es in der UdSSR nicht – bloß Diebstahl!

Andererseits: Was bedeutete ein Schatz für ihn schon? Überhaupt nichts, außer als Mittel zum Zweck. Er konnte die Früchte seiner Arbeit nicht wie andere Menschen genießen. Aber eines nicht zu fernen Tages wäre er fähig zu genießen, wenn andere Menschen – *alle* anderen Menschen – zu seinen Füßen kröchen und die Führer der Welt am Hofe des Großwalachischen Staates ihre Huldigungen darböten.

Dragosani hielt diese Gedanken verborgen, während er die letzte der Ketten beiseiteschleuderte und schwer atmend in der Finsternis auf die narbige, aufgerissene Erde dieses geheimen Ortes starrte.

Er stieß ein spöttisches Schnauben aus, als er sich an eine Zeit erinnerte, in der es ihm schwer gefallen wäre, überhaupt irgendetwas an diesem finsteren Ort zu erkennen, selbst mit seinen Katzenaugen. Jetzt aber … es kam ihm wie Tageslicht vor. Ein weiterer Beweis dafür, dass ein Vampir in ihm hauste und seinen Körper stärkte und eines Tages bestimmt auch versuchen würde, seinen Geist zu stärken. Was Thibors Versprechen betraf, das Ding auszutreiben: Dragosani war sich im Klaren, dass es keine Handvoll Grabeserde wert war. So musste er mit dem Blutsauger leben, doch *er* würde der Herr sein und nicht das Monstrum in seinem Innern. Irgendwie und irgendwo würde er einen Weg finden.

Auch diese Gedanken behielt er für sich.

Endlich war es geschafft, die Silberketten lagen in einem großen Kreis um den aufgewühlten Bereich herum. »Da«, sagte er zu dem Ding in der Erde. »Fertig. Es gibt jetzt nichts mehr, was dich hält, Thibor Ferenczy.«

Das hast du gut gemacht, Dragosani. Ich bin sehr zufrieden. Jetzt muss ich Nahrung zu mir nehmen und mich dann ausruhen. Es ist kein Leichtes, aus dem Grab aufzuerstehen. Also zu deiner Gabe, wenn du so freundlich wärst … ich bin sicher, du wirst sie mich in Ruhe genießen lassen. Ich werde morgen Nacht das Gleiche noch einmal benötigen, bevor ich mit dir unter den Sternen wandeln kann. Dann, und nur dann, wirst auch du frei sein …

Dragosani trat gegen das Schaf, das sofort zum Leben erwachte. Er hielt das zitternde Tier zwischen seinen Beinen fest, als es aufstand, und riss seinen Kopf zurück. Die blitzende Schneide, die er zückte, glitt mühelos durch die Kehle und trat sauber wieder aus, bevor sich der erste

Schwall Blut auf die dunkle, ungeweihte Erde ergoss. Dann packte er das zitternde Tier – so wie man eine Katze packt, am Nacken und am Rumpf – und drehte sich mit ihm herum, schleuderte es in die Mitte des Kreises. Es prallte auf und kam wieder auf die Beine. Erst jetzt schien es zu begreifen, dass es verletzt und dem Tode geweiht war. Blutüberströmt fiel die Kreatur auf die Seite und wand sich krampfartig, während das letzte Leben aus ihr strömte.

Dragosani trat noch weiter zurück, und in seinem Geist vernahm er den tiefen Seufzer des Vampirs, einen Seufzer des Entzückens und der widernatürlichen Gier.

Ahhhh! Nicht ganz mein Geschmack, aber ohne jeden Zweifel befriedigend. Ich schulde dir Dank, mein Sohn, aber das kann bis morgen warten. Geh jetzt, denn ich bin müde und hungrig, und Einsamkeit ist eine Droge, der ich noch nicht abgeschworen habe …

Dragosani musste nicht zweimal gebeten werden. Er zog sich von der zerfallenen Gruft und dem zuckenden Bündel im Mittelpunkt des Kreises zurück. Dennoch suchten seine Augen aufmerksam nach Anzeichen für die neue Freiheit, die neue Beweglichkeit des Vampirs. Der Nekromant konnte jetzt unter seinen Füßen fühlen, wie Thibor Ferenczy sich bewegte, konnte spüren, wie er sich streckte, konnte das Knacken ledriger Muskeln und das Knirschen alter Knochen fast hören; sie saugten sich mit Blut voll und ein wenig ihrer Morschheit verging.

Und dann … Der Kadaver des Schafs sackte zusammen und lag flacher, dichter auf der blutgetränkten Erde. Als hätten geologische Kräfte das Tier angezogen, als besäße die Erde selbst ein saugendes Maul. Irgendetwas rührte sich unter dem geschlachteten Vieh, aber Dragosani konnte nichts mit Gewissheit erkennen. Er wich zurück, stieß gegen einen Baum und tastete sich schnell um ihn herum und brachte den rohen Stumpf zwischen sich und das Geschehen. Dennoch waren seine Augen auf den Kadaver fixiert.

Das Tier war groß und dicht mit Wolle bedeckt, aber während Dragosani zusah, schien es ein wenig zu schrumpfen, in sich zusammenzufallen! Der Nekromant schickte eine mentale Sonde zu dem Ding in der Erde, aber sie stieß auf ein solches Ausmaß gieriger Bestialität, dass er diesen Versuch sofort aufgab. Das Schaf schrumpfte immer weiter, verschwand schließlich.

Während das Schaf verschlungen wurde, begann der kalte Boden im Umkreis zu dampfen, es erhob sich ein stinkender Dunst, der rasch dichter wurde und den Blick auf den Vorgang verbarg. Es war, als ob die Erde schwitze – oder als ob irgendetwas dort unten atme, das schon seit langer, langer Zeit nicht mehr geatmet hatte.

Es war genug. Dragosani wandte sich ab und gesellte sich rasch zu Max Batu. Mit einem Finger an den Lippen gebot er dem anderen, ihm zu folgen, und schnell liefen sie zusammen die Feuerschneise hinab und gingen zum Wagen zurück.

Früher am gleichen Tag und über 1200 Kilometer entfernt entschied Harry Keogh, der am Grab von August Ferdinand Möbius (geboren 1790, gestorben am 26. September 1868) stand, dass dies ein ganz schwarzer Tag für die Wissenschaft der Zahlen gewesen sei, ein wirklich schwarzer Tag. Um genauer zu sein: Ein schwarzer Tag für die Topologie, und nicht zu vergessen, für die Astronomie. Der fragliche Tag war natürlich Möbius' Todesdatum.

Es waren bereits zuvor Studenten hier gewesen – hauptsächlich Ostdeutsche, aber Studenten glichen sich ja überall –, langhaarig und nachlässig gekleidet; aber mit angemessenem Respekt, hatte Harry befunden. So sollte es auch sein. Auch er fühlte Respekt, ja sogar Ehrfurcht, in der Gegenwart eines solchen Menschen. Auf jeden Fall hatte Harry gewartet, bis er allein war – allzu eigenartig wollte er nicht erscheinen. Er hatte auch darüber nachdenken müssen, wie er sich Möbius am besten näherte. Es war keine gewöhnliche Gestalt, die hier lag, sondern ein Gelehrter, der geholfen hatte, die Wissenschaft auf den rechten Weg zu bringen.

Schließlich hatte sich Harry für die direkte Annäherung entschieden; er nahm Platz und ließ seine Gedanken schweifen und in Kontakt treten mit jenen des Toten. Eine große Ruhe überkam Harry; seine Augen nahmen ihren seltsamen glasigen Ausdruck an; es war bitter kalt, doch eine feine Schicht Schweiß glänzte auf seiner Stirn. Langsam nahm er bewusst wahr, dass wirklich Möbius – oder was von ihm übrig war – anwesend war. Und er war aktiv!

Formeln, Zahlentafeln, astronomische Entfernungen und nichteuklidische, Riemann'sche Konfigurationen prasselten auf Harrys Bewusstsein ein wie im Takt eines gewaltigen lebendigen Computers. Aber ... dies alles in nur einem einzigen Geist? In einem Geist, der alle diese Gedanken fast zur gleichen Zeit verarbeitete? Und dann dämmerte Harry, dass Möbius an irgendetwas arbeitete, durch Seiten seines Gedächtnisses blätterte, während er die Teilchen eines Puzzles zusammenzusetzen versuchte, das für Harrys – oder eines beliebigen lebenden Menschen – Begriffsvermögen zu komplex war. Das war alles gut und schön, konnte aber noch tagelang so weitergehen. Harry hatte einfach nicht die Zeit.

»Sir? Entschuldigung, Sir? Ich heiße Harry Keogh. Ich bin weit gereist, um mit Ihnen zu sprechen.«

Der imaginäre Fluss von Zahlen und Formeln stoppte plötzlich, als hätte jemand einen Computer abgeschaltet.

»Hmm? Was? Wer?«

»Harry Keogh, Sir. Ich bin Engländer.«

Es gab eine kurze Pause, bevor der andere zurückschnappte: »Engländer? Sie können auch Araber sein, ist mir doch gleich! Ich sage Ihnen, was Sie sind: Sie sind ein Ärgernis! Was soll das hier? Um was geht es? Ich bin an so etwas nicht gewöhnt.«

»Ich bin ein Necroscope«, erklärte es Harry, so gut er konnte. »Ich kann mit den Toten sprechen.«

»Tot? Mit den Toten sprechen? Hmm! Ich habe mir das in der Tat überlegt, und vor langer Zeit kam ich zu dem Schluss, dass ich tatsächlich tot bin. Dann können Sie es also wirklich. Nun denn, irgendwann holt er uns alle – der Tod, meine ich. Es hat wirklich alles seine Vorteile. Privatsphäre zum Beispiel – zumindest dachte ich das bis jetzt! Necroscope, sagen Sie? Eine neue Wissenschaft?«

Harry musste grinsen. »Ich denke, so könnte man es nennen. Abgesehen davon, dass ich der einzige Ausübende zu sein scheine. Spiritisten sind nicht ganz dasselbe.«

»Das will ich meinen! Höchstens eine verbrecherische Bande! Also dann, wie kann ich Ihnen helfen, Harry Keogh? Ich will doch vermuten, dass Sie einen Grund dafür haben, mich zu stören? Einen *guten* Grund, hoffe ich?«

»Den besten, den es gibt«, sagte Harry. »Tatsache ist, dass ich einem Mörder auf der Spur bin. Ich weiß, wer er ist, aber ich weiß nicht, wie ich ihn seiner gerechten Strafe zuführen kann. Ich habe nur einen Hinweis, wie ich die Sache anpacken könnte – und da kommen Sie ins Spiel.«

»Einen Mörder aufspüren? Sie besitzen solch ein Talent und Sie nutzen es, um Mörder zu jagen? Junge, Sie sollten unterwegs sein und mit Euklid, Aristoteles und Pythagoras sprechen! Nein, vergessen Sie den Letzten. Aus dem würden Sie nichts rauskriegen. Er und seine verdammte geheimniskrämerische pythagoräische Bruderschaft! Ein Wunder, dass er überhaupt seinen Satz weitervermittelt hat! Was ist also dieser Hinweis?«

Harry zeigte ihm eine mentale Projektion der Möbiusschleife. »Das hier«, sagte er. »Es ist die Verbindung zwischen meiner Zukunft und der meines Opfers.«

Möbius war jetzt interessiert. »Topologie in der Zeitdimension? Das führt zu allen möglichen interessanten Problemen. Sprechen Sie von Ihren möglichen Zukünften oder von Ihren tatsächlichen Zukünften? Haben Sie sich mit Gauß unterhalten? Er ist der Richtige für Wahrscheinlichkeiten – und für Topologie auch. Gauß war ein Meister, als ich bloß ein Student war – wenngleich ein brillanter!«

»Die tatsächlichen Zukünfte«, sagte Harry.

»Aber das bedeutet, vorauszusetzen, dass Sie etwas über Ihre Zukunft wissen. Ist Präkognition ein weiteres Ihrer Talente, Harry?« Eine Spur Sarkasmus schwang in seiner Stimme mit.

»Nicht von mir, nein, aber ich habe Freunde, die gelegentlich einen Blick in die Zukunft werfen, so wahr ich …«

»Papperlapapp!«, schnitt ihm Möbius das Wort ab. »Das sind doch alles Zöllnerianer!«

»… mit den Toten spreche.« Harry sprach es trotzdem aus.

Der andere schwieg kurz. Dann sagte er: »Vielleicht bin ich ein Narr … aber ich glaube Ihnen. Wenigstens glaube ich, dass *Sie* glauben, und dass Sie fehlgeleitet worden sind. Aber bei meinem Leben: Ich kann nicht erkennen, wie mein Glaube an Sie Ihnen bei Ihrer Suche behilflich sein kann.«

»Ich auch nicht«, sagte Harry niedergeschlagen. »Außer ... was ist mit der Möbiusschleife? Das ist alles, was ich habe. Können Sie es mir nicht wenigstens erklären? Wer könnte schon mehr darüber wissen als Sie? Sie haben sie erfunden!«

»Nein«, sagte er mit einem mentalen Kopfschütteln, »man hat bloß meinen Namen daran gehängt. Es erfunden? Lachhaft! Ich habe es *bemerkt*, das ist alles. Und es erklären: Es gab einmal eine Zeit, als das kinderleicht gewesen wäre. Aber jetzt ... Welches Jahr schreiben wir?«

Der unvermittelte Themenwechsel verwirrte Harry. »1977«, antwortete er.

»Wirklich?« Er schien erstaunt. »Schon so weit? Schön, schön! Sie sehen also selbst, Harry, dass ich hier schon seit über hundert Jahren liege. Glauben Sie, ich bin untätig geblieben? Keineswegs! Zahlen, mein Junge, sind die ultimative Antwort auf alle Rätsel des Universums. Der Raum und seine Krümmung, seine Beschaffenheit, seine Eigenschaften – Eigenschaften, die man sich in der Welt der Lebenden noch nicht vorstellen kann, glaube ich. Ich brauche sie mir nicht vorzustellen, denn ich *weiß*. Aber erklären? Sind Sie Mathematiker, Harry?«

»Ich kenne mich ein wenig aus.«

»Astronomie?« Zögernd schüttelte Harry den Kopf.

»Was verstehen Sie von Wissenschaft – von WISSENSCHAFT? Was begreifen Sie vom physischen und materiellen, vom angenommenen Universum?«

Wieder schüttelte Harry den Kopf.

»Können Sie das hier verstehen?« Ein Strom von Symbolen und Gleichungen und Kalkulationen flackerte in Harrys Geist auf, jedes Element komplizierter als das vorherige. Einiges davon kam ihm aus Gesprächen mit James Gordon Hannant bekannt vor, aber der Großteil war ihm völlig fremd.

»Das ist alles ... ziemlich schwierig«, sagte er schließlich.

»Hmm!« Keogh nahm das langsame Nicken eines geisterhaften Kopfes wahr. »Andererseits ... Sie besitzen Intuition. Ja, und ich glaube, eine sehr starke! Ich vermute, ich könnte Ihnen etwas beibringen.«

»Mir etwas beibringen? Mathematik? Etwas, an dem Sie Ihr ganzes Leben und 100 Jahre nach dessen Ende gearbeitet haben? Wer redet jetzt Unfug? Ich würde dafür mindestens so lange brauchen wie Sie! Was ist eigentlich ein Zöllnerianer?«

»J. K. F. Zöllner war ein Mathematiker und Astronom – Gott steh uns bei! –, der mich überlebte. Außerdem war er ein Spinner und Spiritist. Für ihn waren Zahlen *magisch*! Habe ich Sie einen Zöllnerianer genannt? Wie unverzeihlich. Sie müssen mir vergeben. Eigentlich lag er gar nicht so falsch. Seine Topologie war verkehrt, das war alles. Er versuchte, das immaterielle – oder mentale – Universum auf das physische, materielle auszudehnen. Das funktioniert einfach nicht. Die Raumzeit ist eine Konstante und genauso feststehend und unveränderlich wie die Zahl Pi.«

»Da bleibt nicht viel Raum für Metaphysik übrig«, stellte Harry fest und war sich nun sicher, den falschen Ort aufgesucht zu haben.

»Überhaupt keiner«, stimmte Möbius zu.

»Telepathie?«

»Nonsens!«

»Und was ist das hier? Was tue ich denn jetzt gerade?«

Möbius war ein wenig überrascht.

Aber dann sagte er: »Necroscopie, oder was man mich glauben macht.«

»Haarspaltereien«, befand Harry. »Was ist mit Hellsichtigkeit, oder Fernsichtigkeit; der Fähigkeit, Ereignisse auf große Entfernung hinweg zu sehen, nur durch die Kraft des Geistes?«

»In der physischen Welt ist das unmöglich. Man würde nur Zöllners Fehler weiterführen.«

»Ich *weiß* doch, dass diese Dinge möglich sind«, widersprach Harry. »Ich weiß, wo es Menschen gibt, die all das tun können. Nicht ständig und auch nie mühelos oder mit großer Genauigkeit, aber gelegentlich. Es ist wirklich eine neue Wissenschaft, und sie setzt Intuition voraus.«

Nach einer weiteren Pause sagte Möbius: »Wieder bin ich versucht, Ihnen zu glauben. Was für einen Sinn hätte es auch, mich anzulügen? Das menschliche Wissen – über alle Dinge – vergrößert sich ständig. Außerdem kann ich es ja tun! Allerdings gehöre ich auch nicht zur physischen Welt. Nicht mehr …«

In Harrys Kopf drehte es sich.

»Sie können es tun? Wollen Sie mir sagen, dass Sie weit entfernte Ereignisse ausmachen können?«

»Ich sehe sie, ja«, sagte Möbius, »aber durch keine Kristallkugel. Strenggenommen sind sie auch nicht weit entfernt. Entfernung ist relativ. Ich *gehe* dorthin. Ich gehe dorthin, wo sich die Ereignisse, die ich beobachten möchte, abspielen werden.«

»Aber … *wo* gehen Sie hin? Wie?«

»›Wie‹ ist der schwierige Teil«, sagte Möbius. »Wo ist weit einfacher. Harry, im Leben war ich nicht bloß Mathematiker, sondern auch Astronom. Nach meinem Tod war ich gezwungenermaßen auf Mathematik beschränkt. Die Astronomie jedoch war Teil von mir; sie ließ mich nicht los. Irgendwann kommt alles zu denen, die warten. Während die Zeit verstrich, fühlte ich, wie das Licht der Sterne auf mich schien, tagsüber und nachts. Ich wurde mir ihres Gewichts – ihrer Masse, wenn Sie möchten –, ihrer großen Entfernung und der großen Entfernungen zwischen ihnen bewusst. Bald schon wusste ich mehr über sie als je zuvor in meinem Leben, und dann entschloss ich mich loszuziehen, und mich selbst zu überzeugen. Als Sie zu mir kamen, Harry, war ich gerade dabei, die Ausmaße einer Supernova zu errechnen, die sich bald in Andromeda ereignen wird, und ich werde dort sein, um sie zu beobachten! Warum nicht? Ich bin körperlos. Die Gesetze des physischen Universums finden auf mich keine Anwendung mehr.«

»Aber Sie haben doch gerade das Metaphysische geleugnet«, protestierte Harry. »Und jetzt behaupten Sie, dass Sie sich zu den Sternen teleportieren können!«

»Teleportation? Nein, denn es wird nichts Physisches bewegt. Ich sage Ihnen doch schon die ganze Zeit, Harry, dass ich kein physisches Wesen bin. Es kann durchaus ein sogenanntes ›metaphysisches‹ Universum existieren, aber weder das Reale noch das Unreale können sich gegenseitig einander aufzwingen.«

»Das glaubten Sie, bevor Sie mir begegneten!«, sagte Harry, und seine eigenartigen Augen öffneten sich weiter, seine Stimme füllte sich mit neuer Ehrfurcht. Plötzlich ging ein heller Stern in Harrys Bewusstsein auf, und dieser schien heller als jede Nova im Geist von Möbius.

»Was? Was war das?«

»Wollen Sie damit sagen«, sagte Harry unnachgiebig, »dass es keinen Berührungspunkt zwischen dem Physischen und Metaphysischen gibt? Ist das Ihre Aussage?«

»Exakt!«

»Dennoch bin ich physisch, und Sie sind reiner Geist – *und wir haben uns getroffen!*«

Er fühlte die Verblüffung des anderen. »Erstaunlich! Es sieht so aus, als hätte ich das Offensichtliche übersehen!«

Harry nutzte seinen Vorteil aus: »Sie nutzen die Schleife, um sich zwischen den Sternen zu bewegen, nicht wahr?«

»Die Schleife? Ich benutze eine Variante davon, ja, aber …«

»Und Sie nannten *mich* einen Zöllnerianer?«

Einen Augenblick lang war Möbius sprachlos.

»Es scheint, dass … meine Annahmen … nicht mehr anwendbar sind!«, sagte er dann.

»Sie teleportieren also *doch*!«, stellte Harry fest. »Sie teleportieren reinen Geist. Sie sind ein Hellseher. Das ist Ihr Talent, Sir! Auf eine bestimmte Art war es das immer. Selbst im Leben konnten Sie Dinge sehen, die anderen verborgen blieben. Die Schleife ist ein perfektes Beispiel. Das Hellsehen wäre an sich schon eine vollkommene Waffe, aber ich will es noch einen Schritt weiter treiben. Ich will das physische dem metaphysischen Universum aufzwingen – und zwar strikt.«

»Bitte Harry, nicht so schnell!«, protestierte Möbius. »Ich muss …«

»Sir, Sie haben angeboten, mich zu unterrichten«, ließ sich Harry nicht zurückhalten. »Ich nehme an. Aber bringen Sie mir nur das absolut Notwendige bei. Lassen Sie meinen Instinkt, meine Intuition den Rest erledigen. Mein Geist ist wie eine Schultafel, und die Kreide liegt in Ihrer Hand. Also fangen Sie an … Lehren Sie mich, wie ich auf Ihrer Möbiusschleife reite!«

Es war wieder Nacht, und Dragosani hatte erneut die kreuzförmig angeordneten Hügel erklommen. Auf seinem Rücken trug er ein zweites Schaf, das er mit einem großen Stein betäubt hatte. Es war ein hektischer Tag gewesen; Max Batu hatte wieder die Gelegenheit bekommen, die makabren Kräfte seines bösen Blicks zu präsentieren, diesmal an einem gewissen Ladislau Giresci. Man würde den Alten schließlich in seinem einsamen Haus auffinden, als ›Opfer eines Herzinfarkts‹, natürlich.

Aber damit war Max' Arbeit noch nicht erledigt gewesen, denn nur etwa eine Stunde später hatte Dragosani den Mongolen auf eine weitere Mission geschickt. Der Nekromant war nun also allein, als er sich der Gruft des Vampirs näherte und seine Gedanken und Worte vorausschickte, um die kalte Finsternis unter den dunklen, bewegungslosen Bäumen zu durchdringen.

»Thibor, schläfst du? Ich bin hier, wie du es gewollt hast. Die Sterne sind hell und der Mond kriecht über die Hügel. Es ist die Stunde, Thibor – für uns beide.«

Es dauerte einen Moment, bis … *Ahhhh! … Dragosaaaaniiii? Schlafen? Ich vermute schon. Aber ich habe einen großartigen Schlaf geschlafen. Den Schlaf der Untoten. Und ich habe einen großartigen Traum geträumt – von Eroberungen, von großen Reichen! Mein hartes Bett war plötzlich so weich wie die Brüste einer Geliebten, und meine alten Knochen wurden nicht niedergedrückt, sondern schwebten so leicht und federnd wie der Schritt eines Jünglings, der seinem Mädel entgegeneilt. Ein großartiger Traum, oh ja, doch … ach, doch nur ein Traum.*

Fühlte Dragosani … Niedergeschlagenheit?

Besorgt um das Gelingen seines Plans, fragte er: »Stimmt irgendwas nicht?«

Ganz im Gegenteil. Alles läuft gut, mein Sohn – außer, dass es wohl etwas länger als gedacht dauern wird. Deine Gabe von gestern Abend hat mich gestärkt, wirklich – und ich bilde mir ein, dass ich sogar etwas Fleisch zugelegt habe. Dennoch ist die Erde immer noch hart, und meine alten Sehnen sind steif vom Salz im Boden …

Aber dann sagte er eifriger: *Hast du daran gedacht, Dragosani, mir noch einen kleinen Tribut mitzubringen? Vielleicht etwas, das mit meiner letzten Mahlzeit vergleichbar ist?*

Als Antwort blieb der Nekromant am Rande des Kreises stehen und ließ das betäubte Schaf zu Boden fallen. »Ich habe es nicht vergessen«, sagte er. »Aber jetzt sag mir endlich, alter Drache, was du willst. Warum dauert es länger, als du dachtest?« Dragosanis Enttäuschung war echt; sein Plan hing davon ab, den Vampir in dieser Nacht zu erwecken.

Verstehst du denn gar nicht, Dragosani?, ertönte Thibors Antwort. *Unter den Männern, die mir Gefolgschaft leisteten, als ich ein Krieger war, wurden viele in der Schlacht so verletzt, dass man sie zu ihren Betten trug. Einige erholten sich. Aber nach Monaten des Stillliegens waren sie häufig ausgezehrt und voller Schmerzen und Qualen. Stell dir vor, wie ich nach 500 Jahren aussehe! Nun denn … wir werden ja sehen. Auch jetzt drängt es mich immer mehr, wieder aufzuerstehen – vielleicht nach einer kleinen Erfrischung …?*

Dragosani nickte sein Einverständnis, zog eine kleine, geschliffen scharfe Sichel aus der Scheide in seiner Tasche und schritt auf das Schaf zu.

Halt!, rief der Vampir. *Wie du bereits vermutetest, könnte dies durchaus der Moment sein – für uns beide. Eine denkwürdige Stunde! Für uns beide. Ich jedenfalls glaube, dass wir sie mit dem gebotenen Respekt begehen sollten.*

Der Nekromant legte die Stirn in Falten und seinen Kopf auf die Seite. »Und wie genau?«

Bis jetzt, mein Sohn, würdest du bestimmt zustimmen, dass ich keinen großen Wert auf Zeremonien gelegt habe. Bis jetzt habe ich mich ja auch nicht darüber beschwert, dass man mir meine Nahrung zuwirft wie einem wühlenden Schwein. Ich möchte aber gern, dass du weißt, Dragosani, dass ich einst an fürstlichen Höfen gespeist habe – und das will ich wieder tun, vielleicht mit dir zu meiner rechten Seite. Könnte ich deshalb nicht eine etwas höflichere Umgangsform erwarten? Oder muss ich mich an dich immer als den Mann erinnern, der meine Nahrung über mich geschüttet hat wie Kartoffelschalen in einen Schweinestall?

»Ist es nicht ein bisschen spät für so eine Pingeligkeit, Thibor?« Dragosani fragte sich, was der Vampir vorhatte. »Was genau willst du?«

Thibor bemerkte sein Zögern. *Was? Du misstraust mir immer noch? Nun gut, du wirst deine Gründe haben. Bei mir war es der Wille zu überleben. Aber haben wir uns nicht darauf geeinigt, dass ich die Saat meines Fleisches aus deinem Körper austreibe, sobald ich wieder auf beiden Beinen stehe? Wirst du in jenem Augenblick nicht ganz in meinen Händen liegen? Es kommt mir närrisch vor, dass du mir Glauben schenkst, wenn ich frei herumlaufe, aber nicht, solange ich in meinem Grab liege! Wenn ich das wollte, könnte ich dir später nicht mehr Schaden zufügen als jetzt? Und wenn es denn mein Plan wäre, dir zu schaden, wer wäre dann mein Führer in dieser neuen Welt, in die ich eintreten werde? Du wirst mich unterweisen, Dragosani, und ich dich.*

»Du hast immer noch nicht gesagt, was du willst.«

Der Vampir seufzte. *Dragosani, ich bin gezwungen, eine kleine persönliche Schwäche zu gestehen. Ich habe dir in der Vergangenheit eine gewisse Eitelkeit vorgeworfen, dennoch muss ich jetzt zugeben, dass auch ich eitel bin. Ja, und ich würde meine Wiedergeburt gern auf eine etwas angemessenere Weise feiern. Deshalb reiche mir nun das Schaf, mein Sohn, und lege es vor mich. Lass es, zum letzten Mal, einen wahren Tribut sein – ein Weiheopfer für einen, der machtvoll ist – und nicht bloß Abfälle. Lass mich wie von einem Tablett essen, und nicht aus einem Trog!*

»Du alter Drecksack!«, dachte Dragosani im Verborgenen. Also sollte er jetzt auch noch Lakai des Vampirs sein, ja? Ein weiterer Zigeunertölpel, der wie ein winselnder Köter auf dem Fuß folgte? »Ich habe etwas Neues für dich, mein alter, zu alter Freund!«, sinnierte Dragosani und hielt seine Gedanken weiter geheim. »Erfreue dich daran, Thibor Ferenczy, denn dies ist das letzte Mal, dass ein Mensch für deinesgleichen Dienste tun wird!« Aber laut sprach er aus: »Du willst also, dass ich dir das Vieh bringe, als wäre es ein Opfertier?«

Ist das zu viel verlangt?

Der Nekromant zuckte die Achseln. Im Moment gab es nichts, das zu viel verlangt wäre. Bald würde er selber ein paar kleine ›Fragen‹ stellen. Er steckte die rasiermesserscharfe Sichel ein und packte das Schaf. Er trug es in die Mitte des Kreises, kniete nieder, und legte es dort ab. Dann nahm er das Schneidewerkzeug wieder heraus.

Bis jetzt hatte die Hügelkette still dagelegen, still wie ein Grabmal, aber nun spürte Dragosani, wie sich etwas zusammenbraute. Es war, als ob sich Muskeln plötzlich zusammenzogen, wie Katzenpfoten, die sich sachte an eine Maus heranschleichen, wie Speichel auf der Zunge eines Chamäleons, bevor es zuschnappt. Von Grauen erfüllt, legte Dragosani den Kopf des betäubten Schafs zurück, bis die Kehle gespannt war. Und dann …

Das ist nicht nötig, mein Sohn, sagte Thibor Ferenczy.

Dragosani wäre davongesprungen, denn in diesem Augenblick wusste er, dass das Ding in der Erde genug hatte von Ferkeln und Schafen! Doch es war zu spät; keinen halben Zentimeter hatte er sich aus der Hocke aufgerichtet, bevor der phallusförmige Tentakel aus dem Erdboden unter ihm geschossen war, sich wie ein Messer durch seine Kleidung geschnitten hatte und hinauf, in ihn hineingeglitten war. Er wäre gesprungen, um sich davon zu befreien, selbst wenn das Losreißen ihn umgebracht hätte – aber er konnte nicht. Der Fangarm hatte Widerhaken in seinen Leib getrieben, sich in allen unteren Bereichen des Körpers ausgebreitet und ihn heruntergezogen wie einen Fisch an der Angel.

Dragosanis Füße wurden weggerissen, er wurde auf die dunkle brodelnde Erde geschleudert; danach gab es keinen Gedanken mehr an Flucht. Denn dann begannen der Schmerz, die Folter, die ultimative Todesqual ... Seine Gedärme schmolzen, seine Eingeweide brannten wie Feuer, er saß aufrecht auf einem Brunnen aus Säure! Und durch all die unerträglichen Schmerzen hindurch heulte Thibor Ferenczy seinen Triumph hinaus und quälte Dragosani mit der Wahrheit – der *echten* Wahrheit – und der Antwort auf die letzte Frage, die dem Nekromanten während all der Jahre verborgen geblieben war. *Warum hassten sie mich, mein Sohn? Mein eigen Fleisch und Blut, das sie waren? Warum hassen alle Vampire die anderen Vampire? Die Antwort ist wirklich so einfach. Blut ist Leben, Dragosani! Oh, Schweineblut ist ausreichend, wenn es nichts Besseres gibt, auch das Blut von Vögeln und Schafen. Weitaus besser ist jedoch das Blut von Menschen, das wirst du gezwungenermaßen bald selbst entdecken. Aber vor und über allen anderen Gefäßen kann der wahre Nektar des Lebens nur aus den Adern eines anderen Vampirs genossen werden!*

Dragosani brannte in einer zweifachen Hölle; er fühlte sich im Innern zerrissen; sein parasitischer Zwilling in ihm klammerte sich in seinem eigenen Schmerz an ihn, als

Thibors alptraumhaftes Anhängsel sich um ihn schloss und an seiner Essenz saugte. Dennoch verursachte der schreckliche Tentakel keinen echten Schaden. Protoplasmisch legte er sich um die Organe herum, drang in sie ein, ohne sie zu verletzen. Selbst die Widerhaken verwundeten ihn nicht, denn sie waren dazu entwickelt, festzuhalten, ohne Wunden zu reißen. Der Schmerz bahnte sich seinen Weg durch rohe Nerven und Muskeln und Organe, einen Weg durch alle Bereiche von Dragosanis vergewaltigtem Körper. Die Schmerzen wären kaum größer gewesen, hätte ein wahnsinniger Arzt eine Säurelösung direkt in eine offene Vene gegeben – töten würde es ihn jedoch nicht. Es *könnte* bestimmt töten, aber nicht jetzt, nicht in diesem Moment. In seiner Qual konnte Dragosani das nicht wissen. Und durch diese Qual hindurch schrie er: »Bring … es … zu Ende, verdammt! Verflucht sei dein schwarzes Herz, König der Lügner! Töte … mich, Thibor! Tu es jetzt. Mach Schluss, ich … bitte dich!«

Er saß dort in der Dunkelheit unter den Bäumen zwischen den zerbrochenen Steinplatten und den verfallenden Ruinen der alten Gruft, und das Grauen nagte an seinem Verstand wie eine Ratte, die man auf sein Hirn losgelassen hatte, um sich ihren Weg hindurchzufressen. Jemand hatte einen Fleischwolf in ihm angeworfen, und dieser verwandelte seine Innereien zu wimmelndem rotem Gewürm. Er zuckte und zitterte und fiel auf die Seite. Der Schmerz zwang ihn wieder in eine aufrechte Position, nur um dann auf die andere Seite zu fallen. Er warf sich immer wieder herum, rollte, zuckte, zitterte, und währenddessen nährte sich Thibor Ferenczy.

Du gabst mir Kraft, Dragosani, ja. Kraft und Masse durch das Blut von Tieren. Aber das wahre Leben liegt im Blut eines gleichen Geschöpfs – selbst in dem dünnen unreifen Blut meines Kindes, das nun in dir bibbert. Aber es töten! Dich töten! Oh nein! Was? Mir selbst noch tausend Festmahle rauben? Wir werden zusammen in die Welt hinausgehen, Dragosani, und du wirst mein Knecht sein, bis du vor mir flüchten wirst. Bis dahin wirst du nicht mehr fragen müssen, sondern wissen, *warum alle Wamphyri in gegenseitigem Hass verbunden sind!*

Der Vampir war gesättigt. Der Tentakel glitt aus Dragosani heraus, wieder in den Boden hinein. Sein Rückzug war noch schlimmer als sein Eindringen: ein weiß glühendes Schwert, herausgezogen von einer sorglosen Hand. Dragosani schrie auf, ein schrilles Kreischen, das wie der Schrei einer wilden Kreatur von den kalten, grausamen, kreuzförmigen Hügeln widerhallte, und taumelte zu Boden.

Hatte ihm Thibor nicht erzählt, dass man Vlad den Pfähler nach ihm benannt habe? Jetzt konnte Dragosani tatsächlich verstehen, was damit gemeint war.

Der Nekromant versuchte aufzustehen und schaffte es nicht. Seine Beine fühlten sich wie Pudding an, sein Gehirn wie eine brodelnde Säuresuppe im Schädel. Er rollte sich aus dem verfluchten Kreis und versuchte noch einmal, aufzustehen. Sein Wille reichte nicht aus. Er lag still, schluchzte in die Nacht hinein und versuchte, Verstand und Kraft zu sammeln. Der Vampir hatte von Hass gesprochen, und damit hatte er Recht. Es war Hass, der Dragosani jetzt bei Bewusstsein hielt. Hass und nur Hass. Sein eigener und derjenige der Kreatur in ihm. Ihnen beiden war Gewalt angetan worden.

Irgendwann rollte er sich auf die Seite und blickte hasserfüllt auf die schwarze Erde, die nun dampfte und rauchte, als ob die Dünste der Hölle daraus hervorstiegen. Risse erschienen in dem Stück Boden, das Dragosani freigegeben hatte. Die Erde wölbte sich nach oben und begann aufzubrechen. *Etwas* stieß von unten durch die Oberfläche. Dann …

Dasselbe *Etwas* richtete sich auf – es war etwas Unfassbares.

Von Grauen und Verachtung erfüllt, fletschte Dragosani unwillkürlich seine Zähne. Was sich ihm zeigte, war das Ding in der Erde. Wieder und wieder hatte er damit gesprochen und gestritten, hatte es verwünscht und dagegen gelästert. Thibor Ferenczy – die untote Verkörperung seines eigenen Fledermaus-Teufel-Drachen-Banners. Schlimmer noch: Dragosani hatte sich selbst dazu verdammt, eines Tages auch so zu werden!

Die großen Ohren des Dings wuchsen eng am Schädel, liefen aber spitz zu und ragten über den langgezogenen Schädel hinaus, so dass sie wie Hörner aussahen. Die Nase war faltig und gewunden wie die einer riesigen Fledermaus und lag flach im Gesicht. Die Haut war schuppig, und seine Augen scharlachrot, wie bei einem Drachen. Und es war riesig! Die Hände, die sich durch die Erde um seine Hüften gruben, waren gewaltig, mit Klauen, die zentimeterweit von den Fingern abstanden.

Dragosani unterdrückte schließlich sein Grauen und zwang sich aufzustehen – gerade als der Vampir seinen eigenartigen, wolfsähnlichen Kopf in seine Richtung drehte und ihn mit einem monströsen, fast erstaunten Blick bedachte. Scharlachrotes Feuer fiel aus weit aufgerissenen Augen auf die zitternde Gestalt.

»ICH … ICH KANN DICH … SEHEN!«, sprach Thibor mit einer Stimme, die genauso bösartig und fremd klang, wie die seiner mentalen Botschaften aus der Gruft. Die Feststellung hatte nichts Bedrohliches an sich; es war eher so, als erzeugte die Tatsache des Sehens in der Kreatur eine

Mischung aus Erleichterung und Unglauben. Der Nekromant wich zurück, aber im selben Moment …

»Ho, Ding aus der Erde!«, sagte Max Batu und trat aus der Deckung hervor.

Thibor Ferenczys Kopf wirbelte auf seinem Hals in die Richtung der Stimme. Er erblickte Batu, und sein enormer Kiefer klappte auf, ein Fauchen zischte zwischen den Zähnen hervor, die wie knöcherne Säbel aussahen und von denen Schleim tröpfelte. Ohne zu Zögern blickte Batu in dieses Gesicht, zielte, und feuerte Ladislau Girescis Armbrust ab.

Der Eichenholzbolzen war etwa anderthalb Zentimeter dick und mit einer Stahlspitze versehen. Er schoss aus der Waffe und durchschlug aus kürzester Entfernung die bebende Brust des Vampirs, spießte ihn auf.

Thibor stieß ein fauchendes Kreischen aus und versuchte, sich in die dampfende Erde zurückzuziehen, aber der Bolzen blieb an den Rändern des Lochs hängen und hielt ihn davon ab, zerrte an seinem grauen Fleisch. Er stieß einen zweiten Schrei aus – ein markerschütternder Laut – und warf sich hin und her, fluchte und spuckte Schleim aus seinem mahlenden, verzerrten Maul.

Batu sprang rasch an Dragosanis Seite, stützte ihn und reichte ihm eine Sichel, deren Schneide frisch geschliffen war und silbrig glänzte. Der Nekromant ergriff sie, schüttelte Batu ab und näherte sich schwankend dem tobenden Ungeheuer, das auf halbem Wege in seinem Grab gefangen war.

»Als sie dich das letzte Mal begraben haben«, keuchte Dragosani, »machten sie einen großen Fehler, Thibor Ferenczy.« Seine Nacken- und Armmuskeln spannten sich, als er die Sichel zückte. »Sie haben deinen verdammten Kopf drangelassen!«

Das Monstrum zerrte an dem Schaft in seiner Brust und starrte Dragosani mit einem unbegreiflichen Ausdruck an. Furcht lag darin, aber noch mehr Verblüffung, als könnte die Kreatur diese plötzliche Umkehrung der Ereignisse nicht begreifen. »WARTE!«, krächzte es, als Dragosani sich näherte. Der spröde Bass der Stimme klang wie ein Wald von Baumschösslingen, der unter einer Lawine zerbricht. »KANNST DU NICHT SEHEN? *ICH* BIN ES!!!«

Aber Dragosani wartete nicht. Er wusste, wer und was das Monster war, und er wusste auch, welches der einzige echte Weg war, an das Wissen und die Kräfte des Vampirs zu kommen: als Nekromant. Welch eine wunderbare Ironie darin lag, denn Thibor selbst hatte ihm dieses Geschenk gemacht! »Stirb, du Ausgeburt der Hölle!«, knurrte Dragosani, und die Sichel verschwamm zu einer stählernen Schliere, als sie den Kopf des Ungeheuers vom Rumpf trennte.

Der furchtbare Kopf sprang empor, fiel herab, prallte vom Boden ab. Noch während er rollte, schrie er: »NARR! VERDAMMTER NARR!« Dann schlossen sich die scharlachroten Augen. Das Maul öffnete sich ein letztes Mal, und ein Klumpen rot gefärbten Schleims trat aus – und ein letztes Wort, ein bloßes Flüstern: *»Narr!«*

Dragosani antwortete darauf, indem er mit der Sichel ein zweites Mal ausholte und den Kopf wie eine große graue, überreife Melone in zwei Teile spaltete. Im Schädel lag das Gehirn wie eine matschige Masse mit einem pulsierenden Zentrum: Im Grunde waren es zwei Gehirne, eines menschlich und verschrumpelt, und das andere – fremdartig. Das Gehirn des Vampirs. Ohne Furcht und ohne noch weiter zu warten, griff Dragosani, der zur Abwechslung einmal ganz genau wusste, was er tat, tief in die beiden Hälften der Schädelhöhle und befühlte mit zitternden Fingern die stinkenden Flüssigkeiten und schmierigen Substanzen. Alle Geheimnisse und Legenden der Wamphyri lagen hier, *genau hier*, und warteten nur darauf, dass er sie aufspürte. Ja! Ja!

Die Gehirne verfaulten, holten die Verwesung und den Verfall von Jahrhunderten auf … aber Dragosanis nekromantisches Talent spürte in den Säften des zerfallenden Gehirns bereits den Geheimnissen des untoten (nunmehr gänzlich toten) Monsters hinterher. Die Augen, die grau wie Steine waren, quollen auf obszöne Weise aus dem Schädel, Dragosani hielt sich die Schweinerei vor sein Gesicht – aber es war zu spät! Direkt vor seinen aufgeregten Augen verrottete alles, ging in Dampf auf, rieselte in Strömen von Staub durch seine zuckenden Finger. Selbst der missgebildete Schädel verwandelte sich in seinen Händen zu Staub.

Mit einem angsterfüllten Schrei und herumwirbelnden Armen, wie eine außer Kontrolle geratene Windmühle, drehte sich Dragosani herum und stürzte sich hektisch auf den kopflosen Körper des Vampirs, der noch immer aufrecht aus der Gruft ragte. Der durchtrennte Hals begann zu dampfen und sackte in die schuppige Brust, die ihrerseits in den in der Erde verborgenen Rumpf sank. Noch während der Nekromant seine Hände und Arme in das Loch hinabstreckte, hinein in die Fäulnis und den beißenden Gestank, würgte die Erde eine große Wolke aus giftigen Gasen heraus und stürzte dann über dem nun beinahe verflüssigten Kadaver zusammen.

Dragosani heulte auf; er zog seine Arme aus dieser Senkgrube und kroch fort von dem bebenden, würgenden Loch, während der Untergrund rasch zur Ruhe kam. Am Rande des Kreises legte er eine Pause ein, sein Kopf schlaff herabhängend, seine Schultern eingefallen, und schluchzte lange und qualvoll seine Enttäuschung heraus.

Atemlos und bis ins Mark erschüttert von dem, was er miterlebt hatte, beobachtete Max Batu den Nekromanten noch ein wenig und trat dann langsam vor. Er kniete neben Dragosani nieder und ergriff seine Schulter. »Genosse Dragosani.« Batus Stimme war gedämpft, kaum mehr als ein trockenes, krächzendes Wispern. »Ist es vorbei?«

Dragosani hörte auf zu schluchzen. Er ließ seinen Kopf weiter hängen, während er über Batus Frage nachdachte: War alles vorbei? Für Thibor Ferenczy war es das, sicher, aber für den neuen Vampir, die noch unreife Kreatur, mit der sich Dragosani seinen Körper teilte, war es erst der Anfang. Sie würden einander widerwillig ihre jeweiligen Bedürfnisse befriedigen, voneinander lernen, zu einem Wesen werden. Offen blieb die Frage, wessen Willenskraft letztendlich die Oberhand behalten würde.

Gegen jeden gewöhnlichen Menschen musste der Vampir natürlich gewinnen. Jedes Mal. Dragosani aber war alles andere als gewöhnlich. Vielleicht lag irgendwo in seinem Wissen, in den Geheimnissen und seltsamen neuen Kräften die Möglichkeit verborgen, sich von dem Parasiten zu befreien. Nur bis dahin …

»Nein, Max Batu«, sagte er, »es ist noch nicht vorbei. Noch lange nicht.«

»Was muss ich jetzt also tun?«, fragte der kleine Mongole hilfsbereit. »Wie kann ich helfen? Was brauchen Sie?«

Dragosani starrte weiter auf die dunkle Erde. Wie konnte Batu helfen? Was brauchte er? Interessante Fragen.

Der Schmerz und die Frustration in Dragosani erstarben. Es gab viel zu tun, und die Zeit war knapp.

Er war hierhergekommen, um sich angesichts möglicher Gefahren durch Harry Keogh und das britische E-Dezernat neue Kräfte anzueignen, und diese Aufgabe hatte er immer noch zu erledigen. Thibors Geheimnisse befanden sich nun jenseits seiner Reichweite, sie waren tot und auf ewig vergangen wie der Vampir selbst – aber das durfte nicht das Ende dieser Angelegenheit bedeuten.

Obwohl er sich augenblicklich schwach und erschlagen fühlte, wusste Dragosani, dass er keinen dauerhaften Schaden erlitten hatte. Der Schmerz mochte Narben auf seiner Haut und in seiner Seele (falls er noch so etwas wie eine Seele besaß) hinterlassen, aber diese Narben würden heilen. Er hatte keine echten oder bleibenden Verletzungen davongetragen. Man hatte ihn lediglich ausgeschöpft, entleert – entleert, ja. Das Ding in seinem Innern brauchte etwas, und Dragosani wusste, was das war. Er fühlte Batus Hand auf seiner Schulter und konnte fast hören, wie das Blut in den Adern des Mongolen pulsierte. Dann erblickte Dragosani das scharfe, gekrümmte chirurgische Instrument, mit dem er dem Schaf die Kehle hatte aufschlitzen wollen. Also gut, letzten Endes hatte er dies sowieso vorgehabt. Es würde nun viel früher geschehen, das war alles.

»Ich brauche zwei Dinge von Ihnen, Max«, sagte Dragosani und schaute auf.

Max Batu keuchte laut und sein Kiefer klappte nach unten. Die Augen des Nekromanten waren so scharlachrot wie die des Ungetüms, das er gerade eben zur Strecke gebracht hatte! Der Mongole sah es – sah noch etwas anderes, das silbrig in der Nacht glitzerte – und dann sah er … nichts mehr. Nie wieder.

Ich muss aufhören«, erklärte Alec Kyle seinem seltsamen Besucher. Er legte den Bleistift hin und massierte sein verkrampftes Handgelenk.

Der Schreibtisch war übersät mit den Spänen von fünf Bleistiften, die alle bis zu Stümpfen heruntergeschrieben waren. Dies war Kyles sechster Stift, und sein Arm fühlte sich vom hektischen Kritzeln an wie durch die Mangel gedreht.

Ein dünner Stapel Papier war vor Kyle aufgeschichtet, Bleistiftnotizen bedeckten jedes Blatt von oben bis unten und über die ganze Breite. Als er begonnen hatte, all dies niederzuschreiben (wann? vor viereinhalb, fünf Stunden?) waren die Notizen noch ziemlich ausführlich gewesen. Nach einer Stunde waren sie nur noch ein Geschmier, ein kaum lesbares Gekritzel. Jetzt konnte sie auch Kyle selbst kaum noch lesen und beschränkte die Mitschrift auf Reihen von Daten, neben denen kurze Stichwörter standen.

Nun entspannte er für einen Moment sein Handgelenk und seinen Geist, überflog die Aufzeichnungen und schüttelte den Kopf. Immer noch glaubte er – wusste instinktiv –, dass alles die absolute Wahrheit war, dennoch gab es eine massiv hervorstechende Anomalie. Eine Ambivalenz, die er nicht einfach ignorieren konnte. Kyle runzelte die Stirn und schaute zu der Erscheinung auf, die aufrecht an der anderen Seite des Schreibtischs schwebte. Er kniff die Augen zusammen, während er diese schimmernde Gestalt in Form eines Menschen betrachtete und sagte: »Es gibt etwas, was ich nicht ganz verstehe.« Dann lachte er fast hysterisch. »Das heißt, es gibt hier eine Menge Dinge, die ich nicht verstehe – aber bis jetzt habe ich sie wenigstens geglaubt. Das hier ist schwerer zu glauben.«

»Ach?«, sagte die Erscheinung.

Kyle nickte. »Heute ist Montag«, sagte er. »Sir Keenan soll morgen eingeäschert werden. Die Polizei hat noch nichts herausgefunden, und es kommt mir fast blasphemisch vor, seinen Körper, na ja, noch weiter in dem Zustand herumliegen zu lassen.«

»Ja«, nickte sein Gegenüber zustimmend.

»Also gut«, fuhr Kyle fort, »entscheidend ist, dass ich weiß, dass vieles von dem, was Sie mir gesagt haben, die Wahrheit ist; ich vermute, dass der Rest davon auch der Wahrheit entspricht. Sie haben mir von Dingen berichtet, die niemand außer Sir Keenan und mir wissen sollte. Aber …«

»Aber?«

»Ihre Geschichte«, platzte es aus Kyle heraus, »hat uns bereits überholt! Ich habe Ihre Zeitlinie aufgezeichnet und gerade haben Sie mir etwas erzählt, was erst am kommenden Mittwoch geschehen wird, in zwei Tagen! Nach dem, was Sie sagen, ist Thibor Ferenczy noch nicht tot, und wird es vor Mittwochnacht auch nicht sein!«

Nach einer Pause sagte der andere: »Ich verstehe, dass Ihnen das seltsam erscheint. Aber Zeit ist relativ, Alec, genauso wie der

Raum. Beides ist voneinander abhängig. Und ich gehe noch weiter: Alles ist relativ. Hinter allem steckt ein großer Plan …«

Kyle verstand einiges nicht. Im Moment sah er nur, was er sehen wollte.

»Sie können in die Zukunft sehen? So gut?« Sein Gesicht war eine Maske der Ehrfurcht. »Und ich dachte, ich hätte Talent! So klar in die Zukunft sehen zu können, das ist beinahe unglaubl…« Er hielt inne und schnappte nach Luft.

Als ob dies alles nicht schon merkwürdig genug gewesen wäre, kam ihm nun ein neuer, noch unglaublicherer Gedanke in den Sinn.

Vielleicht sah sein Besucher es ihm ins Gesicht geschrieben. Auf jeden Fall lächelte er ein Lächeln, das so durchsichtig war wie der Rauch einer Zigarette, ein Lächeln, das nicht das Licht vom Fenster reflektierte, sondern es direkt hindurchscheinen ließ. »Ist etwas, Alec?«, fragte er.

»Wo … wo sind Sie?«, fragte Kyle. »Ich meine, wo sind Sie … Ihr wahres, physisches Ich – in diesem Moment? Von wo aus sprechen Sie? Oder eher, von wann sprechen Sie?«

»Zeit ist relativ«, sagte der Geist erneut und lächelte weiter.

»Sie sprechen aus der Zukunft zu mir, nicht wahr?«, hauchte Kyle. Es war die einzige Möglichkeit. Es war der einzige Weg, wie die Erscheinung all dies wissen, all dies tun konnte.

»Sie werden mir sehr nützlich sein«, sagte der seltsame Besucher und nickte langsam. »Mir scheint, dass Sie eine scharfe Intuition besitzen, passend zu Ihrer Präkognition, Alec Kyle. Vielleicht ist es auch Teil desselben Talents. Sollen wir jetzt weitermachen?«

Kyle, der immer noch verblüfft war, griff wieder nach dem Bleistift. »Ja, das wäre gut«, flüsterte er. »Sie sollten mir nun alles erzählen, bis zum Schluss …«

XV

**Moskau, Freitagabend,
in Dragosanis Wohnung in der Puschkin-Straße**

Es wurde bereits dunkel, als Dragosani erleichtert seine Wohnung betrat und sich einen Drink einschenkte. Auf der Reise von Rumänien waren die Züge hirnverbrannt langsam gefahren, und Max Batus Abwesenheit hatte ihm die Rückfahrt nur noch länger vorkommen lassen.

Batus Abwesenheit – und Dragosanis wachsendes Gefühl der Dringlichkeit, dieses Gefühl, dass er geradewegs auf eine kolossale Konfrontation zusteuerte. Die Zeit verrann schnell, und es gab noch so viel für ihn zu erledigen. Er war unendlich müde, konnte aber dennoch nicht ruhen. Irgendein Instinkt trieb ihn weiter, warnte ihn davor, auf dem eingeschlagenen Weg eine Pause zu machen.

Nachdem er einen zweiten Drink intus hatte und sich ein wenig besser zu fühlen begann, rief er im Schloss Bronnitsy an und erkundigte sich, ob Borowitz noch immer in seiner Datscha in Zhukovka trauerte. Dann wünschte er, mit Igor Vlady zu sprechen, aber dieser war bereits nach Hause gefahren. Dragosani erreichte ihn dort und fragte, ob er vorbeikommen könne. Der andere stimmte sofort zu.

Weniger als zehn Minuten später saß Dragosani in Vladys winzigem Wohnzimmer und spielte mit einem Begrüßungsgläschen Wodka herum.

»Also, Genosse?«, fragte Vlady schließlich, als sie die üblichen Formalitäten und Vorbesprechungen hinter sich gebracht hatten. »Was kann ich für Sie tun?« Er beäugte neugierig Dragosanis Sonnenbrille und seine hageren grauen Gesichtszüge.

Dragosani nickte, als ob er stumm irgendetwas bestätigte, und sagte: »Ich sehe, dass Sie mich erwartet haben.«

»Ja, ich hatte damit gerechnet, Sie zu treffen«, antwortete Vlady vorsichtig.

Dragosani entschied sich dagegen, noch weiter um den heißen Brei herumzureden.

Falls Vlady nicht die richtigen Antworten parat hatte, würde er ihn einfach töten. Letztendlich würde er das wahrscheinlich sowieso tun. »Also gut, ich bin hier. Jetzt sagen Sie mir: Wie wird es geschehen?«

Vlady war ein kleiner Mann mit dunklem Einschlag und gewöhnlich so offen wie ein Buch. Das war jedenfalls der Eindruck, den er in anderen erweckte. Jetzt hob er eine Augenbraue und setzte einen Ausdruck milder Verblüffung auf. »Wie wird was geschehen?«, fragte er unschuldig.

»Hören wir doch auf mit dem Blödsinn«, sagte Dragosani. »Sie wissen doch wahrscheinlich schon ganz genau, warum ich hergekommen bin. Dafür werden Sie bezahlt: Ihre Fähigkeit, Ereignisse vorauszusehen. Ich frage Sie also noch einmal: Wie wird es geschehen?«

Vlady schnitt eine finstere Miene. »Mit Borowitz, meinen Sie?«

»Zunächst das, ja.«

Vladys Gesicht nahm einen seltsam gelassenen, fast kalten Ausdruck an. »Er wird sterben«, sagte er emotionslos. »Morgen Mittag, oder um diese Zeit herum. Ein Herzinfarkt. Außer dass …« Er machte eine Pause und runzelte die Stirn.

»Außer was?«

Vlady zuckte mit den Schultern. »Ein Herzinfarkt«, wiederholte er.

Dragosani nickte, seufzte, und entspannte sich ein wenig. »Ja«, sagte er, »so wird es geschehen. Und was ist mit mir – und Ihnen?«

»Ich sehe nie für mich selbst in die Zukunft. Es ist verführerisch, sicher, aber viel zu frustrierend. Die Zukunft zu kennen und nichts daran ändern zu können. Es ist auch beängstigend. Und bei Ihnen … das ist ein bisschen eigenartig.«

Dragosani gefiel es nicht, wie das klang. Er stellte sein Glas ab und beugte sich vor. »Was ist eigenartig?«, fragte er.

Vlady füllte Wodka nach. »Lassen Sie uns erst einmal etwas klarstellen. Genosse, ich bin nicht Ihr Rivale. Ich habe keinen Ehrgeiz im Hinblick auf das E-Dezernat. Nicht im Geringsten. Ich weiß, dass Borowitz mich für den Job im Sinn hatte – zusammen mit Ihnen –, aber das interessiert mich einfach nicht. Ich glaube, Sie sollten das wissen.«

»Sie meinen, Sie lassen mir den Vortritt?«

»Ich lasse niemandem den Vortritt«, sagte Vlady kopfschüttelnd. »Ich will den Job einfach nicht, das ist alles. Ich beneide niemanden um diese Arbeit. Yuri Andropow wird nicht ruhen, bis er uns alle erledigt hat – selbst wenn es den Rest seines Lebens kostet! Offen gesagt, wäre ich verdammt froh, wenn ich aus dem Ganzen völlig rauskönnte. Wussten Sie, dass ich ein ausgebildeter Architekt war, Dragosani? In die Zukunft sehen? Ich sehe mir lieber Pläne von großartigen Gebäuden an.«

»Warum erzählen Sie mir das alles?« Dragosani war neugierig. »Das hat doch nicht das Geringste damit zu tun.«

»Doch. Es hat etwas mit dem Leben zu tun. Und ich will leben. Hören Sie, Dragosani, ich weiß, dass Sie etwas mit Borowitz' Tod zu tun haben werden. Mit seinem ›Herzinfarkt‹. Wenn Sie ihn besiegen können, und das werden Sie, welche Chancen sollte ich dann haben? Ich bin nicht mutig, Dragosani, und ich bin nicht dumm. Das Dezernat gehört ganz Ihnen ...«

Wieder beugte sich Dragosani vor. Seine Augen waren Nadeln aus rotem Licht, das durch die dunklen Linsen seiner Sonnenbrille stach. »Aber es ist doch Ihre Pflicht, Borowitz so etwas zu berichten, Igor. Ganz besonders *diese* Sache. Wollen Sie mir sagen, Sie hätten ihm nichts erzählt? Oder weiß er in Wirklichkeit bereits, dass ich ... beteiligt sein werde?«

Vlady schüttelte sich und richtete sich auf. Einen Moment lang fühlte er sich fast hypnotisiert von Dragosani. Der Blick des Mannes war wie der einer Schlange. Oder eines Wolfs? Jedenfalls etwas nicht ganz Menschlichem. »Ich weiß nicht, warum ich Ihnen das alles überhaupt erzählt habe«, sagte er schließlich. »Es könnte ja sogar sein, dass das alte Schlachtross Sie selbst zu mir geschickt hat!«

»Aber würden Sie das denn nicht wissen?«, fragte Dragosani. »Wäre das nicht etwas, was Sie mit Ihrem Talent vorhergesehen hätten?«

»Ich kann nicht alles sehen!«, fuhr ihn Vlady an.

Dragosani nickte. »Hmm! Nein, er hat mich nicht geschickt. Jetzt sagen Sie mir ehrlich: Weiß er, dass er morgen sterben wird? Und falls ja, weiß er, dass ich daran beteiligt bin? Ich warte ...«

Vlady biss sich auf die Lippe und schüttelte den Kopf. »Er weiß es nicht«, murmelte er.

»Warum haben Sie es ihm nicht gesagt?«

»Aus zwei Gründen. Erstens würde es gar nichts ändern, selbst wenn er es wüsste. Zweitens hasse ich den alten Dreckskerl! Ich habe eine Verlobte und will heiraten. Das will ich schon seit zehn Jahren. Aber Borowitz lehnt ab. Er will, dass ich ganz bei der Sache bin. Er will nicht, dass mein Talent verwässert wird. Zu viel Sex könnte mich ruinieren, sagt er! Der alte Scheißkerl soll verflucht sein – er bestimmt, wie oft ich meine eigene Verlobte treffe!«

Dragosani lehnte sich zurück und lachte laut auf. Vlady erblickte das klaffende Maul und die Länge der Zähne und hatte erneut das Gefühl, nicht mit einem Menschen, sondern mit einem seltsamen Tier zu sprechen. »Das glaube ich gern!« Dragosanis Gelächter kam polternd zu Ende. »Ja, das ist einfach typisch für ihn. Also gut, Igor, ich glaube, Sie können jetzt beruhigt mit Ihren Hochzeitsvorbereitungen fortfahren. Ja, und so bald Sie mögen.«

»Aber im Dezernat wollen Sie mich behalten, ja?«

»Natürlich will ich das«, nickte Dragosani. »Sie sind viel zu wertvoll, um als einfacher Architekt zu arbeiten, Igor Vlady – und viel zu begabt! Und das Dezernat? Das ist bloß der Anfang. Es gibt mehr im Leben als das. Wenn dies hier vorbei ist, werde ich erst richtig loslegen. Und Sie können dabei sein.«

Vlady reagierte mit einem ausdruckslosen Starren. Plötzlich war Dragosani überzeugt, dass er etwas verbarg. »Sie wollten mir erzählen, was Sie in meiner Zukunft gesehen haben«, erinnerte er ihn. »Da wir das mit Borowitz abgehakt haben, wäre das jetzt, glaube ich, eine gute Idee. Sagten Sie nicht, da sei etwas … Seltsames?«

»Eigenartig, ja«, stimmte Vlady zu. »Natürlich könnte ich mich irren. Jedenfalls werden Sie alles darüber erfahren – morgen.« Er zuckte nervös unter Dragosanis erstauntem Ausdruck.

»Was? Was soll das heißen: Morgen?« Der Nekromant schraubte sich aus dem Sessel. »Sie haben meine Zeit verschwendet und mich mit Trivialitäten verwirrt, obwohl Sie die ganze Zeit wussten, dass morgen irgendetwas mit mir geschehen wird? Wann morgen? Und wo?«

»Morgen Nacht – im Schloss«, sagte Vlady. »Etwas Großes, aber ich weiß nicht, was es sein wird.«

Dragosani begann, auf und ab zu laufen und kramte in seinem Geist nach Hinweisen. »KGB? Ist es wahrscheinlich, dass sie Borowitz' Leiche so schnell finden? Ich bezweifle es. Selbst wenn, warum sollten sie das Dezernat verdächtigen? Oder mich? Immerhin wird es bloß ein Herzinfarkt gewesen sein. Das kann jedem passieren. Oder ist es jemand innerhalb des Dezernats selbst? Sabotage?« Wütend schüttelte er den Kopf. »Nein, nein, kann ich mir nicht vorstellen! Verdammt, kommen Sie, Igor, Sie wissen mehr, als Sie zugeben! Was *genau* haben Sie gesehen?«

»Sie begreifen es wohl nicht!«, schrie Vlady. »Ich bin kein Übermensch! Ich kann nicht ständig exakt sein!« Es war die Wahrheit, und Dragosani wusste es; Vladys Stimme enthüllte seine Verzweiflung; auch er wünschte sich, eine Antwort zu haben. »Manchmal sind diese Dinge sehr vage – wie damals, als es Andrej Ustinov traf. Ich wusste, dass es in dieser Nacht Krach geben würde, und warnte Borowitz davor, aber ich konnte ums Verrecken nicht sagen, wer oder was daran beteiligt sein würde! Diesmal ist es genauso. Es wird morgen großen Ärger geben, und

Sie werden mittendrin sein. Es wird von außerhalb kommen, und es wird ... *großer* Ärger sein! Soweit bin ich mir sicher, aber das ist alles.«

»Nicht ganz«, sagte Dragosani rätselhaft. »Ich weiß noch immer nicht, was Sie mit ›eigenartig‹ meinten. Warum gehen Sie dieser Frage aus dem Weg? Werde ich mich in irgendeiner Gefahr befinden?«

»Ja, in großer Gefahr. Nicht nur Sie, sondern jeder im Schloss.«

»Verdammt, Mann!« Dragosani schlug mit der Faust auf den Tisch. »Sie sagen das so, als ob wir alle schon so gut wie tot sind!«

Vladys Gesicht verlor langsam etwas von seiner dunklen Farbe. Er drehte sein Gesicht halb weg, aber Dragosani beugte sich über ihn, kniff ihn in die Wange und drehte es wieder zu sich. Er blickte tief in die furchtsamen Augen des anderen. »Sind Sie ganz sicher, dass Sie mir alles erzählt haben?«, fragte er langsam und deutlich. »Können Sie nicht wenigstens versuchen zu erklären, was Sie meinten, als Sie das Wort ›eigenartig‹ benutzten? Ist es möglich, dass Sie für morgen auch meinen Tod vorhergesehen haben?«

Vlady machte sich mit einem Ruck frei und stieß sich mit dem Stuhl von Dragosani weg. Die weißen Druckmale von Dragosanis Fingern wichen langsam einem dunkelrosafarbenen Ton. Dragosani war zweifellos dazu fähig, einen Mord zu begehen. Vlady musste zumindest versuchen, seine Forderungen zu befriedigen. »Hören Sie zu«, sagte er, »ich werde versuchen, es, so gut ich kann, zu erklären. Danach ... müssen Sie daraus machen, was Sie können. Wenn ich mir einen Menschen ansehe – wenn ich versuche, in seine Zukunft zu sehen –, nehme ich normalerweise eine gerade blaue Linie wahr, die sich nach vorwärts ausdehnt. Wie eine Linie, die von oben bis unten über ein Blatt Papier gezogen wird. Nennen Sie es seine Lebenslinie, wenn Sie möchten. Aus der Länge der Linie kann ich auf die Länge der Lebensspanne des Menschen schließen. Aus den Knicken und Abzweigungen, die darin vorkommen, kann ich zum Teil die zukünftigen Ereignisse ableiten, und wie sie den Menschen beeinflussen. Borowitz' Lebenslinie endet morgen. Am Ende befindet sich ein Knick, der auf eine Körperfehlfunktion hindeutet: sein Herzinfarkt. Warum ich weiß, dass Sie daran beteiligt sind: Ganz einfach, weil *Ihre* Lebenslinie seine kreuzt – und danach allein weiterläuft!«

»Aber wie lange?«, verlangte Dragosani zu wissen. »Was ist mit morgen Nacht, Igor? Endet dort meine Lebenslinie?«

Vlady schauderte. »Ihre Linie ist ganz anders. Ich weiß kaum, wie ich sie überhaupt deuten soll. Vor etwa sechs Monaten verlangte Borowitz von mir, nur für ihn persönlich wöchentliche Berichte über Sie anzufertigen. Ich versuchte es, aber ... es war unmöglich. Es gab so viele Abzweige in Ihrer Linie, dass ich sie nicht mit einem Mindestmaß an Genauigkeit deuten konnte! Knicke und Windungen, die mir nie zuvor untergekommen sind. Während die Monate verstrichen, begann sich das, was als eine Linie begonnen hatte, in zwei parallele Linien aufzuspalten. Die neue war nicht blau, sondern rot. Wieder etwas, das ich nie zuvor gesehen hatte. Die alte, ursprüngliche Linie wurde ebenfalls langsam rot. Sie sind wie ... wie ein Zwillingspaar, Dragosani. Ich kann es nicht anders ausdrücken. Und morgen ...«

»Ja?«

»Morgen hört eine Ihrer Linien auf ...«

Eine Hälfte von mir wird sterben!, dachte Dragosani. *Aber welche?*

Laut fragte er: »Die rote oder die blaue?«

»Die rote Linie hört auf«, sagte Vlady.

Der Vampir – tot! Dragosani fühlte sich in Hochstimmung, aber er hielt das Lachen, das in seinem Innern anschwoll, unter Kontrolle. »Was passiert mit der anderen Linie?«

Vlady schüttelte den Kopf: »Das ist das Merkwürdigste von allem. Es ist etwas, was ich einfach nicht erklären kann. Die andere Linie verliert die rote Färbung und bildet eine Schleife, neigt sich zu sich selbst zurück und vereinigt sich mit der anderen da, wo die Teilung zuerst stattfand!«

Dragosani setzte sich wieder und nahm seinen Drink. Was Vlady ihm geliefert hatte, war unbefriedigend, aber besser als gar nichts. »Ich habe es Ihnen schwer gemacht, Igor«, sagte er, »und das tut mir leid. Ich verstehe, dass Sie Ihr Bestes für mich geben wollten, und ich danke Ihnen dafür. Sie sagten aber, dass das Ereignis morgen groß sein wird, und deshalb vermute ich, dass Sie sich auch die anderen, die im Schloss sein werden, angeschaut haben. Also will ich jetzt wissen, wie groß es sein wird!«

Vlady biss sich auf die Lippe. »Die Antwort wird Ihnen nicht gefallen, Genosse«, warnte er schließlich.

»Sagen Sie es mir trotzdem.«

»Es wird eine Katastrophe sein. Eine Macht – eine *Kraft* – wird auf Schloss Bronnitsy erscheinen, und sie wird Vernichtung mit sich bringen.«

Keogh! Es konnte nur Keogh sein! Es gab keine andere Bedrohung außer ihm … Dragosani stand auf, schnappte sich seinen Mantel und wandte sich zur Tür. »Ich muss jetzt gehen, Igor. Noch einmal danke. Ich werde nicht vergessen, was Sie heute Abend für mich getan haben, glauben Sie mir. Falls Sie irgendetwas Neues sehen sollten, wäre ich Ihnen sehr verbunden …«

»Natürlich.« Vlady stieß einen Seufzer der Erleichterung aus und folgte Dragosani bis an die Tür. Als Dragosani in die Nacht hinaustrat, fragte er: »Genosse … was ist mit Max Batu geschehen?« Es war eine gefährliche Frage, aber er musste sie stellen.

Dragosani trat über die Schwelle, schwieg einen Moment und blickte dann zurück. »Max? Ach, Sie kennen ihn, nicht wahr? Na ja, es war ein Unfall.«

»Oh«, sagte Vlady mit einem Nicken. »Natürlich …«

Als er wieder alleine war, trank Vlady seinen Wodka aus und blieb noch bis tief in die Nacht sitzen, eingehüllt in seine Gedanken. Aber als eine Uhr irgendwo da draußen in der kalten Stadt zur Mitternacht schlug, zuckte er zusammen und schauderte und entschloss sich schließlich, seine eigenen Regeln zu brechen. Schnell sandte er seinen Geist in die Zukunft und folgte seiner Lebenslinie zu ihrem unvermeidlichen Ende. Und das ereignete sich in nur drei Tagen, mit einem heftigen, ruckartigen letzten Schnörkel.

Automatisch begann Vlady daraufhin, ein paar Sachen zu packen und sich auf eine Flucht vorzubereiten. Zuoberst in seinem Bewusstsein lag der Gedanke, dass nach Borowitz Dragosani Chef des Dezernats werden würde. Was Gregor Borowitz auch immer sein mochte, wenigstens war er ein Mensch! Dragosani jedoch …? Vlady wusste, dass er niemals unter ihm Dienst tun würde. Natürlich konnte es durchaus geschehen, dass Dragosani morgen Nacht starb – aber was, wenn nicht? Seine Linie war so verwirrend, so absolut fremdartig. Nein, für Vlady gab es nur noch eine Möglichkeit. Er musste versuchen – wenigstens versuchen –, das Unvermeidliche zu vermeiden.

Und über 1600 Kilometer entfernt, dort wo ein düsterer Wachturm die Mauer in Ostberlin überblickte, wartete ein

Kalaschnikow-Maschinengewehr auf Igor Vlady. Er wusste es noch nicht, aber bereits jetzt neigten seine Zukunft und die der Waffe sich einander zu. Um genau 22.32 Uhr würden sie aufeinandertreffen – in nur drei Tagen.

Dragosani fuhr direkt in seine Wohnung zurück. Von dort rief er im Schloss an und bekam den diensthabenden Offizier an den Apparat. Er gab Harry Keoghs Namen und seine Personenbeschreibung durch, zur sofortigen Weiterleitung an die Grenzposten und internationalen Flughäfen der UdSSR, zusammen mit der Information, dass Keogh ein Spion für den Westen sei, der unverzüglich verhaftet, oder falls dies schwierig sein sollte, ohne Vorwarnung erschossen werden solle. Der KGB würde davon natürlich Wind bekommen, aber das war Dragosani egal. Falls sie Keogh lebendig schnappten, würden sie nicht wissen, was sie mit ihm anstellen sollten; so oder so würde er Dragosani in die Hände fallen. Falls sie ihn töteten ... wäre die Angelegenheit eben beendet.

In Vladys Prophezeiungen hatte Dragosani nur ein gewisses Maß an Vertrauen. Vlady bestand darauf, dass die Zukunft nicht verändert werden könne. Dragosani war darüber anderer Meinung. In jedem Fall konnte es sich durchaus herausstellen, dass der versprochene ›große Ärger‹ auf Schloss Bronnitsy überhaupt nichts mit Harry Keogh zu tun hatte; also musste alles nach Plan geschehen, wenigstens bis dahin. Nachdem er seine Informationen an das Schloss weitergegeben hatte, genehmigte sich Dragosani noch einen ordentlichen Drink – mehr als er gewohnt war – und fiel schließlich ins Bett. Erschöpft schlief er bis zum Vormittag durch.

Um 11.40 Uhr parkte er seinen alten Wolga in einem Wäldchen abseits der Hauptstraße, einen halben Kilometer von der nächsten Datscha entfernt, stellte den Kragen seines Mantels hoch und ging den Rest des Weges zu Fuß in den Bezirk Zhukovka. Kurz vor Mittag bog er in einen zentimeterdick mit Schnee bedeckten Weg ein und durchquerte ein Waldstück, das sich am Fluss entlang zog, bis er bei Borowitz' Datscha eintraf. Grimmig lächelnd ging er rasch über den gepflasterten Weg zur Tür. Vorsichtig klopfte er an die alten Eichenpaneele. Die Härchen in seiner Nase knisterten vor Kälte, aber die schmelzenden Eiszapfen, die von Borowitz' Dach herabhingen, verrieten ihm, dass die Temperatur bereits stieg. Bald würde der Schnee schmelzen und Dragosanis Fußspuren verschwinden; nichts würde ihn mit diesem Ort in Verbindung bringen.

Langsame Schritte ertönten aus dem Innern und knarrend öffnete sich die Tür. Bleich, zerzaust und rotäugig sah Gregor Borowitz heraus und blinzelte in dem grauen Tageslicht.

»Dragosani?« Er runzelte unmutig die Stirn. »Ich sagte doch, ich will nicht gestört werden. Ich ...«

»Genosse General«, schnitt ihm Dragosani das Wort ab, »wenn es keine Angelegenheit der allerhöchsten Dringlichkeit wäre ...«

Borowitz trat beiseite und öffnete die Tür weiter. »Kommen Sie, kommen Sie«, brummte er ohne seine gewohnte Leidenschaft. Er war seit einer Woche alleine; er fühlte sich schwach; seine Trauer war echt und hatte ihn alt und müde werden lassen. Das alles passte Dragosani ausgezeichnet.

Er trat ein und folgte Borowitz durch einen kurzen Flur und durch Vorhänge in einen kleinen kieferverschalten Raum, in dem Natascha Borowitz still in ihrem Leichengewand lag. Die Frau war eine Bäuerin gewesen, hübsch genug zu Lebzeiten, aber gewöhnlich und reizlos im Tode. Borowitz tätschelte ihr kaltes Gesicht und senkte den Kopf, als er sich abwandte. Er konnte die Träne nicht verbergen, die in einem Augenwinkel schimmerte.

Nun führte er Dragosani in das Wohn/Esszimmer und bot ihm einen Platz nahe am Fenster an. Die anderen Fenster der Datscha waren geschlossen, aber die Läden dieses Fensters standen offen und ließen das Licht herein. Mit einem stummen Kopfnicken lehnte Dragosani es ab, sich zu setzen, und beobachtete, wie Borowitz sich schwer auf eine Couch fallen ließ. »Ich möchte lieber stehenbleiben«, sagte der Nekromant. »Es dauert auch nicht lange.«

»Eine Stippvisite?«, knurrte Borowitz uninteressiert. »Dann hätten Sie auch warten können. Morgen nehmen sie mir meine Natascha weg, dann kehre ich nach Moskau und nach Schloss Bronnitsy zurück. Was führt Sie eigentlich so dringend hierher? Sie haben erzählt, dass Ihre Reise nach England ein Erfolg war.«

»Das stimmt«, sagte Dragosani, »aber seitdem hat sich etwas Neues ergeben.«

»Und?«

»Genosse General«, begann Dragosani, »Gregor, ich will jetzt nicht, dass Sie Fragen stellen, sondern dass Sie mir einfach etwas erzählen. Erinnern Sie sich an die Diskussion, die wir letztens hatten, Sie und ich, über die Zukunft des Dezernats? Sie sagten, Sie müssten eines Tages entscheiden, wer es von Ihnen übernimmt, wenn Sie sich … zur Ruhe setzen. Sie sagten auch, dass die Entscheidung zwischen mir und Igor Vlady fallen würde.«

Borowitz zog seine Brauen zusammen und starrte Dragosani ungläubig an. »Also deswegen sind Sie hier!«, grummelte er. »Eine Angelegenheit höchster Dringlichkeit, was? Sie glauben wohl, dass ich schon bereit für den Rücktritt bin, oder? Dass ich an den Ruhestand denke, jetzt wo Natascha tot ist?« Er richtete sich auf, und in seinen Augen brannte etwas von dem Feuer, an das Dragosani gewohnt war. Aber der Nekromant hatte jetzt keine Ehrfurcht mehr vor diesem Mann.

»Ich sagte, Sie sollen keine Fragen stellen«, erinnerte er ihn mit einem dunklen Grollen in der Stimme. »Ich bin es, der Antworten sucht, Gregor. Sagen Sie mir jetzt: Wie haben Sie entschieden, wer Ihr Nachfolger werden wird? Haben Sie es überhaupt schon entschieden? Falls ja – haben Sie darüber Aufzeichnungen angefertigt?«

Borowitz war erstaunt und auch wütend. »Sie wagen es …?«, sagte er aufgebracht, mit hervorquellenden Augen. »Sie *wagen* es …! Sie vergessen sich, Dragosani. Sie vergessen, wer ich bin und wo Sie stehen. Und anscheinend vergessen Sie – oder es interessiert sie nicht –, dass Sie sich in einem Trauerhaus befinden! Sie sollen *verflucht* sein, Dragosani! Um Ihre Frage zu beantworten: Nein, ich habe nichts zu Papier gegeben – es gibt nichts aufzuschreiben, denn ich werde noch für eine lange Zeit als Chef des Dezernats weiterarbeiten, darauf können Sie Gift nehmen. Außerdem – selbst wenn ich schon einen Nachfolger ausgewählt hätte, könnten Sie sich von diesem Moment ab jede Hoffnung auf diese Position aus dem Kopf schlagen!« Er stand auf, bebend vor Wut. »Und jetzt schaffen Sie Ihren verdammten Arsch hier raus! Raus, bevor ich …«

Dragosani nahm seine große Sonnenbrille ab.

Borowitz schaute in Dragosanis Gesicht und war plötzlich verblüfft über die massive Verwandlung, die sich an ihm vollzogen hatte. Er sah kaum noch aus wie der Dragosani, den er kannte, sondern wie jemand gänzlich anderes. Und diese *Augen* – diese unglaublich scharlachroten Augen!

»Ich versetze Sie in den Ruhestand, Gregor«, grollte Dragosani. »Aber Sie gehen nicht mit leeren Händen. Nicht nach so vielen Jahren treuer Dienste.« Er kauerte sich nieder. Schultern und Rücken wölbten sich von einem grotesken Eigenleben erfüllt hervor.

»Mich in den Ruhestand ...?« Borowitz versuchte, vor Dragosani zurückzuweichen, aber die Couch stand direkt hinter ihm im Weg. »Sie, mich in den Ruhestand versetzen?«

Dragosani nickte, riss den Rachen auf und lächelte, präsentierte seine Fänge, die wie Sicheln aussahen. »Wir haben ein kleines Ruhestandsgeschenk für Sie, Gregor.«

»Wir?«, krächzte Borowitz.

»Ich und Max Batu«, sagte Dragosani. Und im nächsten Augenblick blickte Borowitz in das Antlitz der Hölle.

Und dann kam es ihm vor, als hätte ihm ein Maultier gegen die Brust getreten. Er flog nach hinten, die Arme weit ausgestreckt, prallte gegen die Wand und von ihr ab. Kleine Regale und Bilderrahmen fielen krachend zu Boden. Borowitz stürzte und blieb halb über die Couch hängend liegen. Er griff sich an die Brust und kämpfte darum, die Kontrolle über seine gummiweichen Glieder zu erlangen und wieder auf die Beine zu kommen, seine gequälten Lungen schnappten nach Luft. Sein Herz fühlte sich zerquetscht an – wenn er auch nicht wusste, wie, so wusste er doch, was Dragosani ihm angetan hatte.

Endlich hatte er sich in eine aufrechte Position gekämpft. »Dragosani!« Er streckte seine wild flatternden, schwammigen Finger dem Nekromanten entgegen. »Drago...«

Wieder schleuderte Dragosani sein psychisches Geschoss auf ihn, und noch einmal. Borowitz wurde vom ersten Schlag wie eine Fliege erwischt, rücklings über die Couch geschleudert. Er schaffte es noch, sich aufzusetzen und sein allerletztes Wort zu beenden, bevor ihn der zweite Schlag traf: »*…sani!*«

Dann war es vollbracht. Der Exboss des E-Dezernats saß aufrecht da, mausetot, mit allen Anzeichen eines Herzinfarkts.

»Klassisch!«, knurrte Dragosani zustimmend.

Er blickte sich im Zimmer um. Die Tür eines Eckschranks stand offen und offenbarte eine verbeulte alte Schreibmaschine und Papier, Briefumschläge und anderes Schreibmaterial. Schnell trug er die Maschine zum Tisch, legte ein weißes Blatt Papier ein und begann eifrig, darauf zu tippen:

Ich fühle mich nicht gut. Ich glaube, es ist mein Herz. Nataschas Tod hat mir übel zugesetzt. Ich glaube, mit mir geht es zu Ende.

Weil ich bis jetzt niemanden ernannt habe, der meine Arbeit weiterführen soll, will ich das nun tun. Der einzige Mann, dem man zutrauen kann, da weiterzumachen, wo ich aufgehört habe, ist Boris Dragosani. Er steht in unverbrüchlicher Treue zur UdSSR und ganz besonders zu den Zielen und dem Wohlergehen des Generalsekretärs.

Weil ich fühle, dass mein Ende naht, möchte ich auch, dass mein Körper in die Obhut von Dragosani gegeben wird. Er kennt meine Wünsche in dieser Hinsicht …

Dragosani grinste, als er das maschinenbeschriebene Blatt ein, zwei Zeilen weiter rückte. Er las das Schreiben durch, nahm einen Kugelschreiber und kritzelte ans Ende der letzten Zeile im Stil von Borowitz ›G. B.‹ Dann wischte er die Tastatur mit seinem Taschentuch ab und trug die Maschine zur Couch hinüber. Er setzte sich neben den Toten und legte dessen Finger kurz auf die Tasten. Und Borowitz schaute ihm die ganze Zeit mit gebrochenen, vorquellenden Augen zu.

»Gut gemacht, Gregor«, sagte Dragosani, als er die Schreibmaschine wieder zurück zum Tisch trug. »Ich gehe jetzt, aber Lebewohl sage ich noch nicht. Nachdem sie dich gefunden haben, sehen wir uns wieder, im Schloss Bronnitsy, hmm? Welchen Preis haben deine intimsten Geheimnisse dann noch, Gregor Borowitz?«

Um 12.25 Uhr trat er wieder aus der stillen Hütte im Wald und lief den Weg zurück zu seinem Auto.

Es war Samstag, daher waren weniger Leute als üblich im Schloss Bronnitsy anwesend, aber die Wachen, die Dragosani an der äußeren Mauer überprüften, meldeten seine Ankunft. In der inneren Gebäudegruppe erwartete ihn der diensthabende Offizier. Er trug die Uniform des Schlosses, einen grauen Overall mit einem diagonalen gelben Streifen über dem Herzen, und begrüßte Dragosani atemlos an seinem Wolga.

»Gute Nachrichten, Genosse!«, erklärte er, während er mit Dragosani durch den Komplex lief und ihm eine Tür aufhielt. »Wir haben Neuigkeiten über diesen britischen Agenten, diesen Harry Keogh, für Sie.«

Dragosani packte ihn sogleich bei der Schulter, mit einem Griff wie ein Schraubstock. Der andere löste sich vorsichtig und starrte Dragosani neugierig an. »Stimmt irgendetwas nicht, Genosse?«

»Nicht, wenn wir Keogh haben«, knurrte Dragosani. »Nein, überhaupt nichts. Sind Sie der Mann, mit dem ich letzte Nacht gesprochen habe?«

»Nein, Genosse. Er ist jetzt außer Dienst. Ich habe sein Berichtsbuch gelesen, das ist alles. Und natürlich war ich heute Morgen hier, als die Nachricht über Keogh hereinkam.«

Dragosani betrachtete sein Gegenüber distanziert: dürr und mit hängenden Schultern, ein typisches Nichts – und dennoch aufgeplustert von seiner eigenen Wichtigkeit. Er war kein ESPer, sondern einfach nur höheres Bodenpersonal. Zu wichtigtuerisch für Dragosanis Geschmack.

»Kommen Sie mit«, sagte Dragosani kalt. »Sie können mir auf dem Weg von Keogh berichten.«

Mit dem Offizier vom Dienst auf den Fersen lief Dragosani in großen Schritten durch die Korridore des Schlosses und erklomm die Treppen zu Borowitz' privatem Bürokomplex. Der Mann hatte Mühe, Dragosani zu folgen, und sagte: »Etwas langsamer, Genosse, oder ich kriege keine Luft mehr, um Ihnen alles zu erzählen!«

Dragosani ging weiter. »Keogh«, schnappte er über die Schulter. »Wo ist er? Wer hat ihn? Bringen Sie ihn hierher?«

»Niemand *hat* ihn, Genosse«, schnaufte der andere. »Wir wissen bloß, wo er ist, das ist alles. Er ist in Ostdeutschland, in Leipzig. Er hat am Checkpoint Charlie in Berlin die Grenze überschritten – als Tourist! Anscheinend hat er keinen Versuch unternommen, seine Identität zu verbergen. Sehr eigenartig. Er ist jetzt schon seit drei, vier Tagen in Leipzig. Er scheint die meiste Zeit dort auf einem Friedhof verbracht zu haben. Offensichtlich wartet er auf einen Kontakt.«

»Ach?« Dragosani hielt kurz inne und musterte sein Gegenüber spöttisch. »Offensichtlich, sagen Sie? Dann lassen Sie mich Ihnen sagen, Genosse, dass an dem Kerl nichts offensichtlich ist! Jetzt kommen Sie schnell in mein Büro und ich gebe Ihnen einige Anweisungen.«

Einen Augenblick später folgte der OvD Dragosani in das Vorzimmer zu Borowitz' Suite. »Ihr Büro?«, keuchte er.

Hinter dem Schreibtisch blickte Borowitz' Sekretär, ein junger Mann mit dicken Brillengläsern, schmalen Augenbrauen und einem vorzeitig zurückweichenden Haaransatz erstaunt auf.

Dragosani wies mit seinem Daumen in Richtung offene Tür. »Sie – raus! Warten Sie draußen. Ich rufe Sie, wenn ich Sie brauche.«

»Wie bitte?« Verwirrt stand der Mann auf. »Genosse Dragosani, ich muss protestieren! Ich …«

Dragosani beugte sich über den Schreibtisch, packte den Mann an der linken Wange und zog ihn, wild Schreibgeräte verstreuend, über die Tischplatte. Unter einem Schwall erstickter, gequälter Protestrufe wirbelte er ihn in Richtung offene Tür. »Protestieren Sie bei Gregor Borowitz, wenn Sie ihn das nächste Mal sehen«, blaffte er. »Bis dahin gehorchen Sie meinen Befehlen, oder ich lasse Sie abknallen!«

Er lief in Borowitz' altes Büro hinein, der OvD folgte ihm zitternd.

Ohne Zögern ließ sich Dragosani in Borowitz' Sessel hinter dem Schreibtisch sinken und sah den OvD an. »Also jetzt, wer beobachtet Keogh?«

Gelähmt vor Furcht stotterte der OvD eine Weile, bevor er sich beruhigte. »Ich … wir … die GREPO«, brachte er schließlich zustande. »Die ostdeutsche Grenzpolizei.«

»Ja, ja – ich weiß, was die GREPO ist«, schnappte Dragosani genervt. Dann nickte er. »Gut! Die sind sehr effizient, habe ich gehört. Hier sind also meine Befehle – in Vertretung von Gregor Borowitz. Man soll Keogh festnehmen, lebend, falls möglich. Das habe ich letzte Nacht schon befohlen, und ich hasse es, mich wiederholen zu müssen.«

»Aber es gibt keinen Haftbefehl, Genosse Dragosani«, erklärte der OvD. »Er steht auf keiner Liste, und bis jetzt hat er sich nichts zu Schulden kommen lassen.«

»Die Anklage ist ... Mord«, sagte Dragosani. »Er hat einen unserer Agenten, einen Schläfer, in England ermordet. Er wird *auf jeden Fall* festgesetzt. Falls das zu schwierig ist, lautet der Befehl, ihn zu erschießen! Auch das habe ich letzte Nacht schon angeordnet.«

Der OvD spürte, dass der Vorwurf ihm persönlich galt. Er hatte das Gefühl, sich entschuldigen zu müssen: »Aber das sind Deutsche, Genosse«, sagte er. »Einige von denen möchten gerne noch glauben, dass sie sich selbst regieren, wenn Sie verstehen, was ich meine.«

»Nein«, antwortete Dragosani, »ich habe keine Ahnung, was Sie meinen. Nehmen Sie das Telefon gegenüber. Verbinden Sie mich mit der Kommandozentrale der GREPO in Berlin. Ich werde mit denen sprechen.«

Der OvD stand wie vom Donner gerührt da.

»*Jetzt!*«, fauchte Dragosani. Und als der Mann nach draußen stürzte, rief er ihm hinterher: »Und schicken Sie den Dämlack von draußen rein!«

Als Borowitz' Sekretär eintrat, sagte Dragosani: »Setzen. Und zuhören. Bis der Genosse General zurückkommt, habe ich hier das Sagen. Was wissen Sie darüber, wie dieser Ort funktioniert?«

»Fast alles, Genosse Dragosani«, antwortete der Sekretär bleich und verängstigt, während er sich sein Gesicht rieb. »Der Genosse General überließ vieles mir.«

»Personalfragen?«

»Was ist damit, Genosse Drag...«

»Sparen Sie sich das!«, polterte Dragosani. »Kein *Genosse* mehr, das ist bloß Zeitverschwendung. Nennen Sie mich einfach Dragosani.«

»Ja, Dragosani.«

»Personal«, sagte Dragosani noch einmal. »Wie viel haben wir momentan hier?«

»Hier im Schloss? Jetzt? Eine Rumpfmannschaft von ESPern und vielleicht einem Dutzend Sicherheitsleuten.«

»Gibt es eine Bereitschaft für den Notfall?«

»Äh, ja, Dragosani.«

»Gut! Ich will insgesamt mindestens 30 Leute hier haben. Und ich will, dass sie bis 17.00 Uhr hier sind – allerspätestens. Ich will unsere besten Telepathen und Wahrsager, und Igor Vlady muss unter ihnen sein. Ist das möglich? Können wir diese Leute bis 17.00 Uhr einberufen?«

Der andere nickte sofort. »In mehr als drei Stunden? Natürlich, Dragosani. Absolut.«

»Dann klemmen Sie sich dahinter.«

Als er allein war, lehnte sich Dragosani in seinem Sessel zurück und legte seine Füße auf den Schreibtisch. Er dachte darüber nach, was er tun sollte. Wenn die Ostdeutschen Keogh schnappten, insbesondere wenn sie ihn töteten (in diesem Falle musste Dragosani sicherstellen, dass er persönlich die Leiche in die Hände bekam), würde das mit Sicherheit Keoghs Mitwirkung an dem Aufruhr der kommenden Nacht ausschließen. Oder etwa nicht?

In jedem Fall war es schwer vorstellbar, wie Keogh es überhaupt von Leipzig hierher schaffen konnte, und das in nur ein paar Stunden. Also sollte sich Dragosani vielleicht auf eine andere Möglichkeit vorbereiten – bloß auf welche? Sabotage? Trat der kalte ESP-Krieg endlich in die heiße Phase? Hatte der Mord an Sir Keenan Gormley eine Art langsamer Zündschnur in Brand gesetzt, die vielleicht schon vor langer Zeit gelegt worden war? Was konnte dem Schloss denn schon zustoßen? Dieser Ort war so uneinnehmbar wie eine Burg. 50 Keoghs würden es nicht einmal über die äußere Mauer schaffen!

Wütend auf sich selbst und seine steigende innere Anspannung zwang sich Dragosani, Keogh aus seinem Bewusstsein zu drängen.

Nein, diese Bedrohung musste irgendwo anders ihren Ursprung haben.

Er dachte über die Befestigungsanlagen des Schlosses nach. Dragosani hatte die Notwendigkeit, das Schloss zu befestigen, nie ganz verstanden, aber nun war er wirklich froh um die Verteidigungsanlagen. Natürlich war der alte Borowitz ein Soldat gewesen, lange bevor er das E-Dezernat gegründet hatte; er war ein tüchtiger Stratege, und zweifellos hatte er gute Gründe, auf dieser hohen Sicherheitsstufe zu bestehen. Aber hier, direkt vor den Toren Moskaus? Wovor hatte er sich gefürchtet? Nicht dass dies der einzige befestigte Ort der UdSSR gewesen wäre, ganz im Gegenteil. Die Raumfahrtzentren, Nuklear- und Plasmaforschungsanlagen und die Laboratorien für chemische und biologische Kriegsführung in Berezov standen allesamt unter scharfer Bewachung.

Dragosani schnitt eine finstere Miene. Wie sehr wünschte er sich, Borowitz jetzt hier zu haben, unten im Operationssaal, ausgestreckt auf einem Stahltisch, mit heraushängendem Gedärm und aller Geheimnisse seiner Seele entblößt. Nun denn, auch das würde noch geschehen.

»Genosse Dragosani!«, erschallte die Stimme des OvD von gegenüber und riss ihn aus seinen Gedanken. »Ich habe das GREPO-Hauptquartier in Berlin in der Leitung. Ich stelle Sie jetzt zu ihnen durch.«

»Gut«, rief er zurück. »Und während ich mit ihnen spreche, können Sie noch etwas anderes erledigen. Ich will, dass das Schloss von oben bis unten durchsucht wird. Besonders die Gewölbe. Soweit ich weiß, gibt es da unten Räume, in denen noch kein Mensch war. Nehmen Sie das ganze Gebäude auseinander. Suchen Sie nach Bomben, Brandsätzen und allem, was irgendwie verdächtig aussieht. Ich will so viele Männer wie möglich – besonders die ESPer. Verstanden?«

»Ja, Genosse, natürlich.«

»Also gut, dann lassen Sie mich jetzt mit diesen verdammten Deutschen reden.«

Es war 15.15 Uhr. Auf dem Stadtfriedhof in Leipzig herrschte arktische Kälte. Harry Keogh hatte sich in seinen Mantel gehüllt, eine schon lange geleerte Thermoskanne Kaffee auf dem Schoß, und saß steifgefroren am Fuße von August Ferdinand Möbius' Grab und verzweifelte. Er hatte versucht, sein ESP-Bewusstsein – sein ›metaphysisches‹ Talent – auf die hypothetischen Eigenschaften der veränderten Raumzeit und vierdimensionalen Topologie anzuwenden, und war gescheitert. Seine Intuition sagte ihm, dass es möglich war, eine Möbius-Reise ›seitwärts‹ in der Zeit zu unternehmen, aber die Mechanik der Sache war ein Stolperstein, der sich wie ein Gebirge vor ihm auftürmte und den er einfach nicht überwinden konnte. Seine instinktive oder intuitive Beherrschung der Mathematik und nicht-euklidischen Geometrie war nicht genug. Er fühlte sich wie jemand, den man aufgeforderte hatte die Gleichung $E = mc^2$ durch die Auslösung einer Atomexplosion zu beweisen – aber allein mit seinem Geist! Wie verwandelt man körperlose Zahlen, reine Mathematik in physische Tatsachen? Zu wissen, dass ein Haus aus zehntausend Ziegelsteinen besteht, reicht nicht; man kann ein Haus nicht aus Zahlen erbauen, sondern nur aus Ziegelsteinen! Es war ein Unterschied, ob Möbius seinen körperlosen Geist hinaus zu den entferntesten Sternen sandte, oder ob Harry Keogh, ein physischer, dreidimensionaler Mensch aus Fleisch und

Blut, dasselbe versuchte. Angenommen, er hätte Erfolg und würde wirklich entdecken, wie er sich selbst von A zum hypothetischen Ort B teleportieren könnte, ohne physisch den Weg dazwischen zurückzulegen. Was dann? Wohin würde er sich teleportieren – und wie würde er wissen, dass er angekommen war? Es könnte sich als genauso gefährlich erweisen wie der Sprung von der Klippe zum Beweis der Schwerkraft.

Seit Tagen beschäftigte er sich jetzt mit dem Problem und dachte an fast nichts anderes mehr. Er hatte gegessen, getrunken und geschlafen, war allen natürlichen Bedürfnissen nachgegangen, aber sonst nichts. Und dennoch blieb das Problem ungelöst, die Raumzeit weigerte sich, sich für ihn zu krümmen, die Gleichungen blieben düstere undurchdringliche Schnörkel auf den mittlerweile schäbigen, abgegriffenen Seiten seines Geistes. Welch eine wunderbare Idee – sich selbst physisch in einem metaphysischen Bereich zu bewegen –, aber wie sollte er sie realisieren?

»Sie brauchen einen Ansporn, Harry«, sagte Möbius, indem er müde in Harrys Gedanken eindrang, gewiss zum fünfzigsten Mal an diesem Tag. »Not macht immerhin erfinderisch. Bis jetzt wissen Sie, *was* Sie erreichen wollen – und ich glaube auf jeden Fall, dass Sie geschickt genug sind und die intuitive Fähigkeit besitzen, auch wenn Sie es noch nicht geschafft haben –, aber Sie haben noch keinen genügenden Grund, es zu tun! Das ist alles, was Sie jetzt brauchen, den richtigen Ansporn. Den Schubs, der Sie den letzten Schritt tun lässt.«

Harry stimmte zu, nickte mental. »Vielleicht haben Sie Recht. Ich weiß, ich *werde* es tun; ich habe es bloß … noch nicht versucht? Es ist ein bisschen so, wie wenn man das Rauchen aufgibt: Man kann es, aber man kann es auch nicht. Wahrscheinlich schafft man es, wenn man bereits an Krebs stirbt. Aber so lange will ich nicht warten! Ich will sagen, dass ich die Mathematik beherrsche, die ganze Theorie – ich habe wirklich das Bewusstsein und die Intuition –, aber das Bedürfnis ist nicht da, noch nicht. Der Schubs, wenn Sie so wollen. Ich sage Ihnen, wie sich das anfühlt: Ich sitze in einem gut beleuchteten Raum mit einem Fenster und einer Tür. Ich schaue aus dem Fenster, und draußen ist es dunkel. So wird es immer sein. Es ist nicht Nacht, sondern eine tiefere Dunkelheit, und sie wird ewig bestehen. Es ist die Dunkelheit der Räume *zwischen* den Räumen. Ich weiß, dass es dort draußen irgendwo andere Räume gibt. Mein Problem ist, dass ich keinen Wegweiser habe. Wenn ich durch diese Tür gehe, werde ich zum Teil der Dunkelheit. Vielleicht kann ich nicht wieder zurückkehren, hierher oder irgendwohin sonst. Es geht nicht darum, dass ich nicht hinauskann, sondern dass ich nicht daran denken möchte, wie es dort draußen ist. Sie sind draußen, also kann ich auch hinausgehen. Ich spüre, dass es lediglich eine Erweiterung meiner Fähigkeiten ist, aber in eine unerforschte Richtung. Ich bin wie ein Küken im Ei, und ich will nicht schlüpfen, bevor ich es nicht muss.«

»Mit wem sprechen Sie, Harry Keogh?«, fragte eine Stimme, die nicht die von Möbius war, eine flache, kalte Stimme, neugierig und emotionslos.

»Wie?« Erstaunt blickte Harry auf.

Es waren zwei, und es war offensichtlich, wer oder was sie waren. Auch wenn er nichts über Spionage oder Ost-West-Politik wusste, hätte er diese beiden bereits von Weitem erkannt. Ihr Anblick ließ ihn mehr frösteln als der schneidende Wind, der nun über den verlassenen Friedhof wehte und tote Blätter und Papierfetzen zwischen den Grabsteinen vor sich her wehte.

Einer von ihnen war sehr groß, der andere klein, aber ihre dunkelgrauen Mäntel, die ins Gesicht gezogenen Hüte und ihre Brillen mit dünnen Rahmen waren so ähnlich, dass sie wie Zwillinge aussahen. Und Zwillinge waren sie gewiss von ihrer Natur her, ihren Gedanken und in ihrem armseligen Ehrgeiz.

»Wie?«, sagte Harry noch einmal und richtete sich steif auf. »Habe ich wieder mit mir selbst geredet? Tut mir leid, das mache ich ständig. Ist nur eine Gewohnheit von mir.«

»Mit sich selbst zu sprechen?«, wiederholte der Große und schüttelte den Kopf. »Nein, das glaube ich nicht.« Sein Akzent war stark und seine Lippen so dünn wie sein gekünsteltes Lächeln. »Ich glaube, dass Sie mit jemand anderem gesprochen haben – vielleicht mit einem anderen Spion, Harry Keogh!«

Harry wich ein, zwei Schritte vor ihnen zurück. »Ich weiß wirklich nicht, was ...«, begann er.

»Wo ist Ihr Funkgerät, Herr Keogh?«, fragte der Kleine. Er trat vor und wühlte mit dem Fuß in der Erde des Grabes, wo Harry gesessen hatte. »Steckt es vielleicht hier, in der Erde vergraben? Tag für Tag sitzen Sie hier und sprechen mit sich selbst? Sie halten uns wohl alle für Idioten!«

»Hören Sie«, krächzte Harry und wich noch weiter zurück. »Sie müssen mich verwechseln. Spion? Das ist doch Wahnsinn. Ich bin Tourist, sonst nichts.«

»Ach?«, sagte der Große. »Ein Tourist? Mitten im Winter? Ein Tourist, der daherkommt und tagelang auf einem Friedhof sitzt und Selbstgespräche führt? Ihnen sollte was Besseres einfallen, Herr Keogh. Und uns auch. Wir wissen aus sicherer Quelle, dass Sie ein britischer Spion sind und außerdem ein Mörder. Wenn Sie uns jetzt also, bitte schön, begleiten würden.«

»Geh nicht mit ihnen, Harry!«, ertönte Keenan Gormleys Stimme aus dem Nichts ungebeten in Harrys Bewusstsein. *»Lauf, Junge, lauf!«*

»Was?«, keuchte Harry. »Keenan? Aber wie …?«

»Oh Harry! Mein Harry!«, schrie seine Mutter. *»Bitte sei vorsichtig!«*

»Wie?«, murmelte er wieder und schüttelte den Kopf, weiter von den beiden Männern zurückweichend.

Der Kleine zog Handschellen heraus und sagte: »Ich muss Sie warnen, Herr Keogh, leisten Sie keinen Widerstand. Wir sind Gegenspionage-Beamte der Grenzpolizei, und …«

»Schlag zu, Harry!«, drängte Graham ›Sergeant‹ Lane in Harrys innerem Ohr. *»Du kannst es mit diesen beiden Typen aufnehmen. Du weißt wie. Erwisch sie, bevor sie dich erwischen. Pass aber auf – die sind bewaffnet!«*

Als der Kleine drei schnelle Schritte vorwärts machte und seine Handschellen ausstreckte, nahm Harry eine Verteidigungsposition ein. Der Große, der ebenfalls näher kam, brüllte: »Was soll das? Wollen Sie uns drohen? Harry Keogh, Sie sollten wissen, dass wir den Befehl haben, Sie tot oder lebendig zu fassen!«

Der Kleine machte Anstalten, die Handschellen um Harrys Handgelenke schnappen zu lassen. Im letzten Augenblick stieß Harry sie beiseite, drehte sich halb und trat hart zu.

Der Tritt traf den Kleinen an der Brust, brach ihm einige Rippen und warf ihn rückwärts gegen seinen Kollegen. Vor Schmerz aufschreiend, sank er zu Boden.

»Du kannst nicht gewinnen!«, warnte Gormley. *»Nicht so.«*

»Er hat Recht«, sagte James Gordon Hannant. *»Das ist deine letzte Chance, Harry, und du musst sie nutzen. Selbst*

wenn du die zwei aufhältst, es kommen noch andere. So schaffst du es nicht. Du musst dein Talent benutzen, Harry. Dein Talent ist größer, als du glaubst. Ich habe dir überhaupt nichts über Mathematik beigebracht – ich habe dir nur gezeigt, wie du das nutzt, was in dir steckt. Dein volles Potenzial ist aber immer noch unerforscht. Junge, in dir stecken Formeln, von denen ich nicht einmal zu träumen gewagt habe! Du hast selbst einmal etwas Ähnliches zu meinem Sohn gesagt, erinnerst du dich?«

Harry erinnerte sich. Seltsame Gleichungen blitzten plötzlich in seinem Geist auf. Türen öffneten sich, wo es keine Türen geben sollte. Sein metaphysischer Geist streckte sich aus und berührte die physische Welt, entschlossen, sie nach seinem Willen zu formen. Er konnte den umgeworfenen Agenten in Zivilkleidung vor Wut und Schmerz schreien hören, hörte, wie der größere in seinen Mantel griff und eine hässliche, plumpe Waffe hervorzog. Aber das Bild der realen Welt wurde überlagert von den Toren der Möbius-Raum-Zeit-Dimension innerhalb seiner Reichweite. Die dunkle Schwelle lockte ihn.

»Das ist es, Harry!«, schrie Möbius selbst. *»Jedes von ihnen funktioniert!«*

»Ich weiß nicht, wo sie hinführen!«, schrie er gellend.

»Viel Glück, Harry!«, riefen Gormley, Hannant und Lane fast gleichzeitig.

Die Pistole in der Hand des größeren Agenten spuckte Feuer und Blei. Harry drehte sich zur Seite und fühlte den heißen Luftzug des Geschosses, als es wütend den Kragen seines Mantels durchschlug. Er sprang nach vorne und trat zu; tiefe Befriedigung erfüllte ihn, als seine Füße krachend im Gesicht und in der Schulterpartie des Mannes landeten. Der Mann stürzte, und seine Waffe fiel klirrend auf den hartgefrorenen Boden. Fluchend und Blut und Zähne spuckend tastete er nach ihr, ergriff sie mit beiden Händen und richtete sich auf.

Aus dem Augenwinkel erspähte Harry einen Durchgang in der Möbiusschleife. Er war so nah, er konnte ihn fast mit seiner Hand berühren. Der Agent brabbelte etwas Unverständliches und schwang seine Pistole in Harrys Richtung. Harry trat sie beiseite, griff den Mann am Ärmel, brachte ihn aus dem Gleichgewicht und wirbelte ihn durch das offene Tor.

Der deutsche Agent war verschwunden. Aus dem Nirgendwo erscholl ein grauenerregender, hallender, langsam abebbender Schrei. Es war der Schrei der Verdammten, einer Seele, die sich auf alle Ewigkeit in der endgültigen Finsternis verloren hatte.

Harry lauschte diesem Schrei und schauderte – aber nur für einen Augenblick. Über diesem verklingenden Schrei hörte er gebrüllte Befehle, das Knirschen rennender Füße auf Kies. Männer kamen an, verschanzten sich hinter Grabsteinen, umzingelten ihn. Er wusste: Falls er die Türen benutzen wollte, musste er es jetzt tun. Der verletzte Agent auf dem Boden hielt eine Waffe in den Händen, die wie Wackelpudding zitterten. Seine Augen waren grotesk aufgerissen, denn er hatte … *etwas* gesehen! Er war sich nicht länger sicher, ob er es wagte, den Abzug zu drücken und diesen Mann zu erschießen.

Harry ließ ihm keine Zeit, länger darüber nachzudenken. Er trat ihm die Waffe aus der Hand, hielt für einen Moment inne und betrachtete noch einmal die fantastische Formel vor seinem geistigen Auge. Die rennenden Männer kamen näher; eine pfeifende Kugel traf funkensprühend auf Marmor.

Vor Möbius' Grabstein erschien aus dem Nichts ein flackerndes Tor. Das war angemessen, dachte Harry – und hechtete kopfüber darauf zu.

Der angeschlagene ostdeutsche Agent lag auf dem kalten Boden und beobachtete, wie Harry Keogh hindurchsprang, in den Stein *hinein* verschwand!

Schnaufende Männer kamen schlitternd in einem Menschenknäuel zum Stehen. Alle Waffen streckten sich schussbereit nach vorne. Sie gafften in der Gegend herum, suchten mit eifrigen kalten Augen. Der Agent auf dem Boden deutete mit blutleerem, weißem Gesicht und zitterndem Finger auf das Grab von Möbius. Er war bis ins Mark erschüttert, und kein Wort kam über seine Lippen.

Und der schneidende Wind blies weiter.

Um 16.45 Uhr hatte Dragosani bereits die schlechten Nachrichten erfahren. Harry Keogh lebte; er war nicht festgenommen worden, sondern hatte fliehen können. Wie er diese Flucht bewerkstelligt hatte, war unbekannt. Ein Agent wurde vermisst und war vermutlich tot, ein anderer ernsthaft verletzt. Die Ostdeutschen verlangten Erklärungen. Sie wollten wissen, mit wem oder was sie es zu tun hatten. Sollten sie doch verlangen, was sie wollten – Dragosani wünschte sich, *er* wüsste, womit er es zu tun hatte!

Jedenfalls musste er sich nun mit dem Problem auseinandersetzten, und die Zeit wurde knapp. Es gab jetzt keinen Zweifel mehr daran, dass Keogh hierherkam – heute Nacht? Wie? Wer konnte das sagen? Wann genau? Auch das war unmöglich zu ermessen. Aber einer Sache war sich Dragosani absolut sicher: Er würde kommen. Ein Mann, der sich gegen eine kleine Armee stellte! Natürlich war sein Vorhaben hoffnungslos – aber Dragosani wusste um die Existenz vieler Dinge, die gewöhnliche Menschen für unmöglich hielten …

In der Zwischenzeit hatte das Notrufsystem gut funktioniert. Dragosani hatte jetzt alle Leute zur Verfügung, die er verlangt hatte, und noch ein halbes Dutzend mehr. Sie bemannten die Maschinengewehrposten der äußeren Wälle, ähnliche Batterien in den Nebengebäuden, und ebenso die befestigten Bunker, die in die Seiten des Schlosses hineingebaut waren. ESPer ›arbeiteten‹ unten in den Laboratorien, in einer Umgebung, die ihren verschiedenen Fähigkeiten und Talenten am besten entgegenkam, und Dragosani hatte Borowitz' Büro in sein taktisches Hauptquartier verwandelt.

Man hatte das Schloss, wie er es befohlen hatte, von oben bis unten durchsucht; aber sobald er von Keoghs Flucht erfahren hatte, ließ er dies stoppen; er hatte erkannt, woher der Ärger kommen würde. Bis dahin waren die unteren Gewölbe des Schlosses bereits vollständig durchsucht, Dielenbretter und jahrhundertealte Steinfliesen waren in den älteren Gebäudeteilen herausgerissen und die Grundmauern fast bis ins Erdreich hinein erforscht worden. Drei Dutzend Männer können in drei Stunden eine Menge Schaden anrichten, besonders wenn ihnen klargemacht wird, dass ihr Leben davon abhängen könnte.

Was Dragosani jedoch am meisten erboste, war der Gedanke, dass dies alles nur wegen eines einzigen Mannes aufgeführt wurde, Harry Keogh, und dass ein totales Chaos in seinem Namen vorausgesagt worden war. Das bedeutete ganz einfach, dass Keogh über eine ungeheure Zerstörungskraft verfügte. Worin bestand sie? Dragosani wusste, dass er ein Necroscope war – na und?

Er hatte auch gesehen, wie ein totes Objekt aus einem Fluss gestiegen und Keogh zu Hilfe gekommen war. Aber das war seine Mutter gewesen, in Schottland und somit tausende Kilometer entfernt. Hier gab es niemanden, der Keoghs Schlachten für ihn schlug.

Natürlich gab es immer noch die Möglichkeit, von diesem Ort zu fliehen (die Geschehnisse sollten sich im Schloss Bronnitsy ereignen und nirgendwo sonst), aber das wäre nicht in seinem Interesse. Es hätte nicht nur den Ruch totaler Feigheit, sondern würde auch Igor Vladys Voraussage widersprechen – seiner Prognose, dass der Vampir in Dragosani in dieser Nacht sterben würde. Und die Erfüllung dieser Vorhersage wünschte er sich vor allem anderen. Das war sein Ziel – solange er noch einen freien Willen besaß, um es sich zu wünschen!

Und was Vlady betraf: Die Bereitschaftstruppe hatte in seiner Wohnung eine Notiz gefunden, die für seine Verlobte gedacht war und in der er seine Abwesenheit erklärte. Vlady würde sie bald anrufen, stand auf der Notiz, und zwar aus dem Westen. Mit Vergnügen hatte Dragosani die Personenbeschreibung des Verräters an alle relevanten Übergangspunkte durchgegeben. Es gab keinerlei Schonung für ihn: Er sollte umgehend erschossen werden, im Namen der Sicherheit der mächtigen UdSSR. So viel zu Vlady, und dennoch … wäre es ihm hier besser ergangen? Dragosani dachte darüber nach. Hatte er Vlady solch einen Schrecken eingejagt, oder war er vor etwas anderem geflohen? Vor etwas, dessen Herannahen er für die allernächste Zukunft gesehen hatte?

XVI

Es war, wie Harry vermutet hatte: Jenseits der Möbiustore entdeckte er die Urdunkelheit selbst, die Finsternis, die vor dem Ursprung des Universums existierte.

Dort gab es nicht nur kein Licht, dort gab es gar nichts. Er hätte sich im Herzen eines Schwarzen Lochs befinden können, außer dass ein Schwarzes Loch gewaltige Gravitationskräfte besaß und dieser Ort überhaupt keine. In gewissem Sinne war dies eine metaphysische Existenzebene, aber in einem anderen Sinn nicht – weil hier nichts existierte. Es war einfach ein ›Ort‹, aber ein Ort, an dem bis jetzt kein Gott jene wunderbar beschwörenden Worte ›Es werde Licht!‹ gesprochen hatte.

Es war nirgendwo und doch überall; es war sowohl innen als auch außen. Von hier aus konnte man überallhin gehen, oder auf alle Ewigkeit nirgendwohin. Und es würde in der Tat eine Ewigkeit sein, denn in dieser zeitlosen Umgebung alterte oder veränderte sich nichts, außer durch eine Anstrengung des Willens. Harry Keogh war darum ein Fremdkörper, ein lästiges Staubkorn im Auge des Möbius-Kontinuums, das ausgestoßen werden musste. Er fühlte, wie immaterielle Kräfte an ihm zerrten, ihn anschoben und versuchten, ihn aus dem irrealen zurück in den realen Raum zu drängen. Doch er durfte sich nicht vertreiben lassen.

Gewiss konnte er Tore heraufbeschwören, Millionen und Abermillionen von Toren, die zu allen möglichen Orten und Zeiten führten, aber er wusste, dass die meisten dieser Orte und Zeiten für ihn absolut tödlich waren. Es nutzte ihm nichts, wie Möbius in einer weit entfernten Galaxie im tiefsten Weltraum aufzutauchen. Harry war nicht lediglich ein Geschöpf des Geistes, sondern bestand auch aus Materie. Er verspürte nicht den Wunsch, zu erfrieren, geröstet zu werden, zu schmelzen oder zu explodieren.

Sein Problem war also: Welches Tor?

Harrys Sprung durch Möbius' Grabstein hindurch konnte ihn einen Meter oder ein Lichtjahr weit geschleudert haben, er konnte seit einer Minute hier sein oder seit einem Monat, als er ein erstes zögerndes Ziehen einer Kraft spürte, die sich von den Abstoßungskräften dieser Hyperraum-Zeit-Dimension unterschied. Eigentlich war es kein richtiges Ziehen, sondern eher ein sanfter Druck, der ihn leiten zu wollen schien. Etwas Ähnliches hatte er bereits zuvor erlebt, als er seine Mutter unter dem Eis aufgespürt hatte und am Ende in dem Wasserloch unter dem überhängenden Uferstück aufgetaucht war. Es schien nichts Bedrohliches daran zu sein.

Harry ließ sich treiben und folgte der Bewegung; er fühlte, wie sie sich intensivierte und er darauf zusteuerte wie ein Blinder auf eine freundliche Stimme. Oder wie eine Motte auf die helle Flamme einer Kerze? Nein – seine Intuition sagte ihm, dass es, was immer es war, keine Bedrohung darstellte. Immer stärker fühlte er, wie ihn die Kraft den parallelen Raum-Zeit-Strom entlangbugsierte. Als wäre dort ein Licht am anderen Ende des Tunnels, erahnte er nun den vorausliegenden Weg und begann, sich bewusst in diese Richtung zu bewegen.

»Gut!«, ertönte eine schwache Stimme in Harrys Kopf. »Sehr gut. Komm zu mir, Harry Keogh, komm zu mir …«

Es war eine weibliche Stimme, aber nur wenig Wärme lag in ihr. Sie war dünn und schneidend wie der Wind auf dem Leipziger Friedhof, und wie der Wind war sie so alt wie die Zeit.

»Wer bist du?«, fragte Harry.

»Eine Freundin«, kam die Antwort schon stärker.

Harry bewegte sich weiter auf die mentale Stimme zu. Er schlug diesen Weg bewusst ein. Vor ihm befand sich ein Möbiustor. Er streckte sich danach aus und machte eine Pause. »Wie kann ich wissen, dass du eine Freundin bist? Wer sagt mir, dass ich dir trauen kann?«

»Auch ich habe diese Frage einst gestellt«, sagte die Stimme fast in sein Ohr. »Denn auch ich konnte es nicht wissen. Aber ich hatte Vertrauen.«

Harry öffnete das Tor und ging hindurch.

Harry tauchte in Schwimmhaltung und etwa zehn Zentimeter über dem Boden schwebend auf und stürzte. Dann krallte er sich in die Erde, klammerte sich an sie. Die Stimme in seinem Kopf kicherte. »Na also. Siehst du? Eine Freundin …«

Schwindlig und elend löste Harry seine Finger aus dem lockeren, trockenen Erdreich. Er hob seinen Kopf ein wenig und schaute sich um. Das Licht und die Farben attackierten seine Sehnerven. Licht und Wärme. Das war der erste Eindruck, der zu ihm durchdrang: Wie warm es war. Die Erde fühlte sich warm unter seinem Körper an, die Sonne schien – nicht der Jahreszeit entsprechend – warm auf seinen Nacken und seine Hände.

Wo um alles in der Welt war er? War er überhaupt auf der Erde?

Langsam setzte er sich auf. Er fühlte die Wirkung der Schwerkraft, und allmählich hörten die Dinge auf, sich zu drehen, und sein Schwindel ließ nach; er stieß ein lautes ›Puh!‹ der Erleichterung aus.

Harry war nie weit gereist, ansonsten hätte er die Gegend sofort als mediterran erkannt. Die Krume war gelblich braun und mit Sand durchzogen, das Land von niedrigen Büschen bedeckt, die Wärme der Sonne im Januar verriet, dass er sich in südlichen Gefilden befand. Er war bestimmt tausende von Kilometern näher am Äquator, als er es in Leipzig gewesen war. In der Ferne erhob sich eine Bergkette zu flachen Gipfeln; etwas näher lagen Ruinen, verfallende weiße Mauern und Schutthügel; und darüber …

Zwei Düsenjäger schossen wie silberne Pfeile über den klaren, blauen Himmel und hinterließen Kondensstreifen auf ihrem Weg zum Horizont. Ihr Donner rollte über ihn hinweg und wurde durch die Entfernung schwächer.

Harry atmete jetzt leichter und blickte wieder in die Richtung der Ruinen. Mittlerer Osten? Vielleicht. Es war nur ein altes Dorf, das dem großen Rückforderungsplan der Natur zum Opfer gefallen war. Und wieder fragte er sich, wo er sich befand.

»Endor«, sagte die Stimme in seinem Kopf. »So hieß es, als es noch einen Namen besaß. Es war meine Heimat.«

Endor. Das sagte ihm etwas. Das biblische Endor? Der Ort, den Saul in der Nacht vor seinem Tod auf den Hügeln von Gilboa aufsuchte? Wohin er ging, um eine … Hexe aufzusuchen?

»So nannten sie mich, ja«, kicherte es trocken in seinem Bewusstsein. »Die Hexe von Endor. Aber das war vor langer, langer Zeit. Ich war eine Hexe mit großen Gaben, aber jetzt ist ein Größerer in die Welt gekommen. In meinem langen Schlaf habe ich von ihm gehört, diesem mächtigen Zauberer, und diese Gerüchte schafften es, mich zu erwecken. Die Toten nennen ihn ihren Freund, und unter den Lebenden gibt es welche, die ihn zutiefst fürchten. Ja, und ich wünschte mir, mit jenem zu sprechen, der bereits eine Legende ist unter den Legionen der Grüfte … Und seht! – Ich rief, und er kam zu mir. Und sein Name ist Harry Keogh.«

Harry sah zu Boden und presste seine Hände auf die Erde. Er fühlte trockenen Staub. »Du bist … hier?«

»Ich bin eins mit dem Staub der Welt«, antwortete sie. »Mein Staub ist hier.«

Harry nickte. 2000 Jahre waren eine lange Zeit. »Warum hast du mir geholfen?«, fragte er.

»Wäre es dir lieber gewesen, die Abermillionen Toten hätten mich verflucht?«, entgegnete sie sofort. »Warum ich dir half? Weil sie mich darum baten! Sie alle! Dein Ruhm eilt dir voraus, Harry. ›Rette ihn‹, bettelten sie mich an, ›denn wir lieben ihn!‹«

Wieder nickte Harry. »Meine Mutter«, sagte er.

»Deine Mutter ist nur eine. Gewiss, sie ist dein Hauptfürsprecher, aber die Toten sind zahlreich. Sie legte ihr Wort für dich ein, wohl wahr, aber viele Tausende taten es ihr gleich.«

Harry war erstaunt. »Ich kenne keine Tausende«, sagte er. »Ich kenne ein Dutzend, höchstens zwei Dutzend.«

Wieder ihr Kichern – lang, trocken und freudlos. »Aber sie kennen dich! Und wie sollte ich meine Brüder und Schwestern in der Erde ignorieren?«

»Du willst mir helfen?«

»Ja.«

»Du weißt, was ich tun muss?«

»Die anderen haben es mir gesagt, ja.«

»Dann gib mir alle Hilfe, die du mir geben kannst – *wenn* du kannst. Offen gesagt, auch wenn ich nicht unhöflich erscheinen will, glaube ich nicht, dass du viel tun kannst.«

»Ach? Aber ich habe einige derselben Kräfte, die du besitzt, vor zweitausend Jahren beherrscht. Sind meine Künste vergessen worden? Ein König kam hilfesuchend zu mir, Harry Keogh!«

»Saul? Es hat ihm wenig Gutes gebracht«, bemerkte Harry in freundlichem Ton.

»Er bat mich, ihm seine Zukunft zu zeigen, und das habe ich getan.«

»Und kannst du mir meine zeigen?«

»Deine Zukunft?« Sie schwieg einen Augenblick. Dann sagte sie: »Ich habe bereits in deine Zukunft gesehen, Harry, aber darüber stell mir keine Fragen.«

»So schlimm, was?«

»Taten müssen vollbracht werden«, antwortete sie, »und Falsches muss berichtigt werden. Falls ich dir zeigen würde, was sein wird, würde dich dies nicht für die vor dir liegenden Aufgaben stärken. Wie Saul würdest vielleicht auch du schwach auf die Erde sinken.«

»Werde ich verlieren?«, Harry war mutlos.

»Etwas von dir wird verloren gehen.«

»Das klingt nicht gut. Kannst du mir nicht mehr sagen?«

»Ich werde nicht mehr sagen.«

»Dann wirst du mir vielleicht mit der Möbius-Dimension helfen. Wie finde ich mich darin zurecht? Ich weiß nicht, was ich getan hätte, wenn du nicht gekommen wärst, um mir dort hinauszuhelfen.«

»Aber ich weiß davon gar nichts«, antwortete sie offensichtlich verblüfft. »Ich rief dich, und du hast mich gehört. Warum lässt du dich nicht von jenen führen, die dich lieben?«

War das möglich? Möglicherweise schon, dachte Harry. »Das ist wenigstens etwas«, sagte er. »Ich kann es versuchen. Wie kannst du mir sonst noch helfen?«

»Für König Saul«, antwortete sie, »rief ich Samuel. Es gibt auch einige, die mit dir sprechen möchten. Lass mich das Medium ihrer Botschaften sein.«

»Aber es ist doch klar, dass ich mit den Toten selbst sprechen kann!«, rief er.

»Aber nicht mit diesen dreien«, antwortete sie, »weil du sie nicht kennst.«

»Also gut, lass mich mit ihnen sprechen.«

»Harry Keogh«, flüsterte nun eine neue Stimme in seinem Kopf, eine sanfte Stimme, die über die einstige Grausamkeit ihres Besitzers hinwegtäuschte. »Einmal habe ich dich gesehen und du mich. Ich heiße Max Batu.«

Harry schnappte nach Luft und spuckte seinen Ekel in den Sand. »Max Batu? Du bist keiner meiner Freunde«, sagte er verbittert, »du hast Keenan Gormley ermordet!« Dann dachte er darüber nach, mit wem er eigentlich sprach. »Du? Tot? Ich verstehe nicht.«

»Dragosani hat mich getötet«, berichtete ihm Batu, »um mir mit seiner Nekromantie meine Gabe zu stehlen. Er hat mir die Kehle aufgeschlitzt und mir die Eingeweide herausgerissen und meinen Leib der Fäulnis überlassen. Nun besitzt er den bösen Blick. Ich mache dir nicht vor, dein

Freund zu sein, Harry Keogh, aber noch viel weniger bin ich Dragosanis Freund. Ich erzähle dir das, weil es dir dabei helfen könnte, ihn zu töten – bevor er dich tötet. Das ist meine Rache!«

Max Batus Stimme verklang, und eine andere übernahm seinen Platz: »Ich war Thibor Ferenczy«, sprach sie in traurigem und gefühlvollem Tonfall. »Ich hätte ewig leben können. Ich war ein Vampir, Harry Keogh, aber Dragosani vernichtete mich. Ich war untot, aber jetzt bin ich bloß noch tot.«

Ein Vampir! Genau so ein Geschöpf war in Gormleys und Kyles Wortassoziationsspiel aufgetaucht. Kyle hatte einen Vampir in Harrys Zukunft gesehen. Aber er antwortete: »Ich kann Dragosani wohl kaum dafür verdammen, einen Vampir getötet zu haben.«

»Ich will nicht, dass du ihn verdammst«, sagte die Stimme plötzlich härter und schüttelte den Trübsinn wie eine alte Schlangenhaut ab. »Ich will, dass du ihn tötest! Ich will den lügnerischen, verräterischen, illegitimen nekromantischen Hund tot sehen – tot, tot, tot! Wie ich! Ich weiß, dass er sterben wird – ich weiß, dass *du* ihn töten wirst – aber nur mit meiner Hilfe. Du musst nur ein Geschäft mit mir abschließen ...«

»Tu es nicht, Harry!«, warnte ihn die Hexe von Endor. »Noch nicht einmal Satan selbst ist einem Vampir gewachsen, wenn es um Lügen und Betrug geht.«

»Kein Geschäft«, nahm Harry ihren Ratschlag auf.

»Aber ich verlange doch nur *ganz* wenig!«, protestierte Thibor, und seine mentale Stimme verwandelte sich in ein Winseln.

»Wie wenig?«

»Versprich mir nur, dass du dann und wann – nur ab und zu, egal wie lange –, wenn du die Zeit findest, mit mir sprichst. Denn es gibt niemanden, der einsamer ist, als ich es jetzt bin, Harry Keogh.«

»Also gut, ich verspreche es.«

Der ehemalige Vampir seufzte erleichtert. »Gut! Jetzt weiß ich, warum die Toten dich lieben. Nun höre, Harry: Dragosani hat einen Vampir in sich! Die Kreatur ist noch unreif, aber sie wächst schnell und lernt noch schneller. Weißt du, wie man einen Vampir tötet?«

»Mit einem Holzpflock?«

»Damit hält man ihn nur fest. Danach musst du ihm den Kopf abschlagen!«

»Ich werde daran denken«, nickte Harry und leckte sich nervös über die trockenen Lippen.

»Und erinnere dich auch an dein Versprechen«, sagte Thibor, während seine Stimme immer leiser wurde. Einen Augenblick lang war es still, und Harry blieb seinen Gedanken über die grauenvolle *Natur* dieses Doppelwesens überlassen, gegen das er sich gestellt hatte; doch dann hörte er plötzlich die Stimme seines dritten Helfers: »Harry Keogh«, knurrte dieser letzte Besucher, »du kennst mich nicht, aber Sir Keenan Gormley hat dir vielleicht etwas über mich erzählt. Ich war Gregor Borowitz. Nun bin ich nichts mehr. Dragosani tötete mich mit Max Batus' bösem Blick. Ich war auf meinem Höhepunkt und wurde getötet, durch Verrat!«

»Also willst auch du Rache«, stellte Harry fest. »Hatte dieser Dragosani denn gar keine Freunde? Nicht einen?«

»Doch, er hatte mich. Ich hatte Pläne mit Dragosani, große Pläne. Der Dreckskerl hatte jedoch seine eigenen Pläne! Und ich war kein Teil davon. Er tötete mich wegen meines Wissens über das Dezernat, damit er kontrollieren kann, was ich geschaffen habe. Aber es ist noch schlimmer. Ich glaube, er will – alles! Ich meine wortwörtlich alles unter der Sonne. Und falls er überlebt, könnte er durchaus am Ende alles bekommen.«

»Am Ende?«

Borowitz sandte ein großes mentales Schaudern. »Er ist noch nicht mit mir fertig, musst du wissen. Mein Körper ist noch da, wo er mich liegengelassen hat, in meiner Datscha. Früher oder später wird er ihm in die Hände fallen, und dann wird er mit mir das tun, was er auch mit Max Batu gemacht hat. Ich will das nicht, Harry. Ich will nicht, dass sich das Dreckschwein auf der Suche nach *meinen* Geheimnissen durch *meine* Gedärme wühlt!« Ein Teil seines Grauens übertrug sich auf Harry, aber dennoch konnte der Necroscope kein Mitleid für ihn empfinden. »Ich verstehe deine Beweggründe«, sagte er, »aber wenn er dich nicht getötet hätte, hätte ich es getan. Für meine Mutter, für Keenan Gormley, für jeden, dem du wehgetan hast oder noch wehtun wolltest.«

»Ja, ja, natürlich hättest du das getan«, sagte Borowitz ohne Feindseligkeit. »Wenn du gekonnt hättest. Ich war ein Soldat, bevor ich zum Verschwörer wurde, Harry Keogh. Ich weiß, was Ehre ist, auch wenn Dragosani das nicht versteht. Deswegen möchte ich dir helfen.«

»Ich akzeptiere deine Gründe«, sagte Harry. »Wie kannst du mir helfen?«

»Zunächst kann ich dir alles erzählen, was ich über Schloss Bronnitsy weiß: Aufbau und Grundriss, die Leute, die dort arbeiten. Hier, nimm alles.« Rasch übermittelte er Harry sein ganzes Wissen über den Ort und die ESPer, die dort Dienst taten. »Und dann kann ich dir noch etwas anderes erzählen, etwas, was du mit deiner besonderen Gabe sehr vorteilhaft einsetzen kannst. Ich erwähnte, dass ich früher ein Soldat war. Mein Wissen über Kriegführung ist unschlagbar. Ich habe die gesamte Geschichte der Kriegführung seit Anbeginn der Menschheit studiert und den Kriegen über den ganzen Planeten nachgespürt. Über alle alten Schlachtfelder weiß ich detailliert Bescheid. Du fragst, wie ich dir helfen kann? Hör gut zu, und ich werde es dir sagen.«

Harry lauschte. Langsam weiteten sich seine seltsamen Augen, und ein grimmiges Lächeln verbreitete sich über sein Gesicht. Bis jetzt hatte er sich müde und überfordert gefühlt. Nun aber wurde ein schweres Gewicht von seinen Schultern genommen. Er hatte also doch eine Chance. Borowitz kam endlich zum Schluss.

»Wir waren Feinde«, sagte Harry dann, »obwohl wir uns nie leibhaftig gegenübergestanden haben. Trotzdem bedanke ich mich. Natürlich bist du dir darüber im Klaren, dass ich beabsichtige, deine Organisation genauso zu zerstören wie Dragosani?«

»Nicht mehr, als er selbst getan hätte«, brummte Borowitz. »Ich muss jetzt gehen. Es gibt noch jemand anderen, den ich finden möchte, falls es möglich ist …« Und auch seine Stimme wurde leiser und verstummte.

Harry blickte auf die wüste Gegend ringsum und sah, wie die Sonne am Himmel tiefer sank. Sandwirbel jagten eine Hügelkette entlang. Vögel kreisten am Himmel, während der Tag sich dem Abend zuneigte. Und für eine ganze Weile, die Schatten wurden länger, saß er einfach auf dem sandigen Boden, das Kinn aufgestützt, und dachte nach.

Schließlich sagte er: »Sie wollen mir alle helfen.«

»Weil du ihnen Hoffnung bringst«, antwortete ihm die Hexe von Endor. »Seit Jahrhunderten, von Anbeginn der Zeit, lagen die Toten unbeweglich in ihren Gräbern, und das war alles. Aber jetzt rühren sie sich, suchen einander, sprechen miteinander auf die Art, die du ihnen beigebracht hast. Sie haben einen Fürsprecher gefunden. Verlange etwas von ihnen, Harry Keogh, und sie werden gehorchen.«

Harry erhob sich, schaute sich um und fühlte, wie die Kälte des Abends herankroch. »Ich sehe keinen Grund, hier noch länger zu bleiben«, sagte er. »Alte Dame, ich weiß nicht, wie ich dir danken soll.«

»Ich habe so viel Dank, wie ich will«, antwortete sie. »Die zahllosen Toten danken mir.«

Er nickte. »Ja, und mit einigen von ihnen möchte ich nun sprechen.«

»Dann geh. Die Zukunft wartet auf dich, genauso wie sie auf alle Menschen wartet.«

Harry sagte nichts mehr, sondern beschwor die Möbiustore herauf, wählte eines aus und ging hindurch.

Zuerst suchte er seine Mutter auf; den Weg zu ihr fand er ohne Probleme. Dann ging er zu ›Sergeant‹ Graham Lane in Harden und nutzte die Gelegenheit, um kurz an das fünfzig Meter entfernte Grab von James Gordon Hannant zu treten. Danach besuchte er einen Urnenhain in Kensington, wo Keenan Gormleys Asche verstreut worden und sein Geist verblieben war. Und schließlich reiste er zu Gregor Borowitz' Datscha in Zhukovka. Er verbrachte an jedem Ort vielleicht zehn oder fünfzehn Minuten, den letzten ausgenommen. Mit toten Menschen in ihren Gräbern zu sprechen, war eine Sache, mit jemandem zu sprechen, der dasaß und einen mit glasigen, vereiterten Augen anstarrte, jedoch eine ganz andere.

Als Harry dies alles erledigt hatte, konnte er befriedigt feststellen, dass er sein Geschäft beherrschte und sicher mit den Feinheiten des Möbius-Kontinuums umgehen konnte; nun war nur noch ein Ort übrig, an den er gehen musste. Aber zuerst nahm er ein doppelläufiges Gewehr von der Wand der Datscha und füllte seine Taschen mit Munition aus einem Schrank.

Es war erst 18.30 Uhr osteuropäischer Zeit, als er begann, sich auf der Möbiusschleife von Zhukovka nach Schloss Bronnitsy zu bewegen. Auf dem Weg wurde ihm bewusst, dass jemand mit ihm zusammen die Schleife benutzte, dass er sich nicht alleine im Möbius-Kontinuum befand. »Wer ist da?«, fragte er mit seinem Geist in die Urdunkelheit der Reise hinein.

»Bloß noch ein toter Mann«, ertönte eine trockene, humorlose Stimme. »Zu meinen Lebzeiten las ich die Zukunft, aber ich musste sterben, um schließlich das volle Ausmaß meiner Gabe zu erkennen und zu verstehen. Seltsamerweise bin ich in deinem ›Jetzt‹ noch am Leben, werde aber bald sterben.«

»Ich verstehe nicht«, sagte Harry.

»Ich habe nicht erwartet, dass du es sofort verstehst. Ich bin hier, um es zu erklären. Ich heiße Igor Vlady. Ich arbeitete für Borowitz. Ich habe den Fehler begangen, in meiner eigenen Zukunft zu lesen und meinen eigenen Tod vorauszusagen. Das wird in zwei Tagen ab deinem ›Jetzt‹ geschehen, als Ergebnis eines Befehls von Boris Dragosani. Nach meinem Tod werde ich jedoch weiter mein eigenes Potenzial erforschen. Was ich im Leben leistete, werde ich im Tode noch besser machen. Wenn ich wollte, könnte ich rückwärts bis zum Anbeginn der Zeit schauen, oder vorwärts bis zu deren Ende – falls die Zeit einen Anfang und ein Ende hat. Natürlich hat sie das nicht; alles ist Teil des Möbius-Kontinuums, eine sich ewig krümmende Schleife, die allen Raum und alle Zeit umfasst. Lass es mich dir zeigen.«

Und er zeigte Harry die Tore in die Zukunft und in die Vergangenheit, und Harry stand auf ihren Schwellen und beobachtete die Zeit, die vergangen war und noch kommen sollte; er konnte aber nicht verstehen, was er sah. Denn jenseits des Zukunftstors herrschte das Chaos von Millionen von Linien aus blauem Licht, und eine von ihnen strahlte aus ihm selbst heraus, durch das Tor und in die Zukunft – in *seine* Zukunft. Hinter dem Vergangenheitstor war es ähnlich: Er sandte dasselbe blaue Licht aus, das in der Vergangenheit verschwand – *seiner* Vergangenheit –, zusammen mit dem Licht zahlloser anderer Millionen. Er wurde fast geblendet von der gleißenden blauen Leuchtkraft all dieser Lebenslinien.

»Aber aus dir leuchtet kein Licht«, sagte er zu Igor Vlady. »Warum?«

»Weil mein Licht ausgelöscht worden ist. Jetzt bin ich wie Möbius: reiner Geist. Wie der Raum keine Geheimnisse vor ihm hat, hat die Zeit keine vor mir.«

Harry dachte darüber nach und sagte: »Ich möchte noch einmal meine Lebenslinie sehen.« Und wieder stand er an der Schwelle des Tores zur Zukunft. Er schaute in den grellblauen Hochofen der Zukunft und sah, wie seine Lebenslinie schimmernd wie ein Neonband darin aufging; er konnte deutlich erkennen, wie sie sich in die zukünftige Zeit hineinbog. Während er dies beobachtete, kam das Ende seiner Lebenslinie ins Blickfeld; und da erschien es ihm, als strömte das Lebenslicht seines Körpers nicht aus diesem heraus, sondern hinein! Er zehrte die Linie auf, während er sich seinem eigenen Ende näherte. Und nun war dieses Ende deutlich sichtbar, es eilte auf ihn zu wie ein Meteor aus der Zukunft!

In Grauen vor dem Unbekannten trat er rasch von dem Tor in die Finsternis zurück. »Werde ich sterben?«, fragte er schließlich. »Wollten Sie mir das sagen oder zeigen?«

»Ja …«, sagte das zeitreisende Bewusstsein von Igor Vlady, »… und nein.«

Wieder konnte Harry nicht verstehen. »Ich bin dabei, ein Möbiustor zum Schloss Bronnitsy zu durchschreiten«, erklärte er. »Wenn ich dort sterben werde, würde ich es gerne wissen. Die Hexe von Endor erzählte mir, dass ich ›einen Teil‹ von mir verlieren würde. Und nun habe ich das Ende meiner Lebenslinie gesehen.« Mental zuckte er nervös mit den Schultern. »Es sieht so aus, als hätte ich das Ende der Leiter erreicht.«

Als Antwort empfing er ein Nicken. »Wenn du jedoch das Zukunftstor benutzt«, sagte Vlady, »könntest du zu einem Punkt *jenseits* des Endes deiner Lebenslinie gehen – dorthin, wo sie erneut beginnt!«

»Erneut beginnt?«, Harry war verblüfft. »Willst du damit sagen, dass ich wieder leben werde?«

»Es gibt eine zweite Linie, die ebenfalls dir gehört, Harry. Sie lebt auch jetzt. Alles was ihr fehlt, ist Geist.« Vlady erklärte ihm, was er damit meinte; er las die Zukunft für Harry, genauso wie er einst Boris Dragosanis Zukunft gelesen hatte. Mit dem Unterschied, dass Harry eine Zukunft besaß und Dragosani nur eine Vergangenheit. Jetzt hatte Harry endlich alle Antworten.

»Ich bin dir zu Dank verpflichtet«, sagte er Vlady danach.

»Du schuldest mir nichts.«

»Aber du bist gerade rechtzeitig gekommen«, beharrte Harry, und begriff wenig von der Tragweite seiner Worte.

»Zeit ist relativ«, sagte der andere schulterzuckend und gluckste. »Was sein wird, ist gewesen!«

»Trotzdem danke«, sprach Harry und schritt durch das Tor zum Schloss Bronnitsy.

Exakt um 18.31 Uhr klingelte Dragosanis Telefon und ließ ihn zusammenzucken.

Draußen wurde es immer finsterer, Schnee fiel dicht aus einem schwarzen Himmel. Suchscheinwerfer an den Außermauern des Schlosses krochen über das Terrain bis zur äußeren Begrenzungsmauer. Ihre Strahlen waren bloß noch graue Schlieren ohne große Leuchtkraft.

Dragosani fand es ärgerlich, dass die Sicht so sehr eingeschränkt war, aber die Verteidigung des Schlosses vertraute auf mehr als die menschliche Sehkraft allein; es gab berührungsempfindliche Drähte dort draußen, die neuesten elektronischen Aufspürgeräte und sogar einen Ring von Personenminen um die äußeren Bunker herum. Nichts von alledem gab Dragosani ein Gefühl von Sicherheit; Igor Vladys Voraussagen hatten alle Schutzmaßnahmen außer Acht gelassen.

Der Anruf kam jedenfalls nicht aus einem der Bunker oder von dem befestigten Außenbereich: Die Männer waren alle mit Funkgeräten ausgestattet. Der Anruf kam entweder von außerhalb oder von einer Abteilung innerhalb des Schlosses.

Dragosani schnappte den Hörer von der Gabel und bellte: »Ja, was ist?«

»Felix Krakovic«, antwortete eine zitternde Stimme. »Ich bin in meinem Laboratorium hier unten. Genosse Dragosani, hier … ist etwas!«

Dragosani kannte den Mann: ein Wahrsager, ein minderes Voraussagetalent. Seine Gabe reichte an Vladys Niveau bei Weitem nicht heran, aber ignoriert werden konnte sie auch nicht – jedenfalls nicht in dieser Nacht.

»Etwas?«, fragte Dragosani mit bebenden Nasenflügeln. Der Mann hatte das Wort eigenartig betont. »Kommen Sie zur Sache, Krakovic! Was ist los?«

»Ich weiß nicht, Genosse. Es ist nur, dass … irgendetwas unterwegs ist. Etwas Schreckliches. Nein, es ist hier. Es ist jetzt hier!«

»Was ist *hier?*«, blaffte Dragosani ins Telefon. »Wo, *hier?*«

»Dort draußen, im Schnee. Belov spürt es auch.«

»Belov?« Karl Belov war Telepath und gut über kurze Distanzen. Borowitz hatte ihn oft auf ausländischen Botschaftspartys eingesetzt, um aus dem Bewusstsein der Gastgeber alles aufzuschnappen, was er konnte. »Ist Belov jetzt bei Ihnen? Geben Sie ihn mir.«

Belov war Asthmatiker. Seine Stimme klang immer sanft und atemlos, und seine Sätze waren kurz. Im Moment traf das noch mehr zu: »Er hat Recht, Genosse«, keuchte er. »Dort draußen ist ein Geist – ein mächtiger Geist!«

Keogh! Er musste es sein. »Nur einer?« Dragosanis Lippen öffneten sich zu einem Maul voller weißer Säbel. Seine roten Augen schienen von innen zu leuchten. Keogh! Wenn er allein war, war er so gut wie tot – zur Hölle mit den Prophezeiungen dieses Verräters Vlady!

Am anderen Ende der Leitung rang Belov nach Luft und quälte sich damit ab, sich richtig auszudrücken.

»Also?«, drängte ihn Dragosani.

»Ich ... Ich bin mir nicht sicher«, sagte Belov. »Ich dachte, es ist nur einer da, aber jetzt ...«

»Ja?« Dragosani schrie fast. »Verflucht noch mal! Bin ich denn von lauter Idioten umgeben? Was *ist* es, Belov? Was ist da draußen?«

Belov schnaufte in das Telefon. »Er ... ruft. Er ist selber eine Art Telepath, und er stößt einen Ruf aus«, keuchte er.

»An Sie?« Dragosanis Augenbrauen wölbten sich in verwirrter Frustration. Seine riesigen Nasenflügel schnaubten misstrauisch und furchtsam, als ob er die Antwort aus der Luft saugen könnte.

»Nein, nicht mich. Er ruft ... andere. Oh Gott – *und sie beginnen, ihm zu antworten!*«

»Wer antwortet ihm?«, kläffte Dragosani. »Was ist los mit Ihnen, Belov? Sind es Verräter? Hier im Schloss?«

Ein Klappern ertönte am anderen Ende der Leitung – ein tiefes Stöhnen, dann ein polterndes Geräusch –, dann sprach wieder Krakovic: »Er ist in Ohnmacht gefallen, Genosse!«

»Was?« Dragosani traute seinen Ohren nicht. »Belov in Ohnmacht? Was zum Teufel …?«

Auf der Rufanzeige des Funkgeräts, das Dragosani aus der Kontrollkabine des OvDs hereingeholt hatte, begannen Lichter zu blinken. Eine Anzahl von Männern mit Sprechgeräten versuchte, ihn von ihren Verteidigungspositionen aus zu kontaktieren. Im nächsten Raum saß Yul Galenski, Borowitz' Sekretär, nervös an seinem Schreibtisch und zuckte zusammen, während er Dragosanis Toben lauschte. Und jetzt begann der Nekromant, auch nach ihm zu brüllen: »Galenski, sind Sie taub? Kommen Sie rein. Ich brauche Hilfe.«

Im selben Augenblick stürzte der OvD vom Absatz des zentralen Treppenhauses herein. Er trug Waffen – kurzläufige Maschinenpistolen.

Galenski sprang auf, doch der OvD sagte: »Bleiben Sie sitzen, ich gehe rein.«

Ohne anzuklopfen, rannte er beinahe in das andere Zimmer und kam schwer atmend zum Stehen, als er sah, wie sich Dragosani über die blinkende Anzeige der Funkapparatur beugte. Dragosani hatte seine Brille abgenommen. Stumm das Gerät anfletschend, erschien er nicht wie ein Mensch, sondern eher wie ein buckliges halb wahnsinniges Untier.

Der OvD starrte erstaunt das Gesicht und die furchterregenden Augen des Nekromanten an und ließ einen Armvoll Waffen auf einen Stuhl sinken. Dragosani herrschte ihn an: »Glotzen Sie nicht!« Er streckte eine Pranke aus und packte den OvD an der Schulter, zerrte ihn mühelos an das Funkgerät. »Wissen Sie, wie man dieses gottverdammte Ding bedient?«

»Ja, Dragosani«, schluckte der OvD und fand seine Stimme wieder. »Sie versuchen, mit Ihnen zu sprechen.«

»Das kann ich sehen, Schwachkopf!«, schnappte Dragosani zurück. »Also, dann sprechen Sie mit ihnen. Finden Sie raus, was sie wollen.«

Der OvD hockte sich auf die Kante eines Stahlstuhls vor dem Gerät nieder. Er nahm die Sprechvorrichtung, drückte ein paar Knöpfe, und sagte: »Hier ist Zero. Alle Rufzeichen melden, over.«

Die Antworten kamen in knapper numerischer Reihenfolge: »Rufzeichen Eins, OK, over.«

»Zwei, OK, over.«

»Drei, OK, over.« Und so ging es in rascher Folge bis Fünfzehn weiter. Über dem statischen Knistern klangen die Stimmen blechern und ein wenig zu schrill, sie alle enthielten ein gehöriges Maß kaum kontrollierter Panik.

»Zero an Rufzeichen Eins, erstatten Sie Meldung, over«, sagte der OvD.

»Eins: Es befinden sich Objekte im Schnee!«, ertönte umgehend die Antwort; die Stimme von Eins überschlug sich vor steigender Aufregung. »Sie nähern sich meiner Position! Erbitte Erlaubnis, das Feuer zu eröffnen, over.«

»Zero an Eins: Warten, out!«, schnappte der OvD. Er blickte zu Dragosani. Die roten Augen des Nekromanten waren weit aufgerissen, sie sahen aus wie Klumpen von Blut, die in seinem Gesicht geronnen waren.

»Nein!«, knurrte er. »Zuerst will ich wissen, womit wir es zu tun haben. Befehlen Sie ihm, noch nicht zu schießen und mir ständig zu berichten.«

Der OvD nickte mit blutleerem Gesicht und gab Dragosanis Befehl weiter; er war froh, dass er nicht dort draußen in einem verschneiten Bunker festsaß – andererseits, konnte das schlimmer sein, als hier mit einem Wahnsinnigen namens Dragosani gefangen zu sein?

»Zero, hier ist Eins!« Die Stimme von Eins knackte aus dem Funkgerät und klang jetzt fast schon hysterisch vor Aufregung. »Sie kommen in einem Halbkreis aus dem Schnee. Gleich werden sie auf die Minen treffen! Aber sie bewegen sich so … so langsam! *Da!* Einer von ihnen ist auf eine Mine getreten! Es hat ihn in Stücke gerissen – aber die anderen gehen weiter! Sie sind dünn, zerlumpt – sie machen keine Geräusche. Einige von ihnen tragen … Schwerter?«

»Zero an Eins: Sie nennen sie *Objekte*. Sind es keine Menschen?«

Eins warf alle Funkverkehrsregeln über Bord. »Menschen?« Seine Stimme klang völlig hysterisch. »Vielleicht sind es Menschen, oder sie waren es irgendwann mal. Ich glaube, ich verliere den Verstand. Das ist unglaublich!« Er versuchte, sich zusammenzunehmen. »Zero, wir sind allein hier und es gibt … viele von denen. Ich erbitte Erlaubnis, das Feuer zu eröffnen. Ich flehe Sie an! Ich muss mich verteidigen …«

Weißer Schaum begann sich in den Winkeln von Dragosanis klaffendem Maul zu sammeln, als er auf die Wandkarte stierte, um den Aufenthaltsort von Eins zu überprüfen. Es war ein einzeln stehender Bunker direkt unter dem Kommandoturm, aber fünfzig Meter vom Schloss selbst entfernt. Gelegentlich konnte er im Schneetreiben die niedrige, gedrungene Silhouette durch das schusssichere Erkerfenster erkennen, aber noch kein Anzeichen der unbekannten Eindringlinge. Er starrte wieder in den

Schnee und sah in genau dem Augenblick einen orangefarbenen Feuerschein aufflammen und das Nebengebäude kurz als Umriss auftauchen – und diesmal ertönte das gedämpfte Krachen einer Explosion, als eine weitere Mine ausgelöst wurde. Der OvD sah ihn Befehle erwartend an.

»Sagen Sie ihm, er soll diese … Objekte beschreiben!«, kläffte Dragosani.

Noch bevor der OvD gehorchen konnte, kam ein anderes Rufzeichen ungebeten herein: »Zero, hier ist Elf. Scheiß auf Eins! Diese Dreckskerle sind überall! Wenn wir das Feuer nicht sofort eröffnen, überrennen sie uns. Wollen Sie wissen, was die sind? Ich sage es Ihnen: *Sie sind Tote!*«

Das war es. Es war, was Dragosani befürchtet hatte. Keogh *war* hier, definitiv, und er rief die Toten herbei! Aber woher?

»Sagen Sie ihnen, sie sollen das Feuer eröffnen«, stieß er so heftig hervor, dass er Geifer verspritzte. »Sagen Sie ihnen, sie sollen diese Dreckschweine niedermähen – was immer sie sind!«

Der OvD gab die Befehle weiter. Aus jeder Ecke erschütterten bereits dumpfe Explosionen und auch das harte Knattern von Maschinengewehrfeuer das ganze Schloss. Die Verteidiger hatten schließlich selbst die Initiative ergriffen und damit begonnen, auf eine Armee von lebenden Leichen zu schießen, die unaufhaltsam durch den Schnee heranmarschierte.

Gregor Borowitz hatte nicht gelogen. Er kannte sich in der Tat in der Geschichte der Kriegführung aus, ganz besonders in seinem Heimatland. Im Jahr 1579 war Moskau von den Krimtataren geplündert worden; es hatte Streit über die Aufteilung der Beute aus der Stadt gegeben; ein zukünftiger Khan hatte die Autorität seiner Vorgesetzten herausgefordert; ihm und seiner Splittergruppe von dreihundert Reitern waren die Beute, der Rang und die meisten ihrer Waffen abgenommen, und anschließend hatte man sie aus der Stadt gepeitscht. Entehrt und bei jeder Gelegenheit plündernd waren sie Richtung Süden geritten. Es hatte heftig geregnet, und sie waren in einem marschigen Waldstück steckengeblieben, wo Flüsse über die Ufer getreten waren. Dort wurden sie von einer fünfhundert Mann starken russischen Streitmacht in Nebel und Regen gestellt und aufgerieben. Ihre Leichen versanken in Schlamm und Morast und wurden nie wieder gesehen – bis heute.

Harry hatte sie nicht lange überzeugen müssen; sie schienen nur auf ihn gewartet zu haben und kämpften sich ohne zu zögern aus der harten Erde hervor, wo sie vierhundert Jahre lang gelegen hatten. Knochen für Knochen, Fetzen für ledrigen Fetzen erhoben sie sich. Einige von ihnen trugen noch immer die rostigen Waffen von damals, und auf Harrys Kommando marschierten sie auf Schloss Bronnitsy zu.

Harry war innerhalb der Umfassungsmauern aus dem Möbius-Kontinuum getreten; die Verteidiger dieser Mauern blickten nach draußen und hatten ihn oder die qualvolle Auferstehung der Totenarmee noch nicht gesehen. Darüber hinaus zielten die Maschinengewehrstellungen auf den äußeren Mauern in die falsche Richtung, und die Nacht und der Schnee gaben eine exzellente Deckung ab.

Aber es gab noch immer die Stolperdrähte und die anderen Meldesysteme, und schließlich noch das Minenfeld und den inneren Ring aus getarnten Bunkern.

Für Harry stellte keines dieser Hindernisse ein echtes Problem dar: Sie waren kaum als Hindernisse zu bezeichnen, da er kraft seines Willens aus diesem Universum hinaus und einen Moment später in jeden Raum des Schlosses, den er sich aussuchte, wieder hineintreten konnte. Aber zunächst wollte er sehen, wie sich seine Hilfsarmee machte: Er wollte die Verteidiger des Schlosses völlig in die Aufgabe verwickeln, ihre eigene Haut zu retten, und nicht die von Dragosani.

Im Augenblick lag er bäuchlings in einer flachen Mulde, verbarg sich hinter einem kopflosen Ding aus Knochen und Leder, das eben noch vor ihm auf einen der Bunker zumarschiert war, in dem ein Maschinengewehrschütze saß und durch den Sichtschlitz Feuergarben in die Mauer des Todes jagte, die sich ihm langsam näherte. Ein großer Prozentsatz von Harrys Armee – etwa die Hälfte der dreihundert Mann – war in diesem Bereich aus der Erde aufgetaucht, und die Minen rafften schnell einen großen Teil von ihnen dahin. Auch jetzt noch fügte das knatternde Maschinengewehrfeuer Harrys Armee schreckliche Schläge zu.

Harry entschied, den Bunker anzugreifen, entsicherte Gregor Borowitz' Gewehr und ließ Patronen in den doppelten Lauf gleiten.

»Nimm mich mit«, bat der tote Tatar, der ihm Deckung gab. »Ich half einst, eine ganze Stadt zu plündern, und dies ist nur ein Palast.« Sein Schädel war von dem Schrapnell einer Landmine zerfetzt worden, aber das schien ihm nicht viel auszumachen. Er hielt immer noch einen massiven, zerbeulten Schild aus Eisen und Bronze hoch, den Rand in die kalte Erde gesteckt, und nutzte seine Knochen und den Schild, um Harry so viel Deckung wie möglich zu geben.

»Nein«, sagte Harry kopfschüttelnd. »Da drinnen ist nicht viel Platz, und ich muss da rein und es hinter mich bringen. Aber ich wäre dankbar, wenn ich deinen Schild nehmen könnte.«

»Nimm ihn«, sagte die Leiche und ließ den schweren Schild aus den verkrusteten Knochenfingern gleiten. »Ich hoffe, er dient dir gut.«

Irgendwo rechts flog eine Mine in die Luft; der Blitz färbte den fallenden Schnee für einen Moment orange, und der Donner ließ die Erde erbeben.

In dem Lichtblitz erkannte Harry einen Halbkreis von Skelettgestalten, die immer näher auf die dunkle, gedrungene Form des Bunkers zustolperten; auch die Männer im Innern hatten es gesehen. Maschinengewehrkugeln, die Rüstungen durchschlagen konnten, pfiffen durch die Luft, schossen die Überreste der Tataren über den Haufen und kamen bedrohlich nahe. Harrys altertümlicher Schild war zwar schwer, aber mit Rost und Fäulnis bedeckt; er wusste, dass er einem direkten Treffer nicht standhalten konnte.

»Geh jetzt!«, drängte das tote Ding, kämpfte sich auf die knochigen Beine und schlitterte ohne Kopf nach vorne. »Töte einige von denen für mich.«

Im Schneegestöber kniff Harry ein letztes Mal seine Augen zusammen, fixierte den Standort des feuerspuckenden Nebengebäudes in seinem Geist und ließ sich dann seitwärts durch ein Möbiustor rollen – in den Bunker hinein.

Im Innern gab es keine Zeit zum Denken und wenig Bewegungsfreiheit. Was von außen wie ein alter Kuhstall ausgesehen hatte, war in Wirklichkeit ein vollgestopfter Bau aus Stahlplatten und Betonblöcken, schiefergrauem Kanonenmetall und glänzenden Munitionsgürteln. Graues Licht kämpfte sich durch Schießscharten und Sichtschlitze und tauchte das nach Kordit und Schweiß stinkende Innere in einen wabernden Dunst, in dem sich Rufzeichen Eins und sein Stellvertreter fieberhaft und verbissen abrackerten und dabei husteten und spuckten.

Harry erschien in dem winzigen Raum hinter ihnen und ließ seinen Schild auf den Betonboden fallen, während er das geladene Gewehr herumriss.

Beide Russen hörten das Klappern des Schildes und wandten sich in ihren Drehstühlen mit Stahlrücken danach um. Sie erblickten einen bleichgesichtigen, mit einem Mantel bekleideten Jungen, der ein Gewehr hielt; seine Augen waren helle Lichtpunkte über zugekniffenen Nasenlöchern und einem grimmigen strichartigen Mund.

»Wer …?«, keuchte Rufzeichen Eins. In seiner Schlossuniform sah er aus wie ein seltsames, erstauntes, wespenähnliches außerirdisches Wesen: Über seinen riesigen Augen standen die Antennen des Funkgeräts wie Fühler ab.

»Wie …?«, sagte sein Stellvertreter, während seine Hände automatisch die Aufgabe vollendeten, einen neuen Patronengurt in das Maschinengewehr einzusetzen.

Rufzeichen Eins tastete nach der Pistole in seinem Holster, und sein Stellvertreter kam fluchend auf die Füße.

Harry hatte kein Mitleid mit ihnen. Er oder sie, das war die Frage. Und es gab noch zahlreiche andere wie sie, die sie dort willkommen heißen würden, wohin sie gingen. Er drückte ab: Erst für Eins, dann für seinen Stellvertreter, und jagte sie schreiend in die Arme des Todes. Der Gestank von heißem Blut vermischte sich rasch mit dem säuerlichen Kordit und dem Geruch von Schweiß und Angst und trieb Tränen in Harrys Augen. Er zwinkerte sie wütend weg, klappte das Gewehr auf, lud nach und suchte sich ein weiteres Möbiustor.

Im nächsten Bunker war es genauso, und auch in dem danach. Insgesamt waren es sechs, und alle waren gleich. Harry hob sie in weniger als zwei Minuten aus.

Im letzten Bunker fing er, nachdem es vorbei war, den verwirrten Geist eines der gerade getöteten Verteidiger auf und beruhigte ihn. »Für dich ist jetzt alles vorbei«, sagte er, »aber derjenige, der all dies verursacht hat, lebt noch. Ohne ihn wärst du jetzt zu Hause bei deiner Familie. Und ich auch. Also, wo ist Dragosani?«

»In Borowitz' Büro im Turm«, antwortete der tote Soldat. »Er hat es in einen Kontrollraum umgewandelt. Er wird nicht alleine sein.«

»Das habe ich erwartet«, sagte Harry und blickte in das zerschmetterte, rauchende, unidentifizierbare Gesicht des Russen. »Danke.«

Danach blieb nur noch eine Sache übrig, die zu erledigen war, aber Harry glaubte, dafür ein wenig Hilfe zu benötigen. Er öffnete die Klemmen, die das Maschinengewehr auf dem Drehgestell festhielten, ergriff das schwere Gerät und schleuderte es auf den harten Boden, hob es auf und warf es erneut. Nach drei, vier Aufschlägen auf dem Beton zersplitterte der harte hölzerne Schaft der Länge nach und Harry konnte einen gezackten Pflock herausbrechen, der am unteren Ende flach war und eine scharfe Spitze aus Hartholz hatte.

Er griff nach seinen Patronen und bemerkte, dass nur noch eine übrig war; er knirschte mit den Zähnen und lud die Patrone in sein Gewehr. Das musste genügen. Dann stieß er die Bunkertür auf und trat hinaus in den wirbelnden Schnee.

Ziemlich nahe und durch die Nacht und den heftigen Schneefall getrübt, strahlten die Lichter des Schlosses; die Suchscheinwerfer tasteten auf der Suche nach Zielen hin und her. Der Großteil von Harrys Streitmacht – oder das, was davon übrig war – hatte jedoch bereits die Mauern des Schlosses erreicht, von wo das Stakkato feuernder Maschinengewehre nun ohne Unterlass ertönte. Die übriggebliebenen Verteidiger versuchten, Tote zu töten, und das bereitete ihnen Probleme.

Harry blickte um sich und sah eine Gruppe von Nachzüglern, die sich in Richtung des belagerten Gebäudes schwerfällig durch den Schnee pflügten. Es waren grauenerregende Gestalten, ausgemergelte Vogelscheuchen, die mit einer monströsen Kraft an ihm vorbeistapften. Aber der Tod machte Harry Keogh keine Angst. Er hielt zwei von ihnen auf, ein Paar von mumifizierten Kadavern, die ein bisschen weniger ramponiert aussahen als der Rest, und bot einem den Hartholzpflock an. »Für Dragosani«, sagte er.

Der andere Tatar schleppte ein großes Krummschwert, das ganz von Rost verkrustet war; Harry nahm an, dass er es zu seiner Zeit mit vernichtender Wirkung gebraucht hatte. Heute würde er es – wenn es so etwas wie Gerechtigkeit gab – wieder einsetzen. Er deutete auf das Schwert, nickte, und sagte: »Auch das ist für Dragosani – für den Vampir in ihm.«

Dann öffnete er ein Möbiustor und geleitete seine beiden verdorrten Gefährten hindurch.

Innerhalb des Schlosses Bronnitsy war vom allerersten Augenblick an die Hölle ausgebrochen. Das Gebäude war vor 230 Jahren auf einem alten Schlachtfeld errichtet worden; das Schloss selbst war ein Mausoleum für ein Dutzend der wildesten aller Tatarenkrieger. In seinem Schutz war der torfige Untergrund weich geblieben, so dass die Leichen, die dort geruht hatten, eher echten Mumien ähnelten als fleischlosen Kadavern.

Darüber hinaus hatte Dragosani befohlen, auf seiner Suche nach Anzeichen von Sabotage die großen Steinplatten in den Gewölben anzuheben und die Bodenbretter herauszureißen. Und so hatte diese wiederbelebten Tataren nach Harrys erstem Ruf wenig aufgehalten, als sie sich aus ihren jahrhundertealten Gräbern kämpften, um seinem Befehl zu gehorchen und sich durch die Korridore, Laboratorien und Konservatorien des Schlosses zu pirschen. Wo immer ihnen ESPer oder Soldaten begegneten, räumten sie diese aus dem Weg.

Alles, was jetzt noch übrig blieb, waren die befestigten Maschinengewehrstellungen in den Mauern des Schlosses. Die Maschinengewehrposten konnten nur aus dem Innern des Schlosses betreten werden; es gab keine Außentüren, keinen Weg ins Freie.

Die Stimme eines Postens, der so in der befestigten Stellung gefangen war, berichtete ihm die ganze Geschichte mit jedem grausigen Detail, während Dragosani selbst in seinem Kontrollraum tobte und schäumte: »Genosse, es ist Wahnsinn, Wahnsinn!«, klagte die Stimme aus dem Gerät und blockierte allen übrigen Funkverkehr – falls es noch welchen zu blockieren gab. »Es sind … Zombies, Tote! Wie sollen wir bloß Leute töten, die schon tot sind? Sie kommen – mein Schütze mäht sie nieder und schießt sie in Stücke – und dann kommen die *Stücke*! Draußen liegt ein Haufen von Stücken, die sich winden und um sich treten und sich wie ein Wall um die Mauern des Schlosses türmen. Rümpfe, Beine, Arme, Hände – selbst die kleineren Teile und die bloßen Knochen! Bald werden sie durch die Schießscharten hereinströmen, und was dann?«

Dragosani knurrte, tierischer denn je, und schüttelte seine Faust gegen die Nacht und den fallenden Schnee auf der anderen Seite der Turmfenster. »Keogh!«, tobte er. »Ich weiß, dass du da bist, Keogh. Komm also heraus, und wir bringen es zu Ende.«

»Sie sind auch im Schloss!«, schluchzte die Stimme aus dem Funkgerät. »Wir sind hier drin gefangen. Mein Schütze ist durchgedreht. Er sitzt wie ein Wahnsinniger an der Kanone. Ich habe die Stahltür verrammelt, aber irgendetwas hämmert dagegen und versucht reinzukommen. Ich habe gesehen, was es ist; es hat eine ledrige Klaue hereingestreckt, bevor ich die Tür zuschlagen konnte; die Hand – oh Gott, die Klaue versucht, mein Bein hochzuklettern. Ich schüttle sie ab, aber sie kommt immer wieder zurück. Siehst du, siehst du? Wieder! Wieder!« Seine Stimme verlor sich in statischem Rauschen und einem prasselnden Lachanfall.

Während die Geräusche des Wahnsinns aus dem Funkgerät drangen, stieß Yul Galenski plötzlich in seinem Vorzimmer einen Schreckensschrei aus. »Die Treppe! Sie kommen die Treppe herauf!« Seine Stimme war so schrill wie die eines Mädchens; er besaß keine Kampferfahrung; er war ein Bürohengst, ein Sekretär. Aber wer konnte auch schon Erfahrung mit so etwas haben?

Der OvD hatte bleichgesichtig und zitternd am Fenster gestanden; nun aber schnappte er sich eine Maschinenpistole und eilte hinüber zu Galenski, der von der Tür zur Treppe zurückwich. Auf dem Weg griff er nach den Handgranaten auf Dragosanis Schreibtisch. *Wenigstens er ist ein Mann!*, dachte Dragosani widerwillig.

Dann ertönte das erschreckte Heulen des OvD, sein Fluchen, das Geknatter seiner Maschinenpistole, und schließlich die Explosionen von Handgranaten, die er entsichert und in das Treppenhaus hinabgeworfen hatte. Unmittelbar nach der Detonation kam die letzte Botschaft des unbekannten Postens herein: »Nein! Nein! Mutter Gottes! Mein Schütze hat sich selbst erschossen, und jetzt kommen sie durch die Schießscharten! Hände ohne Arme!

Köpfe ohne Körper! Ich glaube, ich muss meinem Schützen folgen, er hat es jetzt alles hinter sich. Diese … *Leichenteile*! Sie kriechen über die Granaten! Nein – hört auf damit!«

Man hörte das typische *tsch-tsching* einer Granate, die entsichert wird, noch mehr Geschrei und Gebrabbel und Geräusche des Chaos, und schließlich den Knall einer Explosion, auf den … nichts mehr folgte. Das Funkgerät stand da und rauschte vor sich hin.

Plötzlich erschien das Schloss Bronnitsy sehr still … Es war eine Stille, die nicht andauern konnte. Während sich der OvD von dem Treppenabsatz in Galenskis Büro zurückzog, wo Rauch und Korditgestank in beißenden Schwaden von unten heraufstiegen, tauchten Harry Keogh und seine Tatarengefährten aus dem Möbius-Kontinuum auf. Sie erschienen in dem Vorraum, als ob jemand sie urplötzlich angeschaltet hätte.

Der OvD hörte Galenskis erbärmliches Geheul des Grauens und Unglaubens und wirbelte im Halbkreis herum. Er sah, was Galenski gesehen hatte: einen grimmigen, verrußten jungen Mann, umgeben von einschüchternden Mumiengestalten aus schwarzem Leder und schmutzig weißen Knochen. Ihr Anblick allein – genau hier, in einem Raum mit ihm – genügte fast, ihn zu versteinern, ihn verzweifeln zu lassen. Aber nicht ganz. Das Leben war kostbar.

Mit einer Fratze der Verzweiflung und Angst gurgelte der OvD etwas Sinnloses hervor und legte seine Maschinenpistole an … und wurde von den Füßen gerissen und zurück auf den Treppenabsatz geworfen; sein Gesicht verwandelte sich in einen rohen Brei, als Harry seine letzte Patrone auf kurze Entfernung abfeuerte.

Im nächsten Augenblick hatten Harrys Gefährten ihre Aufmerksamkeit Galenski zugewandt, der in einer Ecke hinter seinem Schreibtisch herumkroch und schlotterte; Harry trat inzwischen hinein in das, was einst Gregor Borowitz' innerstes Heiligtum gewesen war. Dragosani warf das stumme Funkgerät vom Tisch und wandte sich zu ihm um. Sein riesiger Kiefer klappte überrascht auf; er streckte eine nervöse Hand aus, zischte wie eine Schlange, seine roten Augen flammten auf. Und für einen ganz kurzen Moment schätzten beide sich gegenseitig ab.

In beiden Männern waren dramatische Veränderungen vor sich gegangen, aber bei Dragosani handelte es sich um eine totale Metamorphose. Harry erkannte ihn zwar, aber unter anderen Umständen wäre das wohl kaum der Fall gewesen.

Bei Harry selbst war nur wenig seiner früheren Persönlichkeit oder Identität übriggeblieben. Er hatte eine Menge unterschiedlicher Talente geerbt und nun mit Sicherheit den Homo sapiens überflügelt. Beide Männer waren inzwischen zu fremden Wesen geworden, und in dem eingefrorenen Moment, in dem sie sich gegenseitig anstarrten, wurde es ihnen beiden klar. Und dann …

Dragosani erblickte das Gewehr in Harrys Händen, konnte aber nicht wissen, dass es unbrauchbar war. Hasserfüllt fauchend und in der Erwartung, jeden Moment das Brüllen der Waffe zu hören, machte er einen Satz auf Borowitz' großen Eichenschreibtisch zu und langte nach einer Maschinenpistole. Harry drehte das Gewehr um, trat vor und versetzte dem Nekromanten einen krachenden Schlag auf den Hinterkopf.

Der Schlag schleuderte Dragosani zurück, und die Maschinenpistole prallte auf den Boden. Er stieß gegen die Wand, stand dort einen Moment lang mit gespreizten Armen und Beinen und rutschte dann in die Hocke. Nun sah er, dass das Gewehr in Harrys Händen zerbrochen war, dort, wo der Schaft mit den Läufen verbunden war. Harrys Augen suchten den Raum fieberhaft nach einer anderen Waffe ab. Dragosani wusste, dass er im Vorteil war und keine menschengemachte Waffe brauchte, um diese Sache zu Ende zu bringen.

Galenskis blubbernde Schreie aus dem Vorraum waren plötzlich verstummt. Harry zog sich in Richtung der halbgeöffneten Tür zurück.

Dragosani hatte nicht die Absicht, ihn entkommen zu lassen. Er hechtete vor, packte ihn an der Schulter und hielt ihn mühelos mit einer Hand auf Armeslänge fest.

Harry war wie hypnotisiert von der puren Grässlichkeit des Gesichts dieses Mannes und konnte nicht wegsehen. Er schnappte nach Luft und hatte das Gefühl, durch die unglaubliche Macht dieser Kreatur ausgequetscht zu werden.

»Ja, hechle nur«, knurrte Dragosani. »Hechle wie ein Hund, Harry Keogh – und stirb wie ein Hund!« Und er bellte ein Lachen, das nichts ähnelte, was Harry jemals zuvor gehört hatte.

Der Nekromant hielt sein Opfer weiter fest, nahm eine Kauerstellung ein und öffnete die Kiefer weit. Von seinen nadelspitzen Zähnen tröpfelte der Geifer, und irgendetwas, das keine Zunge sein konnte, bewegte sich in dem klaffenden Mundwerk. Seine Nase presste sich flach an sein Gesicht und wurde zerfurcht wie die gewundene Schnauze einer Fledermaus, und ein rotes Auge quoll scheußlich heraus, während das andere sich zu einem Schlitz verengte. Harry starrte gebannt direkt in die Hölle und konnte sich nicht abwenden.

Siegesgewiss schleuderte Dragosani schließlich sein Geschoss aus mentalem Schrecken ab – und in genau dem Moment flog die Tür hinter Harry auf und riss ihn aus dem Griff des Nekromanten. Die Tür deckte ihn, als er auf den Boden stürzte, während zur selben Zeit jemand anders knarrend den Raum betrat, um die volle Wucht von Dragosanis Angriff abzubekommen. Zu spät erinnerte sich Dragosani an Max Batus' Warnung: Man durfte nie die Toten verfluchen, denn die Toten können nicht noch einmal sterben!

Der Schlag wurde abgelenkt, *zurück*gelenkt auf Dragosani selbst. In Batus Geschichte war ein Mann von einem einzigen Schlag zusammengeschrumpft worden, aber in Dragosanis Fall war es anders – vielleicht sogar noch schlimmer.

Er schien von einer Riesenfaust gepackt und quer durch den Raum geschleudert zu werden. Die Knochen in seinen Beinen knackten, als sie vor die Tischkante prallten. Wieder flog er gegen die Wand, aber diesmal sackte er auf dem Boden zusammen. Er kämpfte sich in eine sitzende Haltung und schrie ununterbrochen mit einer Stimme, die quietschte wie eine Riesenkreide auf einer Schultafel.

Seine gebrochenen Beine zappelten auf dem Boden, als wären sie aus Gummi, und er fuchtelte mit seinen Armen wild vor seinen Augen herum. Er war blind, denn es waren seine Augen, die von dem Schlag getroffen worden waren, den er selbst ausgelöst hatte.

Harry trat hinter der schützenden Tür hervor, sah den Nekromanten dort sitzen und hielt den Atem an. Es sah aus, als wären Dragosanis Augen von innen explodiert. Sie waren nur noch Krater in seinem Gesicht, Fetzen aus scharlachrotem Knorpel hingen auf seine eingefallenen Wangen herab. Harry wusste, dass es vorbei war, und der Schock des Ganzen holte ihn jetzt ein. Von Ekel erfüllt wandte er sich von Dragosani ab und sah, dass dessen Henker bereits auf ihn warteten.

»Bringt es zu Ende«, befahl er ihnen. Knarrend bewegten sie sich auf das angeschlagene Ungeheuer zu.

Dragosanis Erblindung betraf auch den Vampir in ihm, der durch seine Augen gesehen hatte. Doch obwohl das Geschöpf nicht ausgewachsen war, waren seine fremdartigen Sinne genügend ausgebildet, um das unaufhaltsame Herannahen düsterer und ewiger Vernichtung zu spüren. Es fühlte den Pflock, der von einer mumifizierten Klaue gehalten wurde, und wusste, dass in diesem Moment ein rostiges Schwert hoch erhoben wurde. Dragosani war jetzt nur noch eine zerschmetterte Hülle und ohne Wert für den Vampir. Wie ein böser Geist, den man ausgetrieben hatte, verließ er seinen Körper.

Dragosani hörte auf zu schreien, hustete und griff sich an die Kehle. Schaum und Blut flossen heraus, als sich sein Kiefer unfassbar weit öffnete und er seinen ungeheuren Schädel rasend hin und her warf. Sein ganzer Leib verfiel in Zuckungen. Er zitterte, während seine inneren Schmerzen die Pein zerrissener Augen und gebrochener Knochen noch überstiegen. Jeder andere wäre sicherlich unverzüglich gestorben, aber nicht Dragosani.

Sein Nacken schwoll an, und sein graues Gesicht lief erst scharlachrot an, dann blau. Der Vampir zog sich aus seinem Gehirn zurück, löste sich von den inneren Organen, riss sich von den Nerven und dem Rückenmark los. Er formte Haken und zog sich daran selbst mit dem Kopf voran Dragosanis Speiseröhre hoch und aus ihm heraus. Blut und Schleim ausstoßend würgte und hustete Dragosani sich das Geschöpf mühsam auf den Brustkasten. Dort wand es sich wie ein riesiger Blutegel; sein Kopf wippte hin und her wie der einer Kobra und war scharlachrot vom Blut seines Wirts.

Und dort spießte es der Holzpflock auf, durchstieß den pulsierenden Körper des Vampirs und trat in Dragosanis

Körper ein; von den Händen, die dies erledigten, brachen kleine Knochensplitter ab, als sie das Grauen zur Strecke brachten. Ein einzelner pfeifender Hieb mit dem Schwert des zweiten Tataren vollendete die Aufgabe und trennte den flachen, abscheulichen Kopf von dem wie wahnsinnig um sich schlagenden Körper des Vampirs ab.

Leer, zerschmettert und beinahe geistlos lag Dragosani da, mit den Armen um sich schlagend. Als Harry Keogh sagte: »Erledigt ihn jetzt«, fand die tastende Hand des Nekromanten die Maschinenpistole, die neben ihm auf dem Boden lag. Irgendwo in seiner brodelnden Hirnmasse hatte er Keoghs Stimme erkannt, und obwohl er starb, trat seine böse und rachsüchtige Natur ein letztes Mal zutage. Es war sein Abgang – aber er würde nicht allein gehen. Die Waffe in seinen klauenartigen Händen hustete einmal, stockte kurz und knatterte dann einen regelmäßigen Strom mechanischer Obszönitäten heraus, bis das Magazin geleert war – etwa eine halbe Sekunde nachdem ein Tatarenschwert Dragosanis monströsen Schädel von Ohr zu Ohr gespalten hatte.

Schmerz! Glühender Schmerz. Und Tod. Für sie beide.

Beinahe in zwei Hälften geteilt, fand Harry ein Möbiustor und wankte hindurch. Es hatte jedoch keinen Sinn, seinen zerschmetterten Körper mitzunehmen. Der war jetzt erledigt. Der Geist war nun alles. Als er in das Möbius-Kontinuum eintrat, streckte er seinen Geist aus und führte, schleppte das Bewusstsein des Nekromanten mit sich. Der Schmerz war jetzt für sie beide vorüber, und Dragosanis erster Gedanke war: »Wo bin ich?«

»Wo ich dich haben wollte«, erklärte ihm Harry. Er fand das Tor in die Vergangenheit und öffnete es. Aus Dragosanis Bewusstsein strahlte eine dünne rote Linie in das blaue Leuchten hinein. Es war die Spur seiner vampirverseuchten Vergangenheit. »Folge ihr«, sagte Harry, und stieß Dragosani durch das Tor. Dragosani stürzte in die Vergangenheit, klammerte sich an die Linie seines vergangenen Lebens und wurde immer weiter zurückgezogen. Er konnte die scharlachrote Linie nicht loslassen, selbst wenn er es gewollt hätte, denn es war seine Linie.

Harry beobachtete, wie die Linie zu sich selbst zurückführte und Dragosani mitriss, dann suchte und fand er die Tür in die Zukunft. Irgendwo dort draußen führte seine Lebenslinie weiter, begann von Neuem. Er musste sie bloß finden.

Und so schleuderte er sich selbst in die blaue Unendlichkeit der Zukunft …

Alec Kyle warf einen Blick auf seine Uhr. Es war 16.15 Uhr, und er hätte bereits vor fünfzehn Minuten vor dem äußerst wichtigen Regierungsausschuss erscheinen müssen. Die Zeit, wie relativ sie auch sein mochte, war geflogen, und Kyle fühlte sich ausgetrocknet; die Papiere vor ihm waren zu einem dicken Stapel angewachsen; sein ganzer Körper war verkrampft und die Muskeln in seiner rechten Hand, dem Handgelenk und dem Arm hatten sich verspannt. Er konnte kein einziges Wort mehr schreiben.

»Ich habe den Ausschuss verpasst«, sagte er, und erkannte kaum seine eigene Stimme wieder. Die Worte kamen als ein heiseres Krächzen heraus. Er versuchte zu lachen und brachte nur ein Husten zustande. »Und ich glaube, ich habe ein paar Pfund Gewicht verloren! Ich habe mich über sieben Stunden lang nicht aus dem Sessel bewegt, aber es war das beste Training, das ich seit Jahren hatte. Mein Anzug fühlt sich ganz locker an … und dreckig!«

Die Erscheinung nickte. »Ich weiß«, sagte sie, »und es tut mir leid. Ich habe Ihren Körper und Ihren Geist überanstrengt. Aber glauben Sie nicht, dass es das wert war?«

»Wert?« Kyle lachte wieder, und schaffte es dieses Mal. »Das sowjetische Dezernat ist vernichtet …«

»Wird vernichtet werden«, verbesserte ihn der andere, »in einer Woche.«

»… und Sie fragen mich, ob es das wert war? Allerdings!« Aber dann zog er ein langes Gesicht. »Aber ich habe den Ausschuss verpasst. Der war wichtig.«

»So wichtig auch wieder nicht«, sagte die Erscheinung. »Jedenfalls haben Sie ihn nicht verpasst. Oder richtiger: Sie haben ihn verpasst, aber ich nicht.«

Kyle runzelte die Stirn und schüttelte den Kopf. »Ich verstehe nicht ganz.«

»Zeit …«, begann sein Besucher.

»… ist relativ!«, setzte Kyle für ihn rasch fort.

Die Erscheinung lächelte. »Auf der Möbiusschleife gibt es für alle Zeiten dort draußen ein Tor. Ich bin hier – aber ich bin auch dort. Sie hätten vielleicht einen schweren Stand gehabt, aber ich nicht. Gormleys Arbeit – Ihre Arbeit, und meine – wird weitergehen. Sie bekommen alle Hilfe, die Sie brauchen; keine Hast.« Kyle schloss langsam seinen Mund, einen Moment lang drehte sich alles um ihn. Er war jetzt müde und ausgebrannt. »Ich glaube, Sie möchten jetzt gehen«, sagte er, »aber es gibt noch ein paar Dinge, die ich Sie gern fragen würde. Ich meine – ich weiß, wer Sie sind, weil Sie niemand anders sein können, aber …«

»Ja?«

»Wo sind Sie jetzt? *Ich meine,* Ihr *Jetzt? Was ist Ihr Ausgangspunkt?* Wo *ist er? Sprechen Sie zu mir aus dem Möbius-Kontinuum, oder durch es? Harry,* wo sind Sie?«

Wieder lächelte die Erscheinung geduldig. »Fragen Sie doch besser: Wer sind Sie?«, *sagte er. Und lieferte die Antwort gleich mit: »Ich bin immer noch Harry Keogh. Harry Keogh Junior.«*

Kyles Kiefer klappte erneut nach unten. Es stand alles dort in den Notizen, aber bis jetzt hatte er es noch nicht begriffen. Nun löste sich das Puzzle auf. »Aber Brenda – Ihre Frau, meine ich – sollte sterben. Ihr Tod war vorausgesagt worden. Wie kann jemand die Zukunft ändern oder vermeiden? Sie haben doch selbst gezeigt, dass das unmöglich ist?«

Harry nickte. »Sie wird sterben«, sagte er. »Sie wird in Kürze im Kindbett sterben – die Toten werden sie jedoch nicht akzeptieren.«

»Die Toten …?«, fragte Kyle verwirrt.

»Der Tod ist ein Ort jenseits des Körpers«, sagte Harry. »Die Toten haben ihre eigene Existenz. Einige von ihnen wussten es, aber die meisten nicht. Jetzt wissen sie es. In der Welt der Lebenden wird das nichts ändern, aber für die Toten bedeutet das eine Menge. Sie verstehen auch, dass das Leben kostbar ist. Sie wissen es, weil sie ihres verloren haben. Falls Brenda stirbt, ist auch mein Leben in Gefahr. Das ist etwas, das sie nicht dulden können. Sie schulden mir etwas, verstehen Sie?«

»Sie werden sie nicht akzeptieren? Wollen Sie damit sagen, dass sie ihr das Leben zurückgeben werden?«

»Kurz gesagt, ja. Es gibt brillante Köpfe dort in der Unterwelt, Alec, es gibt eine Milliarde davon. Es gibt nicht viel, das sie nicht erreichen können, wenn sie es wirklich wollen. Was meine eigene Grabinschrift betrifft: Da war meine Mutter etwas übertrieben besorgt – und pessimistisch!« Seine Silhouette begann zu flackern, und das Licht von den Fenstern schien ihn intensiver zu durchdringen. »Und jetzt glaube ich, ist es Zeit, dass ich …«

»Warten Sie!«, sagte Kyle und sprang auf. »Warten Sie, bitte. Nur noch eine Frage.«

Harry hob seine geisterhaften Augenbrauen. »Aber ich dachte, ich hätte bereits alles erklärt. Und selbst wenn nicht, bin ich sicher, dass Sie es herausfinden können.«

Kyle nickte schnell seine Zustimmung. »Das glaube ich auch. Alles, außer das Warum. Warum kamen Sie zurück, um mir alles zu erzählen?«

»Ganz einfach«, meinte Harry. »Mein Sohn wird ich sein. Aber er wird seine eigene Persönlichkeit haben, er wird ein eigenes Wesen sein. Ich weiß nicht, wie viel meines wahren Ichs sich auf ihn übertragen wird, das ist alles. Es könnte Zeiten geben, wo er, wir, uns erinnern müssen. Eines ist jedoch sicher: Er wird ein sehr begabter Junge sein!«

Endlich verstand Kyle. »Sie wollen, dass ich – wir, das Dezernat – uns irgendwie um ihn kümmern, ist es das?«

»Genau.« Harry Keogh begann zu verschwinden, in einem seltsamen blauen Licht schimmernd, als würde er aus einer Million leuchtender Glasfasern bestehen. »Sie werden sich um ihn kümmern – bis er so weit ist, sich um Sie zu kümmern. Um Sie alle. Glauben Sie, dass Sie das können?«

Kyle stolperte hinter seinem Schreibtisch hervor und streckte seine Arme nach dem gleißenden, rasch verschwindenden Spektralwesen aus. »Natürlich!«

»Das ist alles, worum ich bitte. Und auch, dass Sie sich um seine Mutter kümmern.«

Das blaue Schimmern verwandelte sich in einen Schleier und faltete sich zu einer einzelnen vertikalen Linie aus elektrisch blauem Licht zusammen, verkürzte sich auf Augenhöhe zu einem Punkt aus blendendem Blau – und verging. Und Kyle wusste, dass Keogh verschwunden war, um wiedergeboren zu werden.

»Wir werden uns um ihn kümmern, Harry!«, rief er heiser, spürte heiße Tränen auf seinen Wangen und wusste nicht, warum er weinte. »Wir werden es tun … Harry?«

Epilog

Dragosani fiel an der Lebenslinie des Vampirs entlang in seine eigene Vergangenheit zurück. Obwohl die Reise nur kurz war, hatte er Angst, und ihm war schwindlig; aber am Ende fand er sich in einem Körper aus Fleisch und Blut wieder. Nicht nur das, auch ein neues Bewusstsein umgab ihn. Er war Teil von jemand anderem, und der andere war auch blind – *oder begraben*!

In diesem Moment kämpfte sein unbekannter Wirt darum, sich aus dem flachen Grab zu erheben, aus einer jahrhundertelangen Nacht, aus der bitteren Gefangenschaft der Erde.

Es gab keine Zeit, Überlegungen über die Zusammenhänge anzustellen, keine Zeit, seine Gegenwart dem anderen zu offenbaren.

Dragosani fühlte sich erstickt und unterdrückt, wieder am Rande der Auslöschung. Er hatte genügend Schmerz erfahren und wollte nicht noch mehr erleiden. Er fügte seinen eigenen Willen dem seines Wirtskörpers hinzu und strebte an die Oberfläche. Über ihm brach plötzlich die Erdkruste auf und beide, Wirt und Dragosani, richteten sich auf.

Erdbrocken fielen von ihnen ab, als sie die Umgebung betrachteten.

Es war Nacht, aber über ihrem Kopf glänzten in einem kalten Himmel Sterne durch die schwarzen, wirren Zweige der Bäume hindurch. Dragosani konnte sehen!

Aber … kannte er diesen Ort nicht bereits?

Irgendjemand stand dort in der Dunkelheit und starrte ihn an, wie er noch halb in der Erde steckte. Dragosanis Blick klärte sich zusammen mit dem seines Wirts – und der Schock, den er fühlte, fiel wie der Schlag eines Vorschlaghammers auf sein noch immer instabiles Bewusstsein. »ICH … ICH KANN DICH … SEHEN!«, polterte er.

Er sah – er *wusste* –, und Entsetzen erfüllte erneut die Nacht auf den kreuzförmigen Hügeln!

Es stand noch eine zweite Gestalt in der Dunkelheit, eine gedrungene Figur, deren Stimme sanft sprach: »Ho, Ding aus der Erde!« Und im nächsten Moment ertönte der dumpfe Einschlag des Eichenholzbolzens, der den Körper des Wirts durchschlug und dort steckenblieb. Dragosani vereinte seine eigene Stimme mit der seines schrecklichen Wirts zu einem fauchenden Kreischen und versuchte, sich wieder in die Erde zurückzuziehen. Aber es gab kein Entkommen, und er *wusste*, dass es kein Entkommen gab.

Aber er konnte es einfach nicht glauben. Es konnte doch nicht so enden!

»WARTE!«, krächzte er mit der Stimme seines Wirts, als die erste Gestalt näher humpelte und etwas in den Händen hielt, das im Licht der Sterne hell glänzte. »KANNST DU NICHT SEHEN? *ICH* BIN ES!!«

Aber der andere Dragosani wusste nichts, verstand nichts, wartete nicht. Die Sichel, die er trug, verwandelte sich in eine stählerne Schliere, die mit unwiderstehlicher Kraft einschlug.

»NARR! VERDAMMTER NARR!«, heulte Ferenczy/Dragosani aus einem Kopf, der bereits frei durch die Luft flog. Und er wusste, dass dies nur eine der vielen Qualen und Tode der endlosen scharlachroten Schleife seiner Möbius-Existenz war. Es war bereits geschehen, es geschah jetzt, und es würde wieder geschehen … und wieder … immer wieder …

»Narr!«, flüsterten seine blubbernden, blutigen Lippen seinen letzten Kommentar, sein letztes Wort – nur dieses Mal sprach er mit sich selbst …

Lesen Sie weiter in:

NECROSCOPE

VAMPIRBRUT

Patricia Briggs

Ruf des Mondes

Der große Mystery-Bestseller - von der Autorin von *Drachenzauber*

Mercy Thompson ist stolze Besitzerin einer kleinen Autowerkstatt. Und sie ist eine Walkerin – das heißt, sie verfügt seit Geburt an über die Gabe, sich in einen Kojoten zu verwandeln. Als eines Tages ein junger Werwolf in ihrer Werkstatt auftaucht, ahnt sie, dass seine Anwesenheit Ärger bedeutet, großen Ärger ...

978-3-453-52373-9

»Magisch und düster - Patricia Briggs Mercy-Thompson-Romane sind einfach großartig!«
Kim Harrison, Autorin von ***Blutspur***

HEYNE

Kat Richardson

Harper Blaine ist tot.
Für genau zwei Minuten.
Danach ist alles anders …

Denn als die junge Ermittlerin im Krankenhaus wieder aufwacht, nimmt sie düstere Gestalten wahr, die aus grauem Nebel auftauchen: Harper besitzt jetzt die einzigartige Fähigkeit, in die Welt der Vampire, Werwölfe und Nekromanten einzutauchen. Und während sie tagsüber noch versucht, ihr Liebesleben in Ordnung zu bringen, führt sie ihr erster Fall immer tiefer in die gespenstische Welt der Untoten …

Unwiderstehlich düster – die neue Mystery-Serie aus den USA!

978-3-453-43310-6

»Rasant, fesselnd, sexy – Kat Richardson wird alle Fans von Charlaine Harris und Patricia Briggs begeistern!«

Publishers Weekly

HEYNE‹

Martha Wells

Necromancer

Eine großartige Mischung aus Science Fiction und Mystery – für alle Leser von Sergej Lukianenko und Markus Heitz

Willkommen in Ile-Rien – einem Land, in dem Magie Teil des täglichen Lebens ist! Doch nicht jede Art von Magie ist erlaubt. Nekromantie steht unter strengster Strafe, was aber manche nicht davon abhält, sie zu praktizieren. Mit verheerenden Folgen ...

978-3-453-52412-5

»Man muss den Leser dieses Buchs eindringlich warnen: Es wird sehr schwer werden, es wieder aus der Hand zu legen!« ***Robin Hobb***

HEYNE